ULLSTEIN

Das Buch

Kate Nunn, Fahrlehrerin in Cambridge, und ihr Mann, ein genialer, aber lebensuntüchtiger Historiker, stehen am Rande der Verzweiflung. Sebastian findet partout keine Anstellung und mit jeder Absage wird sein Selbstbewusstsein geringer. Als dann sein Traumjob, eine äußerst angesehene Forschungsstelle am Summerton College, an einen anderen Bewerber vergeben wird, ist das Maß voll. Kate beschließt, die Dinge selbst in die Hand zu nehmen. Zwei Kandidaten müssen aus dem Weg geräumt werden, damit Sebastian endlich die Stelle bekommt, die er verdient ...
Eine wunderbare Satire auf das Thema Jobsuche und eine liebevoll-ironische Abrechnung mit der so genannten akademischen Elite.

Die Autorin

Sophie Hannah wurde 1971 in Manchester geboren und lebt in Yorkshire und Oxford. Sie unterrichtet am Wolfson College in Oxford und an der Writing School der Manchester Metropolitan University. *Die Freiheit nehm ich mir* ist ihr zweiter Roman.

In unserem Hause ist von Sophie Hannah bereits erschienen:
Reine Nervensache

Sophie Hannah

Die Freiheit nehm ich mir

Roman

Aus dem Englischen
von Ulrike Bischoff

Ullstein

Ullstein Taschenbuchverlag
Der Ullstein Taschenbuchverlag ist ein Unternehmen der
Econ Ullstein List Verlag GmbH & Co. KG, München
Deutsche Erstausgabe
1. Auflage 2001

Titel der englischen Originalausgabe: Cordial and Corrosive
(Arrow Books, The Random House Group Ltd, London)
Übersetzung: Ulrike Bischoff
Redaktion: Gisela Klemt
Umschlagkonzept: Lohmüller Werbeagentur GmbH & Co. KG, Berlin
Umschlaggestaltung: Herrlich & Herrlich, Berlin
Titelabbildung: The Stock Market
Gesetzt aus der Sabon
Satz: Pinkuin Satz und Datentechnik, Berlin
Druck und Bindearbeiten: Ebner Ulm
Printed in Germany
ISBN 3-548-25268-0

In Liebe für Dan

Prolog

Tröste dich nicht

Lassen Sie mich ein paar verbreitete Missverständnisse ausräumen.

Wenn Sie sich um eine Stelle bewerben, die Sie unbedingt haben wollen, und Sie schaffen es bis zum Vorstellungsgespräch, werden dann aber abgelehnt, sagen Sie sich vermutlich:

1. Es hat nicht sollen sein.

Falsch. Damit unterstellen Sie, dass ein großer Plan jenseits des menschlichen Begreifens liegt. Den gibt es nicht.

2. Ich war wohl einfach nicht der beste Kandidat.

Falsch. Damit unterstellen Sie, dass unser Leben von Gerechtigkeit regiert wird und es eine moralische Weltordnung gibt. Das ist nicht der Fall, wie eine Menge Leute beweisen, die ihre Arbeit schlecht erledigen. Vor einigen Wochen waren mein Mann Sebastian und ich im Cine City Cinema in Cambridge und verpassten den Anfang des Films, weil die beiden jungen Männer an der Häagen-Dasz-Theke eine volle Viertelstunde brauchten (ich habe auf die Uhr geschaut, um es gegen sie verwenden zu können), um das Eis in die

Becher, die Becher in unsere Hände, mein Geld von meinen Händen in ihre und von da in die Kasse zu bringen. In einer gerechten Welt würden diese Männer nicht an der Erfrischungstheke im Kino bedienen. Aber vielleicht hat mich ja meine Kindheit und Jugend in Manchester verdorben, wo die Arbeitslosenzahlen wesentlich höher sind als anderswo und die meisten Bedienungen an Eistheken einen Doktortitel haben.

Der Ich-war-wohl-nicht-der-beste-Kandidat-Trost – obwohl man die Resignation gegenüber seinen eigenen Minderwertigkeitsgefühlen kaum als Trost bezeichnen kann – beruht außerdem auf der irrigen Annahme, dass das Gremium, dem Sie bei Ihrem Vorstellungsgespräch gegenübersitzen, aus gesunden, vernünftigen und vertrauenswürdigen Leuten bestünde. Auch das ist nicht unbedingt der Fall. Einstellungsgremien sind eine unbekannte Größe und oft ein schockierendes Sammelsurium von sozialen Nieten, hirntoten Bürokraten und Verrückten unter dem Vorsitz eines alternden Kerls, der gnadenlos von seiner eigenen Wichtigkeit überzeugt ist.

3. Es gibt Leute, die noch schlechter dran sind als ich.

Stimmt, aber das ist eine bestenfalls irrelevante und schlimmstenfalls gefährliche Philosophie. Wenn man sie logisch zu Ende denkt, bedeutet sie, dass nur ein einziger Mensch, und zwar der jeweils Unglücklichste auf der Erde, das Recht hat, zu leiden oder sich über sein Schicksal zu beklagen, ohne sich dafür schämen zu müssen. Nach dieser Logik dürfte ich mich nicht beklagen, dass ich wegen der Unfähigkeit der Häagen-Dasz-Verkäufer die erste Viertelstunde von *Sie liebt ihn – sie liebt ihn nicht* verpasst habe, weil manche Menschen grundsätzlich weder Eiscreme haben noch ins Kino gehen können, sondern den ganzen Tag gefoltert werden, indem man ihnen spitze Stöcke ins Auge sticht. Diesen Trost hört man regelmäßig von Leuten, die sich für eine große politische Sache einsetzen und deren Engagement gegen die Ungerechtigkeit in globalem Maßstab sie für das weniger spektakuläre Elend seltsam unempfindlich macht. Als eine besonders bösartige Bande von Kleinkindern mein erstes Auto, einen Austin Maestro, auf den ich über ein Jahr gespart hatte, grausam entstellt hatte, fand meine Nachbarin mich schluchzend neben dem Wagen auf der Straße und sagte, ich solle doch an die Leute denken, die noch viel schlechter dran sind als ich, zum Beispiel die in der Umgebung von Tschernobyl geborenen Babys mit zu vielen Gliedmaßen. Zum Glück wusste ich, dass sie eine glühende Atomwaffengegnerin und Mitglied bei der *Campaign for Nuclear Disarmament* war (sie sprach von nichts anderem), und dank früherer Erfahrungen war mir klar, dass sie von allem nahezu ungerührt blieb, was nicht an eine Atomkatastrophe heranreichte.

4. Ich sollte dankbar für alles sein, was ich habe.

Sinnlos und hinterhältig. In diesem Trost schwingt unausgesprochen mit, dass Sie mit Ihrer Gesamtbilanz zufrieden sein sollten. Aber wie sollen Sie damit zufrieden sein, wenn niemand Ihnen einen festen Bezugspunkt an die Hand gibt, an dem Sie Ihre Bilanz messen können? Solange wir nicht wissen, wie die Durchschnittsbilanz pro Person aussieht, wie sollen wir dann beurteilen können, ob wir zu kurz gekommen sind?

5. Wenn ich mich weiterhin bemühe, werde ich schon etwas finden.

Falsch. Es kann schon sein, dass Sie letzten Endes eine Stelle bekommen, aber in diesem Prozess gibt es keinen kumulativen Effekt. Jede Stelle, um die Sie sich bewerben, ist ein Fall für sich, und jedes Mal stehen die Chancen eins zu x, wobei x die Gesamtzahl der Bewerber ist und eins sind Sie. Es ist auch nicht wahr, dass Sie irgendwann garantierten Erfolg haben, wenn Sie wirklich gut sind (siehe die Widerlegung von Trost 2). Wenn Sie den Leuten, die das Vorstellungsgespräch führen, nämlich himmelweit überlegen sind, bleibt ihnen gar keine andere Wahl, als Sie abzulehnen, um ihre eigene Selbstachtung zu wahren.

6. Es hat keinen Sinn, mir das zu Herzen zu nehmen, ich kann ja doch nichts daran ändern.

Falsch. Sie können etwas ändern.

Warum sage ich Ihnen das? Um Ihnen den Tag zu verderben und Ihnen ein noch schlechteres Gefühl zu vermitteln? Im Gegenteil – ich mache Ihnen Ihre abgedroschenen Trostfloskeln kaputt, um Ihnen einen besseren Trost zu bieten, der tatsächlich wirkt.

Dazu muss ich Ihnen eine Geschichte erzählen. Ich bin froh, dass Mord in dieser Geschichte keine Rolle spielt. Fast wäre es anders gekommen, deshalb erwähne ich es überhaupt, aber es gab keinen Mord und darüber bin ich froh. Neben persönlichen Gründen, die auf der Hand liegen, bin ich auch deshalb froh darüber, weil ich finde, dass über Mord unverhältnismäßig viele Bücher geschrieben werden, wenn man bedenkt, dass Mord im Leben der meisten Menschen kaum eine Rolle spielt.

Ich werde Ihnen eine Geschichte über ein Vorstellungsgespräch erzählen. Vorstellungsgespräche spielen im Leben der meisten von uns eine entscheidende Rolle. Deshalb frage ich: Warum möchten mehr Menschen etwas über Mord lesen als über Vorstellungsgespräche? Sie antworten: Weil sie sich für extreme Ereignisse, extreme Gefühle interessieren. Und die sind im Umfeld eines Mordes wahrscheinlicher als bei einem Vorstellungsgespräch. Darauf sage ich: Ach ja? Abwarten.

Kapitel 1

Lebenslauf: Kate Nunn

Name:

Kate Nunn. Früher hieß ich Kate Cahill, bis ich Sebastian Nunn heiratete. Dieser Nachname passt eigentlich besser zu ihm als zu mir, weil er gleich lautend ist mit der Zahl der Stellen, die man ihm angeboten hat, seit er im Juni 1997 seinen Doktor der Philosophie gemacht hat: *none* – keine. Er hat sich um 22 Stellen beworben, elf Vorstellungsgespräche hinter sich gebracht und keine Stelle bekommen. Obwohl es altmodisch ist, habe ich seinen Namen angenommen, um ein Scarlett-Skinner-Dilemma zu vermeiden (siehe unten).

Adresse:

Flat 1, Noble House, 14 Renshaw Road, Cambridge. Das liegt abseits der Hills Road südlich vom Stadtzentrum. Noble House gehört zu einem Wohnkomplex für verheiratete Graduiertenstudenten und Fellows des Summerton College. Ich mag das Wort »Fellows« nicht, mit dem man hier die College-Lehrkräfte bezeichnet, aber fürs Erste will ich es mal durchgehen lassen. Die meisten dieser Gebäude sind große, spätviktorianische Stadthäuser, nur Noble House ist ein dreistöckiger Kasten aus Backstein und Glas, der erst Anfang der siebziger Jahre gebaut wurde. Die Backsteine sind karamellfarben und Tür- und Fensterrahmen schokoladenbraun. Als Sebastian und ich uns das Haus zum ersten Mal ansahen – 1994, also vor einer Ewigkeit, als sein Nachname noch für die Zahl seiner Niederlagen, nicht seiner Erfolge stand –, wussten wir nicht so recht, ob uns dieses seltsame Gebäude gefiel. Noble House erinnerte uns an einen deformierten Fondantkuchen: ein Mittelgang, von dem drei Flügel mit je drei Wohnungen abzweigen, eine auf jeder Etage. Die neun Wohnungen sind spiegelbildlich zueinander und rotieren um eine imaginäre Mittelachse.

Alle Wohnungen in Noble House haben weiße Wände und graugrüne Teppichböden. Unsere liegt im Erdgeschoss, hat im Wohnzimmer französische Fenster, die auf eine große, gepflegte Grünanlage führen und geschlossen wie eine ganze Fensterwand wirken. Das ist das Beste an unserer Wohnung, obwohl sie insgesamt fantastisch ist. Sie hat eine brandneue Einbauküche und ein Bad mit einer Wanne, die an einer Seite sanft abgeschrägt ist, sodass man sich zurücklegen und lesen kann, ohne einen steifen Nacken zu bekommen. Sessel, Sofa und Bettwäsche haben in unserer und den übrigen Wohnungen dieses Flügels die Farbe von Zitronenbaiser. In den anderen Flügeln sind sie rot beziehungsweise marineblau. Als nämlich drei Vertreter vom Bauausschuss des Summerton College losgeschickt wurden, Möbel auszusuchen, konnten sie sich nicht auf die Farbe einigen und fanden den Kompromiss, dass jeder einem Flügel seine Farbwahl aufnötigen durfte.

Es war nicht das erste Mal, dass Dekorfragen in Summerton eine Kontroverse auslösten. Ein Wohnblock des College musste 1987 vollständig neu ausgestattet werden, weil er als zu luxuriös galt. Der Bauausschuss hatte sich an der Innenarchitekturfront etwas zu sehr mitreißen lassen, und als der Rektor sich die Wohnungen ansah, fand er, dass sich die Bewohner dort zu sehr an ein Maß von Luxus gewöhnen könnten, wie sie es außerhalb Summertons nie wieder finden würden. Da das zu schwerwiegenden Anpassungsproblemen in der realen Welt führen müsse, wie der Rektor darlegte, ließ man die Wohnungen für Tausende Pfund neu einrichten und machte sie ein bisschen weniger attraktiv und weniger komfortabel.

Noble House ist benannt nach Edmund Noble, dem berühmten Maler des sechzehnten Jahrhunderts. Die Renshaw Road trägt ihren Namen als Hommage an den Physiker Tobias Renshaw. Beide Männer waren Studenten an Cambridges Summerton College. Da sie nun schon lange tot und zu Legenden erstarrt sind und man Häuser und Straßen nach ihnen benennt, fällt es schwer, sich vorzustellen, wie sie vor Jahrhunderten auf dem Summerton-Gelände herumgelaufen sind und gesagt haben: »Verdammt, meine Hausarbeit ist heute fällig und ich habe noch nicht mal damit angefangen«, aber vermutlich haben sie das getan.

Noble House liegt etwas abseits der Straße am Ende einer recht majestätisch wirkenden Zufahrt. Alle Häuser dieses Komplexes teilen sich eine große Grünanlage, geformt wie eine Malerpalette, mit einem Sandkasten für Kinder, zwei großen Parkplätzen im Schatten der Bäume und einem frei stehenden Waschhaus, ebenfalls aus karamellfarbenem Backstein mit schokoladenbraunen Tür- und Fensterrahmen. Es muss wohl gleichzeitig mit Noble House vom selben Architekten entworfen und gebaut worden sein und wirkt wie der kleine Bruder des Haupthauses. In dieser Waschküche stehen zwei Waschmaschinen und ein Industrie-Wäschetrockner, der größer ist als die Schlafzimmer, die die meisten Studentenwohnheime ihren Studenten bieten.

Sebastian ist kein Graduiertenstudent am Summerton College mehr – er hat vor einem Jahr seinen Doktortitel bekommen –, aber der Unterquästor hat uns freundlicherweise erlaubt, noch ein Jahr länger hier zu wohnen, da das College keinen Wohnungsmangel hat. Wir sind nicht die Einzigen, die unter falschen Voraussetzungen in Noble House leben. In Flat 3, der Erdgeschosswohnung uns gegenüber in dem Flügel mit marineblauen Sesseln, Sofa und Bettwäsche, wohnen Joe Fielding, seine Frau, die Feministin Terri Skinner – sie ist mehr Feministin als sonst was, einschließlich Mensch –, und ihre Tochter Scarlett Skinner. Das oben erwähnte Scarlett-Skinner-Dilemma ist eine Situation, in der aus dem Glauben an ein abstraktes Prinzip absurde konkrete Folgen erwachsen. Scarlett Fielding ist eindeutig ein Name, über den man sich weniger lustig machen kann als über Scarlett Skinner, und wenn alle drei Fielding hießen, würde keiner von ihnen sich ausgeschlossen fühlen, wie der einsame Fielding in einer Wohnung voller Skinners. Den Nachnamen Skinner hat Terri von ihrem Vater geerbt, einem bärbeißigen, großmäuligen Muffkopf, der manchmal zu Besuch kommt. Das ergibt keinen Sinn. Da man sich seinen Ehemann aussucht, nicht aber seinen Vater, wäre es im Sinne des feministischen Ideals sicher besser, den Namen des Ehemannes zu übernehmen, statt den des Vaters zu behalten.

Ich weiß nicht, ob es Joe Fielding etwas ausmacht, in der Namensfrage ausgegrenzt zu werden. Seinen Körper und seine Gliedmaßen sehe ich ständig, aber sein Gesicht fast nie. Wenn die Beine das Fenster zur Seele wären, wüsste ich eine Menge über Joe Fieldings Gemütsverfassung. Seine obere Körperhälfte ist fast immer von einem Gewirr aus Wäschebeuteln, Einkaufstüten, Aktentaschen, Plüschtieren, Buggys und einer schreienden Scarlett verdeckt.

Er ist der Sohn von Professorin Daphne Fielding, Summertons führender Autorität im Fachbereich Film und Medien. Neben ihrem Geschick, ihren nahen Angehörigen College-Wohnungen zu sichern, ist ihr Spezialgebiet der

Schwarzweißfilm. Joe ist Marketing-Berater, durfte aber trotz seines Titels erst als Berater tätig werden, nachdem seine Firma ihn von Oxford nach Cambridge versetzt hatte. Da Terri damals gerade ihren Doktor an der Oxford University gemacht hatte, bedeutete der Umzug mit Mann und Tochter nach Cambridge keine Störung ihrer Karriere, die wohl ohnehin nur durch eine schwere Naturkatastrophe aufzuhalten wäre. Im Gegenteil, mehrmals hat sie mir gegenüber durchblicken lassen, dass sie darauf brennt, sich nach Oxford nun auch Cambridge als akademisches Imperium zu erobern.

Was hat Terri Skinner in meinem Lebenslauf zu suchen? Nun ja, Menschen leben nicht isoliert von anderen in einem Vakuum. Was in den Lebenslauf des einen einfließt, wird zwangsläufig dem Lebenslauf eines anderen entzogen – es ist ein Nullsummenspiel. Im Augenblick bewerben sich Terri und mein Mann Sebastian um dieselbe Stelle am Summerton College, als ob es nicht schon schlimm genug wäre, dass wir ihr gegenüber wohnen müssen. Wenn sie die Stelle bekommt – eine Möglichkeit, die ich nicht ausschließen möchte, da ihre Schwiegermutter hier schließlich Professorin ist –, fließt sie in ihren Lebenslauf ein und nicht in Sebastians, was sich auch auf meinen Lebenslauf auswirkt, und deshalb erwähne ich sie gleich von Anfang an.

Alter:
Dreißig

Familienstand:
Ich bin seit vier Jahren mit Sebastian verheiratet, aber vorher haben wir schon vier Jahre zusammengelebt. Ich liebe ihn und würde alles dafür tun, ihn glücklich zu machen. Für mich ist er kein Versager, wie es oben vielleicht den An-

schein erweckt haben mag. Ich möchte hier keinen falschen Eindruck vermitteln – Sebastian hat einen bedeutenden Preis gewonnen und seine Doktorarbeit erscheint bald als Buch. Es ist nicht seine Schuld, dass eine Universität nach der anderen seine offensichtlichen Verdienste nicht zu würdigen weiß. Wir haben keine Kinder.

Beruflicher Werdegang:
Ich bin Fahrlehrerin. Ich bin selbständig und weigere mich, mich der British School of Motoring oder einem größeren Unternehmen anzuschließen. Für mich ist es wichtig, meine eigene Herrin zu sein und mir aussuchen zu können, mit wem ich meine Arbeitszeit verbringe. Mit allen angehenden Fahrschülern mache ich eine Probestunde, und wenn sie mir danach nicht gefallen, lehne ich sie ab. Ich nenne mich »The Red L Driving School«. Das steht auch auf dem toblerone-förmigen Schild auf dem Dach meines Nissan Micra.

Ich hasse es, wenn einer meiner Schüler durch die Fahrprüfung fällt, aber in gewisser Weise lasse ich solche Niederlagen noch als gerechtfertigt durchgehen. Denn im Gegensatz zu Vorstellungsgesprächen, die nicht die beruflichen Fähigkeiten eines Menschen prüfen, sondern seine Fähigkeit, in einem Vorstellungsgespräch zu bestehen, testet die Fahrprüfung die tatsächliche Fähigkeit eines Menschen, Auto zu fahren – wenn man von der Nervosität einmal absieht. Ich hatte einmal eine Studentin, die hervorragend fuhr, aber jedes Mal bei der Fahrprüfung durchfiel. Weinend erklärte sie mir nach dem vierten fehlgeschlagenen Versuch, sie werde die Prüfung nie bestehen, wenn sie nicht vorher ein paar Valium schlucke, was ich natürlich nicht zulassen konnte. Stattdessen ließ ich mir von ihr hundert Pfund geben, fuhr nach Nordwales, wo mich niemand kennt, und machte für sie die Fahrprüfung, die sie ohne weiteres bestand, wie ich gern zugebe. Ungerecht, höre ich Sie sagen? Als ob es ohne meine Einmischung gerecht zugegangen wäre! Wie rührend naiv. Menschen, die sich über bestimmte Ungerechtigkeiten beklagen, setzen unausgesprochen voraus, dass es einen gerechten Hintergrund gibt, vor dem sich diese ungerechten Akte abspielen – weshalb sollte man sie sonst überhaupt erwähnen?

Als ich in Manchester Auto fahren lernte, bestand meine Fahrlehrerin darauf, dass ich die Handbremse als »Schlüpfer« bezeichnete. »Als Erstes an, als Letztes aus«, kicherte sie. Mit derselben Begründung sage ich meinen Schülern, sie sollen die Handbremse »Misstrauen« nennen.

Fahrlehrer haben eine schlechte Presse und gelten bei den meisten als dicke, barsche, bigotte Kettenraucher. Deshalb ist die Red-L-Fahrschule so beliebt, vor allem bei den jungen Studenten von Cambridge, die den größten Teil meiner Klientel ausmachen. Ich bin nämlich gebildeter und habe bessere Umgangsformen als viele andere meines Metiers und versuche, meinen Schülern außer dem Autofahren auch noch etwas über das Leben beizubringen. Sie bekommen also einen echten Gegenwert für ihr Geld. Ich arbeite viel, meist von acht Uhr morgens bis sieben Uhr abends, weil Sebastian nichts verdient.

Nach meinem Studienabschluss arbeitete ich bis zu unserem Umzug nach Cambridge, wo ich meine Fahrlehrerausbildung begann, als Publicity-Assistentin am Theatre Royal in Manchester. Es war ein grauenhafter Job – wir schufteten für ein Almosen in einem fensterlosen Keller –, deshalb bemühte ich mich, ihn so schlecht wie möglich zu erledigen. Leider gibt es nur sehr wenige überdurchschnittlich gute Jobs auf der Welt und deshalb müssen die meisten von uns irgendwann trostlose Arbeiten übernehmen. Als einziger Ausgleich bleibt die Genugtuung, einen schlechten Job schlecht zu erledigen, und genau das erkläre ich immer meinen Fahrschülern. Gleichgültig, welchen Beruf du hast, sage ich ihnen, deine Leistung sollte immer genauso beeindruckend, mittelmäßig oder rundweg schlecht sein wie der Job.

Qualifikationen und Schulabschluss:
Bachelor of Arts (IIi) in der Fächerkombination Geschichte und Französisch an der Victoria University, Manchester, wo ich Sebastian kennen gelernt habe. Höherer Schulabschluss mit A-Levels und 0-Levels in verschiedenen Fächern, allerdings habe ich die Schulzeit lediglich als unwillkommene Ablenkung vom Pommes-Essen und Jungs-Nachjagen in Erinnerung.

Stärken und Schwächen:
Meine Stärken sind Entschlossenheit, ein optimistisches und heiteres Wesen, Intelligenz, Organisationstalent und die ausgeprägte Fähigkeit, mit Menschen umzugehen. Meine Schwächen sind Dickköpfigkeit, ein Hang, nachtragend zu sein, Rachsucht, Skrupellosigkeit und die Tendenz, mich in jeden Mann mit fester Arbeit zu vergucken. Das hat nichts mit den Männern an sich zu tun, da ist schlicht das Differenzprinzip am Werk. Sie haben das Eine, das Sebastian fehlt, und das macht sie für mich attraktiv – als eine Form von Flucht. Zum Glück bin ich mir dieses Mechanismus und seiner Gründe bewusst und habe ihn daher mühelos im Griff. Im Laufe des letzten Jahres habe ich der Versuchung widerstanden, mich auf eine Affäre mit dem Briefträger, einem Lastwagenfahrer aus dem Schnellimbiss und Zac Hunt einzulassen, dem Filialleiter meiner Autowerkstatt Kwikfit an der Newmarket Road. Bei ihm fiel es mir am schwersten, ihn mir aus dem Kopf zu schlagen, teils wegen seines Postens, teils, weil ich ihn so oft sehe, nämlich jedes Mal,

wenn einer meiner Fahrschüler den Auspuff meines Micra demoliert. Manchmal wünschte ich, Sebastian wäre Leiter einer Kwikfit-Filiale, aber er fände das natürlich grauenhaft. Er findet die meisten Jobs grauenhaft, und wer kann ihm das verdenken?

Sonstiges:
Ich bin groß, dünn, flachbrüstig und habe langes, schnurgerades, blondes Haar, ein eckiges Kinn und ziemlich maskuline Gesichtszüge. Meine Hobbys sind Lesen, Kino und heimtückische Rachepläne gegen jeden zu schmieden, der jemals entschieden hat, Sebastian nicht einzustellen. Bald könnten das mehr Menschen sein, als es Filme und Bücher gibt.

Kapitel 2

Die De La Wyche Fehde

Mein Rat: Hüten Sie sich vor allen Jobs, besonders aber vor solchen, die eine Dozenten- oder Forschungsstelle unter der Bezeichnung »Fellowship« versprechen. Das Wort ist irreführend und soll harmlose Bewerber in einem falschen Sicherheitsgefühl wiegen. »Fellowship«, das klingt liebenswürdig und anheimelnd nach Freundschaft und Kollegialität, aber die Bewerbungsrealität sieht völlig anders aus. Erst wenn es Ihnen gelungen ist, eine dieser seltenen Pfründe zu ergattern – was vielleicht nie passiert –, können Sie es vorsichtig als Fellowship bezeichnen, ohne das Gefühl zu haben, ein völlig unzutreffendes Wort zu benutzen. Aber im Stadium der Lektüre einer Stellenanzeige in der Zeitung, wenn noch niemand weiß, wer in den Kreis der Auserwählten aufgenommen und wer daraus verbannt wird, sollte man meiner Ansicht nach nicht von Fellowship, sondern von Fehde sprechen. In den Stellenanzeigen der *Times* müsste unter der Rubrik »Akademische Berufe« zum Beispiel stehen: »Ausschreibung für eine Fehde in Europäischem Recht am King's College, Cambridge«.

Am 4. Juni um halb drei nachmittags wartete ich wie schon den ganzen Tag darauf, zu erfahren, ob Sebastian die De La Wyche Fehde am Summerton College bekommen hatte, die zu den renommiertesten und lukrativsten Forschungsstellen des Landes zählt. Wer das Glück hat, sie zu bekommen, braucht keine Steuern zu bezahlen und erhält sein Gehalt in Form eines großzügigen Stipendiums. Die Gegnerschaft ist benannt nach dem längst verstorbenen, weltberühmten Ökonomen Grimshaw De La Wyche, der in ferner Vergangenheit Experte in Sachen Steuervermeidung und Rektor von Summerton war. Die Fehde ist sein Vermächtnis an das Summerton College. Alle drei Jahre wählt das College einen glücklichen Nachwuchsintellektuellen aus, dem es das großzügige Stipendium des verstorbenen Rektors zukommen lässt. Der Stipendiat muss zum Zeitpunkt der Bewerbung unter 35 Jahre alt sein und kann dieses Stipendium nur einmal im Leben bekommen. Bewerber aller Fachbereiche müssen einen detaillierten Abriss ihrer geplanten Forschungsarbeit einreichen.

Sebastians Forschungsprojekt befasste sich mit Entwicklungsformen totalitärer Staaten, aber wenn er die Fehde nicht bekäme, würde er wohl sehr bald eingehende praktische Studien über die Entwicklungsformen schwerer Depressionen machen, und ich mit ihm.

Ich setzte einen Schüler nach der Fahrstunde, die ich völlig benebelt hinter mich gebracht hatte, vor seinem Haus auf der Sterling Road ab, steckte sein Geld ein, winkte ihm zerstreut nach und stellte den Wagen dann auf einem freien Platz am Straßenrand ab, da ich an nichts anderes zu denken vermochte als an mein Handy, das jeden Augenblick klingeln konnte.

Eigentlich hätten wir das Ergebnis des Auswahlverfahrens schon am Tag zuvor erfahren sollen, aber als Sebastian auf mein Drängen angerufen und nachgefragt hatte, war die Entscheidung noch nicht gefallen. Zum Teufel, warum nicht?, wollte ich wissen. Ein ganzer Tag zum Diskutieren dürfte ja wohl reichen! Sie hatten keine Begründung abgegeben, aber

Sebastian sagte, als er danach fragte, hätten sie schuldbewusst geklungen. Vermutlich hatten sie vergessen, welcher Bewerber wer war, oder etwas ähnlich Kretinhaftes.

Ich schaltete mein Handy zum achten Mal aus und wieder ein, um zu sehen, ob es funktionierte. Ich war schon versucht, zu Hause anzurufen und Sebastian zu fragen, ob es etwas Neues gäbe, aber ich wollte ihn nicht mit einem falschen Alarm aufregen, und außerdem wusste ich, dass es keinen Sinn hatte. Er hätte mir schon Bescheid gesagt, wenn er etwas gehört hätte. Ich bemühte mich, mir nicht vorzustellen, wie er angespannt in der Wohnung auf und ab lief, nur wenige Meter von Terri Skinner entfernt, die in ihrer Wohnung vermutlich dasselbe tat, wenn auch etwas weniger verzweifelt, da in dem Vergabegremium niemand anderes den Vorsitz führte als Daphne Fielding, ihre Schwiegermutter.

Ich kramte im Handschuhfach nach meinen Zigaretten und kurbelte das Seitenfenster herunter. Dabei merkte ich, dass auf dem Asphalt unmittelbar neben meinem Wagen stand: »Parkverbot«. Die Schrift war gelb und verwackelt, als habe der Maler gezittert. Erst jetzt bemerkte ich, dass ich eine breite Einfahrt blockierte, die von zwei weißen Torpfosten flankiert war und zu einer Garage mit weißem Tor führte. Die Garage passte nicht zu dem großen frei stehenden Haus, an das sie angebaut war. An der Sterling Road standen sonst nur Reihenhäuser, bis auf dieses an der Ecke zur Huntingdon Road, das im Vergleich dazu wie ein Schlösschen wirkte. An einem der Torpfosten hing ein messingfarbenes Schild. Ich streckte den Kopf aus dem Seitenfenster und las: »Mr Vincent Strebonian. Schönheitschirurg«. Seine Dienste würde Terri Skinner benötigen, falls sie Sebastians Stelle bekäme, dachte ich.

Aber im Laufe des vergangenen Jahres hatten schon viele Stellen Sebastian gehört – zumindest in meinem Kopf –, bis sich herausstellte, dass er sie doch nicht bekommen hatte. Seufzend zündete ich mir eine Zigarette an und versuchte mir einzureden, dass die De La Wyche Fehde nicht seine letzte Chance sei, obwohl damit schon ein gewisses Gefühl von Endgültigkeit verbunden war. Sebastian hatte auch nicht gerade dazu beigetragen, es zu zerstreuen. Seit dem Vorstellungsgespräch vor zwei Tagen war er in der Wohnung hin und her marschiert und hatte gebrüllt: »Das war's! Tod oder Ruhm! Meine letzte Chance!«

Ich streckte den Arm aus dem Seitenfenster, um die Asche abzutippen, und stieß unerwartet auf menschliches Fleisch. Unmittelbar neben meinem Wagen beugte sich ein ungemein großer, hagerer Mann mit grauem Haar und grauem Pinselschnurrbart so tief herunter, dass sein Kopf auf einer Höhe mit meinem war. Sein Gesicht und seine Hände waren runzelig und ledrig braun. Er trug einen cremeweißen Leinenanzug, der genauso knitterig und faltig war wie seine Haut.

»Himmel, Entschuldigung«, murmelte ich. »Habe ich Sie verbrannt? Ich habe Sie gar nicht gesehen.«

»Es geht hier nicht darum, ob Sie mich verbrannt haben oder nicht«, antwortete er streng. »Es geht vielmehr darum, dass Sie meine Einfahrt blockieren. Sie stehen direkt vor meinem Tor, obwohl ich ausdrücklich kenntlich gemacht habe, dass hier Parkverbot ist.«

»Tut mir Leid. Ich fahre weg.« Ich lächelte ihn an, stolz auf meine verbale Sparsamkeit, die in krassem Gegensatz zu Vincent Strebonians Mangel daran stand. Ich ließ den Motor an, nickte höflich und wollte gerade Misstrauen-die-Handbremse lösen, als Strebonian mir mit seiner faltigen Hand auf die Schulter tippte. »Machen Sie bitte den Motor aus«, sagte er.

Seufzend kam ich seiner Bitte nach und beäugte dabei mein Handy, das immer noch stumm auf dem Beifahrersitz lag.

»Darf ich fragen, warum Sie mit Absicht meine Anweisung missachten und rücksichtslos meine Zufahrt blockieren?«

Ich widerstand der Versuchung, Mr Strebonian zu sagen, er solle sich seine Zufahrt in dieselbe stecken, entschuldigte mich noch einmal und versicherte ihm, dass es nicht wieder vorkommen werde.

Er ignorierte meine Zerknirschung und kanzelte mich weiter ab. »Angenommen, es gäbe einen Notfall, während Sie hier parken, und ich müsste dringend weg? Dann käme ich ja wohl mit meinem Wagen nicht aus der Garage und auf die Straße, oder?«

»Nein«, antwortete ich knapp. »Ich habe die ganze Zeit hier gesessen und auf einen Anruf gewartet. Wenn Sie weggemusst hätten, wäre ich sofort weggefahren, wie ich es jetzt tun werde, wenn Sie mich nur lassen.«

»Ihr jungen Leute denkt, dass ihr auf alle Fragen eine Antwort wisst.« Vincent Strebonian schüttelte einen ausgestreckten Finger vor meinem Gesicht. Mittlerweile war sein Unterarm schon in meinem Wagen. »Im Notfall wären lebenswichtige Sekunden verloren gegangen, auch wenn Sie hier im Wagen gesessen haben! Wenn Sie nur mal die Zeit rechnen, die ich gebraucht hätte, um Ihnen zu sagen, dass ich rausmuss, und die Sie gebraucht hätten, um …«

»He«, fiel ich ihm ins Wort. »Wenn es in Ihrem Leben so viele Notfälle gibt, wie können Sie es sich dann leisten, Ihre Zeit damit zu verschwenden, dass Sie auf mich losgehen? Ich habe mich doch entschuldigt! Sie haben völlig Recht. Ich hätte hier nicht parken sollen. Aber ich habe das Parkverbot nicht gesehen, weil ich im Moment eine Menge um die Ohren habe. Ich fahre weg. Können wir es nicht einfach dabei belassen?« Ich nahm mein Handy, um nachzusehen, ob es noch ein Signal bekam. Warum rief Sebastian nicht an? Er hatte doch bestimmt inzwischen Bescheid bekommen!

»Legen Sie bitte Ihr Telefon weg, wenn ich mit Ihnen rede, junge Dame.« Vincent Strebonians Stimme war ruhig, aber drohend. »Sie hätten besser aufpassen müssen. Wenn Sie viel um die Ohren haben, sind Sie nicht in der Verfassung, Auto zu fahren, und schon gar nicht, anderen Unterricht zu geben.«

Ich bemerkte einen jungen blonden Mann mit runder Brille und dreieckigem Bärtchen, der auf der anderen Straßenseite aus einem Fenster im Erdgeschoss schaute. Er beobachtete unsere Auseinandersetzung offenbar interessiert. »Die Ironie an der Sache ist, dass Sie mich jetzt daran hindern, meinen verdammten Wagen wegzufahren, und mein Parkdelikt in die Länge ziehen, indem Sie mich gegen meinen Willen hier festhalten«, sagte ich und überlegte, ob Menschen, die sowieso schon gereizt waren, weiteren Ärger magnetisch anzogen und ob ich die Sorge um Sebastian körperlich ausstrahlte und damit weiteres Unglück anlockte. Vincent Strebonian war anscheinend ganz versessen darauf, die Rolle des letzten Tropfens zu spielen, der das Fass zum Überlaufen brachte. Vielleicht spielte er ja die umgekehrte Rolle wie De Niro in *Wie ein wilder Stier*.

»Ich versuche lediglich, meinen Standpunkt klar zu machen«, erklärte er. »Das Mindeste, was Sie tun können, nachdem Sie mir schon rücksichtslos den Weg versperrt haben, ist, mich ausreden zu lassen.«

»Das tue ich ja, aber Sie wollen ja den ganzen Nachmittag weiterreden!«, brüllte ich. »Hören Sie, lassen Sie mich in Ruhe. Gehen Sie und machen Sie Schönheitsoperationen.« Ich hörte Schritte. Als ich mich umdrehte, sah ich den blonden jungen Mann, der am Fenster gestanden hatte, über die Straße auf uns zukommen, wobei er sich besorgt den Bart rieb. Sein ganzes Gesicht schien schweißbedeckt. Er musste ernstlich krank sein, wenn er nicht einmal die Straße überqueren konnte, ohne zu schwitzen. »Alles in Ordnung, Mr S.?«, fragte er im Näherkommen. Seine Stimme war sanft und vornehm wie bei einem Landadeligen oder der Absolventin einer Finishing School.

»Nein, keineswegs. Diese junge Dame ist äußerst unverschämt zu mir.«

»Nein, das stimmt nicht.« Seufzend lehnte ich mich zurück und zündete mir noch eine Zigarette an.

Der Bärtige steckte den Kopf durch mein offenes Seitenfenster. Er roch intensiv nach Fertigbackmischung. »Sie dürfen nicht so grob zu Mr Strebonian sein«, sagte er streng. »Er regt sich furchtbar auf, wenn jemand seine Einfahrt blockiert.«

»Was Sie nicht sagen«, fuhr ich ihn an. »Ich habe mich schon mehrmals entschuldigt, aber er meckert immer weiter.« Mein Handy, das ich in den aufflammenden Revierkämpfen völlig vergessen hatte, klingelte. Mir stockte der Atem. Sämtliche Absagen, die Sebastian je bekommen hatte, blitzten vor meinem inneren Auge auf: *Wünschen wir Ihnen viel Erfolg bei Ihrer weiteren Suche ... diesmal leider ... andere Bewerber hatten die geeigneteren Qualifikationen ...* Der blonde Mann steckte seinen Kopf immer noch in meinen Wagen und blinzelte mich hinter seinen dünnen Brillengläsern besorgt an. »Raus!«, brüllte ich und tippte ihm gegen die Stirn. Sie fühlte sich genauso glitschig an, wie sie aussah, allerdings eher cremig als verschwitzt. Mit gekränkter Miene zog er sich zurück.

Ich kurbelte das Seitenfenster hoch, schwor mir, auf der Stelle fünfhundert Pfund für hungernde Kinder zu spenden, falls Sebastian die De La Wyche Fehde bekommen hatte, und drückte auf die grüne Taste meines Handys. »Hallo? Sebastian?«

»Ja«, sagte er elend. »Ich habe es gerade erfahren. Ich hab's nicht gekriegt.«

Ich umklammerte gequält das Lenkrad und wartete, bis das Entsetzen über diese Nachricht auf ein erträgliches Maß abgeebbt war. Aber das geschah nicht. Warum musste das immer wieder passieren? Wie oft ich das noch würde aushalten können, wusste ich nicht. »O nein«, sagte ich und wiederholte auf gut Glück, an das ich nicht mehr glaubte: »O nein. Das tut mir wirklich Leid.«

»Das war's.« Sebastians Stimme bebte. »Es ist vorbei. Mir reicht's, ich hab die Schnauze voll. Ich habe ein Buch geschrieben, das bald erscheint, ich habe einen Preis bekommen, verdammt! Warum gibt mir niemand eine Stelle? Warum gibt mir niemand eine Chance?«

»Es ist nicht vorbei«, sagte ich mit einer erzwungenen Ruhe und Gelassenheit, die ich keineswegs empfand. Eines der wenigen guten Dinge in Sebastians Leben ist, dass ich mich verpflichtet fühle, ständig eine Maske unverwüstlicher Fröhlichkeit zur Schau zu tragen. Wenn er wüsste, wie sehr mir das alles an die Nieren ging, würde er sich nur noch elender fühlen.

»Uns fällt schon was ein. Es wird alles gut, du wirst sehen.«

»Nein. Alles ist Scheiße. Sie haben die Stelle dieser blöden Terri Skincrawl angeboten und sie weiß nicht mal, ob sie sie haben will!« Terri Skincrawl, Terri Gänsehaut, war Sebastians Spitzname für unsere geschätzte Nachbarin, wenn er sie nicht sogar Terri Skinflick, Sexfilmchen, nannte, was er angesichts ihrer feministischen Einstellung (besser: ihres feministischen Fanatismus) besonders komisch fand. Sebastian konnte Terri ohnehin nicht ausstehen. Einmal sagte er, wie sie ihren Mann Joe behandele, sei ein Fall für das UN-Tribunal für sexuelle Kriegsverbrechen. »Ich wollte die Stelle unbedingt haben. Warum haben sie sie mir nicht gegeben?«, sagte er nun.

»Was meinst du damit, dass sie nicht weiß, ob sie sie haben will?«, fragte ich.

»Sie hat um zwei Wochen Bedenkzeit gebeten. Offenbar hat sie noch ein anderes Stellenangebot von der Reading University. Das ist nicht fair! Warum kriegt sie alles und ich nichts?« Ja, warum? Ich hatte es schon lange aufgegeben, Gründe finden zu wollen. Rationalität ist sinnlos, wie mein Gespräch mit Vincent Strebonian gerade wieder einmal unter Beweis gestellt hatte. Niemand verhält sich auf eine bestimmte Weise, weil es gute Gründe dafür gibt. Die Leute tun einfach, was sie wollen, und erfinden hinterher Gründe, die ihr impulsives Verhalten rechtfertigen. Deshalb befolgt auch niemand den Rat anderer, wenn er sich nicht zufällig mit den eigenen unbewussten Neigungen deckt.

»Reading?«, fragte ich ungläubig. »Den meisten dürfte es nicht schwer fallen, sich zwischen Cambridges reichstem und berühmtestem College und Reading zu entscheiden.«

»Ihr offenbar doch.«

»Aber, Sebastian, das heißt doch, dass sie die Stelle vielleicht gar nicht nimmt ...«

»Vergiss es.« Er seufzte. »Ich bin nicht einmal an zweiter Stelle. Wenn Terri die Stelle nicht nimmt, bieten sie sie Rod Firsden an, ihrer zweiten Wahl.«

»Ach.« Ich umklammerte das Lenkrad noch fester. »Wer ist das?«

»Keine Ahnung!«, brüllte Sebastian. »Was spielt das schon für eine Rolle? Auf jeden Fall haben sie ihn mir vorgezogen. Warum will mich nie jemand haben? Was stimmt nicht mit mir?«

»Gar nichts«, antwortete ich bestimmt. »Mit *denen* stimmt was nicht.« Vincent Strebonian und sein wohltätiger Nachbar standen immer noch neben meinem Wagen und warteten offenbar, bis mein Telefongespräch beendet war, damit sie mir weiter Predigten halten konnten. Wenn sie mein Verhalten eben schon unverschämt gefunden hatten, blühte ihnen jetzt ein Schock. Ich würde dafür sorgen, dass sie wünschten, gegangen zu sein, bevor es zu spät war.

»Weißt du etwas über diesen Rod Firsden?«, fragte ich vorsichtig. »Zum Beispiel, ob er die Stelle nehmen würde, wenn man sie ihm anbietet?«

»Keine Ahnung. Wenn er und Terri sie ablehnen würden, bekäme ich sie, aber wie hoch stehen die Chancen, dass so etwas passiert?«

»Woher weißt du das? Bist du ihre dritte Wahl?«, fragte ich.

»Du brauchst gar nicht so aufgeregt zu klingen. Wir sind nur drei. Ja, ich bin ihre dritte und letzte Wahl.« Sein Ton war verbittert.

»Ich dachte, es wären vier zum Vorstellungsgespräch eingeladen worden.«

»Richtig. Aber die Vierte ist gestern ausgestiegen. Sonst hätten sie ihr auch noch den Vorzug vor mir gegeben, da gehe ich jede Wette ein.« Sebastian war von Natur aus niemand, der sich schnell wieder fing. Er neigte dazu, selbst bei der leichtesten Kränkung ätzend zu werden wie das Salz des Toten Meeres. Und da er intelligent genug war, fielen ihm immer neue Bissigkeiten ein, eine schärfer als die andere, mit denen er uns beiden wehtun konnte. In solchen Augenblicken wünschte ich wirklich, ich wäre mit Zac Hunt, dem Leiter der Kwikfit-Filiale, verheiratet, der vermutlich für jede missliche Lebenslage eine abgedroschene Phrase auf Lager hatte wie: »Solche Dinge sind uns als Prüfung auferlegt.«

»Sie ist ausgestiegen? Wieso?«

»Woher zum Teufel soll ich das wissen?«

»Sebastian, wer hat dich angerufen?«

»Valerie Williams. Sie hat etwas wirklich Komisches gesagt.«

»Die Ärztin?«

»Ja.«

»Was zum Teufel macht die College-Ärztin überhaupt in dem Vergabegremium? Da gehört sie nicht hin, genauso wenig wie die Schwiegermutter einer Bewerberin, die dann zufällig auch noch die Stelle kriegt! Das ist alles eine abgekartete Sache.«

»Mir reicht's. Ich kann nicht mehr«, murmelte Sebastian. Innerlich zuckte ich zusammen und wünschte, ich könnte etwas sagen, was alles wieder in Ordnung brachte. Mir fiel auf, dass Vincent Strebonian nicht mehr neben meinem Wagen stand. Der bärtige Blonde wartete allein und schaute mich finster an.

»Sebastian«, sagte ich ruhig, »ich komme gleich nach Hause. Was hast du damit gemeint, dass die Ärztin was Komisches gesagt hat?«

»Sie hat so was gesagt wie: ›Fast hätten Sie sie gekriegt.‹ Aber wie soll das möglich sein? Ich bin ja nicht mal an zweiter Stelle.«

»Hat sie das gesagt?«

»Etwas in der Art, ja«, seufzte Sebastian. »Was soll's? Es ist vorbei. Mein Leben, meine Karriere, am Ende.«

»Hör bitte auf damit!«, schrie ich und bemühte mich, meine Tränen zurückzuhalten. »Gar nichts ist vorbei! Hör zu, warte, bis ich nach Hause komme, dann können wir in Ruhe darüber reden. Ist alles okay, bis ich da bin?«

»Gar nichts ist okay. Es wird nichts okay sein, bis mir endlich jemand eine Stelle gibt, und das tut keiner.«

Ich rieb mir die Schläfen und merkte zu spät, dass meine Fingerspitzen immer noch fettig waren, weil ich dem Blonden an die Stirn getippt hatte. Ich schnupperte an meiner linken Hand: Kokoslotion oder Kakaobutter oder etwas Ähnliches. Kein Wunder, dass sein Gesicht glänzte, wenn er es mit diesem Zeug einrieb. »Sebastian, vergiss nicht, dass der letzte De La Wyche Fellow spurlos verschwunden ist. Vielleicht ist die Stelle verhext.« In Wahrheit glaubte ich nicht daran, aber ich hätte alles gesagt, damit sich nur ja keine Stille zwischen uns einschlich. Stille gibt einem die Gelegenheit, nachzudenken und Schlüsse zu ziehen. Außerdem stimmte es: Der letzte De La Wyche Stipendiat, Fernando Rose, war tatsächlich unter mysteriösen Umständen verschwunden, wenn man den College-Geschichten glauben durfte.

»Ich wünschte, das ganze College würde verschwinden«, sagte Sebastian. »Ich bin sie alle leid, diese undankbaren Schweine. Haben sie denn kein bisschen Loyalität? Seit drei Jahren bin ich hier, seit drei Jahren, verdammt! Meine Doktorarbeit hat einen Preis bekommen, und was kriege ich dafür? Nichts, nicht mal den Hauch einer Chance! Zu dem Festessen morgen gehe ich auf keinen Fall, nicht nach dieser Geschichte.«

»Wir müssen hingehen«, sagte ich, obwohl auch mir davor graute. »Sonst sieht es so aus, als würden wir uns geschlagen geben.«

»Wir sind geschlagen«, jammerte Sebastian. In regelmäßigen Abständen veranstaltete Summerton Festessen für seine Fellows, Studenten und Exstudenten. Sie fanden immer in der Great Hall statt, unter den wachsamen Blicken sämtlicher Exrektoren des Colleges, deren Porträts an den Wänden hingen. Zu einem solchen Festessen gehörten in der Regel ein Menü mit sechs bis sieben Gängen, ein lateinisch gesungenes Dankgebet, Chorgesang, Trinksprüche auf die Königin, erlesen gedruckte Speisekarten mit dem Summerton-Wappen und mehr Alkohol, als zu trinken man vernünftigerweise von einem Menschen erwarten sollte. Fellows und Graduierte trugen zu solchen Anlässen lange, schwarze Roben, die sie vom Hals bis zu den Zehen einhüllten. Als Sebastian mich zum ersten Mal zu einem solchen Festessen mitnahm, hatte ich mich vor Lachen kaum halten können beim Anblick der großen Halle voller Menschen, die aussahen, als wären sie geradewegs aus einem Vidal-Sassoon-Friseursalon entlaufen.

Mir stand wahrhaftig nicht der Sinn nach einem geselligen Abend mit Summerton-Fellows, also mit Leuten, die eine Stelle an einer Universität hatten und das auch noch völlig selbstverständlich fanden. Ohne die geringste Spur von Erstaunen oder Begeisterung ließen sie sich Gans, Kaninchen und Schwan servieren. Die meisten warfen nicht einmal einen Blick auf ihre Speisekarte, während Sebastian und ich unsere Karten sammelten.

Blondbart stand immer noch neben meinem Wagen und beugte sich ab und zu herunter, um mir mit einem Finger Zeichen zu geben. Ich winkte mit der linken Hand ab und bedeutete ihm, er solle verschwinden.

»Wir sind überhaupt nicht geschlagen«, sagte ich. »Hör zu, sei doch nicht so deprimiert! Ich komme gleich nach Hause.« Ich drückte auf die rote Taste meines Handys und warf es angewidert auf den Rücksitz, weil es mir schlechte Nachrichten gebracht hatte. Dann ließ ich den Motor an und wollte gerade Misstrauen-die-Handbremse lösen, als es an meinem Seitenfenster klopfte. Ungeduldig kurbelte ich die Scheibe hinunter.

»Hören Sie, hauen Sie einfach ab, ja?«, fauchte ich Blondbart an. »Ihr Freund war im Unrecht, ich war im Recht.«

»Darum geht es gar nicht. Ich ... Ich wollte Sie bitten, mir Fahrstunden zu geben. Red L Driving School. Das gefällt mir. Das klingt interessanter als die meisten anderen Namen.« Er schob sich die Brille auf der glänzenden Nase nach oben. Eine Wolke Kakaobutterduft wehte zu mir herüber.

»Nein«, sagte ich.

»Nein?«

»Ich meine, Sie können keine Fahrstunden nehmen, jedenfalls nicht bei mir.«

»Warum nicht?« Er schaute verdutzt drein.

»Weil ich Sie nicht mag.«

»Weil Sie mich nicht mögen? Sie kennen mich doch gar nicht! Ist es, weil ich mich in Ihren Streit mit Mr Strebonian eingemischt habe?«

»Hören Sie ...« Ich verkniff mir, ein »Kinderpopo« hinzuzufügen.

»Rod«, half er mir aus. »Rod Firsden.«

Ungläubig starrte ich ihn an. Das konnte doch wohl nicht wahr sein! Bestimmt hatte er nicht das gesagt, was ich glaubte, gehört zu haben. Das war doch sicher ein Witz. »Was haben Sie gesagt?«, knurrte ich zwischen tauben Lippen.

»Rod Firsden«, wiederholte er. »So heiße ich.«

Kapitel 3

Die zweite Besetzung

Jeder einzelne Nerv in meinem Körper bebte, als ich Rod Firsden bat, einzusteigen. Kennen Sie das Gefühl, wenn etwas passiert, und Sie wissen genau, dass es wichtig ist, auch wenn Sie noch keine Zeit hatten, zu überlegen, warum? So ging es mir. Das ist die zweite Besetzung für die De La Wyche Fehde, sang ich in mich hinein, während ich mich zu beruhigen versuchte. Das ist der Mann, dem die Stelle angeboten wird, wenn Terri Skincrawl sie ablehnt.

War es möglich, dass der Mann mich anlog, fragte ich mich, während er sich neben mich auf den Beifahrersitz setzte und aufgeregt seine glänzende Nase rieb. Vielleicht hatte er durch das Wagenfenster gehört, wie ich Rod Firsden erwähnte, und tat jetzt nur so, als ob er so hieße! Nein. Warum sollte jemand das tun, wenn er nicht gerade verrückt war? Er musste Rod Firsden sein. Ich war mir immer noch nicht sicher, was das zu bedeuten hatte, verspürte aber allmählich eine himmelhoch jauchzende Leichtigkeit, die vermuten ließ, dass der Umstand wohl eher positiv als negativ war.

Mir fiel ein, dass ich zuerst meine kompromisslose Ablehnung revidieren musste. Zum Glück hatte ich ihn nicht Kinderpopo genannt. Ich räusperte mich und sagte heiser: »So, Sie wollen also Fahrstunden nehmen?«

Nun geschah etwas, worauf ich ganz und gar nicht vorbereitet war. Rod Firsden nahm seine Brille ab, legte sie fein säuberlich auf das Armaturenbrett, schlug die Hände vor sein glänzendes Gesicht und schluchzte laut los. Seufzend dachte ich: Das hat mir gerade noch gefehlt. Es war schon schwer genug, mit Sebastians Elend fertig zu werden, auch ohne dass ein völlig Fremder mir noch sein Leid aufhalste.

Es ist ein ungeschriebenes Gesetz, dass man weinende Menschen in den Arm nehmen muss, aber da es mir widerstrebte, Rod Firsden anzufassen, schaute ich ihn nur an. Er trug einen schwarzen Rollkragenpullover und schwarze Jeans. An diesem Tag war es zwar nicht brütend heiß, aber doch entschieden zu warm für seine Kleidung. Außerdem hatte er den Pullover in die Hose gesteckt, was einfach lächerlich aussah.

»Hören Sie, es tut mir Leid, dass ich gesagt habe, ich mag Sie nicht ...«

»Es ist nicht Ihretwegen.« Er schluckte und wischte sich die Augen. »Das ist es gar nicht.«

»Ach.« Leicht vergrätzt, dass meine Unfreundlichkeit nicht der Grund für seine Tränen war, lehnte ich mich zurück.

»Es ist unerträglich«, sagte Rod in seiner präzisen, abgehackten Finishing-School-Stimme. »Es tut mir Leid. Ich sollte Sie nicht damit belasten. Aber ich ... kann einfach nicht dagegen an. Offenbar habe ich jedes Maß verloren. Meine ganze Zukunft hängt in der Schwebe.« Erst als er das sagte, wurde mir klar, dass er wohl von der De La Wyche Fehde sprach. Ich konnte mein Glück kaum fassen. Hier saßen wir und kamen ohne höfliche Umschweife gleich zur Sache. Das ist der Vorteil bei hysterischen Menschen: Man braucht nicht lange darauf zu warten, dass sie etwas Interessantes sagen. Leute, die ihre Gefühle unter Kontrolle haben, muss man dagegen manchmal jahrelang kennen, bevor man auch nur ein Fitzelchen Klatsch aus ihnen herausbekommt.

»Was meinen Sie damit?«, fragte ich ermutigend. Rod wischte sich die Augen, schniefte ein paar Mal und nahm dann mit beiden Händen die Brille vom Armaturenbrett. Seine Bewegungen hatten etwas Präzises, das mich an einen Pantomimen erinnerte.

»Es tut mir furchtbar Leid«, wiederholte er. »Sie wollen sicher nichts von meinen Problemen hören. Es war mir ernst, dass ich Fahrstunden nehmen möchte ...«

»Ich möchte wohl etwas über Ihre Probleme hören«, widersprach ich.

»Wirklich? Warum?« Er blinzelte mich argwöhnisch an.

»Na ja, es kommt nicht jeden Tag vor, dass ein völlig Fremder in meinem Wagen in Tränen ausbricht.«

»Das ist kein Grund.«

»Mm ...« Ich suchte angestrengt nach etwas Überzeugenderem. »Wenn ich Ihnen Fahrstunden geben soll, muss ich wissen, was mit Ihnen los ist ... wenn Sie wissen, was ich meine ... sonst steht diese ungeklärte Sache immer zwischen uns und ... ich kann mich dann nicht auf den Unterricht konzentrieren.«

»Das ist ein Argument«, stimmte er nickend zu, worauf ich ihn erleichtert anstrahlte. Meine Erklärung hatte in meinen eigenen Ohren so absurd geklungen, dass ich schon Angst hatte, er würde es sich anders überlegen, aus dem Wagen steigen und nie wieder auf engstem Raum mit mir zusammen sein wollen. Mir war klar, dass ich ihn zum Bleiben bewegen musste, obwohl ich immer noch nicht recht wusste, was ich eigentlich erreichen wollte. Allmählich nahmen vage Vorstellungen in meinem Hinterkopf Gestalt an. »Haben Sie schon mal vom Summerton College gehört?«, fragte er.

»Klar«, antwortete ich eingeschnappt. »Ich lebe schließlich schon seit vier Jahren in Cambridge. Ich mag zwar

Fahrlehrerin sein, aber völlig ungebildet bin ich deshalb nicht.«

»Oh.« Rod wirkte erstaunt. »Haben Sie denn zufällig auch schon mal was vom De La Wyche Fellowship gehört?« Seine Stimme bebte, als er das Stipendium erwähnte.

Ich überlegte, ob es klug war, darauf mit Ja zu antworten. Dass eine hiesige Fahrlehrerin das bekannteste College von Cambridge kannte, war noch plausibel, aber dass sie auch die Namen der Forschungsstipendien kannte, war vielleicht weniger glaubwürdig. »Vage«, brummelte ich deshalb. »Ach, hat das nicht was mit diesem Typen zu tun, der spurlos verschwunden ist? Sie wissen schon, wie hieß er noch gleich? Fernando Rose, oder? Es stand in allen Boulevardblättern.« Ich beglückwünschte mich mit einem leichten Grinsen, das Rod sicher nicht auffiel. Die Boulevardpresse zu erwähnen war ein Geniestreich, da er von einer Fahrlehrerin nichts anderes erwartet haben dürfte. Ich war überzeugt, dass ich das richtig in Erinnerung hatte: Eine der sensationslüsternen Zeitungen hatte in der Schlagzeile spekuliert: »Cambridge-Dozent von Aliens entführt«.

»Ja, das ist das Stipendium«, sagte Rod. »Obwohl es frustrierend ist, dass die meisten Menschen es jetzt hauptsächlich mit diesem Vorfall in Verbindung bringen. Es ist das angesehenste und begehrteste Forschungsstipendium von Oxbridge. Mehrere ehemalige De La Wyche Stipendiaten haben später den Nobelpreis bekommen.« Er sprach von »Oxbridge«, also Oxford und Cambridge, so wie ich »die ganze Welt« hätte sagen können – vermutlich gab es für ihn zwischen beidem keinen Unterschied.

»Wissen Sie etwas darüber? Warum er verschwunden ist, meine ich?« Ich wollte noch ein bisschen länger die sensationshungrige Unwissende spielen, um Rod am Reden zu halten, bis mir eine Strategie eingefallen war. Damals hatte mich das Verschwinden von Fernando Rose tatsächlich ebenso interessiert wie alle anderen, die mit Summerton zu tun hatten, aber ungelöste Rätsel, die anfangs so faszinierend scheinen, werden nach einer Weile langweilig, wenn keine neuen Fakten auftauchen. Ich war Fernando nie begegnet und auch Sebastian kannte ihn nur flüchtig von ein oder zwei Saufgelagen am College. Sofern ein Mensch, der auf so rätselhafte Weise verschwindet, einem nicht besonders nahe steht, akzeptiert man nach einer Weile, dass man nie erfahren wird, wo er geblieben ist.

Es war Anfang des vergangenen Jahres passiert, als Sebastian gerade an seiner Doktorarbeit schrieb. Er hatte damals die Hypothese vertreten, Fernando Rose sei mit Martine Selinger durchgebrannt, der Frau von Damian Selinger, einem Summerton-Dozenten. Bei dem Gedanken an ihn runzelte ich die Stirn. Er gehörte zu dem verhassten Gremium, das vor zwei Tagen das Vorstellungsgespräch mit Sebastian geführt und ihn nun abgelehnt hatte. Dabei war er angeblich Sebastians Freund. Damian hatte Sebastians emotionale und praktische Hilfe im Laufe der letzten Jahre mehrmals stark in Anspruch genommen, als er und Martine die Abfolge schlechter Zeiten durchmachten, die sie optimistisch als Ehe bezeichneten.

»Nein«, sagte Rod unwirsch in meine grimmige Grübelei. »Ich interessiere mich nicht für Klatschgeschichten. Möchten Sie jetzt wissen, was mich so aufgewühlt hat, oder nicht?«

»Ja. Entschuldigung.«

»Ich hatte ein Vorstellungsgespräch für das De La Wyche Fellowship, für das nächste, das im Oktober anfängt. Das war vor zwei Tagen. Ich kann gar nicht sagen, wie dringend ich es haben will. Mein Leben lang habe ich darauf hingearbeitet.« Er sah mich feierlich an und ich nickte ernst. »Ich habe alles getan, was in meiner Macht stand, um es zu bekommen.«

»Zum Beispiel?« Vielleicht konnte ich aus seinem Vorgehen ja etwas für Sebastian lernen, falls er je wieder zu einem Vorstellungsgespräch eingeladen wurde. Falls er sich je wieder um eine Stelle bewerben sollte, dachte ich elend, als mir einfiel, dass er steif und fest behauptet hatte, seine Karriere sei am Ende, von seinem Leben ganz zu schweigen.

»Was?« Rod blinzelte mich an. »Na ja, Sie wissen schon, ich habe alles Nötige getan, um mich auf das Gespräch vorzubereiten.«

»Okay. Erzählen Sie weiter.«

»Ich dachte, das Schlimmste, was mir passieren könnte, wäre, das Stipendium *nicht* zu bekommen. Das wäre unsagbar schrecklich – ich habe keine Ahnung, wie ich damit umgehen soll, wenn das passiert, wie ich das überleben soll – aber etwas viel, viel Schlimmeres ist ... o Gott!« Er nahm seine Brille wieder ab, legte sie diesmal in das Handschuhfach und heulte wie eine verwundete Katze. Wäre er nicht so verzweifelt gewesen, hätte ich ihm in scharfem Ton erklärt, er solle gefälligst die Hände aus den Privatfächern meines Wagens lassen. Im Handschuhfach lagen Papiere mit meinem Namen, aber er war zum Glück viel zu aufgewühlt, um sie zu bemerken. Ich wusste auch gar nicht, ob Rod Sebastians Namen kannte oder ob ihm klar war, dass er sich ebenfalls um das Stipendium beworben hatte. Aber ich durfte ihn auf keinen Fall wissen lassen, dass seine neue Fahrlehrerin – und psychiatrische Betreuerin, wie es schien – die Frau eines Rivalen war. Ich musste mir einen falschen Namen ausdenken, bevor er mich danach fragte – falls er das überhaupt tat. Kate konnte ich beibehalten, aber statt Nunn würde ich ihm meinen Mädchennamen nennen, Cahill.

»Und was ist dieses viel, viel Schlimmere?«, fragte ich.

»Ich bin Zweiter geworden!« Rod rang verzweifelt die Hände. »Das an sich wäre schon quälend genug – es fast zu schaffen ist viel schlimmer, als völlig zu scheitern –, aber es geht noch weiter. Die Erste, Terri Skinner heißt sie, hat um zwei Wochen Bedenkzeit gebeten, um eine Entscheidung zu treffen, die dieser Beschreibung Hohn spottet: eine Entscheidung zwischen Summerton und Reading, können Sie sich das vorstellen?« Mit der gleichen Abscheu hätte er auch »Broadmoor« sagen können. »Summerton sollte sie sofort ablehnen, weil sie die Unverschämtheit besitzt, auch nur zu *denken*, dass Reading besser sein könnte! Aber sie haben ja gesagt und ihr die zwei Wochen Bedenkzeit gegeben!« Er warf den Kopf in den Nacken und heulte. »Zwei Wochen Folter, in der Schwebe zwischen Himmel und Hölle, ohne zu wissen, was kommt!« Ich starrte den glänzenden Rod Firsden verwundert an. Er war noch melodramatischer als Sebastian, falls das überhaupt möglich war. Mir kam ein treuloser Gedanke: Vielleicht hatten sie Terri Skincrawl das Stipendium gegeben, weil Rod und Sebastian bei ihren Vorstellungsgesprächen zu viel Prüfungsangst gezeigt hatten? Nach außen wirkte Terri immer so selbstsicher und charmant, dass man ihr nichts Exzentrisches zutraute. Und dass sie zu Hause in Noble House, Wohnung 3, ein bisschen Sklaverei betrieb, wusste schließlich niemand, am wenigsten die Mutter des Sklaven, Professorin Fielding (Sie verstehen schon). Joe Fielding scheint nicht der Typ zu sein, der sich beklagt. Nach den wenigen Malen zu urteilen, bei denen ich sein Gesicht gesehen habe, würde ich sogar sagen, dass er erstaunlich glücklich wirkt, wenn man bedenkt, dass er in einer ganz ähnlichen Situation ist wie Rochester in *Jane Eyre*. Damit meine ich natürlich, dass er mit einer schrecklichen Frau geschlagen ist, nicht, dass er sich in ein Kindermädchen verliebt. Es gibt nämlich keins, in das er sich verlieben könnte, er selbst ist das Kindermädchen.

Neben mir weinte Rod immer noch. Plötzlich sehnte ich

mich nach Zac Hunt, dem starken, kompetenten Filialleiter von Kwikfit. Denn ein Mann, den ich trösten musste, hatte mir gerade so sehr gefehlt wie eine Strafpredigt von Vincent Strebonian. Aber ich heuchelte Geduld, weil ich das Gefühl hatte, kurz vor einem Durchbruch zu stehen.

»Also, wenn Terri Skinner die Fehd... das Stipendium ablehnt, bekommen Sie es?«, nahm ich das Gespräch wieder auf.

»Ja! Aber das halte ich nicht aus, vorher sterbe ich, ich kann nicht zwei Wochen warten! Ich muss etwas unternehmen«, winselte Rod.

»Was, Sie wollen Terri was antun? Um sie aus dem Weg zu schaffen?« Mein Kopf legte einen Gang ein, als ich das sagte. War Rod wahnsinnig genug, um für seine Karriere eine gewisse menschliche Hürde mit Gewalt aus dem Weg zu räumen? Wenn ja – und nach seinem bisherigen Verhalten konnte ich das nicht ausschließen –, dann bedeutete das ein Hindernis weniger für mich. Es fiel mir schwer, Terri und Rod nicht als Hindernisse zu sehen, da nur sie zwischen Sebastian und dem besten Job der Welt und vielleicht sogar einem Nobelpreis standen, wenn man Rod glauben durfte.

»Seien Sie nicht albern«, fuhr er mich an. »Was meinen Sie damit, sie aus dem Weg schaffen?« Er öffnete das Handschuhfach und setzte seine Brille wieder auf.

»Na ja, ich weiß auch nicht«, versuchte ich die Sache abzutun. »Sie hörten sich ziemlich verzweifelt an. Ich dachte, Sie wollten vielleicht ...« Ich zuckte die Achseln und hoffte, dass er sich den Rest selbst denken würde.

»Nein!«, erklärte er vehement. »Man kann Menschen nicht einfach ... aus dem Weg schaffen.« Er schaute mich an, als sei ich verrückt.

»Aber daran gedacht haben Sie schon, oder? Na, kommen Sie, mir können Sie es doch sagen. Was haben Sie damit gemeint, dass Sie was unternehmen müssen?«

»Ich habe gemeint, dass ich eine Beschäftigung brauche, in die ich mich stürzen kann, um mich vom Warten abzulenken«, erklärte er selbstgerecht. »Zum Beispiel Auto fahren lernen.«

»Ach«, murmelte ich niedergeschlagen. Warum musste er ausgerechnet jetzt wieder einen klaren Kopf bekommen, wo ich mir seinen Wahnsinn am meisten wünschte?

»Bin ich so leicht zu durchschauen?«, fragte er in dem Moment überraschenderweise.

»Was?«

»Ich habe das Gefühl, Sie können Gedanken lesen. Ich habe tatsächlich daran gedacht …« Er schluckte. »… aber es ist nur eine kranke Fantasie. Ich weiß, es ist schrecklich, ich bin ein schlechter Mensch, aber wenn ich die Wahl hätte … na ja, ich weiß nicht, wie ich mich entscheiden würde.« Ich wusste sofort, was für eine Wahl er meinte, obwohl er sich so kryptisch ausdrückte.

»Sie meinen, wenn Gott herabsteigen und sagen würde, entweder Terri stirbt und Sie kriegen den Job, oder sie bleibt am Leben und bekommt den Job?«

»Genau!«, keuchte Rod mir begeistert ins Gesicht. Sein Atem war feuchtwarm. »Sie sind wirklich erstaunlich. Sie sind so … klug! Wie haben Sie das erraten?«

Ich räusperte mich, weil ich das dringende Bedürfnis hatte, das Gespräch wieder in normalere Bahnen zu lenken. Da Rod plötzlich mehr Begeisterung für Terris möglichen Tod aufbrachte, wurde es mir allmählich ein bisschen mulmig. »Gott steigt aber nicht vom Himmel herab und stellt einen vor eine solche Wahl. Jedenfalls nicht im richtigen Leben.«

»Ich weiß«, seufzte Rod. »So etwas würde ich mir auch

niemals wirklich wünschen, ich bin nur so ... frustriert! Geben Sie mir Fahrstunden? Schaffen Sie das in zwei Wochen? Ich meine, den ganzen Tag, jeden Tag ...«

»Moment mal«, fiel ich ihm ins Wort. »Ich habe noch andere Schüler, wissen Sie. Und Fahren lernen dauert ein bisschen länger als zwei Wochen. Sind Sie noch nie gefahren?«

»Nein. Aber bitte, wir müssen uns unbedingt wenigstens jeden Tag sehen. Ich unterhalte mich gern mit Ihnen. Ich spüre, dass wir dieselbe Wellenlänge haben.« Strahlend beugte er sich zu mir, als hätte er vergessen, dass es ihm eigentlich elend ging. Wie konnte er behaupten, das er sich gern mit mir unterhielt und wir dieselbe Wellenlänge hätten, wo wir uns gerade mal eine halbe Stunde kannten?

»Arbeiten Sie denn im Augenblick nicht?« Ich musste ihn unbedingt von unserer »Wellenlänge« abbringen, denn allzu viel Nähe zu diesem menschlichen Hindernis für Sebastians Glück konnte ich mir nicht erlauben.

»Ich kann nicht arbeiten, nicht unter diesen Umständen«, fuhr Rod auf. Er empfand den Gedanken offenbar als unerhörte Zumutung, denn jetzt funkelte er mich wütend an, obwohl er eben noch gestrahlt hatte. Ich hatte ja schon einige launische Menschen erlebt, aber niemanden, dessen Gemütsverfassung so schnell umschlug. Wenn ich mit Rod redete, hatte ich das Gefühl, in Treibsand zu versinken. Das Vernünftigste war, einfach zu ignorieren, was er sagte oder tat. »Es tut mir Leid«, jammerte er weinerlich. »Es ist nur, dass ich ... seit dem Vorstellungsgespräch nicht mehr ich selbst bin. Sie wissen schon, Stress, Depressionen ... Na ja, vielleicht kennen Sie das ja nicht.« Er wartete meine Antwort gar nicht erst ab. »Normalerweise mache ich Gelegenheitsjobs. Ich kuvertiere Briefe für eine Tai-Chi-Schule.«

»Machen Sie Witze?«, kicherte ich, merkte aber sofort,

dass er es wohl ernst meinte. Seit er in meinen Wagen gestiegen war, hatte ich noch keinen Anflug von Humor an ihm entdeckt. Sebastian machte zumindest ab und an eine Pause in seinem finsteren Brüten, um mich zum Lachen zu bringen.

»Wieso sollte ich?« Rod bestätigte meinen Eindruck, dass er ein humorloser Neurotiker war.

»Ich weiß nicht. Ich dachte, Sie sind eher ein Akademikertyp.« Ich wollte schon sagen, dass die meisten Akademiker, die ich kannte, nicht einmal im Traum daran denken würden, eine andere Arbeit anzunehmen – vorausgesetzt, dass sie außerhalb der Universität überhaupt zurechtkämen, was für die meisten nicht zutraf. Wenn Sebastian mich als Gast zu den Dinners am Summerton College mitnahm und mich einem der alten Gentlemen in Robe vorstellte, machten sie oft ein komisches Geräusch wie »Grghuh«. Mit der Zeit erkannte ich an diesem Geräusch, dass ein Cambridge-Professor sich von dem Schock erholte, sich mit einer Laiin unterhalten zu sollen.

»Sie gehören vermutlich zu den Leuten, die über Tai-Chi die Nase rümpfen«, sagte Rod eingeschnappt. »Wahrscheinlich finden Sie, das ist alles New-Age-Hippie-Quatsch.« Es fiel mir schwer zu glauben, dass dieser Mann mich noch vor ein paar Minuten als klug bezeichnet hatte.

»Entschuldigen Sie mal! Warum sind Sie so aggressiv?«, protestierte ich. Zufällig empfand ich Tai-Chi keineswegs als New-Age-Hippie-Quatsch, aber Rod dachte offenbar, ich bezöge meine Meinung geradewegs beim Großhandel für Fahrlehrerignoranz, und diesen Eindruck wollte ich zerstreuen. Was mir an Tai-Chi nicht gefällt, ist, dass es genauso zum Buddhismus führt wie Marihuana zu Heroin. Beim Buddhismus geht es nur um inneren Frieden, was eine naive und ineffektive Gemütsverfassung ist. Mit innerem Frieden würde Sebastian die De La Wyche Fehde nie gewinnen.

»Entschuldigung, aber Sie fragen mich ständig aus«, sagte Rod.

»Das nennt man Konversation«, bemerkte ich sarkastisch.

»In Ordnung.« Er atmete langsam aus. »Es tut mir Leid. Als ich meine Doktorarbeit fertig hatte, brauchte ich Geld, und diese Schule suchte Leute, die Briefe kuvertieren. Es ist nur tageweise, bar auf die Hand.«

»Und wie lange machen Sie das schon?«

»Also, was soll das werden?«, fuhr er mich wütend an. »Ein Verhör?«

»Meine Güte, was ist bloß los mit Ihnen?« Mittlerweile hatte ich wirklich genug von diesem Irren. Aber immerhin war er bereit, niedere Arbeiten zu übernehmen, um Geld zu verdienen, was man von Sebastian nicht behaupten konnte. Rod verstand zumindest den Begriff wirtschaftliche Notwendigkeit. »Ich will es Ihnen erklären«, sagte ich. »Im Rahmen einer freundschaftlichen Unterhaltung ist es durchaus üblich, ein gewisses Interesse an einem anderen Menschen zu zeigen. Mehr tue ich nicht. Sie sollten es bei Gelegenheit auch mal ausprobieren und aufhören, so von sich selbst besessen zu sein. Ich heiße übrigens Kate Cahill, falls Sie das interessiert.«

»Sie haben Recht. Ich bin von mir besessen. Ich kann nichts daran machen. Aber über die Arbeit möchte ich lieber nicht reden. Sie ist stupide. Briefe kuvertieren!« Er schnaubte verächtlich. »Wenn ich das De La Wyche Fellowship bekäme, würde ich eine Arbeit machen, über die es sich zu reden lohnt.«

»Ach ja?«, sagte ich beiläufig.

»Ja. Mein vorgeschlagenes Forschungsprojekt befasst sich mit George Herbert. Haben Sie schon von ihm gehört? Ein Dichter des siebzehnten Jahrhunderts.«

»Nein«, antwortete ich wahrheitsgemäß.

»Nein?« Rod wirkte schockiert. »Aber er ist großartig! Einer der größten Dichter, die je gelebt haben. Sie müssen seine *Sämtlichen Gedichte* kaufen.«

»Na ja …« Ich suchte nach einer taktvollen Formulierung, um ihm zu sagen, dass ich andere Dinge dringender brauchte und George Herberts *Sämtliche Gedichte* ganz unten auf meiner Einkaufsliste standen, aber Rod achtete gar nicht auf mich. Er starrte mit fiebrigem Glanz in den Augen vor sich aus dem Fenster.

»Er ist mein Held. Wenn ich das Stipendium bekomme, schreibe ich das Standardwerk über ihn, wissen Sie. Es ist Zeit, dass jemand dies tut.«

»Mm«, machte ich gefühlvoll, als würde auch ich mir ernstlich Gedanken über die bislang völlig unzureichende Literatur zu George Herbert machen.

»Aber wenn ich es nicht bekomme, wenn diese Terri Skinner es annimmt … ich weiß nicht einmal, was sie für ein Thema hat! Aber ich bin sicher, dass es nicht so wichtig sein kann. Wie sollte es auch?«

Es ist bestimmt nicht so wichtig wie Sebastians Forschung über Totalitarismus, dachte ich, keineswegs überzeugt, dass die Welt ohne Rods Betrachtungen über einen Dichter des siebzehnten Jahrhunderts, von dem ich noch nie gehört hatte, wesentlich ärmer dran wäre. Als Nachbarin von Terri Skincrawl hatte ich einiges über ihre Arbeit gehört, aber das konnte ich Rod natürlich nicht sagen. Fischzähne. Nein, das ist keine Beschönigung eines unanständigen Ausdrucks, sondern die Grundlage ihrer Karriere. Die Zähne von Fischen. Damit beschäftigt sie sich, wenn sie manchmal bis neun oder zehn Uhr abends in der Bibliothek von Summerton sitzt, zu der ihre Schwiegermutter, die Professorin, ihr netterweise einen Schlüssel gegeben hat, während der arme Joe die Tochter, die nicht seinen Namen trägt, vom Kindergarten abholt, ihr Abendessen macht, sie ins Bett bringt und nebenbei noch einkauft, die Wäsche wäscht und staubsaugt. Backenzähne von Makrelen. Vorstehende Goldfischzähne. Wie man es auch ausdrückt, es klingt absurd.

»Kate?« Rod legte mir die Hand auf den Arm. »Es tut mir Leid, wenn ich ruppig war. Verzeihen Sie mir? Geben Sie mir Fahrstunden? Wir könnten sofort damit anfangen.«

Ich zögerte. Sebastian wartete sicher schon auf mich, aber ich wollte Rod noch nicht gehen lassen. Wenn Terri Skinflick das Stipendium nicht annahm, würden sie es Rod anbieten, der es bestimmt annähme. Es sei denn, ich würde irgendwie dafür sorgen, dass er es nicht täte. »Na gut, tauschen wir die Plätze.«

Als wir aus dem Wagen stiegen, fiel mir auf, dass wir die ganze Zeit Vincent Strebonians Einfahrt blockiert hatten. »Geschieht dem Kerl ganz recht, weil er so auf mich losgegangen ist«, brummte ich vor mich hin.

»Sprechen Sie von Mr S.?«, fragte Rod und setzte sich auf den Fahrersitz.

»Ja. Was für ein Arschloch. Er ist ja nicht mal ein richtiger Doktor, nur Mr Strebonian.«

»Alle Chirurgen nennen sich ›Mister‹. Und er ist kein ... was Sie gesagt haben, er ist nur sehr gereizt. Ständig ignorieren die Leute sein Parkverbot. Er ist ein alter Mann. Sie hätten nicht so hart zu ihm sein sollen.«

»Wie dem auch sei.« Ich tat die Sache mit einem Kopfschütteln ab. Statt sich mit den Opfern zu solidarisieren, tun manche Menschen genau das Gegenteil und halten dir die guten Seiten deines Angreifers vor Augen, bevor du auch nur wieder auf die Füße gekommen bist. Im Stillen reagierte ich auf Rods Versuche, Vincent Strebonian zu verteidigen, wie ein Apfel auf ein Gnadengesuch für Wilhelm Tell. »Gut, unter Ihren Füßen befinden sich drei Pedale«, begann ich meine übliche Einführung in die erste Fahrstunde. »Rechts ist das Gaspedal, das wir nur ›Gas‹ nennen, weil es schneller geht, in der Mitte ist die Bremse und links die Kupplung.« Rod nickte und starrte geistesabwesend auf einen Baum am Straßenrand. »Nein, Sie sollen sich das nicht nur anhören. Schauen Sie sich die Pedale an. Sie müssen wissen, wo sie sind, weil Sie nämlich gleich Ihre Füße darauf setzen werden.«

In meiner gesamten beruflichen Laufbahn war mir noch nie ein so begriffsstutziger Schüler untergekommen. Ich brauchte fast eine Viertelstunde, Rod beizubringen, welche Funktion jedes Pedal hatte, wo die einzelnen Gänge lagen und wie man die Zündung einschaltet.

Als er das begriffen hatte, sagte ich: »Das ist die Handbremse. Wir nennen sie ›Misstrauen‹.«

»Misstrauen?« Rod sah mich verdutzt an.

»Ja. Als Erstes an, als Letztes aus.« Ich erzählte ihm von meiner Fahrlehrerin und »Schlüpfer«.

Ein Grinsen machte sich auf Rods glänzendem Gesicht breit. »Das ist toll. Das gefällt mir. Misstrauen! Schlüpfer! Sie können mit Sprache umgehen. Fahrschule ›Red L‹ – haben Sie sich das einfallen lassen?« Ich nickte bescheiden. »Haben Sie je versucht, Gedichte zu schreiben? Ich wette, das würde Ihnen liegen.«

»Nee«, sagte ich. »Aber ich wette, Jim Herbert hat auch nie versucht, anderen das Autofahren beizubringen.«

»George Herbert«, kicherte Rod. Wenn er sich ein bisschen entspannte, sah er ziemlich gewinnend aus, und plötzlich tat er mir unheimlich Leid. Er sitzt im selben Boot wie Sebastian, dachte ich. Dann wurde mir ruckartig in Erinnerung gerufen, dass er buchstäblich und in gewisser Weise lebensbedrohlich im selben Wagen saß wie ich, denn Rod löste Misstrauen-die-Handbremse, trat schwungvoll aufs Gaspedal und wir schossen mit etwa sechzig Meilen los.

»Rod, da ist eine Frau ...!«, schrie ich und trat mit aller Wucht auf mein Bremspedal. Schleudernd kamen wir zum Stillstand, nur Zentimeter vor einer großen, tropfenförmigen Gestalt, die gerade die Straße überquerte. Sie schien uns kaum zu bemerken und ging wie in Trance, mit bebenden Schultern und gesenktem Kopf. Sie weinte haltlos. Obwohl Sommer war, trug sie einen dunklen Mantel mit Kapuze. Sie drehte sich flüchtig zu uns um und ging weiter.

Rod sagte zitternd: »O Gott! Merken Sie, was passiert ist? Für einen Moment war ich glücklich und jetzt bestraft mich Gott, er bestraft mich! Es ging mir schon besser, und jetzt das! Sehen Sie, er lässt nicht zu, dass ich glücklich bin, nicht einmal für eine Minute. Ach, ich bin ein schlechter Mensch.« Er zupfte abwesend an seinem Pullover.

»Rod, das ist nicht passiert, weil es Ihnen besser ging und Gott Sie bestraft hat«, erklärte ich geduldig. »Das ist passiert, weil Sie zu fest aufs Gaspedal getreten haben.«

»Aber ... sie!« Rod deutete auf die Frau, die er fast überfahren hätte. »O Gott.«

»Ihr geht es gut«, sagte ich unwirsch, wobei »gut« in diesem Fall hieß, dass Zac Hunt von Kwikfit keine Körperteile von ihr in meinem Auspuffrohr finden würde, und nicht etwa, dass mit ihr alles in Ordnung war, denn das war offensichtlich nicht der Fall. Ihre Schultern hoben und senkten sich immer noch, während sie wie ein Gespenst davonschlich. Mich schauderte und ich war froh, dass ich nicht an Gespenster glaubte. Rod stand zu sehr unter Schock, um diese Fahrstunde fortzusetzen, daher verabredeten wir uns für den nächsten Tag, und ich fuhr nach Hause, sprang aber unterwegs kurz bei Heffers hinein und kaufte mir George Herberts *Sämtliche Gedichte*.

Kapitel 4

Lebenslauf: Sebastian Nunn

Name:
Dr. Sebastian Gregory Nunn

Adresse:
Flat 1, Noble House, 14 Renshaw Road, Cambridge

Alter:
Achtundzwanzig

Beruflicher Werdegang (nach Bachelor of Arts, Master of Arts und Doktor phil.):
Juni 1997 bis heute
Unbezahlte Beschäftigung: Seine Doktorarbeit zur Veröffentlichung in Buchform bei Scholar Press vorbereiten. Keine sonstige Arbeit, es sei denn, man würde Bewerbungen als Arbeit gelten lassen. Ist der festen Überzeugung, dass einem Absolventen der Universität Cambridge nur zwei Berufswege offen stehen: die akademische Welt oder eine Knochenmühle. In die Kategorie Knochenmühle fällt alles, was nicht zu Forschung und Lehre an einer Hochschule gehört. Wenn seine Frau ihn auf Stellenanzeigen für Posten wie Bibliotheksgehilfe, Redaktionsassistent der örtlichen Tageszeitung oder Halbtagsverkäufer in der örtlichen Universitätsbuch-

handlung hinweist, lehnt er sie mit der Begründung ab, das seien Knochenmühlen und somit unter der Würde eines hochkarätigen Intellektuellen.

Beruflicher Werdegang (in den beiden Jahren zwischen Abitur und Studium):
Juni 1989 bis Juli 1989
Aushilfsverkäufer bei Our Price Records. Nach drei Wochen gefeuert, weil er wegen der stupiden Arbeit und der mangelnden geistigen Anregung durch Kollegen wiederholt unentschuldigt gefehlt hatte, weil er Kunden gesagt hatte, die CDs, die sie kaufen wollten, seien in eine Zeitverschiebung geraten, und weil er die Frage »Wie viel macht das?« als existentielles Rätsel statt als Erkundigung eines Kunden behandelt hatte.

März 1989 bis Juni 1989
Aushilfsverkäufer bei Dillons' Bookshop. Nach drei Monaten wegen allgemeiner Unfreundlichkeit und mangelnder Einsatzbereitschaft gefeuert, weil er die tägliche Routine als öde empfand und sich insbesondere weigerte, einen Stapel Terry-Pratchett-Romane von einem Teil der Buchhandlung in einen anderen zu räumen, mit der Begründung, dass es im großen Plan der Dinge und auf globaler Ebene keine Rolle spiele, wo die Terry-Pratchett-Bücher lägen.

Juni 1988 bis März 1989
Arbeitslos. Viel Zeit auf dem Sofa verbracht. Versuchte eine Teilzeitstelle als Bürokraft in einer Agentur zu bekommen, fiel aber schon beim ersten Test in Maschineschreiben durch. Als er seinen Namen schreiben sollte, vergaß er, wie man von Klein- zu Großbuchstaben umschaltet. Fragte nach und wurde auf die Umschalttaste verwiesen. Wollte

seinen Namen tippen, schrieb aber den Namen seines administrativ herausgeforderten Alter Egos, Sebastian Shift.

Februar 1988 bis Juni 1988
Kellner bei Pizza Hut. Gefeuert, weil er sich in die Gespräche der Kunden einmischte, besonders in solche über Tagespolitik, und weil er erwischt wurde, als er Gästen mit grauenhaften politischen Ansichten heimlich ins Essen spuckte.

September 1987 bis Januar 1988
Bürogehilfe bei der Stellenvermittlung Busy Beaver. Gefeuert, weil er ständig administrativen Pfusch ablieferte und sich weigerte, in einem Biberkostüm über die Straßen von Manchester zu ziehen, Werbung für die Busy-Beaver-Agentur zu verteilen und dabei zu singen: »Sei fleißig wie ein Biber, Erfolg ist jedem lieber.«

Qualifikationen und Schulabschlüsse:
Doktor phil., Titel der Doktorarbeit »Lenin: Vom Rechtsanwalt zum Revolutionär«, Summerton College, Cambridge, September 1994 bis Juni 1997. Master of Arts (mit Auszeichnung) in Politischer Theorie, Victoria University of Manchester; Bachelor of Arts in den Fächern Geschichte und Politik, University of Liverpool (mit IIi). Hätte eigentlich eine Eins sein müssen, da die genaue Punktzahl neunundsechzigeinhalb Prozent betrug, aber drei der einflussreichsten Dozenten des Fachbereichs Geschichte steckten damals gerade in einer erbitterten, schmuddeligen Dreiecksgeschichte und waren daher gereizt und niederträchtig.

Veröffentlichungen/Auszeichnungen:
Die Doktorarbeit erscheint im März 1999 als Buch unter dem Titel *Lenin, der Mann mit sieben Siegeln*, Scholar

Press, Cambridge und New York. Diese Arbeit erhielt von der Political Studies Association den Lord Entwhistle Prize als beste Doktorarbeit des Jahres zu einem politischen Thema. Zwei Artikel, einer über die Menschewiken und einer über Stalins Fünfjahrespläne, erschienen in *European Political History Review* beziehungsweise in *International Affairs*.

Stärken und Schwächen:
Zu den Stärken gehören Intelligenz bis zur Brillanz, Hingabe und Engagement (sofern Interesse vorhanden und die Tätigkeit als lohnend angesehen wird), Ehrgeiz, Originalität und die Fähigkeit, über die russische Revolution im Allgemeinen und Lenin im Besonderen etwas Besseres zu schreiben, als zu diesem Thema je geschrieben wurde.

Zu den (persönlichen) Schwächen gehört die mangelnde Kompromissbereitschaft, etwas anderes als eigene Forschungsarbeit zu treiben, ungeachtet finanzieller Überlegungen, und die Tendenz, anzunehmen, dass seine Frau so lange für das Einkommen sorgt, bis er eine Stelle an einer Universität hat, wobei der Fairness halber zu sagen ist, dass diese Annahme durch erhebliche Tatsachen erhärtet wurde. Zu den (beruflichen) Schwächen gehört die Neigung zu heftigen Wutausbrüchen, wenn die Arbeit schlecht läuft, und die Angewohnheit, wichtige Dokumente zu verlieren und entscheidende Dateien aus dem Computer zu löschen, nachdem er die Floppy Disk mit der Sicherungskopie zunächst in die Hosentasche und die Hose anschließend in die Waschmaschine gesteckt hat. Eine erhebliche Schwäche besteht in der Unfähigkeit, bei Vorstellungsgesprächen zu lügen und zum Beispiel auf die Frage: »Was glauben Sie, welche Wirkung Ihre Forschungsarbeit haben wird?« zu antworten: »Keine, genau wie Ihre, nehme ich an«, und das für eine gute, zutreffende Antwort zu halten, da jeder weiß, dass die Bücher und Zeitschriftenartikel von Akademikern kaum eine Auswirkung auf die reale Welt haben, weil ihre Bewohner sie nur selten lesen.

Sonstiges:
Größe: 1,81 Meter. Gewicht: 76 kg. Haar: dunkelbraun, kurz, lockig. Augen: braun. Interessen: Politik und moderne klassische Musik, sehr zum Bedauern seiner Frau, die sich regelmäßig beklagt, dass die meisten CDs im Haus klingen, als ob man einen Musiker und mehrere Instrumente gleichzeitig die Treppe hinunterwerfe.

Kapitel 5

Ich bin ein Fels

Nachdem ich den Micra geparkt hatte, ging ich die Einfahrt zu Noble House hinauf und dachte, wie schön doch der Garten mit seinem ordentlich in dunklen und hellen Streifen gemähten Rasen wirkte, gerahmt von rosa und weiß blühenden Bäumen, und wie traurig es war, dass die ständige quälende Sorge um Sebastians Zukunft uns die Freude daran verdarb. Als ich zur Haustür kam, kramte ich hastig in meiner Handtasche nach dem Schlüssel. Ich hasste es, an solchen Tagen nach Hause zu kommen, wenn Sebastian gerade erfahren hatte, dass er eine Stelle nicht bekam. Oder zu Hause zu warten, bis er von einem Vorstellungsgespräch zurückkehrte. Dann fürchtete ich das Geräusch seines Schlüssels im Türschloss, weil ich genau wusste, dass er gleich in seinem perfekt sitzenden Bewerbungsanzug vor mir stehen würde, der seine niedergeschlagene Miene Lügen strafte und wie die Inkarnation verschwendeter Mühe wirkte.

Ich schloss die Wohnungstür auf und rief nach ihm. Keine Antwort. Ich lief ins Wohnzimmer. Keine Spur von ihm. Mein Gott. Ich lief in die Küche. Auch hier war er nicht. Er hatte gesagt, sein Leben sei am Ende – wortwörtlich –, und ich hatte die letzte Stunde mit Rod Firsden verplempert, während … Ich lief ins Schlafzimmer, und da lag Sebastian ausgestreckt auf unserem zitronenbaisergelben Doppelbett, das Gesicht nach unten, ein grünes Handtuch um die Hüfte geschlungen. Sein Haar war feucht. Er wirkte wie tot.

»Sebastian!« Ich schüttelte ihn fest. »Alles in Ordnung?«

»Au«, brummte er. »Lass das. Das tut weh.«

»Ist alles in Ordnung?«, fragte ich, erleichtert, dass er noch lebte, und wütend auf mich, weil ich gedacht hatte, er sei tot. Er hatte gebadet, fiel mir auf. Das war sicher ein gutes Zeichen. Sebastian sagt oft, ohne mich wäre er inzwischen schon zum Penner verkommen. Als wir einmal über den Coe Fen gingen, merkte ich, dass er unter eine Brücke schaute. Auf meine Frage, wieso er sich plötzlich für die Unterseite von Brücken interessiere, antwortete er, er halte ständig Ausschau nach Plätzen, wo er leben könnte, wenn er einmal obdachlos werden sollte. Jetzt stieg allerdings von seinem reglosen Körper ein schwacher Duft nach Vanille-Badeöl von Yves Rocher auf, der wohl bedeutete, dass er noch nicht so verzweifelt war, ein Leben als Tippelbruder ins Auge zu fassen.

»So in Ordnung, wie es bei jemandem ohne Job eben sein kann«, antwortete er.

»Wieso liegst du hier so rum? Steh auf, ich will mit dir reden.«

Gähnend richtete er sich auf. Auf seiner linken Gesichtshälfte zeichneten sich die Falten der zerknautschten Bettdecke ab. Nach ihrer Tiefe zu urteilen, hatte Sebastian eine Ewigkeit da gelegen. Eine Mischung aus Zärtlichkeit und Ärger stieg in mir auf. Ich konnte mich des Gedankens nicht erwehren, dass sein mangelnder Erfolg an der Jobfront vielleicht doch in einem gewissen Zusammenhang mit seiner Fähigkeit stand, einen ganzen Nachmittag auf dem Bett zu liegen und das Gesicht auf die Bettdecke zu drücken.

»Was gibt es da zu reden?«

»Ich will alles wissen«, sagte ich. »Alles, was Valerie Williams am Telefon gesagt hat, alles über das Vorstellungsgespräch, die Ausschussmitglieder, die anderen Bewerber, einfach alles. Ich will alles über den letzten De La Wyche Fellow wissen, der verschwunden ist, und über Damian Selingers Frau und ...«

»Warum?«, fiel Sebastian mir ins Wort. »Warum willst du das alles wissen?«

»Weil wir zwei Wochen Zeit haben«, erklärte ich rundheraus. »Ich weiß nicht, ob wir in dieser Zeit irgendwas unternehmen können oder ob ich völlig verrückt bin, darüber auch nur nachzudenken, aber ich muss unbedingt alles wissen, für alle Fälle.«

»Sei nicht albern«, fuhr Sebastian mich an. »Wir können natürlich nichts machen. Ich meine, was stellst du dir vor? Sollen wir die beiden ersten Kandidaten entführen, damit sie mir die Stelle geben?«

»Glaub mir, das würde ich tun, wenn ich überzeugt wäre, dass ich damit durchkommen könnte.«

»Was soll ich bloß machen?« Er ignorierte mich einfach. »Ich bin fast dreißig und habe noch nie eine richtige Arbeit gehabt! Meine Mutter hat mir auch gerade am Telefon gesagt, ich soll aufgeben und in einer verdammten Knochenmühle schuften.« Übersetzt hieß das wohl, dass seine Mutter den Fehler gemacht hatte, ihm vorzuschlagen, er solle mal über eine andere berufliche Laufbahn nachdenken. »Das kann ich nicht!«, brüllte er. »In allem anderen bin ich eine Niete! Ich hab genug Scheißjobs gemacht, bevor ich an die Uni gegangen bin, und aus jedem haben sie mich rausgeschmissen. Ich kann nichts anderes. Was soll nur aus mir werden?«

Sebastian hatte ein Händchen dafür, genau das zu sagen, was ich am wenigsten hören wollte. Es zerriss mir das Herz. Da es allzu entmutigend war, darüber nachzudenken, was aus ihm werden sollte, beschloss ich, mich auf die Fakten zu konzentrieren, obwohl mir nicht ganz klar war, wozu es gut sein mochte.

»Zieh dich an«, sagte ich bestimmt und öffnete die Doppeltür unseres Einbauschranks. Als Erstes fiel mir Sebastians grauer Armani-Anzug für Vorstellungsgespräche ins Auge. Ich fletschte ihn an, schnappte eine alte Jeans und ein Rugby-Shirt und warf sie Sebastian zu, der sich wortlos anzog. Enttäuschung und Versagen lagen lastend in der Luft. Es war nicht auszuhalten. Am liebsten wäre ich weggelaufen, weit weg von Sebastians Problemen, aber im Grunde meines Herzens war mir klar, dass seine Probleme auch meine waren. In gewisser Weise waren es sogar mehr meine als seine Probleme, denn wenn ich Geld darauf hätte wetten sollen, wer von uns sie lösen konnte, hätte ich jederzeit auf mich gesetzt.

»So, und jetzt erzähl mir alles ganz genau«, sagte ich munter. Ich glaube fest daran, dass man in schwierigen Momenten die Luft mit beliebigem Gerede füllen muss.

»Was denn? Ich habe dir doch schon alles erzählt.« Sebastian betrachtete sich seufzend in unserem bodentiefen Spiegel.

»Wer saß im Vergabegremium?«

»Das weißt du doch!«

»Sag es mir noch mal.« Ich holte mein Notizbuch und einen Stift aus der Nachttischschublade. »Ich will es mir aufschreiben.«

»Warum? Was soll das bringen? Aber was bringt überhaupt etwas, wenn man mal darüber nachdenkt? Das ist doch ein Witz, so dumme Fragen beantworten zu müssen wie, was ich glaube, wo ich in zehn Jahren bin!« Nach einer kurzen Lockerungsübung liefen Sebastians Jammermuskeln wieder zu voller Kraft auf.

»Was hast du geantwortet?« Mir war klar, dass ich etwas zu hören bekommen würde, was mir nicht gefiel.

»Ich habe gesagt: ›Das hängt von Ihnen ab. Wenn Sie mir die Stelle und damit die Chance geben, meine Forschung weiter zu betreiben, habe ich in zehn Jahren wahrscheinlich einen eigenen Lehrstuhl, wenn nicht, bin ich vermutlich im Gefängnis oder im Irrenhaus.‹«

»Ach, Sebastian, warum hast du das nur gesagt?« Meine Kraft war dahin.

»Weil es die Wahrheit ist! Ich weigere mich zu lügen, nur um ihnen zu imponieren.«

»Kein Wunder, dass du das Fellowship nicht bekommen hast. Das war die schlimmste Anwort, die du ihnen geben konntest. Es klingt arrogant und gleichzeitig manisch-depressiv. Du wirst nie eine Stelle kriegen, wenn du dein Vorgehen bei Vorstellungsgesprächen nicht änderst.«

»Genau! Das sage ich dir ja schon die ganze Zeit. Ich kriege nie eine Stelle. Nie! Niemals!« Er schlug mit dem Badetuch auf die Kleiderschranktür ein und fletschte die Zähne wie ein Wahnsinniger.

»Sebastian, hör auf!« Ich zerrte ihm das Handtuch aus den Händen. »Ich weiß ja nicht, wie es dir geht, aber ich bin nicht bereit, mich hinzulegen und zu sterben, nur wegen … wegen dem, was passiert ist.«

»Fällt dir was Besseres ein?«

»Ja. Ich sorge dafür, dass du das Fellowship bekommst.«

»Was?« Seine Miene war halb abfälliges Schnauben, halb hoffnungsvolles Strahlen. Sein Blick flehte um gute Nachrichten. Abwehrend verschränkte ich die Arme. Wir wollten mir beide glauben. Allerdings klang ich überzeugter, als ich tatsächlich war.

Ich muss ein Fels sein, sagte ich mir. Und irgendwie musste ich Terri und Rod aus dem Weg räumen. Damit dürfte ich wohl alle Hände voll zu tun haben. Wie beseitigte man gekonnt angehende Cambridge Fellows?

»Ich sorge dafür, dass du das De La Wyche Fellowship bekommst«, wiederholte ich zuversichtlich.

»Wie denn?«, fragte Sebastian.

»Indem ich dafür sorge, dass Terri und dieser Rod Firsden es beide ablehnen.« Ich sprach von Rod, als ob ich ihn noch nie gesehen hätte. Aus irgendeinem Grund wollte ich Sebastian nicht sagen, dass er eben noch in meinem Wagen gesessen hatte.

»Aber ... das schaffst du nicht. Was willst du tun? Ihnen drohen? Sie anflehen?«

»Ich lasse mir was einfallen.« Sebastian lächelte zaghaft und plötzlich wirkte die Atmosphäre rings um uns unbeschwerter, fast sogar fröhlich.

Kapitel 6

Der trojanische Bär

»Also los, erzähl.« Ich schwenkte mein Notizbuch vor seiner Nase. »Erst mal, was hat Valerie Williams am Telefon gesagt? Wort für Wort, wenn es geht.«

»Sie sagte, dass ich es fast bekommen hätte. Nein, warte. Sie sagte: Gestern gab es einen Punkt, an dem ich es fast bekommen hätte, aber dann mussten sie die Sitzung vertagen oder so etwas. Deshalb haben sie gestern keine Entscheidung getroffen, wie sie eigentlich sollten.«

»Warum haben sie die Sitzung vertagt?«

»Weiß ich nicht. Ich hab nicht gefragt.«

Ich seufzte. »Hast du gefragt, warum du sie fast bekommen hättest, aber dann doch nicht bekommen hast?«

»Nein.«

»Sebastian, du bist so ...«, platzte ich frustriert heraus.

»Bescheuert. Jämmerlich. Ich weiß.« Das ist das Problem, wenn man Sebastian kritisiert. Sobald man auch nur anfängt, fällt er sofort mit ein, und dann kommt man sich gemein vor und muss seine Kritik zurücknehmen.

»Nein, bist du nicht. Hör zu, es tut mir Leid, was ich gesagt habe. Ruf doch Valerie noch mal an und frag sie. Es wäre ganz gut, das zu wissen.« Wirklich? Ich musste so tun, als ob wir auf ein Ziel hinarbeiteten. Selbst wenn unsere neue und höchstwahrscheinlich falsche Hoffnung nur für die nächsten zwei Wochen reichte, war sie besser als nichts. Meine Einstellung ähnelte der einer Heroinsüchtigen: alles tun, nur um die Qual hinauszuzögern und mich für den Moment besser zu fühlen. Ich bin groß darin, mich vor Schmerz zu drücken.

»Auf keinen Fall. Ich werde nicht vor diesen Schweinen kriechen und sie anbetteln, mir zu sagen, warum ich die Stelle nicht bekommen habe. Das ist entwürdigend.«

»Aber Sebastian, wir müssen doch wissen, was passiert ist ...«

»Ich habe sie nicht bekommen, obwohl sogar ein so genannter Freund von mir im Ausschuss saß«, sagte Sebastian verärgert, ohne auf meinen Überzeugungsversuch zu achten. »Das war das letzte Mal, dass ich Damian Selinger, diesem Mistkerl, geholfen habe.«

»Erzähl mir von dem Ausschuss.« Ich zog die Kappe von meinem Füller.

Sebastian setzte sich auf die Bettkante und strich sich durchs Haar. »Da war Damian, Professor Fielding, Valerie – die blöde College-Ärztin, meine Güte – und Emily Lole, die Ex von Fernando Rose.«

Ich spitzte meine Ohren. »Fernando Rose? Du hast mir nie erzählt, dass Emily Lole seine Freundin war!«

»Du hast mich nie danach gefragt.«

»Ist das nicht die Wurmexpertin, über die Damian immer hergezogen hat – die Behämmerte?«

»Ja.«

»Hhm ... erzähl mir mehr über sie.«

»Sie hatte wohl einen Nervenzusammenbruch, nachdem Fernando und Martine Selinger zusammen durchgebrannt sind. Sie ist nie darüber weggekommen. Sie forscht über mikroskopisch kleine Würmer – faszinierend, was? Mehr weiß ich nicht über sie.«

»Glaubst du wirklich, dass sie zusammen durchgebrannt sind?«

»Vermutlich. Sie sind beide in derselben Nacht verschwunden. Und das war kurz nachdem sie messerschwingend hier angerauscht kam, um Damian zu suchen. Ich hätte ihn ihr überlassen sollen, damit sie das Schwein absticht.« Damian hatte sich oft zu uns geflüchtet, wenn er und Martine Krach hatten. Bei ihren Ehestreitigkeiten war es durchaus üblich, dass einer den anderen mit einem tödlichen Küchenutensil durch die Straßen von Cambridge jagte.

»Du weißt doch gar nicht, ob Damian dich nicht unterstützt hat«, warf ich ein. »Vielleicht hat man ihn überstimmt.«

»Natürlich hat er mich nicht unterstützt, keiner von ihnen! Obwohl ich der einzige interne Kandidat bin, der Einzige, der seine Doktorarbeit hier gemacht hat. Als ich meinen Preis bekam, haben sie sich sehr gern in meinem Ruhm gesonnt. Sie hätten die Stelle gar nicht erst ausschreiben, sondern direkt mir geben sollen!«

»Sie stehen sicher auf dem Standpunkt, dass das ungerecht wäre«, antwortete ich automatisch.

»Auch nicht ungerechter als alles andere«, sagte Sebastian verbittert. »Es wäre nicht ungerechter, als eine willkürliche Entscheidung zu treffen, nachdem sie mit jedem von uns eine lächerliche halbe Stunde lang gesprochen und uns armselige Nullachtfünfzehn-Fragen gestellt haben. Was ist denn daran gerecht?«

»Da stimme ich dir zu«, sagte ich geduldig. »Aber das bringt uns nicht weiter, Sebastian. Halten wir uns an die Fakten. Okay, zu den anderen Kandidaten. Wer war das außer Terri Skincrawl?« Ich warf einen flüchtigen Seitenblick zu unserem Schlafzimmerfenster, um mich zu vergewissern, dass niemand gehört hatte, wie respektlos ich über meine Nachbarin sprach.

»Rod Firsden und noch eine Frau. Bryony Soundso.«

»Hast du sie kennen gelernt?«

»Ihn habe ich kurz getroffen. Wir saßen vor dem Vorstellungsgespräch zusammen im Wartezimmer.«

»Und wie war er?« Am liebsten hätte ich Sebastian gefragt, ob Rod auch so geglänzt hatte wie bei meiner Begegnung mit ihm, aber das ging nicht. Wenn ich Sebastian von meinem Zusammentreffen mit Rod erzählt hätte, wäre er sicher nur versucht gewesen, sich irgendwie einzumischen, und das wollte ich nicht.

»Ich habe nicht viel mit ihm geredet. Wir haben uns nur bekannt gemacht. Aber er wirkte ziemlich nervös. Ständig lutschte er auf dem *Spectator* herum, der ihm nicht mal gehörte.«

»Wem gehörte er denn?«, fragte ich verwundert.

»Dem College. Sie haben uns ein paar Zeitschriften ins Wartezimmer gelegt, und Rod Firsden rollte den *Spectator* zusammen und steckte ihn sich in den Mund. Als er die Zeitschrift schließlich wieder rausnahm, war sie zu einem Drittel ganz nass und pappig. Er muss sie sich bis in den Hals gesteckt haben! Und dabei machte er ständig so ekelhaft schlürfende Geräusche.«

»Hm.« Ich dachte über die seltsamen Angewohnheiten meines neuesten Fahrschülers nach. »Und was ist mit der Frau, dieser Bryony?«

»Ich habe sie nie gesehen. Sie ist sowieso ausgeschieden. Ich hab keine Ahnung, warum, bevor du fragst.«

»Okay. Sonst noch was? Was ist mit dem Vorstellungsgespräch? Darüber hast du mir eigentlich gar nicht viel erzählt.«

»Das war die reinste Farce, wie die meisten, die ich erlebt

habe. Damian war ungewöhnlich guter Laune. Ständig grinste und kicherte er und stellte mir unsinnige Fragen.«

»Zum Beispiel?« Es fiel mir schwer, Worte wie »grinsen« und »kichern« mit Damian Selinger in Verbindung zu bringen. Ich hatte ihn immer nur brummig und fast schon beleidigend säuerlich erlebt. Sebastian hatte mir oft gesagt, ich dürfe das nicht persönlich nehmen. Damian falle es schwer, sich in Gesellschaft von Frauen einigermaßen zivilisiert zu benehmen, offenbar weil Martine ihn gegen unser Geschlecht eingenommen habe.

»Wie war das noch mal?« Stirnrunzelnd versuchte Sebastian, sich zu erinnern. »Ach ja. Er fragte mich, ob ich an die Liebe auf den ersten Blick glaube.«

»Was? Wieso?«

»Keine Ahnung. Den anderen schien es ein bisschen peinlich zu sein, als er das fragte. Emily Lole sah während des gesamten Vorstellungsgesprächs aus, als würde sie gleich in Tränen ausbrechen. Die ganze Sache war eine lächerliche Farce. Professor Fielding schaute ständig auf die Uhr und hörte kaum zu, was ich sagte. Valerie Williams war offenbar die Einzige, die sich konzentrierte.«

»Kommt sie morgen auch zu dem Festessen? Wenn ja, können wir uns ja ein bisschen mit ihr unterhalten und hören, was sie damit gemeint hat, dass du die Stelle fast bekommen hättest.«

»O Gott, das Festessen«, stöhnte Sebastian, ließ sich rücklings aufs Bett fallen und starrte an die Decke. »Da gehe ich nicht hin! Es ist so demütigend!«

»Sebastian, hör auf zu jammern. Ich habe dir schon gesagt, ich regele das.«

»Nun, das glaube ich erst, wenn ich es sehe.« Er ließ sich auf den Boden gleiten und blieb reglos liegen.

»Steh auf, Sebastian.«

»Nein«, sagte er schmollend. »Wozu soll ich aufstehen?«

Ich ging in die Küche, weil ich dringend etwas Alkoholisches brauchte. Während ich mir ein großes Glas Whisky einschenkte, kämpfte ich gegen die Tränen an. Einer unserer Nachbarn, ein Chinese, der in Wohnung 9 wohnte, ging am Fenster vorbei und winkte mir zu, bevor er im Haus verschwand. Da unsere Küche unmittelbar neben der Haustür von Noble House liegt, schaut zwangsläufig jeder, der ein und aus geht, kurz durchs Fenster. Ich rang mir ein Lächeln ab. Der Nachbar trug Anzug und Aktentasche. Noch jemand mit einem Job. Da draußen gab es viele von der Sorte. Warum kann ich nicht auch so einen Mann haben, dachte ich und ließ eine Träne über meine Wange kullern. Warum kam mein Mann nicht im Anzug von der Arbeit nach Hause, statt auf dem Schlafzimmerteppich zu liegen wie eine schmutzige Unterhose?

Kurz darauf ging Joe Fielding vorbei, ebenfalls im Anzug und mit Aktentasche. Zum Glück musste ich ihm keine Fröhlichkeit vorspielen, weil sein Gesicht wie üblich hinter einem Berg von Einkaufstaschen versteckt war. Wenn er sich Löcher in die Ohrläppchen machen und hakenförmige Ohrringe tragen würde, könnte er noch mehr schleppen. Es wunderte mich, dass Terri noch nicht darauf gekommen war. Warum wehrte Joe sich nicht dagegen, nach einem langen Arbeitstag auch noch sämtliche Einkäufe zu erledigen, während seine Frau, die gerade ihren Doktor gemacht und nichts weiter zu tun hatte, als jede Menge Stellenangebote zu sammeln, den ganzen Tag in der Bibliothek saß und wissenschaftliche Artikel über Fischzähne las? Vermutlich aus demselben Grund, warum ich mich nicht darüber beklagte, Sebastian finanziell und emotional zu unterstützen – aus Liebe, weshalb sonst?

»Komm, Scarlett, hilf Daddy bei der Wäsche!«, hörte ich

Joe rufen. Seine Tochter lief hinter ihm her und verlor an der Haustür ihren Teddybär. Joe war zu sehr als Packesel beschäftigt, um es zu bemerken. Seufzend fragte ich mich, ob ich gehen und das Kuscheltier retten sollte, um Joe die Arbeit zu ersparen.

Hinter mir tauchte Sebastian auf und schlang die Arme um meine Taille. »Entschuldige, dass ich so grässlich bin«, sagte er in seinem nettesten Ton, dem ich nicht widerstehen kann, wie er weiß. »Ich mache mir nur Sorgen um meine Zukunft, das ist alles. Ich möchte mich wie ein vollwertiger Mensch fühlen.«

»Ich gehe kurz raus und hebe Scarletts Bär auf«, sagte ich mit einer Handbewegung zum Fenster.

»Okay. Ich schau mal, was es im Fernsehen gibt.« Ich hoffte, dass er eine interessante Sendung fand, die ihn zumindest für eine Weile still halten würde.

Ich ging hinaus und hob den Teddybär auf. Er war rundlich, dunkelbraun, hatte große schwarze Augen und eine rote Schleife um den Hals. Auf seinen Rücken war fein säuberlich ein Schildchen angenäht, mit der Aufschrift: »Muffy Skinner«. In diesem Haushalt waren selbst die Stofftiere durch die Namenshegemonie korrumpiert. Dabei hätte Muffy Fielding wesentlich besser zu dem Bär gepasst.

Ich nahm ihn mit ins Haus und wollte gerade bei Wohnung 3 klingeln, als Joe die Tür öffnete. Scarlett klammerte sich von hinten an sein Bein. Sie war ein zierliches Püppchen, das verdächtig dekorativ aussah. Ihr fast schwarzes Haar rahmte ihr rosiges Gesicht mit natürlichen Ringellöckchen ein. Sie sah Terri viel ähnlicher als Joe, der blond und rotbackig war.

»Hi, Kate«, strahlte er. Er trug die größte Schultertasche, die ich je gesehen hatte, einen Sack voller schmutziger Wäsche, in dem mindestens drei Leichen Platz gehabt hätten.

Joe ging gebeugt unter der schweren Last. »Stell dir vor, ausgerechnet wenn ich waschen muss, geht die Maschine in der Waschküche kaputt«, sagte er. »Jetzt muss ich in den Waschsalon und Scarlett hat noch nicht mal zu Abend gegessen.«

Ich lächelte verständnisvoll und verkniff mir die Bemerkung, dass seine Tochter nicht hungern müsste, bis die Wäsche fertig wäre, wenn Terri zu einer vernünftigen Zeit aus der Bibliothek nach Hause käme. »Den hat sie verloren.« Ich versuchte, ihm Muffy zu geben, aber er hatte keine Hand frei. An einer Hand zerrte Scarlett, mit der anderen hielt er den gigantischen Wäschesack auf der Schulter fest.

»Wirf ihn einfach hinein.« Er deutete mit einem Kopfnicken auf die Wohnungstür. Ich warf den Bär über Joes Kopf.

Dann erkundigte ich mich nach seiner Arbeit, während Joe Scarlett aus der Wohnung bugsierte und prüfend in seinen Taschen kramte, ob er alles Nötige eingesteckt hatte: Brieftasche, Portemonnaie, Autoschlüssel, Hausschlüssel. Er antwortete wie immer: »Anstrengend.« Mir war nicht ganz klar, was Marketing-Berater eigentlich machten, aber ich konnte mir kaum vorstellen, dass sein Beruf anstrengender war als sein Privatleben. Vielleicht war es ja eine Projektion von ihm, weil er sich sein wahres Problem nicht eingestehen wollte.

Nachdem wir noch ein paar Höflichkeiten ausgetauscht hatten, winkte ich ihm und Scarlett auf dem Weg zum Wagen nach. Gerade wollte ich mich wieder unserer Wohnung zuwenden, um nachzusehen, was Sebastians Laune machte, als mir auffiel, dass Joe die Wohnungstür nicht hinter sich geschlossen hatte.

Als ich sie zuziehen wollte, schoss mir ein boshafter Gedanke durch den Kopf. Wie spät war es? Sieben Uhr. Terri kam selten vor neun nach Hause, und Joe und Scarlett blieben mindestens eine Stunde fort. Mein Puls überschlug sich. Mit einem verstohlenen Blick über die Schulter vergewisserte ich mich, dass niemand mich beobachtete, schlich auf Zehenspitzen in Joes und Terris Wohnung und schloss leise die Tür hinter mir.

Kapitel 7

Lebenslauf: Terri Skinner

Name:

Teresa Jane Skinner, genannt Terri. Wie Joe mir bei einem unserer zahlreichen Plauderstündchen in der Waschküche erzählte, ärgert sich ihr Vater sehr darüber, weil Terri seiner Ansicht nach ein Name für einen dickbäuchigen Wirt ist und er seiner Tochter eigens den hübschen, femininen Namen Teresa gegeben hat. Terri hat sich über weite Teile ihres Lebens bemüht, ihren Vater zu ärgern (der für mich ein Muffkopf ist, weil seine Unterlippe ständig missgelaunt über seinem Kinn hängt). Einmal hörte ich zufällig auf dem Parkplatz von Noble House ein Gespräch zwischen den beiden mit, bei dem er fest entschlossen schien, nichts gelten zu lassen, was sie sagte. Bei jedem Satz von Terri schüttelte er schon den Kopf, bevor sie auch nur halbwegs ausgesprochen hatte, und machte eine wegwerfende Handbewegung, die selbst aus mehreren Metern Entfernung noch extrem bevormundend wirkte. Grund genug, seinen Nachnamen abzulegen, wenn Sie mich fragen, aber irgendwann im Laufe ihrer Entwicklung muss Terris Groll gegen ihren Vater wohl in Feminismus umgeschlagen sein, wobei ihr Verhaltenskodex einige Verwirrungen erlitten haben dürfte.

Adresse:
Flat 3, Noble House, 14 Renshaw Road, Cambridge. Die Wohnung liegt im Erdgeschoss unmittelbar gegenüber von Wohnung 1.

Alter:
Achtundzwanzig

Geburtsort:
High Wycombe

Äußere Erscheinung:
Glänzend schwarzes Haar mit Naturlocken. 1,60 m groß, 50 Kilogramm leicht. Unter dem Teint einer englischen Rose, weiß und rosa, verbergen sich Dornen. Große blaue Augen mit langen dunklen Wimpern. Eng anliegende, enthüllende Kleider und sorgfältig rasierte Achselhöhlen und Beine (allerdings nicht, um Männern zu gefallen, sondern nur sich selbst – wichtiger Unterschied). Setzt ständig ein süßes Lächeln auf, um die Giftschlange im Inneren zu kaschieren.

Familienstand:
Terri ist für ihre Ehe, was Kapitän Bligh für die *Bounty* war. Joe ist Fletcher Christian, der nach zu vielen Tai-Chi-Sitzungen von einem derartigen inneren Frieden beseelt ist, dass er selbst die wildeste Meuterei in ein Mittagsschläfchen verwandeln könnte. Terri war unsicher, ob sie Joe heiraten sollte, offenbar weil ihr Vater ihn mochte, entschied sich aber aus zwei Gründen für die Ehe: Erstens war Joe im Gegensatz zu ihrem groben, unbeugsamen Vater sanft und lenkbar, und zweitens bedeutete die Heirat mit Joe, dass sie sofort aus dem Haus des Muffkopfs ausziehen konnte, ohne bei ihm auf Widerstand zu stoßen.

Beruflicher Werdegang:
Hat zwei Stellenangebote, das De La Wyche Fellowship am Summerton College und eine Dozentenstelle an der Reading University. Für welche Stelle sie sich auch entscheidet, es ist ihre erste bezahlte Anstellung, denn bisher hat Joe das Einkommen der Familie Skinner-Fielding bestritten.

Qualifikationen und Schulabschlüsse:
Doktor phil., Pembroke College, Oxford, Doktorarbeit über irgendeinen obskuren Aspekt der Fischzahnheilkunde. Plant jetzt weitere Forschungsarbeiten auf diesem Gebiet, als ob drei Jahre nicht schon reichten. Bachelor of Science (I) in Zoologie am Merton College, Oxford, bevor sie sich auf Fische spezialisierte. Während des Studiums in Oxford war sie Frauenvertreterin des Studentenverbandes, Leiterin der Graduierten-Frauengruppe, Vorsitzende des Komitees »Nein heißt Nein« und arbeitete ehrenamtlich in einem Frauenhaus. Höhere Schulbildung am Thorndene College, einer privaten Mädchenschule in High Wycombe, die sie in vier Fächern mit der Bestnote auf A-Level und in neun Fächern mit der Bestnote auf O-Level abschloss. Arbeitete immer extrem fleißig, weil sie von klein auf vom Muffkopf gehört hatte, er sei der Einzige in der Familie, der nicht statt Hirn eine Erbse im Kopf habe. Als Terri ein Teenager war, ermunterte der Muffkopf sie, sich an der benachbarten privaten Jungenschule einen Freund zu angeln, aus dem später ein passabler Ehemann werden könnte, aber Terri verguckte sich stattdessen in den Hausmeister der Schule, einen tätowierten Mann mit Nikotinflecken und rauer Stimme, und in Colum Monahan, den Gärtner ihrer Eltern, weil sie wusste, dass ihr Vater beide nicht akzeptieren würde.

Veröffentlichungen und Auszeichnungen:
Hat viele Artikel über Fische in Fachzeitschriften veröffentlicht. Bekam den Duke of Edinburgh Award für verdienstvolle Knochenarbeit auf dem Land, für die sie die hautengen Kleider gegen Müsli-Socken tauschen musste. Spricht fließend Spanisch und Französisch. Hat die höchste Stufe des Klavierunterrichts erreicht, dann aber aufgehört, weil es keine höhere Stufe mehr gab.

Stärken und Schwächen:
Hauptstärke liegt in der Fähigkeit, sich ausschließlich auf ihre Karriere zu konzentrieren und sieben Tage in der Woche zwölf Stunden täglich ohne Pause zu arbeiten. Hauptschwäche ist ihre Tendenz, dabei ihre Familie zu vernachlässigen, und ihr völliges Unverständnis für Begriffe wie Spaß und Entspannung. Stärke: ihre Fähigkeit, ohne Freunde auszukommen und sich mit Kontakten zu begnügen, die beruflich von Nutzen sein könnten. Schwäche: lässt Nachbarn unbedacht Zeugen werden, wie sie ihren Mann ausbeutet, und untergräbt damit ihre Bemühungen, sich durch ihr perliges Strahlen als netter Mensch auszugeben.

Sonstiges:
Überweist per Dauerauftrag Spenden an Womanaid, Fempathy und Survivors of Domestic Cruelty. Was die Opfer häuslicher Gewalt angeht, sollte sie sich die Formalien sparen und das Geld lieber gleich Joe geben. Vermutlich gehört es ihm ohnehin. Erwischt man sie, wenn sie nicht auf Kontakt mit Menschen eingestellt ist, hat sie manchmal statt des Strahlens einen unheimlich harten Gesichtsausdruck, allerdings nur so flüchtig, dass man sich fragt, ob man es sich nur eingebildet hat.

Kapitel 8

Auf der Lauer

In Joes und Terris Wohnung geriet ich zunächst einmal in Panik. Was machte ich hier? War ich völlig übergeschnappt? Wenn Joe jetzt was vergessen hatte und noch einmal zurückkam? Von unserem Küchenfenster aus hatte ich oft gesehen, wie er aus der Haustür ging, nur um fünf Minuten später zurückzukommen und fröhlich zu rufen: »Hab Scarletts Handschuhe vergessen!« oder »Hast du gesehen, ob ich einen Staubsaugerbeutel fallen gelassen habe?« Da meine Angst vor Entdeckung zu groß war, wollte ich schon zur Wohnungstür gehen, als ein ungewöhnlicher Anblick mich mitten im Schritt stocken ließ. Ich mag ja feige sein, aber wenn meine diversen Charaktereigenschaften in Wettstreit miteinander treten, behält meine Neugier regelmäßig die Oberhand.

Über dem Schreibtisch hingen an der oberen Hälfte einer ganzen Wohnzimmerwand adrett weiße Bücherregale, durch vertikale und horizontale Bretter in kleine Quader unterteilt. Es waren die gleichen wie in unserer Wohnung. Was allerdings meine Aufmerksamkeit genügend erregt hatte, um mich zum Bleiben zu bewegen, war die seltsame Verwendung, die Terri und Joe für diese Regale gefunden hatten. Von insgesamt sechzehn Regalsegmenten enthielten nur drei Bücher. Auf einem stapelten sich gekaufte und selbst aufgenommene Videos und der Rest stand gedrängt voll mit gerahmten Fotos. Noch nie hatte ich so viele Fotografien in einem Wohnzimmer gesehen. Es mussten an die fünfzig sein. Größe und Form waren ebenso unterschiedlich wie die Rahmen – einige waren golden und herzförmig, andere aus schlichter schwarzer Pappe –, aber eines hatten sämtliche Bilder gemeinsam: Alle zeigten Terri Skinner und nicht ein einziges Joe oder Scarlett.

Plötzlich hatte ich einen schlechten Geschmack im Mund, der mir das Schlucken schwer machte. Es war das gleiche Gefühl, das mich jedes Mal überkam, wenn ich eine Zeitschrift durchblätterte und etwas Erschreckendes oder Grausiges sah. Ich weiß genau, wenn ich genauer hinschaue, werde ich es bereuen, aber sobald ich weiß, dass es da ist, *muss* ich hinsehen, obwohl es mir teilweise widerstrebt.

Ich ging zu den Bücherregalen und nahm ein Foto nach dem anderen in die Hand, um nachzuschauen, ob mein erster Eindruck mich nicht getäuscht hatte. Wenn ich sie mir nur genauer ansah, musste ich doch irgendwo Joe und Scarlett entdecken! Aber nein, sämtliche Bilder zeigten Terri allein oder mit Leuten, die eindeutig nicht ihr Mann oder ihre Tochter waren. Selbst auf dem einzigen Hochzeitsfoto, einem großen Hochglanzabzug in dickem Messingrahmen, stand Terri neben dem Muffkopf – von Joe keine Spur.

Ich spürte, dass ich die gleiche Grimasse schnitt wie der Brautvater, als ich Terris falsches, zuckersüßes Lächeln und ihr weißes Rüschenkleid anstarrte. Wie ließen sich Rüschen mit ihrem Feminismus vereinbaren? Sie hätte in einem weißen Hosenanzug heiraten müssen, wie Richard Gere ihn am Ende von *Ein Offizier und Gentleman* trug.

Es gab noch mehr Fotos von Terri mit ihren Eltern und einige, auf denen sie wesentlich jünger aussah – sechzehn vielleicht – und von kichernden Mädchen umgeben war.

Waren das richtige Freundinnen oder hatte Terri schon als Teenager nur nützliche Beziehungen gepflegt? Schon bald nachdem Joe und Terri eingezogen waren, fiel Sebastian und mir auf, dass sie nie Besuch von Gleichaltrigen bekamen. Nie sahen wir sie plaudernd und lachend mit Leuten ihres Alters ein und aus gehen. Joe war immer an Scarlett gefesselt und Terri gab sich offenbar gar nicht mit Lebewesen ab, die an Land lebten. Als sie von Oxford nach Cambridge gezogen waren, hatten wir sie einmal nachbarschaftlich zum Essen eingeladen. Ich erinnere mich noch lebhaft, wie Joes Augen aufleuchteten. »Ach, das wäre schön«, antwortete er. »Aber Terri steckt bis über beide Ohren in Arbeit, ich weiß nicht, ob sie sich freimachen kann.« Letzten Endes war sie mitgekommen, ging jedoch schon nach anderthalb Stunden wieder zurück zu ihren Büchern – sobald wir mit dem Essen fertig waren – und schleppte Joe zu seinem Leidwesen mit. »Bleib ruhig, wenn du willst«, sagte sie, aber aus Joes Reaktion war klar, dass sie in Wirklichkeit meinte: »Wenn du bleibst, wirst du es mir büßen.« – »Nein, nein«, antwortete Joe hastig. »Es ist ungerecht, wenn ich noch bleibe, wo du doch arbeiten musst.« Welcher verdrehten Gehirnwäsche hatte sie ihn unterzogen und wieso musste sie an einem Freitagabend um zehn arbeiten, obwohl sie gerade erst ihren Doktor gemacht hatte?

Ich sah die Fotografien durch, so schnell ich konnte, da ich ja noch die ganze Wohnung durchsuchen wollte und mir die Zeit davonlief – zumindest die Zeit, in der ich mich halbwegs sicher fühlen konnte. Zwei Fotos zeigten Terri bei der Bakkalaureatsfeier in schwarzer Robe, das Zertifikat zusammengerollt in der Hand, ein noch breiteres, selbstzufriedeneres Lächeln im Gesicht als sonst. Es versetzte mir einen Stich, wenn ich an Sebastians Erzählung von seiner Bakkalaureatsfeier dachte: drei Jahre harter Arbeit zunichte gemacht, nur weil der Fachbereich sich weigerte, seine Note um ein halbes Prozent heraufzusetzen, damit er den Einser-Abschluss bekam, den er offenkundig verdiente. Das lag mittlerweile Jahre zurück, aber jedes Mal, wenn ich daran dachte, stieg Bitterkeit in mir auf. Seitdem hatte Sebastian seinen Master of Arts und seinen Doktor gemacht, aber diese Enttäuschung hatte er immer noch nicht ganz überwunden.

Ich trat einen Schritt zurück und betrachtete die Fotoausstellung als Ganzes. Sie hatte etwas Unheimliches. Obwohl hier drei Menschen lebten, war das Wohnzimmer voll von Bildern, die nur einen von ihnen zeigten. Wieso? War Joe derart in Terri vernarrt, dass er in jedem verfügbaren Bilderrahmen nur ihr Gesicht duldete? Und selbst wenn, warum gab es dann nicht auch Bilder von ihnen beiden oder von allen dreien? Das konnte nicht die Erklärung sein. Wahrscheinlicher war, dass Terris Fotogalerie ihre eigenen Prioritäten widerspiegelte. Aber welche Mutter stellte nicht einmal ein Bild ihrer Tochter auf?

Ich sah auf die Uhr. Viertel nach sieben. Was Sebastian wohl denken mochte, wo ich blieb? Vermutlich nahm er an, dass ich noch ein bisschen mit Joe plauderte, nachdem ich Muffy Skinner, den Bären, abgegeben hatte. Ich hatte ihm schon oft erzählt, dass ich mich verpflichtet fühlte, ausgiebig mit Joe zu plaudern, wenn ich ihm über den Weg lief, weil er ausgehungert war nach der Gesellschaft Erwachsener.

Sechzehn nach sieben, und die Sekunden tickten dahin. Frustriert ballte ich die Faust. Ich musste die wenige Zeit nutzen, denn länger als bis acht Uhr konnte ich auf keinen Fall bleiben, weil Joe und Scarlett dann jeden Moment nach Hause kommen konnten, aber unter diesem Druck vermochte ich nicht klar zu denken. Das hier war Terris Wohnung, also ein geeigneter Ort, Informationen über sie zu sammeln, die ich später gegen sie verwenden konnte. Zu was, wusste ich selbst noch nicht.

Ich trat wieder an das Bücherregal und nahm ein paar Videokassetten, um die Aufschrift zu lesen. Neben einigen Wissenschaftssendungen, die Terri für die Nachwelt erhalten hatte, gab es selbst aufgenommene Kassetten mit *Thelma und Louise* (einem Film, der angeblich die schwesterliche Beziehung zwischen Frauen feiert, in Wirklichkeit aber propagiert, dass es okay ist, Menschen umzubringen, wenn sie dich ärgern und Männer sind), *Freundinnen* und ein Titel, von dem ich noch nie gehört hatte: *Meine brillante Karriere*. Vielleicht war das Terris Heimvideo, vorausgesetzt, dass sie je lange genug zu Hause war, um eins zu drehen. Die gekauften Videos waren hauptsächlich Kinderfilme: *Pinocchio, Dschungelbuch* und *Teletubbies*.

Im Videoregal gab es nichts, was ich Joe hätte zuordnen können, nichts, was auch nur annähernd Ähnlichkeit mit Sebastians körniger Schwarzweiß-Sammlung von Kriegsfilmen gehabt hätte. Armer Joe. Wenn er sich *Steiner – Das Eiserne Kreuz* oder *Das Boot* ansehen würde, käme er vielleicht auf die Idee, sich gegen Terri zur Wehr zu setzen. Eines stand fest: Wenn er nichts anderes zu sehen bekam als *Freundinnen*, würde er die Tyrannei nie brechen. Bette Midler, säuselnd am Sterbebett von Barbara Hershey, war wohl kaum der Stoff, aus dem man Helden machte.

Ich trat an die drei Regale mit Büchern. Beim Anblick der drei Bücher von Daphne Fielding wurde mir schlecht. Doch statt meinem ersten Impuls nachzugeben und mich zu übergeben, zwang ich mich, die Titel zu lesen: *Fantasie und Weiblichkeit: Eine Dekonstruktion der Dietrich*, *Die Popcorn-Polemik: Klasse und Kino* und *Grautöne: Die Ambiguität des Schwarzweißfilms*. Wie konnte diese Frau es wagen, Sebastian das Stipendium nicht zu geben? Er hatte

Wichtiges über Politik zu sagen, über Dinge, die unser aller Leben betrafen. Das konnte man von dieser angesehenen Summerton-Professorin wohl kaum behaupten. Als ich mir die drei dünnen Bändchen ansah, fiel mir auf, dass wissenschaftliche Bücher immer einen Doppelpunkt im Titel haben. Ob irgendeine Universität mir wohl eine Professorenstelle mit einem Gehalt von fünfundvierzig Mille im Jahr geben würde, wenn ich eine Sammlung meiner cineastischen Betrachtungen veröffentlichen würde? Ich könnte ihnen den Titel geben: *Die Häagen-Dazs-Dichotomie: Eiscreme und Ineffizienz im Cambridge Cine City.*

Ich zog das Buch über Marlene Dietrich aus dem Regal. Dabei fiel etwas herunter, das quer über den Büchern gelegen hatte, und landete auf meinem rechten Fuß. »Au!«, brüllte ich. Aber sofort fiel mir ein, dass ich still sein musste, weil ich schließlich unbefugt in eine fremde Wohnung eingedrungen war. Ich hob das Ding auf und stellte fest, dass es eine Videokassette von *Zeugin der Anklage* war. Vorne auf der Hülle befand sich ein Standbild von Charles Laughton und Marlene Dietrich in einem ansonsten leeren Gerichtssaal.

Mit einem nostalgischen Lächeln überlegte ich, ob ich den Film stibitzen konnte, ohne Verdacht zu erregen. Ich hatte ihn seit einer Ewigkeit nicht mehr gesehen und hätte ihn mir gern noch einmal angeschaut. Wenn außer dieser Kassette nichts fehlte, dürften Joe und Terri wohl kaum auf die Idee kommen, dass jemand bei ihnen eingebrochen war. Welcher Einbrecher würde einen klassischen Gerichtsfilm klauen, aber das Fernsehgerät, den Videorecorder und die Hi-Fi-Anlage stehen lassen? Ich beschloss jedoch, die Kassette nicht zu mopsen, da sie zu Joes gehüteten Schätzen gehören konnte. Vielleicht hatte er ja die Leidenschaft seiner Mutter für Schwarzweißfilme und/oder Marlene Dietrich geerbt.

Ich konnte ja ein andermal vorbeikommen und sie mir ausleihen. Bisher hatte ich nie darüber nachgedacht, aber jetzt fiel mir auf, dass *Zeugin der Anklage* für mich einen Wendepunkt in meiner Entwicklung zum Filmfan darstellte. Es war für mich der erste Film, der eine überraschende Wende enthielt, und bis heute halte ich ihn für den besten. In vielen der heutigen Thriller beruht die überraschende Wendung ausschließlich darauf, dass man einen guten Film erwartet und er schlecht ist.

Ich blätterte das Register von *Fantasie und Weiblichkeit: Eine Dekonstruktion der Dietrich* durch, um zu sehen, ob es Verweise auf *Zeugin der Anklage* gab. Es waren mehrere Textstellen angegeben. Als ich sie nachschlug, war ich enttäuscht und ermutigt zugleich, weil ich nicht begriff, worauf die Professorin hinauswollte. Die langen, hochgestochenen Sätze hatten für mich nichts mit dem Spielfilm zu tun, den ich kannte und mochte. Wenn diese Idiotin einen Lehrstuhl bekam, dürfte Sebastian das erst recht schaffen. Zufrieden stellte ich mich darauf ein, Daphne Fielding zu verachten. Als anständiger Mensch hätte sie sofort, als Terri in die engere Wahl gezogen wurde, aus dem Vergabegremium für die De La Wyche Forschungsstelle zurücktreten müssen.

Statt die Liste meiner Verbrechen gegen meine Nachbarn um einen Diebstahl zu erweitern, beschloss ich, mir *Zeugin der Anklage* bei Heffers' zu kaufen. Da ich jetzt wusste, dass der Film mich an Sebastians und meine Situation erinnerte, wollte ich ihn mir unbedingt noch einmal ansehen.

In dem Film geht es um Christine Vole (Marlene Dietrich), die ihren Ehemann, Leonard Vole, so sehr liebt, dass sie ihm alles verzeihen würde. Als er wegen eines Mordes verhaftet wird, von dem sie weiß, dass er ihn begangen hat, will sie ihm helfen, unbestraft davonzukommen. Da ihr aber niemand glauben würde, wenn sie als Zeugin der Verteidigung zu seinen Gunsten aussagen würde, gibt sie überzeugend vor, ihn zu hassen, und erscheint – Sie ahnen es schon – als Zeugin der Anklage vor Gericht. Sie belastet Leonard mit ihrer Aussage und es sieht so aus, als würde er verurteilt. Obwohl niemand im Gerichtssaal sie mag, scheint man ihr zu glauben. Und nun kommt die überraschende Wende. Geschickt verkleidet Christine sich als alte Schlampe mit Cockney-Akzent, trifft sich mit Leonards Anwalt, Sir Wilfried Robarts (der sie zum Glück nicht erkennt), und gibt ihm einige Briefe, die sie an ihren imaginären Liebhaber Max geschrieben hat. Diese Briefe beweisen, dass sie eine Falschaussage gegen ihren Mann gemacht hat. Als Sir Wilfried die Briefe am nächsten Tag dem Gericht vorlegt, wird Christine als Lügnerin entlarvt und Leonard freigesprochen.

Was hat das alles mit Sebastian und mir zu tun? Nun ja, ich liebe ihn genug, um zur Gesetzesbrecherin zu werden. Gut, er ist kein Mörder – ich bin überzeugt, Mord wäre für ihn ebenfalls eine erniedrigende Knochenarbeit, auf die er herabsehen würde –, aber ich bin unbefugt in Joes und Terris Wohnung eingedrungen, um eine Möglichkeit zu finden, wie ich Sebastian die De La Wyche Fehde verschaffen kann.

Als ich über meinen alten Lieblingsfilm nachdachte, fiel mir wieder ein, dass der äußere Schein trügen kann. Nach außen schien Terri Skincrawl ihren Mann schlecht zu behandeln, aber das hatte Christine Vole auch getan, allerdings mit gutem Grund – aus Liebe. Konnte es sein, dass ich mich in Terri irrte? Widerstrebend gestand ich mir ein, dass ich einen Hang zu vorschnellen Urteilen hatte und besser daran täte, geistig offener zu sein und im Zweifelsfall anderen gute Seiten zu unterstellen. Andererseits stand Joe Fielding nicht auf Leben und Tod vor Gericht und Spielfilme waren verpflichtet, überraschende Wendungen zu bieten, die es im Leben nicht gab. Mir war es lieber, auch weiter schlecht über Terri zu denken, damit ich leichter ... ja was eigentlich? Inzwischen war es halb acht und ich war mit meinen Nachforschungen noch nicht über das Wohnzimmer hinausgekommen, ganz davon zu schweigen, dass ich immer noch nicht wusste, was ich hier eigentlich wollte. Sinnlos, schimpfte ich mit mir. Ich wollte gerade ins Schlafzimmer gehen, als ich ein Geräusch hörte.

Ein Schlüssel drehte sich im Schloss.

Kapitel 9

Namen im Kleid

Gott sei Dank hatte der Architekt von Noble House jede Wohnung mit sechs feuerfesten Innentüren ausgestattet, soliden, schallisolierenden Türen, die sich automatisch schlossen, um einen eventuell ausbrechenden Brand auf das Zimmer zu beschränken, in dem er ausgebrochen war. Das Einzige, was mich davor bewahrte, auf Anhieb von Terri Skinner entdeckt zu werden, war die Tür zwischen Diele und Wohnzimmer.

Als ich hörte, dass jemand in die Wohnung kam, dachte ich zuerst, es seien Joe und Scarlett. Vor Schreck blieb ich wie angewurzelt stehen und suchte verzweifelt nach einer Ausrede. Dann sah ich durch die kleine Glasscheibe in der Innentür Terris schwarze Locken unter ihrem Motorradhelm auftauchen. Was machte sie bloß so früh schon hier? Hatte es in der Bibliothek Bombenalarm gegeben? Zum Glück sah sie mich nicht. Sie stand mit dem Rücken zu mir, zog ihre eng anliegende Jacke aus und hängte sie so sorgfältig an einen Garderobenhaken, als ob sie unbezahlbar wäre.

Mir war klar, dass mir in dieser Lage keine Ausrede weiterhelfen würde. Joe hätte mir jede noch so lahme Geschichte vielleicht abgenommen, die ich zusamengestammelt hätte, aber Terri auf keinen Fall. Schneller, als ich mich seit Jahren bewegt hatte, lief ich in den Flur, wenn man die paar

Quadratmeter Teppichboden, die das Wohnzimmer mit dem Rest der Wohnung verbanden, überhaupt so nennen konnte, und stürzte ins Elternschlafzimmer, das in dieser Wohnung vermutlich Frauenschlafzimmer hieß, bemerkte aber auf der Schlafzimmertür noch ein rechteckiges Keramikschild mit dem Bild eines lockigen Mädchens mit rosigen Wangen, das einen Blumenstrauß hielt, und daneben die Aufschrift: »Terris Zimmer«.

Ein Doppelbett beherrschte den Raum. Auf der marineblauen Bettdecke, die aussah wie aus Satin, prangte ein großes pinkfarbenes Kissen in Herzform. Bewies das nun, dass Joe und Terri sich liebten und trotz der Türaufschrift beide hier schliefen, oder war es schlicht ein Beleg für schlechten Geschmack?

Ich hörte wieder, wie eine Tür sich öffnete. Es klang nach der Tür vom Wohnzimmer zur Küche. Da unsere Wohnung ganz ähnlich war wie diese, fiel es mir recht leicht, die Geräusche zuzuordnen. Nachdem Terri Jacke und Helm abgelegt hatte, ging sie nun wahrscheinlich an den Kühlschrank, um sich etwas zu trinken zu holen. Das tue ich jedenfalls, wenn ich nach einem langen Arbeitstag nach Hause komme. Vermutlich dürfte sie dazu zwanzig oder dreißig Sekunden benötigen, aber was wusste ich schon? Vielleicht wollte sie ja gar nichts trinken, sondern kam geradewegs auf das Schlafzimmer zu! Ich brauchte dringend ein Versteck. Ich wünschte, ich wäre im Wohnzimmer geblieben und hätte mir irgendeine Lüge ausgedacht. Wenn sie mich im Schlafzimmer erwischte, wäre es nur noch schlimmer.

Ich öffnete eine der Türen des Einbauschranks und entdeckte am äußeren rechten Rand ein paar graue Anzüge und einen langen schwarzen Wollmantel. Der Mantel grenzte Joes Teil des Schrankes ab. Terris Kleider beanspruchten mindestens drei Viertel des vorhandenen Schrankraums, was mich keineswegs überraschte. Ein ausgewogener Kleiderschrank entspricht einer ausgewogenen Ehe. Ich kann mit Stolz behaupten, dass Sebastian und ich uns den vorhandenen Stauraum fifty-fifty teilen.

Als ich ein metallisches Geräusch hörte, fuhr ich herum und sah, dass die Türklinke sich bewegte. Meine Bedenkzeit war abgelaufen. Ich schlüpfte in den Kleiderschrank und zog die Tür mit dem Zeigefinger hinter mir zu. Kaum den Bruchteil einer Sekunde später kam Terri ins Zimmer.

Unbequem kauerte ich auf Joes Schuhen und drapierte den langen Mantel so, dass er mich so weit wie möglich verhüllte. Warum ich mir überhaupt die Mühe machte, wusste ich nicht. Denn wenn Terri den Schrank öffnen sollte, würde sie mich höchstwahrscheinlich ohnehin entdecken, gleichgültig, wohinter ich mich versteckte. Ich konnte nur beten, dass sie sich nicht umziehen wollte.

Ich hielt den Atem an und lauschte. Hörte einen Reißverschluss, der geöffnet oder geschlossen wurde, und dann Papiergeraschel. Ob sie ihre Arbeit aus der Tasche holte? Unwahrscheinlich. Terri gehörte zu der Sorte Mensch, die nur am Schreibtisch arbeiten, da ging ich jede Wette ein.

Ein Klicken, das mir bekannt vorkam. Ich war fast sicher, dass sie den Telefonhörer abgenommen hatte. Sebastian und ich haben kein Telefon im Schlafzimmer, nur im Wohnzimmer, deshalb wirkte das Geräusch für mich fehl am Platz. Terri hatte vermutlich ein Telefon im Schlafzimmer, damit sie Joe im Gesindezimmer anrufen und sich Frühstück ans Bett bestellen konnte.

Sie räusperte sich. »Em, ja, hallo, kann ich bitte Gary Conley sprechen?« Sie wirkte eindeutig schüchtern, fand ich. Wo war ihr übliches öliges Selbstvertrauen geblieben? »Er ist *was*? Wann? Ach. Ich verstehe. Na ja ... haben Sie eine Telefonnummer, unter der ich ihn erreichen kann? Oh.

Sie wissen wohl auch nicht, ob er noch bei NEG arbeitet? Nein, das habe ich mir gedacht. Okay, em ... Wissen Sie vielleicht, wo er hingezogen ist?« Terri klang im Laufe des Gesprächs zunehmend enttäuschter.

Allmählich taten mir die Beine weh, außerdem musste ich zur Toilette. Vorsichtig darauf bedacht, kein Geräusch zu machen, änderte ich meine Haltung ein bisschen. Außer einem schmalen hellen Spalt zwischen den beiden Kleiderschranktüren sah ich nichts. Sobald Terri das Zimmer verließ, wollte ich zum größeren der beiden Schlafzimmerfenster huschen und hinausklettern. Als Sebastian und ich in Noble House eingezogen waren, hatte man uns Wohnung eins und drei zur Auswahl angeboten. Wir hatten uns für Wohnung eins entschieden, weil sie nach vorn liegt und eventuelle Einbrecher unmittelbar neben der Haustür durch unser Fenster steigen müssten.

Da Joes und Terris Schlafzimmer nach hinten zum Garten lag, konnte ich einigermaßen sicher sein, dass niemand mich sehen würde. Ich lauschte angespannt, hörte aber eine Weile lang gar nichts. Dann quietschte das Bett und wieder klickte das Telefon. Verdammt. Sie telefonierte noch einmal.

»Em, ja«, unterbrach Terris Stimme meine Gedanken. »Der Teilnehmer heißt English, E-N-G-L-I-S-H wie die Nationalität, der Vorname fängt mit R an. Die Adresse weiß ich leider nicht, nur dass er in Reading wohnt. Ja, Reading. Tut mir Leid, Genaueres kann ich nicht sagen.« Sobald ich das Wort »Reading« hörte, vergaß ich schlagartig meine verkrampften Beine und meine schmerzende Blase. Das klang zwar nicht nach beruflichen Telefonaten, aber Terri überlegte doch, ob sie eine Stelle an der Universität Reading annehmen sollte! Konnte das Zufall sein? Ich dachte nach, was NEG sein konnte, wo Gary Conley – wer immer das sein mochte – offenbar nicht mehr arbeitete. Vielleicht war das eine Firma in Reading, die irgendetwas mit der Universität zu tun hatte. Vielleicht waren die Anrufe doch beruflich.

»Tatsächlich?« Terri klang munterer, als ob sie gute Nachrichten bekommen hätte. »Das muss er sein. Geben Sie mir die Nummer bitte?« Ich hörte, wie sie die Kappe von einem Füller zog. »Mm, Hm-mm. Vielen Dank.« Zweimal klickte es, dann wurden einige Tasten gedrückt. Ich nahm an, dass Terri nun R. English anrief, und war überrascht, als sie sagte: »Entschuldigung, ich weiß nicht, ob ich die richtige Nummer gewählt habe, ich suche Gary Conley.« Aha. R. English war also lediglich Mittel zum Zweck, um diesen verschwundenen Gary zu finden. »Wirklich?«, rief Terri erfreut. »Ach … was für ein Glück! Ich hoffe, es stört Sie nicht, dass ich anrufe. Ich bin eine Freundin von Gary und … na ja, ich habe ihn schon seit einer Weile nicht mehr gesehen, damals wohnte er noch in Wokingham. Ich habe bei seiner früheren Telefonnummer angerufen und Owen sagte mir, dass er nicht mehr da wohnt. Können Sie mir bitte seine neue Adresse geben?« Wieso wollte Terri diesen Conley eigentlich unbedingt erreichen? Denn beiläufig war ihr Versuch, ihn zu finden, nun wahrhaftig nicht. Von Minute zu Minute ging ihr Atem schwerer.

»Oh«, sagte Terri nach einer langen Pause. Sie klang wieder enttäuscht und zaghaft. Das war nicht die Zicke, die ich kannte und hasste. Marlene Dietrich und *Zeugin der Anklage* im Sinn, beschloss ich, mir in Zukunft kein allzu vorschnelles Urteil mehr über Menschen zu bilden. »Wissen Sie denn, wie viele YMCA-Häuser es in Reading gibt? Vielleicht gibt es ja nur eins.« Terri bettelte ihren Gesprächspartner fast an. Wieder entstand eine längere Pause. »Nein, nein, Sie brauchen ihm nichts auszurichten. Vielen Dank, bye.«

Ich wiederholte innerlich, was ich gehört hatte, um nichts

zu vergessen, bis ich an Papier und Stift kam. Dass Terri versuchte, Gary Conley zu erreichen, musste etwas mit der Entscheidung zu tun haben, ob sie die Stelle in Reading annahm. Warum sonst sollte ein so karrieresüchtiger Mensch die Universität Reading überhaupt als ernst zu nehmende Alternative zum Summerton College in Cambridge in Betracht ziehen, wenn nicht noch etwas anderes dahinter steckte?

Ein lauter, greller Schrei – spontan wie der eines Tieres, aber unverkennbar menschlich – drang durch die Stille, als ich gerade überlegte, was Terri wohl jetzt tun mochte. Ich fuhr auf, soweit das überhaupt möglich ist, wenn man zusammengekauert auf den Schuhen seines Nachbarn in einer Ecke seines Kleiderschranks hockt. Die Kleiderschranktüren bebten. Ich biss die Zähne zusammen und rechnete damit, dass Terri jeden Moment die Tür aufreißen und mich als lauschende Einbrecherin entlarven würde. Stattdessen heulte sie weiter, begleitet vom Quietschen der Bettfedern. Ich konnte mir vorstellen, dass sie mit den Fäusten auf das Bett eindrosch. Schließlich ging das Heulen in ein ersticktes Stöhnen und dann in ein bebendes Schluchzen über. Sie machte so viel Lärm, dass ich mich räuspern konnte, ohne mich zu verraten. Ich war fassungslos, denn ich sah wirklich keinen Grund, weshalb Terri, die zwei Stellenangebote hatte, weinen sollte – es sei denn, sie wusste von der Spionin in ihrem Kleiderschrank.

Schließlich hörte sie auf. Ich hörte Schritte, dann das metallische Geräusch der Türklinke. Endlich ging sie aus dem Zimmer. Ich wartete auf das beruhigende Geräusch, mit dem die Tür hinter ihr automatisch ins Schloss fiel. Sebastian und ich hassten die Türschließer an sämtlichen Innentüren von Noble House und hatten sofort nach unserem Einzug kleine Holzkeile gekauft, um sie offen zu halten. Aber ich war froh, dass Joe und Terri das nicht auch getan hatten. Ohne eine geschlossene Tür zwischen Terri und mir hätte ich noch mehr Angst gehabt.

Sobald ich das dumpfe Türgeräusch hörte, steckte ich vorsichtig den Kopf aus dem Kleiderschrank. Da ich mich nicht allzu weit von meinem Versteck entfernen wollte, falls Terri zurückkommen sollte, beschloss ich, mit meiner Flucht durch das Fenster noch etwas zu warten.

Im Licht, das nun in den Schrank fiel, konnte ich Joes und Terris Kleider besser sehen. Joe besaß nur Anzüge – wer keine Freizeit hat, braucht auch keine Freizeitkleidung – und schicke Sakkos, die mit passenden Hosen auf Bügeln hingen. Terris Kleider hätten im Schrank einer Stripteasetänzerin auch nicht fehl am Platz gewirkt, nur hätte eine Stripteasetänzerin sie naiv getragen und damit die Erwartungen der Männer geschürt, während Terri behaupten würde, sie als Mittel zur Stärkung der eigenen Macht einzusetzen – nehme ich zumindest ziemlich sicher an. Da sie offenbar nicht zurückkam, stand ich auf und verzog vor Schmerz das Gesicht, als ich die Beine endlich wieder gerade machen konnte. Dann schaute ich mir ihre Kollektion offenherziger Kleider näher an.

Terris Territorium begann mit einem kurzen schwarzen Shift-Kleid, das mit Ziermünzen besetzt war. Ich hob den Rock an, um zu sehen, ob es ein Designer-Etikett trug. Terri hatte mir gegenüber einmal mit ihrem teuren Geschmack und Joes Bereitwilligkeit angegeben, sie zu verwöhnen. Sebastian ließ sich dagegen von mir nicht einmal neue Kleidung kaufen, wenn er sie dringend brauchte. Mit schäbigen Sachen könne er sich allmählich auf seinen unausweichlichen Niedergang zum Penner vorbereiten, behauptete er.

An der Innenseite des Saums war ein Schild angenäht, aber kein Designer-Etikett. Es hatte die gleiche Form und Größe wie das Schild, das Scarletts Teddybär als Muffy

Skinner auswies, und war von derselben Handschrift beschriftet: »Gordon und Maxine Fleming, 4.2.1997«.

Verständnislos runzelte ich die Stirn. Das Namensschild auf dem Rücken des Bären sah ich ja noch ein, aber selbst bei einer Terri, die seltsamerweise weinte, konnte ich mir nicht vorstellen, dass sie ihre Kleider »Gordon und Maxine Fleming« nannte. Und was hatte das Datum zu bedeuten – 4. Februar 1997?

Ich schaute mir das nächste Kleid an, eine nachtblaue, schulterfreie Seidenkreation. Wann hatte Terri Gelegenheit, etwas so Elegantes zu tragen? Für die Bibliothek war es wohl kaum das Passende und woanders ging sie doch offenbar nie hin. Das Kleid hatte zwei Etiketten, eins von Versace, was meinen Verdacht bestätigte, dass Terri extravaganten Gebrauch von Joes Geld machte, und ein handgeschriebenes Schildchen mit der verblüffenden Aufschrift: »Tim und Bettina Elworthy, 24.5.1997«. Was war hier los? Schnell sah ich die übrigen Kleider durch. In jedes war ein Schild mit zwei Namen und einem Datum genäht. Das früheste Datum war Gordon und Maxine Fleming, Februar 1997, das letzte April 1998. Terri und Joe waren im Dezember 1996 in Noble House eingezogen. Mein Kopf fühlte sich ganz geschwollen an, verstopft mit frustrierend unerklärlichen Fakten. Ich merkte mir so viele Namen wie möglich, um sie später aufzuschreiben.

Gerade wollte ich zum Fenster huschen, als mir ein rotes Abendkleid ins Auge fiel, das vom Bügel gerutscht war und auf dem Boden lag. Ich suchte nach einem Schild mit der vertrauten Handschrift und bekam einen trockenen Mund, als ich es las: »Keith Cobain und Ethan Handley, 15.3.1998«. Die beiden kannte ich, sie waren Fellows am Summerton College. Sebastian und ich waren einige Male mit ihnen in den Pub gegangen. Wir nannten sie nur Keithundethan, weil die beiden so unzertrennlich waren, dass man sie fast für eine Person halten konnte oder zumindest für zwei Menschen mit demselben Charakter. Allerdings waren sie kein Paar, sondern äußerst heterosexuell. Aber vielleicht waren Tim und Bettina Elworthy auch kein Liebespaar, sondern Geschwister und Gordon und Maxine Fleming waren Vater und Tochter!

Was hatte Terri Skinner mit Keithundethan zu tun? Es war schon schlimm genug, dass eine College-Professorin ihre Schwiegermutter war. Und nun hatte sie wirklich und wahrhaftig auch noch die Namen von zwei weiteren Summerton-Dozenten in eins ihrer Kleider genäht! Ich witterte Korruption und hoffte, dass sie schwerwiegend war und ich sie aufdecken konnte. Dann wäre Sebastian einem Sieg in der De La Wyche Fehde schon einen Schritt näher. Wie ich Rod Firsden aus dem Weg räumen sollte, daran mochte ich gar nicht denken.

Ich hatte keine Ahnung, wie ich mir die Bestechung genau vorzustellen hatte. Keithundethan legten ein gutes Wort für Terri ein, die als Gegenleistung ... ihre Namen in ihr Abendkleid nähte? Was für ein verlockendes Angebot.

Durch die geschlossene Schlafzimmertür drang Musik, eine schwülstige Ballade, vermutlich genau das, was Terri in ihrer niedergeschlagenen Stimmung brauchte. Wenn sie eine CD aufgelegt hatte, würde sie wohl nicht so bald wieder ins Schlafzimmer kommen. Die Gelegenheit war günstig. Ich verließ den relativ sicheren Kleiderschrank, schlich auf Zehenspitzen ans Fenster, fummelte am Griff und öffnete es weit. Das war gar nicht so einfach, aber ich hatte einige Übung, weil ich auf diesem Weg bei uns öfter Spinnen an die Luft setzte. Daher gelang es mir recht schnell.

Ich kletterte hinaus und lief über den Rasen ums Haus zum Vordereingang. Sebastian winkte mir durch das Küchenfenster zu. Er machte gerade das Abendessen. An den neuen Wellenlinien auf einer Gesichtshälfte erkannte ich, dass er vor dem Fernseher eingeschlafen war.

Er wirkte erfreut und erleichtert, mich zu sehen. »Wo warst du?«, rief er, als ich an ihm vorbei zum Klo stürzte.

»Hab mit Joe geplaudert«, log ich. Ich war ernsthaft versucht, ihm von meinem Abenteuer und den seltsamen Entdeckungen zu erzählen, konnte diesem Drang aber widerstehen. Sebastian war nicht nur ein schlechter Lügner, sondern auch taktlos. Und was ich am wenigsten gebrauchen konnte, war, dass er sich bei Joe verplapperte.

»Kate?«, rief Sebastian. »Glaubst du eigentlich, dass alles doch noch in Ordnung kommt? Ich meine, du weißt schon, mit meiner Karriere und meiner Zukunft?«

»Ja!«, brüllte ich vom Klo aus. »Ich habe dir doch gesagt, dass ich dir das De La Wyche Fellowship besorge.« Dabei kam ich mir nicht mehr ganz so verlogen vor wie zuvor. Nach all den Informationen, die ich in der letzten Stunde gesammelt hatte, war ich überzeugt, einiges zu unserem Vorteil nutzen zu können.

Ich ging ins Schlafzimmer, nahm Notizbuch und Stift aus meinem Nachttisch und schrieb:

Merkwürdigkeiten betr. T. S.

1. Fotos nur von sich, nicht von Joe oder Scarlett.
2. Auf dem Schild an der Schlafzimmertür steht »Terris Zimmer« – nicht auch Joes Schlafzimmer?
3. Wer ist Gary Conley? (Arbeitete früher bei NEG, wohnt jetzt vielleicht in einem YMCA-Haus in Reading.) Wer ist R. English? Kennt offenbar Gary C.
4. Hat Terris dringender Wunsch, Gary Conley zu erreichen, etwas damit zu tun, dass sie die Stelle in Reading möglicherweise der De La Wyche Fehde vorzieht?

5. Gegensatz zwischen Terris öffentlichem und privatem Gesicht – warum war sie so aufgewühlt? Ist ihr strahlendes Selbstvertrauen nur eine Maske?
6. Namensschilder in Kleidern – was haben sie zu bedeuten? Wer sind Gordon und Maxine Fleming, Tim und Bettina Elworthy etc.?
7. Was haben die Namen Keith Cobain und Ethan Handley da zu suchen? Knifflig: Was haben sie mit Terry zu tun?

Zufrieden, das Wichtigste aufgeschrieben zu haben, nahm ich mein Handy und sagte für den nächsten Tag sämtliche Fahrstunden ab – bis auf Rod Firsdens. Eigentlich konnte ich es mir nicht leisten, auf das Geld zu verzichten, aber ich musste mich voll und ganz auf die Fehde konzentrieren. Mir blieben nur zwei Wochen Zeit und es gab viel zu tun. Am anderen Morgen wollte ich als Erstes zu Valerie Williams gehen, der Ärztin vom Summerton College.

Kapitel 10

Lebenslauf: Valerie Williams

Name:
Dr. Valerie Bronwen Williams

Adresse:
Room D4, Tyndsall Court, Summerton College, Cambridge. Allein stehende Fellows und leitende Angestellte des Colleges bekommen eine so genannte »Suite« im College, die meist aus Schlafzimmer, Bad, Küche und Wohnzimmer besteht. Suite D4 ist etwas größer und hat zwei Wohnzimmer, wovon eins als Sprechzimmer dient. Tyndsall Court gilt allgemein als attraktivstes der drei College-Gebäude: Queen's Court, Tyndsall Court und Old Court. Der viereckige Kalksteinbau umgibt einen rechteckigen Innenhof mit gepflegter Rasenfläche. Am Kopfende liegt die große Halle, Great Hall, wo Fellows und Studenten essen – natürlich nicht das Gleiche –, und an der gegenüberliegenden Schmalseite befindet sich die Bibliothek, Terri Skinners Tummelplatz – Mümmelplatz wäre vielleicht der treffendere Ausdruck für jemanden, der sich mit Fischzähnen beschäftigt.

Alter:
Siebenundvierzig

Geburtsort:
Swansea

Familienstand:
Ledig. War nie verheiratet und hat nie mit einem Mann zusammengelebt. War einmal verlobt, löste die Verbindung aber, nachdem ihr Verlobter ihr gestanden hatte, dass er betrunken eine Nacht mit einer anderen verbracht hatte.

Beruflicher Werdegang:
1988 bis heute:
Ärztin am Summerton College, zuständig für die medizinischen und oft auch emotionalen und psychischen Probleme der College-Angehörigen. Hat gelegentlich ein schlechtes Gewissen, wie der College-Klatsch behauptet, weil sie in einer Gemeinschaft arbeitet, die man als privilegiert bezeichnen kann, es aber irgendwie moralischer fände, sich um die Leiden der Unterprivilegierten zu kümmern. Wird allerdings regelmäßig mit Belegen konfrontiert, dass soziale, intellektuelle und finanzielle Privilegien nicht zwangsläufig eine bessere körperliche und seelische Gesundheit mit sich bringen, besonders Letztere nicht. Hat immer wieder mit Menschen zu tun, deren akademischer Erfolg, an einen Ort wie Summerton gekommen zu sein, sie in die paranoide Angst versetzt, sich dort nicht halten zu können. Wenn man erst einmal Erfolg hatte, ist die Aussicht zu scheitern zu schrecklich, um ihr ins Auge zu sehen. Man nehme nur Sebastian. Wenn er nach dem Bakkalaureat keinen Studienplatz am Summerton bekommen hätte, wären seine Erwartungen nie so hoch geklettert. Vermutlich hätte er an einer mittelmäßigen Hochschule ein mittelmäßiges Diplom in einem mittelmäßigen Fach gemacht und sich dann zufrieden mit einem leitenden Posten in irgendeiner Knochenmühle

begnügt. Aus dem Mitleid mit dem Elend der vom Glück Begünstigten bezieht Dr. Williams daher die nötige Rechtfertigung und Motivation, ihre Symptome zu bekämpfen: Stress, Schlaflosigkeit, Bulimie und Depressionen.

1979 bis 1988:
Ärztin für Allgemeinmedizin am Barlow Rise Health Centre, Bristol. Hier arbeitete sie hauptsächlich mit Menschen, die zu krank waren, um über Erfolg oder Scheitern nachzudenken, und sich stattdessen auf Probleme wie Arthritis, Herz-Kreislauf-Erkrankungen, Emphyseme und Osteoporose konzentrierten. Sebastian leidet an keiner dieser Krankheiten, lässt sich aber nicht überzeugen, dass alles in Ordnung ist, solange man nur gesund bleibt. Er ist gesund, hätte aber außerdem gern eine Arbeit. Meiner Ansicht nach sind die Menschen, die unsere Erwartungen schüren, auch verpflichtet, sie zu erfüllen. Ich bin nicht der Meinung, dass wir uns von dieser ungerechten Welt so weit unterkriegen lassen dürfen, bis wir die Tatsache, keinen Lungenkrebs zu haben, mit Glück gleichsetzen. Wenn jeder zu viel verlangen würde, bekämen vielleicht mehr von uns genug.

Qualifikationen und Schulabschlüsse:
Facharzt für Allgemeinmedizin und klinische Medizin, Addenbrook's Hospital, Cambridge. Master of Arts (BA) in Pathologie (IIii), Summerton College, Cambridge.

Nahm Studium und praktische Ausbildung sehr ernst. Arbeitete fleißig und beteiligte sich nicht an Nieren-Weitwurf-Wettbewerben oder anderen Späßen ihrer Kommilitonen. Benahm sich nie respektlos gegen jene, die ihre sterblichen Überreste der Wissenschaft zur Verfügung stellten, indem sie rüde Bemerkungen über Fettleibigkeit/Hässlichkeit/Entstellungen der zu sezierenden Leichen machte. Mied demonstrativ alle männlichen Medizinstudenten, die Witze über ihre Absicht machten, sich auf Gynäkologie zu spezialisieren.

Stärken und Schwächen:
Zu ihren Stärken gehören Pünktlichkeit, soziales Gewissen und Hingabe an ihren Beruf. Zu ihren Schwächen gehören gelegentliche fachliche Inkompetenz, ein lächerliches Pflichtgefühl, moralische Selbstgerechtigkeit und die Tendenz, ihr Urteil für unfehlbar zu halten.

Eine weitere Schwäche ist ihre Überzeugung, dass Pflichterfüllung und die Einhaltung von Regeln zu Gerechtigkeit führen. Der unerschütterliche Glaube an Gerechtigkeit könnte als Stärke gewertet werden, falls ein derart idyllischer Zustand überhaupt erreichbar wäre. In Wirklichkeit ist es eine Schwäche, weil es uns ohne Mitwirkung von Gott, Natur, Zufall und allen Lebewesen der Erde – viele davon existieren gar nicht oder besitzen nicht das Bewusstsein, sich zur Mitwirkung zu entschließen – nie gelingen wird, das Leben gerecht zu gestalten. Das Beste, worauf wir hoffen dürfen, ist, dass eine effektive Gegen-Ungerechtigkeit für einen gewissen Ausgleich sorgt.

Wenn ich versuche, Terri Skinner und Rod Firsden aus dem Weg zu schaffen, damit Sebastian die Fehde gewinnt, pfusche ich damit nicht der Gerechtigkeit ins Handwerk, sondern der althergebrachten Sitte. Ist es gerecht, dass man Terri das Stipendium angeboten hat oder dass Rod der zweite Kandidat ist? Natürlich nicht. Es ist nur auf dem üblichen Weg über eine Standardbewerbung und ein Vorstellungsgespräch zustande gekommen. Leider sind zu viele Menschen zu blöd, zwischen Recht und reiner Gewohnheit zu unterscheiden.

Sonstiges:
Mitglied eines Literaturzirkels, des so genannten Cambridge Readers Circle, der sich jeden ersten Mittwoch im Monat trifft, um über ein bestimmtes Buch zu diskutieren. Geht jeden Sonntagmorgen in den Gottesdienst in der Kapelle von Summerton und arbeitet jeden zweiten Sonntagnachmittag freiwillig im Botanischen Garten. Mag klassische Musik – die richtig klangvolle –, Wandern, Paddeln, Kochen und Stricken.

Äußere Erscheinung:
Klein und pummelig. Helles Haar (aschblond mit einigen grauen Strähnen), kantig geschnitten (eckiger Pagenkopf). Trägt im Dienst immer einen langen weißen Arztkittel, daher lässt sich über Kleidungsstil nichts sagen, bis auf die Tatsache, dass sie immer flache Schnürschuhe trägt. Benutzt nie Make-up oder Parfüm.

Kapitel 11

Ärzte und Verordnungen

Am nächsten Morgen wachte ich früh auf und machte mich auf den Weg ins Summerton College, nachdem ich Sebastian, so gut es ging, versichert hatte, dass ich einen praktikablen Plan hätte, ihm das De la Wyche zu besorgen. Das entsprach zwar nicht ganz der Wahrheit, aber ich war voller Hoffnung, dass dies bald der Fall sein würde, teils wegen allem, was ich am Abend zuvor in Terris Wohnung gesehen und gehört hatte, teils wegen George Herbert. Ich hatte mir seine *Sämtlichen Gedichte* eigentlich nur gekauft, um mir eine Vorstellung davon zu verschaffen, was Rod Firsden bewegte, aber sobald ich das erste Gedicht gelesen hatte, war ich wie gebannt. Die Texte hatten etwas Hypnotisierendes. Den ganzen Abend hatte ich versucht, ein Gedicht mit dem Titel »Jordan« auswendig zu lernen, und es immer wieder leise aufgesagt, was Sebastian ziemlich nervte.

Kein Zweifel, George Herbert hatte entschieden zu meiner guten Laune an diesem Morgen beigetragen. Mir gefiel der Klang der Gedichte. Sie machten mich fast süchtig und gaben mir seltsamerweise das Gefühl, dass alles möglich sei. Falls Rod Firsden je die Chance dazu bekäme, konnte seine Forschung vielleicht zur Erklärung beitragen, wieso ein Haufen Worte in einer bestimmten Kombination eine solche Wirkung zu haben vermochte.

Als ich von der Hauptstraße in die Summerton Lane einbog, schüttelte ich den Kopf, um den treulosen Gedanken zu verbannen, dass Rods Arbeit interessant sein könnte. Außerdem sollte man Poesie überhaupt nicht analysieren, sondern nur lesen und genießen. Schon dieser eine Abend als George-Herbert-Fan hatte mich überzeugt, dass sich Gedichte in ihrem Wesen ohnehin nicht genau erfassen ließen. Doch so sehr ich mich auch bemühte, dagegen anzukämpfen, war mir klar, dass meine Einstellung zu Rod Firsden sich leicht verändert hatte, da wir nun etwas gemeinsam hatten. Ich dachte daran, wie er in meinem Wagen geweint und sich bei der Tai-Chi-Schule krankgemeldet hatte, weil er die Fehde unbedingt gewinnen wollte, und nun musste er zwei Wochen warten, bis er erfuhr, ob er die Stelle bekommen würde. Armer Rod. Armer Sebastian.

Langsam fuhr ich zwischen gepflegten Grünanlagen zum Torbogen mit dem Summerton-Wappen und bog in den Innenhof von Old Court. Dort gab es einen Parkplatz für Fellows und Besucher. In der Mitte des Hofes befand sich eine runde Rasenfläche mit einer großen Eiche. Das flauschige, kurz geschnittene Gras erinnerte mich an Sebastians Nacken, wenn er gerade vom Friseur kam, nur war das Gras natürlich grün. Sebastian hatte mir erzählt, dass Summerton über dreißig Gärtner beschäftigte. Nach dem Zustand der Grünanlagen zu urteilen, machten sie ihre Arbeit sehr gut, jedenfalls wesentlich besser als der De La Wyche Ausschuss, der seine Entscheidung nicht zum angekündigten Zeitpunkt gefällt und dann auch noch eine Fehlentscheidung getroffen hatte. Vielleicht sollte man in Zukunft die Stellenvergabe den Gärtnern überlassen. Sofern die farblich gut abgestimmten Blumenbeete, die ich sah, einen Anhaltspunkt lieferten, dürften sie diese Aufgabe besser bewältigen. Kein Wunder, dass alle hier arbeiten wollten, das Ambiente war einfach hinreißend.

Ich parkte neben einem kleinen Türbogen – alle Türen von Summerton haben Bögen – und fragte mich, als ich ausstieg, ob mein Fahrschulschild wohl neue Kunden anlocken mochte. Da ich Sebastian einmal mit einem verstauchten Knöchel zu Valerie Williams gebracht hatte, wusste ich, wo ihre Praxis war. »Es hat keinen Sinn, ihn Valerie zu zeigen«, hatte Sebastian damals protestiert, als er, schwer auf meine Schulter gestützt, neben mir herhumpelte. »Sie hat keine Ahnung. Egal, was man hat, sie verschreibt immer das Gleiche: Strepsils.« Darauf hatte ich erwidert, das könne nicht stimmen. Damals, bevor Sebastian so viele Absagen auf seine Bewerbungen bekommen hatte, war ich noch so naiv zu glauben, die meisten Leute in wirklich wichtigen Positionen wie Ärzte und Anwälte müssten etwas auf dem Kasten haben, weil sie sonst ihre Stelle nicht behalten durften. »Das ist kein Witz«, hatte Sebastian mir versichert. »Egal, was du hast, von Durchfall bis Diabetes, sie gibt dir Halstabletten. Die Einzigen, die etwas von ihr halten, sind Leute, die wegen Halsschmerzen bei ihr waren.« Valerie gab Sebastian für seinen Knöchel zwar keine Halstabletten, aber ich sah ein riesiges Glas Strepsils auf ihrem Regal stehen.

Ich ging über das Kopfsteinpflaster durch den großen Torbogen, der vom Old Court in den Tyndsall Court führte. Wenn ich mich recht erinnerte, lag Valeries Praxis gleich links neben dem Tor.

Vor dem Schild »Arztpraxis« blieb ich stehen. Klopfen wollte ich nicht, damit sie mich nicht gleich an der Tür abwimmeln konnte, weil ich weder krank war noch zum College gehörte. Andererseits wollte ich sie auch nicht gegen mich aufbringen, indem ich einfach ins Zimmer platzte, also entschied ich mich für einen Kompromiss: Ich klopfte und ging sofort hinein.

Das Sprechzimmer war klein und mit einem grau gerippten Teppich ausgelegt. Die ehemals weiße Tapete, die sich hier und da ablöste, bot den schäbigen Hintergrund für fünf oder sechs Plakate mit Warnungen vor Gesundheitsschäden, die angesichts ihrer Themen entnervend bunt und fröhlich wirkten. Es gab eins übers Rauchen, eins über HIV, Herzerkrankungen, ungewollte Schwangerschaften – die ganze Palette. Valerie Williams saß an ihrem Schreibtisch, der an der gegenüberliegenden Wand unter einem hohen Fenster stand, und füllte ein Formular aus. Sie beugte sich mit konzentriert gerunzelter Stirn darüber und bemerkte mich zuerst nicht. Ich hustete laut, bedauerte es aber sofort, weil ich nicht mit Halstabletten abgespeist werden wollte wie die übrigen Trottel.

Sie schaute zu mir auf und bedachte mich mit einem ärztlich-fürsorglichen Lächeln. Mir wurde ebenso schlecht wie beim Anblick der drei Bücher von Daphne Fielding in Joes und Terris Bücherregal. Der Geschmack halb verdauter Corn-Pops stieg mir in den Mund und ließ mich schwer schlucken. Vielleicht konnte Dr. Williams mir ja etwas gegen meine neu erworbene Allergie gegen Mitglieder des De La Wyche Ausschusses verschreiben!

»Hallo«, sagte sie freundlich. »Haben Sie einen Termin?« Sie hatte eine tiefe, fast männliche Stimme und ließ die Worte gemächlich ineinander fließen. So eine Stimme war gut geeignet, wenn man Menschen sagen musste, dass sie nur noch wenige Monate zu leben hatten.

»Nein«, antwortete ich. »Brauche ich einen?«

»Na ja ... eigentlich habe ich gern, dass Patienten sich einen Termin geben lassen, aber das ist nicht so wichtig. Ich habe gerade Zeit. Sie waren noch nie hier. Sind Sie Studentin oder Dozentin?«

Sie klang so nett und freundlich, dass ich am liebsten in Tränen ausgebrochen wäre und mich in ihre drallen Arme geworfen hätte, um mich trösten zu lassen. Ich musste mich zwingen, etwas Böses zu denken. »Weder noch«, sagte ich und setzte mich unaufgefordert auf den einzigen freien Stuhl. »Ich bin Fahrlehrerin. Ich bin Kate Nunn, die Frau von Sebastian Nunn.« Ich erwartete ein bedauerndes Seufzen, gefolgt von einer Plattitüde wie: »Ich bin überzeugt, dass Sebastian irgendwann eine Stelle findet.« Und um das Maß voll zu machen, würde sie mir vielleicht noch ein paar Halstabletten in die Hand drücken. Stattdessen bedachte sie mich lediglich mit einem völlig ausdruckslosen Blick.

Valerie Williams' Freundlichkeit war so plötzlich verschwunden, dass ich mich fragte, ob ich sie mir nur eingebildet hatte. Ihr Gesicht wirkte nun wie eine rundliche Maske. »Was kann ich für Sie tun?«, fragte sie.

»Ich wollte Ihnen ein paar Fragen stellen, über das De La Wyche Fellowship, die Vorstellungsgespräche, Sebastian ... etwas in der Art.« Ich rang mir ein Lächeln ab, wie ich es für eine vernünftige Person in meiner Lage angemessen fand.

»Ich kann Ihnen nichts sagen. Die Sitzungen des Vergabeausschusses sind vertraulich.« Valerie lächelte mich frostig an.

»Das weiß ich«, sagte ich. »Aber manchmal kann ein Feedback einem helfen, herauszufinden, wo man etwas falsch gemacht hat, damit man es bei den nächsten Vorstellungsgesprächen besser machen kann.« Ich dachte, mit ein bisschen gespielter Unterwürfigkeit würde ich sie auf meine Seite ziehen können. Falsch gemacht, also wirklich. Sie und ihre Kumpane hatten etwas falsch gemacht, nicht Sebastian.

»Wenn Sebastian mich anrufen möchte, um nachzufragen ...«, setzte Valerie an.

»*Ich* frage Sie. Ich bin seine Frau. Er weiß, dass ich hier bin, wieso können Sie es also nicht mir sagen? Am Telefon haben Sie gesagt, Sebastian hätte das Stipendium fast bekommen, aber er ist nicht einmal Zweiter geworden. Wie ist das möglich?«

»Vielleicht sollten Sie mit Professor Fielding sprechen.« Valerie lächelte verkniffen.

»*Sie* haben Sebastian angerufen und ihm gesagt, dass er es nicht bekommen hat«, erklärte ich. »Wieso soll ich nicht Sie fragen? Weshalb waren Sie überhaupt in dem Ausschuss? Ist es nicht ein bisschen ungewöhnlich, dass die College-Ärztin ...«

»Das steht in den Vorschriften.« Valerie klopfte sich mit beiden Händen auf die Knie. Offenbar fand sie Vorschriften beruhigend. »In dem Ausschuss, der den De La Wyche Fellow benennt, muss ein Mitglied sein, das nicht zum Lehrkörper gehört. Da der Dechant und der Kaplan beide in Urlaub waren, blieb ich übrig.«

Ich verkniff mir eine boshafte Bemerkung. Valeries Rechtfertigung, sich lediglich an die Vorschriften zu halten, machte sie in meinen Augen nur noch schuldiger. Falls man mich je in einen Vergabeausschuss berufen sollte, würde ich ablehnen, gleichgültig, wie die Vorschriften wären. Ich könnte nicht mit dem Wissen leben, dass ich fehlbares Wesen und einige andere Leute mit ebenso schlechtem Urteilsvermögen in nur einer Stunde eine Entscheidung treffen sollten, die für mehrere Menschen folgenschweres Elend nach sich zog. Meinen Fahrschülern sage ich immer wieder, dass die einzigen Regeln, die man befolgen sollte, die eigenen sind und dass niemand festlegen kann, was richtig und falsch ist. Wie ich die Dinge sehe, ist die Welt fein säuberlich in zwei Kategorien aufgeteilt: in Stellenvergeber und Stellenbewerber. Das ist das einzige Unterscheidungssystem, das zählt. Rassen-, Klassen- und Geschlechtsunterschiede kann man vergessen. Wenn man jemand ist, der eine Stelle vergibt, kann man wahrscheinlich gut und zufrieden leben. Wenn man sich um eine Stelle bewirbt, ist man dagegen in einem Kreislauf der Ablehnungen gefangen, aus dem schwer zu entkommen ist. Natürlich sind alle Stellenvergeber ehemalige Stellenbewerber, die sich auf die Seite der Bösen geschlagen haben. Die einzige Möglichkeit, wie Stellenbewerber je über die Stellenvergeber siegen können, ist, wenn die erfolgreichen Stellenbewerber sich geschlossen weigern, auf die andere Seite zu wechseln. Dann würde das ganze System zusammenbrechen und die Gesellschaft wäre gezwungen, Stellen anders und hoffentlich vernünftiger zu verteilen.

Ich brauchte nur zu sehen, wie Valerie Williams mit ihrem dicken Hintern auf dem Stuhl herumrutschte und meine Fragen mit einem leeren Lächeln abschmetterte, um mich in meiner ohnehin schon festen Überzeugung bestärkt zu fühlen, dass sie für den Vergabeausschuss völlig ungeeignet war und allenfalls über die Verteilung von Halstabletten hätte entscheiden dürfen. Mein Ärger machte sich Luft. »Die ganze Sache war total unprofessionell. Professor Fieldings Schwiegertochter war unter den Kandidaten und hat das Stipendium auch noch bekommen, ist das zu fassen? Die Entscheidung wurde ohne Erklärung um einen Tag verschoben. Sie weigern sich, meine Fragen zu beantworten. Ich sage, das ist alles eine abgekartete Sache.« Mit verschränkten Armen wartete ich ihre Reaktion ab.

Kapitel 12

A jolly good Fellow

»Ich kann Ihnen versichern, dass die Entscheidung für Terri nichts mit Vetternwirtschaft zu tun hat.« Valeries Miene blieb ungerührt. »Sie und Professor Fielding verstehen sich ohnehin nicht sonderlich. Besonders nah stehen sie sich bestimmt nicht.«

»Nicht nah?« Ich konnte es nicht fassen. »Sie sind verschwägert! Warum hat man Daphne Fielding nicht aus dem Ausschuss entfernt, sobald Terri sich beworben hatte?«

»So sind nun mal die Vorschriften«, zog Valerie sich wieder auf ihren Lieblingssatz zurück. »Es muss ein College-Professor im Ausschuss sein und in diesem Fall war kein anderer verfügbar.«

»Mir scheint, Sie brauchen bessere Vorschriften«, sagte ich in meinem vernichtendsten Ton. »Warum ist die Entscheidung nicht sofort am Tag nach den Vorstellungsgesprächen gefallen, wie angekündigt? Warum mussten Sie noch einen ganzen Tag länger darüber nachdenken?«

Valerie schaute auf die Uhr. »An Einzelheiten erinnere ich mich nicht.«

»Sie meinen, Sie wollen es mir nicht sagen.«

»Es gibt nichts zu sagen.« Sie wandte sich ab, als sei ich ein Geschäftsvorgang, den sie erledigt und in den Ablagekorb gelegt hatte. »So, ich habe noch viel zu tun …«

»Gut. Wenn Sie sich nicht mehr erinnern, frage ich eben die drei übrigen Ausschussmitglieder. Vielleicht haben sie ja ein etwas besseres Erinnerungsvermögen.«

Valerie seufzte. »Ich kann Sie wohl nicht daran hindern. Aber dürfte ich Sie bitten, mit Emily ein bisschen behutsam umzugehen? Sie macht gerade eine schwierige Phase durch.«

»Was für eine schwierige Phase?«

»Darüber kann ich nun wirklich nicht sprechen.«

»Hören Sie, Dr. Williams.« Ich nannte sie ausdrücklich nicht bei ihrem Vornamen. »Ich habe nicht vor, mit einem von Ihnen behutsam umzugehen, denn Sie sind auch nicht behutsam mit Sebastian umgegangen, besonders, da Sie sich jetzt weigern – und wir wissen beide, dass es so ist –, mir zu sagen, was ohnehin öffentlich bekannt gemacht werden müsste.« Da Valerie rot wurde, fuhr ich noch heftiger fort: »Wenn Sie wollen, dass ich Emily Lole mit Samthandschuhen anfasse, sollten Sie mir sagen, warum. Sonst falle ich womöglich sofort über sie her.« Ich fletschte die Zähne, um ihr zu zeigen, dass ich es ernst meinte.

Missbilligend schnaubte Valerie durch die Lippen, was ein pfeifendes Geräusch verursachte. Es war kaum zu glauben, dass diese Frau mich noch vor ein paar Minuten lächelnd begrüßt hatte. »Für Emily war das Leben recht schwierig, seit Fernando verschwunden ist – Sie wissen davon?« Ich nickte. »Sie hatte zwei schwere Nervenzusammenbrüche. Ich musste ihr Antidepressiva verschreiben, von denen sie einen Ausschlag bekommen hat. Außerdem möchte ich Sie warnen, dass Damian Selinger nicht gerade einfach im Umgang ist ...«

»Ich kenne Damian«, unterbrach ich sie ungeduldig.

»Er ist sehr jähzornig, dieser Mann.« Valeries Mund zuckte. »Ich würde Ihnen raten, die Entscheidung des Ausschusses zu akzeptieren und nach Hause zu gehen. Sie können ohnehin nichts mehr daran ändern.«

»Also, habe ich das richtig verstanden? Der Vergabeausschuss bestand aus Ihnen, und Sie können sich nach eigenen Angaben drei Tage später nicht mehr an Einzelheiten erinnern, aus Professor Fielding, deren Schwiegertochter zu den Kandidaten gehörte, einer Pillen schluckenden, labilen Neurotikerin und einem unzugänglichen Wahnsinnigen, der zum Jähzorn neigt?«

»Alle haben ihre persönlichen Probleme.« Valerie runzelte die Stirn. »Deshalb verhalten sie sich noch lange nicht unprofessionell in ihrer Arbeit.«

»Natürlich nicht. Und was ist mit dieser Frau, die ausgeschieden ist?«

»Bryony James?« Valerie sprach so zögernd, als könne sie sich an die vierte Kandidatin kaum erinnern. Vielleicht litt sie ja tatsächlich an einem schlimmen Gedächtnisverlust, der sich mit Halstabletten nicht heilen ließ. »Ich weiß nicht, warum sie das gemacht hat. Da müssen Sie sie schon selbst fragen.«

»An welcher Stelle der Hackordnung stand sie? Hätte sie Sebastian ebenfalls den Rang abgelaufen, wenn sie nicht ausgeschieden wäre?«

»Sie sollten es nicht als gewinnen oder verlieren ansehen.«

»Ach wirklich? Wie sollte ich es denn dann ansehen?«

»Es ist kein Kampf. Niemand hat gewonnen und niemand verloren.«

»Aber Fernando Rose ist verloren gegangen«, erinnerte ich sie.

»Hören Sie, ich habe noch viel zu tun und ich fürchte, dass ich Ihnen nicht weiterhelfen kann.« Valerie wirkte jetzt aufgewühlt. Ich beschloss, meinen Vorteil zu nutzen. Wenn das Thema Fernando sie aus der Fassung brachte, konnte ich sie damit vielleicht mürbe machen.

»Wissen Sie etwas darüber? Wo ist er hin?«, fragte ich.

»Ich weiß nichts.« Valerie zuckte die Achseln. »Nur, dass Grimshaw De La Wyches Porträt in derselben Nacht verschwunden ist wie er.«

»Was?« Davon hatte Sebastian mir nie etwas erzählt.

»Ja, aus der Great Hall. Die College-Mitglieder waren am Boden zerstört. Es war unbezahlbar, ein echter Edmund Noble.« Der Mann, nach dem Noble House benannt war, hatte also den Stifter der Fehde gemalt. Manchmal kam mir ganz Cambridge vor wie eine große Familie. »Das Gemälde ist in derselben Nacht verschwunden wie Fernando«, wiederholte Valerie.

»Vermutlich hat er es geklaut, bevor er mit Martine Selinger durchgebrannt ist«, sagte ich.

»Mit Martine Selinger durchgebrannt?« Valerie kicherte. »Natürlich ist er nicht mit ihr durchgebrannt. Wer sagt das?«

»Damals ging das Gerücht«, behauptete ich so selbstsicher, wie ich konnte.

»Jedenfalls stimmt es nicht.« Valerie schüttelte den Kopf über meine lächerliche Behauptung. »Ich weiß nicht, was mit Fernando Rose passiert ist, aber das bestimmt nicht. Fernando liebte das College. Es bedeutete ihm alles. In den ersten anderthalb Jahren kam er jeden Tag her, ich meine wirklich jeden Tag. Alle fanden ihn wunderbar, besonders im Vergleich zu anderen De La Wyche Fellows, die sich nie haben blicken lassen.«

»Wie meinen Sie das?«, unterbrach ich sie. »Sind sie ebenfalls verschwunden?«

»Nein, sie kamen nur nie ins College. Sie amüsierten sich und machten sich ein schönes Leben. Sie nahmen das Geld von Summerton und waren nicht bereit, etwas dafür zu tun.«

»Warten Sie mal.« Ich beugte mich vor und versuchte zu

begreifen, was sie gerade gesagt hatte. »Was meinen Sie damit, dass sie nie ins College gekommen sind? In den meisten Jobs ist es doch so, dass Angestellte gefeuert werden, wenn sie nicht zur Arbeit kommen. Wieso hat das College all diese De La Wyche Fellows, die geschwänzt haben, nicht rausgeschmissen?«

»Nun ja, weil sie streng genommen das Recht dazu hatten«, erklärte Valerie. »Sie haben damit nicht gegen ihren Vertrag verstoßen. Mit dem Forschungsstipendium sind keine Verpflichtungen oder spezifischen Aufgaben verbunden. Wenn man will, kann man das Geld nehmen und sich aus dem Staub machen, wie alle es getan haben. Aber Fernando war anders.« Ihr Blick verschleierte sich wehmütig, als sie in Erinnerungen an den einzigen anständigen De La Wyche Stipendiaten schwelgte, der sich die Mühe gemacht hatte, sich zumindest anderthalb von den drei Jahren im College zu zeigen.

»Entschuldigung, das kapiere ich nicht«, sagte ich offen heraus. »Wie meinen Sie das, keine spezifischen Aufgaben? Ich weiß ja, dass es sich um eine Forschungsstelle handelt, die nicht an Lehrverpflichtungen geknüpft ist, aber ich dachte, der Empfänger müsste wenigstens ... jeden Tag ins College kommen und seine Forschungen treiben!«

Valerie schüttelte den Kopf. »Das steht nicht in den Vorschriften«, sagte sie mit besonderer Betonung auf ihrem Lieblingswort. »Sie müssen in den ganzen drei Jahren nicht ein einziges Mal herkommen, wenn sie nicht wollen. Wir hoffen natürlich, dass der De La Wyche Stipendiat am College-Leben teilnimmt, aber wir sind schon oft enttäuscht worden.« Das überraschte mich nun keineswegs, denn ich konnte mir vorstellen, dass die meisten Arbeitgeber regelmäßig enttäuscht würden, wenn sie lediglich hofften, dass ihre Angestellten ab und zu auftauchten, diesem Wunsch aber nicht mit disziplinarischen Maßnahmen Nachdruck verliehen. Die Ungerechtigkeit dieses Vorgehens verschlug mir vorübergehend die Sprache. Wenn Sebastian die Stelle bekommen hätte, hätte er am College-Leben teilgenommen. Er wäre jeden Tag hingegangen, da war ich mir sicher, und hätte nach Kräften seinen Beitrag geleistet, wenn man ihm nur eine Chance gegeben hätte. Beim Gedanken an all das Geld, das Summerton an undankbare Schmarotzer verschwendet hatte, die es nicht verdienten, wurde mir ganz schlecht.

»Vielleicht war Fernando Rose ja doch nur eine weitere Enttäuschung«, sagte ich, um mich von dieser neuen Beleidigung abzulenken.

»Bestimmt nicht«, erklärte Valerie. »Er war einer der wenigen, die meine volle Zustimmung gefunden haben. Ihm gefiel es hier. Er sagte immer, wenn er könnte, würde er für immer bleiben. Deshalb war es ja so merkwürdig, als er plötzlich … ging, obwohl er noch die Hälfte der Zeit vor sich hatte.«

»Welches Thema hatte er?«

»Englische Literatur. John Donne. Er hat ständig Artikel in Fachzeitschriften veröffentlicht, aber seit er verschwunden ist, haben wir keinen Artikel mehr von ihm gesehen. Emily war am Boden zerstört. Wir hatten alle damit gerechnet, dass die beiden heiraten.«

»Offensichtlich hat er es dann lieber mal mit Martine Selinger versucht«, warf ich ein. »An dem Abend, als er verschwand, war er mit ihr zusammen.«

»Freiwillig wäre Fernando nie hier weggegangen«, versicherte Valerie hartnäckig. »Und er war auch nicht mit Martine allein aus. Keith Cobain und Ethan Handley waren auch dabei. Sie besuchten alle diesen Nachtclub an der King's Parade.«

»Das Jive Hive?«

»Ja, genau. Keith und Ethan waren ein bisschen angeheitert und ... na ja, ich glaube, sie haben ein paar Mädchen getroffen und haben nicht mehr so genau auf Fernando und Martine geachtet.« Das sah Keithundethan ähnlich. Wo sie auch hingingen, »trafen sie ein paar Mädchen« oder genauer, die Mädchen umschwärmten sie. Selbst einige Männer hatten schon versucht, bei ihnen zu landen, allerdings ohne Chance. Gegen Keithundethans Attraktivität waren anscheinend nur heterosexuelle Männer immun. Ansonsten fühlten sich alle, wie allgemein bekannt war, mindestens zu einem von ihnen, wenn nicht gar zu beiden hingezogen. Wenn gelegentlich jemand auftauchte, der behauptete, keinen der beiden sonderlich attraktiv zu finden, wurde das allgemein als Affektiertheit ausgelegt.

Keith war umwerfend, dunkel und geheimnisvoll, und Ethan war umwerfend, blond und geheimnisvoll. Gemeinsam zogen sie nachts durch die Straßen, Pubs und Clubs von Cambridge und brachen in ihrer dunklen oder blonden Rätselhaftigkeit unbeabsichtigt zahllose Herzen.

»Nach dieser Nacht waren Fernando und Martine verschwunden«, sagte Valerie. »Keith und Ethan suchten sie überall. Aber wir haben keinen der beiden je wiedergesehen. Leider waren Keith und Ethan zu betrunken, um sich an etwas zu erinnern, was uns einen Hinweis hätte geben können.«

»Und was ist Ihrer Ansicht nach passiert? Sie glauben doch wohl nicht, dass Fernando von Aliens entführt wurde, wie eine Zeitung geschrieben hat?« Ich lachte verbittert.

»Natürlich nicht«, entrüstete sich Valerie. »Ich weiß es nicht. Wir können nicht einmal feststellen, ob er das Geld noch abhebt, das wir ihm als Stipendium überweisen, jedenfalls nicht ohne die Polizei einzuschalten. Wir überweisen ihm das Geld immer noch. Der Rektor, Sir Noel Barry – jetzt ist er ja nicht mehr Rektor, aber damals war er es noch –, hat die Polizei informiert, aber sie hielten es offenbar nicht für notwendig, in dieser Sache zu ermitteln, nachdem wir ihnen die genauen Konditionen des De La Wyche Fellowship erklärt hatten.« Ich konnte mir vorstellen, wie die Polizei auf die Mitteilung reagiert hatte, dass jemand, der gar nicht bei seiner Arbeitsstelle erscheinen musste, sich dort nicht hatte blicken lassen.

»Haben sie bei seinen Verwandten angerufen?« Mit »sie« meinte ich das College, nicht Valerie Williams persönlich. Allerdings erschien mir Valerie ohnehin mehr als Vertreterin des Colleges denn als eigenständige Persönlichkeit.

»Nein«, antwortete sie leicht abwehrend. »Wir wussten nichts über seine Familie. Nicht einmal Emily wusste etwas darüber.«

»Ist das nicht ein bisschen merkwürdig?«, fragte ich. Liebespaare, die kurz vor der Hochzeit standen, wussten doch in der Regel etwas über die Familie ihres Partners!

»Vieles ist merkwürdig«, erklärte Valerie wenig hilfreich.

»Wenn Sie nicht glauben, dass Martine mit Fernando durchgebrannt ist, was ist Ihrer Ansicht nach dann mit ihr passiert?«

»Ich habe keine Ahnung und möchte keine Spekulationen anstellen.« Valerie schob einige Papiere auf ihrem Schreibtisch zurecht. »Allerdings weiß ich, dass ihre Ehe recht schwierig war, und in solchen Situationen gehen Menschen eben manchmal weg. Es ist ja nicht so, dass man so etwas noch nie gehört hätte.« War das ein lahmer Versuch, sarkastisch zu sein, oder hielt sie mich nur für blöd?

Was die Ehe der Selingers betraf, so hatte sie allerdings Recht. Ich erinnerte mich noch gut an eine Fahrstunde vor zwei Jahren, als einer meiner Fahrschüler vor der Wohnung der Selingers tapfer übte, rückwärts um die Ecke zu biegen, während Damian wüste Beschimpfungen brüllte, Martine kreischte wie eine Todesfee und beide die liebsten Habseligkeiten des anderen aus dem Fenster warfen. Kein Wunder, dass mein Schüler immer wieder auf die Bordsteinkante fuhr. Verständlicherweise waren wir beide abgelenkt von dem Schauspiel, dass Fernsehgerät, Stereoanlage, Radio und hin und wieder eine schöne Vase oder eine kleine Skulptur aus dem Fenster im dritten Stock trudelten und vor dem Haus auf den Beton knallten. »Du Biest, du verdammtes Biest!«, schrie Damian ohne Rücksicht darauf, dass die ganze Nachbarschaft ihn hören konnte.

»Hilfe, Hilfe, er bringt mich um!«, kreischte Martine in Panik.

»Was meinen Sie, sollten wir nicht etwas unternehmen?«, fragte mein Fahrschüler.

»Nein, nein. Das ist schon okay. Ich kenne die beiden. Sie machen das ständig, das ist ihr Hobby«, beruhigte ich ihn. Ich war fest überzeugt, dass die Selingers ihr Elend genossen, warum hätten sie es sonst so lange aushalten sollen? Ich hielt es für höchst unwahrscheinlich, dass Martine sich nach neun Jahren Teller werfender, Messer schwingender Ehe aus dem Staub machen sollte. Nach allem, was ich von ihr erlebt hatte, war mein Eindruck, dass die Auseinandersetzungen mit Damian ihrem Leben einen dringend benötigten Sinn gaben und ein Gesprächsthema lieferten. Martine gehörte zu den Leuten, die anderen schon bei der ersten Begegnung die intimsten Details erzählten. Als ich sie gerade erst kennen gelernt hatte, schleifte sie mich auf die Damentoilette und zeigte mir eine Narbe auf ihrer linken Pobacke, die natürlich von Damian stammte. Für ihre übrigen Gesprächsthemen – Haarpflege, Nagelpflege, Hautpflege, Sonnenbräune, Mode – fand sie nicht halb so viele Zuhörer.

»Das kann kein Zufall sein«, sagte ich nun zu Valerie. »Es ist äußerst unwahrscheinlich, dass die beiden am selben Abend verschwinden, wenn sie nicht zusammen durchgebrannt sind.«

»Es hat keinen Sinn, darüber zu spekulieren«, seufzte Valerie. »Hören Sie, ich muss jetzt hier ...«

»Wenn Fernando Rose als Fachgebiet englische Literatur hatte, wie konnten Sie dann als zweiten Kandidaten wieder jemanden nehmen, der sich auf englische Literatur spezialisiert? Rod Firsdens Forschungsthema ist George Herbert!«

»Woher wissen Sie das?«, fragte Valerie argwöhnisch. »Das habe ich Sebastian nicht erzählt.« Ich beschloss, ihr nicht die Wahrheit über meine Begegnung mit Rod zu erzählen, weil sie mir einen solchen Zufall vermutlich ohnehin nicht geglaubt hätte. Ebenso wie ich nicht glauben konnte, dass Martine, Fernando und das Grimshaw De La Wyche Gemälde rein zufällig am selben Abend verschwunden waren.

»Ich weiß mehr, als Sie glauben«, sagte ich mit einer Selbstsicherheit, die mich selbst beeindruckte. »Und den Rest finde ich auch noch heraus. Ihren Gedächtnisverlust kaufe ich Ihnen keine Sekunde ab. An Rod Firsden und seine Arbeit erinnern Sie sich schließlich noch ziemlich gut. Finden Sie es fair, einem Literaturwissenschaftler nach dem anderen das Stipendium zu geben?«

»Wir haben ihm das Stipendium nicht gegeben«, warf Valerie müde ein. Sie fummelte an ihrer Uhr herum. »Wir haben es Terri Skinner gegeben.«

»Ja, aber wenn sie es nicht annimmt, bekommt er es. Wie lange ist es her, dass ein Politikwissenschaftler das De La Wyche bekommen hat?«

»Das weiß ich nicht aus dem Kopf.«

»Na, dann muss ich wohl ein bisschen recherchieren.« Ich

stand auf. »Vielleicht gibt das Summerton College mir ja ein Stipendium, damit ich das Vergabeverfahren mal unter die Lupe nehme.« Ich marschierte aus dem Zimmer und knallte die Tür hinter mir so fest zu, dass das »Sprechzimmer«-Schild bebte. Ich hörte, wie Valerie bei dem lauten Knall erschrocken aufschrie. Es geschah ihr nur recht, dieser Halstablettenhexe.

Kapitel 13

Lebenslauf: Fernando Rose

Name:
Fernando Rose, Bachelor of Arts, Master of Arts, Doktor phil. Wie einige bissige Summerton-Dozenten behaupten, ist er der Sohn eines mallorquinischen Kellners, mit dem seine Mutter eine Affäre hatte, was aber sein gesetzlicher Vater nicht weiß. Sid Rose wehrte sich entschieden gegen den Namen Fernando, den er tuntig und fremdländisch fand, aber seine Frau Doreen bestand darauf, und so einigten sie sich schließlich auf Folgendes: Wenn Sid sich mit dem Namen Fernando einverstanden erklärte, würde Doreen ihm bei den Namen aller weiteren Kinder, die sie bekamen (Carolett und Rocky), völlig freie Hand lassen.

Adresse:
Derzeitige Anschrift unbekannt

Alter:
Einunddreißig

Geburtsort:
Guildford, Surrey

Nationalität:
Britisch

Familienstand:
Ledig, zumindest bis März 1997, als er zum letzten Mal gesehen wurde.

Beruflicher Werdegang:
Oktober 1995 bis heute:
De La Wyche Fellow am Summerton College, Cambridge, obwohl man vertreten könnte, dass dieses Beschäftigungsverhältnis mit seinem plötzlichen Verschwinden am 21. März 1997 endete. Spezialgebiet: Die Lyrik von John Donne.

Oktober 1988 bis Juni 1995:
Teilzeitstelle als Kassierer (zehn Wochenstunden während des Semesters, fünfundzwanzig Wochenstunden in den Semesterferien) bei Victoria Wine, Seven Sisters Road, London. Spezialgebiet: Apfelwein und Zigaretten an minderjährige, aber bedrohlich wirkende Teenager verkaufen und am anderen Ende des Altersspektrums billigen Sherry an übel riechende alte Frauen mit zerknitterten Gesichtern verkaufen.

Qualifikationen und Schulabschlüsse:
Doktor phil., Doktorarbeit: »Das Herz und der Geist: Die Dichtung Andrew Marvells«, King's College, London, Oktober 1992 bis Juni 1995. Master of Arts mit Auszeichnung in Lyrik und Phonetik, King's College, London, Oktober 1991 bis Juni 1992. Bachelor of Arts in Englischer Literatur (IIi), King's College, London, Oktober 1988 bis Juni 1991. Höherer Schulabschluss in vier Hauptfächern:

Englische Literatur (A), Englische Sprache (A), Theaterwissenschaften (A) und Psychologie (B) am Crowhill Sixth Form College in Guildford. Mittelschulabschluss in acht Hauptfächern: fünf As, drei Bs, ein C an der Grimbley Comprehensive School, Guildford.

Veröffentlichungen:
Das Herz und der Geist: Die Dichtung Andrew Marvells (Routledge, London, 1996). Ein Aufsatz mit dem Titel »John Donnes Bildersprache« in: *Poesie und Metaphysik* (Michael Schmidt, Hrsg., Oxford University Press, 1996). Gelegentliche Rezensionen zeitgenössischer Lyrik in der Literaturbeilage der *Times*, der *London Review of Books* und der *Poetry Review.*

Stärken und Schwächen:
Freundlich, hilfsbereit, fleißig. Nach Ansicht aller ist er ein angenehmer Arbeitskollege, gleichgültig, ob in einer Spirituosenhandlung oder in einem College in Cambridge. Sensibel für die Bedürfnisse und Gefühle anderer und bekannt für seine finanzielle und emotionale Großzügigkeit gegenüber Freunden und Kollegen. Nett und nachsichtig gegenüber Menschen, denen er im Alltag begegnet, im Gegensatz zu Terri Skinner, seiner wahrscheinlichen Nachfolgerin als De La Wyche Fellow, die nur Nachsicht gegen Leute aufbringt, die stillschweigend ihr Konto füllen, ohne sich in ihr eklatantes Selbstförderungsprogramm einzumischen, aber ihre eigene Familie schlecht behandelt. Äußerst beliebt bei Arbeitgebern und Mitarbeitern. Bekam immer glänzende Zeugnisse und Referenzen voll des Lobes von so unterschiedlichen Menschen wie Professor Neville Bernard, Rektor des Fachbereichs Englisch am King's College, London, und Sheila Golightly, der Geschäftsführerin der Victoria-

Weinhandlung in der Seven Sisters Road. Hatte erhebliche Hindernisse zu überwinden, um zu studieren, da seine Familie zu der Was-zum-Teufel-nutzt-dir-ein-Doktor-du-brauchst-eine-Arbeit-mein-Sohn-Sorte gehörte. Wusste daher Bildungschancen sehr zu schätzen und machte das Beste daraus, im Gegensatz zu vielen seiner Kommilitonen am King's College, die das Studium als dreijährige Dauerprüfung für ihre Leber ansahen. Eine geringfügige Schwäche – geringfügig, weil sie nur ihm schadete – war eine extreme Anfälligkeit für Stress und Anspannung in Bezug auf seine Arbeit. Während seiner Zeit am Summerton College musste Valerie Williams mit ihm mehrmals einige Stunden Entspannungsübungen machen, weil er sonst unablässig seine Zähne zusammenbiss und die Fäuste ballte. Eine weitere Schwäche ist, dass niemand weiß, wo er ist, obwohl sich darüber streiten lässt, ob man diese Schwäche ihm oder dem Rest der Welt anlasten sollte.

Sonstiges:
Von 1991 bis 1997 Mitglied der Lyrikgesellschaft.

Interessen: Dichtung, das Kreuzworträtsel in der *Times* (für dessen erfolgreiche Lösung er mehrfach ein Preisgeld gewann), Architektur, Wandern, Radfahren.

Kapitel 14

Seufzen und Stöhnen

Gleichgültig, wie wütend ich auch bin, ich lasse meine Wut nie an meinem Auto aus. Ich liebe Autos, das war schon immer so. Gut, sie verschmutzen die Umwelt, aber dafür können sie nichts. Sie sind nicht grausam oder rücksichtslos wie Menschen. Sie richten nicht arrogant Gremien ein, in denen sie sich über ihre Mitfahrzeuge als Herren aufspielen und sie durch den TÜV fallen lassen.

Ich schlug also nicht auf das Lenkrad ein und trat nicht gegen die Stoßstange, sondern versetzte im Geiste Valerie Williams einen Tritt.

Was mich so wütend machte, war weniger die Gewissheit, dass sie mir aus Verschlagenheit und Bosheit wichtige Informationen vorenthielt – im Gegenteil, das ließ mich hoffen, dass ich etwas herausfinden und vielleicht zu Sebastians Vorteil nutzen konnte –, sondern der Gedanke, dass Menschen wie sie und Damian Selinger und Daphne Fielding trotz ihrer offensichtlichen persönlichen Mängel am Summerton College wichtige Positionen bekleideten.

Denn wenn ein Mann neun Jahre lang eine Frau anbrüllt: »Du Biest, du verdammtes Biest« und sie als Antwort schreit: »Hilfe, Hilfe, er bringt mich um« und er das auch noch für eine Ehe hält, muss doch wohl irgendwas mit ihm nicht ganz stimmen. Das Gleiche gilt ja wohl für eine Frau, die ihren

Vorsitz in einem Gremium, das über die Bewerbung ihrer Schwiegertochter zu entscheiden hat, damit begründet, dass sie sie ohnehin nicht sonderlich leiden kann. Und es gilt auch für eine Ärztin, die behauptet, sich nicht mehr erinnern zu können, was sie drei Tage zuvor gesagt und getan hat. Und trotz alledem nehmen diese Leute für sich das Recht in Anspruch, mit Sebastians Zukunft zu spielen, obwohl Sebastian durch und durch ehrlich ist – ehrlicher als Bewerber es bei Vorstellungsgesprächen sein sollten – und eine glückliche, gesunde Beziehung zu führen versteht.

Ich war entschlossener denn je, Rod Firsden und Terri Skinner aus dem Weg zu räumen und Sebastian zum Sieg in der De La Wyche Fehde zu verhelfen, fürchtete andererseits aber auch mehr denn je, dass es mir nicht gelingen könnte. Im Schatten eines großen Baumes auf der Summerton Lane saß ich in meinem Wagen und weinte, bis es an der Zeit war, Rod Firsden zu seiner zweiten Fahrstunde abzuholen. Ein Pförtner ging am Wagenfenster vorbei und tippte zum Gruß an seine Mütze – eine merkwürdige Art, auf eine weinende Frau zu reagieren, aber da es mich zum Lachen brachte, war es vielleicht eine gekonnte Therapietechnik, von der ich nur noch nichts gehört hatte.

Ich wischte mir gerade die Augen und riss mich zusammen, als mein Handy klingelte. Plötzlich beschlich mich die Angst, dass es Rod sein könnte, der seine Fahrstunde absagen wollte, aber dann fiel mir ein, dass er meine Handy-Nummer gar nicht kannte, falls er nicht besonders schlau war und sie sich von meinem Fahrschulschild gemerkt hatte. Ich registrierte, dass ich mich darauf freute, ihn zu sehen, teils, weil es meinen Plan weiterbrachte, teils, weil ich mit ihm über George Herbert reden wollte. Im Idealfall würde er sich in den ersten beiden Minuten der Fahrstunde bereit erklären, sich nicht weiter an der Fehde zu beteiligen, und dann konnten wir den Rest der Stunde über »Jordan« reden, das Gedicht, das ich am Abend zuvor auswendig gelernt hatte. Aber da bestand wohl wenig Hoffnung.

Ich nahm mit tränennasser Hand das Handy. Es war Sebastian. »Ich habe gute Neuigkeiten«, sagte er. Ich sperrte den Mund auf und schüttelte die Faust in der Luft. Der Ausschuss hatte seine Meinung geändert. Valerie Williams hatte gerade angerufen und gesagt, es sei alles ein Irrtum gewesen und ob Sebastian das Stipendium haben wolle. In diesem Moment kam wieder ein Pförtner vorbei. Es muss sehr komisch ausgesehen haben, wie ich mit weit offenem Mund auf dem Fahrersitz herumhampelte. Auch er tippte sich zum Gruß an die Mütze. Waren die Pförtner trainiert, auf jegliche Anzeichen weiblicher Hysterie so zu reagieren?

»Was denn?«, fragte ich und hielt den Atem an.

»Ich bin zu zwei weiteren Vorstellungsgesprächen eingeladen. Das habe ich gerade erfahren. In Sheffield und in Canterbury.« Ich spürte, wie mein Gesicht sich zusammenzog und Tränen mir in den ohnehin schon rot geweinten Augen brannten. Noch zwei Vorstellungsgespräche. Zwei weitere Gelegenheiten für einen Haufen aufgeblasener, schäbig gekleideter Idioten, die unverdient ihren Posten bekommen hatten und, nach allen bisherigen Erfahrungen zu urteilen, zum Teil weniger qualifiziert waren als Sebastian, ihn abzulehnen. Bei einem Vorstellungsgespräch für eine Dozentenstelle am Surrey West University College in Farnham hatte im Einstellungsausschuss nicht ein einziges Mitglied einen Master of Arts gehabt, geschweige denn einen Doktortitel, von einer preisgekrönten Doktorarbeit gar nicht erst zu reden. Als sie ihm mitteilten, dass er die Stelle nicht bekommen hatte, war er fuchsteufelswild geworden. »Die ganze akademische Welt ist ein Witz!«, hatte er gebrüllt und ein paar CD-Hüllen zertrümmert. »Ich meine, es ist so, als ob ein paar

Grundschulfördervereinsdamen die Fernsehköchin Delia Smith bei einem Vorstellungsgespräch für die Stelle der Schulköchin in die Mangel nehmen würden!«

Wie üblich sagte ich Sebastian nichts von meinen negativen Gedanken. Er hatte genügend eigene, und falls er zu diesen Vorstellungsgesprächen gehen sollte, musste er so positiv eingestellt sein wie nur möglich. Wir müssen uns den Menschen, die unser Leben ruinieren, schließlich von unserer besten Seite zeigen. »Wann sind die Termine?«, fragte ich.

»Sheffield am 19. Juni und Canterbury am 22. Die Stellen sind beide o. k. Ich meine, nicht so gut wie das De La Wyche natürlich, aber auch nicht schlecht. Eine ist ein zweijähriges Forschungs...«

»Das ist nach Terris Zwei-Wochen-Frist«, fiel ich ihm ein wenig aufgemuntert ins Wort.

»Was?«

»Terri hat sich zwei Wochen Bedenkzeit für das De La Wyche Stipendium ausgebeten. Das war am 4. Juni, zwei Wochen weiter ist dann ...« – ich rechnete nach – »... am 18.«

»Na und?«, fragte Sebastian ungeduldig.

»Ich habe gesagt, bis dahin besorge ich dir das Stipendium, oder? Und wenn ich das schaffe, brauchst du gar nicht erst zu diesen Vorstellungsgesprächen zu gehen.« Nichts würde mich glücklicher machen als das Wissen, dass Sebastian nie wieder eine Universität betreten müsste, natürlich vorausgesetzt, dass er das selbst so wollte. Warum konnte er nicht plötzlich und unerwartet zu der Erkenntnis kommen, dass er zu etwas völlig anderem berufen war und es sein Traum wäre, bei Kwikfit zu arbeiten? Zu Kwikfit hatte ich entschieden mehr Vertrauen als zur gesamten akademischen Welt. Man brauchte nur ihre Slogans zu vergleichen, um zu erkennen, wie überlegen sie den Universitäten waren. »Kwikfit-Profis – immer eine gute Wahl.« Das ging ins Ohr und sprach an. Als die Universitätsdozenten in den siebziger Jahren auf die Straße gingen, weil ihre Gehälter nicht im gleichen Maße gestiegen waren wie die anderer Akademiker, lautete ihr Slogan: »Rektifiziert die Anomalität.« Das geht von der Zunge, was? Alle Räder stehen still, wenn dein starker Arm es will; Stoppt den Stellenabbau und – Rektifiziert die Anomalität, wenn ihr bitte so nett sein würdet.

»Na, komm schon, Kate. Wir wissen beide, dass das Wunschdenken ist. Du kannst mir unmöglich die Stelle verschaffen.«

»Was?«, schrie ich Sebastian durchs Telefon an.

»Das kann doch nicht klappen, oder? Das war nur eine dumme, falsche Hoffnung, an der wir uns festgeklammert haben, weil wir nichts anderes hatten. Diese beiden Vorstellungsgespräche sind eine echte Chance. Auch wenn vermutlich genauso wenig dabei rumkommt wie bei den anderen«, schloss er finster.

»Es ist keine dumme, falsche Hoffnung.« Ich fing wieder an zu weinen. »Es ist eine begründete Hoffnung! Du hast ja keine Ahnung! Ich mache schon Fortschritte.« Das würde sogar stimmen, wenn ich meinen Verdacht gegen Terri Skinner und Valerie Williams nur hätte nutzen können.

»Wie auch immer«, tat Sebastian meinen Einwurf ab. »Es ist jedenfalls gut, dass ich zwei weitere Vorstellungsgespräche habe, oder?«

»Ja, sicher, obwohl das nicht mehr ist, als du verdienst, also sei den Schweinen nicht zu dankbar. Und wenn du das De La Wyche Stipendium kriegst und Sheffield und Canterbury absagen kannst, ist es noch besser.«

»Mein Gott, du bist wirklich sauer, was?« Sebastian klang beeindruckt. »Ist alles in Ordnung?«

»Ja. Hör zu, ich muss aufhören. Ich habe in den nächsten beiden Wochen viel zu tun.«

»Ist dir die Sache wirklich ernst?«

»Anfangs nicht«, gab ich zu. »Aber jetzt schon.«

»Wieso? Was hat sich verändert? Du hast doch nicht ... hast du mit Professor Fielding gesprochen?« Sebastian klang ehrfürchtig.

Summerton-Profs – immer eine große Qual, erfand ich im Kopf meinen eigenen Slogan. Laut sagte ich: »Nein. Aber das mache ich noch. Überlass das nur mir.« Zum Glück verzichtete Sebastian auf weitere Fragen.

Ich schaltete mein Handy aus und fuhr in die Sterling Road, wo Rod Firsden wohnte. Mir kam in den Sinn, dass ein weiterer Streit mit Vincent Strebonian, dem Mann mit den hypothetischen Einfahrt-Notfällen, meine Stimmung erheblich aufheitern könnte.

Also parkte ich neben seiner Parkverbotsmarkierung, lehnte mich zurück und schloss die Augen. Es dauerte keine dreißig Sekunden, da klopfte er schon energisch auf mein Wagendach. Ich tat, als ob ich gerade aufwachte, rekelte mich gemächlich und öffnete das Seitenfenster. »Ach, guten Morgen, Mr Strebonian«, sagte ich. »Lange keine wütende Strafpredigt gehört.« Er wirkte noch runzeliger als am Tag zuvor. Vielleicht tauschte er bei seinen Schönheitsoperationen die Haut mit seinen alternden Patienten.

Er funkelte mich wütend an und saugte mit der Unterlippe seinen buschigen Schnurrbart ein, während er offenbar überlegte, wie er die heutige Schimpftirade am besten anfangen sollte. »Wollen Sie mich absichtlich ärgern, junge Dame?«

»Ja. Wie mache ich mich auf einer Skala von eins bis zehn, wobei eins Mist ist und zehn hervorragend?«

»Würden Sie bitte sofort Ihren Wagen wegfahren? Sonst mache ich es selbst. Ich rufe die Polizei, verstanden?« Er beugte sich herunter und bearbeitete einen meiner Autoreifen mit den Fingernägeln. »Ich reiße Ihre verdammten Reifen ab!«

»Schon wieder Notfälle?«, fragte ich munter. »Haben Sie nichts anderes zu tun, als den ganzen Tag am Fenster zu sitzen und zu lauern, ob niemand vor Ihrer kostbaren Einfahrt parkt? Sollten Sie nicht lieber auf Ihre Patienten gucken als auf die Straße? Macht es denen nichts aus, wenn sie nachher mit drei Nasen herauskommen?«

»Wie können Sie es wagen ...« Vincent Strebonians Kinn kräuselte sich vor Wut und erinnerte mich an einen Pfirsichstein. Er fummelte immer noch an meinem Reifen herum und versuchte offenbar tatsächlich, ihn abzuziehen.

»Kate, Kate!«, hörte ich Rod Firsden rufen, während er über die Straße kam. »Was machen Sie denn da, Sie parken ja schon wieder vor Mr S.' Einfahrt! Fahren Sie weg, schnell.«

»Ist diese unverschämte Person Ihre Fahrlehrerin?«, brüllte Vincent Strebonian Rod an.

»Em, ja.« Rod senkte unterwürfig den Kopf. »Es tut mir wirklich Leid. Ich kläre das, versprochen.« Er stieg in den Wagen und schaute mich streng an. Ich fuhr an und winkte seinem aufdringlichen Nachbarn zu. »Sie sind wirklich grausam«, sagte er. »Lassen Sie doch den armen Kerl in Ruhe. Warum machen Sie ihm das Leben schwer?«

»Weil er angefangen hat«, antwortete ich. »Und ich habe einfach die Nase voll ... von allem und jedem.« Mir war klar, dass es nur eine Affektverlagerung war, Dr. Strebonian zu ärgern. Eigentlich wollte ich den De La Wyche Ausschuss treffen.

»Was ist los?« Rod beugte sich vor. Sein Gesicht glänzte heute nicht so stark, verströmte aber wieder den leichten Geruch von Kakaobutter. »Sie haben geweint.«

»Es ist nichts«, sagte ich.

»Doch.«

»Ich möchte nicht darüber reden. Es ist persönlich.«

»Ich bin ein guter Zuhörer«, sagte Rod und rieb sich den Bart in offensichtlicher Sorge über meine Gemütsverfassung. »Glauben Sie mir, ich kenne mich mit Leiden aus. Sie können mir keine Qualen schildern, die ich nicht schon selbst erlebt hätte.«

Er brachte diese übertriebene Äußerung so ernsthaft vor, dass ich kichern musste. »Sie haben zu viel George Herbert gelesen«, sagte ich. »Schauen Sie.« Ich öffnete das Handschuhfach, um Rod zu zeigen, dass ich seinen Rat befolgt hatte. Zwischen einem Handbuch für den Nissan Micra und einem Stapel alter Inspektionsquittungen lag der Band mit den Gedichten von George Herbert. Alle Papiere, auf denen mein Name stand, hatte ich morgens herausgenommen und in den Kofferraum gelegt.

»Sie haben es gekauft!«, sagte er fassungslos. »Oh ... Sie ahnen ja nicht, was mir das bedeutet!« Er starrte mich hingerissen an.

»Wirklich? Na ja, ich meine, ich dachte nur, ich könnte es ja mal mit Lyrik versuchen, wissen Sie.«

»Und?«

»Also, ich finde es wirklich gut. Besonders *Jordan.*«

»Hm. Das ist nicht sein bestes. Mein Lieblingsgedicht ist *Sighs and Groans*. Kennen Sie es?«

»Nein. Ich glaube, so weit bin ich noch nicht gekommen.« *Seufzen und Stöhnen*, der Titel klang nicht gerade vielversprechend. Ob George Herbert wohl eine Zeitreise in die Zukunft unternommen und Sebastian und mich bei der Manöverkritik eines Vorstellungsgesprächs belauscht hatte?

»Hören Sie zu.« Rod nahm das Buch aus dem Handschuhfach und blätterte behutsam darin. »Ich lese es Ihnen vor.«

»Sollten wir nicht besser mit der Fahrstunde anfangen? Dafür bezahlen Sie mich schließlich.«

»Das Geld sind Sie und George Herbert mir wert. Es gibt Wichtigeres als ... den Kupplungspunkt, wissen Sie.«

»Okay«, lachte ich und fuhr ziellos die Huntingdon Road hinunter.

Rod donnerte unheilschwanger los:

O do not use me
After my sins! Look not on my desert,
But on thy glory! Then thou wilt reform
And not refuse me: for thou only art
The mighty God, but I a silly worm:
O do not bruise me!

O do not urge me!
For what account can thy ill steward make?
I have abused thy stock, destroyed thy woods,
Sucked all thy magazines: my head did ache,
Till I found out how to consume thy goods:
O do not scourge me!

O do not blind me!
I have deserved that an Egyptian night
Should thicken all my powers; because my lust
Hath still sewed fig-leaves to exclude thy light:
But I am frailty and already dust;
O do not grind me!

O do not fill me
With the turned vial of thy bitter wrath!
For thou hast other vessels full of blood,
A part whereof my saviour emptied hath,

Ev'n unto death: since he died for my good.
O do not kill me!

But O, reprieve me!
For thou hast life and death at thy command;
Thou art both Judge and Saviour, feast and rod,
Cordial and Corrosive: put not thy hand
Into the bitter box; but O my God,
My God, relieve me!

O miss mich nicht
an meinen Sünden! Sieh deine Größe,
nicht mein Tun! Läutern wirst du mich im Sturm,
doch nicht verstoßen. In meiner Blöße,
allmächt'ger Gott, bin ich doch nur ein Wurm.
O zertritt mich nicht!

O dräng mich nicht!
Welch Zeugnis kann dein schlechter Diener geben?
Ich hab dein Vieh zerstreut, den Wald zerstört,
die Lager leer gesaugt: Mein Streben
war, die Güter zu vertun, die dir gehört.
O quäl mich nicht!

O blend mich nicht!
Verdient hätt' ich Ägyptens Nacht, die mir
die Sinne raubt; denn Feigenblätter band
zum Schirm vor deinem Licht mir meine Gier:
Schon jetzt bin ich nur Staub und öder Sand;
o brich mich nicht!

O straf mich nicht
mit deines bitteren Zornes Schalen!

Denn du hast andere Gefäße voller Blut,
die teils mein Heiland leerte unter Qualen,
als er für mein Wohl gab die Lebensglut.
O töt mich nicht.

O rette mich!
Denn Richter und Erlöser, Fest und Joch
bist du, Herrscher über Leben und Tod,
erquickend und verzehrend: Oh greife doch
nicht in dein' bitt're Lade: Mein Gott,
mein Gott, erlöse mich.

»Das ist brillant!« Ich spürte eine Gänsehaut auf meinen Armen. »Ich weiß zwar nicht, ob ich alles richtig verstanden habe, aber es gefällt mir. Die Reime, der Rhythmus … ich weiß nicht. Wie hat er das nur geschrieben? Komisch, dass jemand sich etwas so Gutes einfallen lassen kann.«

»Einen Teil daraus habe ich bei dem Vorstellungsgespräch für das De La Wyche Fellowship zitiert. Ich habe das Gedicht kopiert und an die Ausschussmitglieder verteilt.« Rod seufzte. »Sie fragen immer, ob man Fragen hat oder etwas sagen möchte. Ich wollte ihnen vermitteln, wie dringend ich dieses Stipendium brauche, und die letzte Strophe von *Seufzen und Stöhnen* fasst meine Gefühle besser zusammen, als ich sie je ausdrücken könnte.« Er wandte sich mir zu, als ob er etwas Entscheidendes sagen wollte. »Sehen Sie, in unserer Gesellschaft ist der Ausschuss, der über eine Bewerbung entscheidet, an die Stelle Gottes getreten. Seine Mitglieder sind, wie Herbert sagt, zugleich Richter und Erlöser, Fest und Joch, erquickend und verzehrend.« Rod keuchte vor Begeisterung über seine Theorie. Plötzlich fühlte ich mich weniger allein, weil ich nicht mehr die Einzige auf der Welt war, die von Einstellungsgremien besessen war. Allerdings hatte ich sie nie auf eine spirituelle Ebene erhoben. »Bildlich gesprochen gebieten sie ›über Leben und Tod‹«, fuhr Rod fort. »Wenn Terri Skinner sich entschließt, das Stipendium anzunehmen, ist mein Leben nicht mehr lebenswert.«

»Seien Sie nicht albern.« Ich parkte auf einem gebührenpflichtigen Parkplatz an der Chesterton Road, weil die Tankanzeige sich der Reserve näherte und wir ohnehin nur ziellos durch die Gegend fuhren. »Es muss doch noch anderes geben, wofür es sich zu leben lohnt. Freunde, Familie ... eine Freundin?« Er wandte sich stirnrunzelnd ab, sodass ich sein Gesicht nicht sehen konnte. »Also?«, drängte ich.

»Ich meine es ernst«, flüsterte er. »Ohne das Stipendium habe ich nichts.« Ich wünschte, ich hätte ihm nicht widersprochen. Schließlich hatte ich keine Ahnung, wie sein Leben auf anderen Gebieten aussah. Vielleicht war ich in ein Fettnäpfchen getreten und hatte ihn an einen weiteren wunden Punkt erinnert. Vielleicht ging es Rod noch viel schlechter als Sebastian, der zumindest zugeben würde, dass er mich hatte, von seiner beruflichen Situation einmal völlig abgesehen. Brauchte Rod also das Stipendium noch dringender als Sebastian? Ich wappnete mich gegen diesen unbequemen Anflug von Mitgefühl. Was ging mich Rod an? Entscheidend war jetzt, eine Ablehnung aus Sheffield und Canterbury zu vermeiden, und dazu sah ich nur einen Weg: die Hindernisse zu dem De La Wyche Stipendium aus dem Weg zu räumen.

»Sie dürfen nicht zulassen, dass ... eine einzige Sache so wichtig für Sie wird«, sagte ich. »Es gibt doch bestimmt noch andere Stellen für englische Literatur.«

»Ach ja? Ich will aber diese! Sie ist die beste. Dafür habe ich mein Leben lang gearbeitet. Ich ... muss sie einfach haben.« Er sah mich achselzuckend an. »Das mag sich für Sie verstockt anhören, aber ... nichts kann an meinen Gefühlen etwas ändern. Ich will nirgendwo anders arbeiten als am Summerton College.«

»Aber selbst wenn Sie das Stipendium kriegen, selbst wenn Terri Skinner es ablehnt, ist es doch nur für drei Jahre.«

»Das weiß ich«, fuhr Rod mich an.

»Letzten Endes müssen Sie also woanders arbeiten.« Ich wusste nicht recht, warum ich meine Kraft darauf verschwendete, es ihm ausreden zu wollen. Das hatte ich schon oft bei Sebastian tun müssen, wenn er extreme Positionen vertrat, aber Rod Firsdens Einstellung zum Leben ging mich schließlich gar nichts an.

»Vermutlich«, sagte er geheimnisvoll und kratzte sich den gepflegten Bart, dass die Haare horizontal abstanden.

»Nein, bestimmt«, korrigierte ich ihn. »Es sei denn, Sie hätten vor, sich extrem früh zur Ruhe zu setzen.«

»Was ich vorhabe, ist allein meine Sache.« Aber offenbar tat ihm seine barsche Antwort sofort Leid. »Nehmen Sie mir meine Stimmung nicht übel. Ich habe letzte Nacht kein Auge zugetan. Ich bin nur müde und gereizt.«

»Wieso haben Sie nicht geschlafen?«

»Weil ich unter Schlaflosigkeit leide«, platzte er heraus. »So! Jetzt haben Sie mir schon wieder etwas entlockt, zufrieden?«

»Hören Sie, ich will nicht neugierig sein.« Im Grunde ging es nicht um meinen Willen, denn ich *war* neugierig, ob ich es wollte oder nicht. »Ich versuche nur, Ihnen zu helfen.«

»Vielen Dank.« Rod täuschte ein Lächeln vor. »Aber ich glaube nicht, dass Sie das können.« Eine Weile lang saßen wir schweigend da, bis ich meinte, an der trübsinnigen Stimmung im Wagen ersticken zu müssen.

»Hören Sie, ich muss Ihnen was erzählen, was Sie aufheitern wird. Ich bin gestern Abend in Terri Skinners Wohnung eingebrochen.« Sobald ich es ausgesprochen hatte, bereute ich es auch schon. Schnell improvisierte ich einen Notfallplan, um die Lage noch zu retten. Denn eigentlich hatte ich keineswegs vorgehabt, Rod von meiner Spionageaktion zu erzählen, doch da ich jetzt schon so weit gegangen war, konnte ich die Sache vielleicht zu meinem Vorteil wenden.

»Sie sind ... *was*?« Rod sah mich an, als sei ich völlig verrückt geworden. »Sie sind eingebrochen? Aber ... woher wussten Sie denn, wo sie wohnt?«

»Oh.« Scheiße. Wenn ich jetzt zugab, dass sie meine Nachbarin war, würde Rod sich bestimmt fragen, warum ich das nicht schon gestern gesagt hatte. »Ich habe im Telefonbuch nachgesehen«, improvisierte ich, ausnahmsweise einmal dankbar, dass Terri zu Hause die Hosen anhatte. Als ich einmal Sebastian anrufen musste und er den Hörer nicht richtig aufgelegt hatte, hatte ich Joes und Terris Telefonnummer nachgeschlagen. Der Fielding-Skinner-Clan stand tatsächlich unter Terris Namen im Telefonbuch, da ein Eintrag unter »Fielding, J.« eine phallische Unterdrückung übelster Art bedeutet hätte.

Ich erzählte Rod von dem einseitigen Telefongespräch, das ich, im Kleiderschrank versteckt, belauscht hatte. Er hörte mir sprachlos zu, als ich schilderte, wie Terri sich bei R. English nach Gary Conley erkundigt hatte, und schüttelte ab und zu den Kopf. Die Namensschilder in Terris Kleidern erwähnte ich nicht. Zu viele Informationen hätten Rod nur verwirrt, und wenn ich ihn als Schachfigur einsetzen wollte, musste er eine klare Richtung vor Augen haben.

»Aber ... aber ...«, stotterte er, als ich fertig war. »Das begreife ich nicht! Was ist, wenn man Sie erwischt hätte? So ein Risiko! Man hätte Sie verhaftet.« Die Aussicht auf Gefängnis ließ mich nur verächtlich schnauben. Mit einem deprimierten Arbeitslosen zu leben, der von Tag zu Tag trauriger und niedergeschlagener wurde, war erheblich schlimmer.

Wenn ich das überlebte, würde ich es auch überleben, mich von brutalen Gefängniswärterinnen mit schlecht sitzenden Frisuren schikanieren zu lassen. »Was wollten Sie denn damit überhaupt erreichen?«, fragte Rod mich weiter aus.

»Das weiß ich wirklich nicht«, gestand ich. »Ich weiß nicht genau, warum ich es gemacht habe.«

»Aber Gott sei Dank haben Sie es gemacht.« Rod drückte fest meine Hand. »Ist Ihnen klar, was das bedeutet?«

»Nein. Was denn?«

»Gary Conley wohnt in Reading. Wenn sie so geweint hat, kann das nur heißen, dass er ihr sehr viel bedeutet. Bestimmt zieht sie deshalb in Erwägung, die Stelle in Reading zu nehmen, das ist die einzig mögliche Erklärung.«

»Also ...« Ich fand, das ging ein bisschen zu weit, aber Rod ließ mich nicht zu Wort kommen. Wenigstens hatte ich sein grüblerisches Trappistenschweigen gebrochen.

»Sie sagen, dass sie eine ganze Weile keinen Kontakt zu ihm hatte?«, fragte Rod mit Feuereifer. Ich nickte. »Dann ist ja alles klar. Sie müssen eine Affäre gehabt haben und ...«

»Wieso?«, fragte ich und zog meine Hand aus seinen schweißnassen Handflächen. »Dafür gibt es keinen Beweis.«

»Ihr Weinen!«, brüllte Rod ungeduldig. »Sie würde doch seinetwegen nicht weinen, wenn er nur irgendwer wäre, oder? Sie hatten eine Affäre, das sage ich Ihnen. Sie versucht, sie wieder in Gang zu bringen.« Er sagte das so, als ob Liebesbeziehungen Autos wären. »Deshalb zieht sie Reading überhaupt in Betracht.«

»Das ist völlig aus der Luft gegriffen!«, sagte ich lachend.

»Was könnte es denn sonst bedeuten?«

»Nun, zum Beispiel: R. English ist Gary Conleys bisexueller Exfreund. Terri hatte eine Affäre mit R. English, und Gary, ein gewalttätiger, rachsüchtiger Schlägertyp, hat gedroht, sie umzubringen, falls sie je wieder in die Nähe von

Reading kommt. Sie hat nur angerufen, um in Erfahrung zu bringen, ob Conley immer noch da ist, weil sie dann die Stelle in Reading nicht annehmen kann, aus Angst, dass er sie töten oder zum Krüppel machen könnte.« Ich strahlte vor Stolz über meine alternative Auslegung der Fakten.

»Seien Sie nicht albern«, sagte Rod. »Ich habe Recht, das weiß ich genau. Ich muss so schnell wie möglich nach Reading fahren. Am besten sofort, auf der Stelle.«

Innerlich klopfte ich mir auf die Schulter. Genau diese Reaktion hatte ich von ihm erwartet. »Und was wollen Sie da?«, fragte ich ruhig.

»Gary Conley suchen. Ich fange bei allen YMCA-Häusern an. Dann gehe ich zu NEG, was immer das ist, und höre mich um. Ich bin sicher, dass ich ihn finde.«

»Und dann?«

»Das weiß ich noch nicht.« Rod legte beide Hände an den Kopf. »Das ist alles so aufregend. Ich kann nicht mehr klar denken.«

»Also, zuerst müssen Sie herausfinden, in welcher Beziehung er zu Terri steht«, sagte ich ermutigend. »Daraus können Sie vielleicht ableiten, welche Auswirkungen sein Verhalten auf Terris Entscheidung über die Stelle in Reading haben könnte.«

»Na klar! Sie sind so klug! Einfach brillant. Ich kann gar nicht fassen, dass Sie das gemacht haben, dass Sie in ihre Wohnung eingebrochen sind, nur um mir zu helfen!« Rod starrte mich voller Bewunderung an und mir blieb nichts anderes übrig, als sein Kompliment anzunehmen, obwohl es auf einem Irrtum beruhte. »Ich muss jetzt los. Können wir diese Fahrstunde verschieben? Geben Sie mir Ihre Telefonnummer, dann rufe ich Sie an, sobald ich aus Reading zurück bin.« Ich gab ihm meine Handy-Nummer und sagte, wenn es abgeschaltet sei, solle er eine Nachricht hinterlassen. Ich musste es unbedingt ausschalten, wenn Sebastian in der Nähe war.

Rod öffnete die Beifahrertür, schloss sie aber sofort wieder. Er nahm mein Gesicht in beide Hände und küsste mich auf den Mund. Es war ein flüchtiger, schmatzender Kuss. »Was würde ich ohne Sie bloß machen?«, sagte er voller Ehrfurcht, bevor er aus dem Wagen sprang und die Straße hinunterlief.

Kapitel 15

Insektenmoral

Nach Rods ekstatischem Aufbruch saß ich noch fast eine Stunde im Wagen an der Chesterton Road, ohne einen Parkschein zu ziehen und hinter die Windschutzscheibe zu legen. Es war Mittagszeit, aber bei meinem nervösen Magen wagte ich nicht, etwas zu essen. Ich wusste genau, woher mein Brechreiz kam: von Sebastians bevorstehenden Qualen bei den Vorstellungsgesprächen in Sheffield und Canterbury. Ich kann getrost behaupten, dass die ersten zehn Vorstellungsgespräche, zu denen er eingeladen war, keine nachteiligen Auswirkungen auf meinen Gesundheitszustand hatten. Erst beim elften oder zwölften tauchten die ersten Symptome auf: Schlaflosigkeit, Alpträume, nächtliche Schweißausbrüche, Erbrechen, Durchfall, Kopfschmerzen, Panikattacken, Reizhusten – all das stellte sich ein, sobald der Termin für ein Vorstellungsgespräch näher rückte.

Da sich an psychisch bedingten Erkrankungen nicht viel machen lässt, ging ich gar nicht erst zu meiner Hausärztin. Außerdem wusste ich, dass sie mich nicht verstehen würde. Wie hätte ich einer Frau, die so etwas vermutlich noch nie erlebt hatte, dieses Gefühl völliger Mutlosigkeit erklären sollen?

Zur Ablenkung konzentrierte ich mich auf nebensächlichere Sorgen, zum Beispiel auf Rod Firsdens Bemerkung:

»Was würde ich ohne Sie bloß machen?« Hoffentlich wurde er nicht allzu anhänglich. Gefährlich wirkte er zwar nicht, eher exzentrisch als rundweg verrückt, aber sicher konnte man sich da nie sein. Seine gelegentlichen grundlosen Wutausbrüche fand ich schon recht beunruhigend, aber vermutlich waren sie nur ein Ventil für die aufreibende Ungewissheit über das Stipendium, und das konnte ich nur zu gut nachempfinden. Es mochte sogar von Vorteil sein, wenn Rod seine Besessenheit von der De La Wyche Fehde auf mich verlagerte. Vielleicht konnte ich ihn ja überreden, seine Bewerbung zurückzuziehen, dann hätte Sebastian freie Bahn. Wie sollte ich ihn sonst aus dem Wettbewerb ausschalten? Nach dem wenigen, was ich über ihn wusste, gab es in seinem Leben offenbar kein Äquivalent zu Gary Conley, keinen Menschen, der seine beruflichen Entscheidungen hätte beeinflussen können.

Ich wusste nicht recht, ob ich es bedauern sollte, ihn nach Reading geschickt zu haben, um nach Gary Conley zu suchen. Es war durchaus möglich, dass er Gary gar nicht ausfindig machte, aber was, wenn doch, und er vermasselte alles? Ich wünschte, ich hätte Rod so lange im Wagen behalten, bis wir eine grobe Strategie entworfen hätten.

Eigentlich war ich überzeugt, dass die Fahrt nach Reading zu nichts führen konnte, deshalb war ich nicht selbst gefahren. Schließlich wussten wir nicht genau, ob Gary Conley überhaupt wichtig war. Vielleicht war er ja nur ein Bekannter der Familie und Terri hatte geweint, weil einer ihrer Fische Zahnschmerzen hatte.

Statt Mittagessen gönnte ich mir eine gehörige Dosis Nikotin, ideal gegen das Abgelehnter-Ehemann-Syndrom, und fuhr wieder zum Summerton College. Es gab drei Ausschussmitglieder, die ich noch nicht maßlos geärgert hatte – was ich mir als Versäumnis anlastete. Ich beschloss, mir zuerst Damian Selinger vorzuknöpfen. Da ich ihn kannte, konnten wir uns einleitende Höflichkeitsfloskeln sparen.

Nachdem Martine Selinger mit Fernando Rose durchgebrannt war (ich blieb trotz Valerie Williams' Einwänden bei meiner ursprünglichen Hypothese), hatte Damian seine Eigentumswohnung an der Bateman Street verkauft und war in eine College-Suite gezogen. Da die Wohnung ihm allein gehört hatte, war der Verkauf kein Problem gewesen. Ich erinnerte mich, dass Martine mir einmal erzählt hatte, sie habe gemeinsam mit ihm einen Kredit für die Wohnung aufnehmen wollen, aber schon vor ihrer Heirat sei Damian überzeugt gewesen, dass sie sich eines Tages trennen würden, daher habe er es für einfacher gehalten, die Wohnung allein zu kaufen und von ihr eine monatliche Miete zu verlangen. Als Martine ohne jede Scham zugab, dass sie dem zugestimmt habe, verlor ich jede Achtung vor ihr.

Da ich nicht genau wusste, wo Damians Suite war, fragte ich in der Pförtnerloge nach. Der Oberpförtner, in dem ich den Mützentipper Nummer zwei erkannte, riet mir, nicht unangemeldet bei Dr. Selinger zu klopfen. Offenbar war Damian berüchtigt für seine verbalen Ausfälle gegen unerwartete Besucher. Der Oberpförtner kicherte bei diesen Worten, als sei der Hang zu wüsten Beschimpfungen gegen alle und jeden eine liebenswerte Marotte und kein ernsthafter Charaktermangel. Vermutlich mussten College-Pförtner überzeugt sein, dass die ihnen zugewiesenen Hochschullehrer von Natur aus wunderbar waren, sonst hätten sie sich bestimmt geweigert, sie »Sir« und »Ma'am« zu nennen und ihnen geduldig zu erklären, wie das Faxgerät des College funktionierte.

Ich versicherte dem Pförtner, dass ich durchaus mit allen Beleidigungen fertig werden konnte, die Damian mir an den Kopf schleudern würde. Schließlich war ich Fahrlehrerin.

Damians Suite war im größten Gebäudekomplex, dem Queen's Court, ganz oben in einem der Ecktürme. Keuchend stieg ich die lange Wendeltreppe hinauf und bemühte mich standhaft, nicht an Alfred Hitchcocks Film *Vertigo* zu denken. Vermutlich durfte ich mich einigermaßen sicher fühlen, da mein Freund, der Mützentipper, in seiner Liste von Damians amüsanten Eigenarten nichts davon erwähnt hatte, dass er unwillkommene Gäste vom Dach warf. Alle Fellows konnten mit ihrem Schlüssel auf das Dach des College, das war eine der Vergünstigungen für alle Zugehörigen, und traditionell ging jeder neue Fellow schon allein deshalb aufs Dach, weil er es konnte. Falls Terri oder Rod je so weit kommen sollten, würde ich sie vielleicht eigenhändig hinunterwerfen, aber leider hatte ich keinen Fellows-Schlüssel. Ich war ja nur die Frau eines Ausgeschlossenen.

Als ich die Suite G12 erreicht hatte, musste ich erst einmal verschnaufen, um Damian nicht völlig verschwitzt und mit hochrotem Gesicht gegenüberzutreten. Ich wollte gefasst und kühl wie ein Winter in Cambridge wirken. An die Wand gelehnt las ich, was auf Damians Tür stand: »Dr. D. Selinger«. Darüber hing ein lindgrünes Plakat, eine eintägige Tagung über Moralphilosophie betreffend, bei der Damian offenbar einen Vortrag zum Thema »Ich, Ich, Ich: Plädoyer für den Egoismus« halten sollte. Immerhin sprach es für ihn, dass sein Thema ein bisschen interessanter klang als die beiden anderen Vorträge, die auf dem Plakat angekündigt waren: »Insektenmoral« und »Ist das Böse ein valides Konzept?«. Zu diesem Thema, das reine Zeitverschwendung war, sollte Dr. Patricia Gerraghty von der University of Central Lancashire sprechen. Ich hätte ihr die ganze Forschungsarbeit ersparen und gleich sagen können, dass das Böse durchaus ein valides Konzept war. Jedes Mal, wenn Sebastian mit diesem von Hoffnung in Wut umgeschlagenen

Blick von einem Vorstellungsgespräch kam und seine Aktentasche auf den Tisch knallte, spürte ich das Böse in mir hochkochen. Dann konnte ich gut nachvollziehen, wie Menschen zu Mördern wurden. Aber vielleicht war die Welt in Lancashire ja noch in Ordnung und Dr. Patricia Gerraghty und ihre Kollegen waren flauschig und pastellfarben und tollten wie die Glücksbärchis auf dem Campus herum.

Als ich mich erholt hatte, klopfte ich und bereitete mich auf einen feindseligen Empfang vor. Zu meiner Verwunderung riss Damian Selinger strahlend die Tür auf. »Kate!«, rief er, als ob ich seine beste Freundin wäre. »Wie schön, dich zu sehen! Komm rein.« Ich hatte völlig vergessen, wie klein Damian war, höchstens 1,60 Meter. Er hatte eine schulterlange, blonde Zottelmähne. Bisher hatte ich ihn immer nur mit Bürstenschnitt gesehen. Die neue Frisur passte wesentlich besser zu ihm. Früher glich er einer militärischen Erdnuss.

»Was ist denn mit dir los?«, rutschte es mir heraus. »Ich habe dich ja noch nie so gut gelaunt erlebt.« Ich sah mich prüfend in seinem Wohnzimmer um. Es war ordentlicher als die Wohnung, in der er mit Martine gelebt hatte, aber das lag vermutlich an der Putzfrau, die jeden Tag bei ihm sauber machte – eine weitere Vergünstigung der Fellows. Die Bodendielen knarrten laut, als wir ins Zimmer gingen. Sämtliche Holzflächen waren glänzend poliert. Selbst die dunklen, leicht gekrümmten Deckenbalken schimmerten. Ich stellte mir vor, wie eine Putzfrau mit Krampfadern hochsprang, um sie zu erreichen. Damians Bildergeschmack hatte sich verändert. Während in der Wohnung an der Bateman Street überall triste Industrielandschaften und beunruhigend surrealistisches Zeug wie Dalis zerfließende Uhren gehangen hatte, bevorzugte der langhaarige Damian offenbar große, farbenfrohe Poster von abstrakten Bildern. Mitten im Zimmer stand ein Mahagonitisch mit Pudelbeinen.

»Natürlich habe ich gute Laune«, erklärte er und drehte so etwas wie eine Pirouette. »Ich bin verliebt, ist das nicht wunderbar?« Darauf gab ich keine Antwort. Im Augenblick fand ich gar nichts wunderbar.

»Hast du Sebastian deshalb bei dem Vorstellungsgespräch gefragt, ob er an die Liebe auf den ersten Blick glaubt?«

»Ach, das.« Damian hörte auf herumzutänzeln und zog verlegen seinen beigefarbenen Pullover zurecht. Sein grässlicher Kleidergeschmack hatte sich offensichtlich nicht geändert. Das Schlimme waren gar nicht mal die Kleidungsstücke, sondern die Tatsache, dass er Tag für Tag das Gleiche trug. Er besaß dasselbe Outfit in mehreren Versionen: weißes Hemd, beigefarbene Hose, beigefarbener Pullover mit V-Ausschnitt, weiße Socken und braune Slipper. Obwohl er alles ständig wechselte, sah er immer aus, als würde er jeden Tag dasselbe tragen. Meiner Ansicht nach ließ das beunruhigende Rückschlüsse auf seine Persönlichkeit zu. Wenn ich je in einem Gremium säße, das über die Vergabe einer Arbeitsstelle zu entscheiden hätte – und wie Sie wissen, würde ich mich niemals bereit erklären, mich an dieser Form institutionalisierter Barbarei zu beteiligen –, dann würde ich die Kandidaten ausdrücklich nach dem Inhalt ihres Kleiderschranks fragen. Sebastian hat einen vorbildlich ausgestatteten Kleiderschrank, eine gesunde, ausgewogene Mischung aus Jeans, Anzügen, Rugby-Shirts, T-Shirts und hand- und maschinengestrickten Pullovern in allen Farben. In seine Kleidungsstücke sind keine geheimnisvollen Namen und Daten genäht und er zieht sich auch nicht so an, als müsse er sich jeden Moment in einer Tüte mit Werthers Originalen verstecken.

»Setz dich doch.« Damian deutete auf einen schmalen Stuhl mit hoher Lehne, der extrem unbequem aussah. Ich kannte ihn aus der Wohnung an der Bateman Street. Die meisten Möbel von Martine und Damian hatten mich an

Folterinstrumente erinnert, wie ich sie als Kind bei einem Tagesausflug mit meinen Eltern in den Verliesen von Lancaster Castle gesehen hatte. Der Folterstuhl, den er mir jetzt anbot, war anscheinend das einzige Andenken, das er an die Martine-Ära behalten hatte. Alle anderen Möbel in der Suite waren ausladend, tief und weich – vom College bereitgestellt und sicher eigens für die üppig Privilegierten entworfen. Ich hockte mich auf den skelettartigen Stuhl, während Damian sich mir gegenüber in voller Kürze auf dem dick gepolsterten Sofa ausstreckte und die Arme hinter dem Kopf verschränkte. »Ja, es tut mir Leid, dass Sebastian das De La Wyche nicht bekommen hat. Ich begreife selbst nicht, was eigentlich passiert ist.« Er klang witzig, als würden wir uns über die letzte Folge von *Coronation Street* unterhalten.

»Was gibt es da zu begreifen? Ihr habt euch für Terri Skinner entschieden.«

»Na ja, zuerst nicht. Zuerst haben wir uns für Sebastian entschieden.«

»Was?« Wenn sie sich zuerst für und dann gegen ihn entschieden hatten, machte das alles nur noch schlimmer. Damian war das offensichtlich völlig gleichgültig. Er kratzte sich an der Nase und starrte an die unebenen Deckenbalken. Ich kämpfte gegen das Bedürfnis an, die Informationen aus ihm herauszuschütteln.

»Na ja, am Mittwoch hatten wir uns praktisch schon entschieden, es ihm zu geben. Aber dann bestand Professor Fielding darauf, die Sitzung zu vertagen ... hör zu, ich weiß gar nicht, ob ich dir das überhaupt erzählen darf. Ach, Scheiße, das sind sowieso alles Wichser.« Nachdem er sein ethisches Dilemma gelöst hatte, erzählte Damian in nettem Ton weiter: »Professor Fielding sagte, sie müsse fort und wir sollten uns am nächsten Tag noch einmal treffen. Am Donnerstag. Gestern.« Offenbar musste er die Chronologie mühsam in seinem Kopf ordnen.

»Warum?«, fragte ich. »Ich dachte, die Entscheidung müsste auf jeden Fall einen Tag nach den Vorstellungsgesprächen fallen?«

»Ja. So steht es jedenfalls in den Vorschriften«, sagte Damian. Aha, dachte ich. Valerie mit ihrer Begeisterung für die Vorschriften von Summerton hatte nicht erwähnt, dass sie gegen *diese* Vorschrift verstoßen hatten. Wusste der Rektor davon? Vielleicht war er ja befugt, das ganze Verfahren für ungültig zu erklären, wenn auch nur ein winziger Verfahrensfehler unterlaufen war! »Keiner von uns weiß, warum sie das gemacht hat. Aber sie war die ganze Zeit nicht richtig bei der Sache. Sie war mit den Gedanken ganz woanders, schaute ständig auf die Uhr, als habe sie noch was Wichtiges vor.« Auch Sebastian hatte erzählt, dass Professor Fielding sehr zerstreut gewesen war. »Und dann war da noch diese Verrückte, Emily Lole«, fuhr Damian fort, »sie heulte die ganze Zeit und drängte darauf, dass wir den Job diesem fettglänzenden Dichterknaben geben …«

»Rod Firsden.«

»Ja, genau. Woher weißt du das?«

»Er ist der zweite Kandidat. Das hat Valerie Williams Sebastian gesagt.«

»Ich war dagegen, wirklich.« Damian schüttelte den Kopf. »Wir hatten gerade erst einen Dichterknaben, Fernando Rose hatte auch Lyrik als Hauptthema. Und er hat sich aus dem Staub gemacht.«

»Mit Martine, sagt der College-Klatsch«, konnte ich mir nicht verkneifen einzuwerfen.

»Auf keinen Fall«, widersprach Damian. »Er war ein intelligenter Bursche, dieser Fernando. Auf keinen Fall hätte er sich eine Torte wie Martine aufgehalst, die nur Scheiße im Kopf hat. Nein, er ist mit dem verdammt teuren Gemälde, dem Noble-Porträt von De La Wyche, abgehauen.«

»Glaubst du wirklich, dass er es geklaut hat?«

»Klar. Es ist in derselben Nacht verschwunden wie er. Diese Porträts kann man klauen wie nichts. Das College ist lächerlich altmodisch. Ordentliche Sicherheitsvorkehrungen gelten als ungehobelt und wenig gentlemanlike.«

»Nach allem, was ich gehört habe, ist Fernando aber nicht der Typ, der stiehlt. Glaubst du, dass er dazu fähig ist?«

»Jeder ist zu allem fähig, wenn für ihn genug dabei rausspringt. Apropos: Das ist das Thema meines neuen Buches, *Ich, Ich, Ich: Plädoyer für den Egoismus*. Es wird am Montag vorgestellt. Du und Sebastian, ihr bekommt noch eine Einladung. Jedenfalls wette ich, dass Fernando ein schlechtes Gewissen hatte, weil er das Gemälde gestohlen hatte, und dass er sich deshalb nicht mehr hat blicken lassen.«

»Martine auch nicht«, erinnerte ich ihn.

»Worüber ich froh und dankbar bin. Ich habe jetzt eine Gemütsruhe, die ich vorher einfach nicht aufgebracht habe.«

»Dann vermisst du sie offenbar nicht.«

»Ihr Geld vermisse ich. Es war nicht einfach, sich daran zu gewöhnen, dass es kein Portemonnaie mehr gab, aus dem ich mir was mopsen konnte. Nicht, dass ich selbst zu kurz gekommen wäre, du verstehst schon.« Er meinte wohl, dass es ihm nicht an Geld fehlte, denn was die Größe anging, war er buchstäblich zu kurz gekommen. »Aber es hat Spaß gemacht, ihr Geld zu klauen.« Ich erwiderte sein Grinsen mit einem wohlwollenden Lächeln, denn ich konnte es mir nicht leisten, ihn gegen mich aufzubringen, da er bereit war, alles auszuplaudern. »Sie hat nie gemerkt, dass sie beklaut wurde, die blöde Kuh. Na ja, eigentlich war es ja auch kein Diebstahl. Ich habe es immer als Unterhaltszahlung im Voraus angesehen.«

»Irgendwann musst du sie doch mal geliebt haben.«

»Ich denke, es gab eine Zeit, wo sie mir nicht ganz unsympathisch war«, sagte er. »Ich glaube, ich habe gar nicht gewusst, was Liebe ist, bis ich …« Plötzlich brach er ab und wurde rot. »Aber wir wollten über die Vorstellungsgespräche reden.«

»Ja«, stimmte ich zu. Seine neueste Eroberung war mir ziemlich egal, falls sie nicht in einer Position war, dass sie Sebastian eine Stelle hätte geben können.

»Also, ich weiß nicht, was ich dir sagen kann.« Er zuckte die Achseln. »Am Mittwoch hatten wir, wie gesagt, schon fast entschieden, das Stipendium Sebastian zu geben. Dann vertagte Professor Fielding plötzlich die Sitzung, ohne einen Grund anzugeben. Keiner von uns wusste, was los war. Am nächsten Tag unterstützten die Prof und Val Williams plötzlich Terri Skinner. Na ja, Val hatte sich die ganze Zeit schon für sie ausgesprochen, aber jetzt war auch die Fielding auf ihrer Seite. Ich fragte sie, wieso sie ihre Meinung geändert hätte, aber sie wich immer wieder aus. Val wusste, was da los war, das habe ich gemerkt, aber Emily und ich hatten keinen Schimmer. Emily wurde ganz hysterisch, weil wir es Rod, dem Dichterknaben, geben sollten, und mir war inzwischen alles egal, weil … Na ja, mir war es egal, ich hatte die Nase voll. Ich habe mich der Stimme enthalten und Emily wurde zwei zu eins überstimmt, also kam Terri als Erste und Rod als Zweiter.«

»Aber …« So viele Fragen überschlugen sich in meinem Kopf, dass mir die Worte fehlten. »Hast du Sebastian anfangs unterstützt?«

»Also …« Damian schaute zum Fenster.

»Also nicht.«

»Nein, um ehrlich zu sein, aber er kam für mich an zweiter Stelle. Mir wäre es recht gewesen, wenn er die Stelle bekommen hätte, ich mag ihn sehr. Aber er brauchte mich gar nicht – Daphne setzte sich schon vehement für ihn ein. Jedenfalls am Mittwoch. Alle vier Beine ihres Lehrstuhls deuteten in seine Richtung.«

»Ich dachte, sie hätte gar nicht aufgepasst.« Allmählich geriet ich völlig durcheinander.

»Sie war wie an- und ausgeschaltet«, sagte Damian. »Wenn sie kurz mal bei der Sache war, war Sebastian ihr Favorit. Sie hat uns alle mürbe gemacht mit den überzeugenden Argumenten, die sie für ihn vorgebracht hat. So stand die Sache, als sie die Sitzung vertagte. Und am Donnerstag, gestern, unterstützte sie plötzlich ohne Erklärung Terri. Und das ist verdammt seltsam, weil die beiden sich nicht ausstehen können. Am Mittwoch sagte die Fielding noch, Terris Forschungsarbeit wäre ›leer und ohne klare Richtung‹. Das hat sie wortwörtlich gesagt. Und Terri sei eine ›Frau von zweifelhaftem Charakter‹. Weiß Gott, was da passiert ist. Terris Referenzen waren auch ein bisschen suspekt. Sebastians waren viel besser. Einer seiner Leumundszeugen sagte, er sei ein ... wie war das noch? ... ein wirklich großartiger ... ein wirklich großartiger ... irgendwas.« Der recht unbefriedigende Schluss von Damians Erklärung ging im Geräusch der Tür unter, die schwungvoll hinter mir geöffnet wurde. Als ich mich umdrehte, sah ich eine große, schlanke Frau mit hellbraunen Zöpfen, die ein Schlüsselbund in der Hand hielt. Als sie mich entdeckte, wich ihr Lächeln einer verkniffenen, ängstlichen Miene.

»Hallo.« Sie sah mir in die Augen. »Ich bin Bryony. Sind Sie Martine?«

»Nein«, antwortete ich. »Bryony wie die De La Wyche Kandidatin, die ausgestiegen ist?«

»Ja.« Sie sah unsicher zu Damian hinüber.

»Scheiße«, stöhnte er und schlug die Hände vors Gesicht.

Kapitel 16

Lebenslauf: Damian Selinger

Name:
Dr. Damian Selinger

Adresse:
G12 Queen's Court, Summerton College, Cambridge

Alter:
Dreiunddreißig

Geburtsort:
Barnstaple, Devon

Nationalität:
Britisch

Familienstand:
Verheiratet mit Martine Selinger (geborene Odams) seit dem 11. März 1988. Als Teenager war Damian extrem unattraktiv und kein hübsches Mädchen wollte auch nur in seine Nähe kommen. Sein ganzer Ehrgeiz war, sich eins zu angeln, und als er Dozent am Summerton College wurde und seine gesellschaftliche Stellung sein Peanut-Äußeres aufwog, heiratete er die unglaublich hübsche Martine,

wohl nicht aus Liebe, sondern nur um sich zu beweisen, dass er es konnte. Die Verbindung ist aus zwei Gründen bemerkenswert:

1. wegen des plötzlichen und unerklärlichen Verschwindens seiner Frau im März 1997, in derselben Nacht, als auch der De La Wyche Stipendiat Fernando Rose sowie das Porträt von Grimshaw De La Wyche plötzlich und unerklärlich verschwanden,
2. weil es nach allgemeiner Ansicht die kaputteste, destruktivste Ehe war, die sämtliche Beobachter je erlebt hatten, und davon gab es viele, da das Paar sich mit Vorliebe in der Öffentlichkeit umzubringen versuchte.

Die Ehe war auch insofern bemerkenswert, als sie noch schlimmer war – diese begrifflichen Kategorien sind bis zum Zerreißen dehnbar – als die Fielding-Skinner-Farce, wo sich nur einer scheußlich benimmt. Zumindest besitzt diese Farce fünfzig Prozent der erforderlichen Voraussetzungen für eine gute Ehe, die nämlich Joe Fielding in seiner Einkaufstasche mitbringt. Andererseits ist es vielleicht sogar vorzuziehen, wenn beide Parteien sich scheußlich benehmen, weil dann zumindest kein Unschuldiger leiden muss. Zu den Höhepunkten des Eheglücks der Selingers gehörte es, als Damian sich zu Weihnachten von Martines Eltern einen Cricketschläger wünschte, den er seiner Frau dann am Silvesterabend über den Kopf schlug und ihr damit eine schwere Gehirnerschütterung beibrachte. Martine rächte sich, indem sie die ganze Nacht fortblieb und ihren Freund morgens überredete, Damian anzurufen und sich als Polizist auszugeben, der ihm die traurige Nachricht ihres Todes überbringen solle. Diese List ging furchtbar nach hinten los – Damian nahm die Nachricht von Martines Tod begeistert auf. Dass sie noch lebte, spornte ihn zu weiteren Aktionen dieser Art an, die aufzulisten hier der Platz fehlt.

Beruflicher Werdegang:
1996 bis heute
Fellow am Summerton College, Cambridge. Lehrt Moralphilosophie, politische Theorie und Moraltheorie und treibt Forschung auf diesen Gebieten. Zieht die Forschung der Lehre in einem Maße vor, dass er es mittlerweile zutiefst verabscheut, wenn Studenten seine Zeit in Anspruch nehmen, und dazu folgende Abwehrtaktiken entwickelt hat:

1. Er versteckt sich hinter verschlossener Tür, wenn Studenten zur Sprechstunde kommen, bis sie wieder gehen, weil sie glauben, er sei nicht da.
2. Wenn er in unverschämterer Stimmung ist, schreit er den Studenten einfach ins Gesicht: »Haut ab!«, was häufig Tränen zur Folge hat.
3. Um bei der Doppelkorrektur von Examensarbeiten Zeit zu sparen, öffnet er einfach den Umschlag des Erstkorrektors und versieht die Arbeit, ohne sie zu lesen, mit willkürlichen Randbemerkungen, die nie um mehr als zwei oder drei Prozent von denen des Erstkorrektors abweichen. Das ist ein besonders effektives Mittel, Zeit zu sparen.
4. Er meidet sämtliche Doktoranden: ruft sie nie an, um sich nach dem Fortschritt ihrer Doktorarbeit zu erkundigen, liest ihre Arbeiten nicht, trifft sich nie mit ihnen, um über ihre Arbeit zu sprechen, reagiert auf eingereichte Entwürfe für einzelne Kapitel, indem er sie ohne jeden Kommentar zurückgibt und lediglich die Bibliographie um eigene Publikationen ergänzt. Das Schöne an dieser Taktik ist, dass man Unmengen Doktoranden annehmen kann – denn was spielt es schon für eine Rolle, wie viele

es theoretisch sind, wenn man praktisch keinem hilft? – und sich dann von Verwaltungsaufgaben freistellen lässt, weil man so viele Doktoranden zu betreuen hat.

Qualifikationen und Schulabschlüsse:
Doktor phil., Doktorarbeit: »Ethik und das Tier Mensch«, am St. John's College, Oxford. Bachelor of Arts in Philosophie, Politik und Wirtschaft (IIii) am St. John's College, Oxford. Höherer Schulabschluss mit drei As und acht Os an der Grange Grammar School, Exeter, wo er in seiner Freizeit den Schulrüpel gab. In dieser Phase nahm sein Interesse an Moralphilosophie ihren Anfang. Konnte einen Schulverweis wegen Schikanen gegen jüngere Schüler abwenden, indem er das Ursache-Wirkung-Theorem aufstellte. Nach dieser Theorie, die er dem puterroten, zittrigen Schulleiter ernsthaft darlegte, ist das laienhafte Verständnis des Ursache-Wirkung-Verhältnisses allzu stark vereinfacht, denn philosophisch ließe sich nicht beweisen, dass die Wirkung nicht gleichermaßen die Ursache verursache, wie die Ursache umgekehrt die Wirkung verursache. Damian argumentierte, sein Verhalten (prügeln, boxen und Köpfe in Toilettenschüsseln tauchen) sei teilweise von den so genannten Wirkungen verursacht, die andere erlebten (geprügelt, geboxt und mit dem Kopf in die Toilette getaucht zu werden). Nach seiner Theorie hätte er, Damian, dem Schüler der 3B, Jeremy Pulford, den Schulblazer nicht in Brand gesteckt, wenn dieser es nicht hätte geschehen lassen. Diese Behauptung sei ebenso stichhaltig wie die umgekehrte Aussage, dass Jeremys Schuluniform nicht gebrannt und den armen Jungen fast umgebracht hätte, wenn Damian sie nicht mit einer offenen Flamme in Brand gesteckt hätte. Nach Damians Ansicht waren daher beide Jungen gleichermaßen für den Vorfall verantwortlich, auch wenn sie nicht gleicherma-

ßen Verbrennungen erlitten hatten. Der Schulleiter, der zwar wütend, aber von dem Ursache-Wirkung-Theorem verwirrt war, verzichtete auf den Schulverweis, schloss Damian nur vorübergehend vom Unterricht aus und belegte Abendkurse in Philosophie. Damals kam Damian zu der Überzeugung, dass er zum Moralphilosophen berufen war, da kein anderes Fachgebiet ihm die Möglichkeit bot, (a) eine erfolgreiche Karriere auf völlig schwachsinnigen Theorien aufzubauen und (b) mit diesem Unsinn, wenn er erst einmal formuliert war, die eigenen, weniger angenehmen Charaktereigenschaften zu rechtfertigen.

Veröffentlichungen:
Ich, Ich, Ich: Plädoyer für den Egoismus (Scholars Press, Cambridge und New York, Juni 1988). Dieses Werk demonstriert theoretisch und anhand von Fallstudien, dass jeder Mensch selbstsüchtig ist, auch solche, die nicht so erscheinen, und dass wir eine ungesunde Gesellschaft schaffen, wenn wir Egoismus verteufeln. *Das große Schwein: Ethik und das Tier Mensch* (Castle Press, London, 1997). Zentrale These dieses Buches, das eine Bearbeitung seiner Doktorarbeit darstellt, ist, dass Menschen zu moralischem Verhalten ebenso wenig imstande sind wie Tiere und daher für ihr Handeln ethisch nicht zur Verantwortung gezogen werden können. Der Autor verwechselt eine (richtige) Schlussfolgerung aus seinem eigenen Verhalten mit einer (falschen) Arbeitshypothese für die ganze Menschheit. Mit anderen Worten, die Tatsache, dass Damian die Integrität eines Hundertfüßlers besitzt, gibt ihm noch nicht das Recht zu einer Verallgemeinerung. Sein Lektor bei Castle Press hätte ihm sagen sollen, dass er nur für sich selbst sprechen (blöken oder bellen) könne. Wie konnte jemand solche Spinnereien auch noch drucken? Die Tatsache, dass ich we-

gen dieser Äußerung nicht von einem aufgebrachten Hundertfüßlerkollektiv verklagt werde, zeigt ja wohl, dass Menschen und Tiere völlig unterschiedlich sind.

Äußere Erscheinung:
Trägt tagtäglich beigekaramellbraune Kleidung, ist extrem klein und hat schulterlanges Haar. Trug früher immer eine hässliche Motzmiene zur Schau, hat sich aber kürzlich verliebt – in eine der De La Wyche Kandidatinnen, ist das zu fassen? – und sich seitdem ein irres Grinsen zugelegt, sodass er jetzt aussieht wie der kleine Lord Fauntleroy, der jede Menge Zauberpilze gefuttert hat.

Stärken und Schwächen:
Die Fähigkeit, sich zu verlieben, muss man gutheißen, zumal bei jemandem, der vorher so feindselig und emotional abgeklärt war. Langfristig könnte es ihn in einen besseren Menschen verwandeln, schon jetzt zeichnen sich vielversprechende Anzeichen ab. Bryony James hat keine Abdrücke von Cricketschlägern an ihrem Schädel, zumindest bis jetzt nicht. All seine Schwächen anzuführen würde so viel Papier erfordern, dass es selbst nach zurückhaltendsten Schätzungen zur Waldvernichtung beitragen dürfte.

Kapitel 17

Die De La Wyche Aussteigerin

Es ist immer gut, sofort Herr der Lage zu sein, da man sonst auf Dauer ins Hintertreffen gerät. Das sage ich meinen zögerlichen Fahrschülern immer wieder, wenn sie zaudernd hinter einem Bus stehen bleiben, während vierzig bis fünfzig Fahrgäste ein- und aussteigen.

Ich hätte also auf der Stelle eine Erklärung verlangen müssen, wieso die De La Wyche Aussteigerin einen Schlüssel zu Damians Wohnung besaß, und mit ein paar bohrenden Fragen nachhaken sollen: Wie lange kannten die beiden sich schon? Hatten sie vor den Vorstellungsgesprächen schon miteinander geschlafen? Angesichts der Tatsache, dass Daphne Fielding Terri Skinners Schwiegermutter war und Bryony James sich als die neue Liebe in Damians Leben herausstellte, hatte ich allmählich ernsthaft den Eindruck, dass hier Inzucht herrschte. War Sebastian etwa der einsame Fremde in der Stadt? Das wäre allerdings eine Ironie des Schicksals, da er zumindest auf dem Papier der einzige Kandidat war, der seinen Doktor am Summerton College gemacht hatte. Als Nächstes würde ich vermutlich noch herausfinden, dass Rod Firsden und Valerie Williams früher siamesische Zwillinge waren und sie ihre Verbindung mit einer scharfen Halstablette gelöst hatte.

Bevor ich mich jedoch auf diese neue Entwicklung einstellen und entsprechend reagieren konnte, stellte Bryony sich rücksichtslos ins Rampenlicht, indem sie am Fuß des Sofas zu Boden sank und den Kopf an Damians kurze, knochige Schienbeine schmiegte. »Oh, einen schrecklichen Moment lang dachte ich, Sie wären Martine«, hauchte sie in seine toffeefarbenen Hosenbeine. »Ich dachte, Sie wären gekommen, um ihn mir wieder wegzunehmen.« Ihr Akzent klang entfernt nach Liverpool.

»Sei nicht albern.« Damian gab ihr liebevoll einen schmatzenden Kuss auf den Nacken. »Wenn Martine zurückkäme, würde ich ihr ins Gesicht spucken.«

»Das sagst du jetzt, aber du weißt ja nicht, was du dann empfinden würdest.« Bryony sah in Erwartung weiterer Liebesbeteuerungen zu ihm auf. Es erinnerte mich an alte Gemälde, auf denen die Jünger zu Jesus aufschauen. Vielleicht litt Bryony ja auf beiden Augen am grauen Star, denn es war mir unbegreiflich, wie man einen so unerhört beigefarbenen Zwerg wie Damian derart anstrahlen konnte.

»Doch, das weiß ich«, sagte er. »Ich liebe *dich*, nicht sie.«

Ich hüstelte, um sie an meine Anwesenheit zu erinnern, worauf Bryony mich anlächelte. »Entschuldigen Sie. Es ist nur ... na ja, wir sind erst seit kurzem zusammen und Sie wissen ja, wie unsicher man am Anfang einer Beziehung ist.«

»Wie lange geht das schon?«, fragte ich brüsk und wütend, weil sie so sehr mit ihrer angeblichen Liebe beschäftigt waren, dass sie nicht einmal den Versuch unternahmen, diese äußerst fragwürdige Situation zu erklären. »Wussten die anderen Ausschussmitglieder, dass du mit ihr liiert bist?«, bellte ich Damian an.

»Nein.« Er seufzte.

»Damian, was ist hier los?«

»Das ist Kate Nunn, die Frau eines der gescheiterten Kandidaten.«

»Oh.« Bryony senkte die Stimme um eine Oktave und starrte mich aus großen runden Augen an. Sie war einigermaßen attraktiv, aber schon ein bisschen abgenutzt. Sie sah aus, als hätte sie sich lange auf den Klippen Wind und Wetter ausgesetzt, was ihr allerdings nicht gut bekommen war. Ihr Haar löste sich aus dem Zopf und fiel ihr in Strähnen um das Gesicht, und ihre Augen und ihre Haut wirkten wettergegerbt und blass. Sie trug einen langen, schwarzen Rock mit Troddeln am Saum und ein schwarzes Tunikahemd. »Das tut mir schrecklich Leid«, flüsterte sie, als ob überall Spione lauerten. »Ich weiß, wie furchtbar das ist.«

»Das bezweifle ich, wenn Sie es sich leisten können, Ihre Bewerbung einfach so zurückzuziehen. Warum haben Sie das eigentlich gemacht?«

»Das brauchst du ihr nicht zu sagen«, mischte Damian sich scharf ein, um sein Frauchen tapfer zu verteidigen. Er konnte ein echter Kavalier sein, wenn er Frauen nicht gerade Cricketschläger über den Kopf zog. »Hör mal, an der Sache ist nichts faul, falls du das denken solltest«, sagte er zu mir. »Bryony hat ihre Bewerbung zurückgezogen, es ist also nichts dagegen einzuwenden, dass wir zusammen sind.«

»Dann kann ich es den anderen Ausschussmitgliedern erzählen? Und dem Rektor?«

»Also ... es wäre mir lieber, wenn du das nicht tust.« Damian holte seine alte Motzmiene hervor und probierte sie noch mal an. »Obwohl die Fielding kaum was sagen könnte – als Terri Skinners Schwiegermutter. Aber sie würde behaupten, dass es was anderes ist, weil sie Terri nicht leiden kann, während ich Bryony mehr als mag.« Bei diesen Worten streichelte er ihr Gesicht.

»Es tut mir so Leid für Sie und Ihren Mann«, sagte Bryony. »Ich wünschte, ich könnte Ihnen irgendwie helfen.«

Es bedurfte einiger Mühe, mich von ihrer Reaktion nicht für sie einnehmen zu lassen. Von allen, mit denen ich über Sebastians missliche Lage gesprochen hatte, war sie die Erste und Einzige, die nicht die üblichen Trostfloskeln herunterleierte.

»Helfen?« Damian bedachte sie mit einem verständnislosen Blick.

»Das können Sie«, sagte ich. »Erzählen Sie mir, warum Sie die Bewerbung zurückgezogen haben. War es wegen Damian und Ihnen, weil Sie wussten, dass es nach Schiebung aussehen würde, wenn Sie die Stelle bekämen?« Bryony biss sich auf die Lippe und sah weg, als ob meine Frage ihr peinlich sei.

»Ja«, sagte Damian rasch.

»Damian ... Das stimmt nicht.« Sie zerrte an seinem toffeefarbenen Hosenbein.

»Halt den Mund!«, fauchte er sie an.

»Was ist los?«, fragte ich scharf. Ich musste sehr bald eine eingehende Sitzung mit meinem Notizbuch abhalten, um all die merkwürdigen und widersprüchlichen Zwischenfälle aufzuschreiben, mit denen ich bombardiert wurde – sonst würde ich sicher einiges vergessen.

»Damian möchte nicht, dass ich Ihnen etwas erzähle«, sagte Bryony. »Obwohl ich mir nicht vorstellen kann, warum.«

»Weil es sie nichts angeht«, schnauzte er.

»Aber Damian, sie ist genau wie ich, sie versteht das.«

»Ich welcher Hinsicht bin ich genau wie Sie?«, fragte ich. Sosehr ich mich auch bemühte, Bryony nicht zu mögen, es gelang mir nicht. Echtes Mitgefühl erkennt man sofort, vor allem wenn man einige Zeit mit Leuten wie Damian Selinger und Valerie Williams verbracht hat. Ich war überzeugt, dass Bryony mir helfen würde, wenn sie konnte.

»Ich sage es besser nicht, wenn Damian es nicht für richtig hält«, erklärte sie voller Bedauern. Ein Glück, dass Terri Skinner das nicht hört, dachte ich. Eine solche Äußerung wäre für sie ein ausreichender Grund für eine Hinrichtung.

»Sie haben Ihre Bewerbung also nicht aus moralischen Gründen, wegen Ihrer Beziehung zu Damian zurückgezogen«, schlussfolgerte ich laut.

»Nein. Hören Sie, mehr kann ich wirklich nicht sagen, außer ... dass es nichts mit dem De La Wyche Fellowship oder Ihrem Mann zu tun hat. Ich hatte ... persönliche Gründe.«

»Kannst du dich jetzt verpissen?«, sagte Damian grinsend. So war er also, wenn er verliebt war: immer noch obszön, aber er fluchte fröhlicher.

Ich blieb wie angewurzelt sitzen. Ich wollte erst gehen, wenn ich es für richtig hielt, vorher nicht. »Wie lange kennen Sie beide sich schon?«, fragte ich.

»Seit Samstag«, antwortete Bryony und streichelte Damians Knie.

»Was? Noch nicht mal eine Woche?«

»Bry, musst du all unsere persönlichen Sachen ausplaudern?«, beklagte sich Damian.

»Wo haben Sie sich kennen gelernt?«

»In der Mitre Tavern, einem Pub auf der ...«, setzte Bryony an.

»Ich kenne das Mitre«, unterbrach ich sie. »Was haben Sie vier Tage vor dem Vorstellungsgespräch schon in Cambridge gemacht, wenn Sie Damian noch gar nicht kannten?«

»Hören Sie, ich kann wirklich nicht ....« Sie seufzte. »O Gott, ich wünschte wirklich, ich könnte Ihnen helfen. Vielleicht ...« Sie sah Damian an, aber er schüttelte nur den Kopf. »Es tut mir Leid. Wirklich, aber mehr kann ich Ihnen nicht sagen.«

»Wieso nicht?«, fragte ich. »Ich merke doch, dass Sie es möchten. Machen Sie immer, was er sagt?«

»Ach, jetzt fang bloß nicht mit diesem BH-verbrennende-Lesbierinnen-Scheiß an«, schnaubte Damian.

»Damian, hör auf!«, schimpfte Bryony liebevoll, vielleicht um mir zu demonstrieren, dass sie, wenn nötig, durchaus aufbegehren konnte. Aber das imponierte mir nicht.

»Woher kommen Sie eigentlich?«, fragte ich sie. »Und was ist Ihr Forschungsgebiet? Haben Sie eine andere Stelle?«

»Nein. Ich habe gerade am Edge Hill University College in Lancashire meinen Doktor gemacht. Über die Kulturtheorie der Antarktis.« Sie lächelte. »Ich bin aus St. Helens. Aber Damian und ich wollen uns zusammen eine Wohnung suchen ...«

»Warum erzählst du ihr nicht gleich, wie oft wir ficken, dann haben wir es hinter uns«, sagte Damian sarkastisch, was Bryony schallend lachen ließ.

»Du bist so witzig!« Sie tätschelte seinen Ellbogen und wandte sich wieder mir zu. »Es tut mir wirklich aufrichtig Leid. Ich spüre, dass Sie leiden.« Sie streckte mir ihre Hand entgegen, aber ich wusste nicht recht, was ich damit anfangen sollte. Damian bohrte in der Nase und schnippte ihren Inhalt mit Daumen und Zeigefinger ins Zimmer.

Ich kam zu dem Schluss, dass sie so gut zusammenpassten, weil sie beide völlig verrückt waren. Plötzlich fühlte ich mich durch ihre gemeinschaftliche Unappetitlichkeit bedroht, murmelte eine Entschuldigung und ging. Ich lief die graue Steintreppe hinunter wie jemand, der genau weiß, dass oben im Turm dräuend der Hackklotz eines Henkers lauert.

Kapitel 18

Die Träne

Ich lief zu meinem Wagen im Old Court, schaltete mein Handy ein und hoffte, dass ein normaler, angepasster Mensch mir eine Nachricht hinterlassen hatte. Selbst die halb elektronische, halb menschliche Stimme meines Callback-Service hätte nach Bryonys gespenstischer Werbung um meine Freundschaft etwas Beruhigendes gehabt. Ein kleiner Briefumschlag auf dem Display meines Handys zeigte mir, dass ich eine Nachricht hatte. Ich rief den Callback-Service an und hörte grinsend zu, wie Rods Stimme mir sagte, er sei am Bahnhof von Cambridge und steige gleich in den Zug. Er klang atemlos vor Begeisterung. Ich sah förmlich vor mir, wie er sich den Bart rieb.

Sobald ich das Handy auf den Beifahrersitz gelegt hatte, klingelte es. Es war noch einmal Rod.

»Sie können doch noch nicht in Reading sein«, sagte ich.

»Nein. Ich bin am Bahnhof King's Cross und fahre gleich nach Paddington.«

»Oh. Gibt es ein Problem?«

»Nein, nein. Ich wollte nur ... na ja, ich wollte Ihnen nur etwas sagen. Wenn ich Ihnen gegenüberstehe, schaffe ich das vermutlich nicht.«

»Oh.« Ich kreuzte die Finger meiner freien Hand, um neuen Ärger abzuwenden. Wenn Leute ankündigen, dass sie etwas zu sagen haben, statt es direkt zu sagen, kommt nach meiner Erfahrung meist etwas, womit sie einem den Rest des Tages verderben. »Was?«

»Also, es ist ... Ich mag Sie wirklich. Das ist alles. Das wollte ich Ihnen nur sagen. Wie Sie ... sich in diese De La Wyche Sache gestürzt haben, also, Sie gehen richtig mit ... nein, das trifft es nicht, das ist schließlich kein Spiel, ich meine, für mich ist es das Wichtigste in meinem Leben!« Er sprach so laut, dass ich das Handy ein Stück von meinem Ohr weg halten musste. »Was ich sagen will ist, Sie nehmen das alles so ernst, brechen sogar in Terri Skinners Wohnung ein und helfen mir ... wirklich etwas zu unternehmen, statt herumzuhängen und Trübsal zu blasen. Ohne Sie wäre ich jetzt nicht in Reading.«

»Sie sind gar nicht in Reading. Sie sind am Bahnhof King's Cross«, erinnerte ich ihn.

»Ha! Sie nehmen alles so wörtlich.« Er lachte. »Bald bin ich in Reading und das habe ich Ihnen zu verdanken. Noch nie hat sich jemand so viel aus mir gemacht.« Ich wollte diese Äußerung in Zweifel ziehen, aber er redete weiter, ohne Luft zu holen. »Also, damit will ich nicht sagen, dass Ihnen in *dieser* Art etwas an mir liegt, so anmaßend bin ich nicht, ich meine nur, dass Sie sich wirklich ... engagiert und mir geholfen haben, obwohl Sie mit diesem ganzen Schlamassel gar nichts zu tun haben. Sie sind so selbstlos!«

»Ach«, sagte ich etwas unsicher. »Also, ich fürchte, Sie überschätzen mich. Ich glaube nicht, dass ich so selbstlos bin, wie Sie denken.« Ich dachte darüber nach, was ich gerade gesagt hatte. Tat ich das alles für mich oder für Sebastian? Vielleicht ließ sich das gar nicht voneinander trennen. Wenn er unglücklich war, war ich auch unglücklich. Wenn ich mich also zwei Wochen lang dafür einsetzte, dass er die De La Wyche Fehde gewann, war das egoistisch und selbstlos zugleich. Eines stand jedoch fest: Für Rod Firsden tat ich es nicht.

»Ich muss gehen«, sagte er. »Ich wollte Ihnen nur sagen, wie dankbar ich Ihnen bin.«

»Na ja ... keine Ursache.« All dieses Lob war mir sehr unangenehm.

»Können wir uns morgen sehen? Ich glaube, ich könnte es nicht ertragen, Sie einen Tag nicht zu sehen.«

»Wieso?«, fragte ich taktlos, weil ich abschätzen musste, wie groß der angerichtete Schaden war. War es Dankbarkeit für mein philanthropisches Ausspionieren von Terri oder war es mehr?

»Ich bedränge Sie zu sehr, nicht wahr?« Rods Stimme bebte. »Jedenfalls muss ich Sie morgen unbedingt sehen. Sie haben versprochen, mir jeden Tag eine Fahrstunde zu geben.«

»Ja, ja, sicher. Rufen Sie mich an, wenn Sie aus Reading zurück sind«, sagte ich geschlagen und dachte: Na prima, Kate, jetzt hast du zwei Männer in deinem Leben, die dich emotional auspumpen, und beide sind hinter demselben Job her. Konnte es noch komplizierter werden?

»Kate?«, sagte Rod in dem Ton, den Sebastian immer anschlug, wenn ich ihm versprechen sollte, dass ich nie von ihm verlangen würde, in einer Knochenmühle zu schuften. »Ist es verrückt? Ich meine, nach Reading zu fahren? Was ist, wenn Gary Conley gar nichts damit zu tun hat? Was ist, wenn ich ihn nicht finde? Und was soll ich ihm sagen? Es hört sich bestimmt absurd an.«

»Okay, dann vergessen Sie's. Kommen Sie zurück nach Cambridge.« Diese Taktik wandte ich auch bei Sebastian oft an.

»Nein! Unmöglich, ich kann nicht einfach aufgeben! Ich muss es doch wohl wenigstens versuchen, oder?«

»Also dann fahren Sie hin, bevor Sie noch mehr Züge verpassen.«

»Gut. Ich rufe Sie an, sobald ich zurück bin. Bye. Bye. Bye. Bye. Bye.« Seine »Byes« wurden immer kürzer und leiser. Nach dem fünften drückte ich auf die rote Taste, um das Gespräch zu beenden, damit er nicht bis in die Nacht so weitermachte.

Es war zwei Uhr nachmittags. Ich konnte ohne weiteres noch ein bisschen herumschnüffeln, bevor ich nach Hause musste, um mich für das Fest am Abend umzuziehen. Bei dem Gedanken daran erschauderte ich. Wie sollte Sebastian damit fertig werden, all diese glücklichen, erfolgreichen Fellows zu sehen, nachdem das College ihn erst am Tag zuvor abgelehnt hatte? Ich musste unbedingt sein Selbstbewusstsein stärken und ihm – überzeugend – versprechen, dass er in ein paar Tagen die Fehde gewonnen hätte.

Ich stieg aus dem Wagen und fragte den nächsten Pförtner – der erstaunlich nah war, wie es die Pförtner von Summerton offenbar immer sind –, wo Emily Lole wohnte.

»Tyndsall Court. K9«, antwortete der Pförtner, der nicht zu den beiden Mützentippern gehörte. Dann ist sie wohl ein Hund, der Partner mit der kalten Schnauze? Aber diese Bemerkung verkniff ich mir, weil sich vermutlich nicht jeder mit meiner Bosheit gegen die Mitglieder des De La Wyche Ausschusses identifizieren konnte. »Sind Sie eine Verwandte?«, fragte der kleine, fassförmige Mann mit starkem Glasgow-Akzent.

»Nein.«

»Freundin?«

»Nein. Ich wollte sie nur ... etwas fragen.« Ich strahlte ihn freundlich an.

»Na ja, Sie wissen, dass sie krank ist?« Seine Brauen verknoteten sich besorgt, als fürchte er, dass mein Besuch ihrer Gesundheit schaden könnte, was ich sehr hoffte.

»Nein, das wusste ich nicht«, antwortete ich. »Ich meine, ich weiß, dass sie einige Probleme hatte, seit Fernando Rose verschwunden ist, aber ...«

»Ach ja, das, sicher«, sagte der Pförtner, als ob das ein alter Hut wäre. »Aber seit heute Mittag ist sie ernstlich krank. Sie ist in der Great Hall zusammengebrochen.« Die glückliche Kuh, dachte ich. Warum durfte sie in der Great Hall zusammenbrechen, während Sebastian sich zukünftig damit begnügen musste, auf den Stufen einer Knochenmühle umzukippen, wenn ihm schlecht wäre? Nein, beschloss ich, er würde nicht die Schmach einer Knochenmühle auf sich nehmen müssen, ich würde nicht eher ruhen, bis er die Fehde für sich entschieden hatte. Allerdings war ich mir nicht ganz sicher, ob ich mir nicht selbst etwas in die Tasche log. Trotzige Schwüre waren ja gut und schön, aber mir fehlte immer noch ein praktikabler Plan, um die Terri-Skinner/Rod-Firsden-Doppelhürde zu überwinden.

»Was hat sie denn?«, erkundigte ich mich.

»Ich weiß es nicht, ich habe es nur von Dr. Williams gehört. Aber ich glaube nicht, dass sie Besuch empfangen kann.«

»Ich bleibe nicht lang.« Mit einem fröhlichen Grinsen ging ich, bevor er mich aufhalten konnte. Der K-Flügel von Tyndsall Court liegt gleich rechts in der Ecke neben dem Eingang zur Great Hall. Praktische Lage für alle, die während eines Festessens in Ohnmacht zu fallen gedenken, dachte ich erbittert. Während ich die Treppe zu Wohnung K9 hinaufstieg, sang ich *Apartment Number Nine* von der verstorbenen und meiner Ansicht nach hervorragenden Sängerin Tammy Wynette vor mich hin. Der rührselige Text passte gut auf die Situation von Emily Lole und Fernando Rose.

Ich klopfte laut genug an Emilys Tür, um sie aus einem etwaigen Dämmerzustand zu reißen. Nach allem, was Valerie Williams mir über Emilys Antidepressiva und Exzeme, Damian über ihre Hysterie und der Pförtner über ihren letzten Zusammenbruch erzählt hatten, stellte ich mich auf ein gebrechliches Wesen voller Pusteln und mit Totenbettaura ein. Stattdessen riss eine kräftige, stattliche Frau mit blonden Locken die Tür auf, eine Frau, die aussah, als könne sie Kapitän der College-Hockeymannschaft sein. Sie kam mir bekannt vor, aber mir fiel nicht ein, woher.

»Sind Sie Emily Lole?«, fragte ich skeptisch.

»Ja.« Sie sah mich mit matten Augen an und fragte nicht, wer ich war. Eine Weile lang schauten wir uns schweigend an.

»Ich bin Kate Nunn. Die Frau von Sebastian Nunn.«

»Ja.« Entweder war sie extrem beschränkt oder voll gepumpt mit Beruhigungsmitteln, was ich für wahrscheinlicher hielt.

»Ich habe gehört, dass Sie krank sind«, sagte ich. »Fühlen Sie sich wohl genug, kurz mit mir zu sprechen?«

»Ja. Dr. Williams hat mir Tabletten gegeben«, murmelte sie schwerfällig und blinzelte mich an. »Ich denke, Sie können reinkommen.« Ich folgte ihr in die Suite, in der es fast stockfinster war, weil sie sämtliche Vorhänge zugezogen hatte. Emily machte keinerlei Anstalten, sie zu öffnen oder das Licht einzuschalten. Soweit ich sehen konnte, war ihre Wohnung nicht so hübsch wie die von Damian: Ein schmaler Flur führte in eine winzige, L-förmige Küche, an deren kurzen Schenkel sich ein voll gestelltes Wohnzimmer mit niedriger Decke anschloss.

Ich folgte Emily, die langsam ins Wohnzimmer ging, und überlegte, ob ich sie vielleicht im Fernsehen gesehen haben konnte. Ich war sicher, dass ich sie schon einmal gesehen hatte, wir uns aber noch nie persönlich begegnet waren. »Nehmen Sie Platz«, sagte sie schleppend. Valerie Williams musste ihr ein ziemlich starkes Mittel verabreicht haben. Wenn ich die College-Ärztin heute Morgen mit noch mehr kniffligen Fragen bedrängt hätte, hätte sie mich vielleicht auch ruhig gestellt.

Ich setzte mich auf das Sofa, während Emily mir gegenüber in einen Sessel sank. Im Wohnzimmer standen viele gerahmte Fotografien, wenn auch nicht ganz so viele wie bei Joe und Terri. Verstohlen betrachtete ich die beiden Fotos auf dem Beistelltisch neben dem Sofa. Sie zeigten einen jungen Mann mit weißblondem Haar. Im Profil sah man, dass seine Nase und sein Kinn leicht zueinander gebogen waren, wie bei einer Karikatur des Halbmondes. In seiner Hässlichkeit wirkte er seltsam attraktiv. »Würde es Ihnen etwas ausmachen, die Vorhänge zu öffnen?«, fragte ich Emily in der Hoffnung, mir die Fotos genauer ansehen zu können.

»Ich mag kein Licht.«

»Das ist doch albern, Licht tut Ihnen gut«, sagte ich. »Sie wollen doch nicht, dass die Sonne niemals scheint in Apartment Nummer neun?«

»Was?«

»Sie wissen schon, wie in dem Lied von Tammy Wynette.«

»Von wem?«

»Tammy Wynette. Die Sängerin. Die Königin der Countrymusic.« Emily schüttelte den Kopf. »Ist ja auch egal«, sagte ich. »Bitte machen Sie die Vorhänge ein bisschen auf. Ich kann gar nichts sehen.«

Seufzend schlurfte sie ans Fenster. Ich fand zwar, dass ihre Definition von »ein bisschen« doch allzu nah an »so gut wie gar nicht« heranreichte, aber immerhin ließ sie einen schmalen Lichtstrahl ins Zimmer, der ausreichte, die Fotos zu beleuchten. Sie zeigten alle den Mondmann. Wer er auch sein mochte – ich war mir allerdings ziemlich sicher, es zu wissen –, er war für Emily Lole offensichtlich genauso wichtig wie Terri Skinner für Terri Skinner.

»Ist das Fernando?« Ich deutete auf das Bild neben mir.

Emilys Augen leuchteten plötzlich auf, als hätte sie einen Elektroschock bekommen. »Kennen Sie ihn?«, fragte sie, gar nicht mehr schleppend.

»Nein, ich ... ich habe nur von ihm gehört«, sagte ich. »Ich weiß, dass er verschwunden ist und dass Sie seine Freundin waren.«

»Er hat mich nicht verlassen, das weiß ich bestimmt. Er hat mich nicht freiwillig verlassen.«

»Ehm ... könnte ich bitte ein Glas Wasser haben?«, bat ich und hörte, wie meine Stimme in meiner trockenen Kehle krächzte. Weder Valerie Williams noch Damian hatten mir etwas zu trinken angeboten und jetzt vernachlässigte auch Emily ihre Pflichten als Gastgeberin. Damian konnte sich mit seiner Egoismusforschung herausreden und Emily mit ihren diversen Leiden, aber welche Ausrede hatte Valerie gehabt? Ich verzieh keinem von ihnen. Sebastian würde niemals vergessen, einem Gast eine Erfrischung anzubieten. Man sollte diesen Leuten ihre College-Stellen abnehmen und sie Sebastian geben. Rod könnte auch eine bekommen, eine kleine, beschloss ich großzügig.

»Bedienen Sie sich.« Emily deutete mit dem Kopf zur Küche. »Ich darf mich nicht so viel bewegen. Mir geht es nicht gut. Ich habe ständig Blutungen.«

»Oje«, sagte ich über die Schulter, während ich in die Küche flüchtete. So genau wollte ich es gar nicht wissen. »Was fehlt Ihnen denn?«

»Mein Körper bricht zusammen«, sagte sie. »Es hat angefangen, als Fernando verschwunden ist. Es ist nur noch eine Frage der Zeit.«

Während ich mir ein Glas Wasser nahm, bemerkte ich, dass in der Küche drei weitere Fotos von Fernando Rose standen. Ein Schauer der Begierde überlief mich, in dem ich meine Schwäche für Männer mit fester Anstellung erkannte, nur dass sie in diesem Fall noch stärker war, weil Fernando nicht irgendeine Stelle hatte, sondern unsere Traumstelle als De La Wyche Fellow. Neben ihm verblasste Zac Hunt, der Filialleiter von Kwikfit, zur Bedeutungslosigkeit.

Ich ging mit meinem Glas Wasser wieder ins Wohnzimmer. Emily hatte in meiner Abwesenheit geweint und wischte sich nun mit dem Vorhang Augen und Nase. »Entschuldigung«, sagte sie. »Mir sind die Taschentücher ausgegangen. Ich dachte ... als Sie Fernando erwähnten, dachte ich, Sie wüssten vielleicht etwas Neues von ihm.«

»Nein, leider nicht. Eigentlich bin ich hier, um mit Ihnen über das Vorstellungsgespräch mit meinem Mann zu reden.«

»Wann werde ich ihn wiederfinden?«, flüsterte Emily, ohne auf meine Erklärung einzugehen.

»Halten Sie es für möglich, dass er mit Martine Selinger durchgebrannt ist?«, fragte ich. Wenn ich gewusst hätte, wie gefährlich diese Frage war, hätte ich sie nie gestellt. Emily begann wieder zu weinen.

»Ich habe ja nicht gesagt, dass es so war«, korrigierte ich mich hastig. »Ich habe ja nur gefragt.«

»Jeder ›fragt das nur‹.« Sie schluchzte heftig. »Als ob es mir nicht schon elend genug ginge! Natürlich ist er nicht mit ihr durchgebrannt, er hat mich geliebt. Mich!« Emily nahm den Vorhang, den sie eben als Taschentuch benutzt hatte, und schlang ihn sich um den Kopf. Sie sah aus wie ein Magritte-Gemälde: ein Torso mit einem verhüllten Kopf.

»Entschuldigung«, sagte ich. »Ich wollte Sie nicht aufregen. Ich wollte Ihnen nur ein paar Fragen zu Sebastians Vorstellungsgespräch stellen.«

»Sebastian?«, drang ihre Stimme gedämpft durch den Vorhang. Sie klang, als hätte sie noch nie von ihm gehört. Das war kein vorgetäuschter Gedächtnisschwund wie bei Valerie Williams, es war vielmehr die alles verzehrende Ichbezogenheit eines zutiefst unglücklichen Menschen. Für alles, was nichts mit Fernando Rose zu tun hatte, gab es in Emilys Kopf keinen Platz. Das Gleiche galt für mich in Bezug auf Sebastians berufliche Lage und für Rod in Bezug auf die De La Wyche Fehde.

»Warum haben Sie sich so entschieden für Rod Firsden eingesetzt?«, fragte ich, um es auf einem anderen Weg zu versuchen. Damian hatte durchblicken lassen, dass Emily Rod fast hysterisch unterstützt hatte. »Ist es, weil er genau wie Fernando Lyrik als Fachgebiet hat?«

Als ich mir gerade schon zu meinem Scharfblick gratulieren wollte und innerlich Emily mit James Stuart in *Vertigo* verglich, der nur mit Judy zusammen sein wollte, weil sie ihn an Madeleine erinnerte, die Frau, die er geliebt und verloren hatte, zog Emily sich mit einem seltsamen Zischen den Vorhang vom Gesicht und schlang ihn wie einen Turban um den Kopf. Sie starrte mich erschrocken an. »Sie wissen, wo er ist, stimmt's?«, fragte sie langsam, als sei ihr diese schreckliche, wunderbare Erkenntnis gerade erst gekommen. »Sie wissen es, nicht wahr? Bitte, Sie müssen es mir sagen.« Sie rückte auf ihrem Sessel näher zu mir. Ich achtete gar nicht auf sie, sondern überlegte abermals, wo ich sie schon mal gesehen haben konnte, und hatte das Gefühl, es müsse mir jeden Augenblick einfallen. Als sie den Vorhang wie eine Kapuze umlegte, erinnerte sie mich an einen Plymouth-Bruder, und ich hatte das Gefühl, dass eine unterschwellige Erkenntnis in mir aufblitzte, die aber sofort wieder verlosch. Ich kramte in meinem Gedächtnis nach religiösen Assoziationen und überlegte, ob Emily vielleicht irgendwann mit anderen in kirchlicher Mission vor unserer Tür gestanden hatte. Aber ich bezweifelte es. Mein Eindruck war eher, dass Fernando Rose der einzige Gott in ihrem Leben war.

Wie kam sie bloß auf die Idee, dass ich wissen könnte, wo er steckte? Fast hatte sie mir ein schlechtes Gewissen gemacht. Innerlich unterzog ich mich einer strengen Prüfung, um mir zu bestätigen, dass ich wahrhaftig keine Ahnung hatte, wo Fernando sein könnte.

Plötzlich ließ Emily den Kopf sinken, als könne ihr Hals sein Gewicht nicht mehr tragen. Und da wusste ich, wo ich sie gesehen hatte: auf der Sterling Road. Sie war die Träne mit Kapuze und gesenktem Kopf, die Rod fast überfahren hätte. In dem Moment hatte sie auch geweint, so heftig, dass sie gar nicht merkte, wie knapp sie dem Straßenverkehrstod entronnen war.

Die Lösung dieses kleinen Rätsels verschaffte mir keineswegs die innere Ruhe, die ich mir davon erhofft hatte. Im Gegenteil, ein kalter Schauer überlief mich, als ich an meinen ersten Eindruck von Emily Lole dachte: Blass und gespenstisch hatte sie ausgesehen. Noch eine zufällige Verbindung, diesmal von der Sterling Road zum Summerton College. Die Ränder meiner Welt bogen sich nach innen wie Fernandos Nase und Kinn und schlossen Licht und Luft aus. Das liegt nur daran, dass Cambridge so klein ist, versuchte ich mich zu trösten, aber es half nichts.

Kapitel 19

Lebenslauf: Emily Lole

Name:
Dr. Emily Lole

Adresse:
K9 Tyndsall Court, Summerton College, Cambridge

Alter:
Neunundzwanzig

Geburtsort:
Ilkley, Yorkshire

Familienstand:
Ledig, obwohl sie nach Damians boshaften Äußerungen große Teile ihres Lebens damit verbracht hat, Hochzeiten anzukündigen, die dann doch nicht zustande kamen. Jeder am Summerton College dachte, sie würde Fernando Rose heiraten, sie selbst eingeschlossen, aber dann verschwand er spurlos. Jeder am Trinity College in Cambridge, wo sie ihr Bachelor- und Master-Studium absolvierte, glaubte, sie würde einen Mr Robert Stock heiraten, sie selbst eingeschlossen, doch obwohl Mr Stock nicht spurlos verschwand, verflüchtigten sich offensichtlich seine Heiratsabsichten. Jeder an der

St. Joseph's High School in Ilkley glaubte, sie würde Billy Metcalfe heiraten, sie selbst und ihre Eltern eingeschlossen, bis seine Eltern, Dr. und Dr. Metcalfe, Wind von der Sache bekamen, in Panik gerieten und Billy stattdessen auf eine Weltreise schickten. Die Metcalfes, ein Akademikerehepaar, hätten es peinlich spießig und kleinkariert gefunden, wenn ihr Sohn so jung geheiratet hätte. Wie hätten sie das gegenüber ihren Freunden rechtfertigen sollen, deren Kinder alle gegen den Bau von Autobahnen demonstrierten oder wegen Drogenschmuggels verhaftet wurden?

Beruflicher Werdegang:
1995 bis heute
Dozentin am Summerton College, Cambridge. Erforscht die verschiedenen Facetten mikroskopisch kleiner Würmer. Lehrt Naturwissenschaften, angeblich 15 Stunden in der Woche, erreicht diese Zielvorgabe jedoch wegen ihres schlechten Gesundheitszustands schon lange nicht mehr. Schafft es für gewöhnlich, vier oder fünf Stunden Unterricht zu geben, bevor sie in Ohnmacht fällt, Blutungen, innere und äußere Blutergüsse, Entzündungen, Juckreiz, Schwellungen oder Erstickungsanfälle bekommt. Natsci-Kollegen (*Natural Sciences,* Naturwissenschaften, nicht Nazis) hatten anfangs Mitgefühl, verlieren aber zunehmend die Geduld mit den oben angeführten Gesundheitsproblemen wegen der zusätzlichen Arbeit, die daraus für sie erwächst. Einige haben schon Andeutungen fallen lassen, dass Dr. Lole sich allmählich mal zusammenreißen sollte, da seit Fernandos Verschwinden schon über ein Jahr vergangen sei, was nur zeigt, dass psychologische Bildung nicht zählt, wenn es zu viele Examensarbeiten zu korrigieren gilt.

Qualifikationen und Schulabschlüsse:
1989 bis 1995
Doktor phil. (mit Auszeichnung) über mikroskopisch kleine Würmer und Bachelor of Sciences in Zoologie (I) am Trinity College, Cambridge. Die Fähigkeit, die kleinsten Bewegungen mikroskopisch kleiner Würmer zu beobachten, muss es auf ironische Weise nur umso schmerzlicher gemacht haben, einen ausgewachsenen Forschungsstipendiaten unvermittelt aus den Augen zu verlieren. Höherer Schulabschluss an der St. Joseph's High School, Ilkley, mit vier A-Levels, sämtlich mit Bestnote: Mathematik, Biologie, Chemie, Physik. Acht O-Levels mit Bestnote: Mathematik, Englische Literatur, Englische Sprache, Biologie, Chemie, Physik, Wirtschaft, Kunst.

Veröffentlichungen:
Mehrere Artikel über mikroskopisch kleine Würmer in Fachzeitschriften, einige von ihr allein geschrieben, andere gemeinsam mit Kollegen ihrer Forschungsgruppe, wobei die armen Würmer sich erheblich in der Minderheit gefühlt haben dürften. Oder aber als Teil einer Großfamilie.

Stärken und Schwächen:
War stark, wenn ein zukünftiger Ehemann vorhanden war, ansonsten schwach.

Äußere Erscheinung:
Schwer, ausladend und tränenförmig (wie ihr Leben. Wenn Fernando zurückkäme und sie heiratete, würde ihre Figur vielleicht eine weniger tropfenförmige Gestalt annehmen und nicht mehr an eine Träne erinnern). Blonde Locken, zu einem Bob geschnitten. Wirkt gesund und stämmig, bis man sie sprechen hört. Sie redet schleppend und wirr.

Sonstiges:
Glaubt, ich wüsste, wo Fernando Rose ist. Wieso? Rod Firsden hat sie fast mit meinem Wagen überfahren – wollte Gott mir eine günstige Gelegenheit geben, mich an einem Mitglied des De La Wyche Ausschusses zu rächen, und ich habe sie verpasst? Habe ich mich mit meiner Zweitbremse gegen das Schicksal gestellt? Fahrlehrer können es sich nicht leisten, fatalistisch zu sein, zumal wenn das Schicksal vorsieht, dass unfähige Fahrschüler ständig mit ihren Autos auf etwas Hartes, Unnachgiebiges knallen. Emilys Hobbys sind weinen, bettlägerig sein, leiden, in dunklen Räumen sitzen, ungesunden Impulsen nachgeben, sich mit Vorhängen die Nase putzen. Widerlich. Das würde Sebastian nie tun.

Kapitel 20

Marlene an der Wand

Da ich aus Emily Lole nichts herausbekommen konnte, zumindest nichts Sinnvolles, beschloss ich, Schadensbegrenzung zu betreiben und zu gehen, wobei ich über Emliy hinwegsteigen musste. Fernando Roses Verschwinden erschien mir nun gar nicht mehr so rätselhaft. Nachdem ich Emily kennen gelernt hatte, konnte ich mir gut vorstellen, warum er sein Junggesellendasein verlängern wollte. Vielleicht hatte sie gehofft, Rod Firsden würde Fernandos Platz einnehmen und ihr nächster Fast-Ehemann werden. Zufrieden stellte ich fest, dass sich eins logisch zum anderen fügte. Da Terri Skinner und Bryony James beide Frauen waren und Sebastian verheiratet war, blieb von den vier Kandidaten Rod als einziger übrig, an dem sie sich mit ihrer Liebe festkrallen konnte. Früher, bevor Sebastian anfing, sich um Stellen zu bewerben, hätte ich die Meinung vertreten, dass die Angehörige einer angesehenen Institution wie Summerton bei der Stellenvergabe niemals einen bestimmten Bewerber nur deshalb unterstützen würde, weil sie ein Auge auf ihn geworfen hat. Mittlerweile wusste ich, dass Menschen, die über eine Stellenvergabe zu entscheiden haben, zu allem fähig sind. Diese Beschuldigungen sind nicht aus der Luft gegriffen, ich kann sie beweisen. Beim Vorstellungsgespräch für eine Stelle an der University of the South Downs in Brighton wurde Sebastian gefragt, welche drei Bücher er einem Politikstudenten im Grundstudium empfehlen würde. Er antwortete, er wisse nicht, welche drei Bücher die besten über Politik seien. Diese Frage sei zu wichtig, als dass sie auf die Schnelle beantwortet werden könne. In der anschließenden Mittagspause unterhielt er sich zufällig mit einer anderen Bewerberin, einer gewissen Dominique, die weder Veröffentlichungen noch einen Doktortitel vorzuweisen hatte, und fragte sie, ob man ihr dieselbe Frage gestellt habe. Sie bejahte und erzählte, dass sie prompt drei Bücher genannt hatte, eins von jedem Mitglied des Einstellungsgremiums. »Alle drei sind eigentlich beschissen, aber ich dachte, so kriege ich vielleicht den Job«, gestand sie Sebastian freimütig. Das war ziemlich clever von ihr, denn sie bekam die Stelle tatsächlich. Shakespeare dürfte sich im Grabe umgedreht und gedacht haben: »Da schreibe ich *König Lear* und kein Mensch nimmt auch nur die geringste Notiz davon.«

Wieder im Wagen, holte ich Notizbuch und Stift heraus und überarbeitete meine Liste der Merkwürdigkeiten und klärungsbedürftigen Fragen. Da einiges zu ergänzen war, brauchte ich dafür gut zehn Minuten.

Merkwürdigkeiten im Umfeld der De La Wyche Fehde

1. Das Verschwinden von Fernando Rose
2. Das Verschwinden von Martine Selinger
3. Das Verschwinden des Grimshaw De La Wyche Porträts
4. Warum wirkte Prof. Fielding bei der Sitzung am Mittwoch so zerstreut und schaute ständig auf die Uhr?
5. Warum vertagte Prof. Fielding die Entscheidung auf Donnerstag?
6. Warum stimmte Prof. Fielding am Mittwoch für Sebastian, aber am Donnerstag für Terri?

7. Was wussten Prof. Fielding und Val (laut Damian) am Donnerstag, was sie Damian und Emily nicht sagen wollten?
8. Warum gibt es in Wohnung 3, Noble House, nur Fotos von Terri, aber keine von Joe oder Scarlett?
9. Warum steht auf dem Schild an der Schlafzimmertür »Terris Zimmer« – ist es nicht Terris und Joes Zimmer?
10. Warum hat Terri in ihren Kleidern Namensschilder, unter anderem mit den Namen der Summerton Fellows Keithundethan?
11. Wer ist Gary Conley? Wer ist R. English? Und was haben sie mit Terris Entscheidung zwischen Reading und Summerton zu tun?
12. Warum hat Terri geweint, als ich in ihrem Kleiderschrank hockte?
13. Was wollte Valerie Williams mit ihren Lügen verbergen und warum täuschte sie vor, alles über die Vorstellungsgespräche vergessen zu haben?
14. Wieso weiß Emily nichts über Fernandos Familie, obwohl sie praktisch mit ihm verlobt war?
15. Warum hat Bryony James ihre Bewerbung zurückgezogen?
16. Was machte Bryony James schon am Samstag in Cambridge, obwohl das Vorstellungsgespräch erst am Mittwoch stattfand und sie damals angeblich noch nicht mit Damian liiert war?
17. Was wollte Bryony mir erzählen und warum wollte Damian es verhindern?
18. Warum war Emily so fest überzeugt, dass ich weiß, wo Fernando ist?
19. Warum ist alles und jeder so völlig anomal?

Ich hatte zwar alle wesentlichen Punkte erfasst, doch statt mir das Gefühl zu vermitteln, dass ich alles ein bisschen besser im Griff hatte, bewirkte meine Liste genau das Gegenteil. Niedergeschlagen starrte ich auf die vielen Fragen, die ich vermutlich nie lösen würde, und hatte den Eindruck, keinen Schritt vorwärts zu kommen. Anscheinend geriet ich nur immer tiefer in das verwirrende Kuriositätenkabinett von Summerton College. Wahrscheinlich machte Rod derweil in Reading ebenso sinnlose Erfahrungen wie ich und keiner von uns brachte Sebastian einem Sieg in dieser Fehde auch nur einen Schritt näher.

Und an diesem Abend war das gefürchtete Festessen. Ich schloss die Augen und wollte mich ein paar Minuten meinem Selbstmitleid hingeben, als ich laute Frauenstimmen hörte. Ich öffnete das Seitenfenster und versuchte auszumachen, woher sie kamen. Das war nicht schwierig: Auf der anderen Seite des Old Court, unmittelbar neben dem Torbogen zur Summerton Lane, stand ein Fenster offen. Da ich ohnehin an diesem Fenster vorbeimusste, wenn ich vom Hof fahren wollte, beschloss ich, gemächlich daran vorüberzufahren. Mit etwas Glück würde ich einen skandalösen Studentinnenkrach zu hören bekommen, der mich vorübergehend von meinen eigenen Problemen ablenkte.

Ich ließ den Motor an und rollte langsam um den Old Court. Als ich an das offene Fenster kam, sah ich etwas, was mich sofort davon abbrachte, den Hof zu verlassen. Ich stellte den Motor ab und zog Misstrauen-die-Handbremse an. Von meinem Standort aus konnte ich eine ganze Wand des Zimmers sehen, an der ein großes Schwarzweißposter von Marlene Dietrich hing, ein Standbild aus dem Film *Zeugin der Anklage*. Das konnte Zufall sein, aber das hielt ich für unwahrscheinlich.

Außer dem Poster sah ich noch einen altmodischen

Schreibtisch mit einem Stuhl, einen Spiegel und einen Bücherschrank. »Wenn Sie damit nicht klarkommen, hätten Sie nicht zustimmen sollen«, sagte eine lispelnde Stimme laut und wütend. »Ich finde es gar nicht gut, dass Sie jetzt kommen und mir die Sache anhängen wollen. Ich dachte, es wäre alles geklärt.«

»Das war es ja auch, bis heute Morgen«, erwiderte eine tiefe Frauenstimme. Ich riss die Augen auf – es war Valerie Williams. »Ich habe nichts Falsches getan, Daphne. Ich werde nicht seelenruhig abwarten, dass eine ... Fahrlehrerin anfängt, Beschuldigungen zu verbreiten.« Schlagartig wurde mir klar, dass sie über mich sprachen. Mit wie vielen anderen Fahrlehrerinnen hätte Valerie heute sprechen können?

»Hören Sie, das haben wir doch schon alles durchgekaut«, polterte die lispelnde Stimme. »Ich weiß, dass Sie nichts Falsches getan haben, ganz im Gegenteil. Sie haben ein Unrecht verhindert. Das ist jetzt alles geregelt und jetzt vergessen wir die ganze Sache. Meine Güte, Valerie, ich habe nicht die Zeit, das immer wieder durchzukauen! Mein Leben ist im Augenblick die Hölle, ich muss Examensarbeiten korrigieren und die neuen Stakkähne taufen.« Fassungslos schüttelte ich den Kopf und hätte ihr am liebsten eine Stake in ihren Professorinnenhintern gerammt. Wirklich, die Hölle! Sie wusste doch gar nicht, was dieses Wort bedeutete!

Ich hörte jemanden durchs Zimmer gehen und sah plötzlich Daphne Fielding deutlich im Fensterrahmen. Sie hatte viel Ähnlichkeit mit Joe, das gleiche blonde Haar und ebenso rote Wangen. Aber sie war wesentlich weniger attraktiv als ihr Sohn. Ihre Zähne standen leicht vor und beide Ohren lauerten zwischen den Haaren hervor wie bei Shelley Duvall in *The Shining*. Ich schätzte Daphne auf Ende fünfzig. Sie trug ein grünlich braunes Tweedjackett und eine braune Hose.

»Ich mag keine Unehrlichkeit«, sagte Valerie unnachgiebig und ungerührt von der Hölle, durch die Daphne angeblich gerade ging. »Offenheit ist immer besser. Wie viele Leute werden noch auftauchen und Fragen stellen?«

»Na großartig! Also wirklich, vielen Dank«, sagte Daphne Fielding sarkastisch. »Sie wollen also Geschichten über mich verbreiten!«

»Nein, aber ich sehe nicht ein, warum ich lügen sollte ...«

Der Rest ihres Satzes ging in einem lauten Hupen unter, das hinter mir ertönte. In einem großen schwarzen Mercedes saß ein wütender Fahrer, dem ich die Ausfahrt versperrte. Da auf dieser Seite des Innenhofes keine Parkplätze frei waren, blieb mir nichts anderes übrig, als den Motor anzulassen und auf die Summerton Lane zu fahren. Seufzend verließ ich das College-Gelände. Meine Lauschaktion war nicht sonderlich zufrieden stellend verlaufen. Es war zwar eine gewisse Genugtuung, dass ich mit meinem Besuch im College für Unruhe gesorgt hatte, aber ich hatte keine Ahnung, worum es bei diesem Streit eigentlich ging, und hatte nicht einmal für eine der beiden Frauen Partei ergreifen können. Valerie und Professor Fielding waren mir beide gleichermaßen verhasst, obwohl die Bemerkung über die Stakkahn-Hölle einen gewissen Ausschlag gab. Es war wie beim Wimbledon-Endspiel, wenn man von keinem der beiden Finalisten je zuvor etwas gesehen oder gehört hatte. Ich sehne mich immer noch nach den Borg-McEnroe-Zeiten zurück, als mir wirklich etwas daran lag, wer gewann. Ich hielt immer mit McEnroe. Andere verurteilten seinen Mangel an Manieren, aber ich bewunderte seine Weltsicht. Wer sagt denn, dass Schiedsrichter immer Recht haben?

Jetzt wünschte ich mir, ich hätte ein bisschen von seiner Energie und seinem Kampfgeist. Nach diesem ermüdenden, verwirrenden Tag war ich gefährlich nahe dran, aufzugeben. Ich beschloss, zu Sebastian nach Hause zu fahren und mich körperlich und geistig auf das Fest vorzubereiten.

Ich fuhr stadtauswärts und bewunderte die Aussicht, die sich mir hinter den College-Bauten bot. Bei meinen Fahrschülern achte ich immer darauf, dass sie das Glück, in Cambridge zu leben, zu schätzen wissen. Vielen von ihnen ist das gar nicht klar und dann ist es meine Aufgabe, ihnen die Augen zu öffnen. Ich persönlich halte Cambridge für den schönsten Ort auf der Erde. Ich würde ein Jahreseinkommen darauf wetten, dass es weder in Sheffield noch in Canterbury etwas so Schönes gibt wie die Wren Library am Trinity College oder die Kapelle des King's College. Aber ich tröstete mich mit dem Gedanken, dass ich nicht dorthin ziehen müsse, weil Sebastian nie die Jobs bekam, um die er sich bewarb.

Außerdem gefällt mir an Cambridge das flache Land der Umgebung, obwohl ich aus den Klagen meiner Fahrschüler über die langweilige Topographie weiß, dass ich in dieser Hinsicht zu einer Minderheit gehöre. Ich habe meine eigene Theorie über die Behauptung, die landschaftliche Umgebung von Cambridge sei langweilig: Das gehört zu den Dingen, die einmal jemand behauptet hat, und nun fühlt jeder sich verpflichtet, dem zuzustimmen, weil er sonst gegen die Konvention verstoßen würde. Die Leute sagen: »Ach, das ist so flach und langweilig«, wie sie behaupten, Handys und den Sportreporter Jimmy Hill nicht leiden zu können. Es gibt dafür keinen Grund, sie haben lediglich das Gefühl, dass man diese Meinung von ihnen erwartet.

Ich begreife nicht, wieso Hügel dem Flachland überlegen sein sollen. Nur weil sie herausragen? Dann müssten ja wohl auch Leute mit Schmerbauch interessanter aussehen als Leute mit Waschbrettbauch, aber das findet offenbar niemand. In einer hügeligen oder gebirgigen Landschaft kann man oft nicht viel vom Himmel sehen. Ich mag es, wenn der Himmel tief am Horizont anfängt und sich immer weiter nach oben wölbt. Die Landschaft von Cambridgeshire hat etwas von Großraumbüros, die nach Untersuchungen von Psychologen gut für die Arbeitsmoral der Beschäftigten sind, weil alles übersichtlich und, na ja, eben offen ist. Sie vermitteln ein Gefühl von Weite, während Wände und steile Felsen den Raum und die Weite so unterteilen, dass einer nicht mehr sieht, was der andere macht. Mich beruhigt es, wenn ich rundherum meilenweit in die Ferne schauen kann, ohne dass ein großer Felsbrocken mir die Sicht versperrt.

Ich parkte auf dem Parkplatz von Noble House neben Joe Fieldings Wagen (den Sebastian die Terri-Kutsche nennt, weil Joe ihn hauptsächlich benutzt, um sie damit herumzukutschieren) und fragte mich, was er um diese Zeit schon hier machte. Normalerweise kam Joe erst nach sechs Uhr von Arbeit-Kindergarten-Supermarkt nach Hause. Vielleicht hatte er heute so viele Dienstmädchenpflichten zu erledigen, dass er sich den Nachmittag freigenommen hatte, um fertig zu werden, bevor Terri nach Hause kam.

Ich holte George Herberts *Sämtliche Gedichte* aus dem Handschuhfach, nahm Handtasche und Handy und ging zum Haus. Als ich an der Waschküche vorbeikam, hörte ich ein Surren und sah Dampf aus dem Lüftungsschacht an der Seitenwand quellen. Eines Tages fällt Joe noch in die Waschmaschine oder den Trockner, aus lauter Übereifer, einen BH seiner Frau vom angesammelten Bibliotheksstaub zu befreien, und dann wird er durchgedreht, bis er sich völlig in heiße Luft auflöst. Das hatte ich einmal zu Sebastian gesagt, worauf er erwiderte: »Ich wäre lieber heiße Luft, als mit dieser Schlange verheiratet zu sein.«

Ich schaute durch das Fenster in die Waschküche und entdeckte Joe, Scarlett, einen mir unbekannten Mann in Tennisshirt und Shorts und einen kleinen Jungen in Scarletts Alter, der konzentriert in der Nase bohrte. Joe winkte mich hektisch herein, weil er mir offenbar etwas sagen wollte. Falls er wünschte, dass ich bei der Sorgerechtsverhandlung zu seinen Gunsten aussagte, brauchte er es nur zu sagen. Aber das würde er wohl nie tun.

In heiße Luft hatte er sich zwar noch nicht aufgelöst, aber auf Stirn und Oberlippe standen schon Schweißperlen. Zu seinen Füßen lag der gigantische Wäschesack, mit dem er, als ich mich in seine Wohnung geschlichen hatte, in den Waschsalon gefahren war.

Ich ging um die Waschküche herum, steckte den Kopf zur Tür herein und sagte: »Du bist aber heute früh von der Arbeit zurück.«

»Scarletts Kindergärtnerin war krank, deshalb musste ich sie abholen. Das ist William« – er deutete auf den Popeljäger –, »er geht in denselben Kindergarten, und das ist Gordon Fleming, ein Kollege von Spectrum.« Spectrum war die Firma, bei der Joe arbeitete.

»Nett, Sie kennen zu lernen.« Gordon Fleming reichte mir die Hand. Ich schüttelte sie pflichtschuldig und versuchte, meine Erregung zu beherrschen. Diesmal war mein Gedächtnis nicht blockiert wie bei Emily Lole. Den Namen Gordon Fleming hatte ich gerade erst gelesen und ich wusste genau, wo: in meinem Notizbuch. Sein Name stand in einem von Terris Kleidern. »Gordon und Maxine Fleming, 4. Februar 1997.«

Joe hielt eine grüne Socke hoch. »Die ist von Sebastian, oder?« Die meisten Bewohner von Noble House hatten erstaunlich intime Kenntnis von Sebastians Wäsche. Er war nicht imstande, die gesamte Wäsche wieder mit in die Wohnung zu nehmen, und ließ meist genau eine Socke oder eine Boxershorts zurück. Wenn ausgerechnet Joe das verirrte

Wäschestück rettete, hatte ich ein besonders schlechtes Gewissen. Er verbrachte ohnehin schon zu viel Zeit damit, Unterhosen hin und her zu schleppen, auch ohne dass Sebastian sich seine Wäsche hinterhertragen ließ.

»Sie arbeiten also mit Joe zusammen?«, fragte ich Gordon und überlegte, ob ich beiläufig und unauffällig herausfinden konnte, ob ihm der 4. Februar 1997 etwas sagte. Er war klein und dicklich, hatte dichtes, dunkles Haar, das auf dem Hinterkopf schon dünner wurde, und einen Bart.

»Ja, und unsere Kids gehen in denselben Kindergarten«, sagte Gordon. »Die Welt ist klein, was?« Ja, und seine Frau hat deinen Namen in ihr Kleid genäht. Sehr klein. »Wir wollten gerade gehen. Ich muss den Kleinen nach Hause und ins Bett bringen.« William Fleming bohrte immer noch in der Nase und hörte nichts von den Plänen, die sein Vater für ihn machte. Ich verkniff mir die Bemerkung, dass Gordon und Maxine (die vermutlich seine Frau war und zudem auch noch seinen Namen angenommen hatte – manche Jungs kriegen einfach alles) nur Schwierigkeiten für das spätere Leben ihres Sohnes vorprogrammierten, wenn sie ihn so lächerlich früh ins Bett steckten. Meine Eltern hatten mich auch immer so früh ins Bett geschickt – mit dem Ergebnis, dass ich jetzt immer bis zwei Uhr nachts aufbleibe, um nichts zu verpassen. Das und die Sorge über Sebastians Zukunft waren schuld, dass ich ständig völlig geschlaucht war.

»Grüß Maxine von mir«, sagte Joe zu Gordon, worauf ich zufrieden strahlte. Es war also tatsächlich kein Zufall. Der Mann, der in Tenniskleidern vor mir stand, war ohne Zweifel der Gordon von dem Namensschildchen und Maxine musste seine Frau sein. Ich fragte mich, wer Tim und Bettina Elworthy sein mochten, das Paar auf einem anderen Namensschild. Arbeitete einer von ihnen ebenfalls bei Spectrum? Nicht unbedingt. Keithundethan waren schließlich auch nicht dort beschäftigt und trotzdem im Skinner-Kleiderschrank verewigt.

»Er ist ein guter Kumpel«, sagte Joe, nachdem Gordon und William gegangen waren. »Und seine Frau Maxine ist zum Schreien. Wir müssen dich und Sebastian und die beiden unbedingt mal zum Abendessen einladen.« Ich gab ein paar höfliche Geräusche von mir. »Aber Terri hat ja so viel zu tun! Ich weiß nicht, wann sie sich mal einen Abend freimachen kann.«

»Sie hat wohl kaum so viel zu tun wie du«, sagte ich. »Ich dachte, sie arbeitet im Augenblick gar nicht.«

»Ach, na ja, ich meine, sie hat zwar keine Stelle, aber sie arbeitet trotzdem. In der Bibliothek, an ihrer Forschungsarbeit. Terri und nicht arbeiten!« Er lachte. »Was für eine Idee! Sie arbeitet von früh bis spät. Ich wünschte, sie würde es etwas ruhiger angehen, aber ... na ja, ihr Vater untergräbt ihre Arbeit ständig und das macht sie wahnsinnig. Ich würde ihr gern helfen. Ständig macht er sich darüber lustig, dass sie Fische studiert. Aber ... du weißt ja, sie ist glücklich damit.« Joe lächelte, als sei Terris Wohlergehen das einzig Wichtige für ihn. Für ihre Zwecke hatte sie offensichtlich den Richtigen geheiratet. Joe Fielding war ein Heiliger, der Heilige der Waschküche, so gütig, dass er die bösen Kräfte gar nicht zu erkennen vermochte, die in der Seele seiner Frau am Werk waren.

»Trotzdem«, wandte ich ein. »Wer hätte gedacht, dass Fische so ... zeitraubend sein könnten.«

»Ich wünschte nur, sie würde sich ein bisschen mehr Ruhe gönnen«, sagte Joe. »Wir haben seit einer Ewigkeit keinen unserer Freunde mehr gesehen. Es würde ihr bestimmt gut tun, sich ein bisschen freizunehmen und sich zu amüsieren.«

»Dir würde es auch gut tun«, sagte ich, worauf er so verständnislos grinste, als wüsste er nicht, was ich damit meinte. Er war es anscheinend so wenig gewohnt, an sein eigenes Wohlergehen zu denken, dass es ihn verblüffte, wenn andere es taten. »Hat Terri sich schon zwischen Reading und Summerton entschieden?«

Joe seufzte: »Nein. Ich glaube, es fällt ihr wirklich schwer. Vielleicht zögert sie, Scarlett allein zu lassen. Oder mich«, fügte er skeptisch hinzu. Interessant. Wenn Terri die Stelle in Reading annähme, wäre das also das Ende ihres Familienlebens in seiner jetzigen Form. Joe und Scarlett würden nicht mitgehen. »Hör zu, es tut mir Leid, dass Sebastian das De La Wyche Fellowship nicht bekommen hat«, sagte Joe. »Ich hoffe, es ist für dich und ihn nicht allzu schwierig ... du weißt schon, Terri in der Nähe zu haben.«

»Natürlich nicht«, log ich, weil ich herausfinden wollte, was Joe wusste. »Die meisten würden sich für Summerton entscheiden. Was spricht denn für Reading?« Wenn Terri tatsächlich eine Affäre mit diesem Gary Conley hatte, wie Rod Firsden vermutete, konnte sie ihrem Mann wohl kaum den wahren Grund sagen, warum sie nach Reading wollte.

Joe zuckte die Achseln. »Anscheinend ist es ein guter Lehrstuhl.«

»Ja, aber Summerton ist ...«

»Wir sollten jetzt besser gehen«, unterbrach Joe mich. »Wir müssen uns für das Festessen heute Abend umziehen.« Na toll, sie gingen also auch hin. Das würde Sebastian unheimlich aufmuntern. »Komm, Scarlett, sag Kate tschüs.« Mir fiel auf, dass Joe rot geworden war und freiwillig unser Gespräch abgebrochen hatte, beides für ihn äußerst ungewöhnlich. Da er so selten Gesellschaft von Erwachsenen hatte, blieb er sonst gern da, um mehrere Waschmaschinengänge lang zu plaudern. Vielleicht wusste er etwas über Terris Reading-Summerton-Dilemma, was er mir nicht sagen wollte. Ich sollte ihn beim Fest noch einmal danach fragen.

»Tschüs, Kate!«, krähte Scarlett zu mir hoch.

»Tschüs.« Ich winkte den beiden nach, die schleunigst den Rückzug aus der Waschküche antraten.

Dann lehnte ich mich für eine Weile an den Trockner und dachte nach, Sebastians Socke in der Hand. Schließlich schaltete ich mein Handy aus, damit Rod mich nicht anrufen konnte, wenn Sebastian in der Nähe war, und ging nach Hause.

Sebastian war im Bad und fragte mich sofort aus, was ich den ganzen Tag unternommen hätte, um ihm das Stipendium zu verschaffen. Ich gab ein paar vage, aber ermutigende Geräusche von mir. Ich hatte zwar das Gefühl, unmittelbar vor einer wichtigen Entdeckung oder einem Durchbruch zu stehen, konnte aber unmöglich sagen, ob dieser Eindruck auf Fakten beruhte und ob es Sebastian in der Fehde überhaupt weiterhelfen würde.

»Kate?«, rief Sebastian aus dem Badezimmer, als ich mir gerade einen großen Whisky einschenkte. »Müssen wir zu dem Fest gehen? Alle werden mich für einen Eindringling und Versager halten.«

»Ja, wir müssen, nein, sie werden dich nicht für einen Versager halten, und falls doch, sind sie im Unrecht«, sagte ich automatisch. Ich hatte solche Übung darin, Sebastian aufzumuntern, dass ich die Beruhigungsfloskeln inzwischen schneller herunterrasseln konnte, als eine Sekretärin tippt.

»Kate? Ich glaube, ich werde mit dem Leben nicht fertig«, sagte Sebastian nüchtern. »Ich meine, es ist alles so beschissen.«

»Sebastian, verdammt noch mal, sei nicht so ein Jammerlappen!«

»Ein Ja... ein Jammerlappen?« Er klang plötzlich fuchsteufelswild. »Ich bin genau das Gegenteil von einem Jammerlappen!«

»Wirklich?« Ich wollte mich gern überzeugen lassen.

»Ja. Ein Jammerlappen würde sein Schicksal resigniert hinnehmen. Aber ich protestiere entschieden dagegen.«

»Du meinst, du beklagst dich darüber.«

»Ich beklage mich nicht«, schimpfte Sebastian über meine Begriffsstutzigkeit. »Das ist ein politischer Protest. Es ist ziviler Ungehorsam.«

Ich schloss die Augen und betete um einen Durchbruch. Es musste bald etwas geschehen.

Kapitel 21

Das Fest

Sobald wir in den Old Court einbogen, hörten wir Gemurmel, Gläserklirren und Sektkorkenknallen. Von allen Festessen am Summerton College ist das im Juni traditionell das extravaganteste. Nachdem ich den Wagen abgestellt hatte, gingen Sebastian und ich hinüber in den Tyndsall Court, wo Küchenpersonal in makellosen schwarzen Anzügen oder Kostümen und gestärkten weißen Hemden oder Blusen unter den Arkaden Aperitifs servierte. Es war ein warmer, trockener Abend und die Luft roch frisch und grasig.

Ich atmete tief durch und versuchte, nicht daran zu denken, was für ein glücklicher Abend das für uns hätte sein können, wenn Sebastian die Stelle bekommen hätte. Aus den Augenwinkeln sah ich Sebastians Miene und wusste, dass er dasselbe dachte wie ich. Tapfer lächelten wir uns an und gingen auf die Menge zu, die sich allmählich an den Getränketischen sammelte. Es war ein Abend, an dem alle College-Angehörigen ihre schwarzen Roben trugen. Ich hatte mein einziges elegantes Outfit angezogen, ein dunkelgrünes Samtkleid mit hoher Taille und eckigem Ausschnitt und dazu passende Riemchensandalen mit hohen Absätzen. Ich hasse es, mich schick zu machen, das ist mit ein Grund, warum Fahrlehrerin der geeignete Beruf für mich ist. Turnschuhe, Jeans, T-Shirt und das obligatorische Päckchen

Benson and Hedges ist die Aufmachung, in der ich mich wohl fühle.

»Sebastian! Kate!« Ethan Handley winkte uns mit seinem üblichen Lümmelgrinsen zu sich. Er grinste immer, als hätte er sich gerade an einen riskanten Dumme-Jungen-Streich erinnert. »Wie geht es euch? Kommt, trinkt ein Glas Champagner.« Ethan trug wie alle Summerton Fellows einen schwarzen Smoking, Fliege und Robe. Selbst Damian Selinger, der an einer Säule lehnte und sich mit einem großen, bulligen Mann mit Brille unterhielt, hatte ausnahmsweise auf sein Beige verzichten müssen. »Tut mit Leid, dass du das De La Wyche nicht gekriegt hast, Mann«, sagte Ethan zu Sebastian und klopfte ihm auf den Rücken. Er sah so blondumwerfend aus wie immer und strahlte in alle Richtungen aus, wie begehrenswert er war. Sonst reichte allein schon Ethans Anwesenheit, um meilenweit Fröhlichkeit und Geselligkeit zu verbreiten, aber Sebastian und ich waren so trüber Stimmung, dass wir als absolute Minderheit für den Ethan-Radius-Effekt unempfänglich blieben.

»Nicht so Leid wie mir«, antwortete Sebastian finster. Eine Kellnerin kam mit einem gravierten Silbertablett voller eingeschenkter Champagnergläser zu uns und Sebastian und ich nahmen uns jeder ein Glas. Ethan nahm zuerst zwei, stellte aber in letzter Minute eins lachend zurück.

»Ach, ich dachte schon, Sie hätten wieder einen Ihrer Tricks vor, Sir!«, kicherte die Kellnerin errötend. Ethan zwinkerte ihr auf eine Weise zu, dass ich mich fragte, was für Tricks sie wohl gemeint haben könnte. Ich schaute mich nach Keith Cobain um, denn ein Teil des Keithundethan-Charme-Kollektivs war selten ohne den anderen zu finden.

»Weißt du, ob Terri Skinner annimmt?«, fragte Ethan Sebastian. »Sie ist doch eine Nachbarin von euch, oder?«

»Ja. Aber ich habe keine Ahnung«, antwortete Sebastian in einem Ton, als sei ihm das völlig gleichgültig.

»Ich fürchte, ich musste euch heute Abend mit ihr und ihrem Mann an einen Tisch setzen«, gestand Ethan stirnrunzelnd. »Ist das okay?« Ich stieß Sebastian in die Rippen, bevor er seine ehrliche Meinung sagen konnte.

»Ja, sicher«, strahlte ich. Die Nähe zum Zielobjekt Terri war vielleicht ganz gut.

»Puh!« Ethan tat unheimlich erleichtert und wischte sich die gespielten Sorgenfalten von der Stirn. »Ich sage dir, Mann, den Job als Steward wünsche ich niemandem. Die Sitzordnung für die Festessen sind der reinste Alptraum. Du musst immer daran denken, wer gerade mit wem verkracht ist, und manche dieser College-Fehden reichen bis in die fünfziger Jahre zurück.« Er lachte. »Du kannst dir gar nicht vorstellen, wie oft ich die ganze Sitzordnung ändern musste, damit niemand neben seinem Erzfeind sitzt.«

»Ich dachte, du bist Molekularbiologe«, sagte ich zu Ethan. »Wieso musst du dann die Sitzordnung machen?«

»Weil ich außerdem der Steward bin. Ist ja kein Wunder, dass ich unter Managerstress leide, wo ich zwei Jobs zu erledigen habe!« Sebastian, der nicht einen einzigen Job hatte, kniff ärgerlich die Lippen zusammen.

»Und was musst du als Steward alles machen?«, erkundigte ich mich. »Nur die Sitzordnung?«

»Nur die Sitzordnung? *Nur die Sitzordnung?*« Ethan tat entrüstet. »Ich sage dir, das ist nur die Spitze des Eisbergs! Als Steward bin ich der Tafelmeister und muss das ganze Jahr über die Tischweine und das Mittagessen für die Lehrkräfte und die Menüfolge für die Dinner zusammenstellen. Und obendrein muss ich noch die Studenten im Grundstudium in Genetik unterrichten. Ich werde gnadenlos ausgebeutet.« Er lachte das unbeschwerte Lachen eines Menschen, der nicht nur im Augenblick nicht ausgebeutet wurde, sondern ziemlich zuversichtlich sein durfte, nie ausgebeutet zu werden. »Und was macht die Fahrschulwelt?«, fragte er mich. »Rauschen die Fahrschüler immer noch in Milchkarren und andere Molkereiprodukte?« Vor zwei Jahren war einer meiner Schüler in meinem Micra mit einem Milchkarren zusammengestoßen, was ich Ethan bei einem Fest beiläufig erzählt hatte. Seitdem fragte er mich jedes Mal danach, wenn wir uns begegneten. Ich glaube, es war seine Art, mir zu zeigen, dass er sich an mich erinnerte, und zwar bis hin zu den banalsten Einzelheiten früherer Gespräche.

»Hi, Kate. Hallo, Sebastian.« Wir drehten uns um. Der dunkel-umwerfende Keith stand hinter uns. Als sie nun mit identischen Frisuren – glatt nach hinten gekämmtes Haar bis auf eine Locke, die jungenhaft in die Stirn fiel – und der gleichen manierierten Haltung nebeneinander standen, fragte ich mich, ob in Summerton wohl insgeheim Fellows geklont wurden. »Wie ich sehe, hast du mich heute Abend neben die Frau des Rektors gesetzt.« Keith grinste Ethan verschmitzt an und hob provozierend eine Augenbraue. »Hältst du das für klug?«

»Sie findet es bestimmt gut, meinst du nicht?«, kicherte Ethan.

»Oh, da bin ich sicher. Allerdings weiß ich nicht, ob ihm das auch gefällt.«

»Hast du denn gesehen, wo ich sitze?«, fragte Ethan vielsagend.

»Nein. Wo denn?«

»Neben der Frau von Professor Cavendish.«

»Da merkt man, wer hier die Sitzordnung macht«, feixte Keith.

»Das kannst du wohl glauben.«

So flachsten sie weiter, während Sebastian und ich höflich zuhörten, wie sie fröhlich Verführungspläne für den Abend schmiedeten. Immer mehr Gäste sammelten sich in den Arkaden von Tyndsall Court und das Personal musste schon die Champagnerreserven holen.

Der bullige Mann, mit dem Damian Selinger sich unterhielt, fing an zu schreien: »Sie sind genauso schlimm wie der ganze verdammte Rest, Selinger!« Seine Brille hüpfte mit den wütenden Bewegungen seiner Nase auf und ab. Einige ältere Damen in Abendkleidern drehten sich alarmiert um. »Nach allem, was ich für das College getan habe! Es ist ungeheuerlich! Verdammt ungeheuerlich!« Ich hatte Damian nicht mehr so verschreckt erlebt, seit Martine bei einem Grillabend vor ein paar Jahren versucht hatte, seine unteren Regionen mit einem Fleischspieß zu attackieren.

»Wer ist der Bursche?«, fragte ich Sebastian.

»Lloyd Lunnon. Das macht er immer. Allmählich wird es langweilig.«

»Mach dir über ihn keine Gedanken, Kate.« Ethan klopfte mir väterlich auf die Schulter. »Sebastian hat Recht. Das ist bei Lunnon völlig normal. Sorgen machen wir uns erst, wenn er aufhört zu brüllen.« Er und Keith lachten schallend. Damian hatte etwas zu Lloyd Lunnon gesagt, was ich nicht gehört hatte. Ich hatte den Eindruck, dass er ihn zu beschwichtigen versuchte. Es war eine Genugtuung, ihn ausnahmsweise einmal mit einem größeren Brüllaffen konfrontiert zu sehen, als er selbst war.

»Kommen Sie mir nicht damit, Selinger, das ist verdammte Scheiße und das wissen Sie genau!«, brüllte Lloyd Lunnon unbeschwichtigt weiter. »Ich habe Schnecken getroffen, die intelligenter waren als einige unserer geschätzten Kollegen!« Er schrie so laut, dass niemand so tun konnte, als höre er ihn nicht. »Hey, Jack!« Lunnon wirbelte wütend herum und klammerte sich an Jack Collinson, den Unterquästor des College, der den Fehler gemacht hatte, hinter ihm zu stehen. »Ich habe Selinger gerade gesagt, dass ich schon Schnecken getroffen habe, die intelligenter waren als manche in unserem Kollegium. Haben Sie dazu eine Meinung? Oder siegt wieder mal Ihre Loyalität gegenüber der College-Gemeinschaft?« Er schnaubte verächtlich.

»Er hasst den Unterquästor«, flüsterte Keith mir zu.

»Und den Oberquästor«, sagte Sebastian.

»Er wünschte, es gäbe noch einen Unterunterquästor, den er hassen könnte«, sagte Ethan schnippisch. »Er hat das Gefühl, man hätte ihn übers Ohr gehauen.«

»Worum geht es denn eigentlich?«, erkundigte ich mich.

»Lunnon will ein paar kleinere Änderungen der College-Regeln durchsetzen, aber man lässt ihn nicht. Die ganze Sache nervt.«

»Ich rede jetzt nicht über College-Angelegenheiten, Lloyd«, sagte der Unterquästor mit höflichem Lächeln. »Ich habe einen freien Abend.« Lunnon sah ihn verdutzt an. Er hielt es eindeutig für eine Vernachlässigung in schlimmster Form, sich einen freien Abend zu nehmen und nicht über seine Kollegen herzufallen.

»Dieses ganze beschissene College ist völlig antiquiert, wenn ihr mich fragt!« Theatralisch wirbelte er wieder zu Damian herum, sodass seine schwarze Robe sich hinter ihm aufblähte. »Es stinkt zum Himmel.«

»Welches Fach hat er?«, fragte ich.

»Diplomatie«, antwortete Ethan. »Konfliktlösung.« Ich erwartete ein schelmisches Funkeln in seinen Augen, aber er blieb ausnahmsweise einmal ernst. »Das ist kein Witz. Er ist der Leiter des Fachbereichs für Friedensforschung und hat ein berühmtes Buch geschrieben: *Konsens schaffen und bewahren*. Hast du schon mal davon gehört?«

»Nein.«

»Es hat einen Preis bekommen.«

»Das Problem ist, dass die Jacks und Daphnes dieser Welt Schaumgummihirne haben. Sie als geistig zurückgeblieben zu bezeichnen wäre eine Beleidigung für Spastiker!«, brüllte der Autor von *Konsens schaffen und bewahren*.

»Das College würde ihn gern loswerden«, flüsterte Keith mir ins Ohr. »Aber er ist die weltweit führende Kapazität auf dem Gebiet der Konfliktlösung.«

»Verdammte hirntote Trottel!«, schimpfte der Leiter des Friedensforschungsinstituts und Weltexperte für Diplomatie. »Ihre geistige Beweglichkeit lässt sich nur durch Tod oder einen dauerhaften vegetativen Zustand verbessern.«

Jemand tippte mir auf die Schulter. Bryony James. »Hallo«, sagte sie mit einem entschuldigenden Lächeln. Ich wusste nicht recht, wofür sie meinte, sich entschuldigen zu müssen – für ihre Weigerung, mir meine Fragen zu beantworten, oder für ihre Anwesenheit bei diesem Fest. Ihr Haar war immer noch zu einem unordentlichen Zopf geflochten, aus dem sich seitlich und unten Strähnen gelöst hatten, dazu trug sie ein zerknittertes Baumwollkleid. Unter den anwesenden Frauen war sie eindeutig die schlampigste. »Ich bin nicht bereit, für *die* hier meinen Kleidungsstil zu ändern«, erklärte sie, als sie meinen prüfenden Blick auf ihr Outfit bemerkte. Das »die hier« betonte sie abfällig. Was dachte Damian Selinger sich überhaupt dabei, sie mit zum Fest zu bringen?

»Bis vor zwei Tagen wollten Sie noch für ›die hier‹ arbeiten«, erinnerte ich sie und rückte ein Stück von Sebastian ab, der sich mit Keithundethan unterhielt. Er wusste nicht, wie Bryony aussah, und er sollte nicht merken, dass noch eine De La Wyche Kandidatin hier war. Er würde sich dann nur noch schlechter fühlen und genau wie ich vor Neid platzen, weil sie imstande war, sich über all das zu erheben und ihre Bewerbung einfach zurückzuziehen. »Glauben Sie nicht, die Leute könnten es merkwürdig finden, dass Sie hier sind?«

»Damian und ich haben beschlossen, unsere Beziehung öffentlich zu machen. Wir fanden, dass es nicht schaden kann, weil ich meine Bewerbung ja zurückgezogen habe. Außerdem ist Professor Fielding viel zu sehr mit ihrer Fehde mit Terri beschäftigt, um auch nur zu merken, dass ich hier bin. Schauen Sie.« Sie deutete mit dem Kopf zur Seite, wo Daphne, Joe und Terri an der Wand lehnten und wortlos ihren Champagner tranken. Zwischen ihnen herrschte eindeutig schlechte Stimmung. Keiner sah sonderlich glücklich aus, am wenigsten Joe, der immer wieder unbehaglich zwischen seiner Mutter und Terri hin und her schaute. Sie hatten Ähnlichkeit mit drei gescheiterten weisen Affen, die gerade erst scharfe Worte gesehen, gehört und gesprochen hatten. Terri trug ihr schulterfreies blaues Seidenkleid, das innen das Namensschild »Tim und Bettina Elworthy« eingenäht hatte, und dazu blaue Stilettos mit Absätzen, die fast so hoch waren wie Damian Selinger. Als sie meinen Blick bemerkte, lächelte sie mich an, und ich zwang mich, ihr Lächeln zu erwidern. Offensichtlich gelang es mir nicht besonders gut, denn Bryony fragte: »Mögen Sie sie nicht?«

»Natürlich nicht«, antwortete ich. »Sie hat Sebastians Stelle bekommen.«

»Professor Fielding kann sie nicht ausstehen, wie Damian sagt. Ihr ist schon jetzt ganz mulmig bei dem Gedanken, sie jeden Tag im College zu sehen.«

»Warum hat sie ihr dann den Job gegeben?«

»Das weiß ich nicht. Sie war ja nicht die Einzige.«

»Nein, aber Damian hat für Sie gestimmt, aus völlig falschen Gründen, und Emily Lole war für Rod Firsden, den

Kandidaten, der an zweiter Stelle kommt. Anfangs hat sich nur Valerie Williams für Terri ausgesprochen. Wenn Professor Fielding nicht von Mittwoch auf Donnerstag aus mysteriösen Gründen aufgehört hätte, Sebastian zu unterstützen, hätte sie keine Mehrheit bekommen.«

»Ich weiß nicht«, sagte Bryony. »Vielleicht dachte sie ... na ja, ich meine, man kann einer Bewerberin eine Stelle nicht vorenthalten, nur weil man sie hasst.«

»Ich wüsste keinen besseren Grund«, sagte ich wahrheitsgemäß. Ich versuchte, Daphne Fieldings Blick einzufangen, aber sie starrte schmollend in ihr Champagnerglas. Eigentlich hätte ich ihr gern ein paar Fragen gestellt, allerdings nur, wenn keine anderen Leute in der Nähe waren. Für eine Frau mittleren Alters war sie recht attraktiv. Ihr schwarzes Schneiderkostüm betonte perfekt ihre jugendlich straffe Figur und ihr Gesicht ließ einen guten Knochenbau erkennen. Ohne die leicht vorstehenden Zähne und die abstehenden Ohren hätte sie fantastisch ausgesehen.

»Hören Sie, hätten Sie vielleicht Zeit ...«, setzte Bryony an, aber ich winkte ab, da ich sah, wie sich am anderen Ende von Tyndsall Court die Tür zu Valerie Williams' Praxis öffnete.

»Ich muss gehen, entschuldigen Sie«, sagte ich schnell und ließ Bryony stehen. Als Valerie Williams mich über den Rasen kommen sah, warf sie rasch einen Blick nach rechts und links. Sie trug ein braunes Hängekleid mit blauem Blumenmuster und weiße Sandalen.

»Suchen Sie einen Fluchtweg?«, fragte ich.

»Ach, Sie schon wieder«, sagte sie ohne ein Lächeln.

»Ja, ich schon wieder. Ich trinke hier meinen Champagner unter den Arkaden. In aller Offenheit.« Die letzten Worte betonte ich. »Ich ziehe Offenheit vor, Sie nicht auch?« Ich wollte sie aus der Fassung bringen, indem ich genau das wiederholte, was sie bei dem Gespräch mit Daphne Fielding gesagt hatte, das ich belauscht hatte.

»Ich weiß nicht, was Sie meinen.« Sie schaute auf ihre Füße und wurde rot.

»Schauen Sie, da drüben ist Professor Fielding«, fuhr ich im Plauderton fort. »Was meinen Sie, was sie von Offenheit hält?«

»Lassen Sie mich in Ruhe«, sagte Valerie aufbrausend.

»Achten Sie gar nicht auf mich. Sie wissen doch, dass wir Fahrlehrerinnen gern Beschuldigungen verbreiten.« Nun wirkte Valerie ernstlich beunruhigt. Schließlich zitierte ich wortwörtlich, was sie zu Daphne gesagt hatte. »Da klingelt es bei Ihnen, was?«, fragte ich. »Ihr Gedächtnisschwund scheint sich zu bessern.«

»Das muss ich mir von Ihnen nicht ...« Ihre Rechtfertigung wurde von einem lauten Kreischen unterbrochen. »Passen Sie auf!«, brüllte Valerie mir zu, doch im selben Moment spürte ich schon, wie zwei kräftige Hände mich fest an den Schultern packten. »Emily, Emily, hören Sie auf!« Valerie umklammerte die Handgelenke ihrer rasenden Freundin und Kollegin, und eine Weile zerrten die beiden sich gegenseitig an den Armen, während ich zwischen ihnen in der Falle saß. Emily Lole trug ein langes schwarzes Kleid, das an einen Gummischlauch erinnerte und an den völlig falschen Stellen an ihrem üppigen Körper klebte. Sie sah aus wie ein stattlicher Seelöwe. Weinend knurrte sie mich an. Valerie fragte streng: »Hast du heute deine Tabletten genommen? Emily, hast du deine Tabletten genommen?«

»Was machen Sie schon wieder hier?«, schluchzte Emily in mein Gesicht. Offensichtlich waren die Mitglieder des De La Wyche Ausschusses nicht gerade versessen darauf, mich zu sehen. »Fernando hat Sie geschickt, stimmt's? Sie wissen, wo er ist! Sagen Sie es mir, bitte, sagen Sie es mir.«

Valerie Williams ließ Emilys Handgelenke los, worauf Summertons Verrückte meine Schultern wieder in den Klammergriff nahm. »Wissen Sie, wo Fernando ist?«, fragte Valerie mich.

»Natürlich nicht, verdammt noch mal!« Ich versuchte, mich zu befreien, und sah mich nach Sebastian um, der jedoch mit dem Rücken zu mir stand und mit Professor Fielding sprach. Da Lloyd Lunnon gerade zu einer neuen Hetztirade angesetzt hatte, hörten die meisten ihm aufmerksam zu und bemerkten gar nicht, dass ich von einer kräftigen Irren misshandelt wurde. »Tun Sie doch was!«, brüllte ich Valerie an. »Helfen Sie mir, sie loszuwerden.«

»Am besten warten wir, bis sie sich von allein beruhigt.« Valerie verschränkte die Arme vor der Brust und trat einen Schritt zurück. Für wen sollte das gut sein? Für meine Schultern sicher nicht.

»Was wissen Sie?«, plärrte Emily mich an. »Was wissen Sie über Rod Firsden?«

»Bitte?« Ich war völlig überrascht. Hatte Emily uns zusammen im Wagen gesehen, als Rod sie beinahe überfahren hätte? Sicher nicht. Damals war sie völlig in ihrer eigenen elenden Welt versunken. Und selbst wenn, warum regte sie sich wegen Rod Firsden auf? Dass sie wegen Fernando aus dem Häuschen geriet, verstand ich ja noch, aber wegen Rod? »Nichts«, sagte ich und es war nicht einmal gelogen. Ich wusste tatsächlich sehr wenig über Rod Firsden, nur dass ich ihm Fahrstunden gab, dass er George Herbert mochte, besessen war von der De La Wyche Fehde und in – hoffentlich wesentlich – geringerem Maße auch von mir.

»Sie lügen, das weiß ich genau«, kreischte Emily und fuhr mir mit den Händen an die Kehle.

»Hör sofort auf, Emily«, sagte Valerie streng und versuchte wieder, ihre Hände zu fassen.

»Hilfe! Sebastian!«, schrie ich, obwohl ich wusste, dass es sinnlos war. Denn Lloyd Lunnon fluchte lauthals und stahl mir die Show. Niemand kümmerte sich um uns. Zum Glück kamen gerade in diesem Moment zwei Kellner, die aus der Küche Nachschub an Champagner holen sollten, an unserem Teil des Innenhofes vorbei und Valerie rief sie zu uns. Gemeinsam schafften sie es, Emily zu packen und in ihr Zimmer zu tragen, während sie sich wütend wand und weiter behauptete, ich wüsste etwas. Valerie lief hinter ihnen her und murmelte Anweisungen. Ich war sicher, das Wort »Spritze« zu hören.

Ich atmete ein paar Mal tief durch, rieb meine schmerzenden Schultern und gesellte mich wieder zu den Partygästen. Alle plauderten so eifrig in kleinen Grüppchen oder lauschten aufmerksam Lloyd Lunnons inszenierten Wutausbrüchen, dass niemand bemerkt hatte, was mir gerade passiert war. Sebastian unterhielt sich immer noch mit Daphne Fielding. Worüber bloß? Ich war mittlerweile nahe genug, um zu sehen, dass seine Miene einigermaßen freundlich war.

Bryony James kam zu mir. »Was ich eben sagen wollte …«

»Ich bin gerade angefallen worden«, fiel ich ihr ins Wort. »Von Emily Lole, Sie wissen schon, eine aus dem …«

»Ich weiß, wer sie ist.«

»Sie hat mich körperlich angegriffen. Und niemand hat es bemerkt. Warum sperrt man sie nicht ein, statt sie in Vergabegremien aufzunehmen? Das ist hier das reinste Irrenhaus!«

»Da gebe ich Ihnen Recht«, sagte Bryony. Sie holte einen kleinen blauen Briefumschlag aus ihrer Handtasche. »Hier, lesen Sie das. Ich möchte Ihnen … die Wahrheit sagen. Es gibt einiges, was Sie wissen sollten.«

Mein Herz hüpfte. Endlich war jemand bereit, mir etwas zu sagen! »Ich dachte, Damian hätte sein Veto dagegen eingelegt, dass Sie mit mir sprechen«, sagte ich gespielt lässig.

»Hat er auch, aber ich kümmere mich nicht darum«, erwiderte Bryony strahlend.

»Sehr vernünftig. Er ist ein mieser kleiner Scheißer.«

Ich wollte den Umschlag öffnen, aber Bryony sagte rasch: »Lesen Sie es nicht jetzt und hier. Gehen Sie damit aufs Klo oder sonst wo hin. Lesen Sie es, sobald Sie können, dann ... erkläre ich es Ihnen später.«

»Hat das überhaupt Sinn? Wird es mir helfen, Sebastian das De La Wyche Fellowship zu verschaffen?«

»Terri Skinner hat es bekommen«, sagte Bryony verwirrt, weil ich so tat, als sei die Stelle noch zu haben. Ich fand, es könne nichts schaden, ihr meinen Plan zu erklären, als Gegenleistung für ihre Hilfsbereitschaft. Der Champagner war mir zu Kopf gestiegen, deshalb war ich weniger auf der Hut als sonst. Meine Handbremse war gelöst. Außerdem, falls Bryony es jemandem erzählen sollte, konnte ich immer noch alles abstreiten.

»Terri hat sich zwei Wochen Bedenkzeit ausgebeten«, sagte ich. »Sie will sich entscheiden zwischen ...«

»... hier und Reading«, fiel Bryony mir ins Wort.

»Woher wissen Sie das?«

»Entschuldigung, ich habe Sie unterbrochen. Ich erkläre es Ihnen später. Es hängt alles zusammen. Alles hängt zusammen.«

»Ach. Na ja, jedenfalls, als ich das erfuhr, beschloss ich, diese beiden Wochen zu nutzen, um sie und den Reservekandidaten, Rod Firsden, aus dem Weg zu schaffen, damit Sebastian das Fellowship bekommt. Sie brauche ich ja nicht aus dem Weg zu schaffen, weil Sie netterweise von selbst das Feld geräumt haben.« Bryony lächelte wortlos. »Also? Nun sagen Sie mir schon, dass ich nur meine Zeit vergeude, dass es sinnlos ist und ich in einer Fantasiewelt lebe ...«

»Keineswegs«, sagte sie leise. »Ich bin sicher, dass Sie es schaffen können, wenn Sie es wirklich wollen.«

»Was?« Ich suchte in ihrer Miene nach Anzeichen, ob sie mich auf den Arm nehmen wollte, aber sie klang weder missbilligend noch erstaunt.

»Sie und ich haben vieles gemeinsam«, erklärte sie. Nicht noch eine, dachte ich, wo schon Rod Firsden, nachdem er mich kaum eine Stunde kannte, behauptet hatte, wir hätten die gleiche Wellenlänge. »Wann können wir miteinander reden?«, flüsterte Bryony mir hastig zu, da Damian besitzergreifend auf sie zukam. Ich zuckte die Achseln.

»Alles in Ordnung, Liebling?« Er legte ihr den Arm um die Schultern. Fast hätte ich über den erweiterten Wortschatz des verliebten Damian laut gelacht. Ich war so daran gewöhnt, dass er Martine »Hexe« oder in abenteuerlustiger Stimmung auch »Arsi« (seine eigene Abkürzung für Arschgesicht) nannte, dass ich zuerst statt Liebling Fiesling verstand. Denn er sprach das Wort so komisch aus, als kämpfe er mit einer Fremdsprache. »Entschuldige, dass ich mich nicht um dich kümmern konnte. Aber dieser Arsch Lunnon hat mich nicht aus den Klauen gelassen. Belästigt sie dich?« Er nickte in meine Richtung, ohne mich anzusehen.

»Schon gut, mein Hirsch«, sagte Bryony.

»Mein Hirsch?«, rutschte es mir heraus, bevor ich es mir verkneifen konnte. Ich fand, sie hätten wenigstens den Anstand aufbringen können, verlegen zu werden, aber sie kicherten nur nachsichtig und starrten sich in die Augen. Ein lauter Gong brachte Bewegung in die Menge. Mehrere Kellner tauchten mit leeren Tabletts auf, um unsere Gläser einzusammeln.

»Ach, gut. Abendessen«, stellte Damian fest und zog Bryony hinter sich in die Great Hall. Sie schaute sich noch einmal um und sah mich erwartungsvoll an.

»Wir sprechen uns später«, murmelte ich. Allerdings wusste ich nicht, wie lange ich diese Ungewissheit noch aushalten würde: warten, bis Rod mir von seiner Reise berichtete, warten, bis Bryony mir ihre offenbar wichtigen Mitteilungen machen konnte. Vermutlich würde ich keinen Bissen herunterbekommen, schon gar nicht, wenn Terri Skinner mir gegenübersaß. Ich beschloss, mich rasch aufs Klo zu verziehen, um den blauen Briefumschlag zu öffnen.

Kapitel 22

Lebenslauf: Bryony James

Profil:

Dieser Lebenslauf wird sich selbst für meine Verhältnisse etwas ungewöhnlich gestalten. Er ist länger als die bisherigen, enthält Dialoge und liest sich fast wie eine eigenständige Kurzgeschichte. Das liegt daran, weil Bryony James ein ungewöhnlicher Mensch ist und ihre Lebensumstände eine etwas andere Behandlung verdienen. Das wollte ich gleich zu Beginn des Lebenslaufs unter dem Abschnitt »Profil« klarstellen. Bevor ich jedoch zu Bryony komme, erst noch ein Wort zum Abschnitt »Profil« im Allgemeinen. Seit kurzem vertreten die Experten für Lebensläufe (und wenn man eine Hierarchie der Fachgebiete aufstellen kann, so kratzen wir gerade ganz unten auf dem Boden eines Fasses herum), dass jeder Lebenslauf vor den Angaben zu Namen, Anschrift, Alter, Schulbildung und beruflichem Werdegang einen Abschnitt »Profil« aufweisen sollte, der im Idealfall einen kurzen Überblick über das eigentlich Wesentliche der betreffenden Person gibt, auch wenn der zukünftige Arbeitgeber noch nicht zum Abschnitt »Name« gekommen ist und folglich noch gar keine Ahnung hat, mit wem er es eigentlich zu tun hat. Bedenklich ist, dass sich das eigentlich Wesentliche vieler Menschen in einem kurzen Überblick zusammenfassen lässt. Bei Bryony James ist das jedoch unmöglich. Ärgern Sie sich also nicht, wenn Sie sehen, wie sehr sich ihr Lebenslauf von den anderen unterscheidet. Zu erwarten, dass alle Lebensläufe weitgehend gleich sind, führt schnell zu der irrigen Erwartung, dass alle Menschen gleich seien.

Name:
Bryony Helen James. Ihre Eltern wünschten sich einen Jungen, den sie Brian genannt hätten. Vielleicht war Bryony zuerst ein männlicher Fötus. Die ästhetische Differenz zwischen den Namen Brian und Bryony dürfte vermutlich ausreichen, bei einem verschreckten Embryo psychosomatische X-Chromosomen zu erzeugen.

Adresse:
Offiziell Flat 6, 47 Upper Parliament Street, Liverpool. Praktisch ist sie jedoch bei Damian Selinger eingezogen. Das ist ein klarer Fall von Liebe, die nicht blind macht, zumindest nicht in architektonischer Hinsicht. Denn die Suite G12 im Queen's Court von Summerton ist der Wohnung 6 in der Upper Parliament Street 47, Liverpool, erheblich überlegen, zumal ein Zimmermädchen, wie es ausschließlich an der Universität Cambridge üblich ist, das tägliche Saubermachen, Spülen und Bettenmachen erledigt. Man kann also mit Fug und Recht behaupten, dass es von Bryony sehr vernünftig war, hier einzuziehen. Andererseits lässt sich auch manches für eine feuchte, muffige Einzimmerwohnung anführen, in der man selbst seine Töpfe schrubben und die Bettdecke aufschütteln muss, wenn die Alternative lautet, die Wohnung mit einem verschrobenen, selbstsüchtigen »Hirsch« zu teilen.

Doch auch abgesehen von ihm besitzt die ärmlichere Wohnvariante gewisse psychologische Vorteile. Wenn man erst einmal im Summerton College gelebt hat, einem der schönsten Gebäude der Welt, wirkt danach jede Wohnung wie eine Müllkippe. Für Fellows mit Festanstellung, die zeit ihres Lebens im College leben können, ist das gut und schön, aber Dozenten mit befristeten Anstellungsverträgen haben oft Anpassungsschwierigkeiten, wenn sie Summerton verlassen. Sie kommen einfach nicht mit der rauen Wirklichkeit zurecht, dass sie sich selbst eine Wohnung suchen müssen, statt vom Unterquästor eine komplett eingerichtete Wohnung mit antikem Mobiliar zugeteilt zu bekommen. Und wer es schafft, sich durch den Dschungel gerissener Vermieter und Makler zu kämpfen, ist häufig enttäuscht von den angebotenen Behausungen. Keine Aussicht auf Trinity und King's College oder den Fluss Cam. Keine Torbogen und Zimmermädchen. Viele Häuser, Wohnungen und Bungalows, aber von einer Fellow-Suite hat niemand je auch nur gehört. Letzten Endes können die armen Ex-Summerton-Fellows sich dann doch nicht durchringen, den Mietvertrag zu unterschreiben, weil sie fest überzeugt sind, etwas erheblich Besseres zu verdienen. Bestürzt stehen sie in Maklerbüros der Innenstadt und beten, ein magischer Unterquästor möge sie hinaufbeamen. Was glauben Sie, wer die Obdachlosen in Cambridge sind? Keine sozialen Aussteiger oder jugendlichen Ausreißer wie in anderen Städten, sondern Ex-Fellows, die sich nicht mit minderwertigen Unterkünften abfinden konnten.

Wohnung 6 in der Upper Parliament Road ist so minderwertig, wie man es sich nur vorstellen kann. Der Teppich ist voller Schneckenspuren und die Schränke voller Mäuseköttel. Doch Damian ist ein Fellow auf Lebenszeit, und solange Bryony ihn nicht verlässt oder er sie nicht hinauswirft, ist sie bestens versorgt. Denn selbst wenn die beiden aus dem College in eine Wohnung umziehen müssen – streng genommen dürfen nur allein stehende Fellows in den Suiten wohnen –, wird es eine College-eigene Wohnung sein wie unsere in Noble House, wo sie keine Probleme mit Schimmel oder Ungeziefer haben werden. Es gibt vielleicht keinen Service, der Petits Fours ins Haus liefert, aber das ist auch schon mit der schlimmste Nachteil. Damian und Bryony dürften wohl kaum in Erwägung ziehen, sich ein eigenes Haus zu kaufen. Wenn man einmal in einer Summerton-Wohnung gelebt hat, weiß man, dass es für alle, die so dumm sind, sich auf eigene Faust eine Unterkunft zu suchen, keinen Aufstieg, sondern nur einen Abgrund gibt.

Alter:
Sechsunddreißig. Damit ist sie bei weitem die älteste De La Wyche Bewerberin.

Geburtsort:
St. Helens, Merseyside

Familienstand:
Ledig. Hätte einmal fast geheiratet, aber dann wurde doch nichts draus. Einzelheiten siehe unter »Beruflicher Werdegang« und »Qualifikationen und Schulabschlüsse«.

Beruflicher Werdegang/Qualifikationen und Schulabschlüsse:
Musste mit sechzehn Jahren die Schule verlassen und sich eine Arbeit suchen, weil ihre Eltern zu krank waren, um zu arbeiten. Mr James litt an Emphysemen, Mrs James an rheumatischer Arthritis, daher suchte Bryony sich eine Stelle als Bürogehilfin bei einer Zeitschrift, die gerade in der Gegend gegründet wurde, der *St. Helens Review*. Die Gründerin und Herausgeberin, Selena Gamble, strebte weit mehr an als ein Lokalblättchen, sie wollte die intellektuelle und

kulturelle Elite von St. Helens ansprechen, eine Gruppe, die ebenso viel Präsenz besitzt wie George Kaplan in dem Film *Der unsichtbare Dritte*. Neben den üblichen Lokalnachrichten enthielt die Zeitschrift einen Veranstaltungskalender, längere Artikel, durch deren journalistische Ernsthaftigkeit Selena Gamble ihrem Blatt die Bedeutung einer nationalen Publikation verleihen wollte, Buch-, Kunst-, Film- und Theaterrezensionen und eine Kolumne, in der jede Woche ein anderes teures Restaurant vorgestellt wurde. Doch trotz Selenas hochtrabenden Ambitionen war das Zielpublikum offenbar entschlossen, die Zeitschrift zu ignorieren. Die intellektuelle und kulturelle Elite der Region wollte wohl nichts mit einer Publikation zu tun haben, in deren Titel »St. Helens« vorkam, und las weiter *Home and Garden*, den *Daily Telegraph*, den *Spectator* und ähnliche Journale, die den Anstand besaßen, sie nicht daran zu erinnern, dass sie nicht in Hampstead wohnten. Bereute die Herausgeberin der *St. Helens Review* ihre hochfliegenden Ziele? Schon möglich. Sogar wahrscheinlich, aber wer kann schon sagen, ob es klüger gewesen wäre, ihre Ziele niedriger zu stecken? Selbst die Armseligsten unter uns sind zu Snobismus fähig. Die Armen und Besitzlosen von Merseyside hätten den *St. Helens Penner* sicher ebenfalls gemieden und lieber *Obdachlos und Gartenlos* gelesen und sich vorgestellt, sie lebten auf den Straßen von Knightsbridge.

Niemand abonnierte die Zeitschrift, in die Selena Gamble einen beträchtlichen Teil ihres Privatvermögens gesteckt hatte, und so musste sie dazu übergehen, sie umsonst zu verteilen wie irgendein Käseblättchen mit Sensationsmeldungen. Sehr bald zeichnete sich ab, dass sie noch mehr Geld verlieren würde, falls sie nicht erhebliche Einnahmen durch Anzeigen eintreiben konnte. Doch schon nach vier oder fünf Ausgaben waren die Verluste der Zeitschrift so hoch, dass ein Großteil der journalistisch ernsthaften Beiträge ganzseitigen Anzeigen für Möbelverramscher, Golf- und Bridgeclubs, Doppelglasfenster und Treppenlifte weichen mussten. Doch auch nach diesem weitgehenden Ausverkauf an geschmacklose Marktkräfte machte die Zeitschrift immer noch Verluste.

All das verursachte bei Selena Gamble so schlechte Laune, dass sie bei der Arbeit völlig unerträglich war. Von Anfang an ließen ihre Führungsqualitäten zu wünschen übrig, aber der finanzielle Druck erwies sich als unüberwindliche Belastung für ihre minimalen Management-Fähigkeiten. Wie Bryony bereits in ihrer ersten Woche bei der *St. Helens Review* feststellen musste, war Selena unfähig, ihren Mitarbeitern klare Anweisungen zu geben. Sie machte lediglich vage Andeutungen, sodass niemand wusste, was sie eigentlich wollte, und schließlich brüllte sie dann ihre Mitarbeiter lauthals an, weil sie ihre verschleierten Äußerungen nicht richtig ausgelegt und die verborgenen Instruktionen nicht ausgeführt hatten.

Bryony war neben der Büroarbeit auch zuständig für die Reisekolumne. Wie der Rest der Zeitschrift war auch diese Rubrik sehr bald von einem Überblick über exotische Urlaubsorte zu einer Liste lokaler Bus- und Zugfahrpläne verkommen, weil es billiger war. Als Bryony etwa drei Monate bei der *Review* arbeitete, rief an einem besonders folgenschweren Donnerstag eine hilfsbereite Bürgerin in der Redaktion an und informierte Selena, dass sie gerade mit einem Bus nach Hause gefahren sei, der im Busfahrplan der Zeitschrift nicht aufgeführt war. Statt der Anruferin zu sagen, sie solle sich einfach über den Sonderbus freuen, geriet Selena außer sich und knirschte mit den Zähnen. Wütend rief sie Bryony zu sich und befahl ihr, den fehlenden Bus in sämtlichen Fahrplänen zu suchen. Am nächsten Morgen stand Bryony zwei Stunden früher auf als sonst, radelte in der ganzen Stadt herum, um die neuesten Fahrpläne zu besorgen, und überarbeitete den ganzen Freitagmorgen die Reiseseite der Zeitschrift.

Mittags kam Selena und erkundigte sich, was sie erreicht hatte. Als Bryony ihr die neue Seite zeigte, fragte Selena: »Und wo ist jetzt der fehlende Bus?«

»Das weiß ich nicht«, antwortete Bryony.

»Wie meinen Sie das, Sie wissen es nicht?«

»Na ja, die Frau am Telefon hat uns doch gar nicht gesagt, wann der Bus gefahren ist, oder?«, versuchte Bryony lächelnd zu erklären.

»Aber ... aber ...«, stotterte Selena. »Aber ... es muss doch möglich sein, festzustellen, welcher Bus gefehlt hat, wenn Sie den neuen Fahrplan mit dem alten vergleichen.«

»Den alten habe ich aber schon gelöscht, um ihn durch den neuen zu ersetzen.«

»Sie haben *was? Sie haben was?*« Bryony traute ihren Ohren nicht. Nicht einmal ihre Eltern brüllten sie derart an, nun ja, ihr Vater konnte es nicht, weil er Lungenemphyseme hatte und selbst das Atmen für ihn anstrengend war. »Ich fasse es nicht, wie dumm Sie sind!«, kreischte Selena wie eine Harpyie. »Wie sollen wir denn den fehlenden Bus jemals finden, wenn Sie den alten Fahrplan gelöscht haben?«

»Wichtig ist doch wohl nur, dass unser Fahrplan jetzt korrekt ist.« Bryony blieb völlig ruhig. »Was spielt es denn für eine Rolle, zu wissen, mit welchem Bus die Frau gefahren ist?«

»Wenn wir das nicht wissen, wissen wir auch nicht, ob er in unserem neuen Fahrplan steht!« Obwohl Bryony schon die ganze Zeit dachte, schlimmer könne es nicht werden, schrie Selena immer lauter und riss den Mund auf, bis er aussah wie die Einfahrt zu einer Geisterbahn. »Wie können

Sie es wagen, mir sagen zu wollen, was wichtig ist und was nicht? Schon seit Sie hier angefangen haben, benehmen Sie sich so unverschämt. Wagen Sie es ja nicht, noch einmal den Mund aufzumachen. Tun Sie einfach, was ich sage, verstanden? Schließlich bezahle ich Sie, also stellen Sie das, was ich sage, nie wieder infrage!«

»Das ist ungerecht«, protestierte Bryony, deren Gerechtigkeitsgefühl momentan über ihre Angst vor Selena siegte. »Sie bezahlen mich schließlich nicht, damit ich das, was Sie sagen, nicht infrage stelle. Sie bezahlen mich für meine Arbeit, die ich sehr gut mache.«

»Wollen Sie mich etwa belehren, Sie ... Ich will kein Wort mehr von Ihnen hören. Sie gehen jetzt sofort an diese Bushaltestelle und notieren jeden Bus, der ankommt und abfährt, ist das klar?«

»Aber wozu?«

»Und dann rufen Sie jede Busgesellschaft in der Gegend an, verlangen den Chef und lassen sich eine vollständige Liste geben ...« Und so ging es weiter. Selena drohte Bryony mit Kündigung, wenn sie nicht sofort nach Feierabend zum Busbahnhof ginge und blieb, bis abends keine Busse mehr fuhren. Bryony fragte, ob sie ihre Eltern anrufen könne, um ihnen Bescheid zu sagen, dass sie nicht wie gewöhnlich um sechs Uhr nach Hause käme.

»Nach Hause telefonieren! Nach Hause telefonieren!« In ihrem Wortschatz und ihrer Unmenschlichkeit hatte Selena Ähnlichkeit mit ET, aber sie war entschieden nicht so süß. »Wie viele Busse kommen und gehen, während Sie die Zeit mit Geschwätz vergeuden? Haben Sie darüber schon mal nachgedacht? Na? Also?« Bryony war sicher, dass Selena nicht ganz richtig im Kopf war, aber sie tat, was sie ihr aufgetragen hatte, weil sie es sich nicht leisten konnte, die Stelle zu verlieren. Als sie um ein Uhr nachts nach Hause kam, sagte ihre Mum ihr, dass ihr Dad gegen acht Uhr abends gestorben war. Er hatte wohl nach ihr gefragt – es waren seine letzten Worte –, aber seine geliebte Tochter hatte gerade notiert, dass die Buslinien 132 und 47 verspätet eingetroffen waren, weil es einiges Durcheinander wegen des Fahrerwechsels gegeben hatte.

Einige Wochen später machte die *St. Helens Review* Bankrott, Selena Gamble verlor völlig den Verstand und wurde in eine psychiatrische Klinik eingeliefert. Nach Angaben einiger Exkollegen, die schlechte Menschenkenntnis mit Loyalität verwechselten und Selena ab und an besuchten, seiberte sie und murmelte ständig vor sich hin: »Der fehlende Bus, der fehlende Bus, oje, ich habe den Bus verpasst, oje, wir haben den Bus verpasst.«

Da Bryony fand, dass sie mit einer Ausbildung bessere Chancen hatte, von zukünftigen Arbeitgebern gut behandelt und als Mitarbeiterin ernst genommen zu werden, nahm sie einen großen Kredit auf und meldete sich an einer Handelsschule an. Zwei Jahre später bekam sie eine Stelle als Sekretärin in einer Anwaltskanzlei namens Walker Hall Suggs. Zufällig war dieser Job dafür verantwortlich, dass sie auch nicht zu Hause war, als ihre Mutter starb. Sie hatte sich an jenem Nachmittag ein paar Stunden Zeit genommen, um mit einigen Kolleginnen die Weihnachtsdekoration aufzuhängen. Lionel Suggs, der größte Faulpelz der Kanzlei, kam dahinter und verlangte, dass sie die Zeit nach Feierabend nacharbeiteten. Um halb fünf rief Bryonys Mutter an und fragte, ob sie nicht sofort nach Hause kommen könne, da sie sich nicht wohl fühle. Bryony erklärte, sie und ihre Kolleginnen müssten nacharbeiten, und wenn sie jetzt käme, würde Suggs sie in seiner derzeitigen Stimmung sicher feuern. Als sie um halb neun nach Hause kam, fand sie ihre Mutter tot im Sessel sitzen. Sie hatte einen Herzinfarkt gehabt. Der Arzt konnte nicht genau sagen, ob ihre Mutter noch länger gelebt hätte, wenn Bryony im entscheidenden Augenblick zu Hause gewesen wäre.

Da gab es nur eins: einen höheren Schulabschluss und Studium. Niemand würde es wagen, einen gebildeten Menschen so zu behandeln, wie Bryony es bislang von ihren Chefs erlebt hatte. Sie nahm einen weiteren Kredit auf, machte innerhalb eines Jahres in einem Erwachsenenbildungszentrum ihren höheren Schulabschluss und bekam einen Studienplatz in Soziologie am Edge Hill University College. Bei der Wahl ihres Studienfaches zögerte Bryony keinen Augenblick. Ihre Erfahrung hatte ihr gezeigt, dass mit der Gesellschaft und der Welt etwas furchtbar im Argen lag, und sie glaubte, ein Soziologiestudium könne ihr helfen, das Problem zum einen zu erklären und zum anderen zu beheben. Sie arbeitete fast fünfzehn Stunden täglich in ihrer schäbigen Wohnung an der Upper Parliament Road (ihr Elternhaus fiel nach dem Tod ihrer Mutter an die Stadt zurück) und machte ihren Abschluss mit eins. Dann schrieb sie ihre Doktorarbeit über die Kulturtheorie der Antarktis. Der eisige Kontinent faszinierte sie, weil er sie an ihr eigenes Herz und ihre Seele nach den verheerenden Verlusten erinnerte, die sie erlitten hatte. Da sie aber selbst fand, dass das ziemlich anmaßend klang, sprach sie mit niemandem darüber.

Bryonys Doktorvater, Blake Nevins, verliebte sich zum Erstaunen seiner sämtlichen Kollegen am Edge Hille in sie und bot ihr an, bei ihm einzuziehen. Was die Kollegen verwunderte, war weniger sein Mangel an Professionalität als die Tatsache, dass Blake offensichtlich lange genug mit einer seiner Doktorandinnen gesprochen hatte, um romantische Gefühle für sie zu entwickeln. Als das Verhältnis von Blake und Bryony sich herumsprach, kümmerten sich die Doktorväter wesentlich mehr um ihre Doktorandinnen, und mancher allein stehende Hochschullehrer des Fachbereichs überlegte, ob er vielleicht ebenfalls die Liebe seines Lebens kennen lernen könnte, wenn er ab und an mal eine Studentin zu Gesicht bekäme.

Bryony machte ihren Doktor, fühlte sich danach fast wieder wie ein Mensch und verlobte sich mit Blake. Man bot ihr eine Dozentenstelle für Soziologie am Edge Hill an, aber Blake riet ihr, sie abzulehnen, weil man ihm gerade einen Lehrstuhl an der Caldwell University in Minnesota angeboten hatte. Er versprach Bryony, ihr drüben eine Stelle in seinem Fachbereich zu verschaffen, verließ unmittelbar darauf das Land und schwor, Bryony nachzuholen, sobald er eine Wohnung und eine Stelle für sie gefunden hatte.

Bryony wartete und wartete, aber Blake meldete sich nicht. Später erfuhr sie von einer anderen graduierten Studentin, die infolge der aufblühenden Mentorentätigkeit am Edge Hill ebenfalls mit ihrem Doktorvater schlief, dass Blake im Flugzeug eine andere Frau kennen gelernt hatte und sie bald heiraten wollte.

Bryony mietete wieder ihre alte Wohnung an der Upper Parliament Street, um die sich niemand gerissen hatte, und fing an, Bewerbungen zu schreiben. Sie wurde relativ oft zu Vorstellungsgesprächen eingeladen, weil ihre Arbeit allgemein als brillant galt und sie sich mittlerweile mit zahlreichen Artikeln einen gewissen Namen gemacht hatte, aber regelmäßig scheiterte sie an der letzten Hürde. Nach einigen Recherchen fand sie heraus, dass die beiden verhutzelten, rachsüchtigen Professoren aus Edge Hill, die sie als Referenzen angegeben hatte, bei jeder Gelegenheit durchblicken ließen, dass sie eine Stelle in ihrem Fachbereich abgelehnt hatte, um sich mit ihrem Freund nach Amerika abzusetzen. Bryony ging dazu über, mit ihren zukünftigen

Arbeitgebern offen zu reden: An allen Universitäten, bei denen sie sich bewarb, erzählte sie ihre Lebensgeschichte und hoffte, dass man ihr nach all den emotionalen Traumata, die sie durchgemacht hatte, den einen Moment der liebeskranken Schwäche nachsehen und an ihr ernsthaftes berufliches Interesse glauben möge. Doch diese Taktik ging nach hinten los, sie geriet in den Ruf, emotional instabil und in persönlichen Dingen allzu offen zu sein. Sie bekam keine Stelle und wurde nach einer Weile nicht einmal mehr in die engere Wahl gezogen.

Sonstiges:
Nach allem, was Sie nun erfahren haben, fragen Sie sich vielleicht, wie es kam, dass Bryony überhaupt zu einem Vorstellungsgespräch für das De La Wyche Stipendium eingeladen wurde, wieso sie so gelassen und freundlich wirkte und sich in Damian Selinger verlieben konnte. Das frage ich mich auch, aber der Inhalt des blauen Briefumschlags deutet darauf hin, dass wir den Rest dieser wenig märchenhaften Geschichte von Bryony selbst erfahren werden. Vorerst sind jedoch zwei Dinge ihrem Lebenslauf hinzuzufügen.

Erstens: Bryony hat im Lotto gewonnen. Lottospielen war eine alte Familientradition, die Bryony immer für sinnlos hielt, vor allem, als sie nicht mehr an das Glück glaubte, aber sie füllte weiter Lottoscheine aus, weil sie es als Verrat an ihrem Vater empfunden hätte, es nicht zu tun. Gott sei Dank gab sie nicht auf, denn gerade als ihre Karriere und ihre Moral ihren Tiefststand erreicht hatten und sie schon ernsthaft an Selbstmord dachte, gewann sie 750 000 Pfund.

Zweitens: Sie schrieb ein Buch mit dem Titel *Kalte Welt*, das den Höhepunkt ihrer Forschungsarbeit zur Kulturtheorie der Polarregionen darstellte. Sie schickte es an die Manchester University Press und glaubte, das sei vermutlich ihre letzte Tat auf Erden, der einzige Beweis, dass sie je existiert habe. Der Verlag nahm das Manuskript mit entnervender Begeisterung auf – mittlerweile hatte Bryony so viel erlitten, dass sie gute Neuigkeiten als beunruhigend empfand und nicht wusste, wie sie damit umgehen sollte. Sie war sicher, dass etwas schief gehen musste: Entweder würde der Verlag Bankrott machen, bevor ihr Buch erschien, oder sie würden es sich in letzter Minute noch anders überlegen. Trotzdem beschloss sie, ihren Selbstmord bis nach Erscheinen des Buches zu verschieben. Zwei Tage vor dem Erscheinungstermin erfuhr sie von ihrem Lottogewinn. Es war ein Schock, sie erlitt einen leichten Nervenzusammenbruch, und als sie sich wieder erholt hatte, war *Kalte Welt* nicht nur erschienen, sondern wurde auch in Tageszeitungen, Fernsehen und Rundfunk überschwänglich gelobt. Im Sumpf ihrer Depression war Bryony gar nicht aufgefallen, dass sie ein bahnbrechendes Werk geschrieben hatte. Erst das Aufhebens, das andere um ihr Buch machten, öffnete ihr die Augen, dass sie viel zu begabt war, um das alles durch einen Selbstmord wegzuwerfen. Also ließ sie es bleiben.

Um zu erfahren, was weiter geschah, lesen Sie bitte die vorliegende Geschichte weiter. (Wenn Sie garantiert zu einem Vorstellungsgespräch eingeladen werden wollen, sorgen Sie dafür, dass Ihr Lebenslauf mit einem Cliffhanger endet. Zum Teufel mit dem Rat der Experten!)

Kapitel 23

Underdog, Overdog

»So lebt die andere Hälfte, was?«, grinste Joe Fielding mich über den Tisch hinweg an, als wir unsere Plätze einnahmen. Die Great Hall mit den Porträts ehemaliger Summerton-Rektoren an den Wänden war imposant wie immer. An einer Wand zeichnete sich über der Eichentäfelung ein ominöser heller Fleck auf der Tapete ab. Dort musste Grimshaw De La Wyche gehangen haben. In der Nähe der Tür zum Tyndsall Court hingen am Ende der langen Gesichterreihe ein Bild von Sir Noel Barry, dem Rektor, der vor einem Jahr in den Ruhestand getreten war, und eines von Sir Patrick Chichester, seinem von der Königin ernannten Nachfolger. Rein äußerlich waren sie das komplette Gegenteil voneinander: Barry klein, dick und kahlköpfig, Chichester groß, dünn und mit vollem, kastanienbraunem Haar.

»Mm.« Halbherzig nickte ich Joe zu und fand es äußerst unangenehm, dass es seine andere Hälfte gab – von besser konnte hier keine Rede sein. Er hatte kein Recht, in einem Gespräch mit mir von »wir« und »uns« zu reden. Schließlich war seine Mutter hier Professorin und seine Frau wahrscheinlich die nächste De La Wyche Stipendiatin, unsere Lage ließ sich also kaum vergleichen. Dann fiel mir jedoch ein, dass er aus Terris Leben, ihren beruflichen Entscheidungen und Bibliotheken völlig ausgeschlossen war und mit einem plärrenden Kleinkind in der Waschküche hockte. Sofort tat es mir Leid, dass ich ihn zu den Privilegierten gezählt hatte.

Insgesamt standen zwölf lange, rechteckige Tische in der Halle, jeder mit sechsundzwanzig Gedecken. Darüber prangten sechs große Kronleuchter an der Decke. Neben jedem Gedeck lagen vier Gabeln, vier Messer und zwei Löffel, ein Suppen- und ein Dessertlöffel. Fünf Gläser, in Form und Größe leicht unterschiedlich, waren in einem exakten Winkel zu den Messern angeordnet. Im regelmäßigen Abstand von etwa einem halben Meter standen auf den gestärkten weißen Tischtüchern brennende Kerzen in wunderschön verzierten Kerzenhaltern, die eher wie Kunstwerke wirkten. Auf jedem Tisch standen außerdem Flaschen mit stillem und sprudelndem Mineralwasser. Ich nahm die Speisekarte und steckte sie sorgsam in meine Handtasche, um sie später unserer Sammlung hinzuzufügen. Dann nahm ich Sebastians Speisekarte, um sie zu lesen. Wie immer war sie auf dickes, cremefarbenes Papier gedruckt und gefaltet wie eine Geburtstagskarte. Auf der Vorderseite prangte das blau-lila-goldene Wappen von Summerton und der Name des Festessens, in diesem Fall »Feast of the Masters«, Rektorenfest. In Summerton war man aus irgendeinem Grund versessen darauf, jedem Fest ein Thema zu geben, und dieses galt offiziell als Tribut an die verstorbenen großen Galionsfiguren des College, zu denen auch der Rektor gehörte, dessen Porträt von der Wand verschwunden war. Im Inneren der Karte stand die Menüfolge mit den Weinen, die dazu gereicht werden sollten. In Summertons Great Hall sollte es heute Abend mehr Gänge zu essen geben, als die meisten Universitäten an Studiengängen anzubieten hatten.

Bevor wir uns setzen durften, sprach Sir Patrick Chichester das Tischgebet auf Lateinisch. Zumindest nehme ich an, dass es Latein war, aber sicher bin ich mir nicht, weil die einzigen Brocken Latein, die ich kenne – *carpe diem, quid pro quo* und *dulce et decorum est pro patria mori* –, nicht darin vorkamen. An den Wänden der Halle standen gut fünfzig Kellner und Kellnerinnen mit Silbertabletts parat. Sobald wir uns gesetzt hatten, wieselten sie mit scheinbar müheloser Grazie zwischen den Tischen herum, stellten vor jeden von uns eine Tasse Hummersuppe und schenkten Wein ein, einen Martinborough Pinot Noir 1988.

»Der schmeckt wie aus dem Pappkarton«, sagte Daphne Fielding nach dem ersten Schluck zu Joe, wobei »Pappkarton« bei ihr klang wie »Mülltonne«. Sie saß Ethan Handley zu meiner Linken gegenüber. Sebastian saß rechts von mir, Terri gegenüber. Während des lateinischen Gebets hatte sie ihm zugeflüstert: »Ich hoffe, es ist nicht allzu hart für dich«, worauf er mürrisch geknurrt hatte. Einem weniger von sich eingenommenen Menschen wäre sicher aufgefallen, dass Sebastian in seiner üblichen Aufrichtigkeit zeigte, dass er es mindestens so hart fand wie die Kalksteinwände, die unser Essen vor Wind und Wetter schützten. Doch falls sie sein unhöfliches Benehmen überhaupt bemerkte, schob sie es vermutlich auf eine allgemeine Frauenfeindlichkeit und den Wunsch, Zwangsbeschneidungen von Frauen generell einzuführen.

»Ethan, Sie sind doch der Tafelmeister.« Professor Fielding beugte sich vor und rückte einen Kerzenhalter beiseite. »Diese Suppe schmeckt wie aus der Tüte.«

»Sagen Sie das nicht dem Koch, sonst verklagt er Sie wegen Verleumdung«, grinste Ethan.

»Na ja, ich finde, sie schmeckt nach Maggie«, insistierte Daphne skeptisch.

»Ach wirklich? Haben Sie denn praktische Erfahrung mit Maggie?«, kicherte Ethan augenzwinkernd. »Aber vielleicht sollten wir das nicht hier vor Ihrem Sohn besprechen. Lieber später, ja?« Dem konnte Daphne Fielding nicht widerstehen, sie kicherte, lächelte affektiert und löffelte emsig ihre Suppe.

»Etwas Warmes braucht der Mensch«, sagte ich. Ich aß gern Fertigsuppen und fühlte mich verpflichtet, sie gegen das Sperrfeuer professoralen Suppenphilistertums zu verteidigen. Daphne bedachte mich mit einem seltsamen Blick. »Was für ein scheußlicher Slogan.«

»Besser als ›Rektifiziert die Anomalität‹«, rutschte es mir heraus, bevor ich es verhindern konnte. Vielleicht hatte ich unter den Arkaden ein bisschen zu viel Champagner getrunken, sonst hatte ich nämlich nicht solch ein loses Mundwerk. Daphne Fielding sah beleidigt drein, bis sie merkte, dass Ethan schallend lachte.

»Kate, du bringst frischen Wind in diese Hallen«, sagte er. Daphne ignorierte mich völlig und starrte Ethan mit hochgezogener Augenbraue herausfordernd an, als wolle sie sagen, was für den einen ein frischer Wind, sei für den anderen ein Hauch von Kloake. Ich wollte sie schon fragen, warum sie sich am Mittwoch für Sebastian ausgesprochen hatte, am Donnerstag aber nicht mehr, hielt mich jedoch zurück. Solange Terri und Joe in Hörweite waren, würde sie es mir ohnehin nicht sagen. Und Ethan würde es sicher für ungehobelt halten, bei einem Festessen strittige Themen anzusprechen. Das widersprach seiner Charme-Ethik.

Nach der Suppe gab es gebackenen Ziegenkäse und gemischten Salat, einfach köstlich. Die Kellner schwirrten mit dem zweiten Wein des Abends von Tisch zu Tisch, einem Chassagne-Montrachet Les Chenevottes (Niellon) 1992, den sie uns aus kellerverstaubten Flaschen einschenkten.

»Geht ihr nachher noch mit auf einen Drink nach oben?«, fragte Ethan mich.

»Auf jeden Fall«, antwortete ich, worauf er lachte, weil er meine Entschiedenheit irrtümlich so auslegte, als wollte ich noch mehr Alkohol trinken. Nach den Festessen war es üblich, die härteren Getränke in der Wohnung des Rektors zu nehmen, aber meistens hatte ich dazu schon zu viel gegessen und getrunken. Sebastian und ich gingen sonst kurz nach dem letzten Gang, aber an diesem Abend musste ich dafür sorgen, dass wir noch mit zum Rektor gingen, um Bryony zu erwischen, bevor Damian sie in sein Boudoir entführte.

»Gehen Sie auch noch mit nach oben, Ethan?«, erkundigte sich Daphne Fielding.

»Nein, diesmal kann ich leider nicht. Ich bin mit Freunden zum Kino verabredet. Wir wollen in die Spätvorstellung von *Sie liebt ihn – sie liebt ihn nicht.*«

Daphne rümpfte die Nase. »Ich mag lieber alte Filme. Zur Zeit des Schwarzweißfilms achteten die Leute noch mehr auf Details.«

»Aber ich bin ja kein Experte wie Sie«, erklärte Ethan ehrerbietig.

»Ich habe den Film schon gesehen«, schaltete ich mich ein. »Nur die erste Viertelstunde nicht, da stand ich noch in der Schlange am Eisstand. Er ist wirklich gut.«

Terri beugte sich herüber. »Ist das der Film mit den zwei verschiedenen Versionen, je nachdem, ob sie eine bestimmte U-Bahn erwischt?«

»Genau«, sagten Ethan und ich wie aus einem Munde.

»Die Idee finde ich toll.« Terri strahlte uns an. »Aber läuft es am Ende nicht auf dasselbe hinaus, egal, ob sie die U-Bahn kriegt? Ich finde das sehr geschickt, als ob das Schicksal alles von Anfang an schon bestimmt hätte und es völlig gleichgültig wäre, wie wir uns entscheiden.« Ob sie damit wohl ihre eigene Entscheidung zwischen Reading und Summerton meinte? Mir war noch gar nicht aufgefallen, dass sie fatalistisch war. Vielleicht konnte ich mich ja als Seherin ausgeben und sie überzeugen, dass es in ihren Sternen stand, nach Reading zu gehen. »Die Idee ist brillant«, sagte Terri. »Sie ist so völlig gegen diese männliche Vorstellung von Handeln, Verändern und Dingebewirken gerichtet!«

»Als ob jemand so einen Quatsch glauben könnte«, sagte Daphne mit einem scharfen Blick auf Terri. »Handeln und Verändern sind keine männlichen Vorstellungen.« Wider Willen nickte ich. Terris Bemerkung war nicht nur offensichtlich sexistisch, sondern rundweg dumm. Ich war sehr für Veränderung – besonders was den Empfänger des Stipendiums betraf – und ich war eine Frau. »Das hast du ja prima hingekriegt«, sagte Daphne zu Terri. »Jetzt hast du Ethan den Film verdorben.«

»Nein, nein, schon in Ordnung …«, warf Ethan ein.

»Das ist überhaupt nicht in Ordnung«, protestierte Daphne. »Sie hätte erst nachdenken sollen, bevor sie den Mund aufmachte.«

»O Gott, das tut mir Leid«, sagte Terri betroffen. »Entschuldige, Ethan. Ich wollte nichts verraten.«

»Es ist wirklich in Ordnung. Jeder weiß, worum es in dem Film geht. Ich möchte ihn trotzdem gern sehen.«

Betretenes Schweigen entstand. Schließlich sagte Daphne: »Terri hat den Film jedenfalls nie gesehen, sie weiß gar nicht, worum es geht. Wahrscheinlich hat sie es völlig falsch verstanden.« Ihr Ton ließ anklingen, dass das nichts Ungewöhnliches wäre.

»Ich weiß sehr wohl, worum es geht«, warf Terri ein und sah Daphne verdutzt an.

»Mum, hör auf«, flüsterte Joe. »Nicht heute Abend, bitte.« Er war es offenbar gewohnt, zwischen seiner Mutter und seiner Frau zu vermitteln. Als ich zu Sebastian hinüberschaute, merkte ich, dass er schon auf meinen Blick gewartet hatte.

Er stieß mir zweimal unter dem Tisch mit dem Knie ans Bein, um mir zu zeigen, dass er alles mitbekommen hatte. Ich grinste verstohlen. Es gab hinterher einiges zu besprechen.

Nach Ziegenkäse und Salat bekamen wir Wildschweinterrine und einen 78er Château Gruaud-Larose. Da mir der Wein allmählich zu Kopf stieg, ging ich zu Wasser über. Ich wollte Ethan noch einige Fragen zu dem Abend stellen, an dem Fernando Rose und Martine Selinger verschwunden waren. Auch wenn zwischen ihrem Verschwinden und den Merkwürdigkeiten bei der diesjährigen Vergabe des De La Wyche Stipendiums vermutlich kein Zusammenhang bestand, war ich neugierig auf Ethans Meinung, da er und Keith an jenem Abend als Einzige mit den beiden zusammen waren.

»Wie gut kennst du Emily Lole?«, flüsterte ich Ethan diskret ins Ohr, obwohl niemand uns zuhörte. Daphne Fielding und Joe unterhielten sich über Scarletts Kindergarten und Terri hatte sich ihrem Tischnachbarn zur Linken zugewandt. Es war ihr nicht zu verdenken, dass sie Daphne den Rücken kehrte, denn so wenig ich sie auch leiden konnte, weil sie Joe so schlecht behandelte und zudem noch das Stipendium bekam, fand ich es von Daphne nicht in Ordnung, sie vor allen Leuten derart abzukanzeln. Andererseits, wenn ich Joes Mutter wäre, würde ich mir Biestigkeiten vielleicht auch nicht verkneifen können.

»Einigermaßen. Wieso?«, antwortete Ethan.

»Sie hat gerade vor dem Essen etwas sehr Merkwürdiges zu mir gesagt.« Ich erzählte ihm, dass Emily fest davon überzeugt war, dass ich wüsste, wo Fernando ist.

»Ach, mach dir nichts draus. Sie nervt jeden mit dem Thema.«

»Aber hat sie dir schon mal unterstellt, zu wissen, wo er steckt? Oder sonst jemandem?«

»Nein, das ist neu, das gebe ich zu. Ich nehme an, du weißt es nicht?« Ethan grinste mich an.

»Natürlich nicht. Ich bin ihm nie begegnet.«

»Keith und ich waren die Letzten, die ihn gesehen haben, bevor er verschwunden ist. Er und Martine Selinger.«

»Wirklich?« Ich gab mich interessiert, ohne allzu neugierig zu erscheinen.

»Ja. Wir vier waren im Jive Hive.«

»Hat er euch irgendetwas gesagt?«

»Na ja, er hat nicht den ganzen Abend schweigend dagesessen. Allerdings war er stiller als sonst, wenn ich mich recht erinnere. Das Problem ist nur: Keith und ich hatten an dem Abend ein paar Gläser intus. Allzu viel konnten wir deshalb nicht sagen, als er verschwunden war.«

»Sebastian erzählte, alle hätten geglaubt, er sei mit Martine durchgebrannt«, sagte ich beiläufig.

»Was?« Ethan lachte. »Nein, alle haben geglaubt, dass er mit dem Noble-Porträt von Grimshaw De La Wyche durchgebrannt ist. Aber das ist Blödsinn, Fernando ist kein Dieb. Und Martine war an diesem Abend hinter Keith her. Und überhaupt war Fernando viel zu anständig, um mit der Frau eines Kollegen abzuhauen.«

»Vielleicht war das nur ein Ablenkungsmanöver«, warf ich ein. »Vielleicht hatten sie das alles geplant, damit niemand Verdacht schöpfte.«

»Auf keinen Fall.« Ethan schüttelte den Kopf. »Außer ihrer Kleidung und ihrem Make-up hätte Martine gar nichts planen können. Und was Fernando angeht, so war das ganz und gar nicht sein Stil. Er war ein netter, anständiger Kerl.«

»Du meinst, er war langweilig? Spießig?«

»Also ... er war ein großartiger Bursche, versteh mich nicht falsch, ich meine, ich mochte ihn wirklich, aber ... ja, ein bisschen spießig war er schon. Du hast doch bestimmt die Geschichte mit dem Joint gehört.« Ich schüttelte den Kopf. »Martine hatte eine Urlaubsbroschüre dabei.«

»Im Club?«

»Ja. Sie war ja geradezu besessen von Urlaubsreisen. Ständig hatte sie Broschüren in der Handtasche. Jedenfalls legte sie eine auf den Tisch und Fernando fummelte damit herum ...«

»Aha!«, fiel ich ihm ins Wort. »Haben sie vielleicht insgeheim eine gemeinsame Reise geplant?«

»Kate, glaub mir, sie sind nicht zusammen abgehauen, da müsste ich schon ein sehr schlechter Menschenkenner sein.«

»Okay. Erzähl weiter. Was war mit der Broschüre?«

»Fernando rollte sie zusammen und steckte sie in den Mund. Keith und ich dachten ... na ja, du weißt schon.« Er hob vielsagend die Augenbrauen.

»Ihr dachtet, es wäre ein Witz, der mit Drogen zu tun hätte«, riet ich.

»Genau. Siehst du, du hast es kapiert. Wir schauten ihn beide an und lachten, aber er begriff gar nicht, wieso. Ich sagte was in der Art wie: ›Da hast du aber einen tollen Joint, Fernando‹, und er fragte mich allen Ernstes, was ein Joint ist. Er hatte das Wort noch nie gehört. Er war ... wie von einer anderen Welt.«

»Hm.« Ich musste zugeben, dass sich das ganz und gar nicht nach einem Menschen anhörte, der mitten in der Nacht mit der Frau eines Kollegen durchbrennen würde. »Wenn er ins Jive Hive ging, kann er so verknöchert nicht gewesen sein«, sagte ich. Als ich ein einziges Mal da war, fand ich es laut, stickig und nervend. Gegen Mitternacht war vor meinem inneren Auge die Vorstellung von meinem gemütlichen zitronenbaiserfarbenen Bett aufgeblitzt und ich fand mich nicht sonderlich spießig.

»Er war zum ersten Mal da. Es war ihm anzumerken,

dass er es grässlich fand. Er tanzte nicht und trank nichts. Er war nur mitgekommen, um sich ein bisschen zu entspannen, weil er nicht schlafen konnte. Aber Entspannen war nicht sein Ding. Er war so ehrgeizig! Er konnte überhaupt nicht abschalten. Ich habe noch nie einen Menschen kennen gelernt, der so von seiner Arbeit besessen war.« Ethan seufzte. »Armer Fernando. Ich möchte zu gern wissen, wo er steckt.«

Ich hätte ihn gern gefragt, was er davon hielt, dass Emily Lole angeblich nichts über Fernandos Familie wusste. Wenn sie wenigstens den Namen eines einzigen Verwandten gewusst hätte, der vielleicht etwas Licht in sein geheimnisvolles Verschwinden hätte bringen können! Ich erwähnte es jedoch nicht, weil ich Ethan sonst hätte erzählen müssen, dass ich diese Information von Valerie Williams hatte, und dann hätte er sich sicher gefragt, wieso ich am College herumschnüffelte. Gute Frage: Wieso tat ich das eigentlich? In meinem angeheiterten Zustand war mir gar nichts mehr klar.

Auf die Wildschweinterrine folgte Hühnchenbrust, gefüllt mit Avocado und Stilton, zu einem 85er Château de Fesles. Als Dessert gab es einen spiralförmigen Kuchen namens »L'âme de mon rêve«, dem es gelang, als wildes Durcheinander auf dem Teller stehen zu bleiben. Ich starrte ihn lange an, bevor ich ihn aß, weil ich die künstlerische Wirkung nicht zerstören wollte. Das könnte unser letztes Festessen sein, ging es mir durch den Kopf, was mich zutiefst betrübt machte, nicht wegen des Kuchens – so banal bin ich nicht –, sondern wegen allem, was er symbolisierte: eine Qualität, wie wir sie sonst nicht mehr finden dürften. Summerton war ganz einfach das Beste. Selbst wenn Sebastian die Stelle in Canterbury oder Sheffield bekommen sollte, wäre es nicht wie hier. Ich beschloss, gleich am nächsten Morgen Daphne

Fielding aufzusuchen. Da sie sich am Mittwoch noch für Sebastian ausgesprochen hatte, konnte ich sie vielleicht überreden, die Entscheidung rückgängig zu machen, den Ausschuss erneut einzuberufen und das Vergabeverfahren von vorn anzufangen. Sie hasste Terri eindeutig, daher lag es ja wohl in ihrem eigenen Interesse, dafür zu sorgen, dass sie nicht mit ihr zusammenarbeiten musste. Seufzend gestand ich mir ein, dass das wohl nur ein verzweifelter Tagtraum war. Daphne würde mich vermutlich zum Teufel schicken, falls das nicht unter ihrer Würde war.

Ethan und Daphne unterhielten sich mittlerweile darüber, wie man Oxbridge für Schüler staatlicher Schulen interessanter machen könnte. »Wir müssen unser Image ändern und zugänglicher werden«, sagte Ethan gerade.

»Ich weiß nicht, ob sie überhaupt hierher kommen wollen«, erwiderte Daphne. »Sie halten Oxbridge für allzu privilegiert und elitär und verachten uns dafür.«

»Das stimmt«, warf ich ein. Daphne sah mich mit kaum verhohlener Verachtung an und dachte offenbar, dass der frische Wind, den ich in diese Hallen brachte, allmählich gesundheitsgefährdende Ausmaße annahm. Was hatte die Frau eigentlich gegen mich? Ich war doch ganz auf ihrer Seite! »Ich war auf einer staatlichen Schule«, erklärte ich. »Und wir waren alle überzeugt, dass Oxbridge voller Hurrapatrioten steckt. Wir hätten hier nicht mal tot überm Zaun hängen wollen.«

»Genau gegen diese Einstellungen müssen wir etwas unternehmen, verstehen Sie«, sagte Daphne zu Ethan und deutete auf mich.

»Genau«, antwortete Ethan. »Das Problem mit diesem alten Image von Cambridge als privilegiert und elitär …«

»O nein, das finde ich immer noch«, unterbrach ich ihn. Alle starrten mich an. Anscheinend hatte ich mich nicht verständlich gemacht. »Ich meine, es ist ganz offensichtlich privilegiert.« Ich deutete auf meine Nachspeise. »Wo bekommt man sonst ein Dessert, das ›L'âme de mon rêve‹ heißt? Was ich eigentlich sagen wollte, ist: Wenn ich noch mal siebzehn wäre und wüsste, was ich heute weiß, dann wäre das für mich ein Grund herzukommen.« Ich wünschte, ich hätte nicht so viel Wein getrunken.

»Was? Das verstehe ich nicht ganz«, sagte Terri.

»Das ist doch ganz simpel«, fuhr Daphne sie schnippisch an. Meinte sie damit mich oder das, was ich gesagt hatte?

»Man muss jedes Privileg nehmen, das man kriegen kann«, nuschelte ich. »Weil sich niemand einen Deut um einen schert. Nehmt nur Sebastian.« Alle schauten pflichtschuldig zu ihm, nur er sah mich an. »Er ist brillant, jeder weiß das, aber er hat keine Stelle. Und wer wird daran was ändern? Niemand, kein Mensch.«

»Kate, sei still«, sagte Sebastian scharf. »Du bist blau!«

»Ich weiß, dass ich blau bin. Aber wahr ist es trotzdem. Wenn Sie mehr Kinder von staatlichen Schulen herholen wollen, schicken Sie mich nur rum, damit ich mit ihnen rede. Ich werde ihnen schon klar machen, dass andere für ihre Aufnahmeprüfungen in Oxbridge büffeln, während sie alle Hände voll damit zu tun haben, cool und bloß nicht spießig zu sein, und dass diese Leute ihnen später die Jobs wegnehmen, wenn sie nicht aufpassen, und für sie bleibt nichts übrig.«

»Redest du von mir?« Terri schaute mir in die Augen.

»Nicht speziell, nein«, antwortete ich, während Kellner mit einer olympiaverdächtigen Kondition die Dessertteller abräumten. Zu Platten mit Petits Fours kreiste nun der 63er Fonseca. »Ich will lediglich klar machen, dass manche Leute privilegiert sind und andere nicht. Es ist doch verständlich, dass man zu diesen Leuten gehören will, oder?«

Betretenes Schweigen trat ein. Schließlich sagte Daphne: »Dagegen kann ich nichts sagen. Die Menschen müssen sich dem Wettbewerb stellen, wenn sie in der Welt bestehen wollen.«

»Das ist grauenhaft«, sagte Terri. »Ich bin mit alledem nicht einverstanden.«

»Ich fühle mich hier wie der Sprecher im Unterhaus, der alle zu beruhigen versucht«, sagte Ethan in einem letzten Versuch, Charme zu versprühen und dem Gespräch wieder einen leichten Ton zu geben.

»Der Unterschied zwischen Besitzenden und Besitzlosen ist ... eine der Hauptursachen für das Elend in der Welt«, erklärte Terri ernst. »Man kann nicht einfach sagen, man möchte einer der ... Besitzenden sein. Was ist mit den Menschen, die nicht dazugehören können? Das ist so eine männliche Einstellung! Wir Frauen sollten uns um die Underdogs kümmern, weil wir nämlich meistens die Underdogs sind.« Außer in Wohnung 3 im Noble House, wo unter Joes Sprosse auf der sozialen Stufenleiter nicht einmal ein Pudel Platz gefunden hätte.

»Du verdammte Heuchlerin! Du bist doch der ehrgeizigste Mensch, den ich kenne«, schimpfte Daphne, worauf Joe laut seufzte. In diesem Augenblick erreichte mein Hass auf Terri seinen Höhepunkt. Wie konnte ein so eklatanter Overdog, der sich nicht einmal sonntags Zeit für seine Tochter nahm, praktisch in der Bibliothek lebte und alles tat, um sich die beste Forschungsstelle des Landes zu sichern, vortäuschen, sich um andere zu kümmern?

Als wir auf einen Drink in die Wohnung des Rektors hinaufgingen, entlud sich meine angestaute Wut in Verbindung mit zu viel Wein in einer Bemerkung gegenüber Terri. Joe und Daphne Fielding waren unmittelbar hinter uns auf der Treppe und dahinter kamen Sebastian und Keith Cobain.

»Ach, übrigens«, sagte ich, als ob es mir gerade erst eingefallen wäre, »neulich hat jemand nach dir gefragt. Ich bin ihm vor Noble House über den Weg gelaufen. Er hieß … warte mal … Gary, kann das sein?«

Kapitel 24

Eine sehr moderne Ehe

Sobald ich das gesagt hatte, tat es mir auch schon Leid. Was machte ich da eigentlich? Das war sehr unüberlegt. Ich hätte zumindest zuerst mein Handy einschalten sollen, um nachzusehen, ob Rod mir eine Nachricht hinterlassen hatte. Vielleicht hatte er inzwischen festgestellt, dass Gary Conley Terri nichts bedeutete und lediglich ein entfernter Bekannter der Familie war. In diesem Fall war es ziemlich unwahrscheinlich, dass er aus heiterem Himmel vor Noble House auftauchte. Vielleicht wusste er nicht einmal Terris Adresse. Umgekehrt kannte sie Garys Anschrift nicht, sonst hätte sie nicht R. English anrufen müssen, um ihn zu finden.

»Was?«, flüsterte Terri und umklammerte mit beiden Händen meinen Arm. Sie war unter ihrem Make-up kreidebleich. »Gary? Wie sah er aus?« Mein Herz hüpfte mir bis zur Kehle. Sie glaubte mir. Beruhige dich, befahl ich mir. Natürlich glaubt sie mir, wieso auch nicht? Sie wusste ja nicht, dass ich in ihrem Kleiderschrank gesessen hatte. Aus ihrer Sicht konnte ich von Gary Conley gar nichts wissen, wenn ich ihn nicht getroffen hatte.

»Oh … eh … also, ich weiß nicht, irgendwie … ehm …«, stotterte ich, um Zeit zu gewinnen.

»Groß? Dunkelhaarig? Grüne Augen? Gut aussehend?«, zischte Terri drängend und grub ihre Krallen in meinen Arm.

»Also, ja, ich glaube schon.«

»Wann war das?«

»Ach ... vor ein paar Tagen. Ich weiß nicht mehr so genau.« Wenn ich mich sehr vage ausdrückte, kam ich vielleicht damit durch. Es gab schließlich keinen erkennbaren Grund, weshalb diese Begegnung für mich hätte wichtig sein sollen.

»O mein Gott«, keuchte sie, immer noch an meinen Arm geklammert.

»Alles in Ordnung, Terri?«, fragte Joe von der Treppenstufe unter uns und legte ihr die Hand auf die Schulter.

»Sie ist betrunken«, stellte Daphne missbilligend fest. »Sieh doch, sie kann ja nicht mal mehr allein stehen.«

»Mum, hör auf. Terri, ist alles in Ordnung?«

»Ihr geht's gut«, erklärte ich. »Komm, lass uns was zu trinken holen.« Ich ging schneller und Terri hastete hinter mir her.

»Sag Joe und Daphne nichts«, drängte sie und zog am Ärmel meines Kleides. »Bitte, ich kann es dir jetzt nicht erklären, aber du darfst ihnen nichts sagen.«

»Ach«, sagte ich gespielt skeptisch und verwirrt. »Na ja ... okay, wenn du willst.«

»Was hat er gesagt? Was hat er genau gesagt? Welchen Eindruck hat er gemacht? Glücklich oder traurig?« Ich legte mein Gesicht in nachdenkliche Falten und schenkte mir aus einer Glaskaraffe, die auf dem Tisch stand, einen großen Whisky ein. Die Rektorenwohnung war gedrängt voller Menschen, von denen sich viele eine Zigarette anzündeten. Eine gute Idee. Ich tat es ihnen nach. Terri und ich standen in einer Zimmerecke neben einem Getränketisch mit grüner Samttischdecke, der über die gesamte Wandlänge reichte. Auf weißen Spitzendeckchen standen Spirituosen aller Art, Wasser, Orangensaft, Pralinen und offene Schachteln mit Zigarren und Zigaretten. Ich hätte zu Wasser übergehen sollen, statt Whisky zu trinken, aber ich war plötzlich in Feierstimmung. Terri starrte mich eindringlich an und wartete auf eine Antwort. Mittlerweile bereute ich meine Gary-Erfindung nicht mehr. Sie war vielleicht voreilig und unüberlegt gewesen, aber sie hatte funktioniert. Terri hatte entweder panische Angst vor Gary oder sie war von ihm besessen. Ich würde vermutlich nicht lange brauchen, herauszufinden, welche der beiden Möglichkeiten zutraf. Schnell schaute ich mich um, ob Joe und Daphne weit genug entfernt waren, und entdeckte sie schließlich am anderen Ende des Raumes, wo Lloyd Lunnon auf sie einschimpfte. Ich hörte, wie er zu Daphne sagte, jeder, der Film und Medien für geeignete Forschungsobjekte wissenschaftlicher Studien halte, sei ein Kretin.

»Ich erinnere mich nicht mehr«, sagte ich nach einer langen Pause. »Ich habe nicht sonderlich auf ihn geachtet.«

»Versuche, dich zu erinnern«, bat Terri schmallippig und mit flackerndem Blick.

»Na ja, er hat gefragt, ob du in Noble House wohnst«, log ich. »Ich habe ja gesagt.«

»Hast du ihm die Nummer der Wohnung gesagt?«

»Nein, danach hat er nicht gefragt.«

»Gott sei Dank.« Sie schloss die Augen.

»Hör zu, Terri, wenn ich gewusst hätte, dass das so wichtig für dich ist, hätte ich besser aufgepasst. Hätte ich ihm nicht sagen sollen, dass du da wohnst? Ich meine, du scheinst ja richtig Angst vor ihm zu haben. Ich wusste ja nicht, dass du ihm aus dem Weg gehen willst.«

»Ich habe Angst, dass er bei uns auftaucht, wegen Joe. Natürlich will ich ihm nicht aus dem Weg gehen, ich war … na ja …« Sie schaute sich über die Schulter nach Joe um.

»Ach, ich verstehe«, sagte ich. »Du hast was mit ihm.« Dann hatte Rod also doch Recht gehabt.

»Nein, nein.« Terri verzog angewidert das Gesicht. »Überhaupt nicht. Ich habe ihn seit vier Jahren nicht mehr gesehen. Das begreife ich eben nicht. Woher weiß er, wo ich wohne? Wie hat er mich gefunden? Ich wusste nicht mal, dass er mich gesucht hat, ich dachte, er hätte mich völlig vergessen. Vielleicht hat er am Pembroke nachgefragt. Die wissen, wo ich wohne. Aber normalerweise geben sie solche Informationen nicht weiter.« Sie redete offenbar mehr vor sich hin als zu mir.

»Das verstehe ich nicht«, warf ich ein. »Wer ist er denn eigentlich?«

»Dafür ist jetzt keine Zeit.« Terri schaute wieder über die Schulter. »Joe kann jeden Moment kommen. Was ist sonst noch passiert? Versuche, dich an jede Einzelheit zu erinnern.«

»Nichts.« Ich ärgerte mich über das schlechte Gewissen, das sich allmählich bei mir meldete. Diese Frau behandelte ihren Mann wie den letzten Dreck, rief ich mir in Erinnerung, und sie stand zwischen Sebastian und dem Stipendium. Kein Mensch hatte ein schlechtes Gewissen wegen Sebastians misslicher Lage, am wenigsten Terri, warum sollte ich mir also über sie Gedanken machen? Aber Gary Conley bedeutete ihr offenbar sehr viel und ich erzählte ihr Lügen über ihn und mischte mich skrupellos in ihr Leben ein, ohne zu wissen, was ich damit auslösen mochte. Ich konnte nicht umhin, mich ein bisschen schäbig zu fühlen. Aber obwohl ich es allmählich doch wieder bereute, mich auf diese Lügengeschichten eingelassen zu haben, konnte ich jetzt nicht mehr zurück. »Er hat gefragt, ob du da wohnst, ich habe gesagt, ja, aber normalerweise bist du tagsüber nicht zu Hause, und dann ist er einfach … gegangen.«

»Das sieht Gary ähnlich«, flüsterte sie mit Tränen in den Augen.

»Entschuldige«, sagte ich halbwegs aufrichtig. »Ich wollte dich nicht aufregen. Vielleicht hätte ich gar nichts davon sagen sollen.«

»Nein, nein.« Sie schüttelte den Kopf. »Natürlich musstest du es mir sagen. Du hast mich gar nicht aufgeregt. Ich bin jetzt glücklicher als ... seit Jahren.«

»Wirklich?« Das überraschte mich. Ich wünschte, ich hätte gewusst, was hier eigentlich vorging.

»O ja.« Sie strahlte unter Tränen. »Er hat mich doch nicht vergessen. Er ist extra aus Reading gekommen, um mich zu sehen. Das heißt, dass ihm immer noch etwas an mir liegt.«

»Reading?« Ich tat überrascht. »Wohnt er da? Ach, ich verstehe. Ich habe mich schon gefragt, wieso jemand ernsthaft Reading als Alternative zu Summerton in Betracht zieht.«

»Wenn ich wüsste, dass Gary es will, würde ich auf der Stelle nach Reading gehen«, sagte Terri, als sie aber merkte, was sie damit unterschwellig gesagt hatte, korrigierte sie schnell: »Es ist nicht so, wie es sich anhört, wirklich nicht. Es heißt nicht, dass ich Joe nicht liebe ...«

»Hör zu«, unterbrach ich sie, weil ich Keith Cobain auf uns zukommen sah und wusste, dass mir nicht viel Zeit blieb. »Gary muss dich sehr mögen, wenn er den ganzen Weg herkommt. Wenn ich du wäre, würde ich ... na ja, ich würde auf mein Herz hören, und wenn das heißt, dass du nach Reading gehst ...« Ich hatte Gewissensbisse, weil ich Joes Frau ermunterte, ihn und ihre Tochter zu verlassen und sich geradewegs davonzumachen. Aber praktisch hatte sie die beiden ohnehin schon verlassen, und zwar auf eine viel schlimmere Art und Weise als lediglich geographisch. In der jetzigen Form war zwar kein anderer Mann im Spiel, doch obwohl sie da war, ließ sie Joe im Stich.

»Aber ... du weißt ja gar nichts über die Situation. Du weißt gar nichts.« Terri beäugte mich misstrauisch. »Das sagst du doch nicht etwa aus eigennützigen Motiven, oder?«

»Natürlich nicht!« Ich schaute sie so schockiert an, wie ich konnte. »Was könnte ich ... ach, du meinst das De La Wyche? Sebastian ist nicht mal an zweiter Stelle, Terri. Ihm nutzt es nichts, wenn du das Stipendium ablehnst. Dann würde Rod Firsden es kriegen.«

»Vermutlich. Entschuldige.«

Ich gab mich gekränkt, aber nur kurz, ich wollte es schließlich nicht übertreiben.

»Kate!« Keith Cobain schlenderte heran, nachdem er sein Cognacglas nachgeschenkt hatte. »Terri! Wie geht es euch? Habt ihr das Essen genossen?«

»Entschuldigt mich.« Terri schob sich an ihm vorbei, ging an den Getränketisch und schenkte sich ein Glas Whisky ein.

»Was ist denn mit ihr los?«, fragte Keith.

»Keine Ahnung. Daphne Fielding hat sie den ganzen Abend angezickt. Vielleicht ist es das.«

»Ich weiß gar nicht, was sie eigentlich gegen sie hat«, sagte Keith. »Aber wenn Terri das Stipendium annimmt, wird es hier demnächst nicht sonderlich lustig. Es gibt jetzt schon genug Fehden am College.«

»Daphne gehört zu den Leuten, die ihr die Stelle gegeben haben.«

»Das weiß ich, aber ich kann es nicht fassen. Die anderen müssen sie überstimmt haben.« Nach Damian Selingers Angaben war das nicht der Fall, aber das sagte ich nicht. »Aber Daphne ist sehr professionell. Sie nimmt ihre Position hier zu ernst, um sich bei der Arbeit von persönlichen Gefühlen leiten zu lassen.« Nach allem, was ich von Daphne gesehen hatte, war ich geneigt, das zu bezweifeln, aber ich kannte sie schließlich nicht so gut wie Keith. Heute Abend hatte sie sich ziemlich taktlos verhalten, aber traf das nicht auf uns alle zu, besonders auf mich? Diese Mengen an Champagner und Wein reichten wohl aus, jeden zu unprofessionellem Verhalten zu bringen. Ich hoffte, dass Keith Recht hatte. Wenn Daphne ein vernünftiger Mensch mit Gerechtigkeitssinn war, durfte sie mir wohl kaum die Antworten auf meine Fragen verweigern, wenn ich sie morgen aufsuchte.

Ich sah, wie Bryony mir von der anderen Seite des Raumes aus zuwinkte. Ich winkte innerlich fluchend zurück, weil ich Damian neben ihr bemerkte.

»Ach ja, Damians neue Freundin.« Keith grinste anzüglich. »Ich habe ihr gegenüber gesessen. Sie scheint ... ziemlich nett zu sein.« Ich lachte über seinen leicht fassungslosen Unterton.

»Zu nett für ihn, meinst du?«

»Na ja ... aber er hat sich sehr verändert. Ich glaube, er und Martine haben beim anderen jeweils die schlimmsten Seiten zum Vorschein gebracht.«

»Glaubst du, dass Martine mit Fernando Rose durchgebrannt ist?« Diese Frage hatte ich praktisch allen gestellt, mit denen ich in den letzten Tagen gesprochen hatte, und ich sah keinen Grund, Keith auszulassen.

»Sicher nicht.« Er grinste. »An dem Abend lag ihr nichts ferner als Fernando. Sie war total heiß auf Ethan.«

»Ethan sagt, sie war hinter dir her«, widersprach ich verdutzt.

»Ach.« Keith runzelte die Stirn. »Ach ... na ja, schon möglich. Vielleicht hat sie mit uns beiden geflirtet. Ja, ich glaube, so war es. Ethan war wahrscheinlich zu bescheiden, dir das zu erzählen.«

»Und wo ist Fernando geblieben, wenn er nicht mit Martine weg ist? Wo stecken die beiden? Wieso interessiert sich niemand dafür, wieso macht niemand sich Sorgen?«

»Das haben wir doch getan ... aber sie sind beide erwachsen. Manchmal machen Leute sich eben aus dem Staub. Was hätten wir denn tun sollen?«

Ich runzelte die Stirn. Das war alles äußerst unbefriedigend. Was mich schwindelig und ratlos machte, waren nicht so sehr die ungelösten Rätsel, die sich mit alarmierender Geschwindigkeit mehrten. Mit einigen ungeklärten Fakten hätte ich noch umgehen können, solange immerhin ein gewisser Konsens bestanden hätte, welche Informationen eigentlich fehlten. Aber offenbar war ich die Einzige, die das Gefühl oder Interesse hatte, Fragen stellen zu müssen. Da niemand mich in meiner Sicht der Lage unterstützte, fühlte ich mich einsam und paranoid.

Plötzlich fiel mir auf, dass nicht ein Einziger, mit dem ich in Zusammenhang mit dieser ganzen Geschichte gesprochen hatte, so etwas wie ein normaler Mensch war. Abgesehen von Valerie, korrigierte ich mich, aber selbst ihre Normalität hatte etwas Beängstigendes. Sie war ein langweilig bürokratisches Emblem dieses unterschwellig korrupten Systems. Rod war so von dem Forschungsstipendium besessen, dass er im Auto einer völlig Fremden heulte. Terri nähte Schilder mit den Namen anderer Leute in ihre Kleider und überlegte, wegen eines Mannes, den sie seit Jahren nicht gesehen und mit dem sie keine Affäre hatte, nach Reading zu gehen, obwohl man ihr hier die beste Stelle der Welt angeboten hatte. Emily Lole war fest überzeugt, ich sei Teil einer Verschwörung und würde ihr den Aufenthaltsort von Fernando Rose verheimlichen. Damian Selinger hatte die – zurzeit ruhende – Tendenz, Frauen mit Cricketschlägern anzugreifen. Bryony James liebte Damian Selinger, was eine besondere Form von Anomalität war. Daphne Fielding wollte offenbar ihre Schwiegertochter öffentlich aufs Tiefste demütigen. Ich hatte das Gefühl, einen gefährlichen Kurs über einen fremden Planeten zu steuern, bewohnt von Wesen, die so völlig anders waren als ich, dass ich mich nicht einmal halbwegs in sie hineinversetzen konnte.

Ich versuchte mich damit zu trösten, dass ich doch nicht absolut ausgestoßen war, denn schließlich war ich selbst ziemlich seltsam: Ich schnüffelte herum, um etwas Unmögliches zu erreichen, erfand hanebüchene Geschichten über große, dunkelhaarige Besucher und versteckte mich in den Kleiderschränken anderer Leute.

Ich schlenderte zu Terri hinüber, aber als sie mich kommen sah, wandte sie sich ab. »Jetzt nicht«, zischte sie mir mit einer Kopfbewegung zu. Ich sah Joe und Sebastian von der anderen Seite kommen.

»Sollen wir gehen?«, fragte Joe.

»Noch nicht.« Terri kniff über seinen Vorschlag ungeduldig die Lippen zusammen. »Ich sollte vielleicht ein paar Kontakte knüpfen – falls ich die Stelle annehme.«

»Oh. Ja, gute Idee«, nickte Joe begeistert. »Na ja, dann gehe ich allein und hole Scarlett beim Babysitter ab.«

»Können wir auch gehen?«, fragte Sebastian mich. »Ich bin fertig.«

»Ich bin zu betrunken zum Autofahren«, antwortete ich. »Lass dich doch von Joe mitnehmen. Ich bleibe noch.« Mit einem vielsagenden Blick gab ich ihm zu verstehen, dass ich meine Ermittlungen für heute noch nicht abgeschlossen hatte.

»Okay«, willigte er stirnrunzelnd ein. »Aber bleib nicht zu lange.«

»Bestimmt nicht. Ich nehme mir später mit Terri ein Taxi.« Als ich das sagte, rückte Terri ein Stück von mir weg. Vermutlich bereute sie schon, dass sie mir so viel von Gary erzählt hatte, und fürchtete – zu Recht –, dass ich vorhatte, sie bei nächster Gelegenheit gnadenlos auszuhorchen.

»Joe, wenn du nach Hause kommst, vergiss nicht, die Wäsche hereinzuholen und den Müll rauszutragen«, sagte Terri ohne die geringsten Gewissensbisse. »Außerdem muss Scarletts Bett frisch bezogen werden. Ach, und vergiss nicht, den Babysitter zu bezahlen.«

»Okay«, sagte er munter. Sebastian kräuselte verächtlich die Lippen und ich hüstelte diskret, um ihn zu ermahnen, kein Wort zu sagen. Manchmal konnte er in seiner Wut seine Gedanken einfach nicht für sich behalten.

Nachdem die beiden weg waren, sagte ich zu Terri: »Joe muss völlig erschöpft sein, wo er neben seinem Vollzeitjob auch noch die ganze Hausarbeit macht.« Dabei strahlte ich übers ganze Gesicht, damit sie mir nicht nachweisen konnte, dass es als Angriff gegen sie gemeint war.

»Ach, das macht ihm nichts«, erwiderte Terri. »Er ist Feminist. Wir führen eine sehr moderne Ehe. Nicht wie meine Eltern. Mein Dad findet seine Arbeit so wichtig, dass er seiner Meinung nach zu Hause gar nichts mehr zu machen braucht. Das gilt für die meisten Männer. So ist Joe überhaupt nicht.«

»Nein. Das habe ich gemerkt«, sagte ich spitz.

»Er spielt meinen Beruf nicht herunter, wie es die meisten Männer tun. Selbst wenn er bei seiner Arbeit mit einem wirklich wichtigen Projekt beschäftigt ist, wie im Augenblick, interessiert er sich für das, was ich mache.« Plötzlich stand Bryony James neben uns, wie durch ein Wunder von Damian befreit.

»Sprechen Sie über Joes Projekt, den Bressingham-Vertrag?«, fragte sie fröhlich. »Er hat Damian und mir gerade davon erzählt. Damian ist mit Keith Cobain ins Jive Hive gegangen.« Diese Information war an mich gerichtet. Ich bedachte Bryony mit einem verschwörerischen Blick, worauf wir beide erleichtert grinsten. Wie es aussah, konnten wir doch noch miteinander reden. »Es hörte sich faszinierend an«, sagte sie nun wieder zu Terri. »Zu was haben Sie ihm geraten, zu Orange oder Schwarz?« Ich hatte keine Ahnung, worum es ging. Offenbar konnte das nur jemand verstehen, der gut über Joes Arbeit Bescheid wusste.

»Bressingham-Vertrag?« Terri war verdutzt und wurde rot. »Ach ... wahrscheinlich, ja. Ehm ... ich weiß nicht recht. Worum ging es noch? Orange oder Schwarz ... was?«

Kapitel 25

Lebenslauf: Joe Fielding

Name:
Joseph John Fielding

Adresse:
Flat 3, Noble House, 14 Renshaw Road, Cambridge

Alter:
Dreißig

Geburtsort:
Wigan, Lancashire

Familienstand:
Hart. Wird zu Hause im Namen eines Feminismus ausgebeutet, der sich bei genauerem Hinsehen als Farce erweist. Bringt der Karriere seiner Frau viele Opfer, während seine Frau offenbar ihre beruflichen Entscheidungen von den Launen eines Gary Conley abhängig macht, zumindest von seinen angeblichen Launen, die ihre Nachbarin ihr aus eigennützigen Motiven vorgelogen hat. Eine Tochter, die nach Ansicht aller Betroffenen in Cambridge bleiben wird, gleichgültig ob ihre Mutter nach Reading geht oder nicht.

Beruflicher Werdegang:
Seit Beendigung des Studiums Marketing-Berater für Spectrum Technology. Wenn Sie Einzelheiten über Joes tagtägliche Berufsarbeit wissen wollen, fragen Sie nicht seine Frau, die erst von einer Fremden erfahren musste, dass er sich zwischen Orange und Schwarz entscheiden muss. »Orange oder Schwarz ... was?«, fragte sie. Wir dürfen annehmen, dass es etwas mit einer speziellen Marketing-Kampagne zu tun hat, oder hieße das, Joe zu unterschätzen? Es könnte auch darum gehen, ob er bei der Scheidung vor Gericht einen orangefarbenen oder schwarzen Anzug tragen soll oder ob er in die nächste Waschmaschine mit Terris Weißwäsche ein orangefarbenes oder schwarzes Färbemittel zugeben soll. Nein, das ist zu optimistisch. Joe zeigt keinerlei Anzeichen von Rebellion.

Qualifikationen und Schulabschlüsse:
Bachelor of Arts in Betriebswirtschaft und Management an der früheren Oxford Polytechnic. Wählte diese Fächer aus Gründen der finanziellen Sicherheit und verdient jetzt sehr gut. Terris selektiver Feminismus spricht nicht dagegen, sich von einem Mann aushalten zu lassen.

Stärken und Schwächen:
Hauptschwäche ist seine Naivität bezüglich dessen, zu was Menschen fähig sind. Obwohl er dreißig Jahre in einer Welt voller Hunger, Vergewaltigungen, Mord, biologischer Waffen und Hinrichtungen gelebt hat, hält er an dem Glauben fest, die meisten Menschen aus seinem Bekanntenkreis – insbesondere alle, die er in seinem Supermarkt auf der Sidney Street treffen könnte – seien anständig und würden sich, wenn irgend möglich, richtig verhalten. Es fällt ihm schwer, von irgendeinem Menschen schlecht zu denken, abgesehen

von bekannten Persönlichkeiten der Geschichte, die man für schlecht halten muss, um gesellschaftlich akzeptiert zu werden. Diese Schwäche führt unmittelbar zu unangemessen gutem Verhalten und dauerhaftem Unvermögen, das wahre Wesen seiner Frau zu erkennen. Wenn Terri nach Reading geht und mit Gary Conley zusammenzieht, schicken die beiden vermutlich ihre schmutzige Wäsche per Kurier auf Joes Kosten nach Cambridge, damit er sie gewaschen und gebügelt zurückschickt. Es ist durchaus denkbar, dass er das mitmachen würde.

Zu seinen Stärken gehören hervorragende Eigenschaften als Vater, ein nettes, hilfsbereites Wesen (was als Schwäche zählt, je nachdem, wer davon profitiert), ein heiteres, fröhliches Gemüt, fast übermenschliche Energie, die es ihm ermöglicht, beinahe täglich von sechs Uhr morgens bis nach Mitternacht Arbeiten der einen oder anderen Art zu erledigen. Vergisst nie Socken oder Unterwäsche in Waschmaschinen oder Trocknern und sorgt dafür, dass Wäschestücke weniger sorgsamer Bewohner wie Sebastian sicher zu ihren Eigentümern zurückkommen. Sehr praktisch. Ich wette, dass Joe als Einziger von allen Personen, deren Lebenslauf bisher angeführt wurde, in der Lage ist, Folgendes zu leisten:

1. Ein Möbelstück zusammenbauen, das in vielen Einzelteilen geliefert wird.
2. Einen Autoreifen wechseln (das müsste ich als Fahrlehrerin eigentlich ebenfalls können, aber ich bin zu schwach, die Radmuttern mit einem Schraubenschlüssel zu lösen).
3. Einen verstopften Abfluss sauber machen.
4. Computer von Viren befreien.
5. Eine überbackene Alaskameringue zubereiten.

Meist kann man schon bald nach dem Kennenlernen spüren, ob jemand ein nützlicher oder lediglich ein dekorativer Mensch ist. Joe gehört zu den Menschen, die mehr Staub abschütteln, als sie ansammeln. Er ist für lästige Pflichten, was Sellerie für Kalorien ist. Aber wenn Joe Sellerie ist, könnte Gary Conley ein Schokoladenéclair sein.

Ist Gary Conley ein nützlicher Mensch oder Futter für eine Scheindebatte? Was kann er machen? Er mag hier ruhig mit abgehandelt werden – wir alle müssen uns dem Wettbewerb mit anderen stellen, wenn wir unseren Lebenslauf abgeschickt haben, warum also nicht gleich an der Quelle anfangen? Stellen Sie sich vor, Sie werden schon in Ihrem eigenen Lebenslauf geschlagen, bevor er mögliche Arbeitgeber auch nur erreicht hat. Nun ja, Gary Conley hat aus einer Entfernung von vier Jahren die Fähigkeit, Terris berufliche Entscheidung zu beeinflussen – ziemlich beeindruckend. Und das gilt nur für den realen Gary Conley. Wer weiß, wozu mein imaginärer Gary imstande ist, den ich angeblich vor Noble House getroffen habe. Darüber sollte ich nachdenken.

Sonstiges:
Ich könnte Joe einige Informationen geben, aber ich möchte ihm nicht wehtun. Andererseits möchte ich unbedingt Terri verletzen, auch wenn ich ein paar Gewissenbisse hatte, als sie sich nach dem Festessen so über meine Gary-Lügen aufregte. Das war aber nur ein schwacher Moment. Oder? Bin ich im Grunde ein netter Mensch, der sich Mühe gibt, skrupellos zu sein, oder ein skrupelloser Mensch, der ab und zu Gewissensbisse vortäuscht? Noch zwei unbeantwortete Fragen auf meiner Liste.

Kapitel 26

Panel Beating

Um halb eins in der Nacht saß ich auf dem Parkplatz von Noble House in meinem Micra, nachdem ich anderthalb Stunden mit Bryony James verbracht hatte. Es war uns erstaunlich leicht gefallen, Terri loszuwerden. Kurz nachdem Joe und Sebastian gegangen waren, hatte Terri einen freien Platz in dem Zirkel um Sir Patrick Chichester, dem Rektor, entdeckt und war schnell hinübergegangen, um sich an ihn zu hängen. Damian hatte sich von Keith überreden lassen, das Fest mit ihm und ein paar anderen jungen Dozenten als Herrenabend im Jive Hive fortzusetzen, und so lud Bryony mich ein, mit in ihr Liebesnest im Queen's Court zu kommen, wo wir ungestört reden konnten.

Ich fand diese Unterhaltung so aufwühlend, dass ich gar nicht schnell genug von ihr wegkommen konnte und auf der Heimfahrt sämtliche Geschwindigkeitsbeschränkungen überschritt – eine Dummheit, die ich seit Jahren nicht begangen hatte. Ich hatte mir schon oft versprochen, falls Sebastian je ein annähernd gutes Einkommen nach Hause bringen sollte, wollte ich absichtlich betrunken und auffällig an unzähligen Polizeistationen vorbeifahren. Meine Fahrlehrerlizenz aufs Spiel zu setzen, ohne das Risiko einzugehen, verhungern zu müssen, entsprach meiner Vorstellung von Luxus.

Ich war in Gedanken noch so bei unserem Gespräch, dass ich fast vergaß, mein Handy einzuschalten, um nachzusehen, ob Rod eine Nachricht hinterlassen hatte. Ich holte es aus meiner Handtasche und tippte meine PIN-Nummer ein. Sofort klingelte das Telefon und das grüne Licht blinkte. »Sie haben zwei neue Nachrichten«, sagte mein Callback-Service, dann hörte ich Rods Stimme:

»Kate, ich bin's, Rod. Ehm ... Ich weiß eigentlich nicht, wo ich anfangen soll. Können Sie morgen früh, am Samstag, gleich zu mir kommen? So früh Sie können. Ehm ... Ich sollte wohl noch ein bisschen mehr sagen, das Problem ist nur, dass ich wirklich nicht weiß, ob es ein Erfolg war oder nicht.« Es folgten noch mehr Ehms und Ahs, während Rod wohl überlegte. Ich trommelte ungeduldig auf das Armaturenbrett und wünschte, er hätte sich vor dem Anruf zurechtgelegt, was er sagen wollte. Eine stundenlange Nachricht mit Gestotter hatte mich vermutlich ein Vermögen gekostet. Ich beschloss, ihn bei unserer nächsten Begegnung mit dem Sprichwort vertraut zu machen: »Zaudern birgt Gefahr.« »Also, ich habe ihn gefunden«, teilte Rod mir schließlich mit. »Ich habe Gary Conley gefunden. Er wohnt im YMCA-Haus Reading, wie Sie gesagt haben. Ich habe mich eine ganze Weile mit ihm unterhalten, aber ... na ja, es war ungemein schwierig, mit ihm zu reden. Er kennt Terri, allerdings nicht sonderlich gut. Ich weiß nicht, ob er etwas machen kann. Ach, und er hat mir ein Video gegeben. Das ist blöd, ich kann das jetzt nicht erklären. Kommen Sie einfach morgen vorbei. Tschüs.«

Ich knabberte nachdenklich an meiner Lippe. Wieso hatte Gary Conley Rod ein Video gegeben? An Rods Ton merkte ich, dass er mit den Ergebnissen seiner Reise nicht zufrieden war. Besonders niedergeschlagen klang er, als er sagte: »Ich weiß nicht, ob er etwas machen kann.« Offenbar hatte er gehofft, Gary Conley säße schon in den Startlöchern, um Terri wegzuholen, damit Rod das Stipendium bekäme. Ich hätte ihm sagen können, dass das äußerst unwahrscheinlich war, obwohl nach dem vergangenen Abend nichts unmöglich schien. Außerdem kümmerte es mich nicht mehr, was Gary Conley unternehmen konnte, da ich viel mehr damit beschäftigt war, was *ich* in seinem Namen machen konnte. Meine erfundene Geschichte hatte Terri spontan herausplatzen lassen, dass sie die Stelle in Reading annehmen würde, wenn Gary es wollte, daher war ich zuversichtlich, dass weitere erfundene Begegnungen ihre Wirkung nicht verfehlen würden, zumal wenn ich ihm ein paar überzeugende Worte in den Mund legte. Terri würde natürlich herausfinden, dass ich gelogen hatte, wenn sie erst einmal nach Reading gezogen wäre und mit ihm persönlich gesprochen hätte, aber dann würde es keine Rolle mehr spielen, weil sie das Stipendium bereits abgelehnt hätte. Ihre Meinung von mir war mir nicht so wichtig. Terri loszuwerden war also der einfachere Teil der Übung. Mit Rod dürfte es mehr Probleme geben. Plötzlich war ich unglaublich traurig und ließ mich nur zu gern von der zweiten Nachricht auf meinem Handy ablenken.

Sie war von Sebastian, der mir sagte, ich solle mich beeilen und nach Hause kommen. Er klang, als ob er nicht begreifen könne, weshalb ich ihn allein gelassen hatte. Ich beschloss, erst morgen weiter nach etwas zu suchen, das mir an Rod nicht gefiel. Obwohl ich es für Sebastian tat, empfand ich es als Verrat, hinter seinem Rücken mit dem Reservekandidaten für das De La Wyche Stipendium zu paktieren, und das umso mehr, als es mir bisher unmöglich war, Rod zu hassen. Er war ein bisschen verdreht, aber trotzdem ganz amüsant. Bei der Erinnerung, wie er aus meinem Wagen gesprungen war, um nach Reading zu fahren, musste ich lachen. Das hätte Sebastian nie gemacht. Er hätte sich geschlagen gegeben und erklärt, das hätte keinen Sinn.

Ich warf mir vor, dass ich Rod und Sebastian schon wieder miteinander verglich. Ich war fast genauso schlimm wie der De La Wyche Ausschuss. Ich rief zu Hause an, erreichte aber nur den Anrufbeantworter. Sebastian war offenbar schon ins Bett gegangen. Ich sprach ihm auf Band, dass ich unterwegs sei, schaltete dann die Fahrgastbeleuchtung im Wagen an und holte Notizbuch und Stift aus meiner Handtasche.

Ich wollte mir Notizen über das Gespräch mit Bryony machen, wusste aber nicht, wo ich anfangen sollte. Nach einer Weile entschied ich mich für eine Art Gedächtnisprotokoll.

Zuerst sagte ich Bryony, dass ich ihren Brief gelesen hatte, und drückte ihr mein Mitgefühl aus. Dann fragte sie mich, was ich davon hielt, dass sie mit Damian zusammen war.

Da sie ausdrücklich meine ehrliche Meinung hören wollte, sagte ich: »Es fällt mir schwer, mich an den Gedanken zu gewöhnen, dass Sie beide zusammen sind.«

»Warum? Weil Sie Martine gekannt haben?«

»Nein. Vielleicht zum Teil. Ich meine, sie und Damian haben ständig gestritten und ... versucht, sich gegenseitig wehzutun. Hat er Ihnen davon erzählt?«

»O ja. Er hat mir alles erzählt.« Bryony saß mit geradem Rücken auf dem Folterstuhl, beide Hände um einen Becher Kaffee gelegt. Genau wie ich trank sie gern starken löslichen Kaffee, nahm allerdings nur zwei Löffel pro Tasse, während ich zweieinhalb bevorzugte. »Ich weiß, dass er sie einmal fast blind gemacht hätte, weil sich durch einen seiner Angriffe ihre Netzhaut gelöst hatte.« Sie lächelte, als plauderten wir über Kräuterbeete oder Kochrezepte. »Damals war es so schlimm zwischen ihnen, dass sie einfach keinen Ausweg mehr wussten.« Ich runzelte skeptisch die Stirn. Wer keinen Ausweg fand, wenn die Alternative eine Netzhautablösung war, war meiner Ansicht nach zu blöd, um Mitleid erwarten zu können. »Wissen Sie, was mich als Erstes zu Damian hingezogen hat?«, fragte Bryony.

»Diese Wohnung?« Ich betrachtete die schimmernden Hölzer, die flauschigen Teppiche und hohen Decken. »Die Tatsache, dass jeden Tag ein Zimmermädchen kommt und den Abwasch macht?«

Sie lachte. »Nein. Seine Bitterkeit.« Mir fiel eine Zeile aus George Herberts Gedicht *Seufzen und Stöhnen* ein: *»O greif doch nicht deine bitt're Lade.«* Seit Rod mir dieses Gedicht gezeigt hatte, hatte ich es immer wieder gelesen. Fast kannte ich es schon auswendig. »Es war kein Zufall, dass ich Damian in der Mitre Tavern getroffen habe«, erzählte Bryony und machte eine Pause, um mir Gelegenheit zu der Frage zu geben, die sich aufdrängte.

»Wie meinen Sie das, es war kein Zufall?«, fragte ich pflichtschuldig.

»Ich bin ihm gefolgt. Ich war damals schon seit einer Woche in Cambridge.« Wieder spannte sie mich lächelnd auf die Folter.

»Was? Wieso?« Ich hatte noch nie so tun können, als sei ich schwer zu haben.

»Ich wollte so viel wie möglich über die Leute im Vergabeausschuss erfahren. Ich hing an der College-Bar herum, unterhielt mich mit Pförtnern und Studenten. Bis zu jenem Samstag hatte ich schon einiges in Erfahrung gebracht.«

»Was? Wollen Sie sagen, Sie sind schon eine Woche vor dem Vorstellungsgespräch hergekommen, um …«

»Um Nachforschungen anzustellen«, beendete sie meine Frage. »Ja. Das habe ich immer vor Vorstellungsgesprächen gemacht. Die meisten kommen gar nicht auf solch eine Idee.«

»Nein«, stimmte ich zu. Ich fand die Vorstellung verrückt. Sich gut vorzubereiten war eine Sache, aber so etwas erschien mir völlig sinnlos.

»Sie würden sich wundern, wie viel man an einer Hochschule erfahren kann, wenn man nur mit Leuten redet. Nach ein paar Tagen wusste ich, dass Professor Fielding und Terri sich nicht ausstehen können, dass Emily Lole nach dem Verschwinden von Fernando Rose einen Nervenzusammenbruch hatte. Ich kannte sämtliche Ausschussmitglieder vom Sehen und war ihnen ein bisschen gefolgt. Das war nicht sonderlich spannend. Valerie Williams und Emily Lole verlassen das College anscheinend nie und Professor Fielding pendelte lediglich zwischen dem College und ihrer Wohnung hin und her. Im Vergleich dazu war Damians Ausflug in die Mitre Tavern geradezu exotisch.« Sie lächelte.

»Moment mal«, warf ich ein. »Wieso? Warum haben Sie das gemacht?

»Ich wollte, dass man mir die Stelle gibt«, erklärte sie schlicht. »Das De La Wyche Fellowship war die dreißigste Hochschulstelle, um die ich mich beworben hatte, und das zweiundzwanzigste Vorstellungsgespräch, zu dem ich eingeladen wurde.« Ich starrte sie mit großen Augen an. Ihre Bilanz war noch schlechter als Sebastians. Ein ungutes Gefühl wie Seekrankheit schwappte durch meinen Körper. Mir war nicht klar, ob es Angst oder Aufregung war. »Ich halte mich für … nun ja, so etwas wie eine Expertin auf dem Gebiet der Vorstellungsgespräche, nachdem ich schon so viele hinter mich gebracht habe«, erklärte sie. »Eines ist mir recht bald klar geworden: Nicht immer gewinnt der Beste.« Ich nickte eifrig, da sie aussprach, was ich selbst oft gedacht hatte. »Und der Grund dafür ist, dass Menschen daran beteiligt sind, Menschen, die in jede Entscheidung, die sie treffen, ihre Launen, Marotten und persönlichen Geschichten mit einbringen, ob sie es wissen oder nicht. Deshalb habe ich angefangen, vor den Vorstellungsgesprächen Nachforschungen anzustellen. Wenn man etwas über die Ausschussmitglieder als Menschen erfahren hat, kann man bei dem Vorstellungsgespräch Bemerkungen einflechten, die ihren Ansichten und Vorlieben entsprechen. Verstehen Sie?«

»Ich weiß nicht recht.« Aus irgendeinem Grund wollte ich nicht zugeben, dass ich es zu verstehen glaubte.

»Es funktioniert nicht immer. Manchmal erfährt man nicht viel, was einem weiterhelfen könnte. Andere Male schon. Beim De La Wyche Ausschuss wollte ich in den Vordergrund rücken, dass meine Forschungsarbeit fächerübergreifend ist und künstlerische, naturwissenschaftliche und philosophische Aspekte der Antarktis verknüpft. Ich habe sogar gesagt, dass sie sich auch mit Medizin befasst, mit ihrer kulturellen Relevanz für den Kampf zwischen Mensch und Natur. Mir war klar, dass ich damit allen Ausschussmitgliedern das Gefühl vermitteln würde, wichtig zu sein. Laut College-Klatsch ist Valerie gegen jede Forschung, die allzu theoretisch ist und der Gesellschaft nicht nutzt. Emily ist Naturwissenschaftlerin, Damian ist Philosoph ...«

»Ich verstehe. Erzählen Sie weiter«, warf ich ein. Ich glaube, ich erwartete etwas für sie Be- oder Entlastendes. Beides wäre mir recht gewesen. Im Augenblick war ich einfach nur völlig durcheinander.

»Ich hatte genug über Damian und Emily Lole erfahren, um zu wissen, dass beide zutiefst verunsicherte, kaputte Menschen waren. Professor Fielding hatte etwas gegen ihre Schwiegertochter, die ihr den einzigen Sohn weggenommen hatte. Verstehen Sie?« Sie strahlte mich an. »Sie alle hatten die eine oder andere Macke. Ich war überzeugt, dass ich bei dem Vorstellungsgespräch lediglich meine Antworten nacheinander auf ihre jeweiligen Interessen zuschneiden müsste, um ihnen das Gefühl zu vermitteln, wichtig und wertvoll zu sein, indem ich betonte, was für eine wichtige Rolle ihre jeweiligen Fachgebiete in meiner Forschungsarbeit spielen.« Sie klopfte sich auf die Knie. »So habe ich das bei vielen Vorstellungsgesprächen gemacht. Einmal fand ich heraus, dass ein Professor, der in dem Vergabegremium saß, auf Blondinen stand, also färbte ich mir das Haar. Ein anderes Mal wusste ich, dass ein berühmter Atomwaffen-Gegner und Philosoph den Ausschussvorsitz hatte. Also trug ich einen Anti-Atomwaffen-Ohrring. Es ist wie ein Spiel, bei dem es nur darum geht, die Gremien zu besiegen, die über eine Stellenvergabe zu entscheiden haben. Ich nenne es ›Panel Beating‹.«

»Sie können nicht sonderlich gut in diesem Spiel sein, wenn man sie zweiundzwanzigmal abgelehnt hat«, sagte ich grausam. Mir drehte sich der Magen um, wenn ich Bryony mit ihren heimtückischen Taktiken prahlen hörte. Außerdem ärgerte ich mich, dass ich nicht selbst darauf gekommen war. Vielleicht sollten Sebastian und ich ein paar Tage vor den Vorstellungsgesprächen nach Sheffield und Canterbury fahren und ein bisschen Klatsch und Tratsch aufschnappen.

»Ich habe nie gesagt, dass ich zweiundzwanzigmal abgelehnt wurde. Ich habe nur gesagt, dass ich bei zweiundzwanzig Vorstellungsgesprächen war.« Bryonys unerschütterliche Ruhe ärgerte mich. Sie ließ sich durch nichts aus der Fassung bringen. »Die letzten sieben Stellen vor dem De La Wyche, bei denen ich in die engere Wahl kam, hat man mir angeboten. Ich habe sie alle abgelehnt.«

»Sie haben sie abgelehnt?« Jetzt war ich völlig fassungslos. »Warum?«

»Weil ich nicht zu arbeiten brauche. Ich bin reich. Mein Lottogewinn ...«

»Ich weiß, aber ... warum machen Sie sich dann diese

ganze Mühe ... schnüffeln herum, um Stellen zu bekommen, die Sie dann doch nur ablehnen?«

»Aus Rache.« Sie strahlte mich erwartungsvoll an und musterte mich eingehend, um meine Reaktion einschätzen zu können.

Kapitel 27

Eine neue Berufung

»Sie haben doch meine Lebensgeschichte gelesen«, sagte sie. »Nach allem, was passiert ist, hat die Wut mein ganzes Leben bestimmt. Es war, als ob ich gar keine eigene Persönlichkeit mehr hätte, ich war nur noch ... wandelnder Zorn.« Ich nickte, weil es mir nicht viel anders ging. Wie lange war es her, seit die Sorge um Sebastians mangelnden Erfolg an der Stellenfront nicht jede Minute meiner Tage beherrscht hatte? »Ich hatte lebhafte Fantasien, sie alle umzubringen: Blake, meine Referenzen, Selena Gamble, Lionel Suggs, alle, denen ich bei Vorstellungsgesprächen gegenübergesessen habe und die mich abgelehnt haben. Wäre ich nicht felsenfest überzeugt gewesen, dass ich eine geborene Versagerin bin, ich hätte bestimmt versucht, sie zu ermorden. So verzweifelt war ich, aber was hätte ich schon für eine Chance gehabt, damit durchzukommen, wo mir doch auch sonst nichts gelang?«

Ich lächelte nervös und bemüht, es mir nicht mit ihr zu verderben. Sie war eindeutig gestört und in wesentlich schlimmerer Verfassung als ich oder Sebastian. Auch ich hatte ab und zu Fantasien, Einstellungsgremien zu massakrieren, aber ich beschränkte sie strikt auf meine Fantasie.

»Ich weiß, was Sie denken«, kicherte Bryony. »Und Sie haben Recht. Wahrscheinlich war ich damals verrückt. Aber tun Sie nicht so, als ob Sie das nicht verstehen könnten. Ich habe gesehen, in welcher Verfassung Sie waren, als ich Sie hier bei Damian kennen lernte. Sie waren verzweifelt, es war Ihnen an den Augen abzulesen. Das habe ich sofort erkannt. Diesen Blick hatte ich früher auch, bevor mein Buch erschien und überall begeisterte Kritiken bekam. Und dann gewann ich das Geld. Aber eigentlich interessiert mich das gar nicht, weder das Geld noch das Buch. Das habe ich Ihnen nur erzählt, damit Sie verstehen, wieso ich mir diese Racheaktionen überhaupt leisten konnte.« Sie sprang auf und packte meine Hände. Plötzlich redete sie so schnell, dass ich ihr nur mit Mühe folgen konnte. Offensichtlich hatte ich ihren Wunsch unterschätzt, ihre Rache in allen Einzelheiten mit mir zu teilen, und nun saß ich hier in einem Turmzimmer mit einer Verrückten fest. Was gestörte Persönlichkeiten anging, war mir der Emily-Lole-Typ lieber, dessen seelische Instabilität auf Anhieb erkennbar war, weshalb man ihnen leichter aus dem Weg gehen konnte. »Ich wusste, dass ich gute Chancen auf eine Stelle hatte, nachdem mein Buch so gut aufgenommen wurde, aber jetzt brauchte ich keine Arbeit mehr. Ich war reich!«, kreischte sie. »Plötzlich wusste ich, was ich mit meinem Leben anfangen wollte. Eine wissenschaftliche Laufbahn interessierte mich nicht mehr, das hatte ich hinter mir gelassen. Der neue Mensch, der ich nun war, wollte sich nur noch an diesen Schweinen rächen, an dem ganzen korrupten System, das mein Leben fast ruiniert hätte. Damals fing ich an, mein Spiel zu spielen.«

»*Panel Beating*?«, fragte ich vorsichtig.

»Ja. Ich bewarb mich um jede Stelle, die in meinem Fachgebiet ausgeschrieben wurde. Bei fast allen wurde ich zu Vorstellungsgesprächen eingeladen. Ich fuhr ein paar Tage früher hin, stellte meine Nachforschungen über die Mitglieder des Ausschusses an und bemühte mich nach Kräften, bei dem

Vorstellungsgespräch das zu sagen, was sie hören wollten. Jedes Mal, wenn ich eine Stelle angeboten bekam, und das war fast immer so – ich glaube, nur eine habe ich nicht bekommen –, habe ich angenommen und erst in letzter Minute abgelehnt, nachdem ich dafür gesorgt hatte, dass sie mich unbedingt haben wollten. Ich wartete immer so lange wie möglich mit meiner Absage, bis kurz vor Semesterbeginn, und brachte sie damit richtig in die Bredouille. Das Tolle war, dass sie mich trotzdem alle unbedingt haben wollten, weil mein Buch eine solche Wirkung hatte. Die Leute fragten mich schon bei den Vorstellungsgesprächen, warum ich diese oder jene Stelle abgelehnt hatte. Dann lächelte ich nur zuckersüß und erklärte ihnen, ich wollte für die absolut beste Universität arbeiten, und das sei natürlich ihre, und sie fielen jedes Mal darauf rein. Ich führte eine Liste der Hochschulen, die ich hatte abblitzen lassen – so sah ich das nämlich –, Leeds, York, Bristol, Swansea, University College London, Exeter. Summerton sollte für mich die Krönung werden. Ich konnte es gar nicht abwarten, das beste College von Cambridge der Liste meiner Opfer hinzuzufügen. Und dann traf ich Damian. Möchten Sie noch einen Kaffee?«

Ich schüttelte den Kopf.

»Sind Sie schockiert?«, fragte sie mich.

»Ich glaube nicht«, antwortete ich zögernd. »Ich weiß es nicht … ich meine, wäre es nicht eine bessere Rache an all den Leuten gewesen, die Ihrer Karriere Steine in den Weg gelegt haben, wenn Sie eine der angebotenen Stellen angenommen hätten? Dann hätten Sie sie wirklich schlagen können, weil Sie die akademische Laufbahn eingeschlagen hätten, die Sie immer wollten.« Selbst wenn Sebastian das Glück gehabt hätte, viel Geld zu gewinnen, hätte er sicher immer noch an einer Hochschule arbeiten wollen. »Ich habe den Eindruck, dass die anderen immer noch den Sieg davontragen«, sagte ich. »Sie haben sich von Ihrer eigentlichen Berufung abbringen lassen.«

»Da irren Sie sich.« Bryony bedachte mich mit einem überlegenen Lächeln. »Rache, das ist meine Berufung. Damian hat gesagt, dass Sie es nicht begreifen würden. Vielleicht sind Sie noch nicht verbittert genug.«

»Das bin ich allerdings, das versichere ich Ihnen«, sagte ich verärgert, merkte dann aber, wie lächerlich es klang. Ich musste Bryony nichts beweisen und wollte es auch nicht.

»Dass ich Damian getroffen und mich in ihn verliebt habe, hat meine Pläne völlig durcheinander gebracht. Ich bin ihm, wie gesagt, in die Mitre Tavern gefolgt und dachte, er hätte mich nicht bemerkt, aber das stimmte nicht. Wir standen an der Bar und die Bedienung kam zu ihm, um seine Bestellung aufzunehmen. Er schaute sie an und sagte: ›Wissen Sie, dass ich von dieser Vogelscheuche da drüben verfolgt werde?‹ Dabei deutete er auf mich. ›Sie verfolgt mich schon den ganzen Tag. Ich habe keine Ahnung, was sie will.‹« Bryony lachte liebevoll. »Wissen Sie, ich trug mein Vergeltungskostüm, also, eigentlich ist es ein Kostüm für die Vorstellungsgespräche. Ich trug es jeden Tag, bis ich Damian kennen lernte. So nannte ich es, weil ich nur Vergeltung im Sinn hatte. Wollen Sie es sehen?« Ich wollte verneinen, aber Bryony war schon an einen Einbauschrank im Wohnzimmer gegangen und holte einen verbogenen, rostigen Kleiderbügel heraus. »Schauen Sie«, sagte sie und schwenkte ein schmuddeliges kastanienbraunes Kostüm vor mir. Das Jackett hatte einen großen Kaffeefleck am linken Revers und der Rock wirkte, als wären Autoreifen darüber gefahren. Unter den Achseln des Jacketts waren dunkle Flecken.

»Es ist dreckig.« Ich zog mich etwas zurück. »Ihh. Es stinkt.«

Bryony kicherte. »Ich weiß, ist das nicht cool? Diese angewiderten Mienen waren toll, wenn ich damit zu einem Vorstellungsgespräch erschien. Es war, als ob ich damit sagen würde: ›Ich bin so gut, ich brauche nicht mal meine Kleider zu waschen.‹ Ich war Herr der Lage, nicht sie.«

Ich runzelte die Stirn.

»Sie begreifen es nicht, oder?« Sie lächelte geduldig wie eine Sonderschullehrerin bei einem besonders schwierigen Schüler. »Ich wollte damit etwas ausdrücken: Vorstellungsgespräche sind schmerzhaft. Das Kostüm ist ein Symbol.« Was immer es sein mochte, ich wünschte, Bryony würde es wegnehmen. Es roch nach einer Kombination aus Gasleck und Moder.

»Sie haben es jeden Tag getragen?« Bei diesem Gestank wunderte es mich gar nicht, dass Damian bemerkt hatte, dass sie ihn verfolgte. »Bryony, das ist ja ekelhaft!«

»Ich habe mich ekelhaft gefühlt. Warum sollte ich dann nicht auch ekelhaft aussehen?«

»Sie wollten mir von Damian erzählen«, erinnerte ich sie. »Er hatte Ihnen gerade vorgehalten, dass Sie ihm ins Mitre gefolgt waren.«

»Stimmt.« Bryony hängte das Kostüm an die Tür. Es baumelte noch ein Weilchen hin und her und verbreitete dabei seinen säuerlichen Geruch im Zimmer. »Also, bevor ich es abstreiten konnte, drehte er sich zu mir um und ließ die bitterste Schimpftirade los, die ich je gehört hatte.«

»Was sagte er?«

»Alle Frauen, die er kennen würde, hätten sich verschworen, ihn zu vernichten. Er rasselte eine ganze Liste herunter: seine Mutter, seine Schwester, jede Freundin, die er hatte, und Martine natürlich. Er beschuldigte mich, hinter ihm her zu sein, was ich in gewisser Weise ja auch war.« Bryony strahlte liebevoll, als ob sie in allen Einzelheiten erzählte, wie er ihr den Hof gemacht hatte. »Er sagte, man sollte alle

Frauen durch den Fleischwolf drehen.« Sie kicherte. »Er war so voller Hass! Sie hätten ihn sehen müssen. Seine Oberlippe war ganz trocken und klebte am Zahnfleisch. Er sah aus wie ein Hai. In diesem Moment merkte ich, dass ich mich in ihn verliebt hatte.«

»Sie sind verrückt«, sagte ich taktlos. Nach dem Festessen war ich inzwischen so erschöpft, dass ich meine ehrliche Meinung nicht mehr verhehlen konnte.

»Ich weiß, es klingt komisch, aber verstehen Sie denn nicht? Niemand hatte zu mir durchdringen können. Seit Jahren fühlte ich mich wie eine von der Menschheit Verstoßene. Mein Leid hatte mich so verbogen, dass ich nichts mehr gemein hatte mit normalen Menschen, die sich höflich und zivilisiert benehmen. Mein ganzes Leben lang wollte ich nur noch schreien und brüllen und grässliche Dinge sagen, aber ich war zu feige. Ich fraß alles in mich hinein. Und dann plötzlich kam Damian und ließ all die Wut und den Hass einfach heraus, die in mir brodelten – in einem Pub, vor allen Leuten.« Am liebsten hätte ich sie gefragt, wieso sie sich nicht unter den Arkaden in Lloyd Lunnon verliebt hatte, wenn sie ungezügelte Wutausbrüche so attraktiv fand, aber sie redete zu schnell, als dass ich auch nur ein Wort dazwischen bekommen hätte. »Es war so eine Erleichterung! Ich stand da, hörte zu, wie er schrie und seine ganze Wut herausließ, und spürte, wie mein eigener Schmerz sich in nichts auflöste. Es war, als wäre mir eine riesige Last von den Schultern gefallen. Alles, was er sagte ... na ja, hätte ich auch sagen können.«

»Nein, bestimmt nicht«, sagte ich pedantisch und verärgert über Bryonys unscharfes Denken. »Ihr Zorn richtete sich gegen Bewerbungsausschüsse und Arbeitgeber, während er einfach nur gemein und frauenfeindlich ist.«

»Aber er ist weder gemein noch frauenfeindlich!« Bryony

schüttelte vehement den Kopf. »Das wusste ich sofort, trotz allem, was er sagte.« Darauf sagte ich gar nichts mehr. Wer hört, wie ein Mann sagt, Frauen sollten durch den Fleischwolf gedreht werden, und ihn dann nicht für frauenfeindlich hält, muss entweder außergewöhnlich scharfsichtig oder rundweg dumm sein. Falls das Letztere auf Bryony zutreffen sollte, hatte es keinen Sinn, mit ihr zu diskutieren.

»Wissen Sie, was ich gemacht habe, als er aufhörte zu brüllen?«, fragte sie mich begierig. »Ich habe ihn geküsst. Ich bin zu ihm gegangen, habe meine Arme um ihn geschlungen und ihn auf den Mund geküsst. Niemand im Pub konnte es fassen. Sie waren alle gespannt, was er machen würde.«

»Und was hat er gemacht? Sie geschlagen?«, fragte ich hoffnungsvoll.

»Nein. Er tat gar nichts. Er schaute mich nur an und blinzelte ein paar Mal, als ob er mich für eine Halluzination hielte. Dann lud ich ihn zu einem Drink ein. Und er sagte ja. Wir setzten uns an einen Tisch und ich erzählte ihm, was für eine wunderbare Wirkung er auf mich gehabt hatte, Sie wissen schon, mit seinem Gebrüll. Ich selbst konnte es ja nicht, verstehen Sie! Ich bin ein Mensch, der alles in sich hineinfrisst, und ich bewunderte ihn ungeheuer. Er konnte einfach endlos laut und unfreundlich sein. Ich weiß, es klingt verrückt, aber er gab mir das Gefühl, dass ich nicht allein bin. Er verlieh mir eine Stimme.«

»Ich bitte Sie«, sagte ich, aber Bryony redete weiter, ohne auch nur Luft zu holen. Sie war voller Selbstvertrauen, wie man es nur bei völlig Verrückten findet, die imstande sind, mit einer Sandwich-Werbung herumzulaufen, ohne sich blöd vorzukommen.

»Sehen Sie, ich kann jetzt einfach reden und reden und alles sagen, was ich will.« Wahrhaftig. »Bevor ich Damian kennen lernte, konnte ich kaum zwei zusammenhängende

Worte über die Lippen bringen, außer bei Vorstellungsgesprächen, aber das zählte nicht. Das war Theater. Ich erzählte ihm von meinem Leben, was mir passiert war und … na ja, da hat es zwischen uns gefunkt. Es war nicht gerade Liebe auf den ersten Blick, aber fast. An dem Abend sind wir …«

»Ich habe schon begriffen«, sagte ich hastig, um mir etwaige Bettgeschichten zu ersparen. Ich konnte durchaus leben, ohne zu erfahren, wie Damian zu dem Spitznamen »Hirsch« gekommen war.

»Nein, nein, ich rede nicht von Sex, obwohl es dazu natürlich auch kam.«

»Natürlich«, sagte ich sarkastisch. Wie auch nicht, wo ihre Beziehung doch so romantisch angefangen hatte?

»Wir brüllten und brüllten. Wir haben Sachen zertrümmert, fast die ganzen Möbel. Damian musste am nächsten Tag den Unterquästor anrufen und neue Stühle, Tische und alles anfordern.«

»Und er hat sie natürlich bekommen«, stellte ich sachlich fest. Summerton war reich genug, für solche Notfälle ausreichend Ersatzmöbel parat zu haben. Schließlich konnte man nie wissen, wann ein Dozent sich einen Anfall von reinigendem Vandalismus leisten musste.

»Sicher«, sagte Bryony. »Aber das ist unwichtig. Ich will mit dieser Geschichte lediglich erklären, warum ich meine Bewerbung zurückgezogen habe. Das wollten Sie doch wissen.«

»Und ich weiß es immer noch nicht.«

»Das Einzige, was ich Damian an jenem Abend nicht über mich erzählt habe, war diese Sache mit meinem *Panel Beating*. Er war so versessen darauf, mir das De La Wyche zu verschaffen! Er sagte, er könne das für mich schaukeln. Das habe ich ihm auch geglaubt. Aber ich konnte nicht auf meine Rache verzichten, nicht nach all der Mühe, die ich investiert hatte. Und Summerton sollte mein krönender Sieg werden. Aber dann hatte ich mich in Damian verliebt und konnte es nicht über mich bringen, ihn zu enttäuschen. Es hätte ihm das Herz gebrochen, wenn ich Summerton abgelehnt hätte.«

»Warum haben Sie ihm nicht die Wahrheit gesagt?«, fragte ich und hätte mir am liebsten in den Hintern getreten, weil ich immer noch hier saß und ihr zuhörte. Ich hätte dieses Gespräch beenden sollen, sobald es in Richtung Absurdität und pilzbefallene Kostüme abglitt. Stattdessen saß ich hier, nickte und stellte vernünftige Fragen, als ob ich mit einer ganz normalen, gesunden Person redete. Aber die Neugier triumphierte vorübergehend über all meine nobleren Impulse, und was immer man auch über Bryony sagen konnte, langweilig war sie bestimmt nicht.

»Ich dachte, er würde mich zwingen, die Stelle zu nehmen, wenn ich sie bekäme. Er wollte, dass ich ans Summerton komme und ... also, Damian ist ziemlich selbstsüchtig. Er kann es nicht leiden, wenn etwas nicht nach seinem Kopf geht.«

»Damian selbstsüchtig? Niemals!«, sagte ich höhnisch. Sie kicherte verschwörerisch, was meiner scharfen Bemerkung die Spitze nahm. Am liebsten hätte ich sie an den Haaren auf den Boden gezerrt und herumgeschleift, verkniff es mir aber, damit sie sich nicht in mich verliebte. Offenbar reagierte sie so auf unverhohlene Feindseligkeit.

»Beim Vorstellungsgespräch war ich das reinste Nervenbündel. Ich war so in Sorge, was ich machen sollte, falls ich die Stelle bekäme, dass ich wohl unbewusst alles vermasselt habe, damit sie sie mir gar nicht erst geben konnten. Damian war fuchsteufelswild, weil ich so schlecht war. Er nannte mich eine völlige Versagerin, was mich wirklich getroffen hat.« Bryony sagte das, als sei es eine eigenwillige Marotte von ihr, wo die meisten Menschen doch begeistert waren, wenn ihr Geliebter sie als Versager bezeichnete. »Den ganzen Dienstagabend redete er nicht mit mir. Als er am Mittwoch von der Arbeit kam, hielt ich es nicht länger aus. Ich musste ihm die Wahrheit sagen. Ich dachte, er würde mich umbringen, aber er fand es komisch. Ihm gefiel die Idee des *Panel Beating*. Das liebe ich so an Damian! Er kann sich wirklich für die Rachegelüste anderer begeistern. Ich hatte erwartet, dass er sagen würde, mein Verhalten sei sinnlos und destruktiv, aber er war sehr angetan davon und konnte sich wirklich in mich hineinversetzen. Er war sogar noch rachsüchtiger als ich. Sehen Sie, er ist nicht immer selbstsüchtig.« Sicher blieb mir der Mund offen stehen. Wollte Bryony mich ernsthaft von Damians Altruismus überzeugen, indem sie mir schilderte, dass er sich für ihre Übeltaten genauso begeistern konnte wie für seine eigenen?

»Damit wäre alles in Ordnung gewesen«, verblüffte sie mich wieder einmal mit ihrer verdrehten Wahrnehmung, »wenn ich nicht das Gefühl gehabt hätte, an der letzten Hürde gescheitert zu sein. Der Gedanke, dass Summerton das einzige Gremium war, das ich nicht hatte schlagen können, war mir grässlich. Aber Damian – er ist einfach brillant – hatte sich schon einen Ausweg überlegt. Er sagte mir, dass der Ausschuss noch keine Entscheidung getroffen hatte, weil Professor Fielding früher wegmusste. Er schlug vor, ich solle am Mittwochabend im College anrufen und meine Bewerbung zurückziehen, dann wäre es nach wie vor ich, die ihnen eine Absage erteilte, und nicht umgekehrt. Und genau das habe ich getan.«

»Großartig. Ich bin begeistert«, sagte ich und stand auf, um zu gehen. »Jetzt haben Sie einen jähzornigen Freund und keinen Job. Ich meine, was wollen Sie mit dem Rest Ihres Lebens anfangen? Sie können dieses *Panel Beating* nicht ewig weiterbetreiben.«

»Nein, es ist Zeit, etwas anderes zu machen«, stimmte sie zu. »Ich gehe jetzt zu einer besseren Rache in größerem Stil über. Es war Damians Idee. Sie ist brillant, sogar noch besser als das *Panel Beating.*« Ich verspürte ein angstvolles Stechen in der Magengrube und hatte Visionen, wie sie mit ihrem Hirsch irgendwo in Summerton eine Bombe deponierte und das ganze College in die Luft jagte. Gott sei Dank war keiner von beiden Physiker.

»Was?«, fragte ich nervös.

»Bevor ich es Ihnen sage: Machen Sie mit? Helfen Sie uns? Ich war mir sicher, dass Sie mitmachen. Neulich schienen Sie wütend genug zu sein.«

»Natürlich mache ich nicht mit! Wobei überhaupt? Was ist das für ein Plan?«

»Das kann ich Ihnen nur sagen, wenn Sie mitmachen.«

»Gut, dann sagen Sie es mir nicht.« Ich schickte mich abermals an zu gehen, was ich schon eine Stunde zuvor hätte tun sollen. Die Tatsache, dass ich so lange geblieben war, würde meinen großartigen Abgang verwässern.

»Sie überlegen es sich bestimmt noch anders«, trällerte Bryony fröhlich, als ich ging. »Kommen Sie wieder, wenn es so weit ist.« Ich lief mit demselben Gefühl die Wendeltreppe hinunter wie bei meinem letzten Besuch in der Suite G12, Queen's Court – als müsse ich vor einem unbestimmten, aber schrecklichen Schicksal fliehen. Mir kam in den Sinn, die Polizei anzurufen und mich zu erkundigen, ob es je offizielle Ermittlungen zum Verschwinden von Martine Selinger gegeben hatte. Nach dem lebhaften Bild, das ihre Nachfolgerin von Damian gezeichnet hatte, erschien die Hypothese, dass Martine mit Fernando Rose durchgebrannt sei, doch allzu optimistisch.

Kapitel 28

Lebenslauf: Martine Selinger

Name:
Martine Lisette Selinger

Adresse:
Unbekannt

Alter:
Dreißig

Geburtsort:
Farnham, Surrey

Familienstand:
Verheiratet mit Damian Selinger, keine Kinder. Sie wollte Kinder, aber er nicht, zumindest nicht mit ihr, denn er vertrat die Ansicht, dass ihre Gene minderwertig seien und nicht verdient hätten, fortgepflanzt zu werden. Niemand aus Martines Verwandtschaft hatte studiert, vielmehr wies ihr Stammbaum bei näherem Hinsehen eine beängstigende Sammlung von Klempnern, Friseusen, Taxifahrern und Verkäuferinnen auf. Bei seiner Frau begnügte Damian sich mit einem niedrigen Intelligenzquotienten, da sie ihn mit großen Brüsten und langen Beinen wettmachte, aber an eventuelle

Kinder wollte er diesen Mangel nicht weitergeben. Wenn er hätte sicherstellen können, dass sie seinen Verstand und Martines Aussehen erben würden, wäre das in Ordnung gewesen, aber da diese Möglichkeit nicht bestand und die umgekehrte Mischung katastrophal gewesen wäre, bestand Damian darauf, die Empfängnisverhütung unter Kontrolle zu behalten, und prüfte regelmäßig die Kondome. Mit der Zeit wuchs seine Wut, dass Martine kein Verständnis für seinen philanthropischen Wunsch aufbrachte, der Welt Nachwuchs an beigebraunen Minidummköpfen zu ersparen. Außerdem konnte er ihre ständig wachsende Fotosammlung von Babys vermehrungsfreudiger Freundinnen nicht mehr ertragen und bemalte jedes, das auf dem Kaminsims auftauchte, innerhalb eines Tages mit einem hässlichen Schnäuzer. Ohne Damian zu fragen, kaufte Martine einen Hamster als Kindersatz, der unter anderem den Anlass für die Cricketschlägerattacke lieferte. Der Hamster war sowohl geistig als auch körperlich klein und unattraktiv genug, um für Damian eben die gefürchtete genetische Katastrophe zu verkörpern, und war daher als Ersatz nur umso plausibler.

Beruflicher Werdegang:
1996 bis zu ihrem Verschwinden im März 1997:
Schönheitstherapeutin bei Jacques Duchamp in Cambridge. Spezialität: Maniküre. Ihre Kolleginnen waren erleichtert, als sie verschwand, weil sie zwar erstklassig Nägel polieren, Nagelhäute schneiden, Akupressurtherapie an Handflächen und Aromatherapie an Fingergelenken anwenden konnte, aber auch zu Indiskretion über ihr Privatleben neigte und häufig Kundinnen, die sich nur entspannen und verwöhnen lassen wollten, mit Geschichten über ihr eheliches Zerwürfnis verschreckte. Einige Kundinnen beschwerten sich beim Geschäftsführer, sie hätten Alpträume von Martines plasti-

schen Schilderungen, wie ihr Mann ihr eine Netzhautablösung beigebracht, mitten in der Nacht ihre wunderschön gefeilten und lackierten Fingernägel abgeschlagen und auf ihre Autositze uriniert habe.

Gelegentlich stürmte Damian in den Schönheitssalon, während Martine gerade Kundinnen verschönerte, und setzte einen Streit fort, den sie zu Hause nicht hatten beenden können. Dabei nahm er sich die Freiheit, abfällige Bemerkungen über die jeweilige Kundin zu machen. »Ihre Hände sind noch das geringste Problem – sie sieht aus wie ein Gabelstapler«, sagte er einmal über eine Kundin, die darauf in Tränen ausbrach. »Sie ist ein Doppel-Sack-Fall.« Das war seine Bezeichnung für Frauen, die so unattraktiv waren, dass Geschlechtsverkehr mit ihnen nur auszuhalten wäre, wenn beide Beteiligten sich einen Sack über den Kopf zögen. Martine konnte ihre Entlassung nur verhindern, indem sie sich an der Schulter ihres Chefs ausweinte, der ihr zustimmen musste, dass man sie nicht für das schlechte Benehmen ihres Mannes bestrafen dürfe. In Wirklichkeit war es für ihn einfacher, sie zu behalten – da er sie nun mal eingestellt hatte –, als ihr zu kündigen, auch wenn das bedeutete, dass er einen gewissen Prozentsatz seiner Gewinne in Behandlungsgutscheine investieren musste, um gedemütigte Kundinnen zu entschädigen.

Aber mir tut weder Martine noch der Geschäftsführer Leid. Sie hätte Damian niemals heiraten dürfen, aber da sie es nun mal getan hatte, hätte sie zumindest den Anstand besitzen müssen, in Jacques Duchamps Hort der Ästhetik nicht über ihn zu reden. Damian Selingers Seele ist eine Beleidigung für die Schönheitsindustrie, ein Fall von Hässlichkeit, gegen die Seetang-Ellbogengel oder Blaubeermuffin-Wimpern-Softener nichts auszurichten vermag.

Der Manager hat nichts Besseres verdient, weil er Martine überhaupt eingestellt hat. Unter den fünf Frauen, die sich für diese Stelle vorgestellt haben, war doch sicher mindestens eine, die wusste, was sich als Gesprächsthema in einem Schönheitssalon schickt und was nicht, und die keinen beigefarbenen, drohenden Ehemann hatte. Aber das stellte sich erst heraus, als es zu spät war, was wieder einmal illustriert, wie unzulänglich die Einstellungspraxis ist.

Bevor Martine nach Cambridge kam, war sie, wie sie mir erzählte, kurz in einem Kaufhaus in Oxford beschäftigt, wo sie mit orangefarbenem Gesicht Parfüm versprühte. Hier sorgte Damian für ihre Kündigung, indem er während der Arbeitszeit auftauchte und von ihr Sex verlangte. Als Martine sich weigerte, zog er ihr den Slip bis auf die Füße und steckte den Kopf unter ihren Rock, worauf sie das Gleichgewicht verlor und sich versehentlich vor einer Menge entsetzter Kunden entblößte.

Qualifikationen und Schulabschlüsse:
Diplom in Schönheitstherapie am James Leach Adult Education College in Farnham. Fünf Zertifikate: Englische Sprache, Mathe, Volkswirtschaft, Allgemeine Naturwissenschaften und Kinderpflege. Nach der Schule verschwendete Martine kaum noch einen Gedanken an das, was sie gelernt hatte. Erinnerungen an ihren Kurs in Kinderpflege blitzten gelegentlich auf, wenn sie und Damian eine ihrer Fortpflanzungsdebatten hatten oder wenn sie mit Ethan Handley zusammen war, der ihrem Jugendtraum eines Mannes entsprach, mit dem sie eine Familie hätte gründen wollen. Der Anblick von Ethans schönem Gesicht und seinen schönen Händen (Damians Hände waren knotig und rau) brachte ihr in Erinnerung, dass irgendwo etwas furchtbar schief gegangen sein musste.

Stärken und Schwächen:

Stark genug, neun Jahre Ehe mit Damian Selinger zu überleben. Dass sie überlebt hat, dürfen wir wohl annehmen, da keine Leiche gefunden wurde, die das Gegenteil bewiesen hätte. Offenbar kompensiert ihr Körper nun die öffentliche Zurschaustellung in der Parfümerie in Oxford, indem er sich gut versteckt hält. Martines Stärken und Schwächen zu beurteilen ist unmöglich, solange wir nicht wissen, was tatsächlich aus ihr geworden ist. Hat sie Damian verlassen oder hat er sie in Stücke gehackt und in den Cam geworfen? Sie mag keine Intellektuelle gewesen sein, aber sie besaß den gesunden Menschenverstand, Ethan Handley zu begehren. Vielleicht ist ihr klar geworden, dass er nicht in ihrer Liga spielt, und als Ersatz hat sie sich mit Fernando Rose begnügt, wobei sie wieder einmal die überzeugende Hamsterlogik eingesetzt und noch mehr gesunden Menschenverstand bewiesen hätte.

Äußere Erscheinung:

Seit einem Jahr hat sie auf ein Erscheinen verzichtet. Als sie zuletzt gesehen wurde, war sie groß und hatte langes, blondes Haar mit einer leichten Dauerwelle. Lange Beine, großer Busen. Grässliche Füße voller Blasen und entzündeter Ballen, weil sie jahrelang spitze Schuhe mit hohen Absätzen getragen hat. Gepflegte Fingernägel, nie unlackiert. Trug Tag und Nacht Make-up, laut Damian selbst im Schlaf. Grüne Augen mit falschen Wimpern. Augenbrauen gingen schon lange vor ihrer Besitzerin verloren, um durch dünne Striche eines Augenbrauenstiftes ersetzt zu werden, die auf die wunden, roten Stellen gemalt wurden, nachdem Martine die Brauen täglich mit einer Pinzette ausgezupft hatte. Sonnenbankbräune. Alles in allem verwandte Martine auf ihre äußere Erscheinung täglich wesentlich mehr Mühen als

Bryony James, die Vogelscheuche, wie Damian sie bei ihrer ersten Begegnung nannte, in ihrem ganzen Leben. Und nun sehen Sie sich an, wer von den beiden nicht mit dem Cricketschläger bearbeitet wird.

Deshalb sollte man träge Menschen ohne jeden Ehrgeiz bewundern, wie ich meinen Fahrschülern immer wieder sage. Sie wissen, dass die Mühen der Menschen selten belohnt werden. Ein schwarzer Halbkreis, mit dem Augenbrauenstift über eine ehemalige Augenbraue gemalt, wirkt umso trauriger, wenn jeder weiß, dass darunter eine Netzhaut lauert, die sich schon einmal abgelöst hat. Die meisten Menschen scheitern in ihrem Leben mit Anstand und jeder respektiert sie dafür.

Kapitel 29

Lenins Flöte

Am nächsten Morgen weckte mich Sebastians Gebrüll im Flur. »Was zum Teufel ist das denn? Was soll die Scheiße?« Ich taumelte unbeholfen aus dem Bett und lief zu der Lärmquelle. Es war nicht das erste Mal, dass ich durch solches Getöse geweckt wurde. Sebastian stand immer vor mir auf und holte die Post herein, und wenn er eine Absage auf eine Bewerbung bekam, brüllte er in seiner Wut fast das ganze Haus zusammen.

Während ich die Wohnzimmertür öffnete, überlegte ich, wer diesmal abgesagt haben könnte. Soweit ich wusste, hatte er sich in letzter Zeit nur in Canterbury und Sheffield beworben und von dort gerade erst die Einladungen zum Vorstellungsgespräch bekommen. Erreichte sein Scheitern nun neue Dimensionen, sodass potentielle Arbeitgeber gar nicht bis nach den Vorstellungsgesprächen warten konnten, um ihm eine Absage zu schicken?

»Was ist?«, fragte ich und rieb mir den Schlaf aus den Augen. Sebastian wirkte in seiner zerknitterten Schlafanzughose mit Paisleymuster, die ihm jeden Moment runterzurutschen drohte, wie ein Schlafwandler, der einem Alptraum zu entrinnen sucht.

»Das ist ein Brief von Scholar Press. Lies mal. Ich kann es nicht fassen, ich kann es einfach nicht fassen!« Er drückte mir den Brief in die Hand. Meine Kehle schnürte sich zu, mein Magen verknotete sich. Scholar Press wollte Sebastians Buch über Lenin herausbringen. Das war eines der wenigen Dinge, die gut gelaufen waren, seit er seinen Doktor gemacht hatte, was ich ihm auch immer vor Augen hielt, wenn weit und breit keine Aussicht auf eine Stelle bestand. Der Verlag hatte seine Doktorarbeit nicht nur sofort angenommen, die Wissenschaftslektorin, Venetia Curran, hatte zudem erklärt, es sei das beste Manuskript, das sie seit Jahren gesehen hätte.

Nach Sebastians wütender Miene zu urteilen, enthielt der Brief schlechte Nachrichten. Der Verlag konnte doch wohl keinen Rückzieher mehr machen, nachdem der Vertrag schon unterschrieben war? Falls sie es sich anders überlegt hatten, wusste ich einfach nicht mehr weiter. Extreme Gedanken schwirrten mir durch den Kopf: Sebastian wäre dann sicher so verzweifelt, dass ich ihn würde töten müssen, um seinem Leiden ein Ende zu bereiten, und anschließend müsste ich Selbstmord begehen.

Krank vor Angst las ich:

»Lieber Dr. Nunn,
ich schreibe Ihnen, um mich Ihnen als geschätzter Autor vorzustellen. Als Venetia Currans vorübergehende Vertretung, die eine Stelle bei Macmillan angenommen hat, möchte ich Sie offiziell auf unserer Liste begrüßen.«

Ich las die beiden ersten Sätze noch einmal. Da der Brief mit »Camilla Pearson, Lektoratsassistentin« unterzeichnet war, nahm ich an, dass der geschätzte Autor sich auf Sebastian bezog und die Person, die eine Stelle bei Macmillan angenommen hatte, Venetia Curran war. Das war gleichermaßen beruhigend wie beunruhigend, denn wenn man Sebastian als geschätzten Autor bezeichnete, war es unwahrscheinlich, dass der Verlag von seinem Vertrag zurücktreten wollte. Andererseits gab es vielleicht anderen Grund zur Sorge, da das Buch nun von einer grammatisch verwirrten Person betreut wurde.

Ich las weiter:

»Ich habe gerade Ihr Manuskript gelesen und finde es im Großen und Ganzen exzellent. Allerdings möchte ich Sie bitten, einige kleinere Änderungen in Erwägung zu ziehen. Die meisten davon beziehen sich auf Lenin, da der gesamte Aufbau und das Plot meiner Ansicht nach großartig sind, wie übrigens auch die anderen Charaktere. Die Revolution ist brillant!

Lenin als Hauptfigur des Buches sollte jedoch sympathischer dargestellt werden. Bisher kommt er als selbstsüchtig, machtbesessen und ein bisschen tyrannisch rüber. Mir ist klar, dass er eine starke Führungspersönlichkeit sein muss, damit der Rest der Geschichte glaubwürdig wird, aber es dürfte dem Leser leichter fallen, sich mit ihm zu identifizieren, wenn Sie ihm etwas ›Menschlicheres‹ geben. Ich weiß, er hat seine politischen Ideale, aber das reicht nicht, es fehlt ein Gegengewicht. Sonst fällt es den Lesern schwer, jemanden zu mögen, der von einer politischen Partei besessen ist (ein bisschen öde!).

Könnten Sie ihm vielleicht eine sensiblere Note geben? Wenn er zum Beispiel Flöte spielen (das ist nur ein Beispiel, es kann auch etwas anderes sein) oder etwas Künstlerisches machen würde?

Noch etwas: Ein paar Selbstzweifel wären nicht schlecht. Im Augenblick erscheint er so sicher, mit seinen Ansichten im Recht zu sein, dass ich befürchte, er könnte auf den Leser arrogant wirken. Vielleicht wäre es eine gute Idee, hier und da ein paar Absätze einzufügen, wo er so etwas denkt wie: ›Warte mal, einen Moment – was ist, wenn ich mich mit diesem Sozialismusquatsch irre? Wer bin ich denn, dass ich glaube, am besten zu wissen, wie die Welt zu regieren ist?‹ Seien wir doch mal ehrlich, die meisten von uns wissen oft nicht einmal, was für sie persönlich richtig ist, geschweige denn für die ganze Gesellschaft.

Also: Mehr Unsicherheit, mehr Verletzlichkeit, mehr Kreativität ist ein absolutes Muss, finde ich. Wenn Lenin ›liebenswerter‹ dargestellt ist, verschärft das außerdem den Kontrast zwischen ihm und Stalin (der gut ist, wie er ist: ein richtiger Bösewicht!).

Noch ein abschließender Vorschlag: Glauben Sie wirklich, dass so viele Menschen getötet werden müssen, Bauern und so weiter? Weniger ist manchmal mehr.

Ich hoffe, Sie werden sich diese Änderungen ernsthaft überlegen, und freue mich auf die Zusammenarbeit mit Ihnen.

Mit freundlichen Grüßen

Ihre

Camilla Pearson«

Ich musste schallend lachen.

»Das ist nicht komisch.« Sebastian riss mir den Brief aus der Hand, während ich mir vor Lachen den Bauch hielt. »Hast du gesehen, was sie von mir verlangt? Sie muss verrückt sein! Ich meine, wie kann ich Lenin liebenswerter machen? Und was soll die ganze Scheiße, dass er Flöte spielen soll? Was zum Teufel ist sie, eine Revisionistin?«

»Sebastian …«

»Und was ist, wenn ich mich weigere, diese Änderungen vorzunehmen, und sie meinem Buch den Hahn zudreht?«

»Sebastian!« Ich wischte mir die Augen. »Sei nicht albern. Natürlich kannst du diese Änderungen nicht machen, sie weiß ja gar nicht, wovon sie redet.«

»Das habe ich auch gemerkt!«

»Nein, ich meine, das Ganze ist ein Missverständnis. Keine Sorge, das lässt sich leicht ausräumen. Wenn du es ihr sagst, dürfte es ihr so peinlich sein, dass sie in ihrem ganzen Leben nie wieder Änderungen an einem Manuskript vorschlagen wird. Sie hält es für einen Roman.« Ich kicherte.

»Sie … was?« Sebastian las den Brief noch einmal und atmete tief durch. Ich sah an seinen großen Augen, dass es ihm allmählich dämmerte. »O Gott«, murmelte er und musste breit grinsen. »Was für eine dumme Kuh. Ich habe es gelesen und bin einfach … in Panik geraten.«

»Vermutlich hast du noch halb geschlafen. Außerdem sind wir es gewohnt, immer mit dem Schlimmsten zu rechnen. Das ist nur wieder mal ein Beispiel dafür, dass jemand eine Stelle bekommen hat, der sie nicht verdient. Sie hält das Ganze für eine Geschichte, die du erfunden hast. Wahrscheinlich ist dein Manuskript in die falsche Abteilung geraten. Wie es aussieht, wirst du Camilla Pearson ein bisschen Geschichtsunterricht geben müssen. Gleich am Montagmorgen rufst du sie an, bevor sie noch mehr glänzende Ideen hat, zum Beispiel dass der Zar als Breakdancer an Straßenecken tanzt.« Wir brachen in hysterisches Gelächter aus.

»Ich werde anrufen und verlangen, dass sie gefeuert wird«, sagte Sebastian atemlos und rang um Fassung. »Die Frau ist eine komplette Idiotin! Wahrscheinlich kommt sie aus einem dieser Dörfchen in Cambridgeshire, wo jeder mit jedem verwandt ist.«

»Ach, komm schon, sie hat uns doch zum Lachen gebracht, oder?«

»Kate, sie ist eine Zumutung.«

»Ach, sei nicht so hart«, sagte ich, plötzlich gut gelaunt. »Wir hatten seit einer Ewigkeit keinen so fröhlichen Morgen mehr. Meistens sagst du, wenn wir wach werden, was für ein Versager du bist und wie beschissen alles läuft, und dann versuche ich dich aufzuheitern, du wirst sauer auf mich, weil ich unrealistisch bin, und dann ist uns beiden der Tag verdorben, bevor er richtig angefangen hat.«

»Ist es so schlimm?«, fragte er betroffen. »Ich würde es dir wirklich nicht übel nehmen, wenn du mich verlassen würdest.«

»Sebastian, ich habe nicht vor, dich zu verlassen. Ich liebe dich, du Idiot. Hör auf, so finster zu gucken. Ich ziehe mich jetzt an und kümmere mich weiter darum, dir das De La Wyche zu verschaffen. Dieser Brief hat mein Selbstvertrauen sehr gestärkt.«

»Ich freue mich, dass es dir gefällt, wenn eine Verrückte mein Buch zu sabotieren versucht«, brummte er sarkastisch.

»Hör zu, gestern habe ich mich lange mit Bryony James unterhalten. Sie ist auch verrückt. Damian Selinger ebenfalls. Begreifst du nicht? Alle sind verrückt. Cambridge soll angeblich ein geistiges Zentrum der Welt sein, aber weil alle verrückt sind, ist das schon okay. Sebastian, ich weiß, dass wir sie schlagen können!« Ich war Camilla Pearson dankbar, dass sie meine Einstellung zum Leben verändert hatte. Als ich in der Nacht nach Hause gekommen war, hatte ich mich schwach und verletzlich gefühlt und lauter makabre Bilder vor mir gesehen: Damian, der Martine ermordete, und Bryony, die Summerton in Brand steckte wie eine blaustrümpfige Bertha Rochester, die verrückte Ehefrau des Helden in *Jane Eyre*. Bei Tageslicht sah ich die Dinge nun, wie sie wirklich waren. Ich war nicht von Bedrohungen und Bosheit, sondern von Hanswursten umgeben.

»Was hast du denn eigentlich vor?«, fragte Sebastian. »Ich weiß nicht, ob ich dir die Sache mit dem De La Wyche glauben soll.«

»Und wenn ich dir sagen würde, dass ich Terri Skinner überreden könnte, es abzulehnen?«

»Dann würde ich fragen, wie du das machen willst und was mit Rod Firsden ist, dem zweiten Kandidaten.«

»Überlass das alles mir«, sagte ich und ging ins Schlafzimmer, um mich anzuziehen. Was immer Sebastian auch sagen mochte, wenn er finsterer Stimmung war, eigentlich mochte er es gern, dass ich optimistisch oder unrealistisch war, wie er es nannte. Wenn er eine Frau geheiratet hätte, die das Leben genauso negativ sähe wie er, wäre er nicht halb so gern ein Miesepeter gewesen.

Auf der Fahrt zu Rod dachte ich über Sebastians Frage nach: Und was ist mit Rod Firsden, dem zweiten Kandidaten? Da meine Lügengeschichte über Gary Conley schon fast gereicht hatte, Terris Entscheidung zugunsten von Reading zu beeinflussen, fragte ich mich, was für eine Geschichte ich mir für Rod ausdenken konnte, um ihn in seiner Haltung zu dem Stipendium umzustimmen. Wenn er abergläubisch war, konnte ich ihm einreden, an dem Stipendium hafte ein Fluch. Er wusste ja schon von Fernando Roses Verschwinden, aber das schien ihn nicht abzuschrecken. Ob ich ihm wohl mit irgendeinem Stärke-dein-Selbstbewusstsein-Gewäsch kommen konnte, in der Richtung, dass er Summerton ablehnen sollte, bevor sie eine Chance dazu hatten?

Seufzend gestand ich mir ein, dass Rod sich durch gar nichts von seiner Besessenheit abbringen lassen würde. Ich musste das Problem von einer anderen Seite angehen. Vielleicht konnte ich ja ein Ausschussmitglied überzeugen, dass Rod aus irgendwelchen Gründen für Summerton ungeeignet war. Bisher hatten sie ihm noch kein offizielles Angebot gemacht. Ich war mir zwar nicht sicher, aber ich würde jede Wette eingehen, dass Rod nichts Schriftliches in der Hand hatte. Summerton hatte ihm keine feste Zusage gegeben, dass er das Stipendium bekäme, falls Terri es ablehnen sollte. In meinem Kopf arbeitete es wie wild. Ja, klar! Wieso war mir das nicht schon früher eingefallen? Es tat mir Leid, dass ich so vorgehen musste. Denn wenn mein Plan erst einmal ausgearbeitet und wasserdicht war und ich ihn durchzog, war ich dafür verantwortlich, dass Rod nicht bekam, was er sich am meisten auf der Welt wünschte. Vielleicht hatte ich deshalb so lange gebraucht, die Sache aus der Sicht von Summerton anzugehen: Tief im Inneren wollte ich nicht einen Menschen verraten, der mich mochte und mir vertraute.

Ich war so in Gedanken, dass ich völlig vergaß, Vincent Strebonian zu ärgern, indem ich vor seiner Einfahrt parkte. Stattdessen hielt ich auf der gegenüberliegenden Straßenseite, unmittelbar vor Rods Wohnung. Ich hätte nicht einmal an Mr Strebonian gedacht, wenn er nicht demonstrativ über die Straße gekommen wäre, um mit knochigen Fingern an mein Seitenfenster zu klopfen. Ich war verblüfft, dass ihm meine Anwesenheit nie entging. Hatte er eine Überwachungskamera im Gebüsch versteckt und beobachtete den gesamten Verkehr auf der Sterling Road? Er hätte Spion werden sollen, als Schönheitschirurg verschwendete er seine Talente. Ich kurbelte mein Seitenfenster herunter, weil ich dachte, er sei gekommen, um einen Waffenstillstand zu schließen, da ich mich ausnahmsweise gut benommen und an die Parketikette gehalten hatte.

»Morgen«, sagte ich höflich.

»Sie haben exakt drei Minuten Zeit, Ihr Fahrzeug zu entfernen«, bellte Vincent Strebonian. »Andernfalls hole ich eine Dose roten Lack und schreibe Ihnen auf den Wagen, was ich von Ihnen halte.«

»Was? Ich blockiere Ihre Einfahrt doch gar nicht! Ich bin

nicht mal in der Nähe Ihres Hauses. Ich stehe vor dem Haus von Rod.«

»Von wem?« Er kratzte sich verständnislos den Kopf. Ich verfluchte mein Pech. Wenn er vergessen hatte, wer Rod war, warum konnte er mich dann nicht ebenfalls vergessen? Wieso konnte ich nicht von seiner selektiven Senilität profitieren? Ob Vincent Strebonian wohl mit Lloyd Lunnon, Summertons Diplomatie-Experten, verwandt war? Beim Weltmeisterschafts-Endkampf der streitsüchtigsten Männer wären die beiden sich durchaus gewachsen. »Gefällt Ihnen Ihr weißer Wagen?«, fragte er nach kurzer Pause. »Wenn ja, sollten Sie ihn besser wegfahren. Ich habe genug Farbe, um Ihren ganzen Wagen rot anzumalen.«

»Aber ich tue doch gar nichts«, protestierte ich fassungslos.

»Kate!«, brüllte Rod aus seinem Fenster im Erdgeschoss, das er schnell aufgerissen hatte, um seinen Nachbarn zu retten. »Wie können Sie es wagen, so mit Mr S. zu reden? Wie können Sie so grausam sein?« Im Nu war er auf der Straße, klopfte Vincent Strebonian auf den Rücken und redete beschwichtigend auf ihn ein. Er ging langsam mit ihm auf die andere Straßenseite und brachte ihn nach Hause.

Ich hatte genug von dieser Posse. Von jetzt an würde ich Rod woanders abholen. Das sagte ich ihm mit verkniffenen Lippen, sobald er in meinen Wagen stieg. Wenn ich das nächste Mal Gewissensbisse wegen Rod und dem Stipendium verspüren sollte, brauchte ich mich nur daran zu erinnern, dass er immer Strebonians Partei ergriff und so tat, als ob ich ihn angreifen würde.

Statt sich meine Unfreundlichkeit zu Herzen zu nehmen, wie ich gehofft hatte, war Rod anscheinend fest entschlossen, mich an Frostigkeit noch zu übertreffen. »Ich werde keine Fahrstunden mehr bei Ihnen nehmen und kein Wort mehr mit Ihnen reden, wenn Sie nicht aufhören, den armen Mann so zu schikanieren«, erklärte er in eisigem Ton, der gleichzeitig nach Kleinkind und Matrone klang.

»Gut. Ist mir nur recht.« Ich starrte mit verschränkten Armen aus dem Fenster. Wenn Rod so unvernünftig war, es sich mit mir zu verderben, brauchte ich mir keine Gedanken mehr zu machen, einen Freund in die Pfanne zu hauen, wenn ich Daphne Fielding erzählte, er sei ein Kinderschänder oder was ich mir sonst über ihn ausdenken mochte.

»Sie haben ja keine Ahnung, was er durchgemacht hat. Nur um ihn zu ärgern, parken Sie absichtlich vor seinem …«

»Aber das tue ich doch gar nicht!«, brüllte ich. »Schauen Sie doch, wo wir stehen! Blockieren wir etwa seine Einfahrt? Nein, verdammt noch mal! *Er* ist im Unrecht, nicht ich, und ich will nichts mehr mit Ihnen zu tun haben, wenn Sie nicht mal für mich eintreten können, wenn Ihr Nachbar grundlos auf mich losgeht.«

»Er hat einen Grund!«, brüllte Rod zurück. »Seine Frau ist gestorben, weil jemand da geparkt hat.«

Stille trat ein. »Was?«, fragte ich.

»Ich hätte es Ihnen nicht sagen sollen, er hat es mir im Vertrauen erzählt, aber es bleibt mir ja nichts anderes übrig, so wie Sie sich aufführen. Begreifen Sie nicht, selbst wenn Sie auf der anderen Straßenseite stehen, erinnern Sie ihn jedes Mal, wenn er Sie sieht, an den Tod seiner Frau.«

»Ob ich das nicht begreife …?«, kreischte ich frustriert und wutentbrannt. »Wie zum Teufel soll ich das begreifen, wenn ich verdammt noch mal nicht die geringste Ahnung davon habe? Woher soll ich denn wissen, wie seine Frau gestorben ist? Wie ist sie denn überhaupt gestorben?« Ich war so außer mir, dass ich Rod für einen Moment im Verdacht hatte, er habe diese ganze Geschichte nur erfunden, um mir ein schlechtes Gewissen zu machen. »Lag sie etwa auf der Straße und jemand hat sie überfahren? War es so?«

»Sie hatte einen Herzinfarkt, lebte aber noch. Sie hätte überleben können.« Rod seufzte. »Mr S. rief einen Krankenwagen, aber der kam aus unerfindlichen Gründen nicht. Als er seinen Wagen aus der Garage holen wollte, um sie selbst ins Krankenhaus zu bringen, parkte vor seiner Einfahrt ein Lastwagen. Er konnte nicht raus und ... seine Frau starb.« Lange herrschte Schweigen. »Jetzt wissen Sie, warum er so empfindlich ist.«

»Sie hätte auch so sterben können«, fuhr ich ihn an und kniff die Augen zu, um nicht vor Rod in Tränen auszubrechen. »Außerdem ist es nicht meine Schuld. Ich wusste doch gar nichts davon. Warum haben Sie es mir denn nicht schon früher gesagt?«

»Es tut mir Leid. Das hätte ich tun sollen, aber ... na ja, es ist seine Privatangelegenheit.«

»Sie haben zugelassen, dass ich ihn weiter ärgere, obwohl Sie es mir gleich beim ersten Mal hätten sagen können. Sie sind schuld an allem«, sagte ich nachtragend.

Wie aus heiterem Himmel fing Rod an zu weinen, was mich nur noch wütender machte. Ausnahmsweise war einmal ich die offiziell Beleidigte und wollte nicht, dass er mir mein Terrain streitig machte. »Schuld ist nur die Geheimniskrämerei«, schluchzte er. »Ich hasse Geheimnisse. Warum kann nicht alles offen und ehrlich zugehen? Ich hasse dieses Leben!« Tränen tropften an mehreren Stellen von seinem Kinn, das nun wie ein Kronleuchter aussah. Er war so aufgewühlt, dass ich schließlich meine eigene Kränkung vergaß und überlegte, wie ich ihn aufmuntern könnte. Er war nicht boshaft, nur zuweilen ein bisschen verrückt, wie alle anderen auch. »Ich hasse Geheimnisse, ach, warum kann es nicht ohne Geheimnisse gehen?«, wimmerte er erneut.

»Erzählen Sie mir von Gary Conley«, sagte ich. Schon bei der Erwähnung dieses Namens versiegten Rods Tränen. Es war, als wäre Gary Conley eine Zauberformel wie Abrakadabra, die bei jedem, der sie hörte, die Stimmung sofort umschlagen ließ. Wenn ich Vincent Strebonian gegenüber »Gary Conley« erwähnte, könnte ich vielleicht alles ungeschehen machen, was ich ihm in den letzten Tagen unbeabsichtigt angetan hatte.

Kapitel 30

Das Differenzprinzip

Erst jetzt fiel mir auf, dass Rod einen braunen Umschlag in der Größe eines Briketts in der Hand hielt. »Was ist das?«, fragte ich.

»Das hat Gary Conley mir gegeben.« Er wischte sich die Augen. »Es ist ein Film. Terri hat ihm die Kassette zu Weihnachten geschenkt. Er will sie nicht haben und hat mich gebeten, sie ihr zurückzugeben.«

»Aber Sie kennen sie doch gar nicht!«

»Ich weiß«, sagte Rod. »Das habe ich ihm auch gesagt, aber er hat nur die Achseln gezuckt und sie mir trotzdem gegeben. Ehrlich, Kate, ich wünschte, ich könnte erklären, was das für ein Mann ist. Es ist völlig unmöglich, mit ihm zu reden.«

Ich holte die Videokassette aus dem Umschlag und sah mich zum dritten Mal innerhalb von drei Tagen mit Marlene Dietrich konfrontiert. »*Zeugin der Anklage*«, las ich laut.

»Kennen Sie den Film?«

»Es ist einer meiner Lieblingsfilme. Haben Sie ihn nicht gesehen?«

Rod beäugte die Kassette skeptisch. »Ich mag Filme nicht. Ich halte sie nicht für eine echte Kunstform.«

»Das ist doch albern«, sagte ich. »Sie sollten ihn sich anschauen. Haben Sie ein Videogerät?«

»Ja«, gab Rod zögernd zu. »Aber ich benutze es nie, außer um Literatursendungen aufzunehmen.«

»Sehen Sie sich den Film an. Er ist brillant. Außerdem ist es die Verfilmung eines Theaterstücks von Agatha Christie und somit wohl Literatur.« Ich reichte ihm das Band.

»Agatha Christie kann man wohl kaum als Literatur bezeichnen«, bemerkte Rod verächtlich.

»Na, wir sind heute aber snobby, was? Okay, wenn Sie die Kassette nicht haben wollen, nehme ich sie. Ich wollte mir den Film ohnehin kaufen.«

»Nein, ich schaue ihn mir an.« Rod hielt das Band fest. »Wenn Sie sagen, dass ich ihn sehen sollte, mache ich es. Ich respektiere Ihre Meinung. Kate ...«

»Was?«

»Es tut mir wirklich Leid, Sie wissen schon, das mit Mr Strebonian. Ich hätte es Ihnen sagen sollen.«

»Vergessen Sie's. Und jetzt erzählen Sie mir von Gary Conley.«

»Nein, nein. Gleich, aber zuerst ... Ich weiß nicht, wie ich es sagen soll. Ich mag Sie wirklich, Kate. Ich habe mich gefragt, ob Sie wohl mal mit mir ausgehen würden.« Er rieb sich nervös den Bart, was ihn nicht sonderlich attraktiv machte.

»Rod, ich muss ehrlich zu Ihnen sein«, setzte ich an, obwohl ich genau das Gegenteil vorhatte. »Ich mag Sie sehr, aber Sie sind so besessen von dieser De La Wyche Sache und Summerton, dass ... na ja, jede Frau, mit der Sie sich einlassen würden, müsste dahinter zurücktreten.«

»Was? Aber ich habe das De La Wyche Fellowship ja nicht mal bekommen!«

»Das spielt gar keine Rolle. Sie sind der Typ Mann, dem seine Karriere über alles geht. Sie sind ehrgeizig und das ist gut so, ich will das gar nicht kritisieren, aber ... es ist nicht das Leben, das ich mir wünsche. Ich möchte jemanden, bei dem ich an erster Stelle stehe, einen ganz normalen Mann, der damit zufrieden ist, wie alle anderen zu sein.« Innerlich musste ich dabei lachen, denn es gab wohl niemanden, der sich so wenig mit Mittelmäßigkeit begnügen würde wie Sebastian mit seinen verächtlichen Ansichten über Knochenmühlen. Ich vertraute darauf, dass Rod genügend intellektuellen Snobismus besaß, um diese Sicht bei einer Fahrlehrerin, die Agatha-Christie-Verfilmungen mochte, einleuchtend zu finden. »Wissen Sie, wahrscheinlich heirate ich mal jemanden, der bei Kwikfit arbeitet«, schmückte ich diese Vorstellung weiter aus.

»Heiraten?« Rod wirkte beunruhigt. »Moment mal, ich wollte nicht ...« Unter dem Kakaobutterglanz wurde er rot. »Also, ich meinte nur eine Verabredung, wissen Sie.«

»Sehen Sie? Sie haben Angst, sich zu binden.« Allmählich gefiel mir die Rolle, die ich spielte. In Wirklichkeit hätte ich mich nie so klammernd und fordernd verhalten, aber es machte Spaß, der Person, die zu sein ich vorgab, derart unerhörte Äußerungen in den Mund zu legen. Natürlich konnte niemand von einem Mann erwarten, nach der dritten Begegnung mit seiner Fahrlehrerin gleich eine feste Bindung einzugehen. Aber die gespielte Frau hatte nichts anderes im Sinn, als einen Ring am Finger zu tragen. Mir fiel auf, dass ich schon einen Ring trug, sogar einen Ehering, aber das hatte Rod zum Glück nicht bemerkt. Falls doch, konnte ich immer noch – ausnahmsweise wahrheitsgemäß – behaupten, ich hätte ihn mir selbst gekauft. Sebastian war nämlich wieder einmal pleite gewesen, als wir heirateten, wie immer, also hatte ich unsere beiden Ringe gekauft. »Ich habe kein Interesse an einer Beziehung, die zu nichts führt«, erklärte ich. »Genau das meine ich. Sie sind der Typ, der Summerton College nur zu gern die Treue schwört – Sie haben ja sogar gesagt, dass Sie für immer hier bleiben würden, wenn Sie könnten –, aber niemals einer Frau. Für Sie käme die Karriere immer an erster Stelle.«

»Nein, bestimmt nicht. Nicht unbedingt.«

»Okay, dann beweisen Sie es mir.« Ich kicherte mädchenhaft und fühlte mich wie eine Frau in den Filmen, die Rod sich nie ansehen würde: eine Ehefrau, die ihren Mann hindert, die Welt vor Aliens, einem Atomkrieg oder einer Verschwörung zu retten, indem sie ständig jammert, dass er nie Zeit für die Familie hat. »Versprechen Sie mir, das De La Wyche Fellowship abzulehnen, wenn Terri ausscheidet.«

»Was?«, fragte Rod entsetzt. »Kate, Sie sind verrückt. Ich kann nicht bei Kwikfit arbeiten. Ich kann nicht mal Auto fahren. Ich bin kein praktischer Mensch. Ich möchte ... über Lyrik schreiben, ich meine, ich möchte nichts anderes. Ich habe keine Angst, mich zu binden, aber ... na ja, ist das nicht alles ein bisschen vorschnell? Wir sind doch noch nicht mal zusammen ausgegangen.«

»Das werden wir auch nicht tun«, erklärte ich verstockt.

»Aber Kate, ich dachte, Sie verstehen mich!« Rod war scheinbar schon wieder den Tränen nahe. Er war einer der weinerlichsten Männer, die ich je kennen gelernt hatte. Damit würde er bei Kwikfit niemals durchkommen. Zac Hunt würde nie wegen eines kaputten Auspuffs heulen und eine Ode über den Verfall von Blech schreiben. »Ich will das De La Wyche mehr als alles andere auf der Welt. Wie können Sie von mir verlangen, es aufzugeben?«

»Das tue ich ja gar nicht«, sagte ich. »Ich will Ihnen nur zeigen, wie wenig wir zusammenpassen. Sie sind besessen von Ihrer Karriere, während ich finde, dass zu viel Ehrgeiz schlecht ist. Ich meine, sehen Sie sich doch nur an, wie viel Leid er Ihnen bringt. Sie sind vor Stress zu krank, um arbeiten zu können, stimmt's?«

»Vermutlich haben Sie Recht.« Einen Moment lang dachte ich, er sei bereit, seine Bewerbung zurückzuziehen. »Aber Kate, was ist mit Reading und Gary Conley? Warum haben Sie mich ermuntert hinzufahren, wenn Sie jetzt verlangen, dass ich zurücktrete?«

»Das tue ich gar nicht. Ich erkläre Ihnen lediglich, weshalb ich der Ansicht bin, dass wir Freunde bleiben sollten und weiter nichts. Als Freundin helfe ich Ihnen gern, das Stipendium zu bekommen.«

»Aber sonst nicht«, schloss Rod traurig.

»Genau.« Er tat mir Leid. In gewisser Weise fand ich, dass meine Rolle der Heiratswütigen etwas für sich hatte. Hätte Rod nicht so viel Zeit auf seine Karrierebesessenheit verschwendet, besäße er vielleicht mehr Menschenkenntnis und wüsste, dass man eine Frau, die solch einen Mist verzapfte, wie ich es gerade tat, um jeden Preis meiden sollte.

»Ich kann mich nicht ändern, Kate. Wirklich nicht. Auf keinen Fall. Ich habe alles investiert, um das De La Wyche zu bekommen, Sie haben ja keine Ahnung!«

Na gut. Ich hätte wissen müssen, dass ich nicht die Frau bin, für die Männer große Opfer bringen. Ich bin weder hübsch noch zerbrechlich genug. Meine Güte, du bist Fahrlehrerin, sagte ich mir. Wenn ich eine rothaarige Prinzessin wäre, gefangen in einem Turm, hätte das vielleicht Rods poetische Fantasie beflügelt. »Gut, dann wollen wir Freunde sein. Aber das sind wir ja eigentlich schon.«

»Wollen Sie nicht wenigstens einmal mit mir ausgehen?«, bettelte Rod. »Ich könnte etwas für Sie kochen. Wir könnten uns zusammen *Zeugin der Anklage* ansehen.« Er lächelte mich schüchtern und hoffnungsvoll an. »Ach bitte, sagen Sie ja. Ich spüre, dass ich ... unbedingt einen Abend mit Ihnen verbringen muss.«

»Es hat keinen Sinn, Rod. Was ist mit allem, worüber wir gerade geredet haben?« Wenn er das Wörtchen »muss« nicht so betont hätte, hätte ich sofort nein gesagt.

»Ich weiß«, sagte er unglücklich. »Aber können Sie das nicht einfach für eine Nacht vergessen? Einen Abend«, verbesserte er sich rasch und wurde rot.

Ich lachte. Ich mochte ihn nicht nur, er tat mir auch Leid. Einen Moment lang fragte ich mich, ob es wohl meine Lebensaufgabe war, den Trostpreis für jeden zu spielen, der das Stipendium nicht bekam. »Na gut. Wann?«

»Heute Abend?«

»Ich weiß nicht, ob ich kann …«

»Ach bitte!« Er faltete die Hände wie zum Gebet, eine Geste, der ich nicht widerstehen konnte. Meine Schwäche ärgerte mich. Man hatte mir immer gesagt, Verzweiflung wirke abschreckend, aber in der Praxis funktionierte das offenbar nie, jedenfalls nicht bei mir.

»Okay, heute Abend. Um wie viel Uhr?«

»Acht Uhr«, sagte Rod, plötzlich förmlich und steif. »Sie wissen ja, wo ich wohne, die Wohnung im Erdgeschoss. Bitte kommen Sie nicht zu früh. Ich brauche viel Zeit zum Aufräumen.« Er klang wie in Trance. Vielleicht war er es nicht gewohnt, Besuch zu bekommen, oder schlimmer noch, er hatte noch nie Besuch gehabt. Bei seiner einseitigen Fixierung auf das De La Wyche und seinen plötzlichen Weinkrämpfen hielt ich es durchaus für nahe liegend, wenn er kein sonderlich geselliges Leben führte.

»Gut. Und jetzt erzählen Sie von Gary Conley.«

»O ja.« Rod kehrte zurück in die Gegenwart. »Wo soll ich anfangen?«

»Als Sie in Reading ankamen.«

»Richtig. Also, ich fand den YMCA und erkundigte mich, ob er da wohnte. Das tat er. Er war sogar zu Hause, die Sache war also einfach. Ich stellte mich ihm vor und fragte, ob er Terri Skinner kennt ...«

»Moment mal«, unterbrach ich ihn. »*Wie* haben Sie sich vorgestellt? Fand er es nicht komisch, dass Sie aus heiterem Himmel bei ihm aufkreuzten? Hat er gefragt, warum Sie sich nach Terri erkundigten?«

»Kate, er war *selbst* viel zu merkwürdig, um eine Vorstellung davon zu haben, was merkwürdig ist. Außerdem war er ungewöhnlich dumm. Er erinnerte mich an ein paar Jungs aus meiner Schule, die so dumm waren, dass sie als lernunfähig in einer Sondereinheit eingesperrt wurden.«

»In einer Sondereinheit? Reizend«, sagte ich lachend. »Was war das denn für eine Schule?« Wegen seiner Oxbridge-Bestrebungen hatte ich angenommen, dass Rod eine Privatschule besucht hatte, aber das war offensichtlich nicht der Fall. Welche Mutter würde schon zwölf Riesen im Jahr zahlen, um ihr Kind als lernunfähig in einer so genannten Sondereinheit einsperren zu lassen?

»Ich dachte, wir reden jetzt über Gary Conley, nicht über mich«, sagte Rod eingeschnappt. »Unterbrechen Sie mich doch nicht dauernd.« Ich entschuldigte mich. Während Sebastian in seinen Launen zwischen langen, schweren Depressionen und einer allgemeinen Brummigkeit wechselte, war Rod in einem Moment ekstatisch und im nächsten bärbeißig. Ich konnte mich nicht entscheiden, was schlimmer war. Leicht amüsiert stellte ich fest, dass ich schon wieder Vergleiche zwischen den beiden anstellte. »Ich hatte den Eindruck, dass es ihm egal war, wer ich bin«, erzählte Rod weiter. »Unter anderem an diesem Mangel an Neugier erkennt man, dass jemand dumm ist.« Ich musste grinsen. Rod hatte mich, seit wir uns kannten, kaum etwas über mich gefragt. Nicht nur Dummheit, auch Selbstbesessenheit konnte zu einem mangelnden Interesse an anderen führen.

»Ich habe ihm meinen Namen gesagt, wo ich herkomme und dass ich ihm ein paar Fragen über Terri Skinner stellen möchte. Er nickte nur verständnislos.«

»Wie komisch. Aber ... wenn er Terris Freund ist, kann er so blöd nicht sein«, sagte ich. Da mir aber einfiel, dass ich Terri in Rods Augen gar nicht kannte, fügte ich rasch hinzu: »Wenn sie intelligent genug ist, das De La Wyche Stipendium zu kriegen.«

»Er ist gar nicht ihr Freund. Er sagt, er kennt sie kaum. Sie sind sich begegnet, als er als Kellner am Pembroke College in Oxford gearbeitet hat. Das war vor etwa vier Jahren, wie ich herausbekommen habe. Daten sind nicht Garys Stärke, es dauerte also eine Weile, bis wir das geklärt hatten. Er hat mich doch tatsächlich gefragt, ob 1993 vor 1994 war, können Sie sich das vorstellen?«

»Nein«, sagte ich rundheraus. Und für diesen Mann wollte Terri Joe verlassen?

»Sie hat damals am Pembroke studiert. Offenbar haben sie ... er ... na ja, wörtlich hat er gesagt: ›Ich hab sie mal 'nen Abend abgeschleppt.‹ Was glauben Sie, was das heißt?« Rod runzelte ernsthaft die Stirn. »Ich nehme an, dass er sie geküsst hat oder so.«

Ich lachte. Nur in Cambridge konnte man einen Mann in Rods Alter finden, der nicht wusste, was ›abschleppen‹ hieß. »Es heißt, dass sie was miteinander hatten, sexuell zusammen waren. Ich schätze, es war ein bisschen mehr als ein Kuss, aber ich kann mich auch irren. Jedenfalls war das nicht fein von Terri, schließlich war sie damals schon verheiratet.«

»Woher wissen Sie das?«

»Ach, ehm ...« Ich improvisierte hastig: »Ich habe ein bisschen herumgeschnüffelt, als ich in ihrer Wohnung war. Sie ist seit sieben Jahren verheiratet.«

»Mein Gott! Sie sind wirklich erstaunlich. Sind Sie eine ausgebildete Spionin?«

»Habe ich mir selbst beigebracht. Erzählen Sie weiter. Er hat sie abgeschleppt und dann …?«

»Also, laut Gary war das alles, was je zwischen ihnen geschehen ist. Sie wollte ihn wiedersehen, aber er ließ sich nicht verarschen, wie er es taktvoll ausdrückte, und hat sie ›abblitzen lassen‹. Und das war es im Grunde schon.«

»Wie meinen Sie das? Und was ist mit *Zeugin der Anklage?*«

»Ach ja. Seitdem schickt sie ihm jedes Jahr zu Weihnachten eine Karte und ein Geschenk.«

»Wieso, wenn doch alles aus war zwischen ihnen?«

»Gary meinte, sie will immer noch was von ihm. Aber er scheint nicht sonderlich versessen auf sie zu sein. Er sagte, sie falle ihm auf den Wecker. Ich fand das alles ziemlich rätselhaft, dieses Gerede von ›abschleppen‹ und ›abblitzen‹. Ach, ich habe übrigens herausgefunden, wer R. English ist: sein Stiefvater. Von ihm hält Gary noch weniger als von Terri Skinner. Er nannte ihn einen alten Wichser.«

»Woher wusste Terri seinen Namen und seinen Wohnort?«

»Er hat früher ebenfalls am Pembroke gearbeitet. So ist Gary an die Stelle gekommen.« Rod lachte. »Er sagte, English war Cateringmanager und Terri hätte ihn Mandel genannt. Er meinte natürlich Manciple, so nennt man an einem Oxbridge-College den Küchenchef.«

»Ich weiß, ich lebe seit Jahren in Cambridge«, sagte ich verärgert. »Ich bin kein Bauerntrampel aus Posemuckel.«

»Entschuldigung.« Rod grinste dümmlich. Ich wusste nicht recht, ob ich ihm Garys Dummheit glauben sollte. Wenn eine solche Beschreibung von Rod kam, konnte sie durchaus bedeuten, dass jemand die Gedichte von George Herbert nicht kannte und nicht wusste, was ein Manciple war. Aber wenn es stimmte, dass Gary Conley nicht wusste, ob 1993 vor 1994 war, und ich sah keinen Grund, weshalb Rod sich so etwas ausdenken sollte, war er geistig tatsächlich nicht voll auf der Höhe.

»Haben Sie mit ihm über NEG gesprochen? Sie erinnern sich, Terri hat R. English gefragt, ob er noch da arbeitet.«

»Ja. Das war ein Kurierdienst. Sie haben ihn gefeuert, genau wie das Pembroke College. Er bekommt jetzt Arbeitslosengeld. Ach, nächsten Mittwoch zieht er aus dem YMCA aus. Die Stadt hat ihm eine Wohnung besorgt.«

»Sie haben ja eine Menge aus ihm herausgeholt.«

»Mit größter Mühe, das kann ich Ihnen versichern. Und was nutzt es mir? Dem Stipendium bringt es mich keinen Schritt näher. Er ist nicht an Terri interessiert, selbst wenn sie für ihn nach Reading gehen würde. Aber das begreife ich eben nicht, Kate. Wieso sollte sie bereit sein, für jemanden wie ihn ein Stipendium am Summerton abzulehnen? Wieso hat sie seinetwegen geweint? *Seinetwegen?*«

»Ich weiß es nicht«, antwortete ich wahrheitsgemäß. »Ist er attraktiv?«

»Ja, aber er ist ein ... na ja, verzeihen Sie meine politisch nicht korrekte Äußerung ...«

»Moment. Wie attraktiv ist er?«

»Das weiß ich nicht. Er ist ein Mann.«

»Was für ein Typ ist er? Sieht er aus wie irgendein Star?«

»Wie wer zum Beispiel?«

»Wie jemand aus Film oder Fernsehen?«

»Ich habe Ihnen doch gesagt, dass ich mir keine Filme ansehe. Aber ich schätze, er wäre attraktiv genug, um in einem Film mitzuspielen.«

»Das ist es also: rein körperlich«, stellte ich fest.

»Aber er ist so dämlich! Kein intelligenter Mensch könnte sich zu so jemandem hingezogen fühlen«, sagte Rod.

»Aber sicher«, erwiderte ich, erstaunt über seine Naivität. »Haben Sie noch nie etwas von Sex gehört?«

»Ich finde Dummheit abstoßend«, erklärte Rod, ohne auf meine Frage einzugehen. »Mit der wichtigsten Frage, die ich ihm gestellt habe und auf die ich wirklich gern eine Antwort bekommen hätte, war seine einzelne Gehirnzelle schon überfordert.«

»Was war das?«

»Ich habe ihm erzählt, dass Terri ein Stellenangebot aus Reading hat, und ihn gefragt, ob ihre Entscheidung vielleicht zum Teil auch von ihm abhängen könnte. Er hat mich gar nicht verstanden. Die Frage war zu spekulativ für ihn. Er konnte nur faktische Fragen beantworten, und auch das nur mit größten Schwierigkeiten. Ich habe die Frage mehrfach anders formuliert: Ob er glaubt, dass Terri ihn genug mag, um nach Reading zu ziehen? Ob er glaubt, sie würde nach Reading gehen, wenn er woanders leben würde? Aber allein schon die Vorstellung einer Hypothese überstieg sein Begriffsvermögen. Mit dem Wörtchen ›wenn‹ hatte er offenbar die größten Probleme.«

»Jesses«, sagte ich. Wenn diese Beschreibung von Gary stimmte, wie konnte Terri dann überhaupt geglaubt haben, dass er sie in Cambridge gesucht und aufgespürt hätte? Wahrscheinlich, weil sie das glauben wollte. Vermutlich sah Conley ziemlich umwerfend aus oder er war ungewöhnlich gut im Bett. Aber selbst wenn – wollte Terri allen Ernstes den nützlichen, kochenden und kindererziehenden Joe Fielding gegen einen Mann eintauschen, dem es schon schwer fiel, die Jahre chronologisch zu ordnen, und der bei dem Wort »wenn« passen musste? Offenbar. In diesem Fall war sie ein noch größerer Idiot als Gary.

»Es ist das Differenzprinzip«, sagte ich laut.

»Was ist das denn?«

»Intelligenz gehört zu Terris natürlicher Umgebung«, erklärte ich. »Vielleicht findet sie Dummheit exotisch – das ist ihre Art von Flucht.«

»So verrückt kann doch wohl niemand sein?« Offenbar wollte Rod von mir etwas Tröstliches hören, aber ich zuckte nur die Achseln, weil ich seine Weltsicht nicht erschüttern wollte. Ich bemühte mich, nicht an unsere Verabredung zu denken. Ich hätte Terris Beispiel folgen und mich selbst nach dem Differenzprinzip verhalten sollen. Es war kein großer Unterschied, ob ich den Abend damit verbrachte, zu Hause Sebastian zu beruhigen oder heimlich in der Sterling Road Rod aufzumuntern.

Kapitel 31

Lebenslauf: Gary Conley

Name:
Gary Brian Alan Conley. An den Vornamen der Kinder lässt sich manches über die Eltern ablesen. Die Namen Gary Brian Alan haben Eltern ausgesucht, die hoffen, dass ihr Sohn eines Tages ein berühmter Fußballspieler oder Popstar wird, zumindest aber etwas Solides und Männliches wie Elektriker oder Busfahrer. Ich weiß nicht, ob Gary Geschwister hat, das ging aus Rods Exkursion nach Reading nicht hervor, aber wenn, dann heißen sie wahrscheinlich Gavin oder Michelle, aber sicher nicht Sebastian oder Emily. Aus der Tatsache, dass meine beiden Schwestern Lucy und Hannah heißen, lässt sich (völlig korrekt) darauf schließen, dass meine Eltern unverbesserliche *Guardian*-Leser mit gebohnerten Parkettböden sind. Sebastian hat einen Bruder namens Dominic – seine Eltern sind gefallene katholische *Guardian*-Leser mit gebohnerten Parkettböden.

Mit einem Namen wie Kate war mir vorherbestimmt, dass ich nicht als Kundin bei Laura Ashley und Angestellte in einer Kunstgalerie enden würde. Es ist gut, die Kategorienbildner bei der Stange zu halten. Falls Sebastian je zum Penner werden sollte, wäre das der Gipfel der Namensinkompatibilität und hätte daher etwas Großtuerisches.

Adresse:
YMCA-Haus Reading, zieht dort aber bald aus, da die Stadt ihm eine Wohnung besorgt hat. Stadtverwaltungen sind für die Unterprivilegierten, was die Unterquästoren für privilegierte Summerton-Angestellte sind: Sie stellen Unterkünfte bereit. Allerdings beklagen sich bei der Stadtverwaltung weit weniger Leute als bei den Unterquästoren über Aussicht, Zustand, Sauberkeit, Lage und allgemeinen Komfort ihrer Bleibe. Gary hat so lange auf eine Wohnung gewartet, dass er mit allem zufrieden ist.

Alter:
Körperlich: vierundzwanzig; geistig: erheblich jünger, vermutlich fünfzehn bis neunzehn.

Geburtsort:
Reading. Sieht keinen Grund, dort wegzugehen, da er nichts braucht, was es in seiner Heimatstadt nicht gibt. Es könnte sein, dass er bald vor Terri Skinner flüchten muss, aber selbst dann dürfte es ihm nicht einfallen, Reading zu verlassen. Wer nicht in Reading wohnt, lebt nach seiner Erfahrung in Wokingham oder Bracknell, wo die Nachtclubs und Videotheken schlechter sind. Es war schon schlimm genug für ihn, als er täglich nach Oxford pendeln musste, um am Pembroke College zu arbeiten. Ihm gefiel Pembroke nicht und er beklagte sich bei R. English, seinem Stiefvater und Küchenchef von Pembroke, dass es dort keine Leute seines Schlages gäbe. Das stimmte nur zum Teil, denn viele Dozenten am Pembroke haben ganz ähnliche Sprach- und Gedächtnisprobleme wie Gary.

Familienstand:
Allein stehend – und er hat vor, es noch lange zu bleiben,

wie er Rod erzählte. Sieht allerdings kommen, dass er etwa mit dreißig anders darüber denken wird und dann Frau und Kinder haben möchte. Sein leiblicher Vater hat ihm gesagt, dass Männer sich mit dreißig ändern und dann nicht mehr jung und geil, sondern alt und langweilig sind, und da Mr Conley danach lebt, was er predigt, und für sein Alter ungewöhnlich verlebt und öde ist, kommt Gary nicht auf die Idee, ihm nicht zu glauben.

Beruflicher Werdegang:
Noch schlimmer als Sebastians. Ist bei mehr als dreißig Arbeitsstellen rausgeflogen, unter anderem beim Pembroke College, NEG-Kurierdienst, Legoland, McDonald's, Burger King und einer BP-Tankstelle. So wie Sebastian seine Verachtung für Jobs, die er für unter seiner Würde hält, nicht länger als drei Wochen zu kaschieren vermag, kann Gary seinen Arbeitgebern nicht verheimlichen, dass er gar nichts kann. Das Einzige, was er will, ist ein mit Orden behangener Held zu sein, wie er sie in Filmen gesehen hat. Es gefällt ihm, wie sie aussehen.

Qualifikationen und Schulabschlüsse:
Keine Qualifikationen, wenig Schulbildung.

Äußere Erscheinung:
Muss gut sein, was sollte Terri sonst an ihm finden? Vielleicht hat er Ähnlichkeit mit einem Fischzahn. Nach allem, was Rod erzählt hat und Terri durchblicken ließ, stelle ich ihn mir groß und dunkelhaarig vor, mit grünen Augen und athletischem Körperbau. Wenn Gary nicht unwiderstehlich umwerfend aussieht, bleibt als einzige Erklärung, dass Terri auf männliche Versager steht, weil sie es ihr ermöglichen, ihren Traum weiblicher Überlegenheit in ihrem Privatleben

zu verwirklichen. Und Muffkopf Skinner würde Gary natürlich verabscheuen.

Stärken und Schwächen:
Seine Schwächen sind so extrem, dass sie schon fast wieder als Stärken zu werten sind. Unterentwickeltes Denk- und Sprechvermögen, erschreckend mangelhafte soziale Fähigkeiten, Lethargie, Arbeitsunfähigkeit, Kälte, Aggressivität.

Sonstiges:
Geht gern zu Raves, ins Kino und sieht sich Videos an. Hat vermutlich genauso viele Filme gesehen wie Daphne Fielding, aber aufgrund seiner Erfahrung eine radikal andere Theorie formuliert als sie. Gary teilt alle Filme, die er sieht, ein in gut, okay oder beschissen. Diese Klassifizierung genügt ihm. *Zeugin der Anklage* ist sicher beschissen, weil der Film den unverzeihlichen Doppelfehler begeht, ein Schwarzweißfilm zu sein und von feinen Pinkeln zu handeln. Deshalb hat Gary ihn nur zu gern Rod Firsden mitgegeben, der sich selbst anhörte wie ein feiner Pinkel und daher mehr Verwendung dafür haben dürfte.

Kapitel 32

Fernandos Briefumschläge

Es war seltsam, aber ich war tatsächlich aufgeregt über meine Verabredung mit Rod Firsden. Es war lange her, seit ich diese Mischung aus Angst und romantischer Spannung erlebt hatte. Die Abende mit Sebastian machten mich schon lange nicht mehr nervös, wenn wir nicht gerade auf das Ergebnis eines seiner Vorstellungsgespräche warteten, und das konnte man wohl kaum als angenehmes Kribbeln bezeichnen. Ein Abend mit Rod versprach dagegen zwar nicht unbedingt lustig, aber doch interessant zu werden. Ich redete mir ein, dass mein einziges Motiv, mit ihm zusammen zu sein, im gebotenen Einsatz für das Stipendium bestand, fürchtete allerdings, dass doch ein bisschen mehr dahinter steckte. Dabei wäre es völlig widersinnig gewesen, mich in Rod zu vergucken, weil er emotional genauso anspruchsvoll war wie Sebastian, aber nicht halb so gut aussah. Er war zwar nicht gerade unattraktiv, nur ein bisschen wie aus einer anderen Welt. Ich konnte mir vorstellen, dass er mit seinem Spitzbart, dem glänzenden Gesicht und der feinen, affektierten Stimme die Rolle des zerstreuten Professors eines Tages gut ausfüllen dürfte. Ich wünschte, ich hätte mir Sebastian ebenfalls als Professor vorstellen können. Vielleicht war das für mich an Rod so anziehend: Seinen Erfolg fand ich wahrscheinlicher als den meines Mannes.

Mit schlechtem Gewissen schaltete ich mein Handy ein, um, bevor ich zu Daphne Fielding fuhr, Sebastian anzurufen und mich zu erkundigen, ob alles in Ordnung war. Aber ehe ich dazu kam, meldete sich mein Callback-Service. Geduldig hörte ich der anonymen Frauenstimme zu, die mir mitteilte, dass ich zwei neue Nachrichten hatte.

Die erste war von Bryony James, die mir leise und gespenstisch atemlos erklärte, ich hätte unser Gespräch gestern nicht richtig verstanden und nicht begriffen, dass Rache notwendig sei. Sie wolle mich immer noch als Verbündete, wenn ich bereit sei, »mir selbst treu« zu bleiben, wie sie es ausdrückte. Als Nachsatz fügte sie hinzu: »Ach, falls Sie Sorge haben, dass Gewalt im Spiel sein könnte – so ist es nicht. Es ist ... was Damian und ich vorhaben ist ... na ja, es ist der Situation angemessen. Ich meine, es ist nicht übertrieben. Sie brauchen sich keine Sorgen zu machen, dass wir etwas Dummes tun. Wissen Sie, Kate«, raunte sie in belehrendem Ton, »eines habe ich gelernt: Man kann nicht anfangen, von innen zu kämpfen, wenn man nicht auch außen kämpft.«

»Hm, wie abscheulich«, sagte ich laut und hoffte, dass die zweite Nachricht weniger ärgerlich war. Allmählich ging Bryony James mir ganz schön auf die Nerven mit ihrer merkwürdigen Mischung aus New-Age-Selbsthilfe-Ideologie und ungezügelter Rachsucht.

Als ich Valerie Williams' Stimme hörte, fuhr ich auf. Mit einem Anruf von ihr hatte ich wirklich nicht gerechnet. »Dr. Valerie Williams hier«, ertönte ihre barsche Stimme vom Band. »Ich nehme an, Sie haben sich schon gedacht, dass ich bei unserem Gespräch neulich nicht ganz aufrichtig war. Ich hielt es, mit einigen Einschränkungen, für richtig, so zu handeln, aber ich halte nichts von Unehrlichkeit und habe mich daher entschlossen, nicht länger mitzumachen. Lügen schadet letzten Endes nur dem Lügner. Ich fühle mich besser, wenn ich die Wahrheit sage.« All das sagte sie in distanziertem, nüchternem Ton.

»Selbstsüchtige Hexe«, murmelte ich ins Telefon. Ich war schon immer misstrauisch gegen Menschen, die das Richtige lediglich tun wollen, weil sie selbst sich dann besser fühlen, und nicht wegen der Auswirkungen, die es für andere hat. Sehen wir den Tatsachen doch ins Auge: Wenn das Richtige zu tun zur Folge hätte, dass es ihnen schlechter ginge, würden sie nicht einmal im Traum daran denken. Das hat nichts mit Tugend oder Opferbereitschaft zu tun, nur mit dem eigenen Kick, den Valerie Williams offenbar aus der Ehrlichkeit bezieht – so wie es mich anmacht, den Verlauf von Einstellungsverfahren umzukehren.

»Ihr Besuch hat den Ausschlag gegeben«, erklärte Valerie. »Ich weiß nicht, wie viel Sie wissen, aber nach Ihrem Verhalten zu urteilen, wissen Sie sicher einiges. Jedenfalls bin ich heute Nachmittag in der Praxis. Wenn Sie vorbeikommen, können wir darüber reden.«

»Heute Nachmittag!« Ob ich so lange warten konnte? Bis dahin war ich sicher schon durchgedreht. Wütend trommelte ich auf das Lenkrad und verspürte eine fast körperliche Qual. So viel zu Valeries Wunsch, das Richtige zu tun. War es etwa richtig, mich derart auf die Folter zu spannen, wo ich nicht einmal wusste, ob mich gute oder schlechte Neuigkeiten erwarteten? Kein Wunder, dass Valerie so in Regeln vernarrt war! Wie so viele, die an einer rigiden Moral festhalten, besaß auch sie so gut wie keine Fantasie und war nicht einmal scharfsichtig oder sensibel genug, eine Situation je nach Umständen einzuschätzen. Mir wurde ganz übel vor Anspannung.

Da ich mich nicht darauf verlassen konnte, dass ich nicht gleich mit dieser neuen Entwicklung herausplatzen würde, rief ich Sebastian nun doch nicht an. Ich wollte ihn nicht der gleichen Achterbahn der Gefühle aussetzen, die ich bis zwei Uhr nachmittags aushalten musste. Ich beschloss, wie geplant die Zeit mit einem Besuch bei Daphne Fielding totzuschlagen. Sie würde wohl kaum begeistert sein, wenn sie erfuhr, dass Valerie Williams die Absicht hatte, mir zu eröffnen, was nicht vorschriftsmäßig gelaufen war. Obwohl ich ihr das natürlich nicht sagen wollte. Bei dem Streit, den ich durch Daphnes offenes Bürofenster im Old Court belauscht hatte, musste es um diese Frage gegangen sein. Alles andere wäre ein zu großer Zufall, schließlich gehörten beide dem De La Wyche Ausschuss an und sie hatten sich über Unehrlichkeit gestritten.

Ich versuchte, so gut ich konnte, mich an jede Einzelheit zu erinnern. Valerie hatte gewollt, dass »alles« – was immer das sein mochte – in aller Offenheit stattfand, während Daphne wohl mehr dafür war, es verborgen zu halten, auch wenn sie es nicht so direkt gesagt hatte. Ich war mit allem einverstanden, was Sebastians Chancen erhöhte, gleichgültig, ob es Wahrheit oder Lüge war.

Ich parkte auf »meinem« Platz im Old Court vor einem gestreiften Holzpoller, der ohne ersichtlichen Grund aus dem Boden ragte. Und wie zur Erinnerung, dass dieser Poller nicht das einzig Nutzlose an Summerton war, tauchte Emily Lole hinter einem Türbogen auf, sobald ich aus dem Wagen stieg. Es ließ sich nicht vermeiden, dass sie mich sah, obwohl ich mich wohl geduckt haben oder zusammengezuckt sein musste, denn sie sagte: »Keine Sorge, ich tue Ihnen nichts. Ich habe mich heute besser im Griff.« Ich bemühte mich, angemessen dankbar auszusehen, gleichzeitig aber auf sicherer Distanz zu ihr zu bleiben. »Ich bin froh, dass Sie da sind«, sagte Emily. »Ich wollte mit Ihnen reden und mich dafür entschuldigen, was beim Fest passiert ist.«

Am liebsten hätte ich sie schnippisch gefragt, für welche

Details des Festes sie sich zu entschuldigen gedachte, etwa für die enttäuschende Auswahl an Petits Fours oder die Kratzer auf dem Besteck, aber ich hielt mich zurück. Sie wirkte gefasster als sonst, und da ich mir diese Gelegenheit nicht entgehen lassen wollte, um zu sehen, wie sie auf weitere bohrende Fragen reagieren würde, nickte ich nur lächelnd. Allerdings merkte ich mir ihre seltsame Art der Entschuldigung. Wer sagt, »was passiert ist« oder »die Sache neulich Abend« tue ihm Leid, betreibt in der Regel psychologische Heuchelei, ist im Grunde gar nicht bereit, sich seinem Tun zu stellen, und übertüncht die Kränkung mit Abstraktionen.

Ich setzte eine vorgetäuscht verzeihende Miene auf, beschloss aber eingedenk meines schmerzenden Halses, meinen Groll gegen Emily weiter zu hegen, bis sie in ihre Zerknirschung die Formulierung »versuchte Strangulierung« einbezog. »Vergessen Sie's«, sagte ich.

»Haben Sie ein paar Minuten Zeit?«, fragte sie. Sie klang fast normal, weder hysterisch noch durch Beruhigungsmittel gebremst, und ihr blondes, welliges Haar sah ausnahmsweise einmal frisiert aus. Es war auf einer Seite mit einer braunen Haarklammer zurückgesteckt. Emily hatte diesmal keinen Ausschlag im Gesicht und selbst ihre Kleidung wirkte, als hätte sie in jüngster Zeit ein Bügeleisen gesehen. All das konnte aber auch eine List sein, um mich in einem falschen Gefühl der Sicherheit zu wiegen. »Wirklich, Sie brauchen keine Angst zu haben«, versicherte Emily mir. »Mir geht es heute viel besser. Ich werde nicht ... schwierig sein, versprochen. Ich möchte wirklich gern mit jemandem reden und Sie ... scheinen mir genau die Richtige zu sein.«

Achselzuckend folgte ich ihr in ihre Suite in Tyndsall Court. Wie bei meinem Besuch am Tag zuvor waren die Vorhänge auch jetzt zugezogen, aber Emily war offenbar in kooperativerer Stimmung, denn sie öffnete sie sofort und sagte: »Sie mögen Tageslicht, nicht wahr?« Es klang wie eine abwegige Marotte. Ich verkniff mir die Bemerkung, dass ich völlig normal war und sie mit Vampiren und Marihuana-Zombies zu einer Minderheit gehörte.

Der Fernando-Rose-Schrein wirkte bei Licht noch unheimlicher. Ich zählte in Emilys Wohnzimmer neunzehn gerahmte Großaufnahmen seines Halbmondprofils. »Wäre es nicht einfacher für Sie, über ihn wegzukommen, wenn die nicht alle hier ständen?«, fragte ich, mit einer Handbewegung auf die Fotos. Ich stand immer noch, auf dem Sprung, mich sofort aus dem Staub zu machen, falls sich eine psychotische Attacke ankündigen sollte, aber Emilys Stimmung blieb zum Glück stabil.

»Ich werde nie über ihn wegkommen«, sagte sie, als sei das eine Selbstverständlichkeit, die sie nicht eigens erwähnen müsste. »Wie wäre es mit einer schönen Tasse Tee? Huch!« Sie lachte, was so untypisch wirkte, als würde Gandhi sich die Ärmel für eine Wirtshausschlägerei hochkrempeln. »Erzählen Sie bloß Damian Selinger nicht, dass ich das gesagt habe – er hasst es, wenn Leute von einer ›schönen Tasse Tee‹ reden. Er kann das Wort ›schön‹ nicht ausstehen. Außerdem verachtet er Teetrinker.« Beim Gedanken an Damians Verachtung verschleierte sich ihr Blick. »Er findet sie deprimierend und fantasielos.«

»Ich hätte gern eine Tasse Tee«, sagte ich munter, um diesen plötzlichen Stimmungsumschwung aufzuhalten.

»Damian sagt, Tee ...«

»Vergessen Sie Damian. Er ist ein Arschloch. An Tee gibt es nichts auszusetzen.« Ich bemühte mich, nicht ungehalten zu werden, aber ich hatte Besseres zu tun, als die Ehre von Tee zu verteidigen.

»Ich muss mein Leben wieder in geordnete Bahnen bringen«, erklärte Emily unvermittelt. »Ich höre auf, Tabletten zu nehmen. Valerie gibt mir ständig die falschen Medikamente. Ich möchte, dass Sie mir helfen.«

»Wie denn?«, fragte ich zögernd. Ich hatte den Eindruck, dass Emily zu den Menschen gehörte, deren Hilfsbedürftigkeit für den Helfer mit einem Maximum an Ungelegenheiten verbunden war.

»Helfen Sie mir, Fernando zu finden.« Sie sank in einen Sessel. »Ich muss ihn finden. Ich weiß, dass er ... hier irgendwo in der Nähe ist.«

Ich setzte mich neben sie und stellte mich resigniert darauf ein, durstig zu bleiben. Denn offensichtlich hatte sie die schöne Tasse Tee völlig vergessen und das Thema zu wechseln widerstrebte mir. »Ich weiß nicht, inwieweit ich Ihnen helfen kann, aber ... na ja, Sie haben sich doch sicher schon an seine Verwandten gewendet?«

»Ich weiß nichts über seine Familie – keine Namen, keine Adressen, nichts«, sagte Emily. Obwohl sie ziemlich niedergeschlagen war, wirkte sie wesentlich beherrschter, als ich sie je erlebt hatte. »Fernando hat nie über sie gesprochen. Er hatte keinen Kontakt zu ihnen, seit einer Ewigkeit nicht mehr. Das Einzige, was er je über seine Familie gesagt hat, war, dass er lieber so tut, als ob sie gar nicht existiere. Er muss eine schreckliche Kindheit gehabt haben. Ich habe ihn nicht nach Einzelheiten gefragt, weil er ... na ja, in diesem Punkt so empfindlich war. Ich wollte ihn nicht aufregen. Als er verschwand, wünschte ich, ich hätte mehr nachgehakt. Vielleicht hätte mir das geholfen, ihn zu finden.«

»Das glaube ich kaum, wenn er doch gar keinen Kontakt mehr zu seiner Familie hatte. Emily, ich weiß, dass der Gedanke Sie aufregen wird, aber ich muss Sie trotzdem fragen ... glauben Sie, dass ihm etwas Schlimmes zugestoßen sein könnte? Sie wissen schon, ich meine etwas *wirklich* Schlimmes?«

»Sie meinen, ob man ihn entführt und ermordet haben könnte?« Ihre Stimme bebte, aber ich hatte den Eindruck, dass der Gedanke ihr nicht neu war. »Bis vor ein paar Monaten habe ich das geglaubt. Ich konnte mir einfach nicht vorstellen, dass Fernando aus freien Stücken verschwinden würde. Er liebte Summerton.«

»Und was ist mit Ihnen?«, fragte ich, überrascht über ihre letzte Bemerkung.

»Ich weiß nicht, ob er mich geliebt hat. Er hat es zwar gesagt, aber das tun Menschen ja manchmal, auch wenn sie es gar nicht ernst meinen, oder? Ach, ich weiß nicht! Ich hoffe, dass er mich geliebt hat, aber seine Gefühle für mich können wohl nicht so stark gewesen sein wie meine für ihn. Vielleicht habe ich ihn ja unter Druck gesetzt, seine Liebe vorzutäuschen. O Gott.« Sie schlug die Hände vor die Augen. »Ich war so ausgehungert und neurotisch! Bestimmt habe ich ihn vertrieben.« Im Stillen gab ich ihr Recht, sagte aber nichts. Dass sie in der Vergangenheit sprach, fand ich ermutigend, da es erkennen ließ, dass sie sich tatsächlich zusammenreißen wollte. Wenn sie so vernünftig redete, sah ich hinter ihrer kranken Psyche fast den Menschen durchschimmern. »Aber Summerton – ich weiß bestimmt, dass er Summerton geliebt hat«, sagte Emily nun. »Er war völlig vernarrt in das College. Freiwillig wäre er niemals gegangen, bevor das Stipendium auslief. Deshalb habe ich ja geglaubt, dass etwas Schreckliches passiert sein müsse, bis ...« Sie schaute errötend fort und seufzte.

»Bis was?«, fragte ich. Ich wünschte, die Summerton-Dozenten würden sich ein bisschen zusammenreißen und mir schneller sagen, was ich von ihnen wissen wollte. Was immer Valerie Emily verschrieben haben mochte, Speed war es sicher nicht.

»Erinnern Sie sich an Ihren ersten Besuch bei mir? Da haben Sie nach Fernando gefragt und ich habe gedacht, Sie wüssten, wo er ist.« Ich nickte. »Also, das war, weil ... Ich dachte, er hätte Sie geschickt. Ich dachte, Sie wären wieder eine Botschaft von ihm. Wissen Sie, er hat mir nämlich Sachen geschickt.«

»Was? Was für Sachen?«

»Fotos.« Sie stand auf und ging ins Schlafzimmer, das an das Wohnzimmer angrenzte. Ein unangenehm muffiger Geruch wehte zu mir herüber. Während Emily in einer ihrer Nachttischschubladen kramte, bemerkte ich, dass die Vorhänge in ihrem Schlafzimmer zugezogen waren. Vermutlich hatte sie sie seit Monaten nicht geöffnet. Auf den ersten Blick wirkte der Teppich marineblau wie im Wohnzimmer, aber mit einem unregelmäßigen Muster aus großen, rosafarbenen Blumen. Bei näherem Hinsehen merkte ich jedoch, dass die Blumen zerknüllte Taschentücher waren, die Emily auf den Boden geworfen hatte. Insgesamt waren es fünf, die alle von heute stammen mussten, da kein Summerton-Zimmermädchen sie dort hätte liegen lassen. In meiner Vorstellung bestand Emilys stattlicher Körper aus unzähligen Tränen, die sich zu einer großen Tropfenform zusammensetzten.

Es dauerte fast zehn Minuten, bis Emily ihre Nachttischschublade mit einem heftigen Ruck schloss und mit zwei lachsfarbenen Briefumschlägen wieder ins Wohnzimmer kam. Ich konnte mir nicht denken, dass sie nicht genau gewusst hatte, wo etwas lag, was mit Fernando zu tun hatte, und dass sie so lange gebraucht hatte, um sie zu finden. Vielleicht hatte sie die Bilder noch einmal durchgesehen, bevor sie sie mir zeigte.

Sie reichte mir einen der Briefumschläge und setzte sich, den anderen in der Hand. »Das war die erste Sendung, die er mir geschickt hat.« Gespannt zog ich die Fotos heraus. Ich hatte angenommen, Fernando habe Aufnahmen von sich geschickt, die sie in ihre Sammlung aufnehmen konnte. Aber das, was ich vor mir sah, war wesentlich merkwürdiger als ein paar Schnappschüsse.

Insgesamt waren es sechs Fotos, eins rätselhafter als das andere. Das erste war eine Nahaufnahme von einem Suppenwürfel für Rinderbrühe. »Was zum Teufel ...«, murmelte ich und betrachtete das nächste Bild, eine unscharfe Aufnahme von Bäumen. »Emily, was soll das?«

»Ich habe keine Ahnung«, jammerte sie. »Ich habe gehofft, Sie könnten es mir sagen.« Nach den Bäumen kam ein Foto von einem Stapel Zeitschriften auf einem Tisch. Die oberste war eine *Literary Review*. »Fernando hat die *Literary Review* immer mit Hingabe gelesen«, sagte Emily. »Das sind seine Zeitschriften, daher weiß ich auch, dass er mir die Fotos geschickt hat. Sehen Sie das Gekritzel auf dem obersten Heft?«

Bei genauem Hinsehen bemerkte ich kleine blaue Kringel am unteren Rand des Titelblatts und stellte bei dieser Gelegenheit auch fest, dass es ein Heft von Februar 1997 war, erschienen einen Monat vor Fernandos Verschwinden. »Ja. Was ist damit?«

»Da hat Fernando ausprobiert, ob sein Kugelschreiber funktioniert. Ich war dabei.«

Ich nickte und sah die restlichen drei Fotos durch. Eines zeigte eine künstlerische Aufnahme von einer Packung Kopfschmerztabletten der Marke Nurofen aus einem schrägen Blickwinkel. Hätte ich sie in einer Kunstgalerie gesehen, hätte ich sie als Beispiel für jene Aber-Sie-sind-nicht-auf-die-Idee-gekommen-Kunst gehalten, die heutzutage sämtliche Preise gewinnt. Doch in diesem Kontext war sie für mich lediglich ein Hinweis, dass Fernando wohl einen Nervenzusammenbruch gehabt haben dürfte. Warum sonst sollte ein angeblich intelligenter Mensch spurlos aus einer Stellung verschwinden, an der ihm sehr viel lag, und seiner verlassenen Freundin Fotos von Brühwürfeln und Schmerztabletten schicken?

Das wollte ich Emily schon sagen, als das nächste Foto mich ablenkte: Es zeigte Ethan Handley in der Nische einer Bar. Sein Gesicht sah im wenig schmeichelhaften Stroboskoplicht kreideweiß aus, er hatte die Augen geschlossen, den Mund halb geöffnet und hielt sich den Bauch.

»Ich war dabei, als Fernando dieses Foto gemacht hat«, sagte Emily. »Es war in der College-Bar. Ethan hatte eine furchtbare Lebensmittelvergiftung. Unmittelbar nachdem das Foto aufgenommen wurde, musste er sich übergeben. Keith und Damian dachten zuerst, er hätte zu viel getrunken, aber dann stellte sich heraus, dass der Tintenfisch, den er zum Abendessen gegessen hatte, nicht mehr gut war. Ethan war richtig krank.«

»Emily, das ist doch lächerlich!«, fuhr ich sie frustriert an, weil ich gar nichts begriff. »Warum hat er Ihnen diese Bilder geschickt? Was soll das? Sie müssen es doch wissen! Ich meine, schauen Sie sich das an, auf dem letzten ist Peter Ustinov!« Da Emily erschrocken zurückzuckte, atmete ich tief durch und sagte leiser: »Peter Ustinov vor einer Pyramide. Im Dunkeln.« Dieses Bild konnte Fernando nicht selbst aufgenommen haben, falls er Peter Ustinov nicht persönlich kannte und mit ihm nach Ägypten gereist war. Das erschien mir äußerst unwahrscheinlich, wenn auch nicht unwahrscheinlicher als die Vorstellung, dass jemand seiner Ex ein Foto von einem Brühwürfel schickte.

»Das ist aus dem Film *Tod auf dem Nil*«, sagte Emily. »Sie wissen schon, Agatha …«

»Das weiß ich«, fiel ich ihr ins Wort. »Was ich nicht weiß, ist, warum er es Ihnen geschickt hat. Hat *Tod auf dem Nil* in Ihrer Beziehung eine besondere Rolle gespielt?«

»Nein!«, jammerte sie fassungslos. »Ich weiß nicht, warum er mir diese Fotos geschickt hat, ich weiß gar nichts mehr.« Sie klammerte sich so fest an den Vorhang, den sie gestern als Taschentuch benutzt hatte, dass die Vorhangschiene auf einer Seite aus ihrer Verankerung sprang und hin und her wippte. Emily heulte auf.

»Emily, beruhigen Sie sich. Ich mache Ihnen ja keinen Vorwurf, es ist nur ... ich begreife das nicht! Hat er nichts zu den Fotos geschrieben?«

»Nein, nichts. Er hat nur die beiden Umschläge mit Fotos geschickt. Die Sendung, die Sie gerade gesehen haben, kam vor etwa zwei Monaten und letzte Woche kamen diese.« Sie reichte mir den zweiten Umschlag.

Diesmal war ich auf Fernandos völligen Unsinn vorbereitet und wunderte mich kein bisschen, als ich in dieser Reihenfolge folgende Bilder sah: einen alten Mann mit Brille; ein Buntglasfenster mit einem Jesusbild; ein Foto von Summertons Great Hall im Kerzenlicht voller Menschen in Roben; eine Flasche Orangensaft; eine Autotür mit einem großen Rostfleck unter dem Fenster und einen Kasten Bier der Marke Tetley's Bitter. Als ich wieder zu dem Foto mit dem bebrillten Mann kam, fragte ich: »Wer ist das? Noch eine Figur aus *Tod auf dem Nil*?«

»Seien Sie nicht albern, das ist James Pickles«, sagte Emily, als sei das völlig offensichtlich.

»Wer?«

»Sie wissen doch, der Richter James Pickles.«

»Sie können den Namen noch so oft wiederholen, aber ich weiß immer noch nicht, wer das ist.«

»Ach. Ich dachte, jeder hätte von ihm gehört. Er ist Richter. Erinnern Sie sich an den Sie-ist-kein-Engel-Fall? Es ging durch sämtliche Nachrichten.«

»Ach ja, daran erinnere ich mich. Aber ich wusste seinen Namen nicht. Ist er es bestimmt?«

»Ja.«

»Emily, sind Sie sicher, dass Fernando Ihnen diese Fotos geschickt hat? Ich meine, wenn kein Brief dabei war, nichts ... könnten sie nicht auch von jemand anderem kommen?«

»Nein!« Emily schossen Tränen in die Augen. »Ich habe Ihnen doch gesagt, das ist Fernandos *Literary Review*, und ich war dabei, als er das Foto von Ethan in der College-Bar gemacht hat. Und das sind seine Briefumschläge. Er hat immer diese pink-orangefarbenen Umschläge benutzt.« Ein hysterischer Unterton schlich sich in ihre Stimme.

»Okay, okay«, beschwichtigte ich sie. »Ich glaube ja, dass er sie geschickt hat.«

»Es sind seine Briefumschläge. Und bevor Sie jetzt auf die Idee kommen, dass ihn jemand entführt hat und nun seine Sachen schickt, um mir zu zeigen, dass er ihn hat ...«

»Was? Darauf bin ich noch gar nicht gekommen.« Ich musste mir ein Lachen verkneifen. John-Donne-Experten werden nicht oft gekidnappt und nach meiner Krimi-Erfahrung benahmen Kidnapper sich selten derart kryptisch. Der Geliebten eines Entführten ein Foto von einem Brühwürfel zu schicken, statt einen Haufen Geld zu fordern, wäre ein sicheres Zeichen, dass ein Einstellungsgremium, wie so oft, auch bei den Entführern die Falschen für den Job engagiert hätte.

»Aber *ich* bin darauf gekommen«, sagte Emily. »Ich habe an jede Möglichkeit gedacht. Doch außer mir wusste niemand, dass er diese Umschläge benutzt.« Das erinnerte mich, wie so vieles in den letzten Tagen, an den Film *Zeugin der Anklage*, wo Marlene Dietrichs Briefe vor allem anhand des Briefpapiers, das sie immer benutzte, als ihre identifiziert wurden.

»Vermutlich wusste es auch sonst jeder am Summerton, dem er je geschrieben hat«, wandte ich ein.

»Nein!«, protestierte Emily verärgert. »Ich bin doch nicht blöd! Hier schickt jeder E-Mails, für berufliche Zwecke und eigentlich für alles. Fernando brauchte am College niemandem zu schreiben.«

»Ach. Okay.« Ich gab mich geschlagen. Ohne Vorwarnung sprang Emily auf und fiel vor mir auf die Knie.

»Bitte helfen Sie mir, ihn zu finden«, flehte sie. »Sie müssen es tun, Sie müssen etwas wissen, die Bilder müssen Ihnen doch etwas sagen, irgendeinen Hinweis ...«

»Emily, ich kann damit nichts anfangen. Es tut mir Leid«, sagte ich wahrheitsgemäß. »Wieso sollte ich?« Soweit ich wusste, stand ich in Cambridge nicht in dem Ruf, abstruse Fotos entschlüsseln zu können. Sie zuckte verdrießlich die Achseln. »Haben Sie die Fotos sonst noch jemandem gezeigt?«, fragte ich.

»Nein. Ich weiß, es klingt komisch, aber ... Ich wusste, dass Fernando nicht will, dass ich es jemandem erzähle. Mir war klar, dass die Fotos unter uns bleiben müssen.«

»Woher wussten Sie das?«

»Ich wusste es einfach. Ich kann es nicht erklären.«

»Gut«, sagte ich skeptisch. Die Handbremse in meinem Kopf rastete eine Stufe fester ein. »Und warum haben Sie sie mir gezeigt?«

»Weil Sie hergekommen sind und nach Fernando und Rod Firsden gefragt haben und ... ich weiß nicht, ich dachte, Sie wüssten vielleicht was.«

»Wieso haben Sie sich im Ausschuss so stark für Rod eingesetzt?«, fragte ich. Das war eine der vielen ungeklärten Fragen auf meiner Liste, wie mir einfiel, als sie seinen Namen erwähnte.

»Ohne Grund.«

»Ohne Grund? Sie haben ihn ohne Grund unterstützt?«

»Nein. Ich meine, ja.«

»Ach. Sie halten ihn also nicht für den besten Kandidaten?«

»Doch, sicher. Ja, deshalb habe ich für ihn gestimmt, das liegt doch auf der Hand.«

»Es gab also doch einen Grund«, stellte ich pedantisch fest.

»Ja, das war der Grund.« Sie seufzte schwer. »Aber es gab keinen anderen Grund.«

»Na gut.« Ich war fasziniert von diesem anderen Grund, den es angeblich nicht gab. »Hören Sie, Emily, kann ich die Fotos mitnehmen?«

»Ich habe ja gewusst, dass Sie mir helfen würden!« Sie strahlte mich an.

»Ich weiß nicht, ob ich helfen kann, aber ich möchte sie mir noch einmal in aller Ruhe anschauen und darüber nachdenken …«

»O danke, vielen Dank!«

»Ich kann Ihnen nichts versprechen. Ich bringe die Fotos in ein, zwei Tagen zurück.« Ich nahm die beiden Umschläge. Erst als Emily die Tür hinter mir zugemacht hatte, fiel mir auf, wie wenig ich ihr Vertrauen verdient hatte, dass ich ihren abhanden gekommenen Freund aufspüren könnte. Ich hatte nicht einmal nachgesehen, ob sich auf den Briefumschlägen ein Poststempel befand.

Kapitel 33

Misstrauen (das Gefühl, nicht die Handbremse)

Ein rascher Blick ergab, dass auf keinem der beiden Umschläge ein Poststempel war. Sie waren also persönlich an der Pförtnerloge abgegeben oder in einen der internen College-Briefkästen oder in Emily Loles Briefkasten eingeworfen worden. Trotz allem, was Emily erzählt hatte, war ich noch nicht überzeugt, dass Fernando die Fotos geschickt hatte und außer Emily niemand wusste, dass er lachsfarbene Briefumschläge benutzte. Schließlich konnte sie unmöglich beurteilen, was andere wussten oder nicht wussten.

Wenn Fernando die Umschläge selbst im College abgegeben hatte, musste ihn jemand gesehen haben, sofern er es nicht mitten in der Nacht getan hatte. Doch selbst dann hätte einer der Pförtner aus der Nachtschicht ihn ohne weiteres entdecken können. Ich bezweifelte, dass er das riskiert hätte, wenn er aus freien Stücken vom Summerton verschwunden war. Das bedeutete, dass entweder jemand anderes die Bilder geschickt hatte oder dass Fernando einen Komplizen am College hatte, der wusste, wo er sich aufhielt und warum er verschwunden war, und der bereit war, ihm bei diesen seltsamen Mitteilungen an Emily zu helfen.

Ich ging wieder zu meinem Wagen und holte Notizbuch und Stift hervor. Dann nahm ich die Fotos aus den Umschlägen und stellte folgende Liste zusammen:

Fotos, die an Emily Lole geschickt wurden (vermutlich von Fernando Rose)

Erster Umschlag (eingegangen vor zwei Monaten)

1. ein Brühwürfel Rindersuppe
2. ein paar Bäume
3. ein Stapel Zeitschriften, *Literary Review* (die laut Emily Fernando gehörten)
4. eine Packung Nurofen-Kopfschmerztabletten
5. Ethan Handley mit Lebensmittelvergiftung (laut Emily von Fernando fotografiert)
6. Peter Ustinov vor einer Pyramide (aus *Tod auf dem Nil*)

Zweiter Umschlag (eingegangen letzte Woche)

1. Richter James Pickles
2. Buntglasfenster mit Jesus
3. Summerton Great Hall bei einem Fest
4. eine Flasche Orangensaft
5. ein Rostfleck auf einer Autotür
6. ein Kasten Tetley's-Bitter-Bier

Auch beim zweiten Anschauen waren die Fotos mir ein Rätsel und so stopfte ich sie wütend wieder in ihre Umschläge. Gerade wollte ich aussteigen und zu Daphne Fieldings Büro gehen, als ich in meinem Rückspiegel sah, dass sie aus dem Gebäude kam und über den Old Court ging. Sie trug einen eleganten braunen Hosenanzug und hatte das Haar zu einem Knoten aufgesteckt. Ich hupte, um ihre Aufmerksamkeit zu erregen. Als sie nicht reagierte, lehnte ich mich aus dem Fenster und rief: »Professor Fielding!« Sie drehte sich um, machte aber keinerlei Anstalten, an den Wagen zu kommen. Also stieg ich aus und lief zu ihr.

Sie schaute demonstrativ auf ihre Armbanduhr. »Was ist? Ich hab's eilig.«

»Ich wollte nur kurz mit Ihnen über das De La Wyche Fellowship sprechen«, sagte ich atemlos. Offenbar wirkte sich das Rauchen allmählich auf meine Lungenkapazität aus. Daphne Fielding schaute mich missbilligend an. Vermutlich war sie wütend, weil sie sich von einer atemlosen Fahrlehrerin hatte abfangen lassen. »Ich habe mich nur gefragt ... können Sie mir sagen, wieso Sie sich entschieden haben, es nicht Sebastian zu geben?«

»Das sollte Sebastian mich selbst fragen.«

»Das würde er nie tun, dazu ist er zu stolz. Ich habe ihm gesagt, dass *ich* Sie fragen werde. Ich bin seine Frau.«

»Der Ausschuss hatte den Eindruck, dass er nicht der beste Kandidat ist. Das soll nicht heißen, dass seine Arbeit nicht gut ist, aber Sie wissen ja, der Standard ist so hoch, dass ...«

»Aber am Mittwoch haben Sie sich für ihn ausgesprochen«, unterbrach ich ihre gelispelten Platituden. »Und als der Ausschuss am Donnerstagmorgen zusammentrat, hatten Sie Ihre Meinung geändert. Sie haben für Terri Skinner gestimmt. Ich habe mich nur gefragt, warum.« Ich lächelte zuckersüß, um anzudeuten, dass ich mit einer völlig harmlosen Erklärung rechnete.

»Woher wissen Sie das?« Professor Fielding fummelte an ihrem Ohr herum, das wie immer zwischen den Haaren vorlugte. Über dem Kragen ihrer Bluse zeichnete sich am Hals ein roter Fleck ab, der sich langsam nach oben ausdehnte.

»Das haben andere Ausschussmitglieder mir erzählt«, sagte ich ohne Rücksicht, ob ich damit andere in Schwierigkeiten brachte. Solange ich keine Namen nannte, konnte sie ohnehin nicht viel unternehmen.

»Nun ja, dann haben sie das missverstanden. Ich habe mich für niemanden ›ausgesprochen‹, wie Sie es nennen. Ich habe lediglich, wie wir alle, die relativen Vorzüge eines jeden Bewerbers erörtert.«

»Ach. Da habe ich aber etwas anderes gehört.«

»Tatsächlich.« Sie verzog die Lippen zu einem kühlen Lächeln. Aus ihren Augen sprach Verachtung für mich und meine Fragen. »Was haben Sie denn gehört?« Ich war versucht, einen Satz aus Sebastians Lieblingsfilm *Mein großer Freund Shane* zu zitieren: ›Ich habe gehört, dass Sie ein gemeiner Yankee-Lügner sind.‹ Dann hätte ich gleich testen können, wie gut sie sich mit Spielfilmen auskannte, indem ich sie gefragt hätte, aus welchem Film dieser Satz stammte. Was mich zurückhielt, war keineswegs angeborene Höflichkeit – an diesem Übel leide ich nicht –, sondern das Wissen, dass ich einen amerikanischen Akzent hätte nachahmen müssen, damit der Satz richtig rüberkäme, und damit hätte ich mich eher lächerlich gemacht.

»Ich hörte, dass Sie am Mittwoch entschieden für Sebastian eingetreten sind, dann die Sitzung vertagt haben, obwohl das gegen die Vorschriften ist, und dass sie sich am Donnerstag plötzlich entschieden für Terri ausgesprochen haben. Ich bin sicher, dass Sie Ihre Gründe dafür hatten und nur getan haben, was Sie für das Beste hielten, aber ich würde doch gern wissen, warum. Das ist alles.«

»Tjaja«, grinste Daphne boshaft. »Da hat man Sie aber falsch informiert! Ich weiß ja nicht, mit wem Sie gesprochen haben, mit Valerie, Emily oder Damian, aber das spielt in diesem Fall auch keine Rolle, weil sie alle auf ihre Weise völlig unzuverlässig sind.«

»Dann hätten sie gar nicht im De La Wyche Ausschuss sitzen dürfen«, sagte ich wütend.

»Da bin ich ganz Ihrer Meinung, aber dafür können Sie mir nicht die Schuld geben. Ich habe die Ausschussmitglieder nicht benannt. Aber eines will ich Ihnen sagen: Ich habe nie gewollt, dass Terri hier arbeitet, und ich werde es auch nie wollen. Es ist schon schlimm genug, dass sie mit meinem Sohn verheiratet ist. Ich halte ihre Arbeit für unterdurchschnittlich und ihr Charakter ist noch schlechter. Ich hoffe sehr, dass sie nach Reading geht und die sich mit ihr herumschlagen müssen, nicht wir.« Sie verschränkte abwehrend die Arme, aber ich war zu aufgebracht, um mich davon einschüchtern zu lassen. Damian hatte völlig unmissverständlich erklärt, dass Daphne am Mittwoch für Sebastian und am Donnerstag für Terri gestimmt hatte. Ich zweifelte zwar keine Sekunde daran, dass er lügen konnte, aber warum sollte er das in diesem Fall tun? Was konnte er davon haben, wenn er vorgab, Daphne hätte plötzlich aus unerfindlichen Gründen ihre Meinung geändert?

»Also, nur um das zu klären: Sie haben nie Terris Bewerbung unterstützt?«, fragte ich. »Sie haben sich nie dafür ausgesprochen, dass man ihr das Stipendium geben sollte?«

»Ich habe mich so stimmgewaltig gegen sie ausgesprochen, wie es nur ging, ohne unprofessionell zu erscheinen«, erklärte Daphne. »Wenn Sie es unbedingt wissen wollen: Ihr Mann war für mich die erste Wahl. Emily Lole hat für Rod Firsden gestimmt, Damian für dieses Antarktis-Mädchen, mit dem er jetzt zusammen ist, und Valerie fiel auf diesen alten Naturwissenschaften-sind-nützlich-Mythos herein und stimmte für Terri. So, und jetzt muss ich wirklich gehen.« Mit einem Blick auf die Uhr schwang sie seufzend ihre Arme vor und zurück wie ein schmollender Teenager. Ich glaubte ihr nicht viel von dem, was sie gesagt hatte. Falls sie tatsächlich für Sebastian gestimmt hatte, aber überstimmt worden war, waren wir doch auf derselben Seite. Hätte sie dann nicht freundlicher und kooperativer sein müssen?

»Moment mal«, sagte ich. »Ich will Sie nicht länger aufhalten. Angenommen, ich akzeptiere, was Sie sagen …«

»Das ist mir völlig egal.« Sie schob sich eine Haarsträhne hinter ihr vorstehendes Ohr. Für mich hatte Daphne Fielding etwas von einem ungezogenen Schulmädchen. »Ich habe Ihnen lediglich gesagt, wie es abgelaufen ist.«

»Stimmt es denn wenigstens, dass Sie am Mittwoch die Sitzung vertagt haben? Man hat mir gesagt, Sie hätten ständig auf die Uhr geschaut, wie jetzt, den anderen Ausschussmitgliedern aber nicht gesagt, warum die Entscheidung auf Donnerstag verschoben werden musste.«

»Das muss ich mir nicht länger anhören.« Mit einem angewiderten Kopfschütteln ging sie davon. Ich lief ihr nach und packte ihren Ärmel. »Würden Sie mich bitte loslassen!«, brüllte sie.

»Okay, Entschuldigung«, murmelte ich. »Aber sagen Sie mir bitte, warum der Ausschuss am Donnerstag noch einmal zusammentreten musste.«

»Weil ich mich nicht wohl fühlte, in Ordnung?« Damit wirbelte sie wieder zu mir herum. Der rote Fleck hatte sich mittlerweile über ihren ganzen Hals bis zu den Ohrläppchen ausgebreitet und einen beunruhigenden Burgunderton angenommen. Sie erinnerte mich an die Zeile aus George Herberts Gedicht *Seufzen und Stöhnen*, wo von Menschen als »Gefäßen voller Blut« die Rede war. Daphne Fielding gehörte zu jenen dünnhäutigen Typen, die für Stechmücken ein Feinschmeckermenü waren.

»Ich habe den anderen Ausschussmitgliedern klar zu verstehen gegeben, dass mir nicht gut war und ich deshalb am Mittwoch die Sitzung vorzeitig beendet habe«, sagte Daphne verärgert. »Und wer etwas anderes behauptet, der lügt.« Mit laut klappernden Absätzen stapfte sie davon.

Mit einem für mich untypischen Pessimismus kam ich zu dem Schluss, dass sämtliche Ausschussmitglieder mich belogen hatten. Unter all ihren Täuschungsmanövern lag die Wahrheit bald so tief vergraben, dass ich sie nie würde aufdecken können. Ich ging wieder zum Wagen, legte die beiden Umschläge mit den Fotos ins Handschuhfach und überlegte, ob Emily wohl verrückt und traurig genug sein mochte, dass sie die Fotos selbst aufgenommen und die ganze Geschichte erfunden hatte, wie Kinder sich imaginäre Freunde ausdenken.

Dann fuhr ich in die Stadt und aß bei McDonald's zu Mittag. Da mir noch gut eine Stunde Zeit blieb, bevor ich Valerie aufsuchen konnte, war es vermutlich unklug, mich mit Fastfood voll zu stopfen, aber in meiner gegenwärtigen Stimmung brauchte ich einfach einen Cheeseburger und Fritten. Um Viertel vor zwei hielt ich die Spannung nicht mehr aus und fuhr wieder zum Summerton, hoffte allerdings, dass ich weder Emily noch Daphne über den Weg laufen würde.

Als ich zu Fuß vom Old Court in den Tyndsall Court bog, stieß ich mit Lloyd Lunnon, dem Friedensforscher, zusammen. »Verdammt, passen Sie doch auf, wo Sie hingehen! Sind Sie sehbehindert?«, brüllte er.

»Entschuldigung.« Ich schob mich an ihm vorbei, um keine weitere Aufmerksamkeit zu erregen.

»Hey!«, rief Lloyd Lunnon hinter mir her, als ich auf Valeries Praxis zuging. »Wer zum Teufel sind Sie überhaupt? Sind Sie etwa eine von diesen neuen Dozentinnen, über deren Kommen wir uns so freuen sollen?« Wider Willen war ich über seine Vermutung geschmeichelt, dass ich eine Summerton-Dozentin sein könnte.

»Nein, ich bin Fahrlehrerin. Ich bin die Frau von ...« Ich brach ab, weil mir einfiel, dass Lunnon von Sebastian, einem einfachen Graduiertenstudenten, vielleicht noch nie gehört hatte.

»Wer immer das sein mag, er ist offensichtlich ein bemerkenswerter Bursche.«

»Sebastian Nunn«, sagte ich. »Er hat hier seinen Doktor gemacht.«

»Ach, ich kenne Sebastian.« Lunnon grinste überraschenderweise. »War er nicht diesmal bei den Bewerbern für das De La Wyche?«

»Stimmt. Aber er hat es nicht bekommen.«

»Nein, eine Tussi hat's gekriegt, glaube ich. Fragt sich, ob sie ordentlich Holz vor der Hütte hat. Ich habe nichts gegen weibliche Argumente am College, solange sie nicht platt wie Bügelbretter sind. Das ist ja wohl nicht zu viel verlangt, oder?«

»Das hat sie«, sagte ich. »Und sie trägt hautenge Kleider.«

»Wunderbar, hervorragend«, gluckste Lunnon. »Obwohl ich überzeugt bin, dass Ihr Mann ein kluger Kopf ist.«

»Das ist er auch!«, platzte ich heraus und hoffte, Lunnon würde mir anbieten, sich mit seiner gesamten streitsüchtigen Persönlichkeit sofort für ihn einzusetzen.

»Na ja, dann ist es für ihn das Beste, nicht herzukommen. Hier wimmelt es von dummen Affen. Da ist er ja noch mal knapp davongekommen.« Lunnon musterte mich von oben bis unten. »Ihr Busen tendiert zum Bügelbrett, aber Sie sind trotzdem ganz hübsch.«

»Danke.« Ich ignorierte den beleidigenden Teil seiner Bemerkung, weil mir eine Idee gekommen war, wie ich die Begegnung mit Lunnon zu meinem Vorteil nutzen konnte. Da er mit dem De La Wyche Ausschuss nichts zu tun und die Angewohnheit hatte, unverblümt seine Meinung zu äußern, durfte er keinen Grund haben, mich anzulügen. »Darf ich Sie etwas fragen?«

»Ich gebe Ihnen und Ihrem Mann kein Geld, egal, wie dringend Sie es brauchen. Was ist gegen Prostitution einzuwenden?«, sagte er eingeschnappt.

»Ich will kein Geld.«

»Gut. Die meisten Leute wollen Geld.«

»Ich möchte Ihre Meinung hören, Ihre ehrliche Meinung –

unzensiert – über die Mitglieder des De La Wyche Ausschusses.«

»Sie ist fast mit Sicherheit gering, schätze ich. Sagen Sie, wer von den Witzfiguren des College saß denn in dem Ausschuss?«

»Daphne Fielding, Valerie Williams, Damian Selinger und Emily Lole. Jeder von ihnen erzählt mir was anderes über die Vorgänge im Ausschuss und ich weiß einfach nicht, wem ich glauben soll.«

»Keinem«, riet Lunnon fröhlich. »Daphne hat sich zu ihrem eigenen Lehrstuhl hochgebumst und seitdem die Knie fest zusammengehalten. Wenn wir das vorher gewusst hätten ... na ja, Reue bringt uns auch nicht weiter, wie so hervorragende Denker wie Frank Sinatra und Sid Vicious schon gesagt haben. Sie und Selinger sind verschlagene, selbstsüchtige und intrigante Schlangen, und Valerie Williams und Emily Lole werden zu selten flachgelegt, als dass man ihnen trauen könnte. Sie kommen nur ins College, um sich an Tischecken zu stimulieren.«

»Na gut«, sagte ich vorsichtig. Allmählich fand ich Lunnons derbe Sprüche ärgerlich und deprimierend.

»Wie ich sehe, helfen Ihnen meine Kommentare nicht weiter«, stellte er fest. »Gut, werden wir mal für einen Augenblick ernst. Bei Emily und Valerie ist es wahrscheinlicher, dass sie Ihnen die Wahrheit sagen, zumindest in ihrer verklemmten, wahnwitzigen Version. Aber Fielding und Selinger sind cleverer und würden bessere Verbündete abgeben. Ist das besser?«

»Ein bisschen.«

»Meine Güte, Mädchen, sei doch nicht so zögerlich«, sagte Lunnon streng.

»Das war ich noch nie in meinem Leben«, sagte ich wütend.

»Doch. Wenn Sie glauben, dass die Sache stinkt – und dazu haben Sie sicher allen Grund, wenn ich das sagen darf –, dann gehen Sie zum Rektor! Gehen Sie zur Presse! Zerren Sie Summertons Namen in den Schmutz. Was ist bloß los mit euch jungen Leuten heutzutage? Die Jugend muss doch kämpfen! Kämpfen und ficken, das solltet ihr jungen Leute machen. Sie hätten wohl nichts für einen kleinen Quickie übrig, nehme ich an?«

»Nein danke.« Mir lag immer mehr daran, so schnell wie möglich von ihm wegzukommen. »Ich habe noch eine Verabredung mit Valerie Williams.«

»Wie Sie wollen. Falls Sie es sich noch anders überlegen, ich bin in B4, Queens Court.« Mit beiden Händen in den Hosentaschen schlenderte er summend davon. Wütend, dass er mich als zögerlich bezeichnet hatte, marschierte ich zu Valeries Praxis und hämmerte an die Tür. Sie öffnete sofort, allerdings mit einem noch feindseligeren und missbilligenderen Blick als am Tag zuvor.

Ich lehnte den Stuhl ab, den sie mir anbot, und blieb mit verschränkten Armen mitten im Zimmer stehen. »Also? Was wollten Sie mir sagen?« Valerie zögerte ebenfalls, sich zu setzen. Sie ging im Zimmer umher, nahm hier und da etwas auf und stellte es wieder hin.

»Sagen Sie mir die Wahrheit«, forderte sie mich schließlich auf. »Wie viel wissen Sie über ... den Täuschungsversuch im De La Wyche Ausschuss?«

»Absolut nichts.«

»Es wird Ihnen nicht gefallen.« Sie ließ sich schwer auf den Schreibtischstuhl fallen. Ihr dicker Hintern quoll an beiden Seiten über die Sitzfläche. »Aber ich erzähle es Ihnen trotzdem. Ich bin die ganze Sache leid. Es ist besser, wenn Sie Bescheid wissen.«

»Ganz Ihrer Meinung.«

»Wie Sie ja wissen, beendete Professor Fielding die Sitzung am Mittwoch, bevor eine Entscheidung gefallen war ...«

»Warum?«, unterbrach ich sie. »Weil sie sich nicht wohl fühlte?«

»Das glaube ich nicht, nein. Hat sie Ihnen das als Grund genannt?«, fragte Valerie argwöhnisch.

»Ja.«

»Na, dann hat sie gelogen. Sie hat nichts davon gesagt, dass sie sich nicht wohl fühlte. Mir passte es ganz und gar nicht, dass die Entscheidung verschoben wurde – das ist gegen die Vorschriften, aber ich konnte nichts dagegen tun. Nach der Sitzung ging ich sofort hierher. Auf meinem Schreibtisch lag ein Umschlag. Er enthielt ... eine ziemlich unangenehme anonyme Mitteilung.«

»War der Umschlag lachsfarben?«, fragte ich schnell. Vielleicht war Emily ja nicht die Einzige, die Nachrichten vom verschwundenen Fernando bekam.

»Nein, er war braun. Wieso?«

»Egal. Was stand drin?«

»Warten Sie.« Valerie atmete tief durch. »Es war nicht nur die Mitteilung in dem Umschlag, sondern auch zwei Briefe von Daphne Fielding an Ihren Mann.«

»*Was?* Was für Briefe?« Soweit ich wusste, hatte Sebastian noch nie Briefe von Daphne Fielding bekommen. »Haben Sie die Briefe noch? Ich möchte sie sehen.«

»Das halte ich nicht für angebracht. Aber ich kann Ihnen zusammenfassend sagen, worum es ging. Sie bezogen sich auf einen Plan, Terri Skinner in Misskredit zu bringen. Es ging klar daraus hervor, dass Daphne und Sebastian ... also, es gibt keine nette Art, das auszudrücken: Es war klar, dass sie einen Betrug vorhatten.« In dieser letzten Bemerkung schwang unverkennbar ein triumphierender Unterton mit.

Valerie war ganz in ihrem Element moralischer Selbstgerechtigkeit.

»Das ist unmöglich. Sebastian würde nie lügen oder betrügen. Das müssen Sie falsch verstanden haben. Was stand denn genau in diesen Briefen? Wortwörtlich? Ich will sie sehen. Sind Sie sicher, dass sie von Professor Fielding waren?«

»Ganz sicher. Ich kenne ihre Handschrift gut«, sagte Valerie. »In dem ersten Brief teilte sie Sebastian mit, dass sie, wie verabredet, Terris Referenzen geändert, hier und da ein paar kritische Anmerkungen eingefügt habe, die ihre Fähigkeiten und ihren Charakter ganz subtil in zweifelhaftem Licht erscheinen ließen. Außerdem habe sie Sebastians Referenzen ein paar positive Bemerkungen hinzugefügt, die die Sache zu seinen Gunsten beeinflussen konnten.«

»Aber ...« Tränen brannten mir in den Augen. »Das würde Sebastian niemals tun, bestimmt nicht.«

»In dem zweiten Brief wünschte sie ihm viel Glück beim Vorstellungsgespräch«, erzählte Valerie gnadenlos weiter. »Und machte noch eine Bemerkung wie: ›Nach unseren kleinen Änderungen in den Referenzen dürfte die Sache so gut wie geritzt sein.‹ Das stand fast wörtlich so da.«

»Und was stand in dem anonymen Brief?« Ich biss die Zähne zusammen.

»Dass die beiden Briefe auf Daphnes Schreibtisch gefunden wurden und der anonyme Schreiber der Ansicht sei, ich solle sie sehen. Ich nehme an, es war eins der Zimmermädchen. Oder ein Student.«

»Moment mal«, schaltete ich mich ein, da ich einen Denkfehler bei Valerie entdeckt hatte. »Wenn diese Briefe tatsächlich von Daphne Fielding vor dem Vorstellungsgespräch am Dienstag an Sebastian geschrieben wurden – wie es ja wohl sein muss, da sie ihm viel Glück dazu wünscht –, warum lagen sie dann auf ihrem Schreibtisch herum? Warum hat sie sie nicht an ihn abgeschickt?«

»Keine Ahnung.«

»Nein. Nein!« Ich hatte das Gefühl zu ersticken. »Das ist unmöglich. Ich sage Ihnen, Sebastian weiß nichts davon. Irgendjemand – ich weiß nicht, wer – hat das inszeniert, um seine Chancen zu sabotieren.«

»Ich fürchte, nein, Kate«, sagte Valerie scheinheilig. »Sobald ich diese Briefe bekommen hatte, ging ich zu Daphne und konfrontierte sie damit. Es ergab alles einen Sinn und klang erschreckend wahr. Sie hatte Sebastian den ganzen Tag lang unterstützt, und Terris und Sebastians Referenzen, die sie vorlas, passten zu dem, was in den Briefen stand. Terris waren ein bisschen mager und Sebastians priesen ihn praktisch als Genie.«

»Er *ist* ein Genie«, sagte ich automatisch, obwohl mir schlecht und schwindelig war. »Aber selbst wenn sie gewollt hätte, hätte sie die Referenzen doch gar nicht manipulieren können? Sie bekommen doch alle eine Kopie davon?«

»Nein«, sagte Valerie mit einer Spur selbstgefälligen Bedauerns. »Der Ausschussvorsitzende, in diesem Fall Daphne, sammelt alle Referenzen und liest sie nach den Vorstellungsgesprächen den anderen vor. So steht es in den Vorschriften. Leider dürfte es für sie recht einfach gewesen sein, sie zu manipulieren.«

»Was hat sie gesagt, als Sie sie zur Rede gestellt haben?«

»Sie hat es zugegeben. Es blieb ihr nichts anderes übrig, bei den Beweisen, die ich in der Hand hatte. Ich habe ihr vorgeworfen, dass sie ein Verhältnis mit Sebastian hat und ihm deshalb das Stipendium verschaffen will. Daphne hat … einen gewissen Ruf in dieser Richtung.«

»Was hat sie gesagt?«

»Sie hat es abgestritten.« Ich atmete erleichtert auf. Natürlich hatte Sebastian kein Verhältnis mit ihr. »Laut ihren Worten hatte sie einfach nur Angst, dass Terri hier am Summerton arbeitet, und daher war sie bereit, die Vorschriften ein bisschen großzügig auszulegen, damit es nicht so weit kommt. Sie hat Sebastian diesen Plan vorgeschlagen, weil sie ihn wirklich für den besten Kandidaten hält, und er hat eingewilligt.«

»Sie kann ja die Referenzen auch manipuliert haben, ohne es ihm zu sagen«, sagte ich, bemüht, mit den immer neuen Schreckensnachrichten Schritt zu halten. »Warum hat sie es nicht einfach so gemacht? Warum sollte sie Sebastian mit in diesen ... Plan hineinziehen?« Valerie wandte den Blick ab. »Sie glauben, die beiden haben ein Verhältnis, stimmt's?« Offenbar hatte ich richtig geraten, denn sie kniff die Lippen zusammen, bis sie nur noch einen winzigen Kreis bildeten, der an einen zugebundenen Beutel erinnerte.

»Ich habe ihr nicht recht geglaubt, als sie es abstritt«, bestätigte Valerie schließlich. »Menschen, die im Berufsleben betrügen können, können auch im Privatleben betrügen.«

»Und was ist dann passiert?«, fragte ich, ohne auf ihren letzten Seitenhieb gegen Sebastians Charakter einzugehen. »Haben Sie gedroht, sie auffliegen zu lassen?«

»Ich habe deutlich gemacht, dass meiner Ansicht nach etwas geschehen musste«, sagte Valerie spürbar stolz. »Daphne hat mich angefleht, nicht zum Rektor zu gehen. Sie wusste, dass sie wegen solch einer Sache ihre Stelle verlieren würde. Aus Loyalität gegenüber dem College habe ich eingewilligt. Unter diesen Umständen hielt ich es für meine Pflicht, das Unrecht zu beheben, ohne Summertons Ruf zu schaden. Wenn der Skandal an die Öffentlichkeit gedrungen wäre, wäre die Presse über uns hergefallen. Ich habe Daphne gesagt, dass Sebastian nach diesem versuchten Betrug unmöglich die Stelle bekommen kann. Dem hat sie zugestimmt. Sie versprach, bei der Sitzung am Donnerstag deutlich zu machen, dass sie ihn nicht mehr unterstützt und nichts dagegen einzuwenden hätte, wenn Terri das Stipendium bekommt.«

»Und das hatten Sie ja ohnehin gewollt«, stellte ich fest, da ich mich erinnerte, was Damian und Daphne mir erzählt hatten.

»Ja, weil ich sie für die stärkste Kandidatin hielt. Im Gegenzug habe ich mich bereit erklärt, die Sache mit dem Betrug nicht weiterzuverfolgen.«

»Das hört sich für mich so an, als hätten Sie Daphne erpresst, Ihre Kandidatin zu unterstützen.«

»Ich habe nichts dergleichen getan!«, protestierte Valerie. »Ich habe absolut nichts Unrechtes gemacht!«

»Sebastian auch nicht«, schnaubte ich. »Ich sage Ihnen, Sie haben das völlig falsch verstanden. Entweder lügen Sie oder Daphne Fielding, aber Sebastian ist ein ehrlicher Mensch.«

»Auf Dauer wird es Ihnen nichts nutzen, sich was vorzumachen«, erklärte Valerie in ihrem besten Ärztinnentonfall.

»Wo sind diese Briefe überhaupt? Wieso zeigen Sie sie mir nicht?«

»Weil ich gegen jede Art von Voyeurismus bin. Die ganze Sache ist auch so schon schlimm genug.«

»Ich glaube, Sie haben das alles erfunden.«

»Sie zu lesen würde Sie nur aufregen …«

Den Rest hörte ich nicht mehr, weil ich den Tränen so nahe war, dass ich gehen musste. Ich lief hinaus und knallte die Tür hinter mir zu.

Jetzt hatte ich für meine Hartnäckigkeit mein Fett abbekommen. Auf dem Rückweg zu meinem Wagen redete ich mir ein, genau zu wissen, dass Sebastian sich nicht hinter meinem Rücken mit Daphne Fielding verschworen und nie ein Verhältnis mit ihr angefangen hatte, aber zwischen neunzigprozentiger Sicherheit und hundertprozentiger Sicherheit besteht ein himmelweiter Unterschied. Ich musste Sebastian unbedingt danach fragen, sobald ich nach Hause kam – so sehr ich seine Antwort auch fürchtete.

Kapitel 34

Lebenslauf: Daphne Fielding

Name:
Daphne Cynthia Fielding

Alter:
Vierundfünfzig

Adresse:
8 Newton Road, Cambridge. Als allein stehende Professorin hätte sie auch im College wohnen können, aber laut College-Klatsch wollte sie nicht, dass die Summerton-Zimmermädchen etwas vom stetigen Durchgangsverkehr in ihrem Schlafzimmer mitbekämen, da viele der Gäste in ihren Laken am College nicht ganz unbekannt sein dürften.

Geburtsort:
Wigan, Lancashire

Familienstand:
War nie verheiratet. Wäre Joe Fielding Streitgesprächen nicht so abgeneigt, hätte er gute Argumente ins Feld führen können, Scarlett den Nachnamen Fielding zu geben, weil es aus feministischer Sicht korrekter war, den Namen einer ihrer Großmütter, nicht eines ihrer Großväter zu tragen.

Geht die Abneigung zwischen Daphne und Terri auf die Tatsache zurück, dass Terri es abgelehnt hat, den Namen Fielding anzunehmen, oder ist Terris ausbeuterisches Verhalten gegenüber Joe der Grund? Joe würde seiner Mutter zwar niemals etwas davon erzählt haben, aber es kann ihr trotzdem nicht entgangen sein. Mütter wollen ihre Söhne doch immer beschützen. Das könnte erklären, weshalb Daphne Terri einen Schlüssel für die Summerton-Bibliothek gegeben hat, obwohl sie sie nicht leiden kann: um sie so viel wie möglich von Joe fern zu halten. Armer Joe, wenn seine Mutter bewusst gefördert hat, dass seine Frau mit einer Sammlung schlauer Bücher durchbrennt.

Joe ist Daphnes einziges Kind, obwohl er nicht – wie soll ich das taktvoll formulieren? – ihre einzige Schwangerschaft war. Nach Joes Geburt war Daphne noch zwei Mal schwanger, einmal, als er fünf Jahre alt war, und ein zweites Mal, als er neun war, aber beide Male entschied sie sich für einen Abbruch (obwohl Joe immer ein Geschwisterchen haben wollte), weil sie ihre erste Schwangerschaft nicht gerade angenehm erlebt hatte. Was Unbequemlichkeit und allgemeine Ungelegenheiten angeht, stand die Schwangerschaft für sie auf einer Stufe mit der Taufe von Stakkähnen, jener höllischen Aufgabe, über die sie sich bei Valerie Williams beklagt hatte.

Beruflicher Werdegang:
1992 bis heute
Professorin für Film und Medienwissenschaften am Summerton College, Cambridge.

1986 bis 1992
Dozentin für Medien- und Filmwissenschaften am Anglia Polytechnic.

1980 bis 1986
Dozentin für englische Literatur am Manchester Polytechnic.

1972 bis 1980
Dozentin für englische Literatur am Cheffing College of Further Education, Wigan.

Qualifikationen und Schulabschlüsse:
Bachelor of Arts (III) in Englischer Literatur am Preston Polytechnic.

Veröffentlichungen:
Viele Zeitschriftenartikel, veröffentlicht von Bettgefährten oder ehemaligen Bettgefährten. Drei Bücher: *Fantasie und Weiblichkeit: Eine Dekonstruktion der Dietrich* (Scholar Press, Cambridge und New York, 1997); *Die Popcorn-Polemik: Klasse und Kino* (Scholars, 1996) und *Grautöne: Die Ambiguität des Schwarzweißkinos* (Scholars, 1994). Es war nicht notwendig, mit Verlegern zu schlafen, damit diese drei Bücher erscheinen durften. Da Daphne damals schon Summerton-Professorin war, schrieben die Lektoren die Unverständlichkeit der Texte wie selbstverständlich ihrem hohen intellektuellen Niveau zu.

Stärken und Schwächen:
Es gibt nicht viele, die die erforderliche Ausdauer, Entschlossenheit und Begabung besessen hätten, es mit – nennen wir es taktvoll – »Beziehungspflege« von einem drittrangigen Studienabschluss am Preston Polytechnic zu einem Lehrstuhl (in Daphnes Fall besser Bidet) am Summerton zu bringen. Selbst jetzt, auf dem Höhepunkt ihrer beruflichen Laufbahn, betreibt sie noch strategischen Sex. Am Summerton gilt es nicht wie in manchem anderen Oxbridge-College

als Kündigungsgrund, mit seinen Studenten zu schlafen. In den Vorschriften steht lediglich, dass Dozenten und Professoren es melden müssen, wenn sie mit Studenten oder Studentinnen ins Bett gehen, und dann deren Arbeiten nicht mehr benoten dürfen. Daphne, die das Korrigieren von Arbeiten immer gehasst hat, fand schnell heraus, dass es in ihrem eigenen Interesse war, so viele Studenten wie möglich zu verführen und es anschließend zu melden. Was ihre Kollegen von ihr dachten, kümmerte sie nicht sonderlich, aber wie sich herausstellte, brauchte sie sich darüber auch keine Gedanken zu machen. Schließlich galt sie allgemein als postfeministische Ikone, die diskriminierende Geschlechterrollen äußerst effektiv umzukehren verstand. Jede Kritik an ihr wurde sofort von jedem Frauenverband an allen Hochschulen niedergemacht und landesweit großzügig mit dem Begriff »Hexenjagd« belegt.

Was ist schon dagegen einzuwenden, wenn jemand sich nach oben vögelt? Ist das nicht lediglich eine extreme Variante der harmloseren Beziehungen, durch die Leute so oft die Stellen bekommen, die sie haben wollen? Vor einiger Zeit hatte Sebastian ein Vorstellungsgespräch für eine Stelle am Kennett College, Oxford. Er und vier andere Kandidaten saßen vor den Vorstellungsgesprächen zusammen im Wartezimmer, als die Ausschussmitglieder kamen, um sich vorzustellen. Sie schüttelten Sebastian und drei anderen Kandidaten die Hand, fragten sie nach ihren Namen und ihrer Herkunft und erklärten, wie schön es sei, sie kennen zu lernen. Als sie zu dem fünften Kandidaten kamen, winkten sie nur beiläufig und sagten: »Hi, Jim.« Raten Sie mal, wer die Stelle bekommen hat? Jim mag sich vormachen, er habe sie aufgrund seiner Qualifikation erhalten, seine persönliche Bekanntschaft mit den Entscheidungsträgern habe damit nichts zu tun. Aber da irrt er sich.

Seltsam ist allerdings, dass Daphnes Ausdauer offenbar nicht über das Schlafzimmer hinausreicht. Als offizielle College-Beauftragte für die Stapelläufe der Stakkähne empfindet sie ihre Verpflichtungen als äußerst beschwerlich. Wenn ein neuer Stakkahn gebaut wird, muss sie sich einen Namen ausdenken, den Kahn in einer Farce von Taufzeremonie mit Champagner übergießen und ins Wasser schieben. Zu Recht argwöhnt sie, dass ihre Kollegen nicht begreifen, wie schwer das Leben einer Stakkahn-Stapellauf-Beauftragten ist. Übrigens sind viele Summerton-Stakkähne nach Schauspielern und Figuren aus Daphnes Lieblingsfilm *Zeugin der Anklage* benannt. Der erste Stakkahn, mit dem Sebastian und ich gefahren sind, hieß *Tyrone* nach Tyrone Power, der in diesem Film Marlene Dietrichs angeblich verhassten Ehemann Leonard Vole spielte. Außerdem gibt es noch Stakkähne mit den Namen *Marlene*, *Dietrich* und *Witness*.

Kapitel 35

Les Amants

Ich saß in der Nähe von Rods Wohnung in meinem Wagen und überlegte, was ich tun sollte. Für unsere Verabredung war ich fast eine halbe Stunde zu früh. Rod hatte mir ausdrücklich gesagt, ich solle nicht eher kommen, und das hatte ich ursprünglich auch nicht vor, aber da Sebastian mich vor einer Weile aus der Wohnung geworfen hatte, wusste ich nicht, wohin.

Ich parkte auf der Raymond Road, ein paar Minuten Fußweg von Rods Wohnung entfernt. Wenn ich mich nicht so elend gefühlt hätte, hätte ich auf der Sterling Road geparkt, auf einem ordnungsgemäßen Parkplatz weit weg von Vincent Strebonians Einfahrt, wäre zu dem verwitweten Schönheitschirurgen gegangen, falls er nicht wie üblich wie durch ein Wunder an meinem Seitenfenster aufgetaucht wäre, und hätte mich entschuldigt, dass ich ihm in den letzten Tagen so viel Ärger bereitet hatte. Aber heute fühlte ich mich dem nicht gewachsen. Auch für den Abend mit Rod war ich eigentlich nicht in Stimmung und hätte ihm sicher einen Zettel mit einer Absage in den Briefschlitz geworfen, wenn ich nicht solche Angst gehabt hätte, nach Hause zu fahren.

Nachdem ich mit Valerie gesprochen hatte, war ich geradewegs nach Noble House gefahren und hatte dabei überlegt, wie ich Sebastian auf ihre Behauptungen ansprechen konnte, ohne ihn zu kränken. Ich beschloss, das mutmaßliche Verhältnis gar nicht erst zu erwähnen, da ich zutiefst überzeugt war, dass es völlig aus der Luft gegriffen war. Ein Weilchen lang dachte ich sogar daran, überhaupt nichts von dieser Sache zu sagen und einfach alles zu ignorieren, was Valerie mir erzählt hatte, aber so verlockend der Gedanke auch war, wusste ich doch, dass ich keine ruhige Minute mehr haben würde, bis ich Sebastians Version der Vorgänge gehört hatte. Außerdem bestand durchaus die Möglichkeit, dass Valerie es nicht dabei bewenden ließ, es nur *mir* zu erzählen, nachdem der Bann einmal gebrochen war. Und wenn sie nun mit ihrer Geschichte zum Rektor ginge oder zur Presse und es sich in der wissenschaftlichen Welt herumspräche, dass Sebastian ein Betrüger war? Mir blieb keine andere Wahl, ich musste ihn fragen. Gleichgültig, wie seine Antwort ausfiel, so schrecklich sie auch sein mochte, ich würde zu ihm halten.

Meine zurechtgelegten Sätze ließen mich jedoch im Stich, sobald ich die Wohnung betreten hatte. Sebastian lag auf dem Sofa – ich sage nur ungern »wie immer«, aber es ist nun mal eine Tatsache, dass er meist auf dem Sofa liegt, wenn ich nach Hause komme. Das Geschirr vom Vortag und vom Frühstück und Mittagessen war noch nicht gespült, der Abfalleimer quoll über. Auf dem ganzen Boden lagen zerknüllte DIN-A4-Blätter verstreut, die mich an Emily Loles benutzte Taschentücher erinnerten.

»Sebastian!«, stöhnte ich ärgerlich, bevor ich es mir verkneifen konnte. »Wieso sieht es hier aus wie auf einer Müllkippe?« Dann listete ich sämtliche Hausarbeiten auf, die er nicht erledigt hatte. Ich wusste, dass dieses Gemecker Sebastian fuchsteufelswild machte, aber ich provozierte ihn trotzdem. Rückblickend glaube ich, es kam mir ganz gelegen, mich mit ihm über ein sicheres Thema streiten zu können, das wir schon oft durchgekaut hatten. So konnte ich die grässliche Frage aufschieben, die ich ihm stellen musste.

»Ich habe einen Artikel für eine Zeitschrift geschrieben«, fuhr er mich an und machte den Fernseher lauter. »Vielleicht ist es dir ja entgangen, aber heutzutage müssen Wissenschaftler – nicht dass ich einer wäre, ich bin ein Nichts, ein Niemand –, aber jeder, der Wissenschaftler werden will, muss publizieren, publizieren, publizieren – in der Hoffnung, dass irgendeine mittelmäßige Uni ihm eine einjährige, ausbeuterische Anstellung gibt und schamlos seine Publikationen benutzt, um ihre Forschungsbilanz zu verbessern. Ich weiß, dass das Scheiße ist, ich weiß, dass es zutiefst deprimierend ist, vom Verkauf der eigenen Seele ganz zu schweigen, aber so ist das Leben.« Da er mittlerweile brüllte, wusste ich, dass ich seinen wunden Punkt getroffen hatte. »Wenn ich überhaupt eine Chance haben will, je einen Job zu kriegen, muss ich Artikel schreiben! Keinem Arbeitgeber wird es imponieren, dass ich jeden Morgen den Abfall raustrage. Ich kann ja wohl den Scheißabwasch und das Staubsaugen nicht in meinen Lebenslauf schreiben, oder?«

»Okay, beruhige dich«, murmelte ich, da ich verstand, was er meinte. Es tat mir Leid, dass ich den Zustand der Wohnung überhaupt erwähnt hatte. Da ich ihm jetzt so schlechte Laune gemacht hatte, war die Aussicht, mit ihm über Daphne zu sprechen, noch beklemmender. Aber vermutlich hatte er ohnehin schon schlechte Laune gehabt, bevor ich nach Hause kam. Ein Leninexperte zu sein und es mit diesem Fachwissen nicht über sein eigenes Sofa hinaus zu bringen würde wohl jedem schlechte Laune machen.

»Wenn dich der Dreck und die Unordnung stören, warum machst du dann nicht selbst mal ein bisschen sauber?«, brüllte Sebastian mich an. »Wie lange leben wir hier zusammen? Vier Jahre? Hast du je schon mal Staub gesaugt? Hast du ein einziges Mal das Bad oder das Klo geputzt?«

Das ist neu, dachte ich und bemühte mich hastig, eine Verteidigung zusammenzubasteln. »Also ... ich erinnere mich nicht ...«, log ich.

»Du nimmst einfach an, nur weil ich den ganzen Tag zu Hause bin und du das Geld nach Hause bringst, zählt meine Arbeit nicht. Bei mir ist es völlig okay, dass ich mein Schreiben unterbreche – das ohnehin niemand für ausreichend hält, um mich einzustellen –, um stinkende Abfalltüten mit schimmeligem Brot und Zigarettenasche ...«

»Sebastian!« Ich hob abwehrend die Hand, um ihn zum Schweigen zu bringen, aber er achtete gar nicht darauf und schimpfte noch eine ganze Weile lang weiter. Ich hielt mir die Ohren zu und summte laut, weil es mir zu wehtat, Sebastian reden zu hören, als ob ich zum Feind gehörte, zu jenen Leuten, die seine Arbeit ignorierten und untergruben. »Du weißt genau, dass ich so was nicht denke«, sagte ich, als er schließlich aufhörte. »Ich setze dich nur selten wegen der Hausarbeit unter Druck und erwarte gar nicht, dass du etwas tust. Ich weiß, dass du viel Zeit brauchst, um zu schreiben, und habe dich immer unterstützt. Stimmt doch, oder? Es ist nur, dass ... heute sieht die Wohnung einfach aus wie ein Bombentrichter, da konnte ich es mir nicht verkneifen, was zu sagen. Aber, ich meine, sonst sage ich doch nie was, oder? Wann habe ich mich das letzte Mal beschwert?«

»Du beschwerst dich nicht, weil du verdammt gut weißt, dass ich das meiste im Haus mache, was hier überhaupt gemacht wird. *Ich* müsste mich beklagen. Warum soll ich mehr tun als du? Hältst du das für gerecht?«

»Also ...« Wider besseres Wissen sagte ich meine ehrliche Meinung. »So ganz ungerecht finde ich es nicht, wenn du ein bisschen mehr machst als ich, wenn man bedenkt, dass ich … also, das Geld verdiene und den ganzen Tag außer Haus arbeite.« Ich hielt den Atem an, denn noch gestern hätte ich in Sebastians Gegenwart das Thema Geldverdienen niemals angeschnitten. Offenbar wollte ich ihn bestrafen, weil er sich hinter meinem Rücken mit Daphne verbündet und mich aus einer so wichtigen Angelegenheit ausgeschlossen hatte.

»Ach! Ach, so ist das also, ja?«, bellte Sebastian und marschierte wütend im Wohnzimmer auf und ab. »Dann bin ich also nur ein Dienstbote, was? Du bringst das Geld nach Hause und dafür muss ich dich von vorn und hinten bedienen. Wer bin ich denn, etwa der blöde Joe Fielding, ein Scheißfeministinnensklave?«

»Das kann man ja wohl überhaupt nicht vergleichen«, protestierte ich. »Das Schlimme bei Joe und Terri ist, dass er die ganze Hausarbeit macht *und* dazu noch eine Ganztagsarbeit hat, während Terri nur …«

»Aber ich, ich bin ja bloß ein Arbeitsloser und da ist es völlig in Ordnung, dass ich die ganze Hausarbeit mache, willst du das damit sagen?«

»Nein!«, jammerte ich frustriert. »Ich wünschte, ich hätte diese ganze Diskussion nie angefangen.«

»Hast du aber«, sagte Sebastian, der gerade erst warmlief. »Und da du das Thema aufs Tapet gebracht hast, möchte ich wissen, wann du anfangen willst, deinen gerechten Anteil zu übernehmen.«

»Sebastian, ich habe keine Zeit, ich arbeite den ganzen Tag, weil wir das Geld brauchen und …«

»Hör zu, es ist nicht meine Schuld, dass ich kein Geld habe«, schrie Sebastian lauthals. »Es ist doch nicht so, dass ich mich nicht um eine Stelle bemüht habe – mich nimmt einfach niemand! Aber wenn du die Tatsache, dass ich den ganzen Tag ohne eigene Schuld als Versager zu Hause sitze, ausnutzen willst, um mich wie einen Dienstboten zu behandeln, dann kann ich auch gleich einen Job in einer Scheißknochenmühle annehmen wie irgendein hirnloser Proll!« Es war mir unbegreiflich, wie Sebastian bis zur Selbsterniedrigung bescheiden und gleichzeitig so maßlos arrogant sein konnte, aber irgendwie schaffte er das.

»Na und, wäre das wirklich so schlimm?«, brüllte ich zurück. Da ich einmal angefangen hatte und Sebastian ohnehin nicht mehr der Mensch war, für den ich ihn gehalten hatte, konnte ich genauso gut alles sagen, was ich mich bislang nie getraut hatte. »Die meisten akzeptieren einfach, dass sie irgendwann im Leben etwas Langweiliges und Unbefriedigendes oder sogar Erniedrigendes tun müssen, *weil sie einfach das Geld brauchen!* Aber du nicht, o nein, nicht der großartige Sebastian Nunn, der große Intellektuelle kann sich doch nicht die Hände schmutzig machen, o nein ...« Woher kamen diese Worte? Ich glaubte doch gar nicht alles, was da aus mir heraussprudelte, eigentlich sogar nichts davon! Ich wollte Sebastian verletzen und das gelang mir auch.

»Aber ... wie kannst du so was sagen?« Er schaute mich entgeistert an. »Was ist mit all dem Zeug, das du mir sonst immer sagst?«

»Ich weiß«, sagte ich müde. Sebastian hatte Recht: Ich hatte ihn immer darin bestärkt, nie eine Stelle anzunehmen, die ihm nicht gefiel. Es hatte mir nie etwas ausgemacht, ihn mit durchzuziehen. Schließlich mochte ich meinen Beruf und litt nicht darunter, ihn mitzuernähren – und ich fand auch nicht, dass er mehr Hausarbeit machen sollte, weil er kein Geld verdiente. Um die Wahrheit zu sagen, ich dachte überhaupt nur selten an Hausarbeit. Ich hatte einfach nur das Erstbeste gesagt, was mir eingefallen war, um von meinen eigenen hausfraulichen Unzulänglichkeiten abzulenken.

»Es tut mir wirklich Leid«, sagte ich. »Alles. Ich weiß, dass es schwer für dich ist und du natürlich Artikel schreiben musst, statt den Abfall rauszubringen …«

»Und warum bringst *du* dann nicht den Abfall raus?«, fragte Sebastian misstrauisch, als wolle er prüfen, ob meine Entschuldigung ernst gemeint war. »Wenn ich das De La Wyche Fellowship bekommen hätte, könnten wir uns eine Putzfrau leisten«, fügte er bekümmert hinzu, was mir ein grässlich schlechtes Gewissen machte.

»Wir können uns auch so eine Putzfrau leisten«, sagte ich nachdrücklich. »Ich kläre das gleich morgen.« Damit hatte unser Streit wenigstens etwas Gutes. Es war eine große Erleichterung, eine Putzfrau zu haben. Ich mag Ordnung und Sauberkeit, zumindest abstrakt, wenn ich nicht selbst dafür sorgen muss. Vorerst blieb der Abfall jedoch, wo er war.

»Sebastian«, sagte ich zögernd.

»Was?«

Und dann fragte ich ihn. Gegen den Streit, der jetzt entbrannte, war unsere Haushaltsdebatte harmlos wie ein Scheunenfest gewesen. Zwei Stunden später wollte Sebastian immer noch in eisigem Ton von mir wissen, wie ich so etwas überhaupt glauben konnte.

»Ich glaube es doch gar nicht«, sagte ich wahrheitsgemäß. Mittlerweile stimmte es wirklich. Als ich ihn anfangs gefragt hatte, war ich mir nicht sicher gewesen, deshalb hatte ich ihn ja überhaupt fragen müssen, aber Sebastians Miene hatte mich sofort restlos überzeugt. Seitdem bemühte ich mich, den Schaden zu beheben, den meine Zweifel an ihm unserer Beziehung zugefügt hatten. »Ich musste dich einfach fragen, nachdem Valerie es mir erzählt hatte, Sebastian, das musst du doch verstehen! Was sollte ich denn glauben?«

»Du hättest dir denken können, dass sie lügt«, sagte er knallhart. Seine Kälte erschreckte mich. Dass Sebastian brüllte und tobte, war ich gewohnt, aber nicht diese kalte Verachtung und den stahlharten Blick. »Warum wollte sie dir die Briefe nicht zeigen? Ach ja, stimmt, weil das Voyeurismus bedeutet hätte. Natürlich nicht, weil es sie gar nicht gibt! Statt anzunehmen, dass *sie* lügt, hast du angenommen, *ich* lüge.«

»Nein«, schrie ich aufgebracht. »Ich wollte mich nur vergewissern. Ich glaube dir doch, Sebastian, uneingeschränkt. Ich konnte mir nur keine andere Erklärung vorstellen.«

»Und es ist dir nicht in den Sinn gekommen, dass Valerie oder Daphne oder alle beide lügen?«, setzte er sein Verhör ungerührt fort.

»Doch, aber ... Ich hatte den Streit in Daphnes Büro belauscht«, erzählte ich ihm bestimmt schon zum dritten Mal. »Daphne warf Valerie vor, sie wolle ihr etwas anhängen, und Valerie sagte, sie hätte gern Offenheit. Als Valerie mir von den Briefen erzählte, schien alles zusammenzupassen. Bis auf ... die Sache mit dir.«

»Die Sache mit mir«, wiederholte Sebastian bedeutungsvoll nickend. »Die Sache mit mir, deinem Mann, den du seit Jahren kennst und der angeblich mit einer Summerton-Professorin seine Referenzen geschönt und die einer anderen Kandidatin sabotiert haben soll. Wenn du auch nur eine Sekunde glauben konntest, dass ich so etwas tun würde, kennst du mich kein bisschen.«

»Natürlich kenne ich dich! Ich war nur völlig durcheinander. Die letzten Tage waren so verrückt, dass ich mir auf nichts mehr einen Reim machen kann. Ständig schimpfen wir, wie ungerecht es ist, dass nie die Besten die Stellen kriegen, da dachte ich einfach, ich an deiner Stelle hätte vielleicht ein bisschen nachgeholfen ...«

»Also, *du* magst vielleicht eine Lügnerin und Betrügerin sein, *ich* nicht.«

»Aber Sebastian, du weißt doch, dass ich mich bemühe, dir das Stipendium zu verschaffen ... dagegen hast du doch auch nichts.«

»Ach, verdammt, hör mit diesem Blödsinn auf! Das habe ich nie wirklich geglaubt. Wie zum Teufel willst du mir das Stipendium verschaffen, Kate? Ach, ich verstehe. Du hattest vor, zu lügen und zu betrügen, was?«

»Ein bisschen vielleicht, ja«, gab ich zu. »Für einen guten Zweck. Was hast du denn gedacht, was ich tun würde?« Ich ließ im Geiste die vergangenen Tage noch einmal Revue passieren und überlegte, ob ich etwas Unmoralisches getan hatte. Ich hatte die Ausschussmitglieder verdächtigt, sich merkwürdig und möglicherweise boshaft verhalten zu haben, und hatte entsprechende Fragen gestellt. Daran war nichts auszusetzen, dem würde Sebastian sicher zustimmen. Aber was war damit, sich in Terris Kleiderschrank zu verstecken und ihre Privatgespräche zu belauschen? Was war mit der Geschichte, die ich über Gary Conley und seinen angeblichen Besuch in Cambridge erfunden hatte? Was war – mir rutschte das Herz bis in die Knie – mit meinem Rendezvous mit Rod? Was hatte ich mir dabei nur gedacht?

»Ich weiß nicht«, antwortete Sebastian. »Ich habe gedacht, du redest ein bisschen mit Leuten. Ich habe bestimmt nicht geglaubt, dass du etwas tust, was nicht völlig legal ist. Offensichtlich habe ich mich geirrt. Jedenfalls will ich nicht, dass du noch etwas für mich tust, nicht, nachdem du jetzt gezeigt hast, was für eine schlechte Meinung du von mir hast. Verschwinde.« Sein Ton war alarmierend lethargisch. »Ich will dich für eine Weile nicht mehr sehen, ich muss nachdenken.«

»Aber ... Sebastian, ich wohne hier! Wo soll ich denn hin?«

»Ist mir egal. Ich weiß nur, dass ich dich nicht sehen will.«

Also fuhr ich wie geplant zu Rod und überlegte dabei, warum Daphne oder Valerie – oder beide, wie Sebastian gesagt hatte – diese üble Geschichte über meinen Mann erfunden haben könnten.

Ich stieg aus dem Wagen, ging in die Sterling Road und klingelte an Rods Haustür. Hoffentlich erkannte Vincent Strebonian mich nicht, wenn ich ihm den Rücken zukehrte und den Wagen nicht dabeihatte. »Komm schon«, brummte ich, als Rod nicht aufmachte. Schließlich hörte ich seine Stimme verzerrt durch die Gegensprechanlage:

»Wer ist da?« Er klang misstrauisch. In dem zur Straße gelegenen Zimmer seiner Wohnung waren die Vorhänge zugezogen, sodass ich nicht hineinschauen konnte.

»Ich bin's, Kate.«

»Ach. Sie sind fünfundzwanzig Minuten zu früh. Ich habe doch gesagt, Sie sollen nicht zu früh kommen! Ich bin noch nicht fertig mit Aufräumen.«

»Das macht mir nichts«, sagte ich barsch.

»Dann warten Sie einen Moment.« Fast fünf Minuten später, als ich gerade schon anfing, wütend zu werden, machte Rod die Tür auf. Sein Gesicht glänzte noch stärker als je zuvor und er stank nach Kakaobutter. In seinem Bart hing noch ein Tropfen der Lotion, den er nicht verrieben hatte. »Ich bin noch nicht fertig«, sagte er. »Wieso kommen Sie so früh? Was ist los? Sie sind ganz blass.« Er trug wie üblich einen schwarzen Rollkragenpullover und schwarze Jeans. Vielleicht hätte er sich noch etwas Eleganteres angezogen, wenn ich nicht schon jetzt gekommen wäre, aber das würde ich wohl nie erfahren.

»Ein Fahrschüler hat sich unverschämt benommen«, log ich.

»Das tut mir Leid. Oje. Kommen Sie rein.« Ich folgte ihm durch den kurzen Flur, vorbei an der Treppe, die zu den

Wohnungen in den oberen Stockwerken führte, in seine Wohnung, die einen kreuzförmigen Grundriss hatte. Vom Hausflur kam man direkt in eine schmuddelige Küche, in der sich schmutziges Geschirr türmte, was mir ein noch schlechteres Gewissen machte, weil ich Sebastian kritisiert hatte, obwohl er den Abwasch höchstens einen Tag stehen ließ. Ich hatte keine Gelegenheit, mich genauer in der Küche umzusehen, da Rod sich vermutlich wegen seiner Berge ungespülter Teller schämte und mich sofort in einen kleinen, quadratischen Flur schob und hinter mir die Küchentür zuzog. Da auch die anderen Türen, eine in jeder Wand des Flures, geschlossen waren, entstand eine bedrückende Enge. »Da ist das Bad«, sagte Rod und deutete nach rechts. »Das Schlafzimmer ist geradeaus und das Wohnzimmer hier.« Ich fragte mich, ob er die Zimmertüren immer geschlossen hielt oder ob es eine Vorsichtsmaßnahme war, damit ich die hygienischen Missstände in den anderen Zimmern nicht zu sehen bekam.

Rod öffnete die Tür zu seiner Linken und schob mich in ein dunkles, extrem unordentliches Zimmer mit blassblauen Wänden und einer Sitzgarnitur aus Kunstleder. Überall auf Sofa, Sessel und Teppich lagen Kleider verstreut, die meisten schwarz, und Bücher über George Herbert und Lyrik pflasterten den Boden wie Trittsteine. Rod besaß die gleiche Gesamtausgabe von George Herbert, die ich mir gekauft hatte, allerdings mit einem großen Kaffeefleck auf dem Einband und wesentlich zerleseneren Seiten. An den Wänden hingen Kunstdrucke, mit Stecknadeln befestigt, von denen ich nur Magrittes Gemälde *Les Amants* erkannte. Alles, vom Fernsehen über die Bücherregale bis zum Couchtisch, war mit einer dicken Staubschicht überzogen, von der sich lediglich ein paar Rechtecke, Halbkreise und Quadrate als kleine Inseln der Sauberkeit auf den Regalen und dem Kaminsims abhoben. Vielleicht hatte Rod, bevor ich kam, gerade angefangen, ein paar Dinge wegzuräumen, um Staub zu wischen. Aber ich war nur eine halbe Stunde zu früh, und wenn sich in seinem Schlafzimmer nicht gerade eine Mary Poppins versteckt hielt, hätte er es unmöglich in dieser Zeit schaffen können, die Wohnung in einen hygienisch unbedenklichen, geschweige denn präsentablen Zustand zu versetzen.

»Setzen Sie sich. Räumen Sie sich einen Platz frei, werfen Sie die Sachen einfach auf den Boden oder so«, sagte Rod nervös und wedelte mit den Armen. »Entschuldigen Sie die Unordnung. Ich wollte ein bisschen aufräumen, aber ...« Er schaute mich an, was ihn von seiner Entschuldigung ablenkte. »Was hat dieser unverschämte Fahrschüler denn gemacht?«, fragte er besorgt. »Er ist doch nicht etwa ... gewalttätig geworden?«

»Nein. Ich war selbst schuld«, sagte ich zerknirscht beim Gedanken daran, was passiert war. Ich war auf mich wütender als auf Sebastian. Ich hätte ihm vertrauen müssen. Es war grässlich, im Unrecht zu sein, und da ich keine sonderliche Übung darin besaß, konnte ich nicht gut damit umgehen.

»Wieso, was haben Sie denn gemacht?«

»Mir kam plötzlich in den Sinn ...«, ich schluckte, »dass jemand, den ich kenne, ein völlig anderer Mensch ist.«

»Wie meinen Sie das?« Rod zog mich aufs Sofa. Etwas Hartes pikste mich in den Schenkel. Vermutlich war es eine schmutzige Gabel. »Das ist sehr beunruhigend. Das müssen Sie mir erklären.« Rod hatte mich an den Schultern gepackt und schaute mich prüfend an.

»Ich möchte lieber nicht darüber reden«, sagte ich müde.

»Sie müssen es mir sagen!«, schrie er fast. »Hören Sie auf mit den Spielchen. Ich bin so schon in einer schrecklichen

Verfassung, auch ohne dass Sie es noch schlimmer machen.«

»Ach, lassen Sie mich in Ruhe.« Ich stieß ihn fort. »Es hat nichts mit Ihnen zu tun, Sie kennen diese Person doch gar nicht. Ich will nicht mehr daran denken.« Rod schlug die Hände vors Gesicht und entschuldigte sich unter Tränen. Wieder so ein plötzlicher Stimmungsumschwung. Rod war so widersprüchlich, dass es mir schwer fiel, mit ihm Schritt zu halten. Er wirkte durch und durch häuslich – und dann stellte sich heraus, dass seine Wohnung die reinste Müllkippe war. Er konnte im einen Moment schreien und im nächsten weinen.

»In was für einer schrecklichen Verfassung sind Sie denn?«, fragte ich.

»Ach, das Übliche.« Er schniefte. »Und jetzt habe ich Sie auch noch verärgert ... ich bin zu nichts zu gebrauchen. Kein Wunder, dass Sie lieber einen Mann hätten, der Autos reparieren kann.«

»Seien Sie nicht albern.« Ich musste lachen.

»Ich habe nichts. Sie kann ich nicht haben. Das Stipendium bekomme ich wahrscheinlich auch nicht. Es war alles umsonst.«

»Vielleicht kriegen Sie das Stipendium ja doch.« Für einen Moment vergaß ich fast, dass ich eigentlich das Gegenteil hoffte. Und der Frage, ob er mich haben konnte, beschloss ich lieber auszuweichen. »Hören Sie, vergessen Sie nicht: Gary Conley hat Ihnen doch erzählt, dass Terri ihn nicht in Ruhe lässt. Wenn sie so besessen von ihm ist, wird sie sich die Chance nicht entgehen lassen, in seine Nähe zu ziehen. Und dann kriegen Sie das Stipendium, Rod. Aber ... Sie wissen ja, dass es nicht auf Dauer gilt.« Ich versuchte eine Spur Realismus in unser Gespräch zu bringen. »Nach drei Jahren müssen Sie gehen und dann ...«

»Vielleicht muss ich ja gar nicht gehen«, fuhr Rod mich an.

»Was? Wieso nicht?«

»Summerton hat einen neuen Rektor, Sir Patrick Chichester. George Herbert sagt: ›Ich wechsele den Dienst und suche mir einen anderen Herrn.‹« Rod lachte bitter. »Chichester ist nicht so konservativ wie der frühere Rektor, Noel Barry. Ich habe gehört, er soll nichts dagegen haben, College-Regeln zu ändern, wenn er es für sinnvoll hält. Falls ich das Stipendium bekomme und … ihn überzeuge, dass ich mich rückhaltlos engagiere und viel besser bin als alle bisherigen Stipendiaten … na ja, vielleicht wandelt er es dann in eine dauerhafte Stelle um.« Als Rod meine ungläubige Miene sah, fügte er hinzu: »Es könnte doch sein!«

»Oder auch nicht«, wandte ich vorsichtig ein. Das war ein interessanter Unterschied zwischen Rod und Sebastian: Sebastian wollte das Stipendium, weil es ihm für drei Jahre Einkommen und Luxus sicherte und noch lange nach seiner Zeit am Summerton gute Dienste in seinem Lebenslauf leisten dürfte. Vor allem aber lag ihm daran, irgendwo als Wissenschaftler eine Stelle zu bekommen – er war nicht wie Rod völlig von Summerton besessen.

»Was ist so toll an Summerton?«, fragte ich. »Es gibt viele Hochschulen und sogar viele andere Colleges in Cambridge. Ich meine, haben Sie mal überlegt, sich um eine Dozentenstelle am Trinity, St. John's oder King's College zu bewerben?«

»Gott steh den armen Königen bei«, sagte Rod. Vermutlich war es wieder ein Zitat. »Ach, warum verschwinden Sie nicht einfach und lassen mich in Ruhe? Ich habe mich geirrt, in Ihnen eine … verwandte Seele zu sehen.«

»Na gut, wenn Sie sich so vorschnell ein Urteil über Menschen bilden, die Sie kaum eine Woche kennen …«

»So ist es richtig, drehen Sie nur das Messer in der offenen Wunde herum.« Er grinste verbittert.

»Wovon reden Sie eigentlich, Rod?«

»Ich liebe dich, Kate.« Er hob den Kopf. Ein paar Tränen hingen an seinen glänzenden Wangen wie Regentropfen auf einer frisch gewachsten Motorhaube. »Ich will dich. Ich will etwas, was niemand mir nach drei Jahren wegnehmen kann oder … oder nach noch so vielen Jahren!« Dieser Ausbruch und die Möglichkeit, dass Rod sich allen Ernstes in mich verguckt haben könnte, erschreckten mich so, dass ich den Mund aufmachte, um zu protestieren. Aber bevor ich wusste, wie mir geschah, spürte ich Rods Lippen fordernd auf meinen und seinen Bart unangenehm rau an meinem Kinn.

Kapitel 36

Schmutzige Wäsche waschen

Ich riss mich los und schrie: »Lass mich!«

»Kate, ich habe eine Idee«, sagte Rod drängend. »Ich kann nicht so tun, als ob ich das De La Wyche nicht mehr als alles andere haben wollte, und ich weiß, dass du meine Gefühle nicht erwiderst, aber können wir nicht eine Nacht zusammen verbringen? Wenigstens eine einzige Nacht?« Ich verkniff mir ein wütendes Schnauben. Natürlich liebte Rod mich nicht, er wollte nur Sex. Ich bezweifelte, dass er zu echter Liebe überhaupt fähig war, wenn der Hauptunterschied zwischen mir und dem Stipendium für ihn darin bestand, dass seine Zeit mit mir nicht zwangsläufig nach drei Jahren auslief. Es war mir unbegreiflich, dass ich ihm diese Bemerkung hatte durchgehen lassen. »Ich brauche dich«, winselte Rod.

»Pech«, sagte ich bestimmt. »Mach dich nicht lächerlich. Wenn du so weitermachst, haue ich ab.«

»Nein, nein, bitte nicht! Bitte geh nicht!« Rod zog sich mit erhobenen Händen zurück wie ein Räuber, der gerade seine Knarre hat fallen lassen. »Ich tue alles, um dich glücklich zu machen, vielleicht gebe ich sogar das De La Wyche auf. Hör zu, lass uns *Zeugin der Anklage* gucken und ich mache Abendessen, wie versprochen.«

»Okay«, sagte ich unsicher. Hatte er das mit dem Stipendium wirklich gesagt? Bevor ich nachfragen konnte, ob er es ernst gemeint habe, klapperte er schon in der Küche mit Töpfen herum. »Ich muss noch spülen, bevor ich koche, in Ordnung? Ist Hühnchen à la King recht?«, rief er fröhlich. Ich kam mir vor wie in einer beängstigend surrealen Welt. In einem Augenblick gestand Rod mir allen Ernstes seine Liebe, im nächsten plauderte er munter über Kochrezepte. Er war genauso rätselhaft und undurchschaubar wie das Magritte-Poster an seiner Wand.

Rod kochte nicht annähernd so gut wie Sebastian, aber ich verbot mir weitere Vergleiche zwischen den beiden. Schließlich holte Rod das Video mit *Zeugin der Anklage* unter einem Stapel alter, vergilbter Bücher hervor und wir setzten uns, züchtig mit einer Handbreit Abstand zueinander, auf das Sofa, aßen und schauten uns den Film an. Er gefiel Rod offenbar besser, als er erwartet hatte, denn er bat mich, das Video anzuhalten, während er die Teller in die Küche brachte. Kurz darauf kam er mit einer zweiten Flasche Wein wieder, setzte sich neben mich und nahm meine Hand. »Weißt du, was ich mir wünsche?«, fragte er.

»Was?«

»Dass wir diesen Abend noch einmal ganz von vorn anfangen könnten. Dass du zur richtigen Zeit kämst, glücklich statt wütend wärst, und wir einfach ... ganz normal miteinander umgehen könnten. Wie ein richtiges Paar.«

»Rod, bitte sag nicht, dass wir ein Paar sind. Das sind wir nicht ...«

»Schauen wir uns den Rest des Films an«, unterbrach er mich mit aufgesetzter Fröhlichkeit. »Ich bin gespannt, wie es weitergeht.« Seufzend überließ ich ihm meine rechte Hand. Es wäre mir prüde vorgekommen, wenn ich sie weggezogen hätte.

»Der war gut«, stellte er fest, als der Film zu Ende war.

»Mm«, antwortete ich zerstreut. Ich hatte mich nicht richtig konzentrieren können. »Hast du erraten, dass die Frau am Bahnhof Marlene Dietrich war? Das ist ein bisschen konstruiert, nicht? Im echten Leben könnte man sich niemals so gut verkleiden.« Wider Willen musste ich an Sebastians Kritik an den meisten Thrillern denken: »Viel zu gewollt und konstruiert.« Rod starrte an mir vorbei auf die Vorhänge. »Rod?«

»Wie spät ist es?«, fragte er unvermittelt.

»Ich weiß nicht. Schau doch auf deine Uhr«, antwortete ich, da er im Gegensatz zu mir eine Armbanduhr trug.

»Ach ja, stimmt. Ehm, Kate, ich glaube, du solltest jetzt besser gehen. Hör mal, wegen eben, bevor ich dich geküsst habe ...«

»Tun wir einfach so, als ob das nie passiert wäre«, schlug ich vor.

»Ja, gut. Also, ich sollte jetzt lieber weiter ...« Er stockte, als suche er nach den rechten Worten. »Ich habe noch zu tun«, sagte er schließlich. Ich stand auf und nahm meine Handtasche. Mir war unser unbeholfener Kuss ebenso peinlich wie ihm, aber ich fand, dass er sich doch ein bisschen unreif benahm. Er wich meinem Blick aus, obwohl wir eben noch Händchen gehalten hatten.

»Na gut«, sagte ich. »Und was ist mit deiner nächsten Fahrstunde?«

»Em, ich weiß nicht. Ich rufe dich an.« Er trat unbehaglich von einem Fuß auf den anderen, die Hände tief in den Hosentaschen vergraben. Während ich zur Tür ging, seufzte er, eindeutig erleichtert, und schob mich praktisch vor sich her bis auf die Straße. Als ich mich umdrehte, um mich von ihm zu verabschieden, schloss er bereits die Tür. Es war mir unbegreiflich, warum er mich so schnell loswerden wollte, es sei denn, aus Verlegenheit, weil er uns als Paar bezeichnet und ich das mit Bestimmtheit abgelehnt hatte. Das dürfte sein Selbstvertrauen nicht unbedingt gestärkt haben.

Ich ging in die Raymond Road, wo mein Auto stand, und fuhr zurück nach Noble House in der Hoffnung, dass Sebastian sich inzwischen beruhigt hatte. Auf dem Weg zum Haus sah ich, dass in der Waschküche noch Licht brannte. Durch das Fenster winkte Joe Fielding mir zu, aber ich winkte nur kurz zurück und ging schnell vorbei.

Als ich das Fach in meiner Handtasche öffnete, in dem ich sonst immer meinen Hausschlüssel aufbewahre, musste ich feststellen, dass er nicht da war. Offenbar hatte ich in meiner Aufregung vergessen, ihn einzustecken. Ich klingelte, zuerst normal, dann lang anhaltend, aber nichts regte sich. Entweder schlief Sebastian schon tief und fest oder er ignorierte mich.

Niedergeschlagen ging ich den Weg zurück, um mich mit Joe zu unterhalten, wenn Sebastian schon nicht mit mir reden wollte. Offenbar sah ich nicht sonderlich gut aus, denn sobald ich in die Waschküche kam, sagte Joe: »Kate, was ist los? Alles in Ordnung? Wo ist Sebastian?«

»Wir haben uns gestritten.«

»Oje. Hoffentlich nichts Ernstes?« Joe klang beunruhigt.

»Das hoffe ich auch.«

»Möchtest du darüber reden?«

»Eigentlich nicht. Es ist auch schon spät, Terri wartet bestimmt schon auf dich.«

»Sie ist noch nicht aus der Bibliothek zurück«, sagte er etwas verlegen. »Ich bin auch erst vor kurzem vom Betriebsfest nach Hause gekommen. Ich wollte gerade Scarlett bei meiner Mutter abholen.«

»Ach. Waren die Ehefrauen nicht mit eingeladen?«

»Doch, ja, aber ... Terri hat so viel mit ihrer Forschung zu tun. Sie war ja gestern Abend schon bei dem Festessen und ... na ja, du weißt ja, wie das ist.« Er klang müde.

»Wie denn?«, fragte ich und überlegte, ob ich vielleicht ein bisschen begriffsstutzig war.

»Na ja, sie geht nicht gern Freitag- *und* Samstagabend aus. Das hält sie zu sehr von ihrer Arbeit ab. Eigentlich geht sie gar nicht gern aus.« Joe seufzte. Da ich den Eindruck hatte, dass er das näher erklären wollte, bemühte ich mich, interessiert auszusehen. »Kate ... ich wollte euch schon lange etwas sagen und jetzt scheint eine gute Gelegenheit zu sein.«

»Was?«

»Es tut mir wirklich Leid, dass wir dich und Sebastian nie zum Essen eingeladen haben. Ich weiß, dass ich es immer wieder verspreche und dann doch nicht tue ... ihr haltet uns bestimmt für unhöflich und unfreundlich.« Als ich es abstreiten wollte, unterbrach er mich: »Nein, nein, sag nicht, dass das okay ist. Es ist nicht okay. Es ist ... also, die Sache ist, es ist wegen Terri.«

»Was ist mit ihr?«, fragte ich und erwartete fast, dass er sagen würde, sie könne mich und Sebastian nicht leiden und wolle uns nicht in der Wohnung haben.

»Sie will nicht ...« Er stockte achselzuckend. »Es ist ihr anscheinend egal, dass wir überhaupt nichts mit Freunden und Bekannten unternehmen. Ihre Arbeit bedeutet ihr alles. Manchmal ... macht mich das ganz fertig.«

»Ach? Aber ... du wirkst doch immer so fröhlich«, ermunterte ich ihn, mehr zu erzählen.

»Ich bemühe mich, das Beste draus zu machen. Was bleibt mir anderes übrig? Aber ich weiß nicht, wie lange ich das noch aushalte. Ich hoffe, du nimmst es mir nicht übel, dass ich dir das erzähle.« Er musterte mich ängstlich, um zu sehen, wie ich reagierte.

»Natürlich nicht.« Ich war so verblüfft von seinem Geständnis, dass ich meinen Streit mit Sebastian völlig vergaß. »Aber ... ich hatte ja keine Ahnung! Ich meine, wie ernst ist es denn?«

»Ich weiß es nicht. Es klingt schrecklich, aber ... irgendwie wünschte ich, dass Terri die Stelle in Reading annimmt. Dann müsste ich nichts unternehmen. Sie würde nach Reading ziehen und Scarlett und ich würden hier bleiben und ... alles würde im Sande verlaufen.« Als Joe meine verdutzte Miene sah, fügte er hinzu: »Weißt du, das kommt nicht plötzlich. Ich empfinde das schon eine ganze Weile so.« Ich nickte schaudernd. Normalerweise hätte ich mich auf diese Enthüllungen gestürzt, aber heute Abend war mir wahrhaftig nicht nach weiteren Belegen für die Brüchigkeit von Ehen, die bisher einen völlig soliden Eindruck gemacht hatten.

Da Joe jedoch so offen war, wollte ich es ebenfalls sein. »Ich fand es schon ein bisschen merkwürdig, dass es dir anscheinend gar nichts ausmacht, neben deinem Beruf immer noch die ganze Hausarbeit zu erledigen und dich um Scarlett zu kümmern.«

»Was soll ich denn machen?« Joe wirkte traurig und niedergeschlagen. »Ich habe immer gehofft, dass es besser wird. Aber es wurde nur schlimmer. Ich meine, früher ließ Terri mich wenigstens ab und zu Leute zum Essen einladen, obwohl ...« Er stockte und schaute weg.

»Was?«, hakte ich nach.

»Es ist mir peinlich, dir das zu erzählen. Es klingt so lächerlich. Kate, dieses Gespräch ... ich meine, bitte erzähle niemandem davon, nicht mal Sebastian ...«

»Sebastian und ich reden im Augenblick nicht miteinander«, sagte ich grimmig.

»Ihr regelt das schon. Sebastian und du ... ihr habt doch eine richtige Beziehung.«

»Was wolltest du eben sagen?«, fragte ich.

»Terri hat immer Theater gemacht, wenn ich Leute zum Essen oder zu einem Drink einladen wollte. Sie kann es nicht ausstehen, wenn man sie von der Arbeit abhält. Manchmal, wenn ich sie lange genug beredet hatte, erlaubte sie mir, eine Verabredung zu treffen, aber wenn es so weit war, kam sie einfach nicht. Es war so peinlich, Kate! Unsere Gäste waren da, wir warteten alle mit dem Essen auf sie, aber dann rief Terri an und sagte, sie käme nicht. Das hat sie sechs oder sieben Mal gemacht, bis ich mich nicht mehr getraut habe, Gäste einzuladen. Und dann ... verabredete ich mit ihr einen Deal. Damals hatte sie gerade ihren Doktor gemacht und, na ja, sie hatte keine Stelle und bekam kein Geld außer dem, was ich ihr gab. Ich fing an, sie zu bestechen. Ich sagte ihr, wenn sie mich Gäste einladen ließe und dann auch wirklich käme und mitmachte wie ...«

»Wie ein normaler Mensch?«

»Ja, genau. Also, ich sagte ihr, wenn sie das täte, würde ich ihr etwas kaufen. Ein Geschenk, etwas Besonderes. Das funktionierte eine Weile lang. Sie hielt sich an ihren Teil der Abmachung und ich kaufte ihr dafür ein Designerkleid. Jedes Mal musste es ein Kleid sein, mit etwas Billigerem, einem Schal zum Beispiel, ließ sie mich nicht davonkommen. Sie war so ... kalt dabei, es war beängstigend! Sie hat sogar ... o Gott!« Er stöhnte.

»Was?«

»Sie hat die Namen der Leute, die ich eingeladen hatte und mit denen sie den Abend verbringen musste, und das Datum des Abends, den sie opfern musste, auf Schildchen geschrieben und sie in das Kleid genäht, das ich ihr jeweils gekauft habe.« Ich verkniff mir ein »Aha!«, da nun endlich eines der vielen Rätsel der letzten Tage gelöst war. »Ich musste die Kleider immer *vor* dem jeweiligen Abend kaufen, als ›Vorleistung‹, wie Terri es nannte. Darauf bestand sie, sonst galt der ›Deal‹ nicht.« Ich schüttelte verwundert den Kopf. »Sobald die Gäste aus dem Haus waren, holte sie ihr blödes Nähzeug heraus und nähte das Schildchen ein, wobei sie mich wütend anstarrte, als hätte ich sie furchtbar gequält.«

»Joe, das ist völlig verrückt! Wie hast du das nur ausgehalten?«

»Das habe ich ja nicht, jedenfalls nicht lange. Keith Cobain und Ethan Handley waren der Tropfen, der das Fass zum Überlaufen brachte. Ich hatte sie bei einem Fest am Summerton kennen gelernt ... also, Terri und ich hatten sie kennen gelernt. Sie machten einen ganz amüsanten Eindruck, deshalb schlug ich Terri vor, sie mal einzuladen. Ich dachte, sie würde es mir ausnahmsweise erlassen, ihr ein Kleid zu kaufen. Ich meine, sie hatte sich um das De La Wyche Fellowship beworben, deshalb nahm ich an, sie würde es vielleicht für ihre Karriere förderlich finden, einen Abend mit ein paar Summerton-Dozenten zu verbringen.«

»Gott!«, stöhnte ich.

»Ich weiß, es ist abstoßend.« Joe wirkte beschämt. »Aber so denkt Terri eben. Sie denkt Tag und Nacht nur an ihre Karriere.« Außer wenn sie von Gary Conley träumt. Vermutlich wusste Joe nichts davon, dass Terri von Gary Conley besessen war, sonst hätte er es sicher erwähnt. Es war vermutlich weniger peinlich, seinen Nachbarn zu erzählen, dass die eigene Frau fremdging, als dass sie sich ihre Gesellschaft von ihrem Mann mit einem Kleid pro Abend abkaufen ließ.

»Weißt du, was sie gesagt hat?«, sagte Joe verbittert. »Da weder Keith noch Ethan im Vergabeausschuss für das Stipendium säßen, hätten sie auch keinen unmittelbaren Einfluss auf ihre Chancen. Deshalb sei das eine rein private Einladung und ich müsste ihr ein Kleid kaufen. Damals kam ich zu dem Entschluss, das nie wieder zu tun, weil es einfach zu deprimierend war. Wenn ich weitergemacht hätte, hätte es mich irgendwann ruiniert. Seitdem haben wir keinen Besuch mehr gehabt. Ich komme mir vor wie ein Einsiedler, es macht mich fast verrückt! Ich weiß nicht, was ich tun soll, wenn sie nicht nach Reading geht.«

»Deine Entscheidung solltest du nicht von Reading abhängig machen«, sagte ich. »Warum verlässt du sie nicht? Du hast dir schon viel mehr gefallen lassen, als die meisten mitmachen würden.«

»Ich kann nicht.« Er schaute weg. »Ich bin nicht der richtige Typ dafür. Und vielleicht brauche ich es ja auch nicht, ich meine, sie überlegt schließlich ernsthaft, ob sie nach Reading gehen soll. Das hätte ich nie gedacht. Summerton würde sich in ihrem Lebenslauf viel besser machen, aber – Gott sei Dank! – der Fachbereich in Reading ist offenbar hervorragend.«

»Weiß sie, dass du nicht mitgehen würdest? Bist du sicher, dass sie Scarlett nicht mitnehmen würde?« Den Mythos von dem hervorragenden Fachbereich ließ ich unangezweifelt stehen. Joe hatte schon genug Kummer, auch ohne dass ich ihm noch mehr Grund dazu gab.

»Sie weiß es«, sagte er zynisch. »Sie sagt, wir könnten uns ja jedes zweite Wochenende sehen, was natürlich heißt, dass ich mit Scarlett zu ihr fahren müsste, nicht umgekehrt, und wir uns die Zeit vertreiben dürften, während sie Tag und Nacht arbeitet. Während der Woche würde sie Scarlett bestimmt nicht bei sich haben wollen, sie würde sie nur bei der Arbeit stören. Kein Mensch ist Terri wirklich wichtig, nur sie selbst, Kate. Du wärst schockiert, wenn du unsere Wohnung sehen würdest.« Ich räusperte mich nervös und hoffte, dass man mir mein schlechtes Gewissen nicht ansehen mochte.

»Überall stehen Fotos von ihr, sie hat sich eine Art … Schrein errichtet, aber es gibt kein einziges Bild von mir oder Scarlett in der Wohnung, nicht ein einziges.« Er sah aus, als würde er gleich in Tränen ausbrechen. »Und an unsere Schlafzimmertür hat sie ein Schild aus ihrer Kinderzeit gehängt, auf dem steht: ›Terris Zimmer‹. Als ob ich gar nicht existierte.«

»Kann deine Mutter Terri deshalb nicht leiden?«, fragte ich. »Weil sie weiß, wie schlecht es dir geht?«

»Nein.« Joe wirkte verblüfft, als hätte ich ihn an etwas erinnert, worüber er sich auch schon vergeblich den Kopf zerbrochen hatte. »Bis jetzt habe ich zu niemandem ein Wort davon gesagt. Ich weiß auch nicht, was Mum plötzlich gegen Terri hat. Bis vor kurzem haben sie sich ganz gut verstanden.«

»Vielleicht ahnt sie ja etwas.«

»Ich wüsste nicht, wieso. Ich habe mir alle Mühe gegeben, zu verheimlichen, wie schlecht es um uns steht.«

»Und was willst du jetzt machen?«, fragte ich. »Ich meine, selbst wenn Terri nach Reading geht, wird sie erwarten, dass du sie besuchst. Irgendwann musst du ihr sagen, dass es für dich vorbei ist.« Er zuckte die Achseln. »Du musst einfach«, beharrte ich. Ich wäre eine schlechte Therapeutin, ich halte nämlich nichts von diesem ganzen Hör-verständnsivoll-zu-und-lass-jeden-seine-eigene-Entscheidung-treffen-Unsinn. Falls ich je in diese Sparte wechseln sollte, müsste ich ein völlig neues Berufsethos maximaler Einmischung und schärfster Druckmittel einführen.

»Ich kann nicht, Kate«, antwortete Joe bekümmert. »Ich weiß, dass ich es müsste, aber … nun, vielleicht können wir uns ja allmählich auseinander leben. Wenn sie nach Reading geht, habe ich wenigstens die ganze Woche für mich. Das wäre schon viel besser als jetzt.«

»Ja, aber …« Ich wollte ihn darauf hinweisen, dass »besser« ein relativer Begriff ist, und was er denn machen wolle, wenn Terri vielleicht gar nicht wegging, doch plötzlich packte Joe sich an sein Handgelenk und stöhnte:

»Ach, Mist, ich muss doch Scarlett abholen! Mum wird sich schon fragen, wo ich bleibe, es ist Viertel vor zwölf! Ich habe gesagt, ich bin um halb zwölf da. Verflucht! Hör zu, ich fahre jetzt besser. Kate, könntest du mir einen großen Gefallen tun? Rufst du sie an und sagst ihr, dass ich unterwegs bin? Ihre Nummer ist … Himmel, sie fällt mir nicht ein!« Er rieb sich die Stirn. »Terri hat sie schon vor einer Ewigkeit im Telefon gespeichert. Es ist so lange her, dass ich die Nummer gewählt habe. Aber sie steht im Telefonbuch, die Adresse ist Newton Road 8 …«

»Ich kann sie nicht anrufen, Joe.« Ich hielt ihn zurück. Ich konnte mir nur zu gut vorstellen, wie Daphne Fielding reagieren würde, wenn ich sie mitten in der Nacht anriefe. »Wir … sind heute Morgen ein bisschen aneinander geraten.« Nachdem wir uns gerade über so persönliche Dinge unterhalten hatten, erschien es mir nicht mehr ganz so taktlos, ihm von diesem Streit zu erzählen.

»Weshalb? Und wo?«, fragte Joe.

»Ich war heute am Summerton«, erklärte ich. »Joe, darf ich dich etwas fragen, ohne dass du beleidigt bist? Es hat mit deiner Mutter zu tun. Jemand … hat mir etwas über sie erzählt, ich meine, es kann ja auch gelogen sein, wahrscheinlich sogar. Aber … du könntest mir vielleicht bestätigen, dass Daphne nie so etwas tun würde, wie diese Person behauptet hat.«

»Was denn? Wovon redest du überhaupt?« Stirnrunzelnd setzte Joe sich auf einen Hocker. Es gefiel ihm offensichtlich ganz und gar nicht, dass über seine Mutter geklatscht wurde, aber da ich meine Bemerkung jetzt nicht mehr zurücknehmen konnte, musste ich weitermachen.

»Jemand – ein anderes Ausschussmitglied – hat mir erzählt, dass Daphne Terris Referenzen manipuliert hat, zum Schlechteren, um zu verhindern, dass sie das De La Wyche bekommt. Dieselbe Person hat gesagt, dass ... sie Sebastians Referenzen geschönt hat, damit er es bekommt, und dass sie und Sebastian das zusammen ausgeheckt hätten.«

»Mein Gott.« Joe sackte in sich zusammen und schlug die Hände vors Gesicht. »Das ist doch krank. Wenn sie das gemacht hat, hat sie ihren Job riskiert. Aber ... es hat ja ohnehin nicht geklappt«, fügte er hinzu, als sei ihm gerade wieder eingefallen, dass Terri das Stipendium doch bekommen hatte. »Wer hat dir das erzählt?« Mir fiel auf, dass er nicht spontan versicherte, seine Mutter sei zu solchen Machenschaften gar nicht fähig.

»Valerie Williams.«

»Darum ging es bei deinem Streit mit Sebastian, oder?«

»Ja«, gab ich zu. »Ich habe den Fehler gemacht, ihn danach zu fragen. Aber er streitet es rundweg ab und ich glaube ihm.«

»Ich nicht«, sagte Joe finster. »Es tut mir Leid, Kate, aber ich finde, es klingt furchtbar einleuchtend. Meine Mutter hat ein Talent, Männer zu angeln und dazu zu bringen, dass sie Sachen machen, die sie sonst nie getan hätten. Das habe ich schon öfter erlebt.«

»Aber Sebastian würde niemals lügen, nie!«

»Hör zu, ich würde gern weiter mit dir reden, aber ich muss Scarlett abholen.« Seufzend stand Joe auf. An der Tür blieb er noch einmal stehen. »Sie ... sie ist das Einzige, was mich aufrecht hält.«

Kapitel 37

Lebenslauf: Scarlett Skinner

Name:
Scarlett Skinner. Joe sagt, sie sei nach Scarlett O'Hara benannt, Terris Lieblingsfigur. Das hätte Joe zu denken geben sollen, denn nur wenige Romanheldinnen haben so viel Unheil in ihrer Umgebung angerichtet. Zum Glück ist Terris Lieblingsroman nicht Joseph Conrads *Herz der Finsternis*, sonst wäre Joes Kopf inzwischen wohl schon irgendwo im tiefsten Dschungel aufgespießt.

Alter:
Drei

Geburtsort:
Oxford

Beruflicher Werdegang:
Keiner, aber zum Glück ist sie noch in einem Alter, wo das nicht so peinlich ist wie bei Sebastian, der in seinem fast zehnmal so langen Leben annähernd genauso wenig bezahlte Arbeit geleistet hat wie Scarlett.

Qualifikationen und Schulabschlüsse:
Keinerlei Qualifikationen. Besucht seit fast einem Jahr den Kindergarten »Little Sweethearts« in der Lathen Road, obwohl Terri anfangs wegen des Namens Bedenken gegen diese Einrichtung hatte. Sie argwöhnte, dass jeder Kindergarten mit einem solchen Namen zwangsläufig eine Erziehung nach stereotypen Geschlechterrollen betreiben müsse, aber die Leiterin, eine Mrs Gill Baish, konnte sie überzeugen, dass sich der Begriff »Kleine Lieblinge« auf Jungen *und* Mädchen bezog, und damit gab Terri sich zufrieden.

Gill Baish macht sich Sorgen um Scarletts Erziehung – besonders über ihre langsame Auffassungsgabe, ihr antisoziales Verhalten und ihre allgemeine Apathie – und bestellt Terri und Joe ständig zu besorgten Gesprächen zu sich. Bislang war nur Joe besorgt genug, um hinzugehen. Er versteht nicht, wieso Scarlett offenbar so dumm ist, und schiebt es auf emotionale Probleme wegen fehlender mütterlicher Fürsorge. Das sagt er Gill Baish jedoch nicht, weil er entweder ein Gentleman oder ein kompletter Trottel ist, wie man's nimmt, sodass sie gemeinsam die Köpfe schütteln und sich wundern, warum das Kind von intelligenten, studierten Eltern solche Probleme mit den kognitiven Grundfertigkeiten haben kann, die andere spielend meistern.

Äußere Erscheinung:
Schimmernd braunes Haar mit Ringellocken wie ihre Mutter. Klein, hübsch und zerbrechlich. Grüne Augen.

Sonstiges:
Zu ihren Hobbys zählt Spielen, Essen, Schmollen und Weinen.

Kapitel 38

Spieler

Nach allem, was ich Joe erzählt hatte, hätte jemand in seiner Lage wohl ein ungewöhnlich hohes Maß an Selbstbeherrschung besitzen müssen, um der Versuchung zu widerstehen, die Beschuldigte sofort mit den Vorwürfen zu konfrontieren und zu sehen, wie sie darauf reagiert.

Ich spürte, wie mir das Blut zu Kopf stieg. Das betraf mich doch ebenfalls! Spontan beschloss ich, zu Daphnes Haus zu fahren, zu warten, bis Joe und Scarlett herauskämen, und ihn zu fragen, was sie gesagt hatte. Er hatte mir die Adresse genannt: Newton Road 8, nur fünf Autominuten von Noble House entfernt. Ich hätte auch in der Waschküche auf ihn warten können, aber ich wollte nicht riskieren, dass Terri bis dahin aus der Bibliothek kam und uns störte.

Ich fuhr über die Brooklands Avenue und die Trumpington Road und bog links in die breite, holperige Newton Road ein. Haus Nummer 8 lag am anderen Ende der Straße, kurz vor der Kreuzung Bentley Road, ein massiger, roter Backsteinbau mit großem Garten und kiesbedecktem Parkplatz vor dem Haus. Weder am Hauseingang mit dem säulengestützten Vordach noch in den beiden Erkerfenstern brannte Licht. Ich hätte das Haus für unbewohnt gehalten, wenn davor nicht neben einem silbernen Audi der S-Klasse die Terri-Kutsche gestanden hätte.

Ich parkte am Straßenrand gegenüber dem niedrigen Gartenzaun, hinter dem eine dicke Hecke aufragte. Dort konnte man mich vom Haus aus nicht sehen. Ich schob also eine Kassette in mein Autoradio, streckte mich und lehnte mich dann zurück, um auf Joe zu warten. Gerade wollte ich meine Zigaretten aus dem Handschuhfach holen, als ich eine weiße Hand an meinem Seitenfenster herabgleiten sah. Sie war klein, dünn und machte ein grässlich saugendes Geräusch. Kreischend fuhr ich auf wie eine Ein-Frau-La-Ola-Welle und stieß mit dem Kopf an das Wagendach.

Dann tauchte ein Gesichtchen auf und ich erkannte Scarlett Skinner. »Blödes Balg«, schimpfte ich vor mich hin und kurbelte das Fenster herunter. Joe war nirgendwo zu sehen.

»Hallo, Scarlett«, sagte ich. Sie ignorierte mich. »Wo ist dein Papi? Wo ist Papi?« Sie saugte an ihren Lippen und drehte den Kopf. »Scarlett, ich bin's, Kate Nunn. Du weißt doch, eure Nachbarin.« Ich war mir nicht sicher, ob ich die Kunst der Unterhaltung mit Kleinkindern beherrschte. Mit Babys und Erwachsenen kam ich klar, aber offenbar konnte ich den richtigen Mittelweg zwischen Gebrabbel und einer Debatte über die Feinheiten der Straßenverkehrsordnung nicht finden.

»Joe drin«, brabbelte sie plötzlich. Sie nannte ihn also Joe, nicht Papi. Typisch Terri, denn ich zweifelte nicht eine Sekunde lang, dass sie dafür verantwortlich war. Ein weiterer mutiger Akt im Widerstand gegen die tyrannischen Rollenzwänge der Kleinfamilie. »Joe zankt mit Daphne.«

»Ach?« Ich bemühte mich, wie eine vertrauenswürdige Erwachsene zu wirken. »Worüber denn?«

»Glabbywaaah!«, rief Scarlett.

»Wie bitte?«

»Baaamellobom.« Keins der beiden Worte vermochte ich

in etwas zu übersetzen, worüber Joe und Daphne sich streiten könnten.

»Sebastian?«, schlug ich voller Hoffnung vor. Scarlett kicherte und hüpfte auf und ab. Sie steckte beide Daumen in die Nase und zog mit den Zeigefingern die Augenwinkel nach außen.

»Es ist nicht gut, wenn du allein hier draußen rumläufst. Komm, setz dich zu mir ins Auto«, sagte ich. Joe musste sehr beschäftigt sein, wenn er nicht gemerkt hatte, dass Scarlett fort war. Normalerweise lief er sofort hinter ihr her, wenn sie sich nur ein paar Schritte von ihm entfernte, als hätte er ein Radarsystem eingebaut, das den Scarlett-Abstand maß.

Sie ignorierte meine Aufforderung und ich wiederholte sie auch nicht, da mir nicht sonderlich daran lag, eine kleine Rotznase im Auto zu haben, die nur unverständliches Zeug brabbelte. Widerstrebend stieg ich aus, nahm ihre schnodderverkrustete Hand und ging auf Daphnes Haus zu. Mir blieb wohl nichts anderes übrig, als zu behaupten, ich sei zufällig vorbeigekommen und hätte Scarlett auf der Straße gesehen, auch wenn weder Joe noch Daphne mir glauben würden.

Ich wollte zur Haustür gehen, aber Scarlett blieb stehen und stemmte beide Füße fest in den Boden. Sie zeigte neben das Haus und sagte: »Hinten.«

»Gut«, nickte ich. Die Kleine brabbelte weiter sinnloses Zeug. Ich war verblüfft, wie sie in einem Augenblick ganz klar und im nächsten geistig zurückgeblieben wirkte, als ob in ihrem Köpfchen Intelligenz und Dummheit miteinander kämpften. Wir gingen über den Rasen ums Haus und plötzlich sah ich Licht und hörte leise Stimmen. Ich hätte schwören können, dass ich jemanden »Reading« hatte sagen hören. Wir schlichen uns näher. Joe und Daphne waren in einem Zimmer im hinteren Teil des Hauses, das Fenster stand offen. Ich bedeutete Scarlett, still zu sein, und hoffte, dass sie mich verstehen würde. Zu lauschen erschien mir wesentlich besser, als Joe später zu fragen, was seine Mutter gesagt hatte. Ich packte Scarlett fest an der Schulter, damit sie nicht weiterging. Ich wusste, dass sie einiges aushielt, denn ich hatte schon mehrmals gesehen, wie Einkaufstaschen, Wäschesäcke oder Aktentaschen auf ihren Kopf gefallen waren, wenn Joe zu viel zu tragen hatte.

Ich hörte eine Männerstimme, aber der Nachtwind raschelte so laut in den Bäumen, dass ich sie kaum verstehen konnte. Halb überredete, halb zwang ich Scarlett, sich auf den Boden zu setzen, sammelte ein paar Stöckchen und Steinchen und legte sie vor sie hin. »Hier, spiel damit.«

»Lego!«, protestierte sie.

»Hör mal, die sind viel schöner als Lego.« Ich nahm einen Zweig und schwenkte ihn vor ihrem Gesicht. »Damit haben die Leute gespielt, bevor Lego überhaupt erfunden wurde.« Murrend nahm Scarlett mir den Zweig aus der Hand. Terri konnte mir dankbar sein, dass ich ihrer Tochter ökologisches, nicht konsumorientiertes Spielzeug nahe brachte.

Ich schlich mich näher an den Teil des Gartens heran, in den das Licht aus dem Fenster fiel, und blieb an einem Balken stehen. Ich hörte Daphne sagen: »Das kann ich doch nicht ahnen, wenn du mir nichts sagst, Joe.« Ich kauerte mich unten an die Wand. Hoffentlich hörten sie mein pochendes Herz nicht durch die Mauer.

»Die ganze Zeit«, sagte Joe leiser als sonst, aber wütend, »die ganze Zeit hast du gegen Terri gestichelt und so getan, als könntest du sie nicht leiden, und hast mir das Leben schwer gemacht ... Wie du dich gestern bei dem Fest benommen hast! Und bei dem vorigen Fest! Du behandelst mich wie einen Scheißtrottel.« Ich runzelte die Stirn. Das

Wort Scheiße hatte ich aus Joes Mund noch nie gehört. Der Nachteil, wenn man lauscht, ist, dass man die Leute nicht um Erklärungen bitten kann, wenn man sie braucht. Ich begriff nicht, wieso Daphne Joe wie einen Trottel behandelte, wenn sie sich schlecht gegen Terri benahm. Er wusste doch seit einer Ewigkeit von den Animositäten zwischen seiner Frau und seiner Mutter, das war doch nichts Neues. Wieso war er heute Abend so wütend deswegen?

»Unser alter selbstgerechter Joe«, sagte Daphne lachend. »Du hast doch umgekehrt mit mir das Gleiche gemacht und mich wie eine Blöde behandelt, indem du die ganze Zeit so getan hast, als ob zwischen dir und Terri alles in Ordnung wäre! Woher soll ich denn verdammt noch mal wissen, dass du sie lieber in Reading haben willst? Sie hat mir gesagt, dass du sie liebst.«

»Natürlich sagt sie das«, schnaubte Joe, nun lauter. »Terri glaubt, alle lieben sie. Aber das ist doch nicht dasselbe!« Er klang außer sich. »Ich bin doch nicht verpflichtet, es dir oder irgendjemandem zu sagen, wenn meine Ehe kaputtgeht! Und selbst wenn zwischen mir und Terri alles in Ordnung wäre, wäre das immer noch keine Entschuldigung für das, was du gemacht hast, Mutter. Das ist einfach unverzeihlich. Und Sebastian Nunn in die Sache mit reinzuziehen! Was hat der arme Kerl dir denn getan? Du solltest Kate mal sehen, Mutter, sie ist völlig fertig. Die beiden hatten einen Riesenkrach deswegen, verdammt. Das ist alles deine Schuld.« Ich hielt den Atem an. War Sebastian also unschuldig? Joe glaubte das offenbar.

»Woher sollte ich denn wissen, dass Kate sich da einmischen würde? Die Frau ist neugieriger, als gut für sie ist.« Da ich gerade auf allen vieren unter Daphnes Gartenfenster hockte und ein Privatgespräch belauschte, was ihre Beschreibung meines Charakters bestätigte, durfte ich mich über dieses harte Urteil wohl kaum beschweren. »Es tut mir Leid, dass ich die Situation falsch eingeschätzt habe.« Daphne bemühte sich um einen versöhnlichen Ton, klang aber in meinen Ohren lediglich widerwärtig falsch. Ich war gespannt, ob Joe das ebenso sah wie ich. »Ich habe ehrlich geglaubt, du willst, dass sie das De La Wyche bekommt. Aber, hör mal, vielleicht geht sie ja nun doch nach Reading. Weißt du, anfangs war das alles nur Spaß. Terri und ich haben das mit Sebastian gemacht, weil wir es lustig fanden. Er ist doch der Letzte, der so was je tun würde. Wir brauchten einen Max. Na, komm schon, guck mich nicht so schockiert an. Wenn Kate ihm nicht vertraut, ist das ihr Problem, nicht meins.«

Sebastian hatte also wirklich nichts getan. Es war gut, zumindest dafür eine Bestätigung zu erhalten. Aber warum sprach Daphne von sich und Terri, als wären sie uralte Freundinnen? Und was zum Teufel hieß: »Wir brauchten einen Max«? Ich musste ein starkes Unbehagen abwehren, das ich nur auf eine Art beschreiben kann: Ich nenne es das Denksport-Rätsel-Gefühl, eine Angst vor der bevorstehenden Auflösung. Als ich in der höheren Schule war, spielten meine Freundinnen und ich mit Begeisterung diese Rätselspiele, bei denen eine von uns eine scheinbar rätselhafte Situation schilderte und die anderen durch Fragen, auf die nur mit Ja oder Nein geantwortet werden durfte, herausfinden mussten, wie es zu dieser Situation gekommen war. Wenn ich die Ratende war, geriet ich immer in Panik, sobald ich der Auflösung nahe kam. Dann flehte ich die Rätselstellerin an, mich von der Ungewissheit zu erlösen, die ich einfach nicht aushielt. So ging es mir auch jetzt. Am liebsten hätte ich geschrien: »Sagt mir doch bitte, was hier vorgeht!« Aber noch lieber wäre ich zu Sebastian gelaufen, der mir als einzige sichere Insel in meinem Leben voller ungewisser Gefahren erschien, und hätte mich in unserem gemütlichen Doppelbett an seinen warmen Körper gekuschelt.

Ich hatte das Wort »Max« erst kürzlich gehört, wusste aber nicht mehr, wann und wo.

»Du kotzt mich an«, sagte Joe. »Ich wünschte, du wärst nicht meine Mutter. Ich weiß, es ist schrecklich, das zu sagen, aber es ist wahr.«

»Ach, beruhige dich«, sagte Daphne, eindeutig amüsiert. »Es war ein Missverständnis. Ich hatte ja keine Ahnung, dass du Terri loswerden willst, und sie weiß davon auch nichts. Aber so ist das nun mal. Es ist wie in einer Verwechslungskomödie. Geben wir Marlene die Schuld.« Stirnrunzelnd schob ich mich näher ans Fenster. Wovon redete Daphne? Bevor ich weiter darüber nachdenken konnte, hörte ich eine fast krächzende Stimme sagen: »Ich werd Ihnen was zeigen, wovon Sie träumen können, Mister. Willste 'nen Kuss, Dicker?« Es folgte ein höhnisches Lachen. Ich erstarrte und erkannte, dass Daphne Marlene Dietrich nachmachte, wie sie in *Zeugin der Anklage* als Cockney-Frau verkleidet auf dem Bahnhof Euston Station stand. Und jetzt fiel mir auch ein, wo ich das Wort Max gehört hatte: heute Abend in Rods Wohnung, als wir uns den Film angeschaut hatten. Max hieß der nicht existente Liebhaber von Marlene Dietrich – oder besser Christine Vole –, den sie erfunden hatte, um ihre Briefe an ihn dem Anwalt ihres Mannes in die Hände zu spielen. Mir kam gerade eine unvorstellbare Hypothese in den Sinn, als Daphne sagte:

»Es war eigentlich mehr Terris Idee als meine. Auf *sie* solltest du losgehen, nicht auf mich. Wir haben uns zusammen *Zeugin der Anklage* angesehen. Du warst an dem Abend nicht da, warum, weiß ich nicht mehr. Als die Stelle kam, wo Marlene Dietrich sagt, niemand würde einer Ehefrau glauben, die als Entlastungszeugin für ihren Mann aussagt, schlug Terri lachend vor: ›Warum machen wir nicht eine *Zeugin der Anklage*?‹ Sie erklärte, wenn ich sie als Bewerberin für das De La Wyche Fellowship unterstützte, würden alle misstrauisch, weil sie meine Schwiegertochter ist. Wenn ich aber gegen sie stimmte und dann als Lügnerin entlarvt würde … Ehrlich, anfangs war es nur ein Scherz. Aber je länger wir aus Spaß darüber sprachen, umso mehr fragten wir uns, ob wir damit nicht durchkommen konnten.« Ich musste mir auf die Lippen beißen, um nicht zu schreien.

»Und dann habt ihr gedacht, ihr versucht es einfach mal«, sagte Joe wütend. »Falsche Briefe an Sebastian Nunn sollten den Eindruck erwecken, dass ihr beiden einen Betrugsversuch ausgeheckt hättet und Terri das arme Opfer sei.«

»Und dann haben wir dafür gesorgt, dass die Briefe Valerie in die Hände fielen, ja. Es war ganz einfach. Ich schrieb sie, steckte sie mit einem anonymen Brief in einen Umschlag und schickte sie ihr am Mittwochmorgen. Bevor eine Entscheidung gefällt war, beendete ich die Sitzung, damit Valerie am Mittwochabend die Briefe finden konnte. Bei ihr durfte ich mir sicher sein, dass sie ein Riesentheater machen würde – bei all dem Mist über die Loyalität zum College, den sie ständig von sich gibt. Ich ließ sie in dem Glauben, sie hätte mich genau da, wo sie mich haben wollte, und bot ihr einen Tauschhandel an: Ich würde nicht gegen Terri stimmen, wenn sie den Mund darüber hielt, was ich, vielmehr Sebastian und ich, getan hatten.« Daphne kicherte kleinmädchenhaft. »Valerie willigte ein. Und so stimmten wir beide am Donnerstag für Terri und brachten sie durch. Bryony James hatte inzwischen ihre Bewerbung zurückgezogen, Sebastian kam wegen seines, ehm, Betrugsversuchs nicht infrage und den vierten Kandidaten wollte nur Emily Lole, die ohnehin niemand ernst nimmt. Damit hatte Terri gewonnen. Unser Plan hatte funktioniert.«

»Ich hoffe, du erwartest jetzt nicht von mir, dass ich euch gratuliere«, sagte Joe kalt. »Ich wünschte, du hättest es mir gar nicht erzählt. Wieso hast du es mir überhaupt erzählt, Mutter? Soll das vielleicht ein kranker Scherz sein?«

»Ach, sei doch nicht so verbiestert! Was blieb mir denn anderes übrig? Du hast mich angebrüllt wegen dem, was Sebastian und ich angeblich gemacht haben. Wenn du mich schon anschreien musst, dann bitte wegen der richtigen Sache. Du solltest gar nichts davon erfahren und hättest es auch nicht, wenn Kate Nunn nicht angefangen hätte, in College-Angelegenheiten herumzuschnüffeln und Valerie unter Druck zu setzen. Ich habe gewusst, dass du so reagieren würdest. Terri hatte übrigens völlig Recht: Wenn ich sie von vorneherein unterstützt hätte, hätten die Leute es vermutlich für Vetternwirtschaft gehalten und ihr das Stipendium nicht gegeben, obwohl ich tatsächlich der Meinung bin, dass sie objektiv die beste Kandidatin ist. Ich meine, das wäre doch wohl kaum fair gewesen, oder?«

»Und all das habt ihr hinter meinem Rücken gemacht, mir vorgemacht, dass ihr euch gestritten hättet und nicht ausstehen könnt. War es euch denn völlig egal, was das für mich bedeutet hat? Oder für Scarlett?« Joes Stimme bebte vor Wut. Ich warf einen Blick über die Schulter, um zu sehen, ob Scarlett noch da war, und sie glotzte mich seibernd an. »Ihre Mutter und ihre Oma gehen sich ohne ersichtlichen Grund plötzlich gegenseitig an die Kehle. Was glaubst du wohl, wie das auf sie gewirkt hat?«

»Ach, damit kommt sie schon klar«, tat Daphne seinen Einwand ab. »Kinder halten mehr aus, als die meisten glauben. Jetzt komm schon, Joe, wir konnten dich doch unmöglich einweihen. Du hättest uns alles verdorben.«

»Verdammt richtig. Und das werde ich auch jetzt noch tun. Wenn du glaubst, dass ich den Mund halte, dann irrst du dich. Ich finde, Kate Nunn hat ein Recht, das zu erfahren, bevor es ihre Ehe und die Karriere ihres Mannes ruiniert.« Ich nickte heftig.

»Ach, Sebastian ruiniert seine Karriere schon selbst«, sagte Daphne abfällig. »Er ist ein Skrupulant. Wenn du heutzutage an der Uni Erfolg haben willst, musst du ein Spieler sein wie Terri.«

»Eine Lügnerin, meinst du wohl. Eine hinterhältige, intrigante Betrügerin.«

»An deiner Stelle würde ich schön den Mund halten«, sagte Daphne gehässig. »Überleg doch mal, welche Auswirkungen es für Scarlett hätte, wenn ihre Mutter und ihre Großmutter öffentlich in einen Skandal verwickelt und als korrupt gebrandmarkt würden. Man würde sie im Kindergarten schneiden.« Sie kicherte bei dieser Aussicht. »Wenn du den Mund hältst, kommen wir alle unbeschadet aus der Sache raus. Kate Nunn wird das, was sie zu wissen glaubt, nicht publik machen, weil sie Sebastian schützen will.« Mir fiel das Poster an Damian Selingers Wohnungstür ein, auf dem der Vortrag zum Thema »Ist das Böse ein valides Konzept?« angekündigt wurde. Ich hatte den Eindruck, auf diesem Gebiet gerade einiges an Primärforschung zu treiben und die Frage mit einem uneingeschränkten Ja beantworten zu können. Joe hielt sich meiner Ansicht nach erstaunlich gut. Wenn ich einen Teil meines Erbguts von diesem Monster Daphne erhalten hätte, würde ich mich umbringen. »Alles würde in die Zeitung kommen«, sagte Daphne. »Die Presse ist doch ganz wild darauf, jeden Dreck über Oxbridge auszugraben, nur um uns unsere Extramillionen zu nehmen.«

»Du bist ein Biest!«, schrie Joe. »Und was Terri angeht …«

»Was Terri angeht – was soll eigentlich dieser Blödsinn mit Reading?«, fiel Daphne ihm ins Wort. »Ich meine, wir haben unseren Trick durchgezogen, sie hat die Stelle bekommen, und warum nimmt sie sie jetzt nicht an? Wenn ich sie frage, stottert sie bloß rum. Ich bin überzeugt, da steckt etwas dahinter, was sie mir nicht sagt.«

»Sie soll die Stelle hier bloß nicht annehmen«, sagte Joe leise. »Nach alldem kann ich ihren Anblick nicht mehr ertragen. Ich kann euch vielleicht nicht auffliegen lassen, wegen Scarlett, aber leben muss ich mit dieser Kreatur nicht mehr.«

»Nein, du hast völlig Recht, das brauchst du nicht.« Daphne klang genervt. »Siehst du, ich habe dir einen Gefallen getan. Wenn ich dir nichts von unserem kleinen Spielchen erzählt hätte, würdest du vielleicht nie den Mut aufbringen, sie zu verlassen. Womit habe ich bloß einen Sohn verdient, der so gar kein Rückgrat hat?«

»Wo ist Scarlett?«, fragte Joe plötzlich. »Scarlett? SCARLETT!« Ich sah förmlich vor mir, wie er sich aufgeregt im Zimmer umschaute. So leise ich konnte, schlich ich mich zum Wagen zurück. Als ich an Scarlett vorbeikam, legte ich den Finger auf meine Lippen, um ihr zu bedeuten, dass sie nichts von mir erzählen sollte. Ich saß gerade auf dem Fahrersitz, als ich Joes erleichterten Ausruf hörte, nachdem er seine Tochter gefunden hatte.

»Wo warst du denn?«, fragte er streng. »Ich habe dir doch gesagt, du sollst nicht weglaufen. Komm, wir holen deinen Mantel.«

»Hause!«, schrie Scarlett.

»Nein, wir schlafen heute Nacht bei William und seinen Eltern. Du kennst doch William aus dem Kindergarten? Das ist doch schön, oder?« Scarlett fing laut an zu wimmern.

Ich wartete, bis die beiden wieder im Haus waren, bevor ich den Motor anließ. Joe war es also ernst damit, Terri zu verlassen. Im Stillen wünschte ich ihm viel Glück. Ich würde ihn nicht fragen, was Daphne gesagt hatte, um ihn nicht in eine Zwangslage zu bringen, in der er mich belügen musste. Es war durchaus verständlich, dass er seine Tochter vor dem Skandal bewahren wollte, den es sicher gäbe, wenn die Geschichte an die Öffentlichkeit käme.

Mir war dagegen Scarlett Skinners Ruf im Kindergarten völlig gleichgültig. Nichts hätte ich lieber gesehen als ganzseitige Artikel in allen Tageszeitungen und Boulevardblättern, die Daphnes und Terris unverzeihliche Machenschaften in allen Einzelheiten breittraten. Aber ich hatte keine Beweise. Daphne konnte alles abstreiten, was ich belauscht hatte, und um Scarletts willen würde Joe sie vielleicht decken.

Auf dem Heimweg fuhr ich doppelt so schnell wie erlaubt, um so schnell wie möglich zu Sebastian zu kommen. Allerdings durfte ich ihm nicht erzählen, was ich belauscht hatte, weil er in seiner impulsiven Art sofort handeln würde, ohne vorher darüber nachzudenken, und sich damit in den Mittelpunkt eines landesweiten Uni-Skandals katapultieren würde.

Ich bog waghalsig auf den Parkplatz von Noble House und hörte schon beim Aussteigen schnelle Schritte. Erwartungsvoll spähte ich in die Dunkelheit, überzeugt, dass Sebastian meinen Wagen gehört hatte und sofort herauskam, um zwischen uns alles wieder ins Lot zu bringen. Voller Hoffnung lief ich über den Parkplatz – und stieß mit einer schluchzenden, tränenüberströmten Terri Skinner zusammen. Ihr Haar stand wirr ab, ihr Make-up lief ihr in Bächen über das Gesicht. »Joe ist weg«, schluchzte sie und klammerte sich an mein Revers. »Er hat gerade angerufen! Er hat mich verlassen und meine Tochter mitgenommen. Sie sind bei den Flemings. Du musst mir helfen!«

Kapitel 39

Schicksalsmacht

»Scarlett ist auch Joes Tochter«, sagte ich erbarmungslos. »Ich habe nicht vor, dir zu helfen. Ich weiß, was du und Daphne getan habt, wie ihr versucht habt, Sebastian hereinzulegen, um dir mit üblen Tricks das De La Wyche Fellowship zu verschaffen.«

»Was?« Terris Schneidezähne waren rot verschmiert von Lippenstift. Ihr Gesicht war hässlich verzerrt, wie ich es früher schon bei ihr erlebt hatte, aber diesmal blieb der Ausdruck und wurde nicht schnell durch ein Lächeln übertüncht. Sie trug ein glitzernd silbernes Kleid und ein mit Ziermünzen besetztes Täschchen um den Hals. Falls sie dieses Outfit in der Bibliothek getragen hatte, war ihr größtes Problem durchaus nicht, dass ihr Mann sie verlassen hatte. Meine Diagnose würde auf einen Fall von kleidungsbezogenem Tourette-Syndrom im Endstadium lauten.

»Du hast mich schon verstanden. Ich weiß Bescheid über die Idee mit *Zeugin der Anklage.*«

»Das war Daphnes Idee, nicht meine«, sagte Terri verärgert. »O Gott, lass mich das doch erklären. Ich hatte nie vor, Sebastian oder dir zu schaden. Mein Leben ist ... die reinste Hölle!«

»Das ist mir egal«, sagte ich. »Du solltest das Stipendium besser ablehnen.«

»Das mache ich auch.« Sie schluchzte jämmerlich, klammerte sich immer noch an mein Revers und versuchte mich zu umarmen. »Ich muss nach Reading zu Gary. Ich muss Gary finden, wo Joe mich jetzt verlassen hat. Er kann mich doch nicht einfach verlassen! Er darf mir meine Tochter nicht wegnehmen.«

»Sie ist auch seine Tochter.«

»Nein, sie ist Garys Tochter«, jammerte Terri. »Scarlett ist von Gary. Joe weiß es nicht und du darfst es ihm auch nicht sagen. Das wäre das Ende für ihn. Ach, ich muss nach Reading und Gary finden, ich muss sofort fahren. Kate!« Sie sah mich mit großen Augen an, als hätte sie mich gerade erst bemerkt. »Du könntest mich hinfahren! Wir können sofort aufbrechen.«

»Verpiss dich.« Ich riss mein Jackett los und wünschte, sie hätte mir nicht erzählt, dass Scarlett Garys Kind war. Bei dem Gedanken wurde mir übel, vor allem weil Joe ein so guter Vater war. Allerdings überraschte es mich nicht. »Warum sollte ich dir wohl helfen, nach allem, was du getan hast?«

»Ach, dann lass mich doch in Ruhe, lass mich doch kaputtgehen! Alle hassen mich. Selbst mein eigener Vater hat mich immer gehasst. O Gott, das ist alles Garys Schuld!« Sie schaute zum Himmel, als ob sie am liebsten da oben wäre, und kramte dann in ihrer Handtasche. Ich ließ sie einfach stehen. Es war mittlerweile ein Uhr nachts und ich hatte das Gefühl, dass der Tag sich schon lange genug hinzog.

Als ich zur Haustür kam, hörte ich hinter mir ein Schloss einrasten. Über die Schulter sah ich einen hellen Fleck auf dem Rasen gegenüber vom Waschküchenfenster. Ich hatte noch nie erlebt, dass Terri die Waschküche betrat, und konnte mir nicht vorstellen, was sie jetzt dort wollte. Ich wollte gerade klingeln, als ein unheimlicher Lärm mich zurückhielt. Es hörte sich an wie ein vom Teufel besessener Trockner. Ich lief zur Waschküche. Während ich näher kam, wurde das Poltern und Zischen immer lauter. Terri hatte die Tür von innen abgeschlossen und ich hatte ja keinen Schlüssel bei mir. Ich lief ans Fenster und sah, dass im Trockner etwas Graues, Pinkfarbenes und Schwarzes schnell herumwirbelte. Erst als ich hinter dem gewölbten Glas der Trocknertür eine Hand aufblitzen sah, wurde mir klar, dass Terri in der Maschine steckte.

Ich zog meinen Schuh aus und schlug, so fest ich konnte, gegen die Glasscheibe in der Tür. Sie riss, zerbrach aber nicht. Ich schlug noch mehrmals auf sie ein, bis sie zersplitterte.

Vorsichtig, um mich nicht an den Scherben zu schneiden, griff ich durch das Loch und entriegelte die Tür. Dann lief ich zum Trockner, der auf die höchste Temperaturstufe eingestellt war. Ich schaltete ihn aus und riss die Trocknertür auf. Terris Oberkörper fiel heraus. Sie murmelte unzusammenhängende Worte und war nass geschwitzt, als käme sie aus der Badewanne. Ich half ihr aus der Trommel, aber sie konnte oder wollte nicht aufstehen und sackte auf dem Boden zusammen.

»Du hättest mich sterben lassen sollen«, stöhnte sie. »Ich will sterben.« Ich zog sie hoch, setzte sie auf die Holzbank und fragte mich, ob die Waschküche von Noble House wohl schon mal einen derart ereignisreichen Tag erlebt hatte. Zuerst hatten Joe und ich hier eingehend unsere Eheprobleme besprochen und jetzt hätte hier fast die seltsamste Kamikaze-Aktion stattgefunden, die die Menschheit sich vorstellen konnte. Allmählich wurde die Waschküche zum Schauplatz ähnlich lebenswichtiger Ereignisse wie die Damentoilette in *Cagney und Lacey*.

»Kate, ich muss dir das erklären, ich muss dir alles erzählen«, sprudelte Terri heraus. »Ich hätte mich nie auf diese

Sache mit Daphne eingelassen – niemals –, wenn ich nicht wegen Gary so verzweifelt gewesen wäre. Ich musste einfach das De La Wyche bekommen, ich konnte nicht riskieren, es wegen ... angeblicher Vetternwirtschaft nicht zu kriegen.«

»Aber was hat das De La Wyche mit Gary zu tun?« Ich hatte den Verdacht, dass der Trockner ihr Gehirn ausgetrocknet hatte. »Wenn du es annimmst, kannst du nicht nach Reading gehen.«

»Selbst wenn ich es nicht annehme, brauche ich, dass man es mir anbietet«, wimmerte Terri. »Für meine Selbstachtung. Gary war meistens so gleichgültig mir gegenüber, ich brauchte einfach einen Trost, etwas, woran ich mich klammern konnte. Außerdem haben Daphne und ich den Plan ausgeheckt, bevor ich von der Stelle in Reading wusste. Weißt du, ich habe mich da gar nicht beworben. Das Stellenangebot kam aus heiterem Himmel.«

»Ach?«, sagte ich voller Groll. Sebastian bekam nie Stellen angeboten, um die er sich nicht beworben hatte.

»Ja. Mein Doktorvater am Pembroke hat da einen Lehrstuhl bekommen und mich gebeten, in seinem Fachbereich zu arbeiten. Ich konnte es gar nicht fassen. Es war wie ein Wink des Schicksals, wo doch Gary dort wohnt. Hast du was dagegen ...« Sie sah mich aus den Augenwinkeln an. »Hast du was dagegen, wenn ich dir von Gary und mir erzähle? Ich habe es niemandem erzählen können, damit Joe nicht davon erfuhr, und es würde mir gut tun, wenn ich mit jemandem darüber reden könnte. Es macht mich ganz verrückt, dass es mir seit Jahren ständig im Kopf herumgeht und ich mit niemandem darüber sprechen kann ...«

»Wenn es sein muss.« Ich konnte ihr ja wohl kaum sagen, dass ich Garys Version von Rod schon kannte.

Terris Geschichte deckte sich mit Garys nur in den grundlegenden Fakten: Sie hatten sich am Pembroke kennen gelernt, als sie dort ihren Doktor machte und er als Bedienung in der Mensa arbeitete, sie hatten einmal miteinander geschlafen und seitdem hatte sie ihm jedes Jahr zu Weihnachten eine Karte und ein Geschenk geschickt. Doch während es bei Gary nach einer Gelegenheitsaffäre für eine Nacht klang, die ungewollt viel Theater nach sich gezogen hatte, war es für Terri eine zum Scheitern verurteilte Romanze von tragischen Dimensionen. Aus ihrer Sicht hatte das College Gary entlassen, weil man hinter ihre »Liebesaffäre« gekommen war, wie sie es nannte. Da sexuelle Kontakte aller Art zwischen Studenten und Angestellten als äußerst unpassend galten, war Terri überzeugt, dass jemand ihnen auf die Schliche gekommen war und sie angeschwärzt hatte. Nach allem, was Rod mir von Garys Dummheit und Unfähigkeit im Umgang mit Menschen erzählt hatte, fand ich es mindestens ebenso wahrscheinlich, dass man ihn gefeuert hatte, weil er zu nichts zu gebrauchen war. Aber das behielt ich für mich.

Kurz nach der einen Nacht, die Terri mit Gary verbracht hatte, stellte sie fest, dass sie schwanger war. Dass das Baby von Gary war, wusste sie, weil ihre Arbeit sie zu sehr beansprucht hatte, um Joe Gelegenheit zu geben, sie zu schwängern. Außerdem wollte sie, dass Gary der Vater war, weil sie fest überzeugt war, dass er »der Richtige« sei.

»Wie meinst du das?«, unterbrach ich sie. Sie hörte sich an wie ein Sektenmitglied, das voller Verehrung von ihrem Führer sprach.

»Du weißt schon, eben der Richtige. Die Liebe meines Lebens«, sagte Terri, als sei das völlig selbstverständlich. »Hast du denn nicht das Gefühl, dass Sebastian für dich der Richtige ist?«

»Na ja ... ich glaube schon. Aber wenn ich ihn nicht kennen gelernt hätte, hätte ich einen anderen getroffen und ihn für den Richtigen gehalten. Ich meine, wahrscheinlich gibt es viele, die potenziell ›der Richtige‹ sind, es hängt nur davon ab, wem du begegnest.«

Terri schüttelte den Kopf. Vielleicht trübte die Müdigkeit ja meine Wahrnehmung, aber da sie jetzt endlich die Wahrheit sagte, wirkte sie schon etwas menschlicher. »Nein. Das glaube ich nicht. Es kann nur einen Richtigen geben. Glaubst du nicht an Schicksal?«

»Nein, natürlich nicht.« Es hätte mich verdammt geärgert, zu glauben, dass eine übernatürliche Kraft schon seit einer Ewigkeit wüsste, wer letzten Endes das Stipendium bekam, und all meine Mühen, das Ergebnis zu ändern, überhaupt nichts bewirkt hätten. »Du doch sicher auch nicht, als Naturwissenschaftlerin.«

»Doch. Gary ist meine andere Hälfte, das habe ich immer gespürt. Wir sind füreinander bestimmt. Mach dich nicht über mich lustig«, sagte sie, als ich gerade zu einer entsprechenden Bemerkung ansetzte. »Mein Vater hat sich immer über meine Ansichten lustig gemacht und mir ... mir reicht's, okay?« Ich verkniff mir die Frage, wie Terris Tod im Trockner, dem sie nur knapp entronnen war, sich auf das romantische Schicksal von Gary und ihr ausgewirkt hätte. Menschen, die solch einen Blödsinn glauben, haben auf alles eine Antwort parat. Sicher stand es in den Sternen, dass ich im richtigen Moment vorbeikommen und sie retten würde.

»Und wie passt Joe ins Bild?«, fragte ich streng.

»Joe ist nur ... Joe. Ich habe ihn geheiratet, um von zu Hause wegzukommen, aber ... in gewisser Weise liebe ich ihn inzwischen. Aber er ist einfach nicht ...«

»Der Richtige?«

»Ja. Er war immer gut zu mir und Scarlett. Scarlett liebe

ich auch, aber ... ich kann sie nicht um mich haben. Sie erinnert mich zu sehr an Gary. Ich ... ich muss ihr aus dem Weg gehen.« Dazu fiel mir nichts mehr ein. »Joe weiß nicht, dass sie nicht von ihm ist, bitte sag ihm also nichts«, fügte Terri hastig hinzu, als ob sie mich an eine kleine Notlüge erinnern wollte, auf die wir uns aus Gründen der Diplomatie geeinigt hätten. »Er weiß auch nichts von Gary. Das ist nicht der Grund, weshalb er mich verlassen hat. Er ... na ja, er hat die Sache mit dem De La Wyche herausbekommen. Woher weißt *du* eigentlich davon?« Sie sah mich misstrauisch an.

»Ich habe mich damit beschäftigt«, antwortete ich geheimnisvoll, weil ich mich ihr gegenüber nicht zu einer Erklärung verpflichtet fühlte.

»Siehst du, es ist alles Schicksal. Dass Joe es herausfindet, dass du es herausfindest. Dass Gary nach Cambridge kommt und mich sucht. Dass Joe mich verlässt. Jetzt muss ich das Stipendium ablehnen und nach Reading gehen, um mit Gary zusammen zu sein. Das wollte ich sowieso, ich wusste nur nicht, ob Gary es wollte. Aber jetzt weiß ich, dass es mein Schicksal ist. Ich bin ganz ruhig und weiß, was richtig ist. Ist es nicht komisch, dass ich eben noch sterben wollte?«

»Zum Totlachen«, sagte ich und konnte mich nicht entscheiden, ob ich Terri hassen, bewundern oder nur für verrückt halten sollte.

»Ich bin wohl nur in Panik geraten. Weißt du, ich habe noch nie für mich sorgen müssen, Joe hat alles gemacht. Es war ein langer Weg, aber es musste so kommen, und in gewisser Weise bin ich froh darüber. Ich fühle mich frei, wirklich frei. Du hast ja keine Ahnung, wie es war, Joe vier Jahre lang anzulügen, fast vierundzwanzig Stunden am Tag zu arbeiten, um meine Gefühle abzublocken, und Gary klar zu machen, wie sehr ich ihn liebe! Er war so durcheinander. Ich glaube, er hat versucht, sich von mir fern zu halten und so zu tun, als liebe er mich nicht, nur um meine Ehe zu retten. Er ist so aufopferungsvoll!«

»Mm«, sagte ich skeptisch. »Weiß er, dass Scarlett von ihm ist?«

»Ja. Ich habe es ihm geschrieben, aber er hat nicht geantwortet. Ich hatte ihm vorher schon geschrieben, aber er hat nie geantwortet. Ich dachte, nach dem Brief über Scarlett würde er vielleicht anders reagieren. Aber er hat sich immer noch nicht gemeldet. Es muss ein Schock für ihn gewesen sein. Ich glaube, er hat Angst, seine wahren Gefühle zuzugeben. Er ist ... im Grunde hat er mich vier Jahre lang allein gelassen. Manchmal habe ich mich gefragt, ob ihm überhaupt an mir liegt. Aber dann hast du mir erzählt, dass er hier war und mich gesucht hat!« Sie klammerte sich an meinen Ärmel. »O Kate, du hast ja keine Ahnung, wie glücklich ich da war! Das war der Wendepunkt. Und jetzt ist alles mit einem Mal völlig klar.« Ich nickte unbehaglich. Dieses ganze Schicksalsgerede ging mir allmählich an die Nerven. Und wenn meine Lüge über Garys Besuch nun einen übergeordneten Plan gestört hatte? Doch dann sagte ich mir, dass ich wohl nicht allzu viel von einer Schicksalsmacht zu befürchten hatte, die zu schwach war, die Einmischungen einer unbedeutenden Fahrlehrerin abzuwehren.

Kapitel 40

Lebenslauf: Der Richtige

Name:
Beliebig. Wenn es ein ungewöhnlicher Name ist, sagen Sie ihn sich immer wieder vor und finden, es sei der beste und einmaligste Name der Welt für den besten und einmaligsten Menschen der Welt. Das hat Bryony James sicher gern mit dem Namen »Damian Selinger« getan, so sehr es auch meine Vorstellungskraft übersteigt, dass jemand mit diesem Widerling überhaupt etwas gern tun könnte. Emily Lole dürfte den Namen »Fernando Rose« wie ein Mantra vor sich hin gesungen und ihn in seiner metrischen Reinheit als schönstes Lied empfunden haben, das je das menschliche Ohr erreicht hat. Vielleicht hat sie sogar ein oder zwei Verse darüber gedichtet: *Fernando Rose, mein Lebenselixir/Warum weilest du so fern von mir?/Wohin bist du nur flugs enteilt/Niemand weiß es – welch ein Leid!* Nein, so etwas würde Emily niemals dichten, sie befasst sich schließlich mit mikroskopisch kleinen Würmern. Aber Terri erforscht Fischzähne und ist dennoch zu unwissenschaftlichen Ansichten und Verhaltensweisen fähig. Schlussfolgerung: Man kann nie wissen, wie ein Mensch wirklich ist. Der Charakter der meisten Menschen ist völlig inkonsistent.

In Romanen ist es einfach, den Richtigen zu erkennen. Es gibt den schönen Richtigen (normalerweise der Bruder oder

der gute Freund des schlauen Richtigen – was für ein Kontrastpotenzial, das wäre mir nie eingefallen). Es gibt den Herzlosen-aber-gut-aussehenden-Schürzenjäger-Richtigen (der meist Calvin Alptraum-Fletcher oder so ähnlich heißt), der immer in enger textlicher Nähe zum Ebenfalls-recht-gut-aussehenden-liebevollen-zuverlässigen-aber-über-dreihundert-Seiten-nicht-recht-gewürdigten-Richtigen steht.

Adresse:
Wenn Sie Glück haben, ist es Ihre (ich habe Glück, wie Terri behauptet). Das wirft die interessante Frage auf, warum Terri mir erst sagen muss, dass Sebastian mein Richtiger ist: Es könnte sein, dass ich das nicht richtig zu würdigen weiß, weil ich mit ihm verheiratet bin und seine Richtigkeit als selbstverständlich nehme. Vielleicht hebt eine Trennung den eigenen Richtigen erst richtig hervor, genau wie jene Menschen, die Arbeit haben, sich nicht vorstellen können, dass der Wunsch, eine befriedigende, lukrative Anstellung zu haben, jeden Morgen aus dem Haus zu gehen, jeden Abend nach Hause zu kommen, zu einer alles verzehrenden Leidenschaft werden kann.

Alter:
Beliebig. Wichtiger ist der Geburtstag. Den Geburtstag Ihres Richtigen werden Sie niemals vergessen. Das ist interessant für die Klärung, ob es nur *einen* Richtigen gibt, wie Terri behauptet, oder ob es im Laufe eines Lebens mehrere Richtige geben kann – von wie vielen Exmännern haben Sie noch den Geburtstag im Kopf? Aber wenn es auf der Welt mehr als einen Richtigen gibt, muss es ja wohl auch möglich sein, dass zwei gleichzeitig auftauchen. Wenn man nacheinander mehrere Richtige haben kann, warum dann nicht auch gleichzeitig? Vielleicht hängt das davon ab, ob

sich Ihre Persönlichkeit im Laufe der Zeit zwar verändert, aber zum jeweiligen Zeitpunkt ein konsistentes, einheitliches Ganzes bildet, oder ob Sie einen gespaltenen Charakter haben, dessen verschiedene Teile Richtige unterschiedlicher Art brauchen.

Familienstand:
Das hängt davon ab, ob der Richtige derjenige ist, mit dem Sie für immer glücklich zusammenleben wollen, oder ob er die große Leidenschaft Ihres Lebens ist. Ist er der Richtige für ein zufriedenes Zusammenleben oder für dauerhafte Sehnsucht? Wenn Meryl Streep in *Die Brücken am Fluss* nicht mit Clint Eastwood durchbrennt, so liegt das nicht an ihrem selbstlosen Pflichtgefühl gegenüber ihrem Mann und ihrer Familie, sondern an ihrem Wissen, dass sie Clint in zehn Jahren vermutlich ebenso prosaisch finden dürfte wie ihren jetzigen Mann. Die Trennung von dem Richtigen ist die einzige Möglichkeit, die Vollkommenheit des Gefühls zu bewahren.

Der ideale Familienstand des Richtigen ist vermutlich allein stehend oder aber mit Ihnen verheiratet zu sein. Wenn möglich sollte er nicht nur allein stehend sein, sondern auch keine romantische oder sexuelle Vorgeschichte, keinerlei Eifersucht erregenden Ballast mitbringen. Diesen Anforderungen scheint Gary Conley zu entsprechen. Wenn nicht, wäre Terri gezwungen, das Ideal schwesterlicher Verbundenheit mit anderen Frauen aufzugeben und sich der Sache des Haare-Ausreißens und Augen-Auskratzens zu verschreiben. Andererseits könnte sie die Kluft zwischen Persönlichem und Politischem auch so überbrücken, wie es die meisten tun: mit völliger Heuchelei.

Beruflicher Werdegang:
Welchen Beruf der Richtige auch haben mag, Sie werden ihn nicht nur faszinierend, sondern auch sexy finden. Martine Selinger sagte mir einmal, dass Damian Selinger heftig – und sogar gewaltsam – dagegen war, dass sie ihm von ihrer Arbeit oder von Vorkommnissen des Tages erzählte. »Das ist so scheißlangweilig«, schimpfte er immer. »Was interessiert mich denn, in welchem Zustand die Nagelhäutchen irgendeiner fetten Hexe von Kundin sind?« Das ist ein sicheres Zeichen, dass sie nicht die Richtige für ihn war, was aber Damian und auch Martine allzu lange ignoriert haben.

Qualifikationen und Schulabschlüsse:
Keines von beiden wird dazu beitragen, dass Sie der Macht des Richtigen widerstehen. Schauen Sie sich Terri oder Bryony an.

Äußere Erscheinung:
Unwichtig. Niemand wird für jemanden der Richtige, weil er attraktiv ist. Manche Richtigen sehen sogar abscheulich aus, aber das lässt sich umgehen: Ein pockennarbiges Gesicht wird interessant, Fett wird zu Etwas-zum-Festhalten, langweilig wird schüchtern, ein Egoist wird zum Freidenker. Zumindest, solange er der Richtige ist. Ich habe ganz vergessen, Terri zu fragen, ob jemand auch wieder aufhören kann, der Richtige zu sein, aber ich vermute, sie hätte nein gesagt. Einmal der Richtige, immer der Richtige, das ist anscheinend ihre Philosophie. Aber das erklärt noch nicht, warum genauso viele Menschen sich entlieben wie verlieben.

Stärken und Schwächen:
Werden übertrieben dargestellt beziehungsweise übersehen.

Sonstiges:
In mancherlei Hinsicht sind die spezifischen Eigenschaften des Richtigen unwichtig. Niemand kann einen anderen Menschen wirklich kennen, und sich selbst erst recht nicht. Wir können uns lediglich das Gesicht, den Körper oder die Verhaltensweisen aussuchen, an denen wir jeweils unsere Lieblingsphantasien und unser bevorzugtes Bild von uns selbst am leichtesten festmachen können. Viele entscheiden sich für einen hässlichen Richtigen, weil es ihnen ein Gefühl der Sicherheit vermittelt, oder für einen gemeinen Richtigen, weil sie glauben, sie verdienten eine Strafe für ihre Mängel. Das ist nett und demokratisch und gewährleistet, dass selbst absolute Härtefälle ein bisschen Romantik abbekommen.

Kapitel 41

Die Schalen des Zorns

Als ich am Sonntagmorgen langsam aus einem hektischen, beängstigenden Traum zu mir kam, musste ich erst mühsam überlegen, wo ich eigentlich war.

Ich schlug die Augen auf und sah als Erstes George Herberts *Sämtliche Gedichte* auf meinem Nachttisch liegen. Nach und nach bemerkte ich meine Kleider, die in einem Haufen auf dem Boden lagen, das übrige Schlafzimmer und Sebastian, der neben mir schlief. Nun ordnete sich in meinem Kopf der Ablauf der Ereignisse recht zügig. Ich war gegen drei Uhr morgens nach Hause gekommen. Sebastian, der mittlerweile aufgewacht war und sich allmählich Sorgen um mich machte, ließ mich hinein und wir versöhnten uns auf der Stelle. Er war ungemein erleichtert, dass ich unversehrt und wohlbehalten wieder da war. Als Pessimist hatte er natürlich angenommen, ich hätte mich wegen seiner feindseligen Haltung auf dem nächstbesten Pfahl aufgespießt und wäre dort einen qualvollen Tod gestorben.

Ich war sehr bald eingeschlafen und hatte mich acht Stunden lang mit wirren Träumen herumgequält. Jetzt war es elf Uhr vormittags und ich fühlte mich wie erschlagen, obwohl ich gerade erst aufgewacht war.

So leise ich konnte, stand ich auf und schlich in die Küche, um Kaffee zu kochen. Bevor Sebastian aufwachte, wollte ich noch einmal in Ruhe über alles nachdenken, was sich am Tag zuvor ereignet hatte. Wie bisher hatte ich ihm nichts davon erzählt. Er war völlig ahnungslos, dass Daphne versucht hatte, ihm etwas anzuhängen und seinen Ruf am Summerton zu ruinieren. Schon bei dem Gedanken an dieses Biest knirschte ich unwillkürlich mit den Zähnen. *O straf mich nicht mit deines bitteren Zornes Schalen.* Bei Rods Nachbar Vincent Strebonian und bei Terri waren Zorn und Bitterkeit aus ihrem eigenen Elend erwachsen, aber soweit ich wusste, hatte Daphne in ihrem Leben nichts besonders Schweres oder Schmerzliches erlebt. Sie war einfach ein böser Mensch. Moralisch lagen zwischen ihnen Welten.

Sobald der Kaffee vor mir stand, schaltete ich mein Handy ein. Daphne bloßzustellen durfte ich nicht riskieren, weil sie dann die Schuld auf Sebastian hätte abwälzen können, aber Bryony James, der selbst ernannten Racheexpertin, konnte ich es wohl erzählen und hören, ob sie mir eine passende Revanche zu empfehlen vermochte. Ich war so fest entschlossen, es Daphne irgendwie heimzuzahlen, dass mir nicht mehr daran lag, mich von Bryonys Verrücktheit zu distanzieren.

Gerade wollte ich in der Pförtnerloge von Summerton anrufen und mich mit Damians Suite verbinden lassen, als mein Handy klingelte. Auf dem Display erschien: »Callback-Service«. Als ich abnahm, hörte ich: »Sie haben eine neue Nachricht. Bitte bleiben Sie am Apparat, Sie werden mit Ihrer Mailbox verbunden.« Während ich wartete, trommelte ich mit den Fingern auf den Tisch. Sicher waren es meine Eltern, die wie üblich am Wochenende anriefen, um sich zu erkundigen, ob Sebastian immer noch keine Stelle hatte.

»Kate, ich bin's, Rod.« Ich seufzte. »Hör zu, es ist was Erstaunliches passiert. Ich muss dich treffen. Ich muss mit dir reden. Terri Skinner hat das De La Wyche Fellowship abgelehnt. Sie hat nein gesagt! Das College hat mich gerade angerufen. Sie haben es mir angeboten, Kate, du hast ja keine Ahnung, was das für ein komisches Gefühl war, als sie es gesagt haben. Wenn man etwas ganz doll will und es dann bekommt, fühlt man sich fast ... wie leer.«

»Komm endlich zur Sache«, brummte ich vor mich hin. »Hast du angenommen?«

»Du musst sofort kommen, wenn du diese Nachricht abhörst, ich muss mit dir reden«, plapperte Rod weiter, statt mir endlich das zu sagen, was ich unbedingt wissen wollte. »Kate, es tut mir wirklich Leid, dass ich dich gestern Abend rausgeworfen habe. Ich war einfach nicht ich selbst. Ich könnte durchaus verstehen, wenn du mich nie mehr wiedersehen wolltest, aber ... ach, bitte, komm her. Ich muss unbedingt mit dir reden, was ich wegen dem De La Wyche machen soll.« Dieser Satz traf mich wie ein Blitz. Das hieß doch wohl, dass er noch nicht zugesagt hatte! Aus dem Schlafzimmer drangen Geräusche, die zeigten, dass Sebastian aufstand.

»Na los, komm zum Ende«, zischte ich den Anrufbeantworter an.

»Wo ist mein Scheiß-Armani-Pullover?«, rief Sebastian übellaunig.

»In deinem Pulloverfach unter dem schwarzen Rollkragenpullover«, rief ich zurück und verpasste ein paar Worte von Rod. Doch da er mit Worten immer sehr verschwenderisch umging, war das vermutlich nicht so schlimm.

Als ich wieder zuhörte, sagte er gerade: »Mir ist klar geworden, wie viel du mir bedeutest, Kate. Du bist der einzige Mensch, der jemals zu mir durchgedrungen ist. Wenn es eine Chance gibt ... ach, ich muss unbedingt mit dir sprechen, Kate.«

»Das hast du schon mal gesagt«, murmelte ich genervt.

»Ich kann mich einfach nicht entscheiden, ehrlich. Es ist, als ob … mein Leben in eine Sackgasse geraten wäre …«

»Morgen.« Sebastian schluffelte in die Küche und stieß gegen meine Stuhllehne. »Noch Kaffee da?«

»Ja.« Schnell schaltete ich mein Handy aus und steckte es wieder in die Handtasche. Ich hatte zwar den Rest von Rods Nachricht nicht mehr mitbekommen, aber ich konnte sicher auch ohne sein zielloses Geschwafel leben.

»Mit wem hast du gesprochen?«

»Ach, mit niemandem. Ich habe nur die Mailbox abgehört.«

»Was Interessantes?«

»Nein. Nur Leute, die Fahrstunden haben wollen.«

»Wenn ich Sheffield oder Canterbury kriege, brauchst du nicht mehr so viele Fahrstunden zu geben.« Zuerst hatte ich keine Ahnung, wovon er eigentlich redete, aber als es mir aufging, ärgerte ich mich darüber. Wie konnte er es wagen, diese blöden Jobs an neuzeitlichen Unis ohne jedes Renommee auch nur zu erwähnen, wo ich doch so kurz davor stand, ihm das Stipendium am Summerton zu verschaffen? Terri hatte abgesagt und Rod noch nicht zugesagt. Er wollte warten, bis er mit mir gesprochen hatte, und das konnte nur bedeuten, dass ich auf seine Entscheidung Einfluss hatte, wenn ich es nur richtig anfing. »Aber ich krieg sie ja doch nicht«, sagte Sebastian finster. »Aus irgendeinem Grund kriege ich die Stellen nie. Alle anderen kriegen eine Stelle, nur ich nicht. Offensichtlich bin ich irgendwie ein Unberührbarer. Kontaminiert.«

»Sebastian, hör auf zu jammern.« Mir wurde ganz elend, wie immer, wenn er seiner Verzweiflung freien Lauf ließ.

»Warum? Jammern kann ich gut, da sind sich wenigstens alle einig. Dann kann ich das einzig unstrittige Talent, das ich besitze, ja wohl auch nutzen. Außerdem kann ich nicht anders. Dies alles beschäftigt mich Tag und Nacht, und das wird sich nicht ändern, bis ich endlich eine Stelle habe. Ach, ab und zu kann ich so tun, als ob ich glücklich und zufrieden wäre, nur damit es dir besser geht, aber eigentlich ist es gelogen. Tief im Inneren fühle ich mich eben so.«

»Sebastian, hör auf!« Meine Kehle war wie zugeschnürt. Eigentlich war es gut, dass es so kam. In dem ganzen Trubel der letzten Tage, in denen ich ständig hinter irgendwelchen Summerton-Leuten hergerannt war, hatte ich fast völlig vergessen, warum ich Sebastian unbedingt das Stipendium verschaffen wollte: genau wegen solcher Gespräche. Solche Ausbrüche und noch viel schlimmere musste ich tagtäglich über mich ergehen lassen, bis endlich jemand Sebastian einstellte.

»Du bekommst schon eine Stelle«, beschwichtigte ich ihn in meinem Beruhigungs-Autopilot-Ton und dachte gleichzeitig über mein Rod-Dilemma nach. Sollte ich zu ihm fahren oder nicht? *Offenbar wollte er von mir hören, was er machen sollte.* Als er am Dienstag zum ersten Mal in mein Auto gestiegen war, hätte ich meine Fahrlehrerpedale dafür gegeben, in dieser Lage zu sein. Jetzt wollte ich mich nur noch vor der Verantwortung drücken. Rod war für mich ein Mensch geworden. Ich kannte ihn zu gut, um ihn derart zu benutzen.

»Das glaubst du doch selbst nicht«, sagte Sebastian. »Das sagst du nur, damit ich still bin. Du weißt genau, dass ich wahrscheinlich ewig arbeitslos bleibe, dir zur Last falle und dich auspumpe …«

»Sebastian, woran liegt dir mehr, an mir oder an einer Stelle?«, fragte ich.

»Was? Wieso fragst du das?«

»Ich habe mich nur gefragt. Ich meine, sagen wir mal, du müsstest dich entscheiden, mich zu verlieren und das De La

Wyche zu bekommen oder bei mir zu bleiben und es nicht zu bekommen? Wofür würdest du dich entscheiden?«

»Für das De La Wyche«, erklärte Sebastian mit dem ihm eigenen Taktgefühl. Ich wollte gerade einen hysterischen Anfall bekommen, als er hinzufügte: »Denn wenn ich mich für dich und gegen die Stelle entschiede, würde ich dein Leben ruinieren. Aber wenn ich die Stelle nähme und auf dich verzichtete, hätte nur ich darunter zu leiden.«

»Nein, das stimmt nicht.« Ich kämpfte gegen meine Tränen an. »Sebastian, wenn ich dich nicht hätte, wäre ich am Ende. Rede dir doch nicht ein, dass ich ohne dich besser dran wäre. Ich liebe dich, egal, ob du eine Stelle hast oder nicht.«

»Ja, aber du kannst nicht leugnen, dass es dir mit mir schlecht geht. Guck, du weinst doch schon.« Er schenkte sich eine Tasse Kaffee ein.

»Ach, das ist einfach lächerlich. Hör zu, ich muss gehen.«

»Siehst du! Du hältst es nicht bei mir aus.«

»Doch, aber ich ... habe Fahrstunden. Hör bitte auf, so negativ zu denken. Du bekommst eine Stelle, okay? Versprochen.«

»Abwarten«, sagte er finster. »Ach, übrigens, das ist gestern gekommen.« Er zog eine Karte so heftig von der Pinnwand, dass zwei Stecknadeln durch die Luft flogen. Keiner von uns hob sie auf.

»›Scholars Press lädt ein zur Präsentation des Buches *Ich, Ich, Ich: Plädoyer für den Egoismus* von Dr. Damian Selinger. Montag, den 8. Juni, 19.00 Uhr, Heffers Bookshop, Trinity Street, Cambridge. Für Erfrischungen ist gesorgt‹«, las ich laut vor. »Möchtest du hingehen?«

»Dreh die Karte mal um«, sagte Sebastian. Auf die Rückseite hatte Damian gekritzelt: »Ihr müsst unbedingt kommen – man kann nie wissen, vielleicht ist mein Erfolg ja ansteckend. D.«

»Was für ein Arschloch!«, sagte ich und beschloss, Bryony doch nicht anzurufen. Und wenn sie sich noch so sehr für eine gute Sache einsetzte, war nicht zu übersehen, dass sie bereit war, diesen heimtückischen Selinger zu lieben.

»Ich muss hin«, schimpfte Sebastian, »sonst glaubt dieser blöde Hund noch, dass ich beleidigt bin oder mir minderwertig vorkomme.«

»Spielt es denn eine Rolle, was er denkt?«

»Ja.« Sebastian stand seufzend auf. »Wahrscheinlich macht man sich am Summerton sowieso schon über mich lustig. Ich will es nicht noch schlimmer machen. Wir brauchen ja nicht lange zu bleiben, aber wir sollten uns wenigstens blicken lassen.«

Als Sebastian mir den Rücken kehrte, verzog ich das Gesicht. Aus Erfahrung wusste ich, dass sämtliche Professoren und Dozenten es sich nicht entgehen ließen, zu erscheinen, wenn ein Kollege sein neues Buch vorstellte. Bestimmt würde auch Daphne Fielding da sein und dann musste ich mich sehr beherrschen, um nicht mit einem schweren Buch auf sie loszugehen.

Im Wohnzimmer klingelte das Telefon. Einen Moment lang fürchtete ich, es könnte Rod sein, aber er kannte unsere Privatnummer gar nicht. Kaum jemand kannte sie. Sebastian bekam nicht viele Anrufe und die meisten, die mich sprechen wollten, riefen unter meiner Handy-Nummer an.

»Hallo?« Sebastian hörte für ein Weilchen zu, sagte dann ein paar Mal »Ja« und machte mir ein seltsames Zeichen mit Zeigefinger und Daumen.

»Was ist? Was soll das heißen?«, flüsterte ich gerade laut genug, dass er es hören konnte.

Er legte den Hörer auf und starrte mich fassungslos an. »Das war Valerie Williams. Skincrawl geht anscheinend nach Reading. Sie hat das De La Wyche abgelehnt.«

»O Gott.« Ich bemühte mich, entsprechend überrascht zu klingen. »Aber ... wieso ruft sie dich an, um dir das zu sagen?«

»Weil sie es dem Reservekandidaten, Rod Firsden, angeboten haben und er auch noch nicht definitiv zugesagt hat. Valerie sagt, wenn er es nicht annimmt, bekomme ich es automatisch, weil ich als Einziger übrig bleibe. Ich fasse es nicht, Kate.« Er zwinkerte schockiert mit den Augen. »Ich habe doch noch eine Chance.«

Kapitel 42

Schnapp

»Oh. Wow.« Mehr brachte ich nicht heraus. Mein Hirn hatte alle Mühe, mit den Ereignissen Schritt zu halten.

»Sie tickt nicht ganz richtig«, sagte Sebastian.

»Wer? Terri?«

»Nein, Valerie. Sie klang, als wäre sie richtig wütend auf mich. Sagte so was wie: ›Sie können sich glücklich schätzen‹, als wollte sie mich zusammenstauchen.«

»Ach, hör gar nicht auf sie«, sagte ich ausweichend. Wenn Rod absagte, kam Valerie in die heikle Lage, das Stipendium einem Mann anbieten zu müssen, der in ihren Augen ein Betrüger war. Aber was bliebe ihr sonst übrig, wenn sie nicht die ganze Sache an die Öffentlichkeit bringen und ihr geliebtes College den Angriffen der Presse aussetzen wollte? Das würde Valerie nie tun, weil sie mit ihren hohen moralischen Ansprüchen nicht vereinbaren konnte, für eine Institution zu arbeiten, die allgemein als korrupt galt.

»O Gott, das ist furchtbar!« Sebastian raufte sich die Haare und wiegte sich hin und her. »Jetzt ist es *noch* schlimmer, wenn ich es nicht kriege. Warum hat sie angerufen und mir das gesagt? Wieso konnte die blöde Kuh nicht erst abwarten, was dieser Firsden tut, bevor sie mir Hoffnung macht?«

»Vermutlich steht es so in den Vorschriften«, sagte ich.

»Du bist jetzt der offizielle Reservekandidat und das müssen sie dir mitteilen. Hör zu, ich muss gehen, ich habe ... Fahrstunden. Bis später, okay?« Sebastian hörte mir gar nicht zu. Er lief im Wohnzimmer auf und ab und brummelte vor sich hin. Mit Druck hatte er noch nie gut umgehen können.

Ich lief zum Wagen. Obwohl ich keine Ahnung hatte, was ich Rod sagen sollte, musste ich unbedingt so schnell wie möglich zu ihm. Vielleicht sollte ich ihm die Wahrheit sagen und ihn bitten, aus reiner Gutmütigkeit Sebastian das Stipendium zu überlassen. Ich konnte versuchen, ihn zu überzeugen, dass Sebastian es dringender brauchte als er. Als ob das je einen Menschen von irgendetwas überzeugt hätte.

Ich parkte wieder auf der Raymond Road und ging zu Fuß in die Sterling Road, weil ich nicht in Stimmung war, mich Vincent Strebonian zu stellen. In Rods Wohnzimmer waren die Vorhänge zugezogen, vermutlich noch seit dem Abend zuvor. Ich klingelte. Nichts. Ich klingelte noch einmal, diesmal länger. Er musste zu Hause sein, da er in seiner Nachricht gesagt hatte, ich sollte sofort kommen. Bei seinen radikalen Stimmungsumschwüngen war es allerdings auch durchaus möglich, dass er es sich anders überlegt hatte.

Ich trat ein paar Schritte zurück und stieß mit dem Rücken irgendwo an.

»Würden Sie bitte aufpassen, wo Sie hintreten ...«, sagte eine strenge Männerstimme, brach aber ab, als ich mich umdrehte. Es war Vincent Strebonian. Seine runzelige Haut rötete sich, sobald er mich erkannte. Knallrote Flecken mit weißen Sprenkeln hoben sich von seinem übrigen Gesicht ab. »*Sie* schon wieder.«

»Mr Strebonian, hören Sie, das tut mir wirklich alles sehr Leid. Ich wusste ja nichts von Ihrer Frau. Es tut mir ganz ehrlich sehr Leid. Ich wollte Sie nicht ärgern.«

»Meine Frau ...« Er sah an mir vorbei in die Ferne. »Ja. Meine Frau.«

»Mr Strebonian, haben Sie Rod gesehen?«

»Wen?«

»Rod«, wiederholte ich. »Sie kennen ihn doch.«

»Rod.« Er schüttelte den Kopf. Vielleicht war es unklug von mir, dass ich seine Frau erwähnt hatte. Es hatte eine seltsame Wirkung auf ihn. »Entschuldigen Sie mich, ich muss gehen«, murmelte er und ging über die Straße. Ich zuckte die Achseln. Wenigstens war er offenbar nicht mehr wütend auf mich.

Ich konnte nicht glauben, dass Rod nicht zu Hause sein sollte. Als ich losgefahren war, hatte ich mein Handy eingeschaltet, er hätte mir also Bescheid geben können, wenn er hätte fortgehen müssen oder es sich einfach nur anders überlegt hatte. Zwischen Haus und Gartenmauer gab es einen schmalen Durchgang. Unter den gegebenen Umständen fand ich es nicht allzu aufdringlich, ums Haus zu gehen und an sein Fenster zu klopfen. Nach meiner Erinnerung an Rods Wohnung musste das Schlafzimmer zum Garten liegen. Vielleicht war Rod eingeschlafen. Bei dem Gedanken musste ich grinsen. Rod war immer so nervös und angespannt, dass es schwer fiel, sich ihn schlafend vorzustellen. Vage erinnerte ich mich, dass er mir erzählt hatte, er leide an Schlaflosigkeit.

Ich ging über das hohe Gras, das von beiden Seiten auf den Fußweg wucherte, vorbei an einem offen stehenden Müllcontainer, der alle möglichen unangenehmen Gerüche verströmte und an den schlechten Atem am Sonntagmorgen nach einer durchzechten Nacht erinnerte. Aus einem Fenster im oberen Stock beobachtete mich eine Frau, während ich mich Rods Schlafzimmerfenster näherte. Ich winkte ihr beruhigend zu, deutete auf Rods Wohnung und lächelte.

Damit wollte ich ihr zeigen, dass ich keine Einbrecherin, sondern eine Bekannte und sogar Freundin des Bewohners im Erdgeschoss war. Sie kräuselte misstrauisch die Oberlippe und zog sich zurück.

Ich drückte mein Gesicht an die Fensterscheibe, schirmte mit der Hand meine Augen vor der Sonne ab und sah sofort, dass Rod nicht in seinem Bett lag. Die Bettdecke hing halb auf dem Boden, das Laken war zerknittert und das lange, schmale Kissen war in der Mitte verdreht und sah aus wie eine Hörnchennudel. Allem Anschein nach hatte Rod sich stundenlang schlaflos hin und her gewälzt und war dann aufgesprungen, ohne die Spuren seiner unruhigen Nacht zu beseitigen.

In der Nähe des Fensters lagen ein paar Rollkragenpullover auf dem Boden. Ob Rod wohl noch etwas anderes trug als Rollkragenpullover? Und wie schaffte er es, sich im Juni in diesen Dingern nicht totzuschwitzen? Außer ein paar Bücherregalen sah ich weiter nichts.

Das Fenster stand einen Spalt offen. Ich drückte meinen Mund an die Öffnung und rief Rods Namen. Vielleicht stand er unter der Dusche und hörte mich deshalb nicht. Ich ging etwas nach rechts, um einen anderen Blickwinkel zu haben, und sah neben dem Bett eine Kommode, auf der kleine Bilderrahmen standen. Die Fotos konnte ich aus dieser Entfernung nicht erkennen, außerdem spiegelte sich das Licht im Glas der quadratischen, runden und rechteckigen Rahmen. Es wunderte mich keineswegs, dass Rod eine ganze Sammlung dieser verspielten Rähmchen besaß, wie man sie in Geschenkboutiquen bekam. Zum ersten Mal kam mir der Gedanke, dass er bisexuell sein könnte, vielleicht auch homosexuell, aber verzweifelt bemüht, bisexuell zu sein. Wie viele heterosexuelle Männer benutzten schon Kakaobutterlotion und besaßen so niedliche Fotorähmchen?

Ich rief noch einmal Rods Namen, bekam aber keine Antwort. Es wäre ein Leichtes, den Arm durch den Fensterspalt zu stecken und es ganz zu öffnen. Rod konnte ja krank sein! Dann musste ich ihn retten. Vielleicht hatte er durch den Schock, das Stipendium nun doch zu bekommen, einen Schlaganfall gehabt! Er konnte durchaus bewusstlos auf dem Badezimmerboden liegen. Es war geradezu meine Bürgerpflicht, das nachzuprüfen. Ich zwängte den rechten Unterarm durch den Fensterspalt und fummelte am Griff herum, bis es quietschend aufging. Mit einem prüfenden Blick vergewisserte ich mich, dass die Frau im Obergeschoss mich nicht mehr beobachtete, legte das linke Knie auf die Fensterbank und zog dann das rechte hinauf, um in Rods Schlafzimmer zu steigen. Mein Mangel an Bedenken wunderte mich, aber schließlich brach ich nicht zum ersten Mal in eine Wohnung ein. Nach dem Härtetest in Terris Kleiderschrank war das hier gar nichts.

Ich schloss das Fenster hinter mir und starrte wie gebannt auf einen ovalen Bilderrahmen auf dem Nachttisch: Damian Selinger. Mir war nicht klar, warum ich würgen musste – offenbar reagierte mein Körper schneller als mein Verstand. Was machte Rod mit einem Foto von Damian Selinger? Er hatte nie erwähnt, dass er jemanden am Summerton näher kannte!

Jetzt wurde mir klar, welche Befürchtung mir den Magen umgedreht hatte: Schlief Rod mit Damian Selinger? Das war lachhaft. Ein Foto war schließlich kein Beweis für eine sexuelle Beziehung. Ich hockte mich vor den Nachttisch, um mir die übrigen Fotos anzuschauen, und hoffte, dass sie meine Befürchtungen zerstreuen mochten, wurde aber sehr bald enttäuscht. Wieder musste ich würgen, legte aber diesmal die Hand vor den Mund. Ich wollte mich schließlich nicht in Rods Schlafzimmer übergeben.

Außer dem Bild von Damian, das bei näherem Hinsehen in der College-Bar von Summerton aufgenommen war, standen noch vier weitere Fotos auf dem Nachttisch: eins von Keithundethan, die offenbar im Queen's Court nebeneinander standen, sich freundschaftlich um die Schultern packten und jeder eine Dose Bier in der Hand hielten. Ein anderes zeigte einen langen Holztisch in der Summerton-Bar, an dem Keithundethan, Damian, Martine, Emily Lole und noch einige Leute saßen, unter ihnen auch Sebastian, der lächelnd in die Kamera winkte. Auch Emily Lole lächelte, ja sie lachte sogar. Es stand ihr gut. Mein Herz pochte aufgeregt, als wolle es sich in meinem ganzen Körper breit machen. Wieder befiel mich dieses Denksport-Rätsel-Gefühl, nur diesmal unendlich viel stärker.

Ich musste schnell nachdenken, denn Rod konnte jeden Moment auftauchen. Was machte er mit einem Foto von Sebastian? Wusste er, dass ich Sebastians Frau war? Warum hatte er mir nicht erzählt, dass er all diese Leute am Summerton kannte? Wenn er Fotos von ihnen in seinem Schlafzimmer stehen hatte, waren sie seine Freunde. Vielleicht wollte er nicht, dass ich es erfuhr, damit ich nicht auf die Idee kam, seine Bewerbung um das Stipendium hätte ihren Erfolg nur seinen Beziehungen, nicht seinen Qualifikationen zu verdanken.

Das vierte Foto zeigte in einem kleinen runden Rahmen Fernando Rose und Emily Lole nebeneinander auf Emilys Sofa. Auch auf diesem Bild strahlte sie. Ich konnte mich gar nicht an ihren glücklichen Gesichtsausdruck gewöhnen. Das war nicht die Emily Lole, die ich kannte und die versucht hatte, mich zu erwürgen. Fernando runzelte leicht die Stirn und hatte die Arme hinter dem Kopf verschränkt.

Ich konnte es nicht fassen. Wieso hatte Rod mir nicht erzählt, dass er Fernando Rose kannte? Vielleicht wusste er ja, wo Fernando steckte. Ich ging noch einmal sämtliche Gespräche mit Rod durch. Er hatte zwar nicht ausdrücklich gesagt, dass er Fernando *nicht* kannte und *keine* Freunde am Summerton hatte, aber er hatte mich eindeutig hinters Licht geführt.

Ich saß mit gekreuzten Beinen und einem flauen Gefühl im Magen auf dem Boden. Irgendetwas war hier faul. Und dabei ging es nicht nur um Vetternwirtschaft und Begünstigung, obwohl beides am Summerton eindeutig wie eine Seuche grassierte: der Betrug von Daphne und Terri und jetzt auch noch Rod und seine Freunde ... Am meisten zu schaffen machte mir aber die Tatsache, dass Rod mich über seine Verbindungen zum Summerton belogen hatte. Er spielte seine Rolle als exzentrischer Einzelgänger ohne Freunde so überzeugend, dass ich ihn mir gar nicht anders vorstellen konnte.

Ich holte mein Handy aus der Handtasche, rief in der Pförtnerloge des Summerton an und knabberte ungeduldig an meinen Fingernägeln. Es dauerte eine Ewigkeit, bis jemand an den Apparat kam. »Summerton College, was kann ich für Sie tun?«

»Ethan Handley, bitte.«

»Vielen Dank, Ma'am. Ich verbinde.«

Wieder hörte ich das Klingelzeichen, dann nahm Ethan ab. »Ethan Handley«, sagte er charmant. Am liebsten hätte ich auf etwas eingedroschen. So entspannt durfte einfach niemand klingen, bevor ich mich nicht ebenfalls beruhigt zurücklehnen konnte.

»Ethan, hier ist Kate Nunn.«

»Kate! Wie geht's? He, ich hoffe, du telefonierst nicht während der Fahrt mit deinem Handy. Wir dürfen doch nicht zulassen, dass du als Fahrlehrerin ein schlechtes Beispiel gibst.«

»Ethan, kennst du Rod Firsden?«

»Hab schon mal von ihm gehört«, sagte Ethan gelassen und ohne den geringsten Anflug von Schuldgefühlen. Aber was wusste ich schon? Ich hatte Rod vertraut und Sebastian misstraut. Und wenn Ethan Handley ein Lügner sein sollte, war er auf diesem Gebiet sicher genauso brillant wie auf allen anderen. »Das ist doch unser Reservekandidat für das De La Wyche, oder? Bin ihm allerdings nie begegnet. Wieso?«

»Ethan, ich weiß, dass du ihm begegnet bist, bitte sag mir die Wahrheit. Du kennst ihn.«

»Bestimmt nicht, Kate. Was redest du da? Ich habe den Mann in meinem ganzen Leben noch nicht getroffen.« Ethan klang verdutzt, aber amüsiert.

»Ich bin in Rod Firsdens Schlafzimmer«, sagte ich steif. »Und schaue mir ...«

»Was, du als verheiratete Frau?«, unterbrach Ethan mich lachend. »Ich weiß nicht, ob du mir wirklich sagen solltest, was du dir gerade ansiehst.«

»An Rods Bett steht ein Foto von dir und Keith, in einem Bilderrahmen.«

»Was?« Er klang ehrlich überrascht. »Bist du dir sicher?«

»Klar bin ich mir sicher. Ich habe es doch vor mir.«

»Na ja, das ist allerdings ziemlich merkwürdig. Ich meine, es kommt ja nicht gerade selten vor, dass Fotos von Keith auf Nachttischen in Cambridgeshire herumstehen, aber ... ich kann mir nicht vorstellen, wieso dieser Rod eins haben sollte. Kannst du es beschreiben ...«

»Warte!«, zischte ich. »Ich habe was gehört. Ethan, ich kann jetzt nicht weiterreden. Tschüs.« Ich schaltete mitten im Satz das Handy aus und kroch unter Rods Bett. Ich war mir zwar nicht sicher, was das Geräusch zu bedeuten hatte, wollte aber kein Risiko eingehen. Der Staub unter Rods Bett verschlug mir den Atem und ich rümpfte entsetzt die Nase, weil ich garantiert nicht nur Rods abgestorbene Hautpartikel einatmete, sondern auch die mehrerer Vormieter. Neben mir lagen ein paar vergilbende Zeitungsseiten, auf denen ich den Namen Vincent Strebonian entdeckte. Offenbar hatte Rod mehrere Artikel über den Tod der Frau seines Nachbarn unter dem Bett. Mein Unbehagen wuchs. Ich steckte mir die Zeitungsartikel in die Tasche, um sie später zu lesen.

Als ich eine geraume Weile lang nichts mehr gehört hatte, krabbelte ich unter dem Bett hervor und klopfte mir die Kleider ab. Staubwolken wirbelten durchs Zimmer, im Sonnenlicht deutlich sichtbar, und rieselten langsam zu Boden. Ich zog in Erwägung, Keith Cobain anzurufen und ihm die Wahrheit zu entlocken, doch falls hier eine krumme Tour lief, dürfte Ethan ihn schon gewarnt haben.

Mich beschlich ein unbehagliches Gefühl: Sebastian steckte mit drin. Er hatte mir gesagt, er habe Rod bei dem Vorstellungsgespräch für das De La Wyche zum ersten Mal gesehen, und er hatte von ihm immer wie von einem völlig Fremden gesprochen, aber hier in Rods Schlafzimmer stand ein Foto von Sebastian. Er musste ihn kennen, ebenso wie Damian und Emily. Vielleicht waren die Fotos, die sie mir gegeben hatte, Teil eines miesen Tricks. Vergeblich kämpfte ich gegen einen aufwallenden Verfolgungswahn an. Das Ganze deutete darauf hin, dass sich alle gegen mich verschworen hatten.

Verdammt, wo waren Emilys Fotos? Ich meinte mich zu erinnern, dass ich sie in das Handschuhfach meines Wagens gelegt hatte. Ich musste sie mir unbedingt noch einmal unter dem Aspekt meiner neuen Verschwörungstheorie ansehen.

Ich warf einen letzten Blick auf den Nachttisch und dachte über Damian Selinger nach. Er war nicht gerade der

Inbegriff der Diskretion. Warum hätte er es mir nicht sagen sollen, wenn bei der Entscheidung für Rod als Reservekandidat Vetternwirtschaft im Spiel gewesen wäre? Wegen Bryony. Das Einzige, was sie von ihrem geliebten Hirsch hätte abbringen können – wenn schon seine ungehobelte, brutale Egomanie es nicht geschafft hatte –, wäre das Wissen gewesen, dass er sich bei der Stipendiumsvergabe an einer Schiebung zu Rods Gunsten beteiligt und damit ihre Chancen zunichte gemacht hatte. Bei ihrem stadtviertelgroßen Komplex in Bezug auf Einstellungsverfahren dürfte sie das als unverzeihliches Vergehen gewertet haben.

Ich kletterte aus dem Fenster in den Garten, schlich mich für den Fall, dass die Frau im Obergeschoss ihren Beobachtungsposten wieder bezogen haben sollte, dicht an der Hausmauer entlang und trat mit möglichst harmloser Unschuldsmiene auf die Sterling Road.

Dort bot sich mir jedoch ein Anblick, der noch schlimmer war als die Fotos auf Rods Nachttisch und mich unwillkürlich geduckt hinter Rods Gartenmauer Zuflucht suchen ließ. Nein, das konnte nicht sein, das war unmöglich. Langsam hob ich den Kopf, bis ich wieder die Straße sehen konnte. Meine Kehle war trocken wie Sandpapier.

Auf der anderen Straßenseite, vor Vincent Strebonians Einfahrt, genau an der Stelle, wo die Aufschrift in gelber Farbe jedem verkündete, dass dieser Platz niemals von Menschen oder Autos blockiert werden dürfte, stand Rod dicht vor Vincent Strebonian. Rods Füße standen auf dem gelben »Pa« von »Parkverbot«, Strebonians auf dem »bot«. Sie waren sich so nahe wie Rod und ich am Abend zuvor oder wie Schauspieler in einer billigen Seifenopfer, deren Gesichter dicht nebeneinander sein müssen, wenn sie sich unterhalten, weil die Kamera sonst nicht beide ins Bild bekommt. Ich hielt den Atem an. So nahe kamen Menschen sich nur aus einem Grund: weil sie sich küssen wollten. Mitten auf der Straße, am helllichten Tag.

Vincent Strebonian trat noch einen Schritt näher an Rod heran. Jetzt stand er auf dem »ver« von »Parkverbot«. Ich kniff die Augen zusammen, um besser sehen zu können, was passierte, obwohl ich es fast nicht aushielt zuzusehen. Langsam streckte Strebonian die linke Hand aus und streichelte Rods Wange.

»Du bist zu alt für ihn!«, hätte ich am liebsten geschrien, hielt mich aber zurück. Rod hob die rechte Hand an sein Gesicht. Alles kam mir vor wie in Zeitlupe. Mich überfiel das Denksport-Rätsel-Gefühl so stark, dass ich die Augen schließen musste. Als ich sie wieder aufmachte, lag Rods Hand auf der Strebonians und er rückte noch näher zu ihm, auf das »rk« von »Parkverbot«. Ich stählte mich, eine heftige Knutscherei mit ansehen zu müssen, aber Vincent Strebonian zog seine Hand weg, legte Rod den Arm um die Schultern und führte ihn in sein Haus.

Atemlos vor Entsetzen sank ich ins Gras. Rod war also tatsächlich bisexuell. Kein Wunder, dass er Strebonian immer so vehement verteidigt hatte. Ich lag ausgestreckt auf dem Rücken im Gras und kümmerte mich nicht mehr darum, ob Rods Nachbarin mich sah. Wie hatte ich so dumm sein können, mir Nähe zu einem Menschen einzubilden, der praktisch ein Fremder für mich war! Ich wusste so gut wie nichts über Rod. Er war immer so verschlossen und jetzt begriff ich auch, weshalb.

Nach einer Weile raffte ich mich auf und schleppte mich, zumindest empfand ich es so, zu meinem Wagen auf der Raymond Road. Ich zündete mir eine Zigarette an und sah noch einmal Emilys Fotos durch: Ethan Handley, der sehr krank aussah. Ein Brühwürfel. Ein paar Bäume. Ein Stapel der *Literary Review*. Es half, sich auf solche kleinen Rätsel zu konzentrieren. Im Augenblick fand ich es zu erschreckend, mich mit meinen größeren Sorgen zu befassen.

Eine Packung Nurofen-Kopfschmerztabletten. Peter Ustinov in *Tod auf dem Nil*. Richter James Pickles. Jesus. Die Great Hall von Summerton bei einem Fest. Eine Flasche Orangensaft. Eine rostige Autotür. Ein Kasten Tetley's Bitter.

Ein bitterer Kasten – das erinnerte mich an etwas: *O greife doch nicht in deine bitt're Lade: Mein Gott …*

»O mein Gott«, flüsterte ich.

Kapitel 43

Lebenslauf: Vincent Strebonian

Name:
Vincent Nigel Strebonian

Adresse:
1 Sterling Road, Cambridge

Alter:
Nach den Zeitungsartikeln, die ich unter Rods Bett fand, ist er vierundsechzig, also noch nicht so alt, wie er aussieht. Die verstorbene Mrs Strebonian war eine Sonnenanbeterin, die ausschließlich Schlimme-Sonnenbrand-Strandurlaube machte. Infolgedessen wurden die Strebonians ein ungemein ledriges Paar. Mrs Strebonian nutzte ihre Ehe mit einem Schönheitschirurgen ausgiebig, um Falten beseitigen zu lassen, sobald sie auftauchten. Ihr Mann, der sich für den Besten auf seinem Fachgebiet hielt, entschied sich, seine Falten zu behalten, da er sich nicht selbst operieren konnte. Bei einem Schönheitschirurgen können Falten als cool gelten, als Versuch, lässiger zu sein als seine Patienten, nach dem Motto: »Hey, die könnte ich im Handumdrehen loswerden, aber wer hat dazu schon Zeit?«

Geburtsort:
Leatherhead, Surrey. Ehrlich. Ob Terri Skinner doch Recht hat, dass es ein Schicksal gibt? Nein, das Schicksal wäre genauer: Leatherface, Surrey. Trotzdem, es wäre interessant festzustellen, ob Lloyd Lunnon in Yelling, also in Brüll geboren ist.

Familienstand:
Verheiratet mit der Malerin Edna Strebonian (geb. Glover) von 1955 bis zu ihrem Tod durch rücksichtsloses Parken 1996. Edna Strebonian war international für ihre Gemälde bekannt, die Patienten ihres Mannes vor, während und nach der Operation zeigten. Viele davon befinden sich in berühmten Privatsammlungen und Galerien wie Saatchi Gallery, Tate Gallery und National Portrait Gallery. Manche von Vincent Strebonians reicheren Patienten konnten sich ihre Porträts kaufen. Alle fühlten sich ungemein geschmeichelt, dass ihre subkutanen Hautschichten künstlerisch verewigt wurden. Seit Ednas Tod ist Vincent Strebonian nicht mehr Auto gefahren, sondern hat seine Garage in eine Galerie für ihre Gemälde verwandelt. Sie hängen an allen vier Wänden rund um das zentrale Exponat, einen schmutzigen, unbenutzten Wagen. Vincent nennt seine Garage »Leben und Tod der Edna Strebonian«. All das bedeutet vermutlich, dass er erst spät zur Homosexualität bekehrt wurde.

Beruflicher Werdegang:
Arbeitete zunächst als Arzt, dann als Chirurg und schließlich als plastischer Chirurg für den National Health Service. Eröffnete vor zwölf Jahren eine Privatpraxis, um es Edna einfacher zu machen, seine Patienten zu zeichnen. Seine Kollegen am Gallwoodey Hospital in Cambridge rümpften

nämlich die Nase, weil Edna ständig mit ihrem Zeichenblock im Operationssaal herumhing.

Qualifikationen und Schulabschlüsse:
Federation of Royal College of Surgeons, Bachelor of Medicine in Chirurgie und Klinischer Medizin am Chathams Hospital, Stafford; Master of Arts (BA) in Humanbiologie an der Keele University.

Stärken und Schwächen:
Muss ein guter Schönheitschirurg sein, da er sich dieses große Haus leisten kann. Offenbar vielseitig in der Wahl seiner Liebespartner. Nicht viele wären glücklich damit, in nur zwei Jahren von einer ledrigen (wenn auch gelifteten) alten Malerin zu einem ernsten, bärtigen jungen Lyrikliebhaber zu wechseln. Zu seinen Schwächen gehört möglicherweise Gedächtnisschwund (dass er fragte: »Wer?«, als ich Rod erwähnte, war ein bisschen daneben, selbst wenn es ein eher kauziges als verschlagenes Wer gewesen war) und eine unnötige Unfreundlichkeit zu allen, die vor seiner Einfahrt parken. Mir ist klar, dass ich zur Eskalation der Lage beitrug, indem ich ein zweites Mal da parkte, um ihn zu ärgern, aber bei unserer ersten Begegnung war er eindeutig übertrieben barsch. Das ist jedoch eine verzeihliche Schwäche, da ihn sein Kummer barsch gemacht hat. Wenn er jedoch immer noch so verzweifelt über den Verlust seiner Edna ist, dass er über jeden herfällt, der seine Einfahrt blockiert, fragt sich allerdings, woher er die Kraft für ein Verhältnis mit Rod nimmt.

Kapitel 44

Annäherung an Fernando

Ich lehnte mich im Tyndsall Court an die Mauer und lächelte einem vorbeigehenden Pförtner zu. Sobald er verschwunden war, klopfte ich so fest an Emily Loles Tür, dass mir die Knöchel wehtaten. Es war mir egal, ob ich ihr Angst einjagte. Ich wusste genau, dass sie mich belogen hatte – blieb nur noch festzustellen, wie sehr.

»Wer ist da?«, raunte Emily eingeschüchtert hinter der Tür. Ich klopfte noch einmal, weil ich zu wütend war, mich auf blödsinnige Besucherkontrollen einzulassen. »Fernando, bist du es?«, fragte sie voller Hoffnung.

»Nein, es ist nicht Fernando, ich bin's, Kate Nunn«, sagte ich ungeduldig. Emily öffnete weinend die Tür. »Tut mir Leid, dass ich Sie enttäuschen muss«, sagte ich bissig.

»Ich dachte wirklich, er wäre es. So hat er auch immer geklopft«, schluchzte sie. Ohne auf ihre Aufforderung zu warten, trat ich ins Wohnzimmer. »Bringen Sie mir die Fotos zurück? Haben Sie herausgefunden, was sie bedeuten?«, würgte Emily heraus. Sie ging so dicht hinter mir, dass sie mir bei jedem Schritt in die Fersen trat.

»Wenn Ihnen wirklich daran gelegen ist, dass ich herausfinde, was sie zu bedeuten haben, warum haben Sie mir dann nicht alle Fotos gegeben?«, fragte ich und machte mich auf dem Sofa breit, als wäre ich hier zu Hause.

Emily hörte auf zu weinen, klammerte sich mit beiden Händen an die Tür und zog die Schultern hoch. »Wie meinen Sie das?«

»Ein Foto haben Sie mir nicht gegeben, stimmt's? Es war mit in dem zweiten Umschlag, in dem auch Jesus und die rostige Autotür steckten. Habe ich Recht?«

»Ich muss aufs Klo«, sagte Emily, die sich immer noch an der Tür festhielt.

»Gut. Gehen Sie. Aber wenn Sie wiederkommen, will ich eine Antwort haben.« Ich kannte die Antwort schon. Ihre Reaktion zeigte mir, dass ich richtig geraten hatte, aber ich wollte es von Emily selbst hören.

Während sie im Bad war, klingelte mein Handy. Ich wartete, bis es aufgehört hatte, und rief dann meinen Callback-Service an, um zu hören, ob mir jemand eine Nachricht hinterlassen hatte. Es war Rod. »Kate, wo steckst du?«, jammerte er. »Warst du schon hier? Ich musste für ein paar Minuten weg. Ich hätte dir einen Zettel dalassen sollen, Kate, ich weiß, dass du wahrscheinlich wütend auf mich bist und deshalb nicht kommst ...«

»Ich bin nicht wütend auf dich«, flüsterte ich und streichelte das Telefon.

»... du willst mich vermutlich auf die Probe stellen, oder? Du willst mir keinen Rat geben? Du findest, dass ich das allein entscheiden muss. Kate, mir ist klar geworden, wie sehr ich dich liebe. Ich bin ... völlig verändert, seit sie mir das Stipendium angeboten haben, alles hat sich verändert.« Rod schluckte und räusperte sich.

»Bitte, schaltet nicht ab«, flehte ich.

»Was?« Emily stand wieder in der Tür.

»Nichts«, sagte ich und schaltete schnell mein Handy aus. »Ich habe nur mit mir selbst geredet. Also, wie sieht Ihre Geschichte aus?«

»Wie sind Sie darauf gekommen? Auf das andere Foto?«, fragte sie und setzte sich mir gegenüber.

»Was war auf dem anderen Foto, Emily? Ich will es sehen.«

»Ich dachte, das wüssten Sie.«

»Tue ich auch, aber ich will es trotzdem sehen.«

»Nein.« Ihre Stimme bebte. »Sagen Sie es.« Sie klang wie eine schüchterne Dreijährige.

»Okay. Es war ein Foto von Rod Firsden, stimmt's?«

»Ja!«, seufzte sie erleichtert. »Ja, stimmt. Ich hole es.« Sie ging ins Schlafzimmer und kam sofort mit dem Foto zurück, das sie mir vorenthalten hatte. Ich musste gegen die Tränen ankämpfen, als ich die Nahaufnahme von Rods Gesicht sah. Er lächelte ernst in die Kamera. Seine Brille war ihm auf der glänzenden Nase nach unten gerutscht. »Wie sind Sie darauf gekommen? Wie haben Sie es erraten?«, drängte Emily. »Wissen Sie, wo Fernando ist? Hat er es Ihnen gesagt? Stecken Sie mit ihm unter einer Decke?«

»Natürlich nicht.« Ich beobachtete ihre Reaktion genau. »Das Gleiche könnte ich Sie fragen.«

»Wie soll ich denn mit ihm unter einer Decke stecken?« Sie fing wieder an zu weinen. »Ich weiß ja nicht mal, wo er ist.«

»Warum haben Sie mir dieses Foto nicht zusammen mit den anderen gegeben?«

»Weil ... Sie dann gewusst hätten, warum ich für Rod Firsden gestimmt habe. Im De La Wyche Ausschuss. Sie hätten mich ... melden können. Dann hätte ich meine Stelle verloren.« Sie krümmte sich fast vor Angst.

»Ich weiß immer noch nicht, warum Sie für Rod gestimmt haben, Emily. Erklären Sie es mir bitte. Ich verspreche Ihnen, dass ich es niemandem sage. Ich will nur verstehen, was hier vorgeht.«

»Fernando hat mir diese Fotos geschickt«, stammelte sie schluchzend. »Ich weiß nicht, warum. Ich habe nur an den Umschlägen erkannt, dass er sie geschickt hat und dass sie etwas zu bedeuten haben. Er versuchte offenbar, mir etwas zu sagen. Ich wusste gar nicht, wer Rod Firsden ist, als ich den zweiten Umschlag bekam, ich hatte ihn noch nie gesehen. Als er zu dem Vorstellungsgespräch den Raum betrat, wäre ich fast vor Schreck gestorben. Es war wie ... ein Zeichen Gottes!«

»Für was?«, fragte ich.

»Für ... die Tatsache, dass Fernando mir etwas mitteilen wollte. Er muss gewusst haben, dass Rod in die engere Wahl für das De La Wyche gekommen war. Er wollte mir sagen, dass Rod die Stelle bekommen sollte. Deshalb habe ich für ihn gestimmt. Fernando wollte mich auf die Probe stellen. Ich dachte, wenn Rod das Stipendium bekommt, hätte ich die Prüfung bestanden und ... Fernando wäre mit mir zufrieden und würde sich wieder bei mir melden. Vielleicht ... zurückkommen.« Nun liefen ihr die Tränen in Strömen über die Wangen.

»Emily, woher wussten Sie ... wie konnten Sie sicher sein, dass Fernando Ihnen mit einem Foto von Rod sagen wollte, dass Rod das Stipendium bekommen soll?«, fragte ich vorsichtig und war mir fast sicher, dass sie die Wahrheit sagte.

»Was sollte es denn sonst bedeuten?«

»Warum sollte Fernando wollen, dass Rod das De La Wyche bekommt?«

»Das weiß ich nicht!«, jammerte Emily. »Vielleicht sollte das Foto ja auch etwas anderes sagen. Das Einzige, was es bestimmt zu bedeuten hatte, war, dass Rod irgendwie mit Fernando in Zusammenhang stand, und das war für mich Grund genug, für ihn zu stimmen. Ich weiß, das ergibt überhaupt keinen Sinn. Ich habe nur auf meinen Instinkt gehört.

Ich dachte, irgendwann würde Fernando zurückkommen und … alles erklären.«

»Okay, nehmen wir an, Fernando wollte tatsächlich, dass Sie für Rod stimmen«, sagte ich ruhig. »Das erklärt, warum er Ihnen dieses Foto geschickt hat. Aber was ist mit all den anderen Fotos? Warum hat er die geschickt?«

»Wenn ich das wüsste, hätte ich Sie ja wohl nicht gefragt, oder?«, fuhr Emily mich an und wischte sich mit ihren Patschhänden Augen und Nase. »Entschuldigung, ich wollte nicht so ruppig sein.«

»Macht nichts. Emily, hat Rod Firsden bei dem Vorstellungsgespräch gut abgeschnitten?«

»Daran kann ich mich nicht erinnern. Ich war an dem Tag völlig durcheinander und konnte mich nicht konzentrieren. Ich starrte ihn nur an und dachte, das ist derjenige, von dem Fernando mir ein Foto geschickt hat. Ich war so aufgeregt und nervös! Ich fühlte mich Fernando … näher denn je, seit er verschwunden war. Ich weiß, es klingt lächerlich …«

»Überhaupt nicht.«

»… man muss sich mit solchen Kleinigkeiten, so dürftigen Verbindungen zufrieden geben, wenn ein Mensch verschwunden ist. Das ist alles, was einem bleibt. Manchmal stehe ich vor Fernandos früherer Wohnung, nur um mich ihm nahe zu fühlen …«

»Emily«, unterbrach ich sie. »Hat Rod Ihnen bei seinem Vorstellungsgespräch ein Gedicht gegeben?« Sie schaute mich verständnislos an. »Hat er an alle Ausschussmitglieder ein Gedicht verteilt?«

»Ach … das. Ja. Es hieß *Seufzen und Stöhnen*. An den Titel erinnere ich mich. Das Gedicht habe ich nicht gelesen, ich war zu sehr mit anderen Dingen beschäftigt.«

»Haben Sie es später gelesen?«

»Nein. Ich habe es weggeworfen. Ich mag keine Gedichte. Sie sind zu ... irreführend.«

»Wie meinen Sie das? Meiner Ansicht nach ist *Seufzen und Stöhnen* ein ziemlich eindeutiges Gedicht. Selbst ich habe das meiste verstanden.«

»Ach, ich weiß nicht. Dichter sagen nicht einfach klar und deutlich, was sie meinen. Das ärgert mich.« Mit einem Satz tat Emily eine wichtige Kunstform einfach ab. »Kate, was soll das alles? Woher wussten Sie, dass Fernando mir ein Foto von Rod Firsden geschickt hat?«

Auf diese Frage hätte ich mir eine Antwort zurechtlegen sollen, aber das hatte ich versäumt. Rückhaltlose Ehrlichkeit erschien mir im Moment zwar sehr verlockend, aber diese Empfindung ging vorbei. Ich war mir nicht sicher, ob Emily stark genug war, die Wahrheit zu überleben, die ganze Wahrheit und nichts als die Wahrheit. Vor Schock hätte sie ins Koma fallen können und ich wollte sie nicht wiederbeleben müssen.

»Ich muss gehen«, sagte ich und stand auf. »Es tut mir Leid, Emily. Ich kann jetzt nicht mehr dazu sagen.«

»Aber ich habe Ihnen doch alles gesagt, was Sie wissen wollten!«, sagte sie verärgert.

»Nein, das haben Sie nicht. Ich hatte es schon erraten.« Damit ging ich zur Tür.

»Wissen Sie, wo Fernando ist?« Emily jagte mir durch den Flur nach. »Wissen Sie es? Haben Sie mit ihm gesprochen?«

»Nein«, sagte ich, denn alles andere wäre zu schwierig gewesen.

Kapitel 45

Die Präsentation

Es gab kaum etwas, wozu ich am Montagabend weniger Lust hatte, als zu der Präsentation von Damian Selingers Buch *Ich, Ich, Ich: Plädoyer für den Egoismus* zu gehen. Schweigend zog ich mich um und nickte nur oder gab passende Geräusche von mir, wenn Sebastian mit mir sprach. Körperlich befand ich mich zwar mit Sebastian im Schlafzimmer, aber innerlich war ich ganz woanders. In meinem Kopf hatte sich die Sorge eingenistet, was Rod Firsden als Nächstes tun mochte, und sie ließ sich nicht vertreiben. Mittlerweile waren vierundzwanzig Stunden vergangen, seit er mir am Sonntagmorgen die erste Nachricht hinterlassen hatte, dass ich sofort zu ihm kommen solle. Seitdem hatte er drei weitere Nachrichten auf meine Mailbox gesprochen und mit jeder schien seine Liebe zu mir nur noch zu wachsen. In seiner letzten Nachricht hatte er gesagt, er sei bereit, für mich zu sterben, wenn es sein müsse.

Ich konnte mich nicht überwinden, den zuständigen Stellen am Summerton mitzuteilen, was ich inzwischen wusste. Ich würde Rod wohl sagen müssen, dass es zwischen uns aus war und er das Stipendium annehmen solle. Mir drehte sich alles im Kopf, wenn ich darüber nachdachte, wie viel sich in den letzten vierundzwanzig Stunden verändert hatte. Hätte mich am Tag zuvor jemand danach gefragt, ich hätte behauptet, dass ich alles dafür tun würde, Sebastian in der De La Wyche Fehde zum Sieg zu verhelfen.

»Lass uns ein Taxi zur Buchhandlung nehmen«, sagte ich. »Wenn wir schon zuhören müssen, wie Damian selbstgefällig aus seinem Wie-werde-ich-ein-Scheißkerl-Handbuch vorliest, können wir uns wenigstens umsonst mit Wein voll laufen lassen.« Ich konnte mir förmlich vorstellen, dass Rod wie ein Wahnsinniger durch Cambridge raste und meinen Wagen suchte. Es war zu riskant, an diesem Abend zu fahren. Falls Rod uns über den Weg laufen sollte, würde er uns bestimmt ansprechen und eine Szene machen. Die Aussicht war zu schrecklich, als dass ich auch nur daran denken wollte.

»Weißt du, dass er ein Foto von sich auf dem Cover hat?«, fragte Sebastian. »Eine Großaufnahme von ihm, mit einem schleimigen, arroganten Grinsen im Gesicht.«

»Wirklich?« Das hörte sich nach einem ähnlichen Foto an, wie ich es von ihm auf Rods Nachttisch gesehen hatte. »Kommt auf dein Buch auch ein Foto von dir?«, versuchte ich zu scherzen.

»Nein, ich glaube, ein Foto von Lenin würde besser passen. Aber mein Buch heißt ja auch nicht: *Ich, Ich, Ich.*«

»Er hätte drei Fotos von sich auf die Titelseite machen sollen, um die Wiederholung im Titel zu illustrieren.«

»So genau müssen Titelbilder nun auch wieder nicht sein. Du bist wirklich pedantisch«, sagte Sebastian.

Schon als unser Taxi vor der Buchhandlung Heffers hielt, war mir klar, dass es ein grauenhafter Abend werden würde – wie grauenhaft er sich dann tatsächlich gestaltete, war mir allerdings nicht klar. Da die gesamte Schaufensterfront voller Plakate für Damians Buch war, starrte uns als Erstes in ungefähr dreißig Exemplaren unterschiedlicher Größe das schleimige, arrogante Grinsen an, das Sebastian so gut beschrieben hatte.

Als wir in die Buchhandlung kamen, schwenkte eine junge Frau in Heffers-T-Shirt zwei leere Weingläser vor unserer Nase und fragte. »Rot oder weiß?« Wir nahmen jeder ein Glas Weißwein und schlenderten zu der Gruppe von Summerton-Leuten, die sich an der Kasse sammelten. Mir fiel auf, dass die Definition der »Summerton-Leute« sich änderte, je nachdem, wo man gerade war. Im College galten Sebastian und ich als Außenseiter – und fühlten uns auch so –, aber bei Heffers, wo es nur zwei Kategorien von Menschen gab, nämlich die Heffers-Leute und die Summerton-Leute, gehörten wir nach dem Ausschlussverfahren zur Summerton-Gruppe.

»Selinger, du Schleimer, warum hast du nicht gleich für dein Buch ein Foto genommen, auf dem du dir einen runterholst?«, fragte Lloyd Lunnon lautstark. Damian wurde rot und Bryony machte beschützend eine finstere Miene. Offensichtlich war ihre große Liebe noch in vollem Gange, allen Zynikern zum Trotz, die wie ich behauptet hatten, sie würde keine zweite Woche überleben. Bryony war von Kopf bis Fuß beigefarben gekleidet, was ich sehr beunruhigend fand. Konnte sie Damian nicht lieben, ohne sein Beige zu übernehmen? Nebeneinander sahen sie einfach lächerlich aus, wie zwei Kamele. Bryony winkte mir grinsend zu, aber ich tat, als hätte ich sie nicht gesehen.

Ich bemerkte Daphne Fielding, die sich in der Hardcover-Roman-Abteilung mit Sir Patrick Chichester, dem Rektor von Summerton, unterhielt. Selbst auf diese Entfernung war zu erkennen, dass sie mit ihm flirtete. Sie hielt ein Glas Rotwein in der Linken und strich beim Sprechen mit dem rechten Zeigefinger über den Rand des Glases. Ich stellte mich bewusst in ihr Blickfeld. Als sie mich sah, wandte sie sich abrupt ab. Ich rückte noch näher, beobachtete sie noch für ein Weilchen und merkte, dass sie meine Gegenwart spürte, weil ihre Flirttechnik schlechter wurde. Sie stellte ihr Glas unsanft auf ein Regal und verschränkte die Arme. Mein Anblick hatte ihr die romantische Stimmung verdorben. Allerdings glaubte ich nicht, dass es ihre Chancen verringerte, die Geliebte des Rektors zu werden. Sir Patrick war viel zu sehr damit beschäftigt, auf ihren Ausschnitt zu starren, um ihre zuckende Lippe zu bemerken.

Schweigend trank ich meinen Wein und atmete ruhig und beherrscht durch. Wer mich sah, hätte niemals vermutet, dass ich in Gedanken über sie herfiel. Daphne nahm Patricks Arm und zog ihn von den Hardcover-Romanen zum Horror hinüber. Ich schlenderte zu der Stelle, wo sie vorher gestanden hatten, und nahm Daphnes Weinglas. Da sie es offensichtlich vergessen hatte, war es doch sehr rücksichtsvoll, es ihr zu bringen ... Ich ging zu ihr und reichte ihr das Glas. »Sie haben Ihren Kognak vergessen, Sir Wilfrid«, sagte ich. Das war der letzte Satz aus *Zeugin der Anklage*. Vielleicht lautete er auch andersherum: »Sir Wilfrid, Sie haben Ihren Kognak vergessen.« Jedenfalls ließ heftiges Schlucken Daphnes Kehle beben wie Ton auf einer Töpferscheibe. Grinsend ging ich davon.

»Kate!« Ethan Handley kam zu mir, eine Hand in der Hosentasche. »Das war gestern ein interessanter Anruf. Warst du in letzter Zeit noch in anderen Schlafzimmern?« Er trug einen makellosen dunkelgrauen Anzug, der seine umwerfende Blondheit perfekt ergänzte. Bei einem anderen hätte ich vermutet, dass dieser Anzug eine schöne Stange Geld gekostet hatte, aber in diesem Fall war es wahrscheinlicher, dass eine Verkäuferin in dem Designerladen, aus dem er stammte, ihre Stelle riskiert und ihn für Ethan gestohlen hatte, weil sie in ihn verliebt war. Solche Dinge passierten Keithundethan ständig.

»Psst«, zischte ich und schaute mich um, ob Sebastian die Bemerkung gehört hatte.

»Ach, verstehe«, zwinkerte Ethan. »Na, na!«

Hinter mir tauchte Keith auf, der wie ein verführerischer italienischer Gangster aussah. Er hatte sein Haar glatt nach hinten gekämmt und trug einen schwarzen Anzug, wie oft zu besonderen Gelegenheiten. Keithundethan interessierten sich anscheinend nicht sonderlich für *Ich, Ich, Ich: Plädoyer für den Egoismus*. Das Besondere an diesem Abend war für sie vermutlich die Aussicht, später eine vollbusige Blondine (Ethans Typ) oder eine Brünette à la Carmen (Keith' Typ) zu umarmen. Sie hielten sich in ihren Affären immer strikt an diesen Farbcode und drangen nie in das Revier des anderen vor. Auf diese Weise hatten sie es geschafft, so lange Freunde zu bleiben und Partnerinnen abzuschleppen.

»Was hat Ethan mir da erzählt? Dieser Rod Firsden hat Fotos von uns in seinem Zimmer?«, fragte Keith laut. Ein zweites Mal schaute ich schuldbewusst über meine Schulter. Sebastian stand am anderen Ende des Ladens und unterhielt sich mit dem Unterquästor. Valerie Williams und Emily Lole kamen zusammen herein und blieben zögernd am Tisch mit den Getränken stehen. Beide wirkten bedrückt. Vielleicht hatte Valerie gar nicht kommen wollen, aber vom Rektor den Auftrag erhalten, Emily persönlich als ärztliche Aufsicht zu begleiten. Als ich mich gerade wieder Keithundethan zuwandte, hörte ich Emily in klagendem Ton meinen Namen rufen.

»Emily ruft dich«, sagte Ethan. »Und die zweite Mrs Selinger winkt dir auch zu.«

»Verwickele mich in ein Gespräch, ich will beiden aus dem Weg gehen.«

»Sehr klug«, sagte Keith. »Also, was ist mit diesen Fotos?«

»Ich hab mich geirrt. Vergiss es«, sagte ich leichthin. Keith nickte lässig, aber Ethan ließ sich nicht so leicht abspeisen.

»Inwiefern geirrt?«, fragte er. »In Bezug auf den Besitzer des Schlafzimmers oder auf die Personen auf den Fotos? Oder meinst du, du hast dich geirrt und die Fotos gar nicht gesehen? Hat sich das als Halluzination erwiesen?« Er kicherte.

»Ich habe mich einfach geirrt.« Ethan sah keineswegs zufrieden aus, wozu er auch allen Grund hatte, und wollte mir weitere Fragen stellen. Daher war ich Sebastian aus tiefstem Herzen dankbar, dass er ausgerechnet in diesem Augenblick mit einer unglaublich vollbusigen Blondine in einem kurzen, engen Rock herüberkam.

Sofort vergaß Ethan, was er hatte fragen wollen, und richtete seine Aufmerksamkeit auf den Neuankömmling. »Hallo. Ich bin Ethan Handley.« Er reichte ihr die Hand, die die Frau kichernd nahm. »Summerton. Molekularbiologie. Hi, Sebastian. Schön, dich zu sehen.«

»Das ist Camilla Pearson von Scholars Press«, sagte Sebastian. »Sie ist Damians Lektorin und jetzt auch meine. Das ist Keith Cobain und das ist meine Frau Kate.« Er nickte mir keineswegs subtil, sondern auffallend vielsagend zu, um mich zu erinnern – als ob ich das vergessen haben könnte –, dass sie die Frau war, die Lenin für eine Romanfigur gehalten hatte. Camilla Pearson schaute erst zu Keith, dann zu Ethan, dann wieder zu Keith, bevor sie sich endgültig für Ethan entschied. Kichernd und errötend sagte sie schließlich zu mir: »Hi. Gott, ist das schön, Sie kennen zu lernen!« Ich konnte nicht glauben, dass sie das ernst meinte. Sie wollte nur Zeit schinden, um sich eine Bemerkung auszudenken, mit der sie Ethan bewegen konnte, ihr auf der Stelle einen Antrag zu machen. »Sie können ja so stolz auf Sebastian sein! Das Buch ist toll, nicht?«

»Die Teile, die ich gelesen habe, sind gut«, sagte ich. »Aber ich habe nicht alles gelesen. Ich weiß nicht viel über die russische Revolution.« Und du auch nicht, hätte ich fast hinzugefügt, aber Camilla kam mir zuvor.

»Gott, ich wusste nicht mal, dass es sie überhaupt gegeben hat!«, kicherte sie und wackelte mit dem Hintern in Ethans Richtung. »Mir war gar nicht klar, dass Lenin, Stalin und Trotzki *echte* Menschen waren! Ich dachte, Sebastian hätte sie erfunden.« Ihre Brüste hüpften beim Lachen auf und ab. Ethan fand das Eingeständnis ihrer Unwissenheit offenbar lustig und ließ sich sogar dazu hinreißen, es als »brillant« zu bezeichnen. Camilla war von diesem Kompliment so überrascht, dass sie ihr Glück gar nicht fassen konnte und sich sicherheitshalber lieber wieder an mich wandte, bis sie sich eine Antwort zurechtgelegt hatte. »Und Sie sind auch Schriftstellerin?«

»Ich bin Fahrlehrerin.« Ich war gespannt, ob Camilla Pearson vorgeben würde, das interessant zu finden.

»Oh. Cool.« Sie klang alles andere als überwältigt.

»Haben Sie schon mal von der Fahrschule Red L gehört? Das ist Kate«, erklärte Ethan.

»Oh, wow!« Camilla machte große Augen. Da Ethan meinen Beruf durch eine Bemerkung geadelt hatte, wurde er plötzlich faszinierend. »Die habe ich schon oft gesehen. Und das sind wirklich Sie? Gott, Sie werden bestimmt mal ein berühmtes Paar, wenn Sebastians Buch erscheint!« Sie zwirbelte eine Haarsträhne um ihren Finger und schaute Ethan an.

»Wie heißt dein Buch, Sebastian?«, erkundigte sich Keith.

»*Lenin: Der Mann mit sieben Siegeln.*«

»O mein Gott! Mein Gott!«, kreischte Camilla.

»Was ist los?« Als wahrer Gentleman legte Ethan ihr eilfertig den Arm um die Schultern.

»Nein, nein, es ist alles in Ordnung. Ich hatte nur gerade eine wunderbare Idee! Sollen wir Ihr Buch nicht ›Das rote

L‹ nennen?«, flötete sie Sebastian zu. »Wie die Fahrschule Ihrer Frau! L für Lenin und – haben Sie nicht gesagt, dass er ein Linker war?«

»Ja«, sagte Ethan. Er und Keith grinsten sich verstohlen an, was ich als stillschweigende Übereinkunft auslegte, dass sie sie dumm, aber überaus vögelnswert fanden.

»Na, dann ist das ja geklärt!« Camilla strahlte uns an. Sebastian war aschfahl geworden.

»›Das rote L‹! Das hat viel mehr Biss als ... wie war es noch gleich?«

»Lenin, der Mann mit ...«, setzte Sebastian voller Hoffnung an.

»Sie können es nicht ›Das rote L‹ nennen«, sagte Keith lachend. »Dann wird niemand es ernst nehmen.«

»Ich finde den Titel cool. Wissen Sie, irgendwie einprägsam. Nicht zu lang. Geht leicht von der Zunge.« Camilla schaute Ethan Hilfe suchend an, aber er sah weg. »Was meinen Sie, Sebastian? Gefällt es Ihnen nicht?«

»Nein, ich finde es grässlich.«

»Und auf den Einband können wir ein Fahrschulzeichen mit einem großen, roten L machen!«, plapperte Camilla weiter. »Das Foto von diesem kahlköpfigen Kerl hat mir nie gefallen.«

»Lenin«, knirschte Sebastian.

»Ein Fahrschulzeichen mit einem L wäre viel lustiger«, erklärte Camilla.

»Aber das Buch handelt von Lenin, nicht von Fahrschulen«, fuhr Sebastian sie an.

»So präzise müssen Einbände nicht sein. Sei doch nicht so pedantisch«, mischte ich mich boshaft ein.

»Auf keinen Fall«, erklärte Sebastian. »Lieber verbrenne ich das Ding.«

»O Mann.« Camilla lachte nervös. »Na ja, darüber können wir später noch reden. Aber denken Sie mal drüber nach. Ihr Titel klingt so verknöchert! Aber jetzt sollte ich erst mal diese Präsentation in Gang bringen. DARF ICH UM IHRE AUFMERKSAMKEIT BITTEN!«, brüllte sie so laut, dass uns allen, die wir das – keineswegs nur akustische – Pech hatten, in ihrer Nähe zu stehen, fast die Trommelfelle platzten. »Wenn jetzt bitte alle etwas näher kommen, liest Damian aus seinem neuen Buch. *Ich, Ich, Ich: Plädoyer für den Egoismus*. Anschließend signiert er seine Bücher – die Sie hoffentlich massenweise kaufen – und dann können wir noch etwas trinken. Cool! Sie da hinten, kommen Sie bitte weiter vor, die Lesung fängt gleich an.«

Alle drehten sich zu den Spätankömmlingen um, die sich schuldbewusst weiter nach vorn schoben. Einer von ihnen war Rod Firsden. Vor Schreck ließ ich fast mein Weinglas fallen.

»Das ist Rod Firsden.« Sebastian stieß mir in die Rippen. »Dieser Mistkerl! Ich wette, er nimmt die Stelle, nur damit ich sie nicht kriege.«

»Wo ist er?« Ethan schaute sich um. Ich versetzte ihm verzweifelt einen Stoß, worauf er mir beruhigend zuzwinkerte, um mir zu zeigen, dass Sebastian durch ihn nichts von meinem Ausflug in Rods Schlafzimmer erfahren würde. »Der Bursche mit Bart und Brille? Er kommt mir zwar bekannt vor, aber ich bin ihm noch nie begegnet.« Ich hoffte, dass Rods Anblick nicht erneut Ethans Neugier über meinen Anruf und die Fotos wecken mochte.

Rod und die übrigen Spätankömmlinge schlossen auf der rechten Seite zu der versammelten Zuhörerschar auf. Zum Glück sah er mich nicht, da ich auf der anderen Seite des Ladens stand. Ich versteckte mich hinter Ethan, wo ich zumindest bis zum Ende der Lesung in Sicherheit war. Das war zwar nicht gerade ein perfekter Plan, aber das Beste, was mir im Augenblick einfiel. Ich spielte mit dem Gedanken, eine plötzliche Übelkeit vorzutäuschen und zu gehen, hätte aber die Buchhandlung wohl kaum verlassen können, ohne von Rod gesehen zu werden. Da alle in schweigender Ehrfurcht dastanden und darauf warteten, dass das beigefarbene Orakel zu lesen begann, hätte jede noch so kleine Bewegung sofort Aufmerksamkeit erregt.

»Ich habe das große Vergnügen, Ihnen Dr. Damian Selinger vorzustellen! Er liest nun aus seinem faszinierenden Buch«, jubelte Camilla lautstark und klang wie ein DJ von Radio One.

Damian schlurfte nach vorn und schwang ein Exemplar von *Ich, Ich, Ich.* »Vielen Dank«, sagte er und blickte in Bryonys Augen. »Aber ich bin nicht bereit, auch nur ein Wort zu lesen, bevor mein Glas nicht nachgefüllt ist«, bellte er Camilla an und deutete mit dem Kopf auf sein leeres Weinglas. Bryony zitterte und hatte Tränen in den Augen. Sie litt ganz offensichtlich unter einer ziemlich unappetitlichen Art von Verrücktheit. Ich konnte sie mir ohne weiteres bei Ritualen vorstellen, bei denen Jungfrauen auf Dorfplätzen geopfert wurden, und das ist nie ein gutes Zeichen.

»Ich werde nicht lange lesen, weil ich mich lieber besaufe«, erklärte Damian fröhlich.

»Egoistischer Kerl«, rief jemand von hinten.

»Genau«, bestätigte Damian. »Wir sind alle Egoisten und das ist im Wesentlichen das Thema meines Buches. Ich werde aus der Einleitung vorlesen, weil das der einzige Teil ist, dem die meisten von Ihnen noch folgen können. Später wird die Argumentation ziemlich anspruchsvoll.« Er räusperte sich und las:

»In der westlichen Gesellschaft wird in der Regel zwischen selbstsüchtigem und selbstlosem Verhalten unterschieden. Lassen Sie mich diese Begriffe sofort definieren. Als selbstsüchtiges Verhalten gilt jedes Handeln, das ausschließlich oder hauptsächlich den eigenen Interessen dient, ungeachtet der Auswirkungen, die es auf andere hat. Umgekehrt bedeutet selbstloses Verhalten ein Handeln, das die Bedürfnisse und Gefühle anderer vor die eigenen stellt. Das Erstere gilt allgemein als schlecht, das Letztere als gut. Ein Mensch, dessen Verhalten häufiger in eine dieser beiden Kategorien fällt als in die andere, wird entsprechend als selbstsüchtig oder selbstlos bezeichnet. Selbstlosigkeit kann nach allgemeiner Auffassung dazu führen, dass man eigene Bedürfnisse für einen anderen Menschen aufgibt.«

Ich bemühte mich, ruhig zu bleiben, und war Damian ungemein dankbar, dass er uns allen zu erklären versuchte, was wir ohnehin schon wussten. Ich hoffte, dass er noch lange so selbstverständliche Begriffe wie selbstsüchtig und selbstlos definieren würde, weil mir dann mehr Zeit bliebe, mir einen lebensrettenden Plan zurechtzulegen. Ich widerstand der Versuchung, mich der Panik hinzugeben, und redete mir ein, dass diese Situation – Sebastian, Rod und ich in derselben Buchhandlung – nur potentiell, aber nicht zwangsläufig eine Katastrophe war, und ging im Kopf verschiedene mögliche Vorgehensweisen durch.

Damian las weiter:

»In diesem Buch möchte ich – meiner Ansicht nach schlüssig – beweisen, dass unser Konsens über die Unterscheidung zwischen selbstsüchtigem und selbstlosem Verhalten auf einer Fehleinschätzung beruht und dass jedes Verhalten – das Verhalten aller Menschen, die aus freiem Willen handeln – in Wahrheit selbstsüchtig ist. Mir ist klar, dass diese Sicht nicht sofort auf Beifall stoßen dürfte, daher wäre es dumm, nicht mit einem gewissen Maß an Kritik zu rechnen. Ein Teil dieser Kritik wird von Moralphilosophen kommen, die nicht mit den logischen Prämissen und den Prämissen der Beweisführung einverstanden sind, auf die ich meine These stütze – lassen Sie mich schon jetzt sagen, dass ich überzeugt bin, all ihre Fragen mehr als zufrieden stellend beantworten zu können. Vor allem rechne ich aber mit Kritik von jenen, die meine Argumentation nicht akzeptieren wollen, weil sie eine Bedrohung für ihr Selbstverständnis darstellt.

Das muss sie jedoch nicht zwangsläufig sein. Das Wort ›selbstsüchtig‹ hat seinen negativen Beiklang nur in der gegenwärtigen moralischen Sprache unserer Gesellschaft, wo sein Gegenteil, ›Selbstlosigkeit‹, einen vermeintlich tugendhaften Gegenpol bildet. In diesem Buch vertrete ich die These, dass wir den Begriff ›Selbstsucht‹ von seinem moralischen Ballast und seinem gegenwärtig ethisch überfrachteten Gebrauch befreien sollten, da jedes menschliche Verhalten und jede Entscheidung selbstsüchtig ist und dies sich unserer Kontrolle entzieht und in absehbarer Zukunft auch so bleiben wird.«

Während Damian las, rückte ich unauffällig von Sebastian und Keithundethan ab und begab mich näher zu Rod. Ich hatte einen Plan gemacht, und um ihn umzusetzen, musste ich genau an der richtigen Stelle stehen, wenn Damian zu lesen aufhörte. Niemand achtete auf mich. Alle waren gefesselt von der Klugheit des beigefarbenen Egos. Ein paar Leute murmelten kopfschüttelnd etwas von Barbarei.

Damian blätterte eine Seite um und las weiter:

»Vereinfacht ausgedrückt, lautet meine These: In einer Situation, in der Menschen sich vor die Wahl zwischen verschiedenen Handlungsmöglichkeiten gestellt sehen, entscheiden sich ausnahmslos alle für die Handlungsweise, die sie am meisten wollen, die ihnen am besten gefällt und die ihre instinktiven Bedürfnisse am besten befriedigt. Schon jetzt ist darauf hinzuweisen, dass dieses Buch sich nicht mit den Konsequenzen des Handelns befasst, sondern nur mit der zugrunde liegenden Motivation. Es liegt auf der Hand, dass ein Mensch, der ständig sein Bedürfnis befriedigt, seine Nachbarn auszurauben und zu betrügen, als schädlicher gelten kann – und praktisch eher eingesperrt werden muss – als jemand, der ständig sein instinktives Bedürfnis befriedigt, den Armen zu helfen und Werke der Barmherzigkeit zu tun. Ich hoffe, wir sind uns alle einig, dass Letztere produktivere und kooperativere Staatsbürger abgeben. Dieses Buch vertritt indes die These, dass ihr Handeln insofern ebenso selbstsüchtig ist, als es dem entspringt, was dem Handelnden die größte Befriedigung verschafft. Ich bin überzeugt, durch eingehende Forschung und ausgedehnte Interviews mit Menschen, die unsere Gesellschaft als ›Wohltäter‹ und ›Übeltäter‹ bezeichnet, bewiesen zu haben, dass kein Mensch jemals die Bedürfnisse anderer über seine eigenen stellt, indem er auf eine Weise handelt, die gegen seine eigenen Wünsche gerichtet wäre.«

»Selinger, das ist der größte Haufen Scheiße, den ich in meinem Leben gehört habe!«, brüllte Lloyd Lunnon, worauf einige Zuhörer kicherten.

»Jetzt ist noch nicht der Zeitpunkt, Fragen zu stellen«, warf Camilla besorgt ein und sah Damian an.

»Schon gut.« Er grinste Lunnon herablassend an. »Ich habe mit Zwischenrufen und auch mit wütenden Reaktionen gerechnet.«

»Dann dürften Sie wohl kaum enttäuscht werden«, murmelte jemand hinter mir.

»Beziehen wir das Publikum ein.« Damian rieb sich begeistert die Hände. Er genoss es offensichtlich, im Rampenlicht zu stehen. Bryony glühte vor Stolz und strahlte ihn voller Bewunderung an. »Wer glaubt, jemals etwas wirklich Selbstloses getan und die Bedürfnisse anderer vor die eigenen gestellt zu haben, soll die Hand heben.«

»Ich«, erklärte eine trotzige Frauenstimme. Die vordere Hälfte des Publikums, zu der auch Rod gehörte, drehte die Köpfe, um zu sehen, wer den Mut aufgebracht hatte, Selingers Egoismus-These infrage zu stellen. Ich duckte mich hinter meinen großen Vordermann, damit Rod mich nicht sah. »Ich. Das tue ich sogar häufig«, erklärte Valerie Williams.

»Nennen Sie mir ein Beispiel«, forderte Damian sie auf.

»Gut ... ich verzichtete einmal auf einen Urlaub, auf den ich mich sehr gefreut hatte, weil meine beste Freundin am Tag vor meiner geplanten Abreise von ihrem Mann verlassen wurde. Ich hätte es dringend nötig gehabt, zu fahren und mich in der Sonne zu aalen, weil ich seit Jahren keinen richtigen Urlaub mehr gemacht hatte, aber ich stornierte die Buchung und verlor sogar meine Anzahlung.« In der Menge entstand halb bewunderndes, halb mitleidiges Gemurmel.

»Warum haben Sie das getan?«, fragte Damian.

»Weil meine Freundin mich brauchte«, sagte Valerie. »Ich habe ihre Bedürfnisse vor meine gestellt.«

»Das ist nicht wahr. Sie mögen es zwar für wahr halten, aber das ist es nicht. Sie glauben, Sie hätten sich zwischen den beiden folgenden Möglichkeiten entschieden: (a) einen schönen Urlaub in der Sonne zu verbringen oder (b) zu Hause zu bleiben und sich das Gejammere und Geheule Ihrer Freundin anzuhören. Wenn es tatsächlich um diese beiden Optionen gegangen wäre und Sie sich für (b) entschieden hätten, würde ich Ihnen Recht geben, dass Sie sich selbstlos verhalten haben.« Damian machte eine wirkungsvolle Pause. »Aber darum ging es gar nicht!« Er hob mahnend einen Finger, als wäre Valerie ein ungezogenes Schulmädchen. »In Wahrheit lautete die Entscheidung: (a) einen schönen Urlaub in der Sonne zu verbringen oder (b) eine gute Freundin zu sein. Sie wollten zwar in Urlaub fahren, aber das war Ihnen nicht so wichtig, wie eine gute Freundin zu sein. Wenn Sie die Bedürfnisse Ihrer Freundin ignoriert hätten und ohne Rücksicht auf sie gefahren wären, hätte das Bewusstsein, eine schlechte Freundin zu sein, Ihnen den Urlaub verdorben. Ihre Freundin hätte sich im Stich gelassen gefühlt und Sie hätten ihre Freundschaft verloren. In Wahrheit haben Sie also gedacht: Was würde mich unglücklicher machen: auf den Urlaub zu verzichten oder eine langjährige Freundschaft zu verlieren? Einen Urlaub zu verpassen mag ärgerlich sein, aber eine Tragödie ist es nicht. Schließlich können Sie jederzeit in Urlaub fahren, während eine verlorene Freundschaft wesentlich schwerer zu verkraften ist, zumal wenn Sie selbst daran schuld sind. Mit dieser Schuld hätten Sie leben müssen und hätten zudem eine mögliche Stütze verloren, falls Sie selbst einmal in Schwierigkeiten geraten sollten. Sie haben also eine rationale Entscheidung aus Eigeninteresse getroffen, gestützt auf das, was Sie selbst langfristig glücklicher machen würde.«

»Aber sie hat doch die Bedürfnisse ihrer Freundin vor ihre eigenen gestellt!«, rief eine hagere Frau mit großer, roter Brille.

»Nein, das hat sie nicht«, erklärte Damian geduldig. »Was sie vor allem wollte und brauchte – was viele von uns vor allem wollen und brauchen –, ist, uns für gut, moralisch und selbstlos halten zu können. Für viele ist das eine unabdingbare Voraussetzung, um glücklich zu sein. Insofern, als ihr Handeln positive Auswirkungen für andere hat, mögen sie durchaus Gutes tun, aber im Grunde befriedigen sie nur ihre eigenen Bedürfnisse und Triebe, indem sie das tun, was sie wollen.«

»Willst du damit sagen«, warf Sebastian ein, »dass moralisch kein Unterschied besteht zwischen jemandem, der, sagen wir, Menschen umbringen will und es auch tut, und jemandem, der Menschen helfen will und es tut?« Sein Ton ließ deutlich erkennen, dass er von dieser Argumentation nicht viel hielt, falls Damian sie tatsächlich vertreten sollte.

»In Hinblick auf den Schaden, den sie anrichten, gibt es einen Unterschied, aber der eine ist nicht selbstsüchtiger als der andere, oder disziplinierter im Sinne einer Kontrolle über sein Handeln«, antwortete Damian. »Es ist einfach so, dass manche Gutes tun wollen und andere Böses. Und in dem Maße, wie wir uns unsere Instinkte nicht selbst aussuchen, sondern sie einfach haben, ob es uns passt oder nicht, in dem Maße ließe sich argumentieren, dass der Mörder nicht tadelnswerter ist als der Wohltäter. Einem Menschen vorzuwerfen, dass er seinen Instinkten folgt, wäre nur dann sinnvoll, wenn sich beweisen ließe, dass es möglich ist, *gegen* seine instinktiven Bedürfnisse zu handeln. Und ich bin überzeugt, das lässt sich nicht beweisen. Menschen sind nicht imstande, gegen ihre eigenen instinktiven Bedürfnisse zu handeln, gleichgültig, ob sie nun Wohltäter oder Mörder sind.«

»Was für ein ausgemachter Blödsinn!«, schrie Lloyd Lunnon. »Rektor! Wo sind Sie, Rektor?« Er wirbelte herum, bis er Sir Patrick Chichester entdeckt hatte. »Wenn Sie das instinktive Bedürfnis verspüren, dieses verkommene Subjekt in die Schlange vor dem Arbeitsamt zu schicken, schlage ich vor, dass Sie dem sofort nachgeben.«

»Also, wo wir gerade von Wohltaten reden, ich glaube,

ein Glas Wein würde uns allen gut tun«, schlug Camilla nervös vor. »Machen wir eine Viertelstunde Pause, danach kann Damian weitere Fragen beantworten und seine Bücher signieren.«

»Meinen Arsch kann er signieren«, sagte Llyod Lunnon.

In dem allgemeinen Gedränge, das nun entstand, fiel es mir leicht, durch die Menge zu schlüpfen und mich Rod von hinten zu nähern. Ich legte ihm die Hand auf den Mund und flüsterte ihm ins Ohr: »Psst, ich bin's. Keinen Mucks und mach keine Szene.« Sobald ich sicher war, dass er nicht schreien würde, ließ ich ihn los.

Er drehte sich um und flüsterte aufgeregt: »Kate!« Seine Begeisterung, mich zu sehen, machte es mir noch schwerer, ihm das zu sagen, was ich ihm gleich sagen musste. »Was soll die Geheimniskrämerei? Was machst du hier?«

»Hör zu, wir müssen miteinander reden, aber nicht hier. Wir treffen uns in fünf Minuten im Blue Boar unten an der Straße.«

»Aber ... was machst du hier, bei einer Summerton-Präsentation?«

Ich schaute mich um, ob Sebastian noch in sicherer Entfernung stand. »Was machst du denn hier?«, antwortete ich mit einer Gegenfrage.

»Valerie Williams hat mich eingeladen, als sie anrief, um mir die Stelle anzubieten. Kate, warum bist du nicht gekommen? Hast du meine Nachrichten denn nicht gehört? Ich muss dem Summerton meine Entscheidung über das De La Wyche mitteilen und das kann ich nicht, bevor ich nicht mit dir gesprochen habe.«

»Im Blue Boar. In fünf Minuten.« Ich wandte mich ab.

»Warum im Blue Boar? Ich will jetzt mit dir reden, hier!« Rods Stimme wurde lauter.

Mir fiel nur eine Möglichkeit ein, ihn zum Schweigen zu

bringen. »Rod, ich weiß über dich Bescheid. Und du musst über mich Bescheid wissen. Deshalb können wir hier nicht reden. Ich versichere dir, du willst bestimmt nicht, dass jemand vom Summerton mitbekommt, was ich dir zu sagen habe.« Unter dem Kakaobutterglanz wurde sein Gesicht kreidebleich. Er rieb sich die Nase und rückte seine Brille zurecht. »Bist du kurz- oder weitsichtig?«, fragte ich.

»Wa... was?«

»Keins von beidem, stimmt's? In der Brille ist nur ganz gewöhnliches Fensterglas, oder?«

»Nein«, sagte er, aber ihm brach der Schweiß aus. »Ich bin kurzsichtig.«

»Dann lass mich die Brille aufprobieren.«

»Warum? Nein.« Er wich einen Schritt zurück. »Was hast du damit gemeint, dass du über mich Bescheid weißt?«

»Ich weiß, dass du Fernando Rose bist.«

Kapitel 46

Lebenslauf: Rod Firsden

Name:

Nahm im März 1997 den Namen Rod Firsden an, heißt aber rechtlich nach wie vor Fernando Rose. Hatte vor, seinen Namen auch urkundlich zu ändern, sobald er als Rod das Stipendium bekäme und die monatlichen Zahlungen vom Summerton College mit dem offiziellen Ende des dreijährigen Stipendiums am 1. Oktober 1998 nicht mehr auf dem Bankkonto von Fernando Rose eingingen. Entschied sich für den Namen Rod, weil das Gedicht *Seufzen und Stöhnen* von George Herbert die Zeile enthält: »*Thou art both Judge and Saviour, Feast and Rod, Cordial and Corrosive – Denn Richter und Erlöser, Fest und Joch/Bist du, Herrscher über Leben und Tod/erquickend und verzehrend.*« Da Fernando die üppigen Festessen am Summerton College besonders gefielen, suchte er sich den Namen aus, der für ihn untrennbar mit dem Wort »Fest« verknüpft war.

Adresse:

Flat 1, 48 Sterling Road, Cambridge. Gegenüber von Vincent Strebonian, mit dem er kein Verhältnis hat oder je hatte. Ihre Beziehung basiert ausschließlich auf einem Arzt-Patienten-Verhältnis. Die Hand, die aus Fernando Roses Gesicht das von Rod Firsden machte, war dieselbe, die

»Parkverbot« auf den Asphalt malte, und zwar mit der gelben Farbe, die von dem Gemälde »Eiter auf einer Wunde« seiner verstorbenen Frau Edna übrig geblieben war. Als ich Zeugin wurde, wie Strebonian über Rods Wange strich, interpretierte ich fälschlich die professionelle Berührung des Arztes als Zärtlichkeit eines Liebhabers. Als ich am Sonntagmorgen zu Rod kam, war er nicht zu Hause, weil seine Haut sich straffer und trockener anfühlte als sonst, obwohl er sie mit Kakaobutter eingerieben hatte (nach der Operation hatte er aus ständiger Angst vor den Nebenwirkungen des Eingriffs sein Gesicht regelmäßig mit Feuchtigkeitscreme behandelt). In Panik lief er zuerst in die Apotheke, um sich eine bessere Hautcreme zu besorgen, und dann zu Vincent Strebonian, um fachmännischen Rat einzuholen. Vincent sah sich Rods Gesicht zuerst auf der Straße an (was ich beobachtete) und dann eingehender in seiner Praxis und versicherte ihm, dass alles in Ordnung sei.

Vincent Strebonian gilt zu Recht als Experte auf seinem Gebiet. Ungeachtet seines Verstorbene-Ehefrau-Komplexes ist er ein ungemein kluger Kopf, der geistig immer noch so klar ist wie vor fünfzig Jahren. Dass er verständnislos reagierte, als ich Rods Namen erwähnte, hatte nichts mit reduzierten Gehirnzellen zu tun, sondern lediglich mit der Tatsache, dass er in Gedanken anderswo war und seinen jüngsten Patienten hauptsächlich unter seinem richtigen Namen, Fernando Rose, kannte. Rod hatte ihm zwar vor der Operation seinen neuen Namen genannt, aber da Vincent Strebonian ihn nie benutzt hatte, war er ihm entfallen.

Rods Operation war erfolgreich und ohne Komplikationen verlaufen, aber er litt dennoch unter panischer Angst, dass seine gesamte Gesichtshaut eines Tages schrumpeln und abfallen könnte wie bei einer gekochten Tomate und nur eine undefinierbare Masse rohen Fleisches übrig bliebe.

Vincent Strebonian hatte dafür ebenso viel Verständnis wie Rod für die ähnlich irrationale Angst des Arztes, dass Leute vor seiner Einfahrt parken könnten. Rod war besessen von dem De La Wyche Stipendium, Vincent Strebonian war besessen davon, durch seine Gardinen die Sterling Road zu beobachten und über etwaige Übeltäter herzufallen. Beide Männer respektierten die Schwächen des anderen und hatten sich angefreundet.

Als Rods (oder Fernandos, wie er damals noch hieß) missliche Stipendiums-Lage für ihn unerträglich wurde, las er zufällig in den *Cambridge Evening News* von Vincent Strebonians misslicher Lage, die unter der Überschrift »Falschparken bricht Schönheitschirurgen das Herz« geschildert wurde. In dem Artikel wurde Strebonian zitiert: »Ich werde diesem Autofahrer nie verzeihen, solange ich lebe. Wenn ich könnte, würde ich ihn umbringen. Es wäre mir völlig egal, wenn ich dafür ins Gefängnis müsste.« Vincent Strebonians Leid erinnerte Rod an sein eigenes und brachte ihm darüber hinaus die Schönheitschirurgie als Fachgebiet ins Bewusstsein, wenn auch noch recht unspezifisch.

Sobald Fernando seinen Plan ausgearbeitet hatte, suchte er Strebonian auf, schilderte ihm sein Elend in den düstersten Farben und bat um eine Operation. Als Leidensgenosse hatte Vincent Strebonian zwar volles Mitgefühl, erklärte Fernando jedoch, er könne den gewünschten Eingriff nicht unter sechzigtausend Pfund vornehmen. Als Fernando das hörte, brach er fast zusammen. Er besaß zweitausend Pfund aus einem Bausparvertrag und hatte angenommen, das werde ausreichen. Unglücklich und verzweifelt ging er nach Hause in seine Summerton-Wohnung. An jenem Abend bekam er beim Essen in der Great Hall keinen Bissen herunter. Er starrte die Porträts sämtlicher Rektoren an, vor allem das von Grimshaw De La Wyche, den er wegen des von ihm gestifteten Forschungsstipendiums verehrte, zugleich aber auch verabscheute, weil er diese Stellung auf drei Jahre ohne Verlängerungsmöglichkeit befristet hatte.

Nun nahm der Plan seine endgültige Gestalt an. Am nächsten Tag suchte Fernando Vincent Strebonian erneut auf und bot ihm als Bezahlung dieses Gemälde an. Edna als Malerin hätte ein Originalgemälde von Edmund Noble jedem Geldbetrag vorgezogen, argumentierte er. Vincent Strebonian willigte unter Tränen ein. Fernando weihte ihn in seine Absicht ein, das Gemälde zu stehlen, obwohl er noch keine Ahnung hatte, wie er das anstellen sollte, da die Great Hall nie unverschlossen blieb. Strebonian imponierte Fernandos Entschlossenheit und so versprach er, das Gemälde niemandem zu zeigen und die gewünschte Operation durchzuführen. Wenn Edna wüsste, dass in der Garage neben ihren eigenen Gemälden ein echter Noble hinge, würde sie endlich in Frieden ruhen können, erklärte er.

Fernando wollte sich Nase und Kinn so operieren lassen, dass sie nichts Halbmondähnliches mehr hatten. Sein Gesicht sollte sich so weit wie möglich verändern. Strebonian versprach, dass nach dem Eingriff nur noch die Augen dieselben wären. Um keinerlei Risiko einzugehen, ließ Fernando sich einen Bart wachsen (der wegen der Hauttransplantationen anfangs ein bisschen räudig aussah, aber mit der Zeit voller wurde), trug eine Brille, die er nicht brauchte, änderte Haarfarbe und Frisur und seine Aussprache. Stundenlang übte er eine geschliffene Rundfunksprecherartikulation, um seinen Guildford-Arbeiter-Akzent abzulegen.

Eine Woche vor der Operation entdeckte Fernando in einer Wohnung auf der Sterling Road, gegenüber von Vincent Strebonians Praxis, ein Schild: »Zu vermieten«. Er nahm die Wohnung sofort, da er den Gedanken beruhigend fand, im Notfall seinen Schönheitschirurgen in der Nähe zu haben. Und als der Zeitpunkt gekommen war, nach einem angespannten Abend im Jive Hive mitten in der Nacht vom Summerton College zu verschwinden, tauchte er in dieser Wohnung unter.

Alter, Geburtsort, Qualifikationen und Schulabschlüsse:
Siehe Lebenslauf von Fernando Rose.

Beruflicher Werdegang:
Bis zum Erhalt des Forschungsstipendiums am Summerton College siehe Lebenslauf von Fernando Rose.

Sobald Fernando das De La Wyche Fellowship bekommen hatte, begann seine Schlaflosigkeit (die Rod dann übernahm). Sie war auch der einzige Grund, warum er am Abend des 21. März 1997 mit Keithundethan und Martine ins Jive Hive ging. Seine Freude über das Forschungsstipendium, das den Höhepunkt all seiner Träume und Ambitionen darstellte, hatte lediglich eine Woche angehalten. Fortan plagten ihn der Gedanke an die Vergänglichkeit seiner Stellung und die Tatsache, dass die College-Familie, die ihn so freundlich aufgenommen hatte, ihn bald verstoßen und enterben würde (wie er es empfand). Noch schlimmer war, dass sie an seiner Stelle einen anderen aufnehmen und diesen Eindringling – seinen Rivalen, der ihn verdrängt hatte – mit ihren Aufmerksamkeiten überhäufen würde.

Fernandos Angst, dass man seine List entdecken könnte, war nicht zu verwechseln mit Schuldgefühlen. Er hatte zu keiner Zeit ein schlechtes Gewissen, weil er gegen die De La Wyche Regeln verstieß. Er wusste, dass er nach Summerton gehörte, dass es ihm vom Schicksal beschieden war, der einzige De La Wyche Fellow zu sein, und dass er ein Recht darauf hatte, diese Stelle zu behalten, nachdem das College sie ihm einmal gegeben hatte. Die Vorstellung, dass alles Gute einmal endet, war ihm zutiefst zuwider und so empfand er es als reinste Folter, dass das Summerton College das Forschungsstipendium für begrenzte Zeit nacheinander an viele Menschen vergab, da somit alle drei Jahre eine arme Seele dazu verdammt war, das Beste zu verlieren, was sie je erhalten hatte, und emotionale Schäden davonzutragen. Für Fernando war das Stipendium eindeutig das Beste, was ihm je widerfahren war. Und so sagte er sich, dass man sich gegen Folter mit allen erdenklichen Mitteln zur Wehr setzen müsse.

Als Experte für englische Literatur kannte Fernando sich mit der Theorie des Eigentumsrechts nicht sonderlich aus, aber jemand wie Damian Selinger musste seiner Ansicht nach überzeugende Argumente dafür finden können, dass er nach einer gewissen Zeit moralisch und philosophisch mehr Besitzansprüche auf das Stipendium hatte als das College, da er seine Arbeit darin investiert hatte. Als Fernando Damian auf diese These ansprach – an dem Abend, an dem die Fotos entstanden, die schließlich auf Rods Nachttisch landeten –, stimmte Damian ihm zu: Die meisten Dinge könnten ihrem Besitzer nach drei Jahren nicht mehr weggenommen werden, wieso solle das De La Wyche da eine Ausnahme bilden? Und schließlich habe Fernando keinen Vertrag unterschrieben. Am Summerton bekamen nur fest angestellte Lehrkräfte einen Arbeitsvertrag. De La Wyche Fellows erhielten lediglich eine schriftliche Mitteilung, dass sie für die nächsten drei Jahre das Stipendium bekämen und ihre Bankverbindung angeben sollten, um die Zahlung der monatlichen Zuwendungen zu erleichtern. Da das College auf dieses Schreiben keine Antwort verlangt habe und Fernando diese Bedingungen nie explizit akzeptiert habe, könne er nach Damians Ansicht vertreten, er habe nie eingewilligt, die Stelle nach drei Jahren aufzugeben.

Als Fernando dies hörte, besserte sich seine Stimmung augenblicklich, bis Damian hinzufügte, das funktioniere jedoch nur auf einer abstrakt philosophischen Ebene. Praktisch nutze es ihm gar nichts und werde das College sicher nicht davon abhalten, im Oktober 1998 einen neuen De La Wyche Stipendiaten zu benennen und ihre Zahlungen an Fernando einzustellen.

Mit jedem Tag seiner Stipendiumszeit, der verstrich, wurde es Fernando elender zumute. Die zeitliche Befristung quälte ihn. Manchmal saß er ohne Licht bei geschlossenen Vorhängen in seiner Wohnung und zählte mit lautem Ticktack, Ticktack die Sekunden seiner ablaufenden Summerton-Zeit. Er arbeitete wie besessen und war so freundlich und kooperativ wie keiner seiner De La Wyche Vorgänger, nur weil er hoffte, dass irgendein einflussreicher College-Würdenträger vorschlagen möge, das Stipendium für ihn in eine dauerhafte Stelle umzuwandeln. Aber das geschah nicht.

Schließlich suchte er den damaligen Rektor auf, Sir Noel Barry, und machte ihm diesen Vorschlag selbst. Barry erklärte ihm, das verstoße gegen die Regeln, die Grimshaw De La Wyche vor langer Zeit selbst festgelegt habe. Fernando bat Sir Noel – ja er flehte ihn an –, eine Änderung der Regeln in Erwägung zu ziehen. Aber der Rektor lehnte mit der Begründung ab, eine Änderung der Regeln sei unter allen Umständen inakzeptabel. »Mit dem Ende dieses Studienjahres trete ich in den Ruhestand«, erklärte er überaus erleichtert, »und mein Nachfolger, Sir Patrick Chichester, wird sicher der Versuchung nicht widerstehen können, an unseren gesamten Traditionen und Überlieferungen herumzupfuschen, wie diese jungen, modernen Burschen es nun mal tun. Doch solange ich hier Rektor bin, kann ich Ihnen versichern, dass es keine Regeländerung geben wird.«

Der lindgrüne Zettel am schwarzen Brett brachte Fernando schließlich an den Rand seiner Leidensfähigkeit und zwang ihn, sich einen Plan zurechtzulegen. Der Aushang erschien am 18. Oktober 1996, kaum ein Jahr, nachdem Fernando seine De La Wyche Stelle bekommen hatte, und zwei Jahre vor Ablauf seines Stipendiums. Er sah den Zettel eines Tages auf dem Weg in die Great Hall: »De La Wyche Fellowship, 1998–2000. Bald muss die Suche nach einem Nachfolger für Fernando Rose beginnen. Lehrkräfte werden gebeten, sich nach hoch begabten Graduiertenstudenten umzusehen und dem Rektoratssekretariat ihre Vorschläge zu melden. Die Bewerbungsfrist endet zwar erst im Oktober des nächsten Jahres, aber wir sollten schon jetzt anfangen, über geeignete Nachfolger nachzudenken. Vielen Dank.« Diese grausam beleidigende Veröffentlichung war mehr, als Fernando ertragen konnte. Jeder, der am schwarzen Brett vorbeikam, würde über die Vergänglichkeit der Stellung von Fernando Rose Bescheid wissen und – was noch schlimmer war – ihr vermutlich gleichgültig gegenüberstehen.

Familienstand:
In einem schwachen Versuch, sich aufzuheitern, ließ Fernando sich auf eine Beziehung mit Emily Lole ein. Bei ihrer ersten Verabredung schauten sie sich im Warner-Brothers-Kino in Cambridge einen grauenhaften Zauberer-und-Kobold-Film an, weil Emily darauf bestanden hatte. In der Kinowerbung vor dem Film warb unter anderem eine Klinik für Schönheitsoperationen von »Brust, Nase, Gesicht« und »Laserbehandlung von Falten«. Sie erinnerte Fernando an den Artikel über den Tod der Malerin Edna Strebonian, deren Mann Schönheitschirurg war – ein Lichtstrahl am Horizont. In den nächsten beiden Stunden brütete er einen Plan aus und bekam so wenig von dem Film mit, dass er kaum etwas dazu sagen konnte, als Emily ihn hinterher nach sei-

ner Meinung fragte. Gegen Ende dieses Abends hatte er sich alles genau überlegt. Er würde vom Summerton verschwinden, sein Gesicht operieren lassen und sich als anderer Mensch erneut um das De La Wyche bewerben. Bis zum Ende der Bewerbungsfrist hatte er noch ein Jahr Zeit, die er ohne weiteres für ein paar Publikationen unter anderem Namen nutzen konnte. Nach der Operation würde er ohnehin das Haus für einige Monate nicht verlassen können, bis die Narben verheilt und die Schwellungen zurückgegangen waren und er sich der Welt als anderer Mensch präsentieren konnte. Seine Arbeit war von so hoher Qualität, dass die meisten Fachzeitschriften seine Artikel auch annehmen würden, wenn sie von einem Unbekannten kämen. Bei seiner Bewerbung für das Stipendium würde er ein Forschungsprojekt über die Dichtung von George Herbert einreichen und die denkbar besten Referenzen von einigen Literaturpäpsten in Oxford fälschen. Summerton verschickte die Formulare für die Referenzen zusammen mit den übrigen Bewerbungsunterlagen und jeder Bewerber hatte selbst dafür zu sorgen, dass sie ausgefüllt und zurückgeschickt wurden. Fernando hielt es für unwahrscheinlich, dass jemand die Referenzen überprüfen und merken würde, dass er sie selbst ausgefüllt hatte. Die meisten Lehrkräfte am Summerton zückten schon ihr Riechsalz, wenn auch nur der Name Oxford fiel. Er konnte sich nicht vorstellen, dass sie die Reinheit ihres College durch einen Dialog mit dieser schändlichen Institution besudeln würden.

Das Hauptproblem war, sicherzustellen, dass er das Stipendium ein zweites Mal bekam. Neben der Möglichkeit, dass dieses Mal die Konkurrenz stärker sein könnte, bestand das zusätzliche Problem, dass Summerton das Stipendium gerade erst einem Lyrikexperten gegeben hatte und womöglich geneigt war, das Fach zu wechseln. Aber Fernando konnte sich nicht zu der Ansicht durchringen, dass etwaige andere Kandidaten tatsächlich besser sein mochten als er. Welche Unsicherheiten und Ängste er auch haben mochte, von seiner Arbeit hatte er (zu Recht) eine überaus hohe Meinung. Und falls der Vergabeausschuss sich nicht von *ihm* beeindrucken ließe, dann sicher von George Herbert. Kein anderer Kandidat konnte mit seinem Thema George Herbert das Wasser reichen, davon war Fernando felsenfest überzeugt.

Und wenn er das Stipendium tatsächlich wieder bekäme, wäre ein neuer Rektor im Amt, der laut Sir Noel Barry einer Regeländerung leichter zugänglich wäre. Fast schaute Fernando seiner Zukunft optimistisch entgegen.

Emily war allerdings ein Problem, wie Fernando klar wurde, sobald er seinen Plan ausgeheckt hatte. Er musste sie so schnell wie möglich loswerden. Wenn er verschwinden wollte, war es am besten, so wenig Bindungen wie möglich zu haben. Doch als er versuchte, mit Emily Schluss zu machen, erklärte sie hysterisch, sie liebe ihn und könne ohne ihn nicht leben, und wie er ihr so etwas antun könne, nach allem, was sie durchgemacht hätten. Stirnrunzelnd überlegte Fernando, ob ihm wohl etwas entgangen sei. Seines Wissens hatten sie nicht mehr durchgemacht als einen Abend im Warner-Brothers-Kino. Mehrmals bemühte er sich, sie loszuwerden, anfangs taktvoll, später weniger. Sie weigerte sich jedoch, ihre Abfuhr hinzunehmen, und drängte sich ihm ständig auf. Tagsüber verfolgte sie ihn jammernd und klagend am College und abends stieg sie jammernd und klagend in sein Bett. Zuerst schlief er mit ihr, weil es einfacher war, doch bald entzog er ihr seine sexuelle Gunst, um sich ihrer ein für alle Mal zu entledigen. Aber statt dies zu begreifen, erzählte Emily all ihren Kollegen, sie seien verlobt. Sie drohte mit Selbstmord, was Fernando mit einem Hoffnungsschimmer erfüllte, machte ihre Drohung aber nicht wahr.

Fernando durfte nicht riskieren, dass über sein Privatleben zu viel getratscht wurde, denn allzu großes Interesse an seiner Person hätte dazu führen können, dass man nach seinem Verschwinden ernsthafte Nachforschungen anstellte. Wenn man Emily zu oft hinter ihm herweinen sähe, würde er in den Ruf geraten, das Objekt unerwiderter Liebe zu sein, was ihn möglicherweise auf eine Stufe mit den legendären Keithundethan heben konnte. Falls diese beiden je verschwinden sollten, wäre die weibliche Bevölkerung von Cambridge in ihrem Bemühen, sie aufzuspüren, stärker vereint als die Farben von Benetton. Fernando stählte sich also und ließ sich auf eine langweilige Beziehung mit Emily ein, weil er sie nur so daran hindern konnte, sie beide ins Rampenlicht zu rücken.

Allerdings wehrte er sämtliche Fragen Emilys nach seiner Familie, Herkunft und Vergangenheit ab, weil er keinerlei Hinweise hinterlassen wollte, keine auch noch so nebensächlichen Informationen, durch die sie ihn hätte aufspüren können. Ohnehin hatte er nicht mehr viel Kontakt zu seiner Familie, seit er gegen ihren Wunsch studiert hatte. Gelegentlich rief er sie an, hatte sie aber seit Jahren nicht gesehen. Solange er Emily keine Anhaltspunkte gab, die zu seiner Familie führten, brauchten seine Eltern also gar nicht zu erfahren, dass er Summerton verlassen und sein Gesicht hatte operieren lassen. Aber falls Emily bei seinen Eltern auftauchen und Geschrei um sein mysteriöses Verschwinden veranstalten sollte, würde seine Mutter sich Sorgen machen und ihn suchen, und das wollte er nicht.

Wenn nur Emily nach ihm suchte, durfte es ihm kaum gefährlich werden, weil sie durch ihre Hysterie völlig ineffektiv vorgehen und jeder vermuten würde, dass ihre Verrücktheit ihn vertrieben habe.

Das Porträt von Grimshaw De La Wyche zu stehlen erwies sich als einfacher, als er gedacht hatte. Als er am 22. März 1997 mitten in der Nacht aus dem Jive Hive kam, ging er in das Büro des Küchenchefs von Summerton, das er mit seinem Fellows-Schlüssel öffnen konnte, und durchsuchte Schränke und Schubladen, bis er die Ersatzschlüssel gefunden hatte. Den Schlüssel zur Great Hall erkannte er sofort – der kurze graue –, da er mehrmals gesehen hatte, wie der Küchenchef ihn benutzte. Fernando zog eine große Plastiktüte, die er beim Kauf seiner Bettdecke für die Wohnung in der Sterling Road bekommen hatte, aus seiner Jacke und brachte darin Grimshaw De La Wyche mitsamt seinen übrigen Habseligkeiten aus dem College fort. Auf der Summerton Lane hielt er ein Taxi an und fuhr davon, um sich in Rod Firsden zu verwandeln.

Der Diebstahl des Gemäldes wurde zwar der Polizei gemeldet, aber nicht aufgeklärt. Vielleicht hätte sie eingehender nach Fernando gesucht, wenn sie gewusst hätte, dass er und das Gemälde in derselben Nacht verschwunden waren, aber Fernandos Zimmermädchen, eine faule Frau ohne jede Loyalität gegenüber dem College, behielt es für sich, dass einer der Fellows, deren Zimmer sie sauber zu halten hatte, ausgezogen war. Als Fernandos Kollegen schließlich merkten, dass er fort war und zuletzt an dem Abend gesehen wurde, an dem Grimshaw De La Wyches Porträt verschwand, überlegten sie zwar, ob sie es der Polizei mitteilen sollten, entschieden sich aber dagegen. Sie hätten es irgendwie als illoyal gegenüber Fernando empfunden. Außerdem konnte keiner von ihnen glauben, dass er das Gemälde gestohlen hatte. Alle waren sich einig, dass er ein anständiger Kerl war.

Der einzige Trost, dass Fernando die letzten beiden Jahre seines Summerton-Stipendiums opfern musste, um vielleicht drei weitere zu gewinnen (möglicherweise sogar eine Anstellung auf Lebenszeit, falls er Sir Patrick Chichester bewegen konnte, die De La Wyche Regeln zu ändern), war, dass er Emily nicht länger ertragen musste. Er empfand dies als eine Wohltat, die eher einem herzerwärmenden Sonnenbad als einem Lichtblick gleichkam und Fernandos einziges Glück darstellte, während er sich unter Strebonians Messer legte, sich von der Operation erholte, als Rod Firsden Artikel schrieb und auch später noch, als er seine betrügerische Bewerbung für das De La Wyche Stipendium zusammenstellte und abwartete.

Veröffentlichungen:
»Herbert, Himmel und Hölle« (*World Literature Review*, 1997); »Die Bildersprache in George Herberts Dichtung« (*Journal of Literary Studies*, 1999); »Die Reue im Werk George Herberts« (*Poetry Affairs*, 1998).

Äußere Erscheinung:
Sieht völlig anders aus als Fernando, nachdem das Halbmondprofil von Nase und Kinn verschwunden ist und einige neue Accessoires – Bart, Brille, gewählte Sprache – hinzugekommen sind. Es ist erstaunlich, wie einige wenige, aber wesentliche Änderungen das Gesamtbild verändern können. Vor der Operation hatte Rod sich Sorgen gemacht, dass die Leute ihn sofort erkennen würden, weil seine Veränderung nicht stark genug ausfiel. Aber er erkannte sich selbst nicht wieder.

Sonstiges:
Kurz vor seinem Verschwinden erfuhr Fernando, dass Emily zum Vergabeausschuss für das nächste De La Wyche Stipendium gehörte. Anfangs machte er sich deswegen Sorgen. Wenn überhaupt jemand ihn erkennen würde, dann sie. Ihr musste auffallen, dass seine Augen dieselben waren. Ande-

rerseits, wie sollte sie auf eine solche Möglichkeit kommen? Falls sie etwas sagen sollte, würde er es glatt abstreiten, und da die Wahrheit so unwahrscheinlich war, würde man ihm glauben. Die anderen Ausschussmitglieder würden peinlich berührt hüsteln und sich für ihre geistesgestörte Kollegin entschuldigen.

Doch schon bald kam Fernando auf die Idee, Emilys Beteiligung am Vergabeverfahren zu seinem Vorteil zu nutzen, und dachte sich die Fotoreihe aus, die ihn letzten Endes verriet – zumindest mir.

Und was tat ich, da ich jetzt von Fernando/Rods Betrugsversuch wusste und in der Lage war, ihn sofort disqualifizieren zu lassen? Nichts. Ich nahm an einer Buchpräsentation teil. Warum? Weil ein Teil von mir erkannt hatte, dass Rod oder Fernando, oder wer er auch sein mochte, nach dem großen Opfer, das er gebracht hatte, das Stipendium mehr verdient hatte als Sebastian.

Kapitel 47

Nichts als die Wahrheit

»Lesen Sie das.« Bryony James drückte mir einen Papierschnipsel in die Hand, nachdem sie mich in der Lehrbuchabteilung von Heffers aufgestöbert hatte. Seufzend las ich, ohne etwas zu verstehen. Das Einzige, was mir auffiel, war die merkwürdige Schrift. In diesem Moment sollte ich mich eigentlich mit Rod im Blue Boar treffen, wo er sicher schon gespannt auf mich wartete. Im Hintergrund hörte ich, wie Wein ausgeschenkt wurde und Leute lachten und diskutierten. Ich hatte das Gefühl, mich nur mit Mühe an die Welt klammern zu können, zu der sie gehörten.

»Lesen Sie«, beharrte Bryony. Also las ich:

»Bewerbungen für das Lanpevenger-Stipendium 1999: Das Stipendium, das die Kosten für ein Professorengehalt über fünf Jahre abdeckt, wird an Hochschulprofessoren vergeben, die für die Laufzeit des Stipendiums ihren eigenen Forschungen nachgehen können. Das Stipendium kann mit einer Stelle an jeder akademischen Institution in Großbritannien und Irland verbunden werden. Bewerber werden gebeten, bis zum 31. Januar 1999 einen Lebenslauf, ein Bewerbungsschreiben, eine Liste ihrer Veröffentlichungen und Referenzen zu senden an: Lanpevenger-Stipendium, PO Box 43, Cambridge, CB1 4LJ.«

»Na ja, ich fürchte, das ist alles ziemlich akademisch.« Ich rang mir ein müdes Lächeln ab und gab Bryony den Zettel zurück, während ich im Stillen dachte, dass das Wort »akademisch« nicht zufällig auch lebensfremd und sinnlos bedeutete. »Sebastian kann sich da nicht bewerben, er ist nicht mal Dozent, geschweige denn Professor.«

»Nein, das ist ja auch nicht echt«, zischte sie. Ich versuchte, mich mit einem höflichen Nicken aus dem Staub zu machen. Es fiel mir gar nicht auf, dass sie etwas sehr Merkwürdiges gesagt hatte. Im Augenblick erschien mir gar nichts mehr echt. Ich wollte nur noch in den Blue Boar.

»Das ist von Damian und mir«, erklärte Bryony. »Schauen Sie sich doch den Namen an! Lanpevenger. Wofür ist das ein Anagram?«

»Keine Ahnung.«

»Revenge Plan – Racheplan«, flüsterte sie mir ins Ohr. »Genau das ist es. Gefällt es Ihnen? Damian fand, ich sollte es Ihnen nicht erzählen, aber ich konnte der Versuchung nicht widerstehen. Diese Anzeige wird im *Guardian* und in der *Times* veröffentlicht und ...«

»Was? Was meinen Sie damit, es ist von Damian und Ihnen? Wollen Sie damit sagen, es gibt dieses Stipendium gar nicht?« Diese Neuigkeit schlug mit Wucht in das Durcheinander der Überraschungen ein, die sich in meinem Kopf häuften.

»Natürlich nicht. Hören Sie zu, es ist brillant. Sie wissen doch, dass ich im Lotto gewonnen habe? Also, Damian und ich haben den Lanpevenger Trust gegründet und das Geld mit hoher Verzinsung angelegt, damit alles ganz offiziell aussieht, klar? Jetzt brauchen wir nur noch diese Anzeige zu schalten und auf Bewerbungen zu warten.«

»Und dann?«, fragte ich, weil ich nicht begriff, wo die Rache ins Spiel kommen sollte.

»Jeder Professor im Land wird sich bewerben. Und dann führen wir sie bis zur letzten Minute an der Nase herum, schüren ihre Hoffnungen und Träume, und wenn sie schon glauben, das Stipendium in der Tasche zu haben, lassen wir sie ohne jede Erklärung fallen – und sie sind am Boden zerstört.« Bryony kräuselte die Lippen und knurrte zufrieden.

»Das können Sie nicht machen!«

»Doch«, krähte sie. »Unsere Gesellschaft, die sämtliche Mittel bereitstellt, behält sich das Recht vor, das Stipendium nach eigenem Ermessen zurückzuhalten. Es funktioniert. Aber Sie müssen versprechen, dass Sie niemandem etwas erzählen. Versprochen?«

»Ja. Wie Sie wollen.« Ich schickte mich an zu gehen. Bryony und ihr Stipendium waren mir schnurzegal. Die Präsentation durfte bald zu Ende sein, dann würde Sebastian mich suchen. Ich musste schnell zu Rod.

Ich lief die Trinity Street hinunter zum Blue Boar. Rod saß elend und verlassen an einem Tisch und hatte sich nicht einmal etwas zu trinken besorgt. Am liebsten hätte ich ihn in die Arme genommen und alles vergessen, worüber wir reden mussten. »Du hast es ihnen wahrscheinlich gesagt«, sagte er.

»Ich habe gar nichts gesagt.«

»Warum nicht? Wenn du weißt, dass ich ... Fernando Rose bin ... oder *war*, dann weißt du auch, dass ich einen Betrugsversuch gemacht habe. Sag mir nicht, dass du mich genug liebst, um mich zu schützen, denn das glaube ich dir nicht. Ich habe mir etwas vorgemacht. Du liebst mich gar nicht, jedenfalls nicht so, wie ich dich liebe. Warum spielst du mit mir?«

Es war mir körperlich unmöglich, darauf zu antworten. Meine Gefühle für Rod hatten sich erheblich geändert, seit ich wusste, was er getan hatte. Er war nicht mehr der lächerliche, greinende Pedant, für den ich nicht mehr als ein bisschen Zuneigung empfand. Nun war er ein mutiger Held, ein Mensch, der bereit war, eine Stelle, die ihm viel bedeutete, seine Identität, sein Gesicht – ja sein ganzes Leben zu opfern, nur um eine Chance zu haben, das De La Wyche Fellowship ein zweites Mal zu bekommen.

Hatte ich Rod vorher nicht sonderlich attraktiv gefunden, so brannte ich jetzt vor stummem Begehren nach ihm. Das Wissen um das, was er getan hatte, machte ihn unwiderstehlich. Sein glänzendes Gesicht und der Kakaobuttergeruch wirkten nun nicht mehr abstoßend, sondern irgendwie heilig. Rod Firsden war einfach einmalig. In diesem Moment wurde mir klar, dass er der Richtige war.

Das hieß jedoch keineswegs, dass er der Mensch war, mit dem ich glücklich bis an unser Ende leben konnte. Ich bezweifelte, ob ich auch nur fünf Minuten mit ihm würde leben können. In diesem Sinne war Sebastian mein Richtiger. Aber Rod war das romantische Ideal, das Symbol der vollkommenen Liebe. Jetzt war ich mir ganz sicher, dass es möglich war, *zwei* Richtige zu haben: einen für die Realität und einen für die Fantasie und die Träume. Aber ihm das zu sagen, durfte ich nicht riskieren. Es wäre unfair gewesen.

»Rod, ich bin verheiratet«, sagte ich schließlich. »Mit Sebastian Nunn, einem der anderen De La Wyche Kandidaten. Es tut mir Leid, dass ich es dir nicht schon früher gesagt habe.« Eine Weile lang saßen wir schweigend da.

Dann nickte er bedächtig wie in Trance oder unter starken Beruhigungsmitteln. »Ich habe ihn vor dem Vorstellungsgespräch kennen gelernt. Also ...« Ich sah, wie das Räderwerk in seinem Kopf allmählich in Schwung kam. »Wenn ich das Stipendium ablehne, bekommt er es, stimmt's?«

»Ja.«

»Kein Wunder, dass du mir so bereitwillig geholfen hast,

Terri Skinner nach Reading zu verfrachten. Ich sollte wohl der Nächste sein. Ja? War das so geplant?« Er klang verletzt, aber nicht wütend.

»Eigentlich hatte ich nie einen richtigen Plan«, antwortete ich. »Aber es war schon der Grund, weshalb ich mich weiterhin mit dir getroffen habe. Anfangs jedenfalls. Aber mit der Zeit mochte ich dich. Ehrlich, Rod. Was glaubst du, warum ich dich nicht verpfeife?«

»Keine Ahnung. Wie hast du es überhaupt herausgefunden? Das mit ... Fernando«, fügte er unbehaglich hinzu, was mir deutlich zeigte, dass er sich innerlich völlig von seinem früheren Ich gelöst hatte.

»*Seufzen und Stöhnen*«, sagte ich. »Du hast mir erzählt, dass du das Gedicht an alle Ausschussmitglieder verteilt hast, um zu beweisen, dass diese Gremien in unserer Gesellschaft Gottes Stelle eingenommen haben. Erinnerst du dich?«

»Ich erinnere mich, dass ich das Gedicht verteilt habe, aber nicht, dass ich es dir erzählt habe.« Er nahm seine Brille ab und legte sie achtlos auf den Tisch. Ich hatte ihn noch nie etwas achtlos tun sehen und es erschreckte mich. Hastig redete ich weiter.

»Doch, du hast es erzählt. Über Sebastian kannte ich Emily Lole. Er hat seinen Doktor am Summerton gemacht und wir werden bis heute zu den Festessen eingeladen. Erst neulich waren wir bei einem dieser Feste und sie sprach die ganze Zeit von dir – also von Fernando – und erzählte mir, dass er – du – ihr diese Fotos geschickt hat.« Ich fasste meine Schilderung der Ereignisse möglichst knapp, um zur Sache zu kommen. Rod brauchte nicht zu wissen, dass ich in den letzten Tagen eingehende Nachforschungen über alles angestellt hatte, was auch nur im Entferntesten mit dem Stipendium zusammenhing. Ich kam mir auch so schon schäbig genug vor.

»Welche Fotos?«, fragte er begriffsstutzig.

Aber ich ignorierte seine Worte und sagte: »Wie konntest du davon ausgehen, dass Emily eine Verbindung zu dir herstellt? Sie interessiert sich nicht mal für Lyrik. Der Kasten Tetley's Bitter hat mich als Erstes darauf gebracht. Ich schaute mir das Foto an und dachte ›*into the bitter box* – nicht in dein' bitt're Lade –‹ und danach ergab sich alles andere wie von selbst.«

»Ich weiß überhaupt nicht, wovon du eigentlich redest«, sagte Rod bekümmert.

»Du hast Emily Fotos geschickt, die sich auf verschiedene Teile aus dem Gedicht *Seufzen und Stöhnen* bezogen. Du hast genau gewusst, dass sie sie nicht verstehen und darüber brüten würde. Du hast absichtlich Umschläge genommen, die sie als deine erkennen würde. Die ersten Fotos hast du ihr vor ein paar Monaten geschickt, die zweite Sendung erst kurz vor dem Termin für das Vorstellungsgespräch.« Rod wandte den Blick ab. »In dem ersten Umschlag waren Fotos zu den ersten Strophen des Gedichts. *O do not urge me/For what account can thy ill steward make?* Für den *ill steward, den schlechten Diener*, hast du ein Foto von Ethan Handley genommen, dem Steward von Summerton, dem es darauf gerade furchtbar schlecht war. Es wurde in der College-Bar aufgenommen. Dann die Zeile *I have abused thy stock, destroyed thy woods*: Als Sinnbild für das *zerstreute Vieh* hast du Emily ein Foto von einem Suppenwürfel Rinderbrühe geschickt, für *den Wald* eins mit Bäumen.«

»Du kannst nicht beweisen, dass ich Fotos geschickt habe«, sagte Rod. »Ich könnte es abstreiten. Ich könnte abstreiten, Fernando Rose zu sein.«

»Rod, ich erzähle es niemandem. Du kannst mir ruhig die Wahrheit sagen. Oder lass sie dir wenigstens von mir sagen. Für die Zeile *Sucked all thy magazines* hast du ein

Foto von Zeitschriften geschickt, von einem Stapel der *Literary Review*, die Emily ebenfalls als deine erkennen würde. Das war für mich eine weitere Bestätigung, dass ich Recht hatte – als ich erst einmal darauf gekommen war, dass du Fernando Rose sein musst. Ethan hatte mir erzählt, dass du an dem Abend, an dem du mit ihm, Keith und Martine im Jive Hive warst, eine Urlaubsbroschüre zusammengerollt und in den Mund gesteckt hast. Ethan dachte, das sollte ein Kifferwitz sein, aber das war es nicht. Ich wette, so wie andere rauchen, hast du immer auf Zeitschriften herumgelutscht, wenn du nervös warst, vielleicht wegen der Zeile bei George Herbert. Als Sebastian mir von dem Vorstellungsgespräch und den anderen Kandidaten erzählte, beschrieb er auch, wie du im Wartezimmer an einem *Spectator* lutschtest.«

»Wie zum Teufel konntest du das wissen? Das ist eine kleine Marotte von mir. Aber ... was ich so tröstlich fand, war der witzige Aspekt! Herbert hat mit den Magazinen ja gar nicht Zeitschriften gemeint, sondern Lager ... Wie bist du darauf gekommen? Bist du Hellseherin?«

Ich konnte ihm nicht sagen, dass ich eine tiefe Seelenverwandtschaft mit ihm empfand, seit ich wusste, was für ein Opfer er für das Stipendium gebracht hatte. Das war *meine* Marotte. Ich zog mich lieber auf sicheres Terrain zurück und zitierte: »*My head did ache*, für den schmerzenden Kopf hast du ein Foto von einer Schachtel Kopfschmerztabletten genommen. *I have deserved that an Egyptian night/Should thicken all my powers*, für die ägyptische Nacht hast du Emily ein Foto von Peter Ustinov aus *Tod auf dem Nil* geschickt.«

»Sehr gut«, warf Rod bitter ein. »Und der zweite Umschlag?«

»Der enthielt ausschließlich Fotos zur letzten Strophe:

Thou art both Judge and Saviour, Feast and Rod/Cordial and Corrosive. Put not thy hand/Into the bitter box, but oh, my God/My God, relieve me!«

»Du rezitierst gut«, sagte Rod, den Tränen nahe.

»*Judge*: Richter James Pickles. *Saviour*, der Erlöser Jesus. *Feast*: ein Foto von einem Summerton-Fest ...«

»Prüfungsfest«, erklärte Rod. Nun ja, ich konnte schließlich nicht alles wissen.

»Und Rod.« Ich sah ihm so lange in die Augen, wie ich es ertragen konnte. »Du hast Emily ein Foto von dir geschickt. Hattest du keine Angst, dass sie dich erkennen könnte?«

»Nein. Damals nicht mehr. Es ist komisch. Die Leute erkennen dich in der Regel nicht, wenn sie dir mit der Erwartung begegnen, dass du ein anderer bist. Wenn du verstehst, was ich meine.«

»*Cordial*: Für die Erquickung hast du ein Foto von Orangensaft genommen. *Corrosive*, als Sinnbild für etwas Verzehrendes, Ätzendes und Nagendes hast du eine von Rost zerfressene Autotür genommen. Und als Letztes die legendäre *bitter box*, der Kasten Bitterbier.« Ich grinste, weil nur Rod solch eine verrückte Geschichte aushecken konnte. Allerdings erzählte ich ihm nicht, dass Emily mir das Foto von ihm zunächst vorenthalten und ich mir selbst ausgetüftelt hatte, dass es eines geben musste, sobald mir klar wurde, was Rod getan hatte. Denn wenn es jeweils ein Foto zum Richter und zum Erlöser, zu erquickend und zu verzehrend gab, konnte es kein Foto vom Fest ohne eines vom Joch, *Rod*, geben. Dazu war der Absender der Fotos zu gründlich.

»Emily ist nicht drauf gekommen, oder?«, fragte Rod wütend. »Ich habe ihr die Fotos in Umschlägen geschickt, die erkennbar von mir waren, und habe beim Vorstellungsgespräch das Gedicht verteilt. Ich dachte, es müsste ihr auffallen, sobald sie es las. Wenn sie nur die Worte sähe: *ill steward, cordial and corrosive*, na ja, ich dachte, das dürfte als Hinweis ja wohl reichen. Ich habe sogar beim Vorstellungsgespräch die letzte Strophe vorgelesen und sie bei den Schlüsselworten ausdrücklich angesehen.«

»Aber Rod, selbst wenn sie das Gedicht mit den Fotos in Verbindung gebracht hat, ist es von da noch ein gewaltiger Schritt bis zu der Erkenntnis, dass du tatsächlich …«

»Psst«, zischte er und schaute sich um.

»Dass du Fernando bist … warst und dass du dein Gesicht hast operieren lassen, um Rod Firsden zu werden. Ich meine, ich bin ja auch nur darauf gekommen, weil ich noch einige weitere Hinweise hatte. Ich wusste, dass du Vincent Strebonian kennst. Mein Gott, ich habe gesehen, wie er dein Gesicht abgetastet hat!«

»Wirklich?« Rod wirkte verärgert. »Na ja, ich habe immer gewusst, dass Cambridge nicht der richtige Ort ist, um zu verschwinden. Die Stadt ist zu klein. Jeder kennt jeden, bekommt alles mit und weiß über alles Bescheid. Hast du es am Samstag schon gewusst, als wir uns den Film angesehen haben?«

»Nein. Ich bin erst am Sonntagmorgen drauf gekommen, als ich dich und Strebonian auf der Straße gesehen habe.«

»Erinnerst du dich, wie du nach *Zeugin der Anklage* gesagt hast, kein Mensch könnte Leuten, die ihn kennen, vormachen, ein anderer zu sein?«

»Ja«, sagte ich, aber erst jetzt fiel mir auf, was er damit meinte. »Ja, aber ich habe von Marlene Dietrich in dem Film gesprochen. Du hast gedacht, ich meine dich?«

Rod nickte. »Ich dachte, das sollte ein Wink mit dem Zaunpfahl sein. Ich wusste zwar nicht, wie du dahinter gekommen sein solltest, aber ich geriet in Panik. Das passiert mir öfter. In meiner Lage ist das wohl nur natürlich. Deshalb habe ich dich auch so plötzlich hinausgeworfen. Erst später wurde mir klar, dass du den Film gemeint haben musstest und ich überreagiert hatte, wie üblich.«

»Rod, was hast du damit bezweckt, Emily die Fotos zu schicken?«

»Das habe ich dir doch schon gesagt«, antwortete er ungehalten.

»Nein, ich meine, sie sollte das Gedicht lesen und mit den Fotos in Verbindung bringen, aber was dann? Wenn sie es erraten hätte, wie du gehofft hast?«

»Dann wäre ihr klar geworden, was los war, und sie hätte sich so überzeugend wie nur möglich für mich eingesetzt. Emily wusste, dass ich unbedingt am Summerton bleiben wollte. Das wusste jeder. Wenn sie nur schlau genug gewesen wäre, den Zusammenhang herzustellen, hätte sie genau gewusst, warum ich mich habe operieren lassen und mich unter anderer Identität um das De La Wyche bewarb. Aber sie war zu blöd, zwei und zwei zusammenzuzählen.«

»Das ist ein bisschen ungerecht«, wandte ich ein. »So offensichtlich ist es ja nun nicht. Außerdem hat sie auch so für dich gestimmt, obwohl sie es nicht erraten hat. Sie wusste, dass du irgendwas mit Fernando zu tun haben musstest.«

»Ich glaube, ich bin froh, dass sie es nicht erraten hat«, sagte Rod. »Jetzt kann ich das Stipendium annehmen, ohne sie am Hals zu haben. Wenn sie dahinter gekommen wäre, dass ich Fernando bin, hätte ich ...« Er stöhnte. »Dann hätte ich als ihr Freund mit ihr zusammen sein müssen, weil sie sonst zum Rektor gerannt wäre und ihm alles erzählt hätte.«

»Aber du bist vorher doch auch mit ihr zusammen gewesen.«

»Aber nur gezwungenermaßen«, sagte er angewidert.

»Na ja ... jetzt kannst du jedenfalls das Stipendium annehmen, ohne etwas mit ihr zu tun zu haben.« Ich schaute auf die Uhr. Sebastian würde sicher bald anfangen, mich zu suchen. Ich musste zurück und ihn allmählich auf seine Vorstellungsgespräche in Sheffield und Canterbury vorbereiten.

»Wie kannst du das sagen?« Rod klang schockiert. »Glaubst du wirklich, dass es so einfach ist? Ich will das Stipendium gar nicht mehr. Ich will dich.«

»Aber ... aber ... ich meine, ich bin kein Job«, sagte ich einfältig. »Ich bin verheiratet und ... ich meine, das Stipendium ...«

»Ich bin unfähig, zwei Dinge auf einmal zu wollen. Und jetzt will ich dich. Na ja, ich hätte natürlich nichts gegen das Stipendium. Wahrscheinlich nehme ich es an, wo ich mir jetzt schon all die Mühe gemacht habe. Aber das ist für mich längst nicht mehr so wichtig wie vorher.«

»Rod, ich bin verheiratet! Mit Sebastian. Ich kann ihn nicht verlassen«, sagte ich, bevor Rod das vorschlagen konnte. »Er ist völlig am Ende, weil er das Stipendium nicht bekommt.«

»Er kann es haben, wenn ich dafür dich haben kann«, sagte Rod. »Ich meine es ernst, Kate. Geh mit mir fort, dann gebe ich das De La Wyche auf.«

Rods Bereitschaft, meinetwegen auf das Stipendium zu verzichten, machte ihn noch vollkommener. In meinem Herzen und meinem Kopf wirbelten alle Möglichkeiten durcheinander. Ich konnte also Sebastian tatsächlich das Stipendium verschaffen, allerdings nur, wenn ich ihn verließ. War es wirklich selbstlos, das zu tun? Ich schob den Gedanken an Damians albernes Buch beiseite. Wenn ich mit Rod ginge, würde das Wissen, dass er für unser Zusammensein auf das Stipendium verzichtet hatte, alles verderben. Wie sollte es anders sein? Und trotz allem, was Sebastian gesagt hatte, hätte er wahrscheinlich lieber mich als das Stipendium, wenn er vor die Wahl gestellt würde.

»Rod, ich kann nicht.« Ich räusperte mich. »Wenn ich auf deinen Vorschlag einginge, müsstest du mich letzten Endes hassen.«

Er schwieg für eine Weile und raunte schließlich: »Ich weiß.« Besiegt schauten wir uns an. Es war unerträglich, aber ich sah keinen anderen Ausweg. Die einzige Möglichkeit, unsere Liebe zu erhalten, war, dass Rod bereit war, das Stipendium meinetwegen aufzugeben, und ich es nicht zuließ. Außerdem wollte ich Sebastian wirklich nicht verlassen. Schließlich war er mein anderer Richtiger.

»Dann will ich dich nie wiedersehen«, sagte Rod und ich nickte traurig.

Schweigend gingen wir zurück in die Buchhandlung. Sebastian diskutierte mit einem vertrottelten Summerton-Dozenten über Lenin. Als er mich sah, winkte er. Gott sei Dank bemerkte er nicht, dass ich mit Rod hereingekommen war, oder falls doch, stellte er keine Verbindung zwischen uns her.

Camilla Pearson, Damians Lektorin, rief: »Okay, nur noch einige wenige Fragen, dann müssen wir Schluss machen!«

»Ich habe eine Frage an Sie!«, schrie eine Stimme hinter mir, die mir bekannt vorkam, die ich aber nicht zuordnen konnte. Ich drehte mich um.

»Meine Frage lautet: Wie kann überhaupt jemand ein Interesse haben, auch nur ein einziges Wort zu veröffentlichen, das mein blöder, kleinschwänziger Ehemann sagt?«

Kapitel 48

Zuverlässige Jungs

Aller Blicke richteten sich automatisch auf Damians beigefarbenen Hosenschlitz. »Martine«, sagte Bryony wie versteinert im gleichen Ton, den sie angeschlagen hatte, als sie mich irrtümlich für die abhanden gekommene Frau ihres Hirsches gehalten hatte. Sie ging durch die zurückweichende Menge auf Martine zu.

Martine kam ihr entgegen. »Wer sind Sie?«

»Ich bin Damians Freundin. Bryony James. Sie sind hier unerwünscht, besonders wenn Sie solche Bemerkungen machen.«

»Sie können nicht leugnen, dass ich Recht habe, oder?« Martine grinste höhnisch. »Er hat einen ungewöhnlich kleinen Schwanz.«

»Keineswegs«, gab Bryony hochnäsig zurück. »Wahrscheinlich sind Sie nur ... schlaff und ausgeleiert.« Die Menge wich noch weiter zurück, bis Bryony und Martine eine kleine Insel der Feindseligkeit mitten im Laden bildeten. Einige der feigeren Lehrkräfte von Summerton sahen aus, als würden sie sich am liebsten in einem der neuesten Romane von P. D. James verkriechen.

Die beiden Frauen starrten sich über den Tisch mit den Belletristik-Neuerscheinungen an. »Mädchen, streitet euch nicht um mich«, sagte Damian jovial. »Außerdem hat

Bryony Recht, Martine. Du warst schon immer ein ziemlicher Eimer.«

»Damian!«, flüsterte Camilla Pearson und wurde rot. »Es ist keine gute Publicity für unsere Autoren, so etwas zu sagen.«

»Es heißt, man könne auch zu viel des Guten haben«, sagte Damian, ohne auf Camilla zu achten, und starrte Martine angewidert an, »aber für deine Abwesenheit gilt das nicht. Wo warst du? Wieso bist du zurückgekommen?«

»Ich war bei Freunden in Colchester«, sagte Martine. »Ich bin zurückgekommen, weil eine meiner ehemaligen Kolleginnen bei Jacques Duchamps mir gesagt hat, dass heute Abend dein Buch vorgestellt wird, und ich einfach noch mal überprüfen wollte, ob ich Recht habe.«

»Womit?«, fragte Bryony schnippisch.

»Damit, dass Damian ein widerliches Reptil ist«, sagte Martine. »Ich bin gekommen, weil ich die Scheidung will.«

»Das ist Musik in meinen Ohren«, grinste Damian breit. »Ich muss schon sagen, ich bin beeindruckt, dass eine deiner Exkolleginnen tatsächlich lesen kann.«

»Du bist ein mieses Stück. Wie habe ich dich je lieben können?« Martine sah sich um, als hoffe sie auf eine Eingebung. Alle warteten und schauten atemlos zu.

»Gut, Sie wollen die Scheidung und Damian hat eingewilligt«, sagte Bryony. »Dann können Sie ja jetzt gehen.«

Vielleicht war es einfach nur Pech, wahrscheinlich, aber in diesem Moment erschien es mir, als richte das Schicksal seinen Zorn gegen mich. Martine grinste mich verschwörerisch an. »Was meinst du, Kate? Soll ich gehen und meinen Mann dieser formlosen Vogelscheuche mit teigigem Gesicht überlassen? Ach, was soll's. Gehen wir einen trinken und du erzählst mir den neuesten Klatsch.« Es war mir unbegreiflich, warum sie ausgerechnet mich herausgepickt hatte.

Vielleicht nur, weil ich in der Nähe stand, denn wir kannten uns zwar, aber befreundet waren wir nicht. Unter anderen Umständen wäre ich gern mit ihr einen trinken gegangen. Sie wirkte selbstbewusster und eigenständiger als früher. Aber gerade jetzt und hier, wo Bryony mich schon anfunkelte, war Martines Kumpelhaftigkeit das Letzte, was ich gebrauchen konnte.

Bryony sperrte den Mund auf und keuchte. Ich bemühte mich, harmlos dreinzuschauen, wusste aber, dass es zu spät war. Bryony James kochte vor Wut. Ich hatte das Gefühl, als ob alles in Zeitlupe abliefe und alle in der Buchhandlung mich mit müslischüsselgroßen Augen anstarrten.

»Sie Biest!«, kreischte sie mich an. »Die ganze Zeit haben Sie mit ihr unter einer Decke gesteckt! Sie haben ihr von unserem Plan erzählt. Sie haben alles verdorben.«

»Wovon redet sie?«, fragte Martine mich. Zuerst wusste ich es auch nicht, denn das Lanpevenger-Stipendium war mir so lächerlich und kindisch vorgekommen, dass ich es schon fast wieder vergessen hatte.

»Beruhige dich, Schätzchen, beruhige dich.« Damian legte beschützend den Arm um Bryony. »Gar nichts ist verdorben.« Martine war offensichtlich verblüfft, dass Damian so fürsorglich sein konnte. Ihr Kinn bebte leicht.

Bryony schüttelte Damian ab und kam langsam auf mich zu. Sie schob den Tisch aus dem Weg, der zwischen uns stand, und warf dabei Dutzende Bücher auf den Boden. Zwei Angestellte der Buchhandlung tauschten hinter dem Weintisch ärgerliche Blicke. Schließlich mussten sie später alles wieder aufräumen. Diese Oxbridge-Typen waren doch alle gleich, nie räumten sie selbst auf, weder körperlich noch emotional.

Ich hätte vor Bryony weglaufen können, aber das hätte einen äußerst unwürdigen Eindruck gemacht, und schließlich schauten Rod und Sebastian zu. Außerdem nahm ich naiv an, dass sie mir in einer Buchhandlung voller Menschen kaum ernstlich Schaden zufügen konnte. Leider hatte ich vergessen, dass die meisten der Anwesenden Akademiker (gleichbedeutend mit lebensfremd und nutzlos) waren. Kwikfit-Mechaniker, allen voran Zac Hunt, hätten längst eingegriffen. Bryony kam immer näher, bis sie unmittelbar vor mir stand. »Haben Sie ihr von unserem Plan erzählt? Bestimmt!« In ihrem Atem roch ich Rotwein. Ihre dunkle Mundhöhle sah aus wie der Eingang eines jener lebensgefährlichen Karussells auf dem Rummelplatz, die Namen haben wie »Todesturbo«.

»Nein«, sagte ich. »Martine ist doch gerade erst gekommen, Bryony. Ich habe seit über einem Jahr nicht mit ihr gesprochen.«

»Lügnerin!« Bryony ging mir mit beiden Händen an die Kehle und drückte zu. Ich versuchte, ihre Hände wegzureißen, aber ihr Klammergriff war so fest, dass mir schwindelig wurde. Ich sah Rod, Sebastian, Martine, Damian und Keithundethan auf uns zulaufen. Dann war ich plötzlich wieder frei, Bryony ging Martine an die Kehle. Ich setzte mich auf den Boden neben einen Haufen heruntergefallener Bücher und massierte meinen schmerzenden Hals. Um mich herum wirbelten Arme durch die Luft und kreischten Leute. Daphne Fielding und der Rektor tranken immer noch in einer Ecke ihren Wein und sahen mürrisch beziehungsweise peinlich berührt aus. Vermutlich tat es Daphne Leid, dass Bryony mich nicht erwürgt hatte. Valerie Williams hielt die wimmernde Emily Lole in den Armen. Der Einzige, der diese ganze Show offensichtlich genoss, war Lloyd Lunnon. Er gluckste amüsiert und knabberte Chips, die auf der Theke standen.

Plötzlich hörte ich Martine sagen: »Fernando.« Da sie

weder schrie noch schluchzte oder kreischte, fiel es mir umso mehr auf. Ich sprang auf. Das Knäuel fuchtelnder Arme entwirrte sich wieder zu einem Halbkreis einzelner Menschen: Damian, Sebastian, Bryony, Martine, Rod, Keith, Ethan. Martine starrte Rod an. »Fernando«, wiederholte sie. »Du bist es doch, oder?« Rod sah mich Hilfe suchend an, aber ich war nutzlos (zwar keine Akademikerin, aber dennoch akademisch). »Das ist Rod Firsden, du dumme Gans«, sagte Damian. »Du kennst ihn nicht.«

»Aber … er hat Fernandos Hände.« Martine packte Rods Arm und hielt ihn hoch. Rod traten Schweißperlen auf die Stirn. Bevor Valerie sie zurückhalten konnte, stürzte Emily Lole vor, schnappte Rods freien Arm, rieb seine Hand, drehte sie um und inspizierte sie von allen Seiten. »Und Fernandos Augen«, sagte Martine kreidebleich.

»Nein«, hauchte Emily. »Was wollen Sie damit sagen?«

»Bist du Fernando Rose?«, fragte Martine Rod. Er gab keine Antwort. »Seht ihr, er leugnet es nicht.«

»Weil deine abgrundtiefe Dummheit ihm die Sprache verschlagen hat«, sagte Damian. »Wie kann er denn Fernando sein? Er sieht doch völlig anders aus, mein Gott.«

»Mit Händen kenne ich mich aus. Das ist mein Job«, beharrte Martine.

»Dann können Sie ja an uns mal ein bisschen Handarbeit leisten«, warf Lunnon munter ein.

»Sie hat Recht«, sagte Emily, die immer noch Rods rechte Hand hielt. »Das sind Fernandos Hände.« Dann schaute sie ihm ungläubig blinzelnd ins Gesicht. »Und seine Augen.«

Rod schüttelte seinen Arm frei und trat einen Schritt zurück. »Und seine Stimme«, sagte er in einem Akzent, den ich an ihm nicht kannte, vermutlich war es sein ursprünglicher Guildford-Akzent.

»Himmel!« Daphne Fielding ging auf ihn zu. »Was zum Teufel ...?«

»Ich habe mein Gesicht operieren lassen«, erklärte Rod nun wieder in seinem akzentuierten BBC-Ton.

»Aber ... aber ...« Daphne war sprachlos.

»Du liebe Güte«, murmelte Ethan.

»Irre!«, sagte Camilla Pearson.

»Sie haben eine *Schönheitsoperation* machen lassen?«, fragte Lloyd Lunnon. »Warum, verdammt noch mal? Sie waren doch auch nicht hässlicher als wir anderen.«

»Damit ich am Summerton bleiben kann«, erklärte Rod versteinert. »Damit ich die Forschungsstelle behalten kann. Als Fernando Rose wollten Sie mich ja nicht behalten.« Er wirbelte herum, um alle in seinen Vorwurf einzubeziehen. »Nach den drei Jahren, die man mir zugestanden hatte, wäre ich draußen gewesen. Deshalb habe ich mich in Rod Firsden verwandelt und mich erneut beworben. Und gestern hat man mir als Rod Firsden die Stelle angeboten. Ich nehme übrigens an.« Emily Lole murmelte vor sich hin, spielte mit ihrem Haar und starrte auf ihre Füße.

»Machen Sie sich nicht lächerlich«, sagte Sir Chichester kalt. »Falls das wahr sein sollte, ist es einfach unerhört. Sie können nicht einfach ... Ihr Gesicht verändern und in eine andere Haut schlüpfen. Sie sind immer noch derselbe. Das ist eine befristete Stelle, die Sie nicht zweimal bekommen können. Mein Gott, Mann, was Sie getan haben, ist empörend, falls es stimmt! Ist das wahr?«

»Ja«, sagte Rod. »Und ich schäme mich nicht dafür. So wie ich die Sache sehe, hatte ich gar keine andere Wahl.«

»Also ich finde, wir sollten ihm das De La Wyche geben«, erklärte Lloyd Lunnon. »So etwas Groteskes habe ich in meinem ganzen Leben noch nicht gehört, aber wenn er so weit geht, nur um im dritten Kreis dieser Hölle namens

Summerton bleiben zu können, hat er es sich verdient, wenn Sie mich fragen.«

»Ich habe Sie nicht gefragt«, erklärte Sir Patrick.

»Ich kann es nicht fassen«, sagte Sebastian. »Fernando ... bist du es wirklich?«

Emily Lole fing an zu schreien. »Ach, hör auf!«, rief Rod entnervt. Die Angestellten der Buchhandlung hatten sich von uns abgesondert und drängten sich in einer Ecke des Ladens. Valerie stürzte zu Emily und warf ihr ein paar Tabletten in den weit offenen Mund. Sie schluckte, schrie aber weiter, markerschütternde Lärmwogen, die nur ab und an ein verständliches Wort heraufspülten. »Huuundiiichuiiieonntestumich verlassen!« Sie schnappte eine leere Weinflasche vom Tisch und schlug sie heftig gegen das Belletristikregal.

»Würden Sie bitte alle den Laden verlassen!«, rief eine Frau von der Heffers-Bande im Hintergrund.

»Du hast mich verlassen«, jammerte Emily. »Du hast mich verlassen und ... dir das angetan. Wie konntest du nur? Wie konntest du?«

»Ich liebe dich nicht und habe dich nie geliebt«, erklärte Rod und wandte sich an Sir Patrick Chichester. »Ich möchte noch einmal wiederholen, dass ich das Stipendium annehme.«

»Es steht Ihnen nicht zu, es anzunehmen oder abzulehnen«, fuhr Sir Patrick ihn an. »Das Angebot ist zurückgezogen.«

»In diesem Fall werde ich gehen und Sie nicht weiter belästigen«, sagte Rod. Ich spürte, wie mir Tränen über die Wangen liefen und auf meine Bluse tropften. Mit einem flüchtigen Blick in meine Richtung drehte Rod sich um und ging. Emily rollte grunzend mit dem Kopf. Die Tabletten, die Valerie ihr gegeben hatte, taten offenbar schon ihre Wirkung. Wir standen alle schweigend da.

»Wo ist Fernando?«, flüsterte Emily.

»Er ist gegangen, blöde Kuh«, sagte Damian.

»Nein!« Ihr ganzer Körper zuckte, als hätte sie einen Elektroschock bekommen. »Er darf nicht gehen. Er darf nicht … GEHEN!« Sie lief hinaus, immer noch die zerbrochene Weinflasche in der Hand. Keithundethan und Valerie rannten hinter ihr her. Wir anderen waren starr vor Schreck.

»Kommt«, sagte Sebastian nach einer Weile. »Wir können hier nicht bis in alle Ewigkeit herumstehen. Sie wollen den Laden schließen.« Ich brach in schallendes Gelächter aus. *Sie wollen den Laden schließen*. Es klang so komisch, weil es so normal war. Um diese Zeit hätten sie nach jeder Buchpräsentation den Laden schließen wollen. Sebastians Bemerkung erfasste die Dringlichkeit, mit der die Angestellten in diesem Fall die Buchhandlung schließen wollten, nicht im Geringsten.

Langsam ging Sebastian zur Tür und wir folgten ihm wie Schlafwandler. »Wohin gehen wir?«, fragte Damian, aber niemand antwortete ihm. Es lag auf der Hand, wir brauchten nur Emilys Schreien zu folgen.

»Sie geht zum College«, stellte Sebastian fest, als ob Summerton das einzige College der Stadt wäre. Nun, für ihn und für Rod Firsden war es das einzige.

Wir gingen die Trinity Street in Richtung Summerton Street hinunter und bogen in die Summerton Lane ein. Niemand sagte ein Wort. Als wir in den Old Court kamen, blieben wir einfach stehen. Es war, als wüssten wir, dass die Ereignisse uns schon finden würden, ohne dass wir danach suchten.

Durch den Torbogen entdeckte ich auf dem Tyndsall Court ein Grüppchen Pförtner, die sich aufgeregt unterhielten. Zwei von ihnen, ein Großer und ein Kleiner, kamen zu uns gelaufen. »Dr. Nunn! Herr Rektor! Professor Fielding,

Dr. Selinger!«, rief der Größere erleichtert. »Gott sei Dank, dass Sie da sind. Dr. Lole ist auf dem Dach. Sie und ein Mann. Sie schreien und brüllen und so! Dr. Handley und Dr. Cobain sind gerade raufgegangen.« In meiner Verwirrung dauerte es ein Weilchen, bis mir klar wurde, dass er Keithundethan meinte.

»Wie ist sie denn aufs Dach gekommen?«, fragte Sebastian.

»Durch die Tür oben in Treppenhaus 0«, sagte der Pförtner. »Sie ist nicht ganz richtig im Kopf. Sie könnte runterfallen.«

»Fernandos Suite war in Treppenhaus 0, oder?«, fragte Daphne Fielding. Das ergab einen Sinn: Wo sonst sollte er im Notfall – und wenn eine Flasche schwingende Wurmjägerin hinter einem her war, konnte man das sicher als Notfall bezeichnen – hingehen als an den Ort, wo er sich am meisten zu Hause gefühlt hatte?

Panik traf mich wie ein Schlag. »Mein Gott! Sie hat Rod aufs Dach gejagt. Sie bringt ihn um!«, schrie ich.

»Oder sich selbst«, brummte Sebastian, der meine Sorge um Rod einer allgemeinen Abneigung gegen die Vorstellung zuschrieb, dass Menschen von Dächern fielen. »Kommt, gehen wir!« Wir liefen alle zum Treppenhaus 0 und hintereinander die Wendeltreppe hinauf: Sebastian, der Rektor, Damian, Bryony, Martine, Daphne, Valerie und ich.

»Keith und Ethan sind schon oben, es passiert bestimmt nichts«, sagte Martine zuversichtlich. »Sie lassen nicht zu, dass jemandem etwas passiert.«

»Halten Sie den Mund, Sie Eimer«, sagte Bryony. Ich fragte mich, ob es wohl klug war, die beiden mit aufs Dach zu nehmen.

»Ja, das ist alles deine Schuld, Martine. Wenn du nicht aufgekreuzt wärst und irgendetwas über Hände geschwafelt hättest, wären wir jetzt nicht in diesem Schlamassel. Und ich hätte ein paar Bücher mehr verkauft.«

»Ach, leck mich doch.« Martine klang eher genervt als wütend.

Sebastian öffnete die kleine Holztür und wir trotteten hinaus in die Dunkelheit. Mit dem Nachtwind wehte der Soundtrack der Hysterie zu uns herüber. Ich schaute nach unten in den Tyndsall Court, wo die Pförter hin und her liefen und zu uns nach oben deuteten. Ich hörte Schritte und sah Keith auf uns zulaufen. »Vorsicht, fallen Sie nicht!«, rief Valerie Williams.

»Helft Ethan«, keuchte er und zeigte hinter sich. »Emily will ihn vom Dach stoßen.« Noch nie hatte ich eine ganze Menschengruppe so schnell laufen sehen. Selbst jene von uns, die gegen Ethans Charme in sexuell-romantischer Hinsicht immun waren (der Rektor, Damian, Sebastian, Keith), wussten, dass der Geist von Summerton auf dem Spiel stand, denn Ethan verkörperte die Vollkommenheit des College. Ihm durfte einfach nichts zustoßen.

»Wo ist Rod?«, brüllte ich Keith zu.

»Weiß ich nicht, er ist verschwunden«, keuchte Keith. »Aber Emily nennt Ethan ständig Fernando und will ihn umbringen.«

Wir liefen auf dem Dach um zwei Ecken von Tyndsall Court, bis wir Ethan erreichten, der mit Emily rang. »Beruhigen Sie sich, atmen Sie tief durch«, sagte er freundlich, während sie mit den Zähnen knirschte und ihn anspuckte. »Keith, hast du Fernando oder Firsden oder wie er heißen mag gefunden?«

»Keine Spur von ihm.«

»Nun, also, treibt ihn bloß schnell auf. Weit kann er ja nicht sein, er muss hier oben stecken.« Ethan hielt Emily an den Handgelenken und schob sie von sich und damit auch von der Dachkante weg. »Wenn sie ihn sieht, glaubt sie vielleicht, dass ich nicht er bin.« Sein blondes Haar war hübsch zerwühlt. Es gibt sicher nicht viele, die noch umwerfend aussehen, wenn sie fast von einem Dach gestoßen werden, aber Ethan Handley schaffte es.

Sebastian und Sir Patrick überwältigten Emily schließlich und zerrten sie von Ethan fort. »Gehen Sie ... holen Sie irgendeine Spritze, um sie ruhig zu stellen«, befahl Sir Patrick Valerie.

»Oder besser, um sie einzuschläfern«, knurrte Damian.

»Mieses Schwein«, sagte Martine.

»Eimer«, konterte Bryony. Valerie zog ab.

»Das ist Ethan!«, schrie Sebastian Emily an. »Ethan Handley! Nicht Fernando! Verstehen Sie? Er ist nicht Fernando!«

O dräng mich nicht!/Welch Zeugnis kann dein schlechter Diener geben?

»Ein gewisses Maß an Verwirrung kann man ihr nicht verübeln«, hörten wir Lloyd Lunnon ironisch sagen, bevor er uns erreicht hatte. Er kam spät zu unserer Dachparty. »Unter unseren Lehrkräften zu unterscheiden, wer Fernando Rose ist und wer nicht, wird stündlich schwieriger.«

»Wo zum Teufel steckt er bloß?«, fragte Ethan. »Hört mal, ein paar von uns sollten ihn suchen. Bevor Keith und ich aufs Dach kamen, waren die beiden ein paar Minuten hier oben allein. Zusammen. Weiß Gott, was sie mit ihm angestellt hat.« Er und Keith machten sich auf die Suche.

»Mir ist das völlig egal, nachdem er uns so betrogen hat«, erklärte der Rektor. Er lockerte für einen Moment seinen Klammergriff um Emilys Arm, abgelenkt durch seinen Zorn über den fast gelungenen Betrug am College. Emily riss prompt ihren linken Arm los, lief zur Dachkante und zog Sebastian hinter sich her.

»Lassen Sie los, Nunn!«, brüllte Lloyd Lunnon.

Sebastian schaute sich zu ihm um, hielt aber Emilys Arm fest. »Ich kann nicht, sie springt!«, schrie er, während Emily sie beide mit der ganzen Kraft ihres stattlichen Körpers vorwärts zog. Sebastian stolperte und verlor das Gleichgewicht. Emily schleifte ihn noch ein paar Meter mit. Ich schrie. Einige von uns – Damian, glaube ich, Martine und ich – versuchten, Sebastians Füße zu schnappen, zogen ihm aber lediglich die Schuhe aus. Wir waren Emilys hysterischer Kraft nicht gewachsen.

»Wie absurd«, sagte Lloyd Lunnon, trat vor und kitzelte Sebastian mit einem Finger in der Achselhöhle seines ausgestreckten Armes, mit dem er Emily zurückhielt.

»Aah!«, schrie Sebastian und riss instinktiv den Arm zurück. Ich sank neben ihm zu Boden, hörte Schritte, gefolgt von Emilys Schrei, als sie fiel.

»Passen Sie auf!«, rief Sir Patrick den Pförtnern zu. Es gab einen dumpfen Schlag, als Emily auf dem Rasen landete. Sebastian und ich standen auf und traten zögernd zu den anderen an die Dachkante. Von oben wirkte die Szene wie ein Gemälde von Magritte: ein verrenkt daliegender Körper, umgeben von einem Kreis aus Bowlern.

Auf der anderen Seite des Daches flog eine kleine Holztür auf, und Valerie und Keithundethan tauchten aus Treppenhaus 0 auf. Valerie hielt eine Spritze, die sie sofort fallen ließ, als sie Emilys zerschellten Körper auf dem Rasen liegen sah.

»Irgendeine Spur von diesem Schurken Rose?«, erkundigte sich Sir Patrick später bei Ethan, als wir im Salon saßen und auf die Polizei warteten.

»Nichts«, antwortete Ethan. »Er muss sich aus dem Staub gemacht haben.«

»Wir können ihn wegen Betrugs anzeigen«, sagte Sir Patrick. Daphne Fielding nickte eifrig, hörte aber sofort auf, als ich ihr einen vielsagenden Blick zuwarf. »Vielleicht versteckt er sich irgendwo im College. Ich lasse sofort alles von den Pförtnern absuchen.«

Und das taten sie auch. Aber das Einzige, was sie von Fernando Rose oder Rod Firsden fanden, waren die Fotos in Emily Loles Wohnung.

Kapitel 49

Lebenslauf: Sebastian Nunn

Name:
Dr. Sebastian Gregory Nunn

Adresse:
Flat 1, Noble House, 14 Renshaw Road, Cambridge

Alter:
Achtundzwanzig

Familienstand:
Verheiratet mit Kate Nunn (geb. Cahill) seit Februar 1994

Beruflicher Werdegang:
Seit Oktober 1998 De La Wyche Fellow am Summerton College, Cambridge

Besonderer Dank

Mein Dank gilt Suzanne Davies, Chris Gribble, Norman, Adèle und Jenny Geras, Lisanne Radice, Jane Gregory und Victoria Hipps, die mir geholfen haben, dieses Buch besser zu machen. Besonderer Dank gebührt Ian Tomlinson und Rachel Hanlon für die Pizza-Express-Debatte, die zur Inspiration beigetragen hat, und Ben Shift, Morgan White und Julian Murphet, die Ideen zu diesem Roman beigesteuert haben. Paul Barratt und Guy Martland danke ich für die Beantwortung einiger entscheidender Fragen und Janet Hazzlewood, weil sie eine denkwürdige Fahrlehrerin war. Für ihre Unterstützung und Ermutigung danke ich Dan Jones, Michael Schmidt, Tony Weir, Johnny Woodhams, Isabelle Thomas, Peter Salt, Hilary McDonald und Gaynor Hodgson.

Last but not least möchte ich all meinen Kollegen am Trinity College, Cambridge, danken – einer in jeder Hinsicht brillanten Institution, die mich zu allen guten, aber zu keiner der schlechten Eigenschaften des Summerton College inspiriert hat.